Zum Buch:

Nach Jahren in einer von Brutalität geprägten Ehe ist Abigail eigentlich an Gewalt gewöhnt, doch eines Abends verändert sich ihr Leben unwiderruflich. Sie tötet einen Mann, den sie für den Mörder ihrer Tochter Emma hält – in blinder Panik. Aber das Opfer ist ein unbekanntes Mädchen, ihr Körper schrecklich zugerichtet, und von Abigails Tochter fehlt jede Spur. Special Agent Will Trent wird zur Ermittlung gerufen, und er muss ausgerechnet mit Faith Mitchell zusammenarbeiten, einer Kollegin, die ihm von Anfang an nicht vertraut. Beide wissen: Die Chance, Emma noch lebend zu finden, wird von Minute zu Minute geringer …

Zur Autorin:

Karin Slaughter ist eine der weltweit berühmtesten Autorinnen und Schöpferin von über 20 *New York Times*-Bestseller-Romanen. Dazu zählen »Cop Town«, der für den Edgar Allan Poe Award nominiert war, sowie die Thriller »Die gute Tochter« und »Pretty Girls«. Ihre Bücher erscheinen in 120 Ländern und haben sich über 40 Millionen Mal verkauft. Ihr internationaler Bestseller »Ein Teil von ihr« ist 2022 als Serie mit Toni Collette auf Platz 1 bei Netflix eingestiegen. Eine Adaption ihrer Bestseller-Serie um den Ermittler Will Trent läuft derzeit erfolgreich auf Disney+, weitere filmische Projekte werden entwickelt. Slaughter setzt sich als Gründerin der Non-Profit-Organisation »Save the Libraries« für den Erhalt und die Förderung von Bibliotheken ein. Die Autorin stammt aus Georgia und lebt in Atlanta. Mehr Informationen zur Autorin gibt es unter www.karinslaughter.com

KARIN SLAUGHTER

ENTSETZEN

THRILLER

Aus dem amerikanischen Englisch von
Klaus Berr

HarperCollins

Die Originalausgabe erschien 2008 unter dem Titel *Fractured*
bei Bantam Dell, a division of Random House, Inc., New York.

1. Auflage 2024
© 2008 by Karin Slaughter
Ungekürzte Ausgabe im HarperCollins Taschenbuch
by HarperCollins in der
Verlagsgruppe HarperCollins Deutschland GmbH, Hamburg
© 2010 für die deutschsprachige Ausgabe by Blanvalet Verlag München,
in der Verlagsgruppe Randomhouse GmbH
Die Rechte an der Nutzung der deutschen Übersetzung
von Klaus Berr liegen beim Blanvalet Verlag, München,
in der Penguin Random House Verlagsgruppe GmbH.
Published by arrangement with William Morrow,
an imprint of HarperCollins Publishers, US
Gesetzt aus der Stempel Garamond
von GGP Media GmbH, Pößneck
Druck und Bindung von ScandBook
Umschlaggestaltung von Hafen Werbeagentur, Hamburg
Umschlagabbildung von picture alliance / blickwinkel / fotototo | fotototo
Printed in Lithuania
ISBN 978-3-365-00838-6
www.harpercollins.de

Für Irwyn und Nita ... für alles

PROLOG

Abigail Campano saß in ihrem Auto auf der Straße vor ihrem eigenen Haus. Sie schaute zu der Villa hoch, die sie vor fast zehn Jahren umgebaut hatten. Das Haus war riesig – viel zu viel Platz für drei Personen, vor allem, da ihre Tochter, so Gott wollte, in weniger als einem Jahr aufs College gehen würde. Was würde sie mit sich selbst anfangen, wenn ihre Tochter erst einmal damit beschäftigt war, ihr eigenes Leben zu beginnen? Es wären dann nur wieder Abigail und Paul, so wie vor Emmas Geburt.

Bei dem Gedanken zog sich ihr der Magen zusammen. Pauls Stimme krächzte aus den Autolautsprechern, als er wieder ans Telefon kam. »Babe, hör zu«, begann er, aber sie starrte das Haus an, und ihre Gedanken waren bereits ganz woanders. Wann war ihr Leben so klein geworden? Wann waren die wichtigsten Fragen ihres Tages die Probleme anderer Leute und andere Nebensächlichkeiten geworden? Waren Pauls Hemden beim Schneider schon fertig? Hatte Emma heute Abend Volleyballtraining? Hatte der Innenausstatter den neuen Schreibtisch fürs Büro bestellt? Hatte jemand daran gedacht, den Hund hinauszulassen, oder würde sie die nächsten zwanzig Minuten literweise Pisse vom Küchenboden wischen?

Abigail schluckte, die Kehle wurde ihr eng.

»Ich glaube, du hörst mir nicht zu«, sagte Paul.

»Ich höre zu.« Sie stellte den Motor ab. Ein Klicken war zu hören, dann wurde, ein Wunder der Technik, Pauls Stimme von den Autolautsprechern auf ihr Handy umgeleitet. Abigail stieß die Tür auf und warf die Schlüssel in ihre Handtasche. Sie klemmte sich das Handy zwischen Ohr und Schulter, während sie in den Briefkasten schaute. Stromrechnung, die Abrechnung von American Express, Emmas Schulgebühren …

Paul hielt inne, um Luft zu holen. Sie ergriff die Gelegenheit.

»Wenn sie dir nichts bedeutet, warum hast du ihr dann ein Auto geschenkt? Warum bist du mit ihr dorthin gegangen, wo du wusstest, dass meine Freundinnen auftauchen könnten?« Abigail sagte die Wörter, während sie die Auffahrt hochging, aber sie spürte sie nicht tief in ihrem Bauch wie beim ersten Mal, als so etwas passiert war. Damals war ihre einzige Frage gewesen: Warum genüge ich ihm nicht?

Jetzt lautete ihre einzige Frage: Warum bist du so ein notgeiler Mistkerl?

»Ich brauchte einfach eine Pause«, sagte er, noch eine altbekannte Floskel.

Abigail stieg die Verandastufen hoch und suchte in ihrer Handtasche nach den Haustürschlüsseln. Sie hatte den Klub seinetwegen verlassen, hatte ihre wöchentliche Massage und das Mittagessen mit ihren engsten Freundinnen ausgelassen, weil es sie demütigte, dass sie alle Paul mit einer flaschenblonden Zwanzigjährigen gesehen hatten, mit der er, so unverfroren war er, in ihr Lieblingsrestaurant gegangen war. Sie wusste nicht, ob sie sich dort je wieder würde zeigen können.

Abigail sagte: »Ich brauche auch eine Pause, Paul. Wie würde es dir gefallen, wenn ich mir auch eine Pause gönnen würde? Wie würde es dir gefallen, wenn du eines Tages mit deinen Freunden reden und du spüren würdest, dass irgendetwas los ist, und du müsstest sie praktisch anflehen, dir zu sagen, was los ist, bis sie dir endlich sagen, dass sie mich mit einem anderen Mann gesehen haben?«

»Ich würde seinen gottverdammten Namen herausfinden und zu ihm nach Hause gehen und ihn umbringen.«

Warum war ein Teil von ihr immer geschmeichelt, wenn er so etwas sagte? Als Mutter eines Teenager-Mädchens hatte sie sich angewöhnt, auch in den wüstesten Bemerkungen noch nach positiven Aspekten zu suchen, aber das hier war einfach lächerlich. Außerdem hatte Paul so große Probleme mit seinen Knien, dass er am Müllabfuhrtag kaum die Tonnen an den Straßenrand bringen konnte. Der größte Schock dieser Geschichte hätte eigentlich sein sollen, dass er noch immer eine Zwanzigjährige finden konnte, die mit ihm ins Bett stieg.

Abigail steckte den Schlüssel in das alte Metallschloss der Haustür. Die Angeln quietschten wie in einem Gruselfilm.

Die Tür war bereits offen.

»Moment mal«, sagte sie, als würde sie Paul unterbrechen, obwohl er gar nichts gesagt hatte. »Die Haustür ist offen.«

»Was?«

Auch er hatte nicht zugehört. »Ich sagte, die Haustür ist bereits offen«, wiederholte sie und stieß die Tür weiter auf.

»O Gott. Die Schule hat doch erst vor drei Wochen wieder angefangen, und sie schwänzt schon wieder?«

»Vielleicht die Putzfrau …« Sie hielt inne, weil sie auf Glas trat. Abigail schaute nach unten und spürte, wie sich irgendwo unten in ihrem Kreuz eine kalte, scharfe Panik aufbaute. »Da liegen überall Scherben auf dem Boden. Ich bin eben reingetreten.«

Paul sagte etwas, das sie nicht verstand. »Okay«, antwortete sie automatisch. Sie schaute sich um. Eines der hohen Seitenfenster neben der Tür war kaputt. Sie stellte sich vor, wie eine Hand durch das Loch griff, den Riegel zurückschob und die Tür öffnete.

Sie schüttelte den Kopf. Im hellen Tageslicht? In diesem Viertel? Sie konnten nicht mehr als drei Leute auf einmal zu sich einladen, ohne dass die alte Spinnerin von gegenüber sich über den Lärm beschwerte.

»Abby?«

Sie befand sich in einer Art Blase, hörte alles nur gedämpft. Zu ihrem Mann sagte sie: »Ich glaube, da ist jemand eingebrochen.«

Paul bellte: »Raus aus dem Haus! Die könnten noch immer drin sein!«

Sie warf die Post auf den Tisch in der Diele und sah sich dabei im Spiegel. Sie hatte die letzten zwei Stunden lang Tennis gespielt. Die Haare waren noch feucht, einzelne Strähnen klebten ihr im Nacken, wo der Pferdeschwanz sich allmählich auflöste. Es war kühl im Haus, aber sie schwitzte.

»Abby?«, schrie Paul. »Geh sofort raus aus dem Haus. Ich rufe auf der anderen Leitung die Polizei.«

Sie drehte sich um und öffnete den Mund, um etwas – was? – zu sagen, als sie den blutigen Fußabdruck auf dem Boden sah.

»Emma«, flüsterte sie, ließ das Handy fallen und rannte die Stufen hoch zum Zimmer ihrer Tochter.

Oben auf dem Treppenabsatz blieb sie stehen, schockiert über das zertrümmerte Mobiliar, die Glasscherben auf dem Boden. Ihr Blickfeld verengte sich, und sie sah Emma als blutiges Häuflein am Ende des Gangs liegen. Ein Mann stand, ein Messer in der Hand, über ihr.

In den ersten Sekunden war Abigail zu schockiert, um sich zu bewegen, der Atem stockte ihr, die Kehle schnürte sich zu. Der Mann kam auf sie zu. Ihre Augen konnten sich auf nichts mehr konzentrieren. Sie huschten zwischen dem Messer in seiner blutigen Faust und dem Körper ihrer Tochter auf dem Boden hin und her.

»Nein ...«

Der Mann machte einen Satz auf sie zu. Ohne nachzudenken, wich Abigail zurück. Sie stolperte und fiel die Treppe hinunter, und Schulter und Hüfte knallten auf das Hartholz, als sie mit dem Kopf voran nach unten rutschte. Ihr Körper kreischte einen Chor der Schmerzen: der Ellbogen, der gegen die Pfosten des Geländers krachte, ein scharfes Brennen in ihrem Nacken, als sie versuchte, mit dem Kopf nicht gegen die Kanten der Stufen zu schlagen. Der Atem wurde ihr aus den Lungen gepresst, als sie im Foyer landete.

Der Hund? Wo war der blöde Hund?

Abigail drehte sich auf den Rücken, wischte sich Blut aus den Augen und spürte, wie ihr Glasscherben in den Kopf stachen.

Der Mann rannte die Treppe hinunter, noch immer das Messer in der Hand. Abigail dachte nicht nach. Sie trat nach oben, als er auf der letzten Stufe stand, und traf ihn mit der Spitze ihres Turnschuhs irgendwo zwischen Anus und Hoden. Sie hatte ihr Ziel verfehlt, aber das war egal. Der Mann taumelte und sank fluchend auf ein Knie.

Sie drehte sich auf den Bauch und kroch auf die Tür zu. Er packte sie am Bein und riss sie so heftig zurück, dass ein weiß glühender Schmerz ihr in Rückgrat und Schulter schoss. Sie griff nach dem Glas auf dem Boden, suchte eine Scherbe, mit der sie ihn verletzen konnte, aber die winzigen Bruchstücke schlitzten ihr nur die Hände auf. Sie trat nach ihm, strampelte wild, während sie sich zentimeterweise zur Tür vorarbeitete.

»Aufhören!«, schrie er und packte ihre Fußgelenke mit beiden Händen. »Verdammt noch mal, *aufhören, habe ich gesagt!*«

Sie hörte auf, versuchte, wieder zu Atem zu kommen, klar zu denken. Ihr Kopf dröhnte noch immer, sie konnte sich nicht konzentrieren. Die Haustür einen halben Meter vor ihr war noch immer offen, sie sah hinaus auf den leicht abfallenden Weg, der zu ihrem Auto auf der Straße führte. Sie drehte sich um, sodass sie ihrem Angreifer ins Gesicht sehen konnte. Er kniete auf dem Boden und hielt ihre Fußgelenke umklammert, damit sie nicht nach ihm treten konnte. Das Messer lag neben ihm auf dem Boden. Seine Augen waren hinterhältig schwarz – zwei Granitbrocken unter schweren Lidern. Seine breite Brust hob und senkte sich, er atmete schwer. Blut durchtränkte sein Hemd.

Emmas Blut.

Abigail spannte ihre Bauchmuskeln an, schnellte mit gespreizten Fingern hoch und stach ihm die Finger in die Augen.

Er schlug ihr mit der flachen Hand aufs Ohr, aber sie ließ sich nicht abbringen, rammte ihm immer wieder die Daumen in die Augenhöhlen und spürte schließlich, wie etwas nachgab. Er packte ihre Handgelenke und drückte ihr die Finger weg. Er war zwanzigmal stärker als sie, aber Abigail dachte jetzt nur noch an Emma, an diesen Sekundenbruchteil, als sie ihre Tochter oben gesehen hatte, wie ihr Körper dalag, das T-Shirt über die kleinen Brüste hochgeschoben. Sie war kaum noch zu erkennen, ihr Kopf nur eine blutige Masse. Er hatte ihrer Tochter alles genommen, sogar ihr wunderschönes Gesicht.

»Du Bastard!«, schrie Abigail und hatte das Gefühl, ihre Arme würden brechen, als er ihre Hände von seinen Augen wegdrückte. Sie biss ihm in die Finger, bis sie Knochen spürte. Der Mann schrie, hielt ihre Gelenke aber weiterhin umklammert. Als Abigail nun das Knie anzog, traf sie ihn genau zwischen den Beinen. Der Mann riss die blutigen Augen auf, sein Mund klappte auf, saurer Atem drang heraus. Sein Griff lockerte sich, aber er ließ sie nicht los. Als er auf den Rücken fiel, zog er Abigail mit sich.

Automatisch legten sich ihre Hände um seinen Hals. Sie spürte, wie die Knorpel in seiner Kehle sich bewegten, die Ringe, die die Speiseröhre umgaben wie weiches Plastik. Sein Griff um ihre Handgelenke verstärkte sich, aber ihre Ellbogen waren jetzt gestreckt, Schultern und Hände bildeten eine gerade Linie, als sie mit ihrem ganzen Gewicht auf den Hals des Mannes drückte. Schmerz zuckte wie Blitze durch ihre zitternden Arme und Schultern. Ihre Hände verkrampften sich, als würden tausend winzige Nadeln in ihre Nerven stechen. Sie spürte Vibrationen an ihren Handflächen, als er etwas zu sagen versuchte. Wieder verengte sich ihr Blickfeld. Sie sah rote Punkte seine Augen sprenkeln, seine feuchten Lippen öffneten sich, die Zunge quoll heraus. Sie saß rittlings auf ihm, und sie wurde sich bewusst, dass die Hüftknochen des Mannes sich in ihre Oberschenkel pressten, als er sich hochdrückte und sie abzuwerfen versuchte.

Unvermittelt dachte sie an Paul, an die Nacht, als sie Emma gezeugt hatten – wie sie gewusst, einfach gewusst hatte, dass sie ein Baby machten. So wie jetzt war sie auf ihrem Mann gesessen, wollte jeden Tropfen von ihm in sich haben, damit sie ihr perfektes Kind bekamen.

Und Emma *war perfekt – ihr süßes Lächeln, ihr offenes Gesicht. Die Art, wie sie jedem vertraute, den sie traf, gleichgültig, wie oft Paul sie davor gewarnt hatte.*

Emma, die jetzt oben lag. Tot. In einer Blutlache. Die Unterwäsche heruntergerissen. Ihr armes Baby. Was hatte sie durchmachen müssen? Was für Demütigungen hatte sie von diesem Mann erleiden müssen?

Abigail spürte eine plötzliche Wärme zwischen ihren Beinen. Der Mann hatte uriniert. Er starrte sie an – sah sie tatsächlich –, und dann wurden seine Augen glasig. Seine Arme sanken seitlich herunter, die Hände fielen auf die mit Scherben übersäten Fliesen. Sein Körper wurde schlaff, der Mund stand offen.

Abigail kauerte sich auf die Hacken und schaute den leblosen Mann vor ihr an.

Sie hatte ihn getötet.

ERSTER TAG

1. KAPITEL

Will Trent starrte zum Autofenster hinaus, während seine Chefin in ihr Handy schrie. Allerdings erhob Amanda Wagner nie wirklich die Stimme, aber ihr Ton hatte eine gewisse Schärfe, der schon mehr als einen ihrer Agenten dazu gebracht hatte, in Tränen auszubrechen und aus einer laufenden Ermittlung auszusteigen – keine schlechte Leistung, wenn man bedachte, dass die Mehrheit ihrer Untergebenen im GBI, dem Georgia Bureau of Investigation, Männer waren.

»Wir sind« – sie reckte den Hals und schaute das Straßenschild an – »an der Kreuzung Prado und Seventeenth.« Amanda machte eine kurze Pause. »Vielleicht könnten Sie die Information in Ihrem Computer nachschauen?« Sie schüttelte den Kopf, offensichtlich gefiel ihr die Antwort nicht, die sie bekommen hatte.

Will versuchte es mit: »Vielleicht sollten wir weiter herumfahren. Vielleicht finden wir ja …«

Amanda legte die Hand über die Augen. Sie flüsterte ins Telefon: »Wie lange dauert es, bis der Server wieder funktioniert?« Die Antwort entlockte ihr ein tiefes, unmissverständliches Seufzen.

Will deutete auf den Monitor, der die Mitte des holzverkleideten Armaturenbretts dominierte. Der Lexus hatte mehr Schnickschnack als ein Weihnachtsbaum. »Haben Sie denn kein GPS?«

Sie ließ die Hand sinken, dachte kurz über diese Frage nach und fing dann an, mit den Knöpfen auf dem Armaturenbrett zu spielen. Der Bildschirm veränderte sich nicht, aber die Klimaanlage surrte stärker. Will kicherte, doch sie brachte ihn mit einem bösen Blick zum Verstummen und sagte: »Vielleicht könnten Sie, während wir darauf warten, dass Caroline eine Straßenkarte findet, die Betriebsanleitung aus dem Armaturenbrett fischen und mir die Anweisungen vorlesen.«

Will zog an dem Hebel, aber das Fach war verschlossen. Er dachte, dass das eine gute Charakterisierung seines Verhältnisses zu Amanda Wagner war. Sie schickte ihn oft vor verschlossene Türen und erwartete, dass er dennoch einen Weg hineinfand. Will mochte ein gutes Rätsel so gern wie jeder andere, aber nur dieses eine Mal wäre es nett gewesen, wenn Amanda ihm den Schlüssel gegeben hätte.

Vielleicht aber auch nicht. Jemanden um Hilfe zu fragen, war noch nie Wills Stärke gewesen – vor allem nicht jemanden wie Amanda, die beständig eine Liste mit Leuten im Kopf zu haben schien, die ihr noch einen Gefallen schuldeten.

Er schaute zum Fenster hinaus, während sie mit ihrer Sekretärin schimpfte, weil sie nicht ständig eine Straßenkarte bei der Hand hatte. Will war in Atlanta geboren und aufgewachsen, aber in Ansley Park hielt er sich selten auf. Er wusste, dass es eines der ältesten und wohlhabendsten Viertel der Stadt war, wo vor über einem Jahrhundert Anwälte, Ärzte und Banker ihre beneidenswerten Anwesen erbaut hatten, damit zukünftige Anwälte, Ärzte und Banker so leben konnten, wie sie es getan hatten – in klösterlicher Sicherheit inmitten einer der gewalttätigsten Großstädte auf dieser Seite der Mason-Dixon-Linie. Das Einzige, was sich im Lauf der Jahre verändert hatte, war die Tatsache, dass die Schwarzen Frauen, die weiße Babys in Kinderwagen über die Bürgersteige schoben, besser bezahlt wurden.

Mit seinen gewundenen Straßen und den Kreisverkehren schien Ansley Park extra angelegt zu sein, um Besucher zu verwirren, wenn nicht abzuschrecken. Die meisten Straßen waren von Bäumen gesäumt, breite Avenuen mit den Häusern hoch oben auf Hügeln, damit man einen besseren Blick auf die Welt hatte. Überall gab es dicht bewaldete Parks mit Fußwegen und Spielplätzen. Einige Bürgersteige bestanden noch immer aus den originalen Pflastersteinen. Obwohl alle Häuser architektonisch verschieden waren, zeigten sie doch eine gewisse Uniformität in ihren immer frisch gestrichenen Fassaden und den professionell gepflegten Rasenflächen. Will nahm an, dass das so war, weil sogar ein Karriereeinsteiger in diesen Kreisen nicht unter einer Million pro Jahr anfing. Im Gegensatz zu seinem Viertel Poncey-Highland, das weniger als sechs Meilen entfernt war, gab es in Ansley keine regenbogenfarbenen Häuser und keine Drogenkliniken.

Auf der Straße sah Will eine Joggerin, die stehen geblieben war, um sich zu strecken und Amandas Lexus immer wieder einen prüfenden Blick zuzuwerfen. Aus den Morgennachrichten wusste er, dass eine Smogwarnung der höchsten Stufe ausgerufen worden war und den Leuten geraten wurde, im Freien nicht übermäßig zu atmen, außer es war unbedingt notwendig. Keiner schien sich das zu Herzen zu nehmen, auch jetzt nicht, da sich die Temperatur der 40-Grad-Marke näherte. Seit ihrem Eintreffen in Ansley Park hatte Will mindestens fünf Joggerinnen gesehen. Bis jetzt passten alle perfekt in das Klischee der selbstbewussten, unbeschäftigten Ehefrauen mit Pilates-gestärkten Körpern und wippenden Pferdeschwänzen.

Der Lexus stand am Fuß eines anscheinend sehr beliebten Hügels, die Straße hinter ihnen war von hohen Eichen gesäumt, die Schatten auf den Asphalt warfen. Alle Läuferinnen waren langsamer geworden, um das Auto anzuschauen.

Das war kein Viertel, in dem eine Frau und ein Mann lange in einem geparkten Auto sitzen konnten, ohne dass jemand die Polizei rief. Natürlich war das auch kein Viertel, in dem junge Mädchen in ihrem eigenen Heim brutal vergewaltigt und ermordet wurden.

Er schaute zu Amanda hinüber, die sich ihr Handy so krampfhaft ans Ohr drückte, dass es aussah, als würde das Plastikgehäuse gleich zerbrechen. Sie war eine attraktive Frau, wenn man sie nicht reden hörte oder mit ihr arbeiten oder eine gewisse Zeit in einem Auto sitzen musste. Sie war Anfang sechzig. Als Will vor über zehn Jahren beim GBI angefangen hatte, waren Amandas Haare noch grau gesprenkelt gewesen, aber das hatte sich in den letzten Monaten drastisch verändert. Er wusste nicht, ob etwas in ihrem Privatleben der Grund dafür war oder ob sie einfach keine Zeit hatte, sich einen Termin bei ihrem Friseur zu besorgen, aber seit einiger Zeit sah man Amanda ihr Alter an.

Amanda hatte wieder angefangen, mit den Knöpfen auf ihrem Armaturenbrett herumzuspielen, offensichtlich versuchte sie, das GPS zum Laufen zu bringen. Das Radio sprang an, und sie schaltete es schnell wieder aus, doch Will bekam noch ein paar Takte einer Swing-Band mit. Sie murmelte etwas und drückte auf einen anderen Knopf, wodurch Wills Fenster heruntergelassen wurde. Er spürte einen Schwall heißer Luft, als hätte jemand eine Backofenklappe geöffnet. Im Außenspiegel sah er eine Joggerin oben auf dem Hügel und die Blätter der Hartriegel, die sich in einer Brise bewegten.

Amanda ließ von der Elektronik ab. »Das ist ja lachhaft. Wir sind die oberste Ermittlungsbehörde in diesem Staat und finden nicht einmal den gottverdammten Tatort.«

Will drehte sich um, und der Sicherheitsgurt schnitt ihm in die Schulter, als er den Hügel hochsah.

Amanda fragte: »Was machen Sie da?«

»In diese Richtung«, sagte er und deutete nach hinten. Die Äste der Bäume über ihnen waren miteinander verwachsen und tauchten die Straße in einen dämmerigen Schatten. Zu dieser Jahreszeit gab es keine Brise, nur erbarmungslose Hitze. Was er gesehen hatte, waren nicht raschelnde Blätter gewesen, sondern die blauen Signallichter eines Streifenwagens, die über die Schatten huschten.

Amanda seufzte noch einmal schwer, als sie den Rückwärts-gang einlegte und den Lexus wendete. Ohne Vorwarnung trat sie auf die Bremse und riss ihren rechten Arm vor Wills Brust, als könnte sie ihn so davon abhalten, durch die Windschutz-scheibe zu krachen. Ein großer, weißer Transporter raste heftig hupend an ihnen vorbei, der Fahrer schüttelte die Faust und stieß unhörbare Verwünschungen aus.

»Channel Five«, sagte Will, als er das Logo des lokalen Nach-richtensenders auf der Seite des Transporters erkannte.

»Die sind fast so spät dran wie wir«, bemerkte Amanda und folgte dem TV-Transporter den Hügel hoch. Sie bog rechts ab und stoppte vor einem einzelnen Streifenwagen, der die nächste linke Abzweigung blockierte. Eine ganze Reihe von Reportern war bereits vor Ort. Vertreter aller Lokalsender wie auch von CNN, der seine internationale Zentrale nur wenige Meilen ent-fernt hatte. Eine Frau, die einen Mann erdrosselte, der ihre Tochter ermordet hatte, wäre in jedem Teil der Welt eine fette Schlagzeile, aber die Tatsache, dass die Tochter weiß war, dass die Eltern wohlhabend waren und die Familie zu den einfluss-reichsten der Stadt gehörte, gab der Nachricht eine schwindel-erregende, beinahe skandalöse Note. Irgendwo in New York sabberte eine Managerin von Lifetime Movies bereits in ihren Blackberry.

Amanda zog ihre Marke hervor und zeigte sie dem Unifor-mierten, während sie an der Absperrung vorbeirollte. Weiter oben standen mehrere Streifenwagen und einige Krankenwagen. Die Türen waren offen, die Bahren leer. Sanitäter standen rau-chend herum. Der jagdgrüne BMW X5 vor dem Haus wirkte inmitten der Einsatzfahrzeuge irgendwie unpassend, aber der riesige Geländewagen brachte Will auf die Frage, wo der Trans-porter des Coroners war. Es hätte ihn nicht überrascht, wenn sich auch der Leichenbeschauer verfahren hätte. Ansley war kein Viertel, in dem sich jemand mit einem Beamtengehalt gut auskannte.

Amanda legte den Rückwärtsgang ein, um zwischen zwei Streifenwagen einzuparken. Die Parkhilfesensoren fingen an zu lärmen, als sie das Gaspedal berührte. »Kein Herumtrödeln da drin, Will. Wir bearbeiten den Fall nur, wenn wir ihn ganz übernehmen.«

Will hatte Variationen dieses Themas schon mindestens zweimal gehört, seit sie die City Hall verlassen hatten. Der Großvater des toten Mädchens war ein milliardenschwerer Bauunternehmer, der sich im Lauf der Jahre einige Feinde gemacht hatte. Je nachdem, mit wem man redete, war Bentley entweder ein geachteter Sohn der Stadt oder ein Kumpel aus der alten Zeit, einer dieser geldschweren Gauner, die im Hintergrund die Fäden zogen, ohne sich je selbst die Hände schmutzig zu machen. Welche Version der Geschichte des Mannes auch korrekt war, seine Taschen waren auf jeden Fall so tief, dass er sich seinen Anteil an politischen Freunden kaufen konnte. Bentley hatte nur einmal kurz beim Gouverneur angerufen, der hatte sich mit dem Direktor des Georgia Bureau of Investigation in Verbindung gesetzt, und der wiederum hatte Amanda den Auftrag gegeben, sich diesen Mordfall anzusehen.

Wenn der Mord eine professionelle Handschrift getragen oder auf etwas anderes hingewiesen hätte als lediglich auf einen simplen Einbruch, der aus dem Ruder gelaufen war, dann hätte Amanda nur einen Anruf gemacht und dem Atlanta Police Department den Fall schneller entrissen, als sich ein Kleinkind sein Lieblingsspielzeug zurückholt. Wenn dieser Fall nur eine x-beliebige, alltägliche Tragödie war, dann würde sie wahrscheinlich Will die Erklärungen überlassen, während sie in ihrem schicken Auto zur City Hall zurückfuhr.

Amanda schaltete auf vorwärts und rollte zentimeterweise nach vorn. Das Piepsen der Einparkhilfe wurde immer hektischer, je näher sie dem Streifenwagen kam. »Wenn Bentley jemanden so wütend gemacht hat, dass der seine Enkelin umbringt, dann erhält dieser Fall eine ganz andere Dimension.«

Sie schien so etwas beinahe zu erhoffen. Will verstand ihre Aufregung – die Lösung dieses Falls wäre ein weiterer Pluspunkt auf Amandas Meritenkonto –, aber Will hoffte, er würde nie so weit kommen, dass er den Tod eines jungen Mädchens als Sprosse auf seiner Karriereleiter betrachtete. Außerdem wusste er auch nicht so recht, was er von dem toten Mann halten sollte. Er war ein Mörder, aber er war auch ein Opfer. Wenn man sich überlegte, dass die öffentliche Meinung in Georgia eher für die Todesstrafe war, machte es da wirklich etwas aus, dass er hier in Ansley Park erdrosselt worden war und nicht im Coastal State Prison auf eine Bahre geschnallt wurde und eine tödliche Injektion erhielt?

Will öffnete die Tür, bevor Amanda auf Parken geschaltet hatte. Die heiße Luft traf ihn wie ein Schlag in die Magengrube. Dann schlug die Feuchtigkeit zu, und er fragte sich, ob man sich so fühlte, wenn man Tuberkulose hatte. Dennoch zog er sein Sakko an, um das Pistolenhalfter zu verdecken, das hinten an seinem Gürtel klemmte. Nicht zum ersten Mal überlegte sich Will, ob es vernünftig war, mitten im August einen dreiteiligen Anzug zu tragen.

Amanda schien von der Hitze völlig unberührt, als sie sich neben Will stellte. Eine Gruppe Uniformierter stand am Anfang der Auffahrt zusammen und sah zu, wie sie die Straße überquerten. Die Männer erkannten sie, und Amanda warnte Will: »Ich muss Ihnen wohl nicht sagen, dass wir im Augenblick beim Atlanta Police Department nicht gerade willkommen sind.«

»Nein«, stimmte Will ihr zu. Einer der Beamten spuckte ostentativ auf den Boden, als sie an ihnen vorbeigingen. Ein anderer begnügte sich mit der subtileren Geste eines erhobenen Mittelfingers. Will klatschte sich ein Lächeln aufs Gesicht und präsentierte ihnen den hochgereckten Daumen, um ihnen zu zeigen, dass es keine Unstimmigkeiten gebe.

Gleich an ihrem ersten Tag im Amt hatte Atlantas Bürgermeisterin geschworen, die Korruption auszurotten, die während der Amtszeit ihres Vorgängers wild ins Kraut geschossen war. In den letzten Jahren hatte sie eng mit dem GBI zusammengearbeitet, um Verfahren gegen die unverfrorensten Übeltäter eröffnen zu können. Amanda hatte sich gnädig dazu herabgelassen, Will in die Löwengrube zu schicken. Vor sechs Monaten hatte er eine Ermittlung abgeschlossen, in deren Folge sechs Detectives der Polizei von Atlanta entlassen wurden und eine der ranghöchsten Beamtinnen der Stadt in den vorzeitigen Ruhestand gezwungen wurde. Die Fälle waren solide – die Beamten hatten sich bei Drogenrazzien bereichert –, aber niemandem gefiel es, wenn ein Fremder im eigenen Haus putzte, und Will hatte sich im Verlauf dieser Ermittlungen nicht gerade Freunde geschaffen.

Amanda hatte dafür eine Beförderung bekommen. Will war zum Ausgestoßenen geworden.

Er ignorierte das in seinem Rücken gezischte »Arschloch« und versuchte, sich auf das vorliegende Verbrechen zu konzentrieren, während sie die geschwungene Auffahrt hochgingen. Der Garten strotzte von exotisch aussehenden Blumen, deren Namen Will kaum kannte. Das Haus selbst war riesig, stattliche Säulen stützten einen Balkon im ersten Stock, eine geschwungene Doppeltreppe aus Granit führte zum Hauptportal. Abgesehen von den mürrisch dreinblickenden Polizisten, die den Anblick verunzierten, war es ein beeindruckendes Anwesen.

»Trent«, rief jemand, und er sah Detective Leo Donnelly die Treppe herunterkommen. Leo war klein, mindestens dreißig Zentimeter kürzer als Will mit seinen eins achtundachtzig. Seit ihrer letzten Zusammenarbeit hatte er sich einen anderen Gang angewöhnt, jetzt schlurfte er schwankend, fast wie Columbo. Dadurch sah er aus wie ein aufgeregter Affe. »Was, zum Teufel, tust du denn hier?«

Will deutete auf die Kameras und gab Leo damit die glaubhafteste Erklärung. Jeder wusste, dass das GBI ein Baby in den Chattahochee werfen würde, nur um damit in die Abendnachrichten zu kommen. »Das ist meine Chefin, Dr. Wagner.«

»Hey«, sagte Leo und nickte ihr kurz zu, bevor er sich wieder an Will wandte. »Wie gehts Angie?«

»Wir sind verlobt.« Will spürte, dass Amandas prüfender Blick mit kalter Intensität auf ihm ruhte. Er versuchte abzulenken und deutete mit einem Kopfnicken auf die offene Tür. »Was haben wir hier?«

»Eine geballte Ladung Hass auf dich, mein Freund.« Leo zog eine Zigarette heraus und zündete sie an. »Du solltest auf dich aufpassen.«

Amanda fragte: »Ist die Mutter noch drin?«

»Erste Tür links«, antwortete Leo. »Mein Partner ist gerade bei ihr.«

»Gentlemen, wenn Sie mich entschuldigen.« Amanda ließ Leo stehen wie einen Bediensteten. Der Blick, den sie Will zuwarf, war auch nicht viel angenehmer.

Leo stieß eine Rauchschwade aus und schaute ihr nach, wie sie die Treppe hochging. »Kalt wie ein Eiszapfen, was?«

Will verteidigte sie automatisch, so wie man einen nutzlosen Onkel oder eine versaute Schwester verteidigt, wenn jemand von außerhalb der Familie sie angreift. »Amanda ist eine der besten Polizistinnen, mit denen ich je gearbeitet habe.«

Leo gab seiner Beurteilung etwas mehr Schliff. »Kein schlechter Arsch für 'ne Oma.«

Will dachte an die Situation im Auto, als sie bei der Beinahekollision mit dem TV-Transporter den Arm vor ihm ausgestreckt hatte. Es war das Mütterlichste, was er sie je hatte tun sehen.

Leo meinte: »Wette, die nimmt einen im Bett ganz schön her.«

Will versuchte, sich nicht zu schütteln, als er die Vorstellung aus seinem Kopf verscheuchte. »Wie gehts?«

»Meine Prostata lässt mich tröpfeln wie ein verdammtes Sieb. Habe seit zwei Monaten keine Nummer mehr geschoben, und ich habe diesen Husten, der einfach nicht vergeht.« Wie zum

Beweis hustete er und zog dann wieder an seiner Zigarette. »Und bei dir?«

Will straffte die Schulter. »Kann nicht klagen.«

»Nicht wenn man Angie Polaski zu Hause hat.« Bei Leos anzüglichem Lachen musste Will daran denken, wie ein asthmatischer Kinderschänder klingen würde, wenn er drei Packungen pro Tag rauchen würde. Angie hatte fünfzehn Jahre bei der Sitte gearbeitet, bevor sie die Truppe aus gesundheitlichen Gründen verließ. Leo hatte geglaubt, sie wäre eine Hure, nur weil ihr Job es erfordert hatte, dass sie sich wie eine anzog. Oder vielleicht waren es die vielen Männer, mit denen sie im Lauf der Jahre geschlafen hatte.

Will entgegnete: »Ich richte ihr schöne Grüße von dir aus.«

»Tu das.« Leo starrte zu Will hoch und nahm einen tiefen Zug an seiner Zigarette. »Was willst du wirklich hier?«

Will versuchte, ausweichend zu antworten. Er wusste, dass Leo sehr wütend werden würde, wenn man ihm den Fall entreißen würde. »Bentley hat jede Menge Beziehungen.«

Leo hob skeptisch die Augenbrauen. Trotz seines zerknitterten Anzugs und der fliehenden Neandertalerstirn war er lange genug Polizist, um zu erkennen, wenn jemand eine Frage nicht beantwortet hatte. »Bentley hat euch bestellt?«

»Das GBI kann sich an Fällen nur dann beteiligen, wenn es von der örtlichen Polizei oder der Regierung angefordert wurde.«

Leo lachte schnaubend, und Rauch quoll aus seinen Nasenlöchern. »Du hast Entführungen vergessen.«

»Und Bingo«, ergänzte Will. Das GBI hatte eine Sondereinheit, die sich um die Bingo-Hallen im Staat kümmerte. Es war die Art von Job, den man bekam, wenn man die falsche Person verärgert hatte. Vor zwei Jahren hatte Amanda Will ins Exil in die Berge von North Georgia geschickt, wo er seine Zeit damit zugebracht hatte, mit Meth dealende Hinterwäldler zu verhaften und über die Gefahren des Ungehorsams gegenüber direkten Vorgesetzten nachzudenken. Er hatte keinen Zweifel daran, dass die Bingo-Abteilung sein Schicksal sein würde, falls er sie je wieder verärgerte.

Will deutete zum Haus. »Was ist hier passiert?«

»Das Übliche.« Leo zuckte die Achseln. Er nahm noch einen langen Zug an seiner Zigarette und drückte sie auf der Schuhsohle aus. »Mom kommt vom Tennisspielen nach Hause, die Tür ist offen.« Er steckte den Stummel in seine Jackentasche und führte Will ins Haus. »Sie geht nach oben und sieht ihre Tochter, missbraucht und massakriert.« Er deutete auf die Treppe, die sich vor ihnen in die Höhe schwang. »Der Mörder ist noch da, sieht Mom – die übrigens verdammt heiß ist –, ein Kampf folgt und, Überraschung, er ist derjenige, der schließlich tot auf dem Boden liegt.«

Will betrachtete das mächtige Eingangsportal. Es bestand aus zwei Flügeltüren, die eine war geschlossen, die andere offen. Das eingeschlagene Seitenfenster war ein gutes Stück vom Türknauf entfernt. Man brauchte schon einen langen Arm, um da hindurchgreifen und die Tür öffnen zu können.

Er fragte: »Irgendwelche Haustiere?«

»Es gibt einen dreihundert Jahre alten gelben Labrador. Er war im Hinterhof. Stocktaub, wie die Mutter sagt. Hat wahrscheinlich die ganze Sache verschlafen.«

»Wie alt ist das Mädchen?«

»Siebzehn!«

Die Zahl hallte durch das gefliste Foyer, wo sich das Aroma von Lavendel-Raumspray und Leos Schweiß- und Nikotingeruch mit dem metallischen Gestank eines gewaltsamen Todes vermischten. Am Fuß der Treppe lag die Quelle des dominantesten aller Gerüche. Der Mann lag auf dem Rücken, die Hände wie in einer Unterwerfungsgeste mit den Innenflächen nach oben neben dem Kopf. Ein mittelgroßes Küchenmesser mit Holzgriff und gezahnter Klinge lag inmitten von Glasscherben einen knappen halben Meter neben seiner rechten Hand. Seine schwarzen Jeans sahen besudelt aus, die Haut an seinem Hals zeigte rote Quetschungen von der Strangulation. Der Anflug eines Schnurrbarts unter seiner Nase ließ seine Oberlippe schmutzig aussehen. Akne sprenkelte seine Koteletten. Die Schnürsenkel seiner Turnschuhe waren steif von getrocknetem Blut. Auf dem T-Shirt des Mörders prangte, völlig unpassend, eine tanzende Kirsche mit neckisch schiefem Stängel. Das Shirt war dunkelrot, und deshalb war es nur schwer festzustellen, ob die dunkleren Stellen Blut, Schweiß, Urin oder eine Mischung aus allen dreien war.

Will folgte dem Blick des Toten hoch zu dem Lüster, der von der Decke hing. Das Glas klimperte leicht in der künstlichen Brise von der Klimaanlage. Weiße Flecken tanzten durchs Foyer und wetteiferten mit dem Sonnenlicht, das durch das Giebelfenster über der Tür hereinfiel.

Will fragte: »Habt ihr ihn schon identifiziert?«

»Sieht so aus, als hätte er eine Brieftasche in seiner hinteren Tasche, aber er läuft uns ja nicht mehr davon. Ich will die Leiche nicht bewegen, bevor Pete da ist.« Er meinte Pete Hanson, den Leichenbeschauer der Stadt. »Der Täter sieht ziemlich jung aus, weißt du?«

»Ja«, stimmte Will ihm zu und dachte dabei, dass der Mörder wahrscheinlich noch nicht einmal alt genug war, um Alkohol zu kaufen. Amanda war aufgeregt gewesen bei der Aussicht auf einen Auftragsmord. Aber wenn Hoyt Bentleys Feinde keine Elitetruppe aus Highschool-Söldnern auf der Gehaltsliste hatten, dann war eine Verbindung in Wills Augen sehr unwahrscheinlich.

Er fragte: »Fall von häuslicher Gewalt?«

Leo zuckte noch einmal die Achseln, eine Geste, die eher schon ein Tick war. »Sieht so aus, was? Freund dreht durch, bringt das Mädchen um, gerät in Panik, als Mom nach Hause kommt, stürzt sich auf sie. Das Problem ist, Campano schwört, ihn noch nie zuvor gesehen zu haben.«

»Campano?«, wiederholte Will und spürte, wie sich bei dem Namen seine Eingeweide zusammenzogen.

»Abigail Campano. Das ist die Mutter.« Leo schaute ihn an. »Kennst du sie?«

»Nein.« Will blickte auf die Leiche hinunter und hoffte, dass seine Stimme ihn nicht verraten würde. »Ich dachte, der Familienname wäre Bentley.«

»Das ist der Vater der Frau. Ihr Mann ist Paul Campano. Besitzt eine ganze Reihe von Autohäusern. Den Werbeslogan hast du doch bestimmt schon gehört, oder? ›Bei Campano sagen wir nie Nein.‹«

»Wo ist er?«

Leos Handy klingelte, und er zog es sich vom Gürtel. »Sollte bald hier sein. Er telefonierte mit ihr, als es passierte. Er war derjenige, der 9-1-1 angerufen hat.«

Will räusperte sich. »Dürfte interessant sein zu erfahren, was er gehört hat.«

»Glaubst du?« Leo betrachtete Will sehr eingehend, während er sein Handy aufklappte und sich meldete: »Donnelly.«

Leo ging nach draußen, und Will sah sich im Foyer um, betrachtete die Leiche und die Glasscherben. Offensichtlich war es hier zu einem massiven Kampf gekommen. Blut befleckte den Boden, zwei verschiedene Paare Tennisschuhe hatten verschmierte Waffelabdrücke auf den cremig weißen Fliesen hinterlassen. Ein zerbrechlicher, antik aussehender Tisch war umgefallen, eine Glasschüssel lag zerbrochen daneben. Auch ein kaputtes Handy war zu sehen, das aussah, als wäre man daraufgetreten. Post lag verstreut herum wie Konfetti, und eine Frauenhandtasche war umgekippt, ihr Inhalt ergänzte das Durcheinander.

Drüben an der Wand stand eine Lampe aufrecht auf dem Boden, als hätte man sie dort hingestellt. Der Sockel war gesprungen, der Lampenschirm hing schief. Will fragte sich, ob jemand sie wieder aufgestellt hatte, oder ob die Lampe, allen Wahrscheinlichkeiten zum Trotz, auf dem Sockel gelandet war. Er fragte sich außerdem, ob irgendjemand den blutigen, nackten Fußabdruck neben der Lampe bemerkt hatte.

Sein Blick folgte der geschwungenen Linie der polierten Holztreppe, er sah zwei verschiedene blutige Tennisschuhabdrücke, die nach unten führten, aber keine weiteren Abdrücke von nackten Füßen. Die Wand zeigte abgestoßene Stellen und Furchen, wo Schuhe und Körperteile den Verputz beschädigt hatten, was darauf hindeutete, dass mindestens eine Person gestürzt sein musste. Die ganze Sache musste ziemlich brutal gewesen sein, Abigail Campano hatte gewusst, dass sie um ihr Leben kämpfte. Was den Jungen betraf, so war der alles andere als ein Leichtgewicht gewesen. Seine Muskeln zeichneten sich unter seinem roten T-Shirt deutlich ab. Noch bei seinem letzten Atemzug musste es ihn schockiert haben, dass man ihn überwältigt hatte.

Im Kopf machte Will sich eine Skizze des Hauses, um sich zu orientieren. Unter der Treppe führte ein langer Gang in den hinteren Teil des Hauses zu etwas, das aussah wie Küche und Familienzimmer. Links und rechts der Haustür gingen zwei Zimmer ab, die ursprünglich offensichtlich als Salons gedacht waren, in denen sich die Männer, ungestört von den Frauen, aufhalten konnten. Das eine Zimmer war mit einer zweiflügeligen Schiebetür verschlossen, aber die Tür des zweiten Zimmers, das offensichtlich als Bibliothek genutzt wurde, stand offen. Dunkle Holzverkleidung dominierte den Salon. Bücherregale säumten die Wände, und in einem großen, offenen Kamin war bereits Holz für ein Feuer aufgeschichtet. Das Mobiliar war schwer, wahrscheinlich Eiche. Zwei große Ledersessel standen im Mittelpunkt. Will nahm an, dass der andere Salon das genaue Gegenteil war, die Wände weiß oder cremefarben, die Einrichtung weniger maskulin.

Oben sah es wahrscheinlich so aus, wie es in diesen alten Häusern immer aussah: fünf oder sechs Schlafzimmer, verbunden von einem langen, T-förmigen Gang und einer schmalen Treppe am hinteren Ende, der ursprünglichen Dienertreppe, die hinunter in die Küche führte. Falls die Häuser in der Nachbarschaft zum Vergleich dienen konnten, gab es draußen wahrscheinlich eine Remise, die in eine Garage mit einer Wohnung darüber umgebaut worden war. Das ganze Anwesen auszumessen und für die Berichte zu skizzieren, würde viel Arbeit sein. Will war froh, dass sie nicht ihm zufallen würde.

Außerdem war er froh, nicht erklären zu müssen, warum der einzelne blutige Abdruck eines nackten Fußes nach oben zeigte und nicht zur Haustür.

Leo kam ins Haus zurück, offensichtlich ärgerte er sich über den Anruf. »Als hätte ich nicht schon genug Leute, die mir wegen dieser Prostatageschichte den Kopf in den Arsch stecken.« Er deutete auf die Szenerie. »Hast du das da für mich schon gelöst?«

Will fragte: »Wem gehört der grüne BMW draußen auf der Straße?«

»Der Mutter.«

»Was ist mit dem Mädchen – hatte das auch ein Auto?«

»Ebenfalls einen BMW, das musst du dir mal vorstellen, ein schwarzes 325er Cabrio. Die Eltern nahmen es ihm weg, als seine Noten schlechter wurden.« Er deutete zum Haus auf der anderen Straßenseite. »Die neugierige Nachbarin hat die Kleine verpfiffen, als sie das Auto während der Schulstunden in der Auffahrt stehen sah.«

»Hat die Nachbarin heute auch irgendwas gesehen?«

»Sie ist älter als der Hund, also mach dir nicht zu große Hoffnungen.« Er zuckte leicht eine Achsel und fügte hinzu: »Wir haben im Augenblick jemanden drüben, der mit ihr spricht.«

»Die Mutter ist sicher, dass sie den Mörder nicht kennt?«

»Eindeutig. Ich ließ sie ihn noch einmal anschauen, als sie sich ein wenig beruhigt hatte. Hat ihn noch nie in ihrem Leben gesehen.«

Will schaute den Toten erneut an. Alles fügte sich zusammen, aber nichts ergab einen Sinn. »Wie ist er hierhergekommen?«

»Keine Ahnung. Hätte den Bus nehmen und von der Peachtree zu Fuß hierhergehen können.«

Peachtree, eine der belebtesten Straßen in Atlanta, war weniger als zehn Minuten entfernt. Busse und Züge führen ober- und unterirdisch hin und her und brachten Tausende von Menschen zu den Bürogebäuden und Läden auf dieser Geschäftsmeile. Will hatte von Kriminellen gehört, die dümmere Sachen anstellen, als sich von einem Busfahrplan abhängig zu machen, um einen brutalen Mord zu begehen, aber diese Erklärung passte irgendwie nicht. Dies war Atlanta. Nur verzweifelte Arme und ökologische Exzentriker benutzten öffentliche Verkehrsmittel. Der Mann auf dem Boden war ein bürgerlicher, weißer Junge, in Sachen gekleidet, die aussahen wie eine Dreihundert-Dollar-Jeans und Zweihundert-Dollar-Turnschuhe von Nike. Entweder hatte er ein Auto, oder er wohnte in der Nachbarschaft.

Leo bemerkte: »Wir haben Streifenbeamte losgeschickt, die Ausschau halten nach Autos, die nicht hierhergehören.«

»Du warst der erste Detective vor Ort?«

Leo ließ sich Zeit, um Will wissen zu lassen, dass er die Frage nur aus reiner Höflichkeit beantwortete. »Ich war der erste Polizist, und Punkt«, sagte er schließlich. »Der Neuneinseinser kam gegen halb eins herein. Ich verdrückte eben die letzten Bissen von meinem Lunch in dem Sandwich-Laden an der Fourteenth. Ich war ungefähr drei Sekunden vor dem ersten Streifenwagen da. Wir kontrollierten das Haus, versicherten uns, dass sonst niemand mehr da war, und dann sagte ich allen, sie sollten sich verziehen.«

Die Fourteenth Street war weniger als fünf Minuten Fahrzeit von dieser Adresse entfernt. Es war ein Glück, dass der erste eintreffende Beamte ein Detective war, der den Tatort sichern konnte. »Du warst der Erste, der mit der Mutter gesprochen hat?«

»Sie war völlig durchgedreht, das kann ich dir sagen. Ich brauchte ungefähr zehn Minuten, um sie so weit zu beruhigen, dass sie ihre Geschichte erzählen konnte.«

»Und, sieht die Sache für dich sauber aus? Ein Fall von häuslicher Gewalt zwischen zwei Teenagern, dann kommt Mama dazu und treibt die Sache auf die Spitze?«

»Hat dich Hoyt Bentley deshalb geschickt, damit du das nachprüfst?«

Will wich der Frage aus. »Das ist ein sensibler Fall, Leo. Bentley spielt Golf mit dem Gouverneur. Er sitzt bei ungefähr der Hälfte der Wohltätigkeitsorganisationen dieser Stadt im Kuratorium. Würde es dich nicht eher überraschen, wenn wir *nicht da wären*?«

Leo zuckte die Achseln und nickte gleichzeitig. Vielleicht störte auch ihn etwas an dieser Szenerie, denn er redete weiter. »Die Mutter hat Abwehrverletzungen. Man sieht Spuren des Kampfes, teils von den Scherben hier, teils von den Kollisionen mit der Wand. Der tote Junge zeigt ähnliche Verletzungen, und auch einige Bissspuren an den Fingern, weil die Mutter so versuchte, sich aus seinen Händen zu befreien. Das Mädchen oben – das hat er sich richtig vorgenommen. Slip unten, BH hochgeschoben. Überall Blut.«

»Fand auch oben ein Kampf statt?«

»Ein bisschen was, aber nichts im Vergleich zu hier unten.« Er machte eine Pause, bevor er hinzufügte: »Willst du sie sehen?«

Will freute sich über die Einladung, aber Amanda hatte ihm mehr als deutlich zu verstehen gegeben, dass sie seine Einmischung nur dann wollte, wenn es Hinweise auf eine professionelle Attacke gab. Wenn Will oben etwas entdeckte, wie harmlos es auch sein mochte, lief er Gefahr, dass er später vor Gericht aussagen musste.

Dass er einfach nur neugierig war, konnte sie ihm jedoch nicht vorwerfen. »Wie wurde das Mädchen getötet?«

»Schwer zu sagen.«

Will schaute hinter sich zur offenen Haustür. Die Klimaanlage des Hauses lief mit voller Kraft und versuchte, die eindringende Hitze zurückzuhalten. »Hast du das alles hier drinnen schon fotografieren lassen?«

»Oben und unten«, erwiderte Leo. »Nach Fingerabdrücken und dem Rest suchen wir, nachdem die Leichen fortgebracht wurden. Übrigens, dann mache ich auch die Tür zu, weil dir das Kopfzerbrechen zu machen scheint. Ich versuche, den Tourismus hier so gering wie möglich zu halten.« Dann fügte er hinzu: »Bei einem solchen Fall, da dürften sich einige schwere Kaliber einmischen.«

Will hielt das für ein Understatement. Niemand hatte in der Nachbarschaft ein fremdes Auto gemeldet. Wenn Leos Theorie mit den öffentlichen Verkehrsmitteln keinen Bestand hatte, dann war der Junge wahrscheinlich ein Bewohner von Ansley Park. Und das hieß, dass er vermutlich aus einer Familie von Anwälten stammte. Leo musste jede Kleinigkeit exakt nach Vorschrift machen, denn sonst würde man ihn im Zeugenstand in der Luft zerreißen.

Will formulierte seine Frage von zuvor neu: »Wie ist sie gestorben?«

»Sie sieht absolut übel aus – das Gesicht wie rohes Hackfleisch, überall Blut. Überrascht mich, dass die Mutter sie überhaupt erkannt hat.« Leo hielt inne, sah aber, dass Will offensichtlich eine konkretere Antwort wollte. »Meine Vermutung? Er hat sie geschlagen und dann erstochen.«

Wieder schaute Will sich den Toten auf dem Boden an. Seine Handflächen waren mit getrocknetem Blut bedeckt, und das war etwas, das man bei einer geschlossenen Faust, die auf jemanden einschlägt, oder auch einer Hand, die ein Messer hält, nicht erwarten würde. Auch wirkten die Knie seiner schwarzen Jeans dunkel, als hätte er in etwas Feuchtem gekniet. Sein T-Shirt war bis knapp unter die Rippen hochgeschoben. Eine frische Prellung erstreckte sich vom Bauch in den Bund seiner Jeans.

Will fragte: »Wurde die Mutter verletzt?«

»Wie schon gesagt, Kratzer auf Handrücken und Armen. Auf der Handfläche hat sie einen tiefen Schnitt von den Scherben auf dem Boden.« Leo zählte weiter auf: »Viele Prellungen und blaue Flecken, eine aufgesprungene Lippe, ein bisschen Blut im Ohr. Hat sich vielleicht einen Knöchel verstaucht. Ich dachte zuerst, er sei gebrochen, aber sie konnte ihn bewegen.« Er rieb sich den Mund, hätte wahrscheinlich gern eine Zigarette zwischen den Lippen. »Ich habe einen Krankenwagen gerufen, aber sie sagte, sie gehe erst weg, wenn ihre Tochter entfernt ist.«

»Hat sie es so gesagt, ›entfernt‹?«

Leo fluchte leise, als er sein Spiralnotizbuch aus der Tasche zog. Er blätterte zur entsprechenden Seite und zeigte sie Will.

Will runzelte die Stirn, als er das unleserliche Gekritzel sah. »Hast du einem Huhn die Fingerabdrücke abgenommen?«

Leo drehte das Notizbuch wieder zu sich und las laut vor: »Ich werde meine Tochter nicht liegen lassen. Ich werde dieses Haus erst verlassen, wenn auch Emma es verlässt.«

Will ließ sich den Namen durch den Kopf gehen, und das Mädchen wurde für ihn zu einer Person, nicht nur zu einem anonymen Opfer. Emma war einmal ein Baby gewesen. Ihre Eltern hatten sie in den Armen gehalten, sie beschützt, ihr einen Namen gegeben. Und jetzt hatten sie sie verloren.

Er fragte: »Was sagt die Mutter?«

Leo klappte das Notizbuch wieder zu. »Nur die nackten Fakten. Ich verwette mein linkes Ei, dass sie Anwältin war, bevor sie sich schwängern ließ und den Beruf für das gute Leben an den Nagel hängte.«

»Wie kommst du darauf?«

»Sie ist sehr vorsichtig bei allem, was sie sagt, wie sie es sagt. Viel ›Ich hatte den Eindruck‹ und ›Ich hatte die Befürchtung‹.«

Will nickte. Eine Berufung auf Notwehr fußte ausschließlich auf den Einschätzungen der betreffenden Person, dass er oder sie sich zum Zeitpunkt des Angriffs in unmittelbarer Todesgefahr befunden habe. Campano legte offensichtlich bereits jetzt das Fundament dafür, aber Will wusste nicht, ob sie es tat, weil sie gerissen war oder weil sie die Wahrheit sagte. Er schaute noch einmal zu dem toten Mann hinunter, den blutverklebten Handflächen, dem durchnässten T-Shirt. Hinter der Sache steckte mehr, als man auf den ersten Blick sah.

Leo legte Will die Hand auf die Schulter. »Hör zu, ich muss dich warnen ...«

Er brach ab, als die Schiebetüren aufgingen. Amanda stand neben einer jungen Frau. Hinter ihnen sah Will eine andere Frau auf einer Couch sitzen. Sie trug einen weißen Tennisdress. Ihr offensichtlich verletzter Fuß ruhte auf dem Couchtisch. Ihre Tennisschuhe standen darunter auf dem Boden.

»Special Agent Trent«, sagte Amanda und schob die Schiebetüren hinter sich zu. »Das ist Detective Faith Mitchell.« Amanda musterte Leo von oben bis unten wie einen schlechten Fisch und wandte sich dann wieder der Frau zu. »Special Agent Trent steht zu Ihrer Verfügung. Das GBI wird Ihnen mit dem größten Vergnügen jede erdenkliche Hilfe anbieten.« Sie schaute Will mit hochgezogener Augenbraue an, um ihn wissen zu lassen, dass das genaue Gegenteil zutraf. Dann fügte sie, vielleicht weil sie dachte, er sei begriffsstutzig, hinzu: »Ich brauche Sie in einer Stunde wieder im Büro.«

Obwohl Will genau dies erwartet hatte, traf es ihn dennoch unvorbereitet. Sein Auto stand in der Innenstadt vor der City Hall. Donnelly würde hier am Tatort bleiben müssen, bis er geräumt war, und jeder der Uniformierten würde sich über die Gelegenheit freuen, Will Trent allein auf dem Rücksitz seines Streifenwagens sitzen zu haben.

»Agent Trent?« Faith Mitchell wirkte verärgert, was Will auf den Gedanken brachte, er hätte etwas verpasst.

Er fragte: »Verzeihen Sie?«

»Das werde ich mir noch überlegen«, murmelte sie, und Will konnte nur die Augen aufreißen und sich fragen, *was er verpasst hatte.*

Leo schien an dem Wortwechsel nichts Ungewöhnliches zu finden. Er fragte Faith Mitchell: »Hat die Mutter irgendwas gesagt?«

»Die Tochter hat eine beste Freundin.« Wie Leo hatte auch Faith Mitchell ein kleines Spiralnotizbuch in der Tasche. Sie blätterte es durch, bis sie den Namen fand. »Kayla Alexander. Die Mutter sagt, wir finden sie wahrscheinlich in der Schule. Westfield Academy.«

Will kannte die teure Privatschule in einem der Außenbezirke von Atlanta. »Warum war Emma nicht in der Schule?«

Faith antwortete Leo, obwohl Will die Frage gestellt hatte. »Es hatte da in der Vergangenheit schon ein paar Probleme mit Schulschwänzen gegeben.«

Will war kaum ein Experte, aber er konnte sich nicht vorstellen, dass eine Jugendliche die Schule schwänzte, ohne ihre beste Freundin mitzunehmen. Außer sie traf sich mit ihrem Freund. Er schaute noch einmal zu der Treppe und wünschte sich, er könnte nach oben gehen und den Tatort untersuchen. »Warum war die Mutter heute nicht zu Hause?«

Faith sagte: »Sie hat eine wöchentliche Verabredung im Klub. Normalerweise kommt sie erst gegen drei Uhr nach Hause.«

»Das heißt, wenn jemand das Haus beobachtet hätte, dann hätte er gewusst, dass Emma allein hier war.«

Faith sagte zu Leo: »Ich brauche ein bisschen frische Luft.« Sie ging zur Tür hinaus und stand dann, die Hände in die Hüften gestützt, auf der Veranda. Sie war jung, wahrscheinlich Anfang dreißig, durchschnittlich groß und hübsch auf die Art, wie man schlanke, blonde Frauen traditionell als hübsch betrachtete – allerdings hatte sie etwas an sich, das verhinderte, dass sie wirklich attraktiv wirkte. Vielleicht war es die finstere Miene, die sie die ganze Zeit zur Schau gestellt hatte, oder das Aufblitzen von nacktem Hass in ihren Augen.

Leo murmelte eine Entschuldigung. »Tut mir leid, Mann. Ich wollte dir eben sagen ...«

Auf der anderen Seite des Foyers gingen die Schiebetüren wieder auf. Abigail Campano stand in der Tür, das eine Bein leicht angewinkelt, damit sie ihren verletzten Knöchel nicht belasten musste. Anders als bei Faith hatten ihre blonden Haare und ihre perfekte, milchig weiße Haut etwas Strahlendes. Obwohl ihre Augen vom Weinen verquollen waren und ihre aufgeschlagene Lippe noch immer blutete, war diese Frau wirklich wunderschön.

»Mrs. Campano«, setzte Will an.

»Abigail«, unterbrach sie ihn leise. »Sind Sie der Agent vom GBI?«

»Ja, Ma'am. Ich möchte Ihnen mein Beileid aussprechen.«

Sie starrte ihn verwirrt an, wahrscheinlich, weil sie mit dem Tod ihrer Tochter noch immer nicht zurechtkam.

»Können Sie mir ein bisschen was über Ihre Tochter erzählen?«

Der verständnislose Blick verschwand nicht.

Will versuchte, ihr auf die Sprünge zu helfen. »Sie haben Detective Donnelly erzählt, dass sie in letzter Zeit öfter die Schule geschwänzt hat?«

Sie nickte langsam. »Offensichtlich hat sie es geschafft ...« Sie brach ab, als sie zu dem Toten auf dem Boden hinüberschaute. »Kayla hat sie im letzten Jahr zum Schwänzen verführt. Früher hat sie so etwas nie getan. Sie war immer ein braves Mädchen. Hat immer versucht, das Richtige zu tun.«

»Gab es noch andere Probleme?«

»Das scheint mir jetzt alles so unwichtig.« Ihre Lippen zitterten, sie kämpfte mit ihren Gefühlen. »Sie hat angefangen, uns freche Antworten zu geben, ihren eigenen Kopf durchzusetzen. Sie wollte ihr eigener Mensch sein, und wir wollten sie noch immer als unser kleines Mädchen sehen.«

»Abgesehen von Kayla, hatte Emma noch andere Freundinnen? Einen Freund?«

Abigail schüttelte den Kopf und schlang sich die Arme um die Brust. »Sie war sehr schüchtern. Sie fand nicht so leicht neue Freunde. Ich weiß nicht, wie das passieren konnte.«

»Hat Kayla einen Bruder?«

»Nein, sie ist ein Einzelkind.« Ihre Stimme brach. »Wie Emma.«

»Glauben Sie, Sie könnten uns eine Liste mit den Namen der anderen Jugendlichen schreiben, mit denen sie zusammen war?«

»Es gab Bekanntschaften, aber Emma suchte sich immer nur einen Menschen aus, mit dem ...« Wieder brach sie ab. »Eigentlich hatte sie niemanden außer Kayla.« Etwas in ihrer Stimme klang so endgültig, so absolut überzeugt von der Einsamkeit ihrer Tochter, dass Will nicht anders konnte, als ihre Traurigkeit mitzufühlen. Außerdem hoffte er sehr, dass Leo vorhatte, mit dieser Kayla zu reden. Wenn sie so viel Einfluss auf Emma Campanos Leben gehabt hatte, wie ihre Mutter andeutete, dann wusste sie wahrscheinlich sehr viel mehr darüber, was an diesem Tag hier passiert war, als sonst irgendjemand.

Will fragte Abigail: »Gibt es irgendjemanden, der vielleicht einen Groll gegen Sie oder Ihren Ehemann hegt?«

Sie schüttelte nur den Kopf und starrte gebannt auf den Toten, der im Foyer lag. »Es ging alles so schnell. Ich muss die ganze Zeit daran denken, was ich getan habe ... was ich sonst noch hätte tun können ...«

»Ich weiß, dass Sie das bereits gefragt wurden, aber sind Sie ganz sicher, dass Sie diesen Mann nicht kennen?«

Abigail schloss die Augen, aber er stellte sich vor, dass sie den Mörder ihrer Tochter noch immer sehen konnte. »Ja«, antwortete sie schließlich, »er ist mir völlig fremd.«

Plötzlich ertönte an der Vorderseite des Hauses das Geschrei eines Mannes. »Gehen Sie mir, verdammt noch mal, aus dem Weg!«

Will hörte draußen eine Balgerei, Polizisten, die jemandem befahlen, stehen zu bleiben, und dann stürmte Paul Campano die Vordertreppe hoch wie ein Mann in Flammen. Er stieß Faith Mitchell beiseite und stürzte ins Haus. Ein Uniformierter fing sie gerade noch auf, als sie, gefährlich nahe am Rand der Veranda, nach hinten taumelte. Beide sahen nicht besonders glücklich aus, aber Leo bewegte die Hand, um ihnen zu sagen, dass sie es gut sein lassen sollten.

Paul stand mit geballten Fäusten im Foyer. Will fragte sich, ob das etwas Genetisches war – dass man entweder der Typ war, der die ganze Zeit die Fäuste ballte, oder eben nicht.

»Paul ...«, flüsterte Abigail und eilte zu ihm.

Auch mit seiner Frau in den Armen hatte Paul die Fäuste noch geballt.

Faith war offensichtlich stinksauer. Ihre Stimme klang ziemlich scharf. »Mr. Campano, ich bin Detective Faith Mitchell vom Atlanta Police Department. Das ist Detective Donnelly.«

Paul hatte kein Interesse an Vorstellungen. Über die Schulter seiner Frau hinweg starrte er den Toten an. »Ist das der Mistkerl, der es getan hat?« Seine Stimme wurde zu einem Knurren. »Wer ist er? Was hat er in meinem Haus zu suchen?«

Faith und Leo wechselten einen Blick, den Will verpasst hätte, wenn er sie nicht beobachtet hätte, um seine eigenen Schlüsse über ihr Verhältnis zu ziehen. Sie waren Partner, offensichtlich hatten sie eine gemeinsame geheime Zeichensprache, und es sah so aus, als hätte Faith diesmal den Kürzeren gezogen.

Sie schlug vor: »Mr. Campano, können wir vielleicht nach draußen auf die Veranda gehen und über alles reden?«

»Und wer, zum Teufel, sind Sie?« Paul starrte Will böse an, und seine Knopfaugen verschwanden fast unter den zusammengezogenen Augenbrauen.

Will überraschte die Frage kaum, und auch die Art nicht, wie sie gestellt wurde. Als Paul Campano zum letzten Mal auf diese Art mit ihm gesprochen hatte, war Will zehn Jahre alt gewesen, und sie lebten beide in einem Kinderheim, im Atlanta Children's Home. Seitdem hatte sich viel verändert. Will war größer und kräftiger, seine Haare waren dunkler geworden. Das Einzige, was sich an Paul verändert hatte, war, dass er offensichtlich noch schwerer und gemeiner geworden war.

Leo beantwortete die Frage: »Mr. Campano, das ist Agent Trent vom GBI.«

Will versuchte, Paul ein wenig zu beruhigen, ihm das Gefühl zu vermitteln, er könne ihm helfen. »Wissen Sie, ob Ihre Tochter irgendwelche Feinde hatte, Mr. Campano?«

»Emma?«, fragte er und starrte Will an. »Natürlich nicht. Sie war doch erst siebzehn Jahre alt.«

»Was ist mit Ihnen?«

»Nein«, blaffte er. »Keinen, der so etwas ...« Er konnte den Satz nicht beenden, schüttelte nur den Kopf. Dann schaute er wieder den toten Mörder an. »Wer ist dieser Schweinehund? Was hat Emma ihm je getan?«

»Alles, was Sie uns sagen können, hilft uns weiter. Vielleicht könnten Sie und Ihre Frau ...«

»Sie ist da oben, nicht?«, unterbrach Paul ihn und schaute die Treppe hoch. »Mein Baby ist da oben.«

Niemand antwortete ihm, aber Leo machte ein paar Schritte auf die Treppe zu, um ihm den Weg zu versperren.

Paul sagte: »Ich will sie sehen.«

»Nein«, sagte Abigail mit zitternder Stimme. »So willst du sie nicht sehen, Paul. Du willst es nicht wissen.«

»Ich muss sie sehen.«

»Hören Sie auf Ihre Frau«, meinte Faith besänftigend. »Sie bekommen sie sehr bald zu sehen. Nur jetzt müssen Sie uns unsere Arbeit machen lassen, wir kümmern uns um sie.«

Paul blaffte Leo an: »Gehen Sie mir aus dem Weg.«

»Sir, ich glaube nicht ...«

Leo bekam eine Breitseite seines Zorns ab. Paul stieß ihn gegen die Wand und stürmte die Treppe hoch. Will lief hinter ihm her und wäre beinahe mit ihm zusammengestoßen, als Paul oben auf dem Treppenabsatz unvermittelt stehen blieb.

Er stand wie versteinert da und starrte die leblose Gestalt seiner Tochter am anderen Ende des Gangs an. Das Mädchen war mindestens fünf Meter entfernt, aber seine Präsenz erfüllte den Raum, als wäre es direkt vor ihnen. Die ganze Aggressivität schien plötzlich aus Paul herauszufließen. Wie die meisten Tyrannen konnte er ein Gefühl nie lange aufrechterhalten.

»Ihre Frau hatte recht«, sagte Will zu ihm. »Sie wollen sie so nicht sehen.«

Paul verstummte, sein Keuchen war das einzige hörbare Geräusch. Die rechte Hand lag flach auf der Brust, als würde er den Treueeid schwören. Tränen standen ihm in den Augen.

Er schluckte schwer. »Da stand diese Glasschüssel auf dem Tisch …« Seine Stimme war flach, leblos geworden. »Wir haben sie in Paris gekauft.«

»Wie schön«, sagte Will und dachte, dass er sich Paul in einer Million Jahren nicht in Paris vorstellen konnte.

»Wie das hier oben aussieht.«

»Es gibt Leute, die das putzen und aufräumen können.«

Er verstummte wieder, und Will folgte seinem Blick, betrachtete die Szene. Leo hatte recht, unten sah es wirklich schlimmer aus als oben, aber hier lag etwas viel Hinterhältigeres und Bedrohlicheres in der Luft. Hier gab es dieselben blutigen Schuhabdrücke, die auf der ganzen Länge des Gangs kreuz und quer über den weißen Teppichboden liefen. Blutspritzer sprenkelten die Wände. Aus irgendeinem Grund war für Will das Aufwühlendste der einzelne rote Handabdruck direkt über dem Kopf des Opfers, wo der Angreifer sich offensichtlich abgestützt hatte, während er sie vergewaltigte.

»Mülleimer, nicht?«

Paul Campano suchte nicht nach einem Abfallbehälter. Als sie noch Kinder waren, hatte er Will »Mülleimer« genannt. Die

Erinnerung steckte Will wie ein Kloß im Hals. Er musste schlucken, bevor er antworten konnte. »Ja.«

»Sag mir, was mit meiner Tochter passiert ist.«

Will überlegte, aber nur für einen Augenblick. Er musste sich seitlich drehen, um an Paul vorbei in den Gang zu kommen. Vorsichtig, um nichts zu verändern, näherte Will sich dem Tatort.

Emmas Leiche lag parallel zu den Wänden, der Kopf zeigte von der Treppe weg. Als Will auf sie zuging, blieb sein Blick immer wieder an dem Handabdruck hängen, auf der perfekten Abbildung von Handfläche und Fingern. Der Magen drehte sich um bei dem Gedanken, was der Kerl getan hatte, als er den Abdruck hinterließ.

Einen guten Meter vor dem Mädchen blieb Will stehen. »Wahrscheinlich wurde sie hier getötet«, sagte Will, denn an der Blutlache auf dem Teppich erkannte er, dass das Mädchen nicht bewegt worden war. Er kauerte sich neben der Leiche hin und stützte die Hände auf die Knie, damit er nicht zufällig etwas berührte. Emmas Shorts waren an einem Knöchel zusammengeschoben, ihre Füße nackt. Unterwäsche und T-Shirt waren vom Angreifer heruntergezogen und hochgeschoben worden. Bissspuren leuchteten dunkelrot auf dem Weiß ihrer Brüste. Kratzer und Quetschungen liefen an den Innenseiten ihrer Schenkel hoch, Schwellungen zeigten die Gewalt, die man ihr angetan hatte. Sie war dünn, mit schulterlangen blonden Haaren wie ihre Mutter und breiten Schultern wie ihr Dad. Man konnte nicht mehr sagen, wie sie im Leben ausgesehen hatte. Ihr Gesicht war so zerschlagen, dass das Schädeldach nach unten gesackt war und Augen und Nase verdeckte. Der einzige Anhaltspunkt war der Mund, ein klaffendes, zahnloses, blutiges Loch.

Will schaute sich nach Paul um. Der Mann stand noch immer erstarrt am Treppenabsatz. Seine großen, fleischigen Hände hatte er vor der Brust gefaltet wie eine nervöse alte Frau, die auf schlechte Nachrichten wartete.

Will wusste nicht genau, was er tatsächlich sehen konnte, ob die Entfernung die Brutalität eher linderte oder noch schlimmer machte.

Will erklärte ihm: »Sie wurde geschlagen. Ich sehe etwas, das zwei Stichwunden sein könnten. Eine direkt unter der Brust. Die andere über ihrem Nabel.«

»Sie hat ihn sich letztes Jahr piercen lassen.« Paul lächelte gequält. Will schaute ihn an, und Paul nahm es als Aufforderung, fortzufahren. »Sie und ihre beste Freundin reisten nach Florida und kamen zurück mit …« Er schüttelte den Kopf. »Wenn du ein Kind bist, hältst du so eine Scheiße für lustig, aber wenn du Vater oder Mutter bist und deine Tochter mit einem Ring im Nabel nach Hause kommt …« Sein Gesicht verzog sich, während er gegen seine Gefühle ankämpfte.

Will wandte sich wieder dem Mädchen zu. In der Haut seines Nabels steckte ein Silberring.

Paul fragte: »Wurde sie vergewaltigt?«

»Wahrscheinlich.« Er hatte das Wort zu schnell gesagt. Sein Klang blieb in der schalen Luft hängen.

»Vorher oder nachher?« Pauls Stimme zitterte. Er war mehr als vertraut mit den Taten, zu denen Männer fähig waren.

Das Blut auf ihrem Unterbauch und der Brust war verschmiert, was darauf hindeutete, dass jemand auf ihr gelegen hatte, nachdem die schlimmste Prügelei vorüber war. »Das wird der Coroner feststellen müssen. Ich kann es nicht sagen.«

»Lügst du mich an?«

»Nein«, antwortete Will und versuchte, nicht den Handabdruck anzusehen, sich nicht vom schlechten Gewissen auffressen zu lassen, sodass schließlich er es wäre, der diesem Mann die grässliche Wahrheit über den gewaltsamen, entwürdigenden Tod seiner Tochter sagte.

Plötzlich spürte er Paul direkt hinter sich.

Will stand auf und versperrte ihm den Weg. »Das ist der Schauplatz eines Verbrechens. Du musst …«

Pauls Mund klappte auf. Er kippte gegen Will, als wäre alle Luft aus seinem Körper geströmt. »Das ist nicht ...« Sein Mund bewegte sich, Tränen traten ihm in die Augen. »Das ist nicht Emma.«

Will versuchte, den Mann von seiner Tochter wegzudrehen. »Gehen wir nach unten. Du musst nicht noch mehr sehen.«

»Nein«, entgegnete Paul, und seine Finger gruben sich in Wills Arm. »Ich meine es ernst. Das ist nicht sie.« Er schüttelte heftig den Kopf. »Das ist nicht Emma.«

»Ich weiß, wie schwer das für dich ist.«

»Leck mich, was weißt denn du schon!« Paul stieß sich von Will weg. »Hat dir schon mal jemand gesagt, dass deine Tochter tot ist?« Er starrte das Mädchen an und schüttelte weiter den Kopf. »Das ist nicht Emma.«

Will versuchte, vernünftig mit ihm zu reden. »Ihr Nabel ist gepierct, wie du gesagt hast.«

Er schüttelte den Kopf, die Wörter blieben ihm im Hals stecken. »Das ist nicht ...«

»Na komm«, sagte Will besänftigend und schob ihn ein paar Schritte zurück, versuchte, ihn davon abzuhalten, den Tatort noch weiter zu kontaminieren.

Nun schossen Paul die Wörter beinahe aus dem Mund. »Ihre Haare, Mülleimer. Emma hat längere Haare. Fast bis zum Hintern. Und sie hat ein Muttermal auf dem rechten Arm – Emma meine ich. Schau, da ist nichts. Da ist kein Muttermal.«

Will musterte den Arm. Bis auf das Blut war die Haut vollkommen weiß.

»Rechter Arm«, zischte Paul verärgert. Er deutete auf den anderen Arm. »Emma hat ein Muttermal.« Als Will nicht reagierte, zog er seine Brieftasche heraus. Quittungen und Zettel fielen zu Boden, als er darin wühlte. »Es hat eine komische Form, wie ein Handabdruck. Die Haut ist dort dunkler.« Er fand, wonach er suchte, und gab Will ein Foto. Auf dem Bild war Emma viel jünger. Sie trug eine Cheerleader-Uniform. Den rechten Arm hatte sie zur Seite gestreckt, in der Hand trug sie ein Pompom. Paul hatte recht; das Muttermal sah aus, als hätte sie jemand mit der Hand am Arm gepackt und einen Abdruck hinterlassen.

Trotzdem sagte Will: »Paul, wir sollten keine ...«

»Abby! Das ist nicht sie. Das ist nicht Emma.« Paul lachte erleichtert. »Schau dir ihren Arm an, Müll. Da ist nichts. Das ist nicht Emma. Es muss Kayla sein. Sie sehen sich sehr ähnlich. Und die ganze Zeit tauschen sie ihre Klamotten. Das muss sie sein.«

Abigail kam nach oben gerannt, Faith dicht hinter ihr.

»Zurück.« Will streckte die Arme aus wie ein Schülerlotse, versperrte ihnen den Weg und schob Paul mit der Brust zurück. Der Mann grinste noch immer wie ein Trottel. Sein einziger Gedanke war, dass seine Tochter nicht tot war. Den nächsten Schritt hatte sein Verstand noch nicht gemacht.

»Halten Sie sie hier«, sagte Will zu Faith. Sie nickte und stellte sich vor die Eltern. Vorsichtig ging Will noch einmal zu dem toten Mädchen. Er kauerte sich wieder hin, betrachtete die Schuhabdrücke, die Spritzer an den Wänden. Quer über den Körper des toten Mädchens verlief ein dünner Blutbogen, der nun seine Aufmerksamkeit erregte. Wie eine fein gezeichnete Linie führte er direkt unter den Brüsten entlang. Beim ersten Mal hatte Will ihn nicht bemerkt, aber jetzt hätte er seine Pension darauf verwettet, dass das Blut von dem Jungen unten stammte.

»Das ist nicht sie«, beharrte Paul. »Das ist nicht Emma.«

Faith versuchte es mit vernünftigen Argumenten. »Es ist manchmal schwer, wenn man jemanden verliert, den man sehr liebt. Verdrängung ist dabei verständlich.«

Paul explodierte. »Hörst du mir zu, du blöde Kuh? Ich werde nicht die zwölf Stufen der Trauer durchleiden. Ich *weiß, wie meine verdammte Tochter aussieht!*«

Leo rief: »Alles in Ordnung da oben?«

»Alles unter Kontrolle«, sagte Faith und klang dabei, als wäre das genaue Gegenteil der Fall.

Will schaute sich die nackten Füße des toten Mädchens an. Die Sohlen waren sauber, offensichtlich die einzigen Teile seines Körpers, die keine Blutspuren zeigten.

Er stand auf und bat Abigail: »Erzählen Sie mir, was passiert ist.«

Sie schüttelte den Kopf, noch konnte sie die Hoffnung nicht zulassen. »Ist das Emma? Ist das sie?«

Will musterte die schwachen roten Streifen auf dem Rock von Abigails Tennisdress, die Übertragungsmuster auf ihrer Brust. Er bemühte sich um eine feste Stimme, obwohl sein Herz so hämmerte, dass es gegen seine Rippen drückte. »Erzählen Sie mir genau, was von dem Augenblick an, als Sie hier ankamen, passiert ist.«

»Ich war in meinem Auto ...«

»Von der Treppe an«, unterbrach sie Will. »Sie kamen die Treppe hoch. Sind Sie zu der Leiche gegangen? Waren Sie in diesem Bereich?«

»Ich stand hier«, sagte sie und deutete auf den Boden vor ihren Füßen.

»Was haben Sie gesehen?«

Tränen liefen ihr die Wangen hinunter. Ihr Mund bewegte sich stumm, während ihr Blick über die Leiche wanderte. Schließlich sagte sie: »Ich sah ihn über ihr stehen. Er hatte ein Messer in der Hand. Ich fühlte mich bedroht.«

»Ich weiß, dass Sie Ihr Leben bedroht fühlten«, versicherte ihr Will. »Erzählen Sie mir einfach, was als Nächstes passiert ist.«

Ihr Kehlkopf bewegte sich. »Ich bin in Panik geraten. Ich machte einen Schritt zurück und fiel die Treppe hinunter.«

»Und was hat er getan?«

»Er kam hinter mir her – dir Treppe herunter.«

»Hatte er das Messer noch in der Hand?« Sie nickte. »Hatte er es erhoben?«

Sie nickte noch einmal und schüttelte dann den Kopf. »Ich weiß es nicht. Nein. Er hatte es an der Seite.« Sie drückte sich die Hand an die Flanke, um es zu demonstrieren. »Er kam die Treppe herunter. Es war an seiner Seite.«

»Hob er das Messer, als er unten ankam?«

»Ich trat nach ihm, bevor er unten ankam. Um ihn umzustoßen.«

»Was passierte mit dem Messer?«

»Er ließ es fallen, als er hinfiel. Ich – Dann schlug er mich auf den Kopf. Ich dachte, er würde mich umbringen.«

Will drehte sich um und schaute die Schuhabdrücke noch einmal an. Sie waren überall, chaotisch verteilt. Zwei Personen waren in das Blut getreten, hin und her gelaufen und hatten gekämpft. »Sind Sie sicher, dass Sie den Gang hier oben nicht betreten haben?«

Sie nickte.

»Hören Sie mir jetzt sehr gut zu. Sie sind hier oben nicht herumgegangen? Sie sind nicht zu Ihrer Tochter gegangen? Sie sind nicht in Blut getreten?«

»Nein. Ich war hier. Genau hier. Ich bin am Treppenabsatz stehen geblieben, und er kam auf mich zu. Ich dachte, er würde mich umbringen. Ich dachte ...« Sie konnte nicht weiterreden, hielt sich die Hand vor den Mund. Ihre Stimme brach, als sie ihren Mann fragte: »Das ist nicht Em?«

Will sagte zu Faith: »Halten Sie beide genau hier«, und ging die Treppe hinunter.

Leo stand in der Haustür und unterhielt sich mit einem der Uniformierten. Er fragte Will: »Was ist los?«

»Wir warten nicht auf Pete«, befahl er und trat über die Leiche. »Ich brauche jetzt sofort eine Identifikation dieses Jungen.« Abigail Campanos Schuhe fand er unter dem Couchtisch im Salon. Das Sohlenmuster zeigte ein kurzes Zickzack, kein Waffelmuster. Bis auf ein paar Abriebspuren an der Schuhspitze war keine Spur von Blut an ihnen.

Im Foyer zog Leo ein Paar Latexhandschuhe aus seiner Tasche. »Die neugierige Nachbarin von gegenüber sagt, sie hätte vor ein paar Stunden ein Auto in der Auffahrt stehen sehen. Könnte gelb, könnte weiß gewesen sein. Mit vier Türen oder mit zwei.«

Will untersuchte die Turnschuhe des Toten. Waffelmuster, getrocknetes Blut in der Lauffläche. Er sagte: »Gib mir die.« Leo gab ihm die Handschuhe, und Will zog sie an. »Deine Fotos hast du ja, oder?«

»Ja. Was ist los?«

Behutsam schob Will das T-Shirt des Toten hoch. Wo das Shirt an der Taille zusammengeknüllt war, war der Stoff noch nass, und auf der nackten Haut hinterließ es einen merkwürdigen, rosa Ton.

Leo fragte: »Willst du mir sagen, was du da machst?«

Da war so viel Blut, dass kaum etwas zu sehen war. Will drückte leicht auf den Unterbauch, ein schmaler Schlitz öffnete sich und eine schwarze Flüssigkeit quoll heraus.

»Scheiße«, zischte Leo. »Hat die Mutter ihn erstochen?«

»Nein.« Will sah jetzt, wie es passiert sein musste. Der junge Mann hatte oben neben der Leiche gekniet, ein Messer steckte in seiner Brust. Wahrscheinlich hatte er das Messer herausgezogen, und arterielles Blut war auf die Leiche des Mädchens gespritzt. Dann hatte der Mann wohl versucht, aufzustehen und Hilfe zu holen, obwohl seine Lunge bereits kollabierte. In diesem Augenblick war Abigail Campano oben am Treppenabsatz aufgetaucht. Sie sah nur den Mann, der ihre Tochter umgebracht hatte. Er sah die Frau, die sie alle retten könnte.

Leo schaute die Treppe hoch, dann wieder auf den toten Jungen hinunter und begriff schließlich. »Scheiße.«

Will riss sich die Handschuhe herunter und versuchte, nicht an die verlorene Zeit zu denken. Er ging zu dem blutigen Abdruck eines nackten Fußes und stellte fest, dass das Körpergewicht auf dem Fußballen geruht hatte. Auf der untersten

Stufe war eine kleine Ansammlung von Blutstropfen zu sehen – insgesamt sechs.

Will rekonstruierte den Ablauf sowohl für Leo wie für sich selbst. »Emma war bewusstlos. Der Mörder trug sie auf der Schulter.« Will kniff die Augen zusammen, um sich die Szene besser vorstellen zu können. »Hier unten blieb er stehen, um Luft zu holen. Ihr Kopf und ihre Arme hingen über seinen Rücken. Die Blutstropfen auf der untersten Stufe sind beinahe vollkommen rund, was bedeutet, dass sie senkrecht nach unten fielen.« Will deutete auf den Fußabdruck. »Er verlagerte ihr Gewicht nach vorn. Ihr Fuß berührte den Boden – deshalb zeigt der Abdruck zur Treppe und nicht zur Tür. Nachdem er sie die Treppe heruntergetragen hatte, musste er ihr Gewicht verlagern, damit er sie zur Tür hinaustragen konnte.«

Leo versuchte, sich zu rechtfertigen. »Die Geschichte der Mutter klang stimmig. Wie hätte ich darauf kommen sollen, dass …«

»Ist unwichtig.« Will schaute nach oben. Abigail und Paul Campano beugten sich über das Geländer und starrten ungläubig nach unten. »Hat Kayla ein Auto?«

Abigail antwortete zögernd. »Sie fährt einen weißen Prius.«

Will zog sein Handy heraus und drückte den entsprechenden Kurzwahlknopf. Zu Leo sagte er: »Versuche, die alte Dame in Bezug auf das Auto festzunageln – wenn's sein muss, zeig ihr eine Fotosammlung. Kontrolliere alle 9-1-1-Anrufe, die in den letzten fünf Stunden aus dieser Gegend kamen. Deine Jungs sollen noch einmal die Nachbarschaft abgrasen. Zuvor waren jede Menge Jogger unterwegs, die wahrscheinlich mittlerweile nach Hause gekommen sind. Ich informiere die Highway Patrol; in weniger als einer Meile gibts eine Auffahrt zur Interstate.« Will drückte sich in dem Moment das Handy ans Ohr, als Amanda abhob. Er gab sich nicht lange mit Nettigkeiten ab. »Ich brauche hier ein Team. Sieht aus, als hätten wir es mit einer Entführung zu tun.«

2. KAPITEL

Emma Campanos Zimmer war fast so groß wie Wills ganzes Haus. Als Kind hatte er kein eigenes Zimmer gehabt. Eigentlich hatte er gar nichts Eigenes gehabt, bis er achtzehn Jahre alt wurde und vom Atlanta Children's Home einen Klaps auf den Rücken und einen Scheck vom Staat bekam. Seine erste Wohnung war nur ein Schuhkarton, aber es war sein Schuhkarton. Will konnte sich noch gut erinnern, wie es sich anfühlte, Zahnbürste und Shampoo im Bad stehen zu lassen, ohne befürchten zu müssen, dass irgendjemand die Sachen klaute – oder noch Schlimmeres. Auch heute noch empfand er eine gewisse Freude, wenn er den Kühlschrank öffnete und wusste, dass er alles essen konnte, was er wollte.

Er fragte sich, ob Paul ein ähnliches Gefühl hatte, wenn er durch sein Millionen Dollar teures Zuhause schlenderte. Schwoll ihm die Brust vor Stolz, wenn er die zierlichen antiken Stühle sah oder die offensichtlich teuren Bilder, die an den Wänden hingen? Wenn er abends zur Haustür hinausschaute, empfand er dann immer noch diese Erleichterung, dass niemand es geschafft hatte, ihm das alles wegzunehmen? Es war unbestreitbar, dass der Mann seiner Familie ein gutes Leben ermöglichte. Wenn man den Pool hinter dem Haus sah und das Privatkino im Keller, würde man nie vermuten, dass er seine frühen Jahre damit zugebracht hatte, seine Rolle als jugendlicher Straftäter zu perfektionieren. Der Schnellste war Paul noch nie gewesen, doch er war schlau und gerissen und wusste schon als Junge, wie man einen Dollar machte. Das Hirn in der Familie war offensichtlich Abigail. Sie hatte fast so schnell wie Will begriffen, was an diesem Vormittag im Haus der Campanos wirklich passiert war. Will hatte noch nie in seinem Leben jemanden so entsetzt gesehen wie diese Frau, als ihr klar wurde, dass sie wahrscheinlich einen Unschuldigen getötet hatte – schlimmer noch, einen Unschuldigen, der vielleicht sogar versucht hatte, ihrer Tochter zu helfen. Sie war hysterisch geworden. Man hatte einen Arzt rufen müssen, der ihr ein Beruhigungsmittel gab.

Paul dagegen, und das war typisch für ihn, hatte bereits angefangen, seine Beziehungen spielen zu lassen, bevor seine Frau die Augen geschlossen hatte. Er hatte sein Handy herausgeholt und zwei Anrufe getätigt: einen bei seinem Anwalt und einen zweiten bei seinem einflussreichen Schwiegervater Hoyt Bentley. Kurze zehn Minuten später hatte dann Wills Telefon zu klingeln angefangen. Wieder einmal hatte der Gouverneur sich an den Direktor des Georgia Bureau of Investigation gewandt, der wiederum hatte Amanda unter Druck gesetzt, und sie hatte den Druck an Will weitergegeben.

»Vermasseln Sie die Sache nur ja nicht«, hatte sie auf ihre aufmunternde Art gesagt.

Die Vorgehensweise bei Entführungsfällen war recht einfach: Ein Polizist muss die ganze Zeit bei der Familie bleiben, und die Familie muss am Telefon sitzen und auf den Anruf mit der Lösegeldforderung warten. Auch als der Arzt ihr schon die Nadel in den Arm stach, hatte Abigail sich noch geweigert, ihr Zuhause zu verlassen. Über der Garage gab es eine Gästewohnung. Nachdem Will sich versichert hatte, dass diese Wohnung nicht zum Tatort gehörte, hatte er die Eltern zusammen mit Hamish Patel, einem Unterhändler des GBI in Entführungsfällen, dorthin geschickt. Paul hatte sich darüber aufgeregt, dass man ihm einen Babysitter zuwies, was bedeutete, dass er entweder etwas zu verbergen hatte oder glaubte, er könne die Lage in den Griff bekommen, ohne dass die Polizei sich einmischte.

Da Will wusste, wie Paul tickte, war er sich ziemlich sicher, dass es ein bisschen was von beidem war. Er war bei der Befragung so unkooperativ gewesen, dass Will den Anwalt richtiggehend herbeigesehnt hatte, damit der Mann seinem Mandanten sagen könnte, dass es okay sei, auf Fragen offen und ehrlich zu antworten. Vielleicht konnte auch Hamish Patel mit seinen Fähigkeiten etwas erreichen. Der Unterhändler war von Amanda persönlich ausgebildet worden, als sie die Entführungssondereinheit des GBI leitete. Der Mann konnte so ziemlich jeden schwindelig reden.

Weiterhin den Vorschriften entsprechend hatte Will eine Fahndung nach Kayla Alexanders weißem Prius eingeleitet sowie einen Levi's Call, Georgias Version des Amber Alert, in Bezug auf Emma Campano. Das bedeutete, dass alle Highway-Informationstafeln in Atlanta und alle Radio- und Fernsehsender in Georgia einen Aufruf an die Bevölkerung brachten, sich zu melden, wenn jemand das Auto oder das Mädchen sah. Außerdem hatte Will Fangschaltungen für alle Festnetztelefone und Handys der Familie installieren lassen, aber er bezweifelte, dass in nächster Zeit ein Anruf mit einer Lösegeldforderung eingehen würde.

Sein Instinkt sagte ihm, dass derjenige, der Emma Campano entführt hatte, es nicht wegen des Geldes getan hatte. Ein Blick auf Kayla Alexander erzählte die Geschichte. Die junge Frau war von einem Sadisten, der wahrscheinlich jede Minute seiner Untat genossen hatte, geschlagen und vergewaltigt worden. Es gab nur einen Grund, warum man eine Geisel von einem Tatort verschleppte, und dieser Grund hieß nicht Geld. Im Augenblick konnte Will nichts anderes tun, als zu hoffen, dass er etwas – irgendetwas – fand, das auf den Mann hindeutete, bevor dieser wieder tötete.

Will stand im Gang und sah zu, wie der Spurensicherungstechniker Fotos von Emma Campanos Zimmer schoss. Er versuchte ein Gefühl für ihre Persönlichkeit zu bekommen, aber nichts stach besonders heraus bis auf die Tatsache, dass sie eine ordentliche junge Frau war. Sauber zusammengelegte Kleidungsstücke, die darauf warteten, im Schrank verstaut zu werden, lagen auf der Sitzfläche einer samtbezogenen Bank mit seidenen Quasten, und die Bücher standen in geraden Reihen in den Regalen. Irgendein Luftspray mit Blumenduft gab dem Zimmer einen klebrig süßlichen Geruch. Vor dem Fenster klimperte ein Windspiel in einer seltenen Sommerbrise.

Obwohl Emmas Persönlichkeit nicht sehr präsent war, ließ sich nicht übersehen, dass das Zimmer einem sehr glücklichen, jungen Mädchen gehörte. Das Himmelbett hatte eine leuchtend rosafarbene Tagesdecke zu purpurroten Laken und herzförmigen Kissen. Die Wände waren in einem beruhigenden, hellen Fliederton gehalten, der gut zu den geometrisch gemusterten Flokatiteppichen auf dem Dielenboden passte. An der Wand über einem großen offenen Kamin war ein Flachbildfernseher montiert. Am Fenster standen zwei bequem aussehende Sessel. Ein Buch lag aufgeschlagen und umgedreht auf der Lehne des einen – ein Liebesroman, wie es aussah. Zwei Handtaschen waren auf den anderen geworfen. Auf dem Boden stand ein Rucksack voller Schulbücher und losen Papieren. Zwei Paar identischer Flip-Flops waren neben der Tür abgestreift worden. Das eine Paar war größer als das andere.

Das erklärte wenigstens, warum die Mädchen barfuß gewesen waren.

Der Techniker fotografierte weiter, das Blitzlicht tauchte das Zimmer immer wieder in gleißend helles Licht. Er fragte Will: »Irgendwas Spezielles, das ich mir vornehmen soll?«

»Können Sie die Flüssigkeit auf dem Bett analysieren?« Die Laken waren zusammengeknüllt. Das dunkelrote Material machte die Spuren sexueller Aktivität offensichtlich.

»Dazu muss ich meinen Koffer aus dem Transporter holen«, sagte der Techniker. »Brauchen Sie sonst noch was?«

Will schüttelte den Kopf, und der Mann ging. Draußen wurde eine schwere Tür zugeschlagen, das vertraute, dumpfe Knallen war zu hören, das Will immer mit Tod in Verbindung brachte. Er ging zum Fenster und sah Pete Hanson hinter dem Transporter des Coroners stehen, die Hand flach auf die Hintertür gelegt, ein kurzer Augenblick des Respekts vor den Toten in dem Fahrzeug. Pete hatte Will seine vorläufige Einschätzung mitgeteilt, aber stichhaltige Fakten würde es erst nach Abschluss der Autopsie morgen Vormittag geben.

Jetzt, da es um eine Entführung ging, hatte das Atlanta Police Department bei der Ermittlung keine leitende Funktion mehr, sondern nur noch eine unterstützende. Leo Donnelly rief wahrscheinlich im Augenblick seinen Steuerberater an und versuchte herauszufinden, ob er sich eine Frühpensionierung leisten konnte. Will hatte ihm die Aufgabe zugewiesen, Kayla Alexanders Eltern ausfindig zu machen und ihnen zu sagen, dass ihre Tochter ermordet worden war. Das schien Strafe genug zu sein, obwohl Amanda da auch noch ein Wörtchen mitzureden hatte.

Will zog Latexhandschuhe an und machte sich daran, Emmas Zimmer zu durchsuchen. Er fing mit den zwei Handtaschen auf dem einen Sessel an. Methodisch durchsuchte Will eine nach der anderen. Er fand Kugelschreiber, Tampons, Süßigkeiten und ganz unten einige Münzen Kleingeld – genau das, was man in einer Frauenhandtasche erwarten würde. Die Lederbrieftaschen in beiden Taschen waren identisch, beide mit demselben Designer-Logo, und er nahm an, dass die Mädchen sie bei einem gemeinsamen Einkaufsbummel gekauft hatten. In beiden steckten Visa-Karten mit den Namen der Mädchen darauf. Die Fotos der Führerscheine zeigten zwei erstaunlich ähnlich aussehende Mädchen: blonde Haare, blaue Augen. Emma Campano war offensichtlich die Hübschere der beiden, aber Kayla Alexanders trotzig vorgestrecktes Kinn ließ Will vermuten, dass sie diejenige war, die die Aufmerksamkeit auf sich gezogen hatte.

Jetzt nicht mehr. Noch immer wimmelte es draußen von Fernsehteams. Will war sich sicher, dass jeder Sender sein reguläres Programm unterbrochen hatte, um die Meldung zu bringen. Dank der endlos wiederholten ärgerlichen Werbespots war der Name Campano in Atlanta sehr bekannt. Will fragte sich, ob die Prominenz der Familie in dem Fall eher hilfreich oder hinderlich sein würde. Außerdem fragte er sich, was im Augenblick mit Emma Campano passierte. Will schaute sich noch einmal ihr Foto an. Vielleicht las er zu viel hinein, aber für ihn schien sie etwas Zurückhaltendes, Verschlossenes auszustrahlen, als befürchtete sie, dem Fotografen nicht zu gefallen.

»Adam David Humphrey«, sagte Faith Mitchell. Wie Will trug sie Gummihandschuhe. Und wie Will hatte sie eine offene Brieftasche und einen Führerschein in der Hand. Dieser gehörte dem Toten von unten. »Er hat einen Führerschein aus dem Oregon State. In keinem Staat ist ein Auto auf ihn zugelassen. Die Rektorin der Schule der beiden Mädchen hat noch nie von ihm gehört, und er war auch nie Schüler dort.« Sie gab Will die Plastikkarte. Will kniff die Augen zusammen, um die winzigen Buchstaben lesen zu können. »Einer der Jungs im Revier versucht, über den dortigen Sheriff etwas zu erreichen. Die Adresse macht es ziemlich schwierig.«

Will klopfte auf seine Taschen, suchte nach seiner Brille. »Warum das?«

Ihr Ton war fast so herablassend wie Amandas. »Landstraße!«

»Tut mir leid, aber ich habe meine Brille im Büro vergessen.« Eine Landstraße mit nur einer Briefkastennummer korrespondierte nicht unbedingt mit einer konkreten Adresse. Wenn die Humphreys in der Stadt nicht gut bekannt waren, bedeutete das zusätzliche Arbeit, bis die Eltern des toten Jungen informiert werden konnten. Will sank in die Hocke und betrachtete das Führerscheinfoto von Adam Humphrey. Er war, auf eine etwas farblose Art, ein gut aussehender Junge. Sein Mund war zu einem Grinsen verzogen, und auf dem Foto waren seine Haare länger, aber es war eindeutig, dass es sich bei dem Toten unten um Adam Humphrey handelte. »Er ist älter, als ich dachte.«

»Neunzehn ist noch immer jung.«

»Was macht er in Atlanta?« Will beantwortete sich die Frage selbst. »College.«

Faith durchsuchte die Brieftasche und sagte laut, was sie fand. »Sechs Dollar, ein Foto eines älteren Paars – wahrscheinlich die Großeltern. Moment mal.« Die Handschuhe waren zu lang für ihre Finger, was ihr die Suche erschwerte. Will wartete geduldig, bis sie ein Foto herauszog. »Ist das Emma?«

Er verglich das Foto mit den Führerscheinen, die er in den beiden Handtaschen gefunden hatte. Auf dem Foto aus der Brieftasche sah Emma glücklicher aus, ihr Mund war zu einem Lachen geöffnet. »Das ist sie.«

Faith schaute beide an und nickte dann zustimmend. »Sie sieht jünger aus als siebzehn.«

Will sagte: »Adam stand auf Emma, nicht auf Kayla. Warum ist dann Kayla tot?«

Sie steckte das Foto wieder in die Brieftasche und verstaute sie in einer Beweismitteltüte. »Vielleicht ist sie dem Mörder in die Quere gekommen.«

Will nickte, doch angesichts der Brutalität, mit der das Mädchen vergewaltigt und getötet worden war, vermutete er, dass mehr dahintersteckte. »Wir werden mehr wissen, wenn Pete die Autopsie gemacht hat. Wollen die Eltern ihre Leiche sehen?«

»Die Eltern wissen es noch nicht.« Will öffnete den Mund, um sie barsch zu fragen, warum nicht, doch sie schnitt ihm das Wort ab. »Die Schulrektorin hat Leo gesagt, dass die Eltern zu einem dreiwöchigen Urlaub in Neuseeland und Australien sind. Für Notfälle haben sie die Telefonnummern ihrer Hotels hinterlassen. Leo rief den Manager des Mercure Dunedin an. Er versprach, die Eltern zu informieren und sie um einen Rückruf zu bitten, sobald sie von ihrem Ausflug zurück sind, wann immer das sein mag. Die Zeitverschiebung liegt bei achtzehn Stunden, für sie ist es also bereits morgen früh.« Dann fügte Faith noch hinzu: »Ich habe einen Streifenwagen zu ihrem Haus an der Paces Ferry geschickt. Niemand zu Hause.«

»Sie konnten doch unmöglich ihre Tochter drei Wochen allein lassen.«

»Sie war siebzehn Jahre alt. Alt genug, um auf sich selbst aufzupassen.« Sie errötete, als ihr klarwurde, dass das genaue Gegenteil zutraf.

»Haben Sie von Abigail Campano irgendwas erfahren?«

»Das war ein Gespräch unter anderen Voraussetzungen. Wir dachten beide, ihre Tochter sei tot.«

Will erinnerte sich. »Sie war diejenige, die ihnen sagte, dass Kayla wahrscheinlich in der Schule sein würde.«

»Genau. Sie sagte sogar: ›Wenigstens Kayla ist in Sicherheit.‹«

»Hat Leo die Rektorin nach dem Schulschwänzen der Mädchen gefragt?«

»Sie bestätigte, dass es da Probleme gibt. Die Schüler dürfen während der Mittagspause den Campus nicht verlassen, aber einige schleichen sich davon und kommen zurück, kurz bevor die Glocke läutet. Im System der Überwachungskameras gibt es ein Loch hinter dem Hauptgebäude, und die Kinder nutzen das aus.«

»Schicken Sie ein paar zusätzliche Streifenwagen zu der Schule. Bis wir wissen, dass es keine Verbindung gibt, will ich, dass wir den Rest der Schüler im Auge behalten. Außerdem sollten wir die Verbindungsdaten des Telefons der Alexanders überprüfen. Es muss doch Tanten oder Freunde der Familie geben, die sich ein wenig um Kayla gekümmert haben. Schicken Sie einen Uniformierten, der bei den Nachbarn an die Türen klopfen soll. Es ist bald Mittag. Die Leute dürften jetzt nach Hause kommen.«

Sie hatte sich die Brieftasche unter den Arm gesteckt und notierte sich seine Anweisung in ihr Spiralbuch. »Sonst noch was?«

Er schaute sich die Büchertasche an, die Papiere, die daraus hervorquollen. »Schicken Sie jemanden rauf, der diese Notizen hier so schnell wie möglich durchsehen kann. Sagen Sie Leo, er soll noch einmal mit der Schulrektorin reden. Ich will eine Liste mit allen Bekannten von Kayla und Emma. Wenn von den Lehrern noch welche in der Schule sind, soll er auch mit ihnen reden und herausfinden, wie die Mädchen so waren, mit wem sie zusammen waren. Ich nehme sie mir dann morgen noch einmal vor, nachdem sie über Nacht Zeit hatten, darüber nachzudenken. Die Mädchen waren Schulschwänzerinnen, also waren sie vielleicht auch mit Schülern von anderen Schulen zusammen.« Er hielt inne und konzentrierte sich wieder auf den toten Jungen unten. Herauszufinden, wer Adam war und was er in Atlanta machte, war die einzige greifbare Spur, der sie im Augenblick folgen konnten.

Er zog eine seiner Visitenkarten aus der Tasche und gab sie ihr. »Rufen Sie diesen Sheriff in Oregon noch einmal an und geben Sie ihm meine Handynummer. Sagen Sie ihm, er soll mich anrufen, sobald er etwas über Adam Humphreys Eltern weiß. Und Sie sollten sich jetzt vor allem darauf konzentrieren, herauszufinden, warum Adam in Atlanta war. Überprüfen Sie zuerst den Collegeaspekt.«

Sie schüttelte den Kopf. »Er hätte einen Studentenausweis bei sich, wenn er auf einem College wäre.«

»Wenn er aus Oregon extra hierhergekommen ist, dann wahrscheinlich wegen etwas ganz Speziellem: Jura, Medizin, Kunst. Fangen Sie mit den großen Schulen an, und nehmen Sie sich dann die Kleineren vor. Emory, Georgia State, Georgia Tech, SCAD, Kennesaw … Da muss es doch online eine Liste geben.«

Sie schüttelte ungläubig den Kopf. »Sie wollen, dass ich jedes College und jede Uni in der Stadt anrufe und mich mit der Registratur verbinden lasse, die wahrscheinlich bereits geschlossen hat, und die Leute dann ohne richterlichen Beschluss frage, ob sie einen Adam Humphrey unter ihren Studenten haben?«

»Genau das will ich.«

Der finstere Blick, den sie ihm zuvor zugeworfen hatte, war harmlos verglichen mit ihrer Miene jetzt.

Will hatte genug von ihrer Haltung. »Detective Mitchell, Ihr Zorn ist lobenswert, aber die Tatsache, dass ich sechs Ihrer Kollegen verhaftet habe, weil sie mit Drogendealern Geschäfte machten, ist den Eltern, die heute ihre Kinder verloren haben, oder denen, die noch darauf warten, herauszufinden, ob ihre Tochter noch am Leben ist, so ziemlich egal, und da das Atlanta Police Department in diesem Fall von Anfang an Mist gebaut hat und da der einzige Grund, warum Sie an diesem Fall beteiligt sind, die Tatsache ist, dass ich Leute brauche, die meinen Kleinkram erledigen, erwarte ich, dass Sie meine Anweisungen befolgen, gleichgültig, wie banal oder lächerlich sie Ihnen auch erscheinen mögen.«

Sie presste die Lippen zusammen, und Wut brannte in ihren Augen, als sie das Foto wieder in die Brieftasche steckte. »Ich tüte das hier als Beweismittel ein und fange an, die Schulen anzurufen.«

»Vielen Dank.«

Sie wandte sich zum Gehen, hielt dann aber inne. »Und es waren sieben.«

»Was?«

»Die Polizisten. Es waren sieben, die Sie verhaftet haben, nicht sechs.«

»Da haben Sie natürlich recht.« Etwas anderes fiel Will nicht ein. Sie drehte sich auf dem Absatz um und verließ das Zimmer.

Will atmete tief durch und fragte sich, wie lange es dauern würde, bis er Faith Mitchell bei diesem Fall abservierte. Andererseits war es auch nicht so, dass er das ganze restliche Police Department hinter sich hätte, er war also vermutlich nicht in der

Position, wählerisch zu sein. Obwohl Faith ihn ebenso zu verachten schien wie alle anderen Polizisten, befolgte sie dennoch seine Befehle. Das immerhin sprach für sie.

Will stand mitten im Zimmer und überlegte sich, was er als Nächstes tun sollte. Er schaute auf den Teppich hinunter, auf die kreisrunden Muster, die ein wenig aussahen wie aus einem James-Bond-Film der Siebziger. Eigentlich sollte Emma Campano seine oberste Priorität sein, aber die Konfrontation mit Faith Mitchell nagte an ihm. Etwas beschäftigte ihn, und schließlich verstand er.

Sieben, hatte Faith Mitchell gesagt. Sie hatte recht. Sechs Polizisten waren gefeuert worden, aber eine weitere Beamtin war von den Folgen dieses Skandals ebenfalls getroffen worden. Ein Police Commander namens Evelyn Mitchell war in die Frühpensionierung gezwungen worden. Da Evelyns Tochter Detective bei der Truppe war, hatte Faith Mitchell natürlich Wills Aufmerksamkeit erregt. Sie hatte eine ziemlich solide Personalakte, aber ihre Beförderung zum Detective vor fünf Jahren hatte doch für einige Verwunderung gesorgt. Achtundzwanzig Jahre war ein bisschen jung für das Goldene Schild, aber dass es irgendwelche Kungeleien gegeben hatte, war schwer zu beweisen gewesen. Von Vetternwirtschaft einmal abgesehen hatte Will nichts gefunden, was einen tieferen Blick in Faith Mitchells Leben gerechtfertigt hätte, deshalb hatte er die Frau nie persönlich kennengelernt.

Bis jetzt.

»Scheiße«, stöhnte Will. Wenn er heute jemanden getroffen hatte, der einen berechtigten Hass auf ihn hatte, dann war es Evelyn Mitchells Tochter. Das war es vermutlich gewesen, was Leo Will hatte sagen wollen, als sich plötzlich alles änderte – oder vielleicht hatte er angenommen, dass Will es bereits wusste. Die Ermittlungen waren vor mehreren Monaten abgeschlossen worden, und seitdem hatte Will mindestens ein Dutzend anderer Fälle bearbeitet. Obwohl er natürlich deutlich gespürt hatte, welcher Hass ihm im Campano-Haus entgegenschlug, hatte er sich auf den vorliegenden Fall konzentriert und nicht auf die Details eines Falles, der schon vor Monaten gelöst worden war.

An dieser Sache konnte Will nun nichts mehr ändern. Er nahm seine Suche wieder auf, schaute in die Schubladen und Kommoden, die enthielten, was man in einem Teenager-Zimmer erwarten würde. Er suchte auch unter dem Bett und zwischen Matratze und Lattenrost. Es gab keine geheimen Notizen oder versteckte Tagebücher. Ihre Unterwäsche war so, wie man es erwarten würde, das hieß, es gab keine übertrieben sexy Stücke, die darauf hindeuten könnten, dass Emma Campano eine wildere Seite des Lebens ausprobierte.

Als Nächstes ging Will zum Wandschrank. Wie es aussah, war das Haus der Campanos gründlich modernisiert worden. Doch aus einem Stein konnte man kein Blut pressen, und der Wandschrank in Emma Campanos Zimmer war so, wie der Architekt ihn ursprünglich geplant hatte, was hieß, dass er ungefähr so groß war wie ein Sarg. Die Kleidungsstücke hingen so dicht an dicht, dass die Querstange sich durchbog. Auf dem Boden standen Schuhe in Reihen hintereinander – so viele, dass einige Paare sogar aufeinandergestapelt waren.

Zwischen den Mary Janes und den Sportschuhen standen schwarze kniehohe Stiefel und High Heels mit unmöglich hohen, spitzen Absätzen. Und ähnlich hingen zwischen hellfarbenen Blousons dunkle, schwarze Jacken und schwarze Hemden mit strategisch platzierten Rissen, die von Sicherheitsnadeln zusammengehalten wurden. Insgesamt sahen sie so aus wie etwas, das man beim Militär tragen würde, wenn man in der Hölle stationiert war. Will hatte schon früher Fälle mit Teenagern bearbeitet. Er nahm an, dass Emma eben eine Phase durchmachte, die sie zwang, sich wie ein Vampir zu kleiden. Die pastellfarbenen Twinsets deuteten wohl darauf hin, dass ihre Eltern über ihre Verwandlung nicht eben erfreut waren.

Will schaute auch auf den oberen Ablagen nach, tastete zwischen Pullovern, holte Kartons mit weiteren Kleidungsstücken herunter und durchsuchte methodisch einen nach dem anderen. Er kontrollierte auch Hosentaschen und Handtaschen und stieß dabei auf Zedernholzklötzchen und Lavendelsäckchen, die ihn zum Niesen brachten.

Dann ging er auf alle viere, um den Boden des Wandschranks zu durchsuchen. In einer Ecke lehnten mehrere zusammengerollte Poster, und er rollte jedes davon auf. Marilyn Manson, Ween und Korn – nicht gerade Bands, die man bei einem wohlhabenden, blonden Teenager erwarten würde. Die Ecken waren abgerissen, als hätte sie jemand mit Gewalt von der Wand gezogen. Will rollte die Poster wieder auf und kontrollierte dann Emmas Schuhe, schob sie herum und versicherte sich, dass nicht etwas in oder unter ihnen versteckt war. Er fand nichts Erwähnenswertes.

Als er sich vom Schrank wegdrehte, stach ihm ein schwacher Ammoniakgeruch in die Nase. Neben dem Bett stand ein Hundekorb, wahrscheinlich das Lager des uralten Labradors, den Leo erwähnt hatte. Auf dem gelben Stoffbezug waren keine offensichtlichen Flecken zu erkennen. Will öffnete den Reißverschluss des Bezugs und schob die behandschuhten Finger hinein. Das erbrachte nichts, außer dass sein Handschuh leicht nach Hund und Urin roch.

Will hörte Amandas Stimme unten, als er eben den Reißverschluss wieder zuzog. Sie kam die Hintertreppe hoch, und dem Klang nach telefonierte sie mit ihrem Handy.

Er zog die nach Hund riechenden Handschuhe aus und streifte sich neue über, nahm sich dann die Handtaschen der beiden Mädchen noch einmal vor, kippte sie auf dem Boden aus und durchsuchte den Inhalt. Emmas Handy hatte man in einer Ladestation in der Küche gefunden. Kayla hatte ihre eigene Designertasche und eine Visa-Karte. Mit Sicherheit hatte sie irgendwo auch ein Handy.

Will hatte das Gefühl, irgendetwas zu übersehen. Er hatte das Zimmer wie ein Gitter unterteilt und jeden Abschnitt sorgfältig abgesucht, war sogar mit behandschuhten Fingern durch den langen Flor des Teppichs unter dem Bett gefahren und hatte nichts Aufregenderes gefunden als ein Jolly-Roger-Wassermelonen-Konfekt, das in seinen Fingern zerbröckelte. Er hatte unter den Möbeln nachgesehen und sogar die Unterseiten der Schubladenböden abgetastet. Sämtliche Teppiche hatte er umgedreht.

Nichts.

Wo war Emma gewesen, als Kayla angegriffen wurde? Was hatte das Mädchen getan, als seine beste Freundin wahrscheinlich vergewaltigt und mit Sicherheit verprügelt und ermordet wurde? Betrachtete Will die ganze Sache aus dem falschen Blickwinkel? Da er im Kinderheim oft der Leidtragende von Pauls Zorn gewesen war, wusste er aus eigener Erfahrung, dass das Blut der Campanos schnell in Wallung geraten konnte. Übersprang so etwas eine Generation, oder wurde es direkt weitergegeben? Die Mutter hatte gesagt, ihre Tochter habe sich in letzter Zeit verändert, sei aufsässig geworden. Konnte sie in den Mord an Kayla verwickelt sein? War Emma nicht das Opfer, sondern eine Beteiligte?

Er schaute sich noch einmal in dem Zimmer um – die Teddybären, die Sterne an der Decke. Will wäre mit Sicherheit nicht der erste Mann, der sich vom Klischee einer unschuldigen, jungen Frau hatte täuschen lassen, aber das Szenario, das Emma als Täterin hinstellte, fühlte sich einfach nicht richtig an.

Plötzlich erkannte er, was fehlte. Die Wände waren kahl. Emmas Zimmer war offensichtlich von einem Profi ausgestattet worden, wo waren also die Kunstwerke, die Fotografien? Er stand auf und suchte nach Nagellöchern und fand fünf Löcher und zusätzliche Kratzer, wo die Rahmen der Bilder an der Wand geschabt hatten. Außerdem fand er mehrere Streifen Klebeband, an denen bei genauerem Hinsehen noch die Fetzen zu sehen waren, die von den Postern im Schrank abgerissen worden waren. Er konnte sich gut vorstellen, dass Abigail Campano entrüstet gewesen war, als sie das Bild eines brustvergrößerten, genitalneutralen Marilyn Manson sah, das dieses ansonsten perfekte Mädchenzimmer verschandelte. Er konnte sich außerdem vorstellen, dass ein Teenager-Mädchen alle gerahmten Kunstwerke wieder abnahm, die der Innenausstatter als Vergeltung aufgehängt hatte.

»Trent? Haben Sie einen Augenblick Zeit?«

Will stand auf und folgte der Stimme in den Gang.

Charlie Reed, ein Spurensicherungstechniker, der fast schon so lange wie Will für Amanda arbeitete, stand am Ende des Gangs. Jetzt, da die Leiche abtransportiert war, konnte der Mann sich um die sorgfältige Katalogisierung von Blutspuren und anderen Indizien kümmern. In einem speziellen weißen Anzug, um die Kontamination des Tatorts zu verhindern, würde Charlie die nächsten Stunden auf Händen und Knien verbringen und jeden Quadratzentimeter absuchen. Er war ein guter Ermittler, aber seine Ähnlichkeit mit dem Polizisten der Village People schreckte die Leute eher ab. Will war es ein Anliegen, bei jedem seiner Fälle speziell Charlie anzufordern. Er wusste, was es hieß, ein Außenseiter zu sein, und wie das einen manchmal dazu brachte, noch härter zu arbeiten, um den Leuten zu zeigen, dass sie unrecht hatten.

Charlie zog seine Maske nach unten und zeigte einen perfekt geschnittenen Schnurrbart. »Das lag unter der Leiche.« Er gab Will eine Beweismitteltüte mit den kaputten, blutigen Eingeweiden eines Handys. »Auf dem Plastik ist ein Schuhabdruck, der dem Abdruck ähnlich ist, den wir unten gefunden haben, aber nicht von dem Schuh des zweiten Opfers stammt. Ich vermute, unser Angreifer ist mit dem Fuß daraufgetreten, und das Mädchen ist dann daraufgefallen.«

»Gab es auf der Leiche ein Transfermuster?«

»Das Plastik hat dem Mädchen die Rückenhaut aufgeschlitzt. Pete musste das Ding für mich ablösen.«

Durch das transparente Plastik sah Will das kaputte Handy. Trotzdem drückte er mit dem Daumen auf den grünen Knopf und wartete. Der Akku war leer.

»Stecken Sie die SIM-Karte in Ihr Handy«, schlug Charlie vor.

»Sprint«, sagte Will, als er das Siebdrucklogo auf der Rückseite des silbernen Geräts erkannte. Dieses Handy hatte keine SIM-Karte. Um auf die in dem Gerät gespeicherten Informationen zugreifen zu können, musste es ein Techniker an einen Computer anschließen und dann hoffen und beten. Will sagte: »Es gehörte entweder dem Jungen unten, Kayla oder jemand anderem.«

»Ich lasse es durchs Labor laufen, sobald wir die Fingerabdrücke haben«, sagte Charlie und streckte die Hand nach dem Gerät aus. »Die IMEI ist abgekratzt.«

Die IMEI war die Seriennummer, die alle Handy-Netzwerke benutzen, um jedes einzelne Gerät identifizieren zu können. »Absichtlich abgekratzt?« Charlie untersuchte den weißen Klebestreifen neben der Batterie-Abdeckung. »Sieht für mich nach normaler Abnutzung aus. Es ist ein älteres Modell. An den Seiten sind Rückstände von Klebeband zu sehen. Ich schätze, das Ding fiel schon auseinander, bevor es zertreten wurde. Nicht gerade ein Gerät, das ich bei einer Jugendlichen erwarten würde.«

»Warum nicht?«

»Es ist nicht pink und hat keine Hello-Kitty-Aufkleber überall auf dem Gehäuse.«

Er hatte nicht unrecht. Von Emma Campanos Handy baumelte eine ganze Traube von pinkfarbenen Plastikmaskottchen.

Will sagte: »Sagen Sie dem Labor, dass das Priorität vor dem Computer hat.« Unten hatte man ein MacBook Pro gefunden, das Emma Campano gehörte. Das Mädchen hatte File-Vault aktiviert, eine Verschlüsselungssoftware, die nicht einmal Apple ohne Passwort knacken konnte. Wenn Emma nicht etwas so

Simples wie den Namen des Familienhunds benutzt hatte, dann kam höchstens die NSA an die Daten heran.

Charlie sagte: »Das da habe ich drüben beim Tisch gefunden.« Er hielt einen weiteren Plastikbeutel in die Höhe, der einen Messingschlüssel enthielt. »Yale-Schloss, Standardmodell. Keine verwertbaren Fingerabdrücke darauf.«

»Wurde der Schlüssel abgewischt?«

»Nur sehr viel benutzt. Es gibt keine Abdrücke, die abzunehmen wären.«

»Keine Schlüsselkette?«

Charlie schüttelte den Kopf. »Wenn man eine weite Hose trägt und den in der Tasche hat, kann er bei einem Kampf ziemlich leicht herausfallen.«

Will schaute sich den Schlüssel an und dachte, wenn eine Nummer oder eine Adresse daraufstehen würde, würde ihm das die Arbeit sehr erleichtern. »Was dagegen, wenn ich den behalte?«

»Ich habe ihn bereits katalogisiert. Sorgen Sie nur dafür, dass er wieder zu den Beweismitteln kommt.«

»Will?« Amanda stand schon eine Weile hinter ihm. »Ich habe mit Campano gesprochen.«

Er steckte den Schlüssel ein, den Charlie gefunden hatte, und versuchte, sich seine Befürchtungen nicht anmerken zu lassen. »Und?«

»Er will, dass man Ihnen den Fall entzieht«, sagte sie, schien dies aber nicht für diskussionswürdig zu halten. »Er sagt, dass sie in letzter Zeit einige Probleme mit Emma hatten. Sie war ein gutes Mädchen, das perfekte Kind, aber dann ließ sie sich irgendwann letztes Jahr mit dieser Kayla Alexander ein, und alles ging den Bach runter.«

»In welcher Hinsicht?«

»Sie fing an, die Schule zu schwänzen, die Noten wurden schlechter, sie begann damit, die falsche Musik zu hören und die falschen Sachen anzuziehen.«

Er erzählte ihr, was er in Emmas Zimmer gefunden hatte. »Ich schätze, sie haben sie gezwungen, die Poster wieder abzunehmen.«

»Typischer Teenager-Kram«, sagte Amanda. »Ich würde nicht viel darauf geben, was die Familie sagt, wer daran schuld ist. Ich habe noch nie Eltern getroffen, die zugeben, dass das eigene Kind der verdorbene Apfel ist.« Sie klopfte auf ihre Armbanduhr, ihr Hinweis darauf, dass sie Zeit vergeudeten. »Berichten Sie mir, welche Fortschritte wir gemacht haben.«

Will sagte zu ihr: »Der tote Junge ist Adam Humphrey. Er hat einen Führerschein aus Oregon.«

»Ist er Student?«

»Detective Mitchell ruft eben alle örtlichen Colleges an, um herauszufinden, ob er irgendwo eingeschrieben ist. Wir versuchen immer noch, Kaylas Eltern aufzuspüren.«

»Sie wissen, der Schlüssel zur Lösung dieses Falls ist es, mindestens eine zweite Person zu finden, die wenigstens eines unserer Opfer kennt.«

»Ja, Ma'am. Wir überprüfen alle Telefone. Wir brauchen einfach nur eine Spur, der wir folgen können.«

»GHP hatte bis jetzt keinen Erfolg«, sagte sie und meinte damit die Georgia Highway Patrol. »Weiß ist für den Prius zwar eine beliebte Farbe, aber es gibt nicht allzu viele von denen auf der Straße. Leider kommen wir so langsam in die Stoßzeit, und das macht die Sache nicht gerade einfacher.«

»Ich lasse Uniformierte jedes Video jeder Überwachungskamera und jeder Ladenfront an der Peachtree beschlagnahmen und auch alles in der Gegend um Ansley Mall. Wenn der Prius in die eine oder die andere Richtung davongefahren ist, kriegen wir vielleicht ein Bild, mit dem wir arbeiten können.«

»Sagen Sie mir Bescheid, wenn Sie noch mehr Leute brauchen.« Sie drehte die Hand, was bedeutete, dass er fortfahren sollte.

»Das Messer passt zu nichts in der Küche oder in der Garage, was darauf hindeutet, dass der Mörder es mitgebracht hat. Es ist ziemlich billig – Holzgriff, goldfarbene Nieten –, aber es ist offensichtlich scharf genug, um einigen Schaden anzurichten. Die Marke wird nur für den Gastronomiebedarf verkauft. Es ist ein Messer, wie man es im Waffe House oder im Morrison's findet. Der örtliche Händler sagte, dass er Millionen pro Jahr nur im Großraum Atlanta verkauft.«

Amanda dachte immer daran, wie sie einen Fall dem Staatsanwalt präsentieren konnte. »Das Messer zum Tatort mitzubringen deutet auf Absicht hin. Fahren Sie fort.«

»Auf der Außenseite der Scheibe neben der Haustür ist Blut. Wer sie zerbrach, hatte bereits Blut an der Hand – wie gesagt, es ist auf der Außenseite. Ich würde annehmen, man bräuchte schon einen Arm von fast einem Meter Länge, um durch das Fenster greifen und die Haustür aufschließen zu können.«

»Also kein gewaltsames Eindringen – die Mädchen haben den Angreifer ins Haus gelassen. Wer die Scheibe zerbrach, wollte es so aussehen lassen, als hätte er eingebrochen.« Gemurmelt fügte Amanda hinzu: »Ich schätze, wir müssen CSI für seine Dummheit danken.«

»Oder es war jemand, der schlau genug war, es dumm aussehen zu lassen.«

Sie zog eine Augenbraue hoch. »Möglicherweise. Glauben Sie, wir sollten uns den Vater genauer ansehen?«

»Er verkauft Autos, und er ist ein Wichser. Ich bin mir sicher, dass er eine lange Liste von Feinden hat, aber diese Sache hier scheint sehr persönlich zu sein. Schauen Sie sich Kayla an. Wer sie getötet hat, war sehr wütend. Ein gedungener Mörder würde reingehen, sein Opfer töten und wieder verschwinden. Er würde sich nie die Zeit nehmen, sie zu verprügeln, und er würde nie ein Messer benutzen.«

»Wie war Ihre Unterhaltung mit Paul Campano?«

»Er scheint nicht sehr viel über ihr Leben zu wissen«, sagte Will. Als er an dieses Gespräch zurückdachte, wurde ihm klar, dass dies der Grund für Pauls Wut zu sein schien. Es war, als hätte er seine Tochter nie kennengelernt. »Die Mutter musste sediert werden. Ich rede gleich morgen früh noch einmal mit ihr.«

»Wissen wir, ob Kayla Alexander vergewaltigt wurde?«

»Pete ist sich noch nicht sicher. Die Quetschungen würden darauf hindeuten, und sie hat Sperma in der Vagina, aber auch auf dem Zwickel ihres Slips.«

»Das heißt, irgendwann nach dem Verkehr stand sie auf und zog ihre Unterwäsche an. Wollen mal sehen, ob das Sperma mit unserem zweiten Opfer in Verbindung zu bringen ist, wenn wir Leiche Nummer zwei für den Augenblick so nennen wollen.« Amanda drückte sich den Zeigefinger auf die Lippen und überlegte. »Was ist mit der Mutter? Hysterie, Sedierung. Ziemlich dramatisch das Ganze, und es lenkt höchst passenderweise die Aufmerksamkeit von ihr ab.«

»Ich glaube, sie ist aufrichtig entsetzt über das, was passiert ist, und sie hat eine Heidenangst, verhaftet zu werden, weil sie jemanden kaltblütig ermordet hat.«

Amanda schaute auf das dunkle, geronnene Blut hinunter, wo die Leiche gelegen hatte. »Eine gute Verteidigung, wenn Sie mich fragen. Kehren wir noch einmal zum Vater zurück. Vielleicht hat er seine Tochter belästigt.«

Will spürte, wie ihm unvermittelt der kalte Schweiß ausbrach. »So etwas würde er nie tun.«

Amanda schaute ihn prüfend an. »Hatten Sie zu dieser Person schon früher eine Beziehung, über die ich Bescheid wissen sollte?«

»Was hat er gesagt?«

Sie schaute ihn mit einem scharfen Lächeln an. »Sie genießen nicht den Luxus, meine Frage nicht beantworten zu müssen.«

Will spürte, wie er die Zähne zusammenpresste. »Das ist sehr lange her.«

Amanda schien nun zu bemerken, dass Charlie zu ihren Füßen kniete und sich mit einer Pinzette durch die Teppichfasern arbeitete. Sie flüsterte Will zu: »Ein Thema für eine andere Zeit.«

»Ja, Ma'am.«

Amandas Ton wurde wieder normal. »Charlie, können Sie mir hiervon einen Abriss geben?«

Charlie beendete, was er gerade tat, stand ächzend auf und massierte sich ein Knie, als müsste er es wieder zum Leben erwecken. Erneut zog er seine Maske herunter. »Bei dem Blut hatten wir Glück. Das weibliche Opfer ist B-negativ, das männliche Opfer Null-negativ. Der Teppich hier« – er deutete auf die Schuhabdrücke – »zeigt fast ausschließlich B, was auf das weibliche Opfer hinweist.«

»Charlie.« Amanda unterbrach ihn. »Nur das Wichtigste. Adam. Kayla. Los.«

Er gestattete sich ein Lächeln über die Situation. »Das sind natürlich alles nur Mutmaßungen, aber wir können annehmen, dass Kayla diesen Gang entlanggejagt wurde, auf die hintere Treppe zu. Der Mörder holte sie ungefähr hier ein.« Er deutete auf eine Stelle einen knappen Meter hinter ihnen. »Wir fanden ein signifikantes Haarbüschel mit noch einem Teil der Kopfhaut dran, hier.« Er deutete auf einen weiteren Punkt auf dem Teppich. »Daraus können wir schließen, dass sie an den Haaren zurückgerissen wurde und auf den Boden fiel. Möglicherweise ist dies hier die Stelle, wo sie vergewaltigt wurde – oder auch nicht. Die Wahrscheinlichkeit, dass sie hier starb, ist sehr hoch.«

Amanda schaute noch einmal auf ihre Uhr. Wie Will hasste sie die Tatsache, dass die Forensik mit einschränkenden Begriffen wie »möglicherweise« und »am wahrscheinlichsten« arbeitete und selten absolute Gewissheiten formulierte. Sie fragte: »Ist das der Punkt, wo wir von Mutmaßungen zu harten wissenschaftlichen Fakten kommen?«

»Ja, Ma'am«, antwortete Charlie. »Wie gesagt, die Blutgruppen machen es einfacher. Kayla wurde hier verprügelt und erstochen. An der Wand können Sie das Spritzmuster erkennen.«

Er deutete auf Spritzer dunklen Bluts. »Der Mörder war rasend, wahrscheinlich vor Wut, weil er hinter ihr herrennen musste oder weil er sie mit einem anderen Mann gesehen hatte – Adam, könnte man annehmen.«

Will fragte: »Wie lange dürfte der Angriff gedauert haben?«

Charlie schaute auf die Wände, den fleckigen Boden. »Vierzig bis fünfzig Sekunden. Vielleicht auch eine ganze Minute oder zwei, falls eine Vergewaltigung stattfand.«

»Deutet in dem Muster irgendetwas darauf hin, dass jemand versuchte, ihn zu stoppen?«

Charlie legte die Hand ans Kinn und betrachtete das Blut.

»Eigentlich nicht. Die Bögen sind ziemlich perfekt. Wenn er unterbrochen worden wäre oder jemand versucht hätte, seinen Arm festzuhalten, würden wir mehr Variationen sehen. Das ist alles sehr gleichförmig, fast wie von einer Maschine, die hoch und runter geht.«

Will fügte hinzu: »Der Coroner sagt, dass auf Kayla mindestens zwanzigmal eingestochen wurde, vielleicht noch öfter.«

Charlie wandte sich nun den Fußabdrücken zu. »Es gab nach ihrem Tod eindeutig sehr viel Aktivität. Man sieht an den beiden Abdruckpaaren, dass zwei Personen – einer davon mit Schuhen, die Adams entsprechen – hier hin und her gegangen sind.«

»Sehen Sie Hinweise darauf, dass sie kämpften?«

Charlie zuckte die Achseln. »Wegen des Teppichs ist das schwer zu sagen. Auf einer glatteren Oberfläche könnte ich feststellen, wo das Gewicht des Fußes war, ob jemand aus dem Gleichgewicht geriet oder nach vorn stürmte, um mit einem anderen zu kämpfen.«

Amanda sagte: »Die sicherste Vermutung?«

»Na ja …« Charlie zuckte noch einmal die Achseln. »Im größeren Kontext der Szene scheint die Annahme gerechtfertigt, dass es zu einem Kampf kam. Was ich Ihnen eindeutig sagen kann, ist, dass Adam irgendwann neben der Leiche kniete. Wir haben auf seinen Jeans und auch auf seinen Schuhspitzen Blutmuster gefunden. Ich habe auch die Theorie, dass er den Arm ausstreckte« – Charlie streckte seinen Arm in die Richtung des blutigen Handabdrucks – »und sich mit der Hand an der Wand abstützte, als er sein Ohr nahe an Kaylas Mund brachte.«

Will unterbrach ihn. »Warum sagen Sie das?«

»Er hat ein feines Sprühmuster aus B-negativ hier in der Gegend.« Er deutete auf sein eigenes Ohr. »Außerdem gibt es ein Sprühmuster auf Kaylas Unterbauch, auf das Sie mich zuvor hingewiesen haben. Ich komme zur selben Schlussfolgerung wie Sie – er zog sich das Messer aus seiner Brust, während er sich über sie beugte. Tatsächlich fanden wir auf der Waffe eine Mischung aus beiden Blutgruppen.«

»Irgendwelche Fingerabdrücke?«

»Nur eine Sorte. Vorläufig sagen wir, dass es Adams Abdrücke sind, aber das muss ich erst im Labor bestätigen. Auf dem Messergriff gibt es außerdem Spuren, die vereinbar sind mit jemandem, der Latexhandschuhe trägt.«

Amanda sagte zu Will: »Das Tragen von Gummihandschuhen in Kombination mit der Verbringung des Messers an den Tatort ergibt vorsätzlichen Mord.«

Will wies sie nicht darauf hin, dass sie zuerst den Mörder finden mussten, bevor sie ihn anklagen konnten. »Was ist mit dem Fußabdruck unten?«

»Hier wird es interessant«, erwiderte Charlie. »Blutgruppe Null-positiv.«

Amanda sagte: »Anders als die Blutgruppen der beiden Opfer.«

»Genau«, bestätigte Charlie. »Wir haben auf der Treppe mehrere Tropfen gefunden und hier oben noch ein paar mehr. Ich vermute, dass die Person, von der das Blut stammt, bewusstlos war. Wie Will und ich vermutet haben, wurde sie die Treppe hinuntergetragen. Entweder musste der Entführer am Fuß der Treppe stehen bleiben, um ihr Gewicht zu verlagern, oder sie kam wieder zu sich und wehrte sich. Irgendwie berührte dabei ihr Fuß an dieser einen Stelle den Boden.«

Will sagte zu Amanda: »Ich habe Charlie gebeten, das Haus von oben bis unten mit Luminol zu untersuchen. Es interessiert mich, wo Emma Campano war, als ihre Freundin angegriffen wurde.«

»Aus dem Bisherigen folgt doch, dass sie bewusstlos war.«

»Hier noch nicht«, entgegnete Charlie. »Zumindest nicht nach dem, was das Blut uns sagt.«

Will sagte: »Es wurden hier heute schon viele Fehler gemacht. Ich will ganz sicher wissen, ob dieser Fußabdruck unten von Emma Campano stammt. Sie hat Tonnen von Schuhen in ihrem Wandschrank. Vielleicht können Sie in einem davon einen latenten Abdruck finden?«

»Nicht sehr wahrscheinlich, aber versuchen kann ich es auf jeden Fall.«

Amanda fragte: »Haben Sie in diesem Bereich irgendwelche Spermaspuren gefunden?«

»Nichts.«

»Aber Kayla hatte Sperma auf und in ihrem Körper?«

»Ja.«

Amanda sagte zu Charlie Reed: »Ich will schleunigst einen DNS-Vergleich sowohl mit Adam Humphrey wie mit Paul Campano. Suchen Sie das Elternschlafzimmer nach Haaren oder sonstigem Gewebe ab, das dem Vater gehören könnte.« Sie schaute Will an, als wartete sie auf seinen Widerspruch. »Ich will wissen, mit wem dieses Mädchen Sex hatte, ob einvernehmlich oder nicht.« Sie wartete nicht auf eine Antwort, sondern drehte sich auf dem Absatz um und warf nur noch ein »Will?« über die Schulter.

Er folgte ihr die Treppe hinunter und in die Küche. Will versuchte, beim Spiel der gegenseitigen Vorwürfe als Erster aus den Startlöchern zu kommen. »Warum haben Sie mir nicht gesagt, dass Faith Mitchells Mutter Teil meiner Ermittlungen war?«

Sie fing an, Schubladen zu öffnen und wieder zu schließen. »Ich habe angenommen, Sie würden Ihre brillanten deduktiven

Fähigkeiten nutzen, um eine Verbindung zwischen den beiden Familiennamen herzustellen.«

Sie hatte recht, aber Evelyn Mitchell hatte für ihn schon lange keine Priorität mehr. »Mitchell ist ein ziemlich häufiger Name.«

»Freut mich, dass wir das bereinigt haben.« Amanda fand, wonach sie gesucht hatte. Sie hielt ein Küchenmesser in die Höhe, schaute sich die silberne Biene auf dem Griff an. »Laguiole. Hübsch.«

»Amanda ...«

Sie legte das Messer wieder in die Schublade. »Faith wird während dieser ganzen Ermittlung Ihre Partnerin sein. Wir haben das Atlanta Police Department dieses Jahr schon genug geärgert, ohne ihm noch einen wichtigen Fall abzunehmen, und ich würde Sie lieber mit einer Ziege zusammenstecken, als Leo Donnelly auf diesen Fall anzusetzen.«

»Ich will sie nicht.«

»Das ist mir egal«, blaffte sie. »Will, das ist ein sehr wichtiger Fall, den ich Ihnen hier übertrage. Sie sind jetzt sechsunddreißig Jahre alt. Sie werden nie Karriere machen, wenn Sie ...«

»Wir wissen beide, dass ich nicht weiter nach oben kommen werde.« Er gab ihr keine Gelegenheit, zu widersprechen. »Ich werde nie eine PowerPoint-Präsentation machen oder an einer Tafel stehen und ein Verlaufsdiagramm ausfüllen.«

Sie spitzte die Lippen und starrte ihn an. Er fragte sich, warum ihm die Enttäuschung in ihren Augen so viel ausmachte. Soweit er wusste, hatte Amanda keine Kinder oder überhaupt Familie. Manchmal trug sie einen Ehering, aber das offensichtlich eher aus Gründen der Dekoration als der Deklaration. Im Grunde genommen war sie ebenso Waise wie er. Manchmal dachte er, sie sei wie die funktionsgestörte, passiv-aggressive Mutter, die er nie gehabt hatte – eine Tatsache, die Will froh machte, dass er in diesem Kinderheim aufgewachsen war.

Sie sagte: »Inzwischen gibt es Weißwandtafeln und Dry-Erase-Marker. Man kriegt keine Kreide mehr auf die Finger.«

»Na gut … melden Sie mich an.«

Sie lächelte mitleidig. »Woher kennen Sie Paul Campano.«

»Ich lernte ihn kennen, als ich zehn Jahre alt war. Wir kamen nicht miteinander aus.«

»Ist das der Grund, warum er nicht mit Ihnen reden will?«

»Könnte sein«, gab Will zu. »Aber ich glaube, meine Bekanntschaft mit ihm könnte auch eine Tür öffnen.«

»Hoyt Bentley hat eine Belohnung von fünfzigtausend Dollar ausgeschrieben für Informationen, die zur Rückkehr seiner Enkelin führen. Er wollte schon eine halbe Million ausloben, aber das konnte ich ihm gerade noch ausreden.«

Will beneidete sie nicht um ihre Aufgabe. Männer wie Bentley waren daran gewöhnt, jedes Problem mit Geld lösen zu können. Eine noch lukrativere Belohnung hätte in vielfacher Hinsicht nach hinten losgehen und nicht zuletzt dazu führen können, dass jeder Spinner in der Stadt sich meldete.

»Ich wette, sie engagieren ihre eigenen Leute, die ihre Nase in diesen Fall stecken.«

Will erkannte einen Trottel auf Anhieb. Die Reichen Atlantas hatten ein ganzes Rudel privater Sicherheitsfirmen zu ihrer Verfügung. Hoyt Bentley hatte genug Geld, um sich jede einzelne davon leisten zu können. »Ich bin mir sicher, Paul und sein Schwiegervater glauben, dieses Problem selbst lösen zu können.«

»Ich hoffe nur, dass diejenigen, die sie engagieren, wissen, dass eine Lösegeldverhandlung nicht das Gleiche ist, wie die Geliebte eines Vorstandsvorsitzenden mit Geld ruhigzustellen.«

Überrascht fragte Will: »Glauben Sie, dass es eine Lösegeldforderung geben wird?«

»Ich glaube, es werden mehrere kommen – und keine davon von unserem Kidnapper.« Sie verschränkte die Arme und lehnte sich gegen die Anrichte. »Sagen Sie mir, was Sie beschäftigt.«

Will musste nicht lange überlegen, um diese Frage zu beantworten. »Zwei junge Mädchen, mindestens ein Junge im Teenager-Alter, mitten am Tag allein in einem Haus. Die Eltern wissen nicht, wo sie sind. Sie sagen, ihre Tochter hat sich in letzter Zeit verändert, ist aufsässig geworden. Irgendjemand hatte oben in diesem Bett Sex. Wo waren Emma und Adam, als Kayla abgeschlachtet wurde? Wo war Emma, als auf Adam eingestochen wurde? Wir müssen uns fragen, ob Emma Campano ein Opfer oder eine Täterin ist.«

Amanda schwieg einen Augenblick und dachte über die Möglichkeiten nach. »Ich sage nicht, dass Sie unrecht haben«, erwiderte sie schließlich. »Aber es ist ein Unterschied, ob man ein rebellischer Teenager ist oder ein kaltblütiger Mörder. Nichts an diesem Schauplatz deutet auf irgendetwas Rituelles hin. Ich sage nicht, dass es falsch ist, diese Möglichkeit in Betracht zu ziehen, aber wir sollten diese Sache als eine normale Entführung betrachten, bis wir etwas finden, das auf etwas Schlimmeres hindeutet.«

Will nickte.

»Wie sieht Ihr Schlachtplan aus?«

»Charlie wird die ganze Nacht hier sein, die wichtigen forensischen Ergebnisse sollten deshalb morgen früh auf Ihrem Schreibtisch liegen. Das APD schaut sich alle Strafzettel in der Gegend aus der letzten Woche an. Ein Zwei-Mann-Team untersucht für mich die Abwasserrohre, um zu kontrollieren, ob irgendwas hineingeworfen wurde – eine weitere Waffe, Kleidung, was auch immer. Ich will mit Leuten in der Schule reden, herausfinden, wohin die Mädchen gingen und ob sie irgendwelche Feinde haben – und die Ermittlung auch auf die Alexanders ausweiten. Ich finde es ziemlich merkwürdig, dass sie ihre Tochter drei Wochen allein gelassen haben, während sie eine halbe Welt weit weg sind. Wissen Sie schon, wann die Hunde kommen?«

»Barry Fielding war bei einem Trainingslauf in Ellijay, als ich anrief«, antwortete sie und meinte den Leiter der Hundestaffel des GBI. »Er sollte mit einem Team in der nächsten halben Stunde hier sein.« Sie griff etwas auf, das Will zuvor gesagt hatte.

»Gehen wir bei diesen Strafzetteln aus der Gegend lieber zwei Monate zurück. Schauen Sie sich auch die 9-1-1-Anrufe an. Viele können es nicht sein. Und zu dem, was Sie zuvor gesagt haben, dass die Kinder hier heute allein waren, falls das schon länger läuft ...« Will wusste, was sie meinte: Hören Sie nicht auf, sich zu fragen, was Emma Campanos Rolle in dieser Sache ist. »Was haben Sie selbst vor?«

»Ich fahre in die Schule, um eine bessere Vorstellung davon zu bekommen, wer diese Mädchen sind. Ich will auch mit der Mutter reden. Heute war sie dazu nicht in der Lage. Vielleicht hilft sie mir morgen eher weiter.«

»Sie ist viel stärker, als sie aussieht.«

»Sie hat einen Mann mit bloßen Händen stranguliert. Ich glaube nicht, dass Sie mir sagen müssen, ich soll bei ihr vorsichtig sein.«

Amanda schaute sich in der Küche um, bewunderte den Edelstahl, der in jeder Ecke glänzte, die Arbeitsflächen aus Granit. »Diese Geschichte wird wohl nicht gut ausgehen, Will.«

»Glauben Sie, das Mädchen ist schon tot?«

»Ich glaube, sie hat Glück, wenn sie es ist.«

Sie verstummten beide. Will konnte nicht erahnen, was Amanda durch den Kopf ging. Er selbst dachte sich, wie ironisch es war, dass Paul alles hatte, was sie sich erträumt hatten, als sie beide Kinder gewesen waren – Familie, Wohlstand, Sicherheit –, und eine gewaltsame Intervention des Schicksals ihm das alles genommen hatte. Man erwartete, dass so etwas passierte, wenn man in einem Waisenhaus lebte, zwölf Kinder in einem Zimmer in einem Haus, das nicht größer war als ein Schuhkarton. Man erwartete nicht, dass so etwas mitten in Mayberry passierte.

Eine Bewegung vor dem Küchenfenster erregte Wills Aufmerksamkeit. Faith Mitchells Gesicht wirkte grimmig, als sie über die hintere Terrasse neben dem Pool ging. Sie öffnete eine der Gartentüren und fragte: »Störe ich?«

Amanda fragte barsch zurück: »Was haben Sie?«

Die junge Frau schloss die Tür und kam mit beinahe zerknirschter Miene in die Küche. »Adam Humphrey war Student am Georgia Tech. Er wohnt auf dem Campus in Towers Hall.«

Amanda riss die Faust hoch. »Das ist Ihr Durchbruch.«

Will sagte zu Faith: »Rufen Sie den Campus-Sicherheitsdienst an. Sie sollen das Zimmer kontrollieren.«

»Habe ich schon«, antwortete sie. »Die Tür war verschlossen, aber das Zimmer war leer. Ich habe eine Nummer, die wir anrufen können, wenn wir auf den Campus kommen. Der Dekan will sich rechtlich absichern, bevor er uns Zugang zu dem Zimmer gewährt, aber er sagt, das ist nur eine Formalität.«

»Sagen Sie mir Bescheid, wenn ich mir einen Richter suchen soll.« Amanda schaute auf die Uhr. »Es ist jetzt schon fast vier. Ich komme zu spät zu einem vertraulichen Gespräch mit der Bürgermeisterin. Rufen Sie mich sofort an, wenn Sie irgendwas haben.«

Will wandte sich zum Gehen. Dann merkte er, dass er noch immer kein Auto hatte. Er merkte auch, dass Amanda noch immer da war, an der Anrichte lehnte und wartete, dass er genau das tat, was sie wollte.

Faith fragte: »Wollen Sie, dass ich vor dem Haus der Alexanders warte, um in Erfahrung zu bringen, ob die Eltern irgendjemanden beauftragt haben, nach Kayla zu sehen?«

Will dachte an Adams Wohnheimzimmer, all die Papiere und Notizen, die katalogisiert, all die Schubladen und Regale, die durchsucht werden mussten.

Er sagte: »Sie fahren mit mir zum Tech.«

Ihr Ausdruck wandelte sich von überrascht zu vorsichtig. »Ich dachte, ich mach nur die niederen Arbeiten.«

»Tun Sie auch.« Will öffnete die Tür, die sie eben geschlossen hatte. »Fahren wir.«

3. KAPITEL

Das Handbuch zu Faiths Mini Cooper behauptete, dass auf den Vordersitzen Fahrer oder Beifahrer, die über einen Meter achtzig groß waren, problemlos Platz fänden. Wie bei so vielem machten ein paar zusätzliche Zentimeter einen großen Unterschied, und Faith musste zugeben, dass es ihr eine kleine Freude bereitete, zuzusehen, wie der Mann, der ihre Mutter aus ihrem Job vertrieben hatte, versuchte, seinen langen Körper in dem Auto unterzubringen. Schließlich schob Will den Vordersitz so weit nach hinten, dass er fast die Heckscheibe berührte, und zwängte sich hinein.

»Alles okay?«, fragte sie.

Er sah sich um, und seine ordentlich gescheitelten, sandfarbenen Haare berührten das Glasdach. Sie dachte an einen Präriehund, der den Kopf aus seinem Loch streckte.

Er nickte knapp. »Fahren wir.«

Sie ließ die Kupplung kommen, als er sich umdrehte und nach dem Sicherheitsgurt griff. Seit Monaten entfachte auch nur der Gedanke an den Namen dieses Mannes in ihr einen so tief empfundenen Hass, dass sie am liebsten gekotzt hätte, nur um den Geschmack in ihrem Mund loszuwerden. Evelyn Mitchell hatte ihrer Tochter nicht viele Details über diese interne Ermittlung erzählt, aber Faith hatte gesehen, was diese endlosen Verhöre mit ihr anrichteten. Mit jedem Tag, der verging, war ihre starke, herrische Mutter mehr zu einer resignierten alten Frau geworden.

Will Trent war der Schlüsselfaktor bei dieser Verwandlung.

Um ehrlich zu sein, natürlich gab es viel Schuld zu verteilen. Faith war Polizistin, und sie kannte den Ehrenkodex des Schweigens, aber sie wusste auch, dass es der Verrat durch Evelyns eigene Männer gewesen war – diese gierigen Mistkerle, die dachten, es sei okay, zu stehlen, solange es sich nur um Drogengeld handelte –, der ihren Willen schließlich brach. Dennoch weigerte Evelyn sich, gegen irgendeinen aus ihrem Team auszusagen. Dass die Stadt ihrer Mutter wenigstens die Pension gelassen hatte, war schon fast ein Wunder, aber Faith wusste, dass Evelyn hochrangige Freunde hatte. Als Politikverächter gelangte man im Atlanta Police Department nicht in eine Führungsposition. Evelyn wusste sehr genau, wie das Spiel funktionierte.

Faith selbst hatte immer angenommen, dass Will Trent irgendein unfähiger, aber hinterhältiger Wichser war, der sich gern gute Polizisten vorknöpfte, um sie aus der Truppe zu werfen. Sie hatte nicht erwartet, dass Trent dieser untadelige, schlaksige Mann war, der jetzt zusammengekrümmt neben ihr im Auto saß. Und sie hatte auch nicht erwartet, dass er tatsächlich sehr genau wusste, was er tat. Wie er den Tatort analysiert und interpretiert hatte und dass seine Annahme, Humphrey sei College-Student gewesen, korrekt war – etwas, auf das gerade Faith sofort hätte kommen müssen –, das alles war nicht die Arbeit eines GBI-Bürohengstes.

Ob es ihr gefiel oder nicht, sie musste sich mit ihm abfinden, und irgendwo da draußen gab es ein vermisstes Mädchen und zwei Elternpaare, die in Kürze die schlimmste Nachricht ihres Lebens erhalten würden. Faith würde alles tun, was sie konnte, um diesen Fall zu lösen, denn das war letztendlich das Einzige, was wirklich zählte. Dennoch bot sie nicht an, die Klimaanlage des Mini hochzudrehen, obwohl Will sich in diesem lächerlichen dreiteiligen Anzug zu Tode schwitzen musste, und mit Sicherheit würde sie auch nicht das Eis brechen, indem sie ein Gespräch anfing. Was sie anging, konnte er mit den Knien an den Ohren dasitzen und in seinem eigenen Schweiß schmoren.

Faith setzte den Blinker, als sie auf die Peachtree Street fuhr, und beschleunigte dann auf die äußerste rechte Spur, nur um kurz darauf hinter einem dreckverkrusteten Pick-up wieder zum Stehen zu kommen. Jetzt steckten sie offiziell fest im Schnell-Schnell-Stopp-Spiel von Atlantas nachmittäglichem Stoßverkehr, der gegen halb drei anfing und erst gegen acht Uhr allmählich nachließ. Rechnete man die Baustellen noch mit dazu, bedeutete das, dass sie für die fünf Meilen bis zum Georgia Tech, das nur auf der anderen Seite der Interstate lag, ungefähr eine halbe Stunde brauchen würden. Vorbei waren die Zeiten von Starsky und Hutch, als man sich noch ein Blaulicht aufs Dach klatschen und durch den Verkehr brausen konnte. Dies war Will Trents Fall, und falls er den Stoßverkehr hätte umgehen wollen, hätte er sich einen Streifenwagen bestellen müssen, der sie zum Georgia Tech brachte, und nicht einen leuchtend roten Mini mit einem Peace-Aufkleber auf der Stoßstange.

Während sie im Schneckentempo am High Museum of Art und der Atlanta Symphony Hall vorbeischlichen, kehrte Faith in Gedanken immer wieder zum Schauplatz des Verbrechens zurück. Sie war ungefähr zehn Minuten nach Leo am Haus der Campanos eingetroffen. Ihre Mutter hatte immer gesagt, die schlimmsten Tatorte seien die mit Kindern als Opfer. Ihr Rat war, vergiss deine Familie, konzentriere dich auf deine Arbeit und weine, wenn du danach Zeit hast. Wie jeden guten Rat, den ihre Mutter ihr je gegeben hatte, hatte Faith ihn nicht beachtet. Erst als sie heute dieses Haus betreten hatte, hatte sie erkannt, wie sehr ihre Mutter recht gehabt hatte.

Adam Humphreys leblosen Körper zu sehen, in Sportschuhen derselben Marke wie die, die Faith ihrem eigenen Sohn erst eine Woche zuvor gekauft hatte, war wie ein Schlag in die

Magengrube gewesen. Sie stand im Foyer, spürte die Hitze im Rücken und fühlte sich, als wäre alle Luft aus ihren Lungen gewichen.

»Jeremy«, hatte Leo gesagt und ihren Sohn gemeint. Doch es war nicht als Ausdruck des Mitgefühls gemeint. Er wollte, dass sie mit Abigail Campano von Mutter zu Mutter sprach und so aus ihr herausbrachte, was hier eigentlich passiert war.

Der Mini schwankte, als ein Bus vorbeirumpelte. Sie standen in einer langen Schlange und warteten darauf, rechts abbiegen zu können, als sie bemerkte, dass Will an seiner Hand schnupperte. Faith starrte zum Fenster hinaus, als wäre das ein ganz normales menschliches Verhalten.

Er streckte ihr seinen Ärmel hin. »Riecht der für Sie nach Urin?«

Sie atmete ein, ohne nachzudenken, so wie man saure Milch riecht, wenn jemand sie einem unter die Nase hält. »Ja.«

Er stieß sich den Kopf am Dach an, als er sich aufrichtete, um sein Handy aus der Sakkotasche zu holen. Er wählte eine Nummer, wartete ein paar Sekunden und sagte dann zu der Person am anderen Ende der Leitung: »Ich glaube, hinten in Emmas Wandschrank ist Urin. Ich dachte erst, es kommt von dem Hundekorb ....« Er nickte, als könnte sein Gesprächspartner ihn sehen. »Ich bleibe dran.«

Faith wartete schweigend. Wills Hand ruhte auf dem Knie, die Finger spielten mit der scharfen Bügelfalte seines Hosenbeins. Er war ein durchschnittlich aussehender Mann, wahrscheinlich ein paar Jahre älter als sie, was Mitte dreißig bedeuten würde. Schon am Tatort war ihr eine schwache Narbe an der Oberlippe aufgefallen, offensichtlich eine Verletzung, die in einem leichten Bogen genäht worden war. Jetzt, da das spätnachmittägliche Sonnenlicht durch das Glasdach fiel, erkannte sie eine weitere Narbe, die, vom Ohr ausgehend, parallel zur Drosselvene in gezackter Linie den Hals hinunterlief und im Hemdkragen verschwand. Faith war keine Forensikexpertin, aber sie würde vermuten, dass jemand ihn mit einem gezahnten Messer angegriffen hatte.

Will hob die Hand zum Gesicht und kratzte sich das Kinn, und Faith schaute schnell wieder auf die Straße.

»Gut«, sagte er ins Handy. »Gibt es eine Möglichkeit, das mit dem Null-negativ von unten am Fuß der Treppe zu vergleichen?« Er hielt inne und hörte zu. »Danke. Ich weiß das sehr zu schätzen.«

Will klappte das Handy zu und steckte es wieder in die Tasche. Faith wartete auf eine Erklärung, aber er schien seine Gedanken lieber für sich behalten zu wollen. Vielleicht betrachtete er sie nur als seine persönliche Fahrerin. Vielleicht brachte er sie zu sehr mit Leo Donnellys Fehler in Verbindung. Sie konnte ihm nicht verübeln, dass er sie mit demselben Pinsel malte. Faith war vor Ort gewesen, war dabeigestanden und hatte mit der Mutter geplaudert, während alle Spuren und Hinweise darauf warteten, zu einem Gesamtbild zusammengefügt zu werden. Sie war Leos Partnerin, nicht seine Untergebene. Alles, was er übersehen hatte, hatte sie auch übersehen.

Dennoch regte sich bei ihr nun die Neugier, und daraus wurde Verärgerung. Sie war Detective des Atlanta Police Department, kein Lakai. Wegen der Stellung ihrer Mutter hatten sich immer Gerüchte um jede ihrer Beförderungen gerankt, aber im Morddezernat hatte man sehr schnell gemerkt, dass sie eine verdammt gute Polizistin war. Faith hatte sich schon vor Jahren abgewöhnt, sich selbst etwas beweisen zu müssen, und jetzt gefiel es ihr nicht, dass man sie außen vor ließ.

Sie versuchte, ihre Stimme so neutral wie möglich zu halten, als sie fragte: »Haben Sie vor, mir zu sagen, worum es eben ging?«

»Oh.« Er schien überrascht, als hätte er vergessen, dass sie da war. »Tut mir leid. Ich bin nicht daran gewöhnt, mit anderen zusammenzuarbeiten.« Er drehte sich zu ihr um, so weit es ging. »Ich glaube, dass Emma sich in dem Wandschrank versteckte.

Allem Anschein nach nässte sie sich dort ein. Charlie meinte, das meiste wurde von den Schuhen aufgesaugt, aber ein wenig Urin lief hinten auf dem Boden des Wandschranks zu einer Pfütze zusammen. Anscheinend habe ich den Urin mit meinen Handschuhen transferiert, als ich das Hundekörbchen untersuchte und nicht bemerkte, dass sie nass waren.«

Faith versuchte, seinem Gedankengang zu folgen. »Im Labor wollen sie jetzt versuchen, die DNS im Urin mit dem Blut am Fuß der Treppe zu vergleichen, von dem Sie glauben, dass es von Emma stammt?«

»Wenn Emma ein Sekretor ist, dann können sie im Labor einen Oberflächenabgleich in ungefähr einer Stunde machen.«

Etwa achtzig Prozent der Bevölkerung gehören zur Gruppe der Sekretoren, was bedeutet, dass ihre Blutgruppe auch in Körperflüssigkeiten wie Speichel oder Sperma feststellbar ist. Wenn Emma Campano zu dieser Gruppe gehörte, dann konnte man durch eine Untersuchung des Urins sehr leicht ihre Blutgruppe feststellen.

Faith sagte: »Man muss es natürlich noch mit der DNS bestätigen, aber es ist ein guter Anfang.«

»Genau.« Er schien auf weitere Fragen zu warten, aber Faith hatte keine mehr. Schließlich drehte er sich auf seinem Sitz wieder um.

Faith ließ die Kupplung kommen, als die Ampel umschaltete. Sie schafften ungefähr zwei Meter, bis die Ampel wieder auf Rot schaltete und der Verkehr stoppte. Sie dachte an Emma Campano, irgendwo als Geisel festgehalten, nach ihrem eigenen Urin stinkend, ihr letztes Bild das ihrer besten Freundin, die abgeschlachtet auf dem Boden lag. Das brachte sie dazu, ihren Sohn anrufen zu wollen, auch wenn es ihn ärgern würde, die besorgte Stimme seiner überfürsorglichen Mutter zu hören.

Will bewegte sich wieder. Sie merkte, dass er versuchte, sein Sakko auszuziehen, sich dabei den Kopf an der Windschutzscheibe anstieß und den Innenspiegel verdrehte.

Sie sagte: »Wir werden noch eine Weile an dieser Ampel stehen. Steigen Sie doch einfach aus und ziehen Sie die Jacke aus.«

Er legte die Hand auf den Türgriff, hielt dann inne und kicherte gekünstelt. »Sie brausen aber nicht gleich davon, oder?«

Faith schaute ihn nur schweigend an. Mit erstaunlich flinken Bewegungen stieg er aus, zog das Sakko aus und setzte sich in dem Augenblick wieder, als die Ampel umsprang.

»Das ist besser«, sagte er und legte das Sakko sorgfältig zusammen.

»Legen Sie es auf den Rücksitz.«

Er tat es, und sie ließ das Auto noch einmal zwei Meter rollen, bevor die Ampel wieder auf Rot schaltete. Sie hatte es noch nie so recht geschafft, jemanden wirklich zu hassen, den sie persönlich vor sich hatte. Sogar bei einigen Kriminellen, die sie verhaftet hatte, musste sie sich eingestehen, dass sie ihre Taten verstand, auch wenn sie sie nicht billigte. Der Mann, der heimgekommen war, seine Frau mit seinem Bruder im Bett ertappt und sie beide umgebracht hatte. Die Frau, die ihren Mann erschossen hatte, weil er sie jahrelang missbraucht hatte. Wenn es ums Ganze ging, waren die Menschen nicht so kompliziert. Jeder hatte einen Grund für das, was er tat, auch wenn dieser Grund manchmal Dummheit hieß.

Dieser Gedankengang brachte sie wieder auf Emma Campano, Kayla Alexander und Adam Humphrey. Standen sie alle in irgendeiner Verbindung zueinander, oder waren sie bis heute Fremde gewesen? Adam war ein Studienanfänger am Georgia Tech. Die Mädchen waren in der Oberstufe einer ultraexklusiven Privatschule in einem etwa zehn Meilen entfernten Nachbarort. Es musste einen Grund geben, warum sie heute alle in diesem Haus gewesen waren. Es musste einen Grund geben, warum Emma verschleppt worden war.

Faith ließ die Kupplung kommen, das Auto rollte an. Auf der Gegenfahrbahn winkte ein Bauarbeiter mit einer Fahne und lenkte den Verkehr auf eine Umleitung. Schweiß lief ihm den

Körper hinab, seine orangenfarbene Sicherheitsweste klebte an ihm wie nasses Toilettenpapier. Wie in jeder anderen Großstadt in Amerika stand auch in Atlanta die Infrastruktur kurz vor dem Zusammenbruch. Es sah so aus, als würde nie etwas unternommen, bis es zur Katastrophe kam. Zurzeit konnte man das Haus nicht verlassen, ohne auf einen Bautrupp zu stoßen. In der ganzen Stadt herrschte Chaos.

Gegen ihre vorherige Entscheidung drehte Faith nun doch die Klimaanlage hoch. Allein der Anblick des Bauarbeiters ließ sie die Hitze stärker spüren. Sie versuchte, an kalte Sachen wie Eiscreme und Bier zu denken, während sie ausdruckslos den Lkw vor sich anstarrte – die schlammverkrusteten Schmutzfänger, die amerikanische Fahne in der Heckscheibe.

»Ist Ihr Bruder noch immer in Übersee?«

Faith war so überrascht, dass sie nichts anderes sagen konnte als: »Was?«

»Ihr Bruder – er ist doch Chirurg, nicht? Beim Militär?«

Sie fühlte sich in ihrer Privatsphäre verletzt, obwohl Wills Ermittlungen gegen ihre Mutter ihm natürlich die Berechtigung gegeben hatten, sich auch das Leben ihrer Kinder genauer anzuschauen. Er würde wissen, dass Zeke bei der Air Force war und in Brandenburg diente. Er hatte sicher auch Zugang zu ihrer psychologischen Beurteilung gehabt, zu ihren schulischen Unterlagen, zur Geschichte ihrer Ehe und ihres Sohnes – zu allem.

Sie konnte es kaum glauben. »Wollen Sie mich auf den Arm nehmen.«

»Es wäre wohl unaufrichtig von mir, wenn ich so tun würde, als wüsste ich nichts über Sie.« Sein Ton war nicht zu deuten, was sie noch mehr ärgerte.

»Unaufrichtig«, wiederholte sie und dachte, das war vermutlich einer der Gründe, warum man dem Mann die Ermittlungen gegen das Drogendezernat übertragen hatte. Will Trent verhielt sich anders als jeder Polizist, den Faith je kennengelernt hatte. Er zog sich nicht an wie einer, ging nicht wie einer, und mit

Sicherheit redete er nicht wie einer. Wahrscheinlich bedeutete es ihm rein gar nichts, das Leben von Männern und Frauen zu zerstören, die Teil einer Familie waren, zu der er nie gehören konnte.

Weiter vorn sprang die Ampel wieder um, sie trat aufs Gaspedal, scherte aus, überholte den Laster und bog von der linken Spur nach rechts ab. Wills Hände blieben während dieses höchst illegalen Manövers ruhig auf den Knien liegen.

Sie sagte: »Ich habe versucht, zivilisiert mit Ihnen umzugehen, aber mein Bruder, meine Mutter – meine ganze Familie – sind für Sie tabu. Haben Sie das verstanden?«

Er antwortete nicht direkt auf ihre Bemerkung.

»Sie kennen sich auf dem Campus des Georgia Tech aus?«

»Sie wissen verdammt gut, dass ich das tue. Sie haben sich Zugriff zu meinen Bankunterlagen verschafft, um festzustellen, ob ich mir die Studiengebühren auch leisten kann.«

Die geduldige Art, mit der er nun erklärte, worauf er hinauswollte, brachte bei ihr das Fass fast zum Überlaufen. »Seit Adams Tod sind fast vier Stunden vergangen, seit Emmas Verschleppung noch mehr. Im Idealfall würden wir direkt in sein Zimmer gehen, ohne darauf zu warten, dass die Rechtsabteilung uns den Zugang gestattet.«

»Der Dekan meinte, es sei nur eine Formalität.«

»Die Leute neigen dazu, ihre Meinung zu ändern, nachdem sie mit Anwälten gesprochen haben.«

Dem konnte sie nicht widersprechen. »Ohne Schlüssel kommen wir nicht in das Zimmer.«

Er griff nach hinten zu seinem Sakko auf dem Rücksitz und zog eine Beweismitteltüte heraus, in der ein Schlüssel steckte. »Charlie hat den oben im Gang gefunden. Wir rufen Ihren Kontakt an, sobald wir da sind, aber ich sehe keinen Grund, warum wir den Schlüssel nicht benutzen sollten, während wir warten.«

Faith bremste vor einer weiteren Ampel und fragte sich, was er sonst noch alles zurückhielt. Es ärgerte sie, dass er ihr nicht vertraute, andererseits hatte sie ihm keinen Grund gegeben, es zu tun. Sie sagte nur: »Ich weiß, wo die Tower Hall ist.«

»Danke.«

Die Hände taten ihr weh, weil sie das Lenkrad viel zu fest umklammerte. Sie atmete tief ein und langsam wieder aus.

Einen nach dem anderen löste sie die Finger vom Lenkrad. »Ich weiß, ich klinge wie eine Zicke, aber meine Familie ist tabu.«

»Das ist eine berechtigte Forderung, und Sie klingen überhaupt nicht so.«

Er starrte schweigend zum Fenster hinaus, während das Auto über die Tenth Street auf das Georgia Tech zurollte. Faith schaltete das Radio an und suchte nach dem Verkehrsbericht. Als sie die Interstate überquerten, schaute sie hinunter auf die I-75, die eher einem Parkplatz ähnelte. Mehr als eine halbe Million Fahrzeuge benutzten diese Ein- und Ausfallstraße Atlantas jeden Tag. Emma Campano hätte in jedem Auto dort unten sitzen können.

Die Pendler um sie herum bogen auf die Zufahrten zur 75/85 ab, sodass der Verkehr, als sie die andere Seite der Brücke erreicht hatten, ein wenig flüssiger lief. Faith fuhr von der Tenth Street auf die Fowler und folgte den vertrauten Straßen, die sich durch den Campus schlängelten.

Das Georgia Institute of Technology besetzte knapp zweihundert Hektar in Atlantas bester Innenstadtlage. Dank der über eine Lotterie finanzierten HOPE-Stiftung konnten Bewohner Georgias das Institut ohne Studiengebühren besuchen, aber für die meisten stellten die akademischen Anforderungen eine zu große Hürde dar. Die finanziellen Belastungen durch Unterkunft, Lernmaterialien und Laborgebühren versperrten weiteren potenziellen Studenten den Weg. Wenn man Glück hatte, bekam man ein Vollstipendium, das diese Kosten abdeckte. Wenn nicht, konnte man nur hoffen, dass die Mutter eine zweite Hypothek auf ihr Haus aufnehmen konnte. Das

Tech rangierte auf den meisten College-Ranglisten unter den ersten zehn und wurde, zusammen mit der Emory University, zur Ivy League des Südens gerechnet. Wenn man dort einen Abschluss machte, konnte man seiner Mutter das Geld problemlos zurückzahlen.

Auf dem Techwood Drive musste Faith bremsen wegen Studenten, die Sinn und Zweck von Fußgängerüberwegen nicht zu verstehen schienen. Eine Gruppe junger Männer johlte und pfiff beim Anblick einer Blonden in einem roten Mini. Die Kombination aus Hormonen und einem natürlichen Mangel an Umgangsformen, die Mathe- und Naturwissenschaftsstudenten der höheren Semester inhärent war, brachte einige dazu, über ihre eigenen Füße zu stolpern. Faith ignorierte sie und suchte die Straßen nach einem Parkplatz ab. Auch zur besten Zeit war das Parken auf dem Campus ein Albtraum. Schließlich gab sie es auf und stellte den Mini auf einen Behindertenparkplatz. Sie klappte die Sichtblende herunter, damit ihre polizeiliche Parkerlaubnis zu sehen war, und hoffte, dass der Sicherheitsdienst so freundlich war, sie zu respektieren.

Will sagte: »Rufen Sie doch mal Ihren Kontakt an.«

Faith telefonierte mit der Sekretärin des Dekans, während Will sich aus dem Auto schälte. Sie beendete den Anruf, stieg aus und verschloss die Türen. »Dekan Martinez telefoniert gerade mit der Rechtsabteilung. Wir sollen hier warten. Er kommt zu uns, sobald er mit dem Anruf fertig ist.«

Will nickte, damit sie vorausging, aber Faiths Schritte waren bedeutend kürzer als seine, und so gingen sie bald nebeneinander. Sie hatte sich selbst nie als klein betrachtet, aber mit ihren eins siebzig kam sie sich neben ihm vor wie ein Zwerg.

Der Unterricht lief noch, kleine Gruppen von Studenten standen und gingen herum. Obwohl Will eine Weste trug, war sein Halfter mit der Waffe ohne Sakko deutlich zu sehen. Faith trug eine kurzärmelige Baumwollbluse und eine Bundfaltenhose, was bei Temperaturen um die vierzig Grad sinnvoll, aber kaum geeignet war, die goldene Marke an ihrer linken und die Waffe an ihrer rechten Hüfte zu verbergen. Die beiden sorgten für ziemliche Aufregung, als sie über den Hof zwischen Glenn und Towers Hall gingen.

Dennoch wurde Faith, als sie über den Campus schlenderte und all die jungen Gesichter sah, klar, wie sehr sie diesen Fall bearbeiten wollte. Abgesehen davon, dass man mit Leo Donnelly als Partner nicht unbedingt auf der Überholspur zur Karrierespitze fuhr, konnte sie nicht ermessen, wie es war, ein Kind zu verlieren. Mit Abigail Campano zu reden war das Schwerste gewesen, was sie in ihrem Leben je getan hatte. Alles, woran die Mutter sich erinnern konnte, waren die Streitereien, die sie gehabt hatten, die schrecklichen Dinge, die sie einander an den Kopf geworfen hatten. Die Tatsache, dass die Tochter dieser Frau nur verschwunden und nicht tot war, nahm der Situation nichts von ihrer Entsetzlichkeit. Faith wollte alles in ihrer Macht Stehende tun, um Emma wieder zurückzubringen. Außerdem hatte sie das unerklärliche Bedürfnis, Will Trent wissen zu lassen, dass sie, trotz der Fehler des heutigen Tages, nicht völlig nutzlos war.

Sie fing damit an, dass sie ihm das wenige erzählte, was sie über diesen Teil des Tech-Campus wusste. »Die beiden sind Wohnheime für Studienanfänger, ausschließlich für Jungs, insgesamt ungefähr sechshundert. Sie sind dem Stadion am nächsten und die lautesten. Parken ist für Anfänger stark eingeschränkt, deshalb haben nicht viele von ihnen Autos, zumindest nicht auf dem Campus.« Ihre Füße sanken in dem weichen Gras ein, sie schaute nach unten, um nicht zu stolpern, und sagte: »Die meisten Vorlesungen sind in einer halben Stunde zu Ende …«

»Was machst du denn hier?«

Sie erkannte als Erstes die Schuhe. Dieselbe Marke und dieselbe Farbe wie die Schuhe, die sie vor ein paar Stunden an Adam Humphreys Füßen gesehen hatte. Zwei dünne Beine ragten aus den Sportschuhen wie haarige Stecken. Die Shorts hingen ihm an den schmalen Hüften, der Bund seiner Boxershorts schaute heraus. Er trug ein zerrissenes, ausgewaschenes T-Shirt – das Lieblingshassobjekt seines Air-Force-Onkels – mit der Aufschrift »Kein Blut für Öl«.

Rückblickend betrachtet schien es durchaus wahrscheinlich, dass sie Jeremy treffen würde, der seit eineinhalb Wochen in der Glenn Hall wohnte. Allerdings wusste sie auch ganz sicher, dass ihr Sohn im Augenblick im Unterricht sein sollte. Sie hatte ihm letzte Woche geholfen, seinen Stundenplan zusammenzustellen.

Deshalb fragte sie ihn ziemlich unverblümt: »Was ist mit der Einführung in die Biomechanik passiert?«

»Der Professor hat uns früher rausgelassen«, blaffte er zurück. »Warum bist du hier?«

Faith schaute kurz Will Trent an, der völlig ungerührt neben ihr stand. Sie vermutete, einer der wenigen Vorzüge seiner Ermittlungen gegen ihre Mutter war es, dass ihn eine dreiunddreißigjährige Frau, die einen achtzehnjährigen Sohn hatte, nicht mehr schockieren konnte.

Will sagte: »Einer deiner Kommilitonen hatte einen Unfall.«

Jeremy war von zwei Generationen von Polizisten aufgezogen worden. Er kannte den Jargon. »Soll das heißen, er ist tot?«

Faith log ihren Sohn nicht an. »Ja. Aber das muss vorerst noch unter uns bleiben. Sein Name war Adam Humphrey. Hast du ihn gekannt?«

Jeremy schüttelte den Kopf. »War er ein Goatman?« Aus unbekannten Gründen nannten die Bewohner von Glenn Hall sich so, Ziegenmänner.

»Nein«, erwiderte sie. »Er hat in Towers gewohnt.«

»Das Semester hat eben erst angefangen. Fartley ist der Einzige, den ich kenne.« Noch ein Spitzname, diesmal für seinen Zimmergenossen – Furzer. »Ich kann ja mal rumfragen.«

»Lass es sein«, sagte sie und musste sich dabei beherrschen, um nicht die Hand zu heben und ihm die Haare hinters Ohr zu streichen. Seit seinem dreizehnten Geburtstag war er größer als sie. Bei den seltenen Gelegenheiten, wenn Jeremy ihr öffentliche Zuneigungsbezeugungen gestattete, musste sie sich auf die Zehenspitzen stellen, um ihn auf die Stirn zu küssen. »Ich komme später vorbei.«

Er zuckte die Achseln. »Tu's nicht, okay? Diese MILF-Scheiße geht mir langsam ziemlich auf die Nerven.«

»Sag nicht ›Scheiße‹.«

»Mom.«

Sie nickte, ein stillschweigendes Einverständnis. Er latschte davon, seine brandneue Büchertasche für sechzig Dollar schleifte durchs Gras. Als Faith sechzehn war und ihren einjährigen Sohn auf ihrer Hüfte herumschleppte, errötete sie immer heftig, wenn die Leute sie fragten, ob das ihr kleiner Bruder sei. Mit fünfundzwanzig Jahren wurde sie sehr wütend, wenn Männer meinten, das Alter ihres Sohnes sei ein Gradmesser für ihre Lüsternheit. Mit dreißig schließlich war sie mit ihrer Vergangenheit insofern im Reinen, dass sie dazu stehen konnte. Jeder macht Fehler, und sie liebte ihren Sohn wirklich. Das Leben war bestimmt nicht einfach gewesen, aber ihn zu haben machte die Gaffereien und abfälligen Bemerkungen wieder wett.

Leider ging dieser Frieden sehr schnell in die Brüche, als während der Erstsemester-Orientierungswoche im letzten Monat Jeremys neuer Zimmergenosse einen Blick auf Faith warf und bemerkte: »Alter, deine Freundin ist vielleicht heiß.«

Will deutete zu dem roten Backsteingebäude gegenüber der Glenn Hall. »Das ist Towers?«

»Ja«, sagte sie und führte ihn über den leeren Hof. »Als ich mit Martinez, dem Leiter des Studentenbüros, sprach, sagte er mir, dass Adams Zimmergenosse ein Junge namens Harold Nestor ist, aber Nestor ist bis jetzt noch nicht zum Unterricht erschienen. Martinez meinte, es gebe da irgendein familiäres Problem – ein kranker Elternteil, glaubte er. Es ist zweifelhaft, ob der Junge überhaupt erscheint.«

»Hat Nestor einen Schlüssel zu dem Zimmer?«

»Nein. Der Junge hat sich noch nicht einmal seine Unterbringungspapiere abgeholt. Soweit Martinez weiß, hat Nestor Adam nie getroffen.«

»Das sollten wir überprüfen«, sagte Will. »Hat sonst noch jemand einen Schlüssel zu dem Zimmer?«

»Ich kann mir vorstellen, dass der Campus-Sicherheitsdienst einen hat. Es gibt hier keine richtigen Hausvorsteher – das regelt alles die studentische Selbstverwaltung, und die ist noch nicht gewählt.«

Will wollte die Vordertür des Gebäudes öffnen, doch sie war abgeschlossen.

Faith deutete auf ein großes rotes Schild, das die Studenten ermahnte, keine Fremden ins Haus zu lassen. Diesen Aspekt hatte sie völlig vergessen. »Man braucht eine Sicherheitskarte, um reinzukommen.«

»Ah ja.« Er drückte sein Gesicht an die Scheibe, spähte ins Foyer. »Leer.«

»Adam hatte keine Sicherheitskarte in seiner Brieftasche.« Sie drehte sich um, suchte den Hof nach einem Studenten ab, der ihnen weiterhelfen konnte, aber die Rasenfläche war leer. »Ich schätze, jetzt müssen wir doch auf Martinez und die Anwälte warten.«

Die Hände in den Hosentaschen starrte Will die vielen Schilder an der Tür an. Neben dem roten gab es noch ein blaues Schild mit dem Hinweis für Behinderte, die blaue Taste in der Wand zu drücken, um den Türöffner zu aktivieren, sowie ein laminiertes grünes Blatt aus einem Notizbuch mit einer Liste von Telefonnummern, die die Studenten bei Nichtnotfällen anrufen konnten.

Will starrte stur geradeaus, die Stirn konzentriert gerunzelt, als könnte er die Tür nur mit seinem Willen öffnen.

Seit der Sache mit dem Urin hatte Faith es aufgegeben, ihn verstehen zu wollen. Sie ging zur Gegensprechanlage des Gebäudes, die ein Klingelbrett mit den Namen aller Studenten enthielt. Über die Klingelknöpfe hatte jemand einen handgeschriebenen Zettel geklebt mit dem Hinweis: »KAPUTT!! NICHT BERÜHREN!!« Aus Neugier überflog sie die Namen. Humphrey, A. stand neben 310.

Will stellte sich neben sie. Sie glaubte, er würde ebenfalls die Namen lesen, bis er fragte: »Was ist eine MILF?«

Sie spürte, wie sie errötete. »Das war eine private Unterhaltung.«

»Entschuldigung.«

Er streckte die Hand nach dem Klingelbrett aus, aber sie warnte ihn: »Es ist kaputt.«

Er lächelte ein wenig verlegen. »Das sehe ich.« Dann drückte er auf die blaue Behindertentaste unter dem Klingelbrett. Ein Summen war zu hören, dann ein deutliches Klicken, als eine Verriegelung geöffnet wurde und die Tür ächzend aufschwang.

Sie wartete auf einen wohlverdienten sarkastischen Kommentar. Doch er bedeutete ihr nur stumm, dass sie vorausgehen solle.

Das Foyer war leer, aber der Geruch nach jungen Männern überwältigend. Faith wusste nicht, was mit den Jungs zwischen fünfzehn und zwanzig Jahren passierte, aber was es auch war, es ließ sie riechen wie benutzte Socken und Tigerbalsam. Wie sie dies nicht hatte bemerken können, als sie selbst noch ein Teenager war, war eines der großen Geheimnisse des Lebens.

»Kameras«, sagte Will und zeigte nach oben. »Wie war die Zimmernummer gleich wieder?«

»Dreihundertzehn.«

Er ging zur Treppe, und Faith folgte ihm. Bei der Art, wie Will sich bewegte, vermutete sie, dass er ein Läufer war. Das würde auf jeden Fall erklären, warum er weniger Körperfett hatte als ein Windhund. Faith beschleunigte ihre Schritte, um ihm zu folgen, aber als sie den obersten Stock erreichte, steckte

Will bereits den Schlüssel ins Schloss, wobei er die Plastiktüte als Schutz benutzte, um keine Fingerabdrücke auf dem Metall zu hinterlassen.

Er öffnete die Tür, ging aber nicht hinein. Stattdessen lief er den Gang entlang. Dreihundertzehn lag bequem direkt neben der Küche und gegenüber den Badezimmern. Will klopfte an die Tür von 311. Er wartete, doch nichts rührte sich. Dann ging er weiter und versuchte es an der nächsten Tür.

Faith wandte ihre Aufmerksamkeit Adams Zimmer zu, während Will von einer geschlossenen Tür zur anderen ging. Sie hörte das langsam sich entfernende Klopfen. Wie Jeremys Zimmer war auch dieses knapp zwanzig Quadratmeter groß, ungefähr die Größe einer Gefängniszelle. An jeder Seitenwand stand ein Bett mit je einem Schreibtisch am Fußende. Es gab eine Garderobe und einen Wandschrank für jeden Studenten. Nur ein Bett war bezogen, aber auf dem anderen lag ein Kissen an einem Ende, ein Fernseher stand direkt gegenüber. Es sah so aus, als hätte Adam beide Betten benutzt und gehofft, dass Harold Nestor nie auftauchte.

Will sagte: »Im Augenblick scheint niemand zu Hause zu sein.«

Sie schaute auf ihre Uhr. »Warten Sie mal zwanzig Minuten. Was soll ich tun?«

»Meine Handschuhe sind in meinem Sakko. Haben Sie ein Reservepaar dabei?«

Faith schüttelte den Kopf. Sie hatte es sich längst abgewöhnt, bei der Arbeit eine Handtasche zu tragen, und das eine Paar, das sie immer in der vorderen Hosentasche hatte, hatte sie am Campano-Tatort benutzt. »Ich habe eine Schachtel im Kofferraum. Ich kann …«

»Ich hole sie«, sagte er und klopfte sich auf die Taschen, eine Geste, die ihr inzwischen vertraut war. »Ich habe auch mein Handy in der Jacke gelassen. Wo habe ich heute nur meinen Kopf?«

Sie gab ihm die Autoschlüssel. »Ich sorge dafür, dass niemand etwas berührt.«

Er rannte zur Treppe.

Faith beschloss, sich erst einmal einen Überblick zu verschaffen. Sie ging zum ersten Schreibtisch, auf dem sich Papierschnipsel, benutzte Lehrbücher, Druckbleistifte und ein kleiner Stapel Magazine türmten. Es waren alles alte Ausgaben von *Get Out*, und alle schienen Wandern zum Thema zu haben. Auf dem anderen Schreibtisch stand das, was man wohl als College-Grundausstattung betrachtete: ein LCD-Fernseher, eine Playstation-Konsole, ein paar Spiele und ein Stapel DVDs mit handgeschriebenen Etiketten. Sie erkannte die Titel von einigen neueren Hollywood-Blockbustern, auf anderen stand einfach nur das Wort Porno mit einer Sternmarkierung daneben, die, wie sie vermutete, den Härtegrad anzeigte.

Eine der Schreibtischschubladen stand ein Stück offen, und Faith benutzte einen Bleistift vom anderen Schreibtisch, um sie ganz aufzuziehen. Drinnen lagen ein *Playboy Magazin*, zwei originalverpackte Kondome und ein Stapel abgenutzter Baseballsammelkarten. Dieses Nebeneinander machte Faith traurig. Adam Humphrey würde nun immer in diesem Stadium zwischen Junge und Mann gefangen sein.

Sie kniete sich hin. Nichts war unter die Resopalplatte geklebt oder zwischen die Schubladen geschoben. Faith schaute auch unter dem anderen Schreibtisch nach. Sie sah die Ecken eines Plastikbeutels, die nach unten hingen. Sie verdrehte den Hals und strich sich die Haare zurück, um sich die Sache genauer anzuschauen.

Adam Humphrey war wahrscheinlich nicht der einzige Junge am Tech, der sich eine Tüte Gras unter den Schreibtisch geklebt hatte. Wahrscheinlich war er nicht einmal der einzige Junge auf dieser Etage, der eine hatte.

Sie stand wieder auf und schaute sich in dem Zimmer um – das *Radiohead-Poster an der Wand, die schmutzigen Socken und die Turnschuhe in einer Ecke, der Stapel Comics neben dem Bett. Seine Mutter musste sich sehr großzügig vorgekommen sein, als sie ihn den schwarzen Bettvorleger und die dazu passende Bettwäsche hatte aussuchen lassen.*

Faith stellte sich vor, wie es für die Humphreys wohl sein würde, die Sachen ihres Sohnes zusammenzupacken und sie nach Oregon zurückzubringen. War das alles, was ihnen von ihrem Sohn bleiben würde? Und schlimmer noch für Faith, wer würde ihnen sagen müssen, dass ihr Kind nicht mehr am Leben war? Will hatte Leo die Benachrichtigung der Alexanders übertragen. Würde er Faith die undankbare Aufgabe zuweisen, den Humphreys mitzuteilen, dass ihr Sohn ermordet worden war?

O Gott, sie wollte das nicht tun.

»Wer sind Sie?«

Derselbe anklagende Ton, ein anderer Junge. Dieser stand mit finsterer Miene in der Tür. Faith drehte sich ihm zu, sodass er Waffe und Marke deutlich sehen konnte, aber sein Ausdruck veränderte sich nicht.

Sie fragte: »Wie heißt du?«

»Geht Sie, verdammt noch mal, nichts an.«

»Ganz schön langer Name. Wurdest du adoptiert?«

Offensichtlich kam der Witz nicht an. »Haben Sie einen Durchsuchungsbeschluss?« Seine linke Hand ruhte auf dem Türknauf, die rechte steckte in einem Gips, der ihm bis knapp unter den Ellbogen reichte. »Weiß der Sicherheitsdienst, dass Sie in dieses Zimmer eingedrungen sind?«

Klingt zwar merkwürdig, dachte sie, aber sie sagte es trotzdem: »Ich hatte einen Schlüssel.«

»Schön für Sie.« Er verschränkte die Arme, so gut es mit dem Gips ging. »Und jetzt zeigen Sie mir einen Haftbefehl oder verschwinden aus dem Zimmer meines Freundes.«

Sie zwang sich zu einem Lachen, weil sie wusste, dass ihn das ärgern würde. Er war ein gut aussehender Junge – dunkle Haare, braune Augen und eine gute Figur –, offensichtlich jemand, der immer bekam, was er wollte. »Sonst was?«

Offensichtlich hatte er nicht so weit vorausgedacht. Seine Stimme klang nicht mehr so sicher, als er antwortete: »Sonst rufe ich den Sicherheitsdienst.«

»Benutz das Telefon in einem anderen Zimmer«, sagte Faith und wandte sich wieder dem Schreibtisch zu. Mit dem Bleistift stöberte sie in den Papieren, die alle vollgeschrieben waren mit mathematischen Gleichungen und Vorlesungsnotizen. Sie spürte, dass der Junge sie anstarrte. Faith ertrug es. Es war nicht das erste Mal, dass ein Achtzehnjähriger sie mit hasserfülltem Blick anstarrte.

»Das ist illegal«, sagte er, mehr um Aufmerksamkeit zu bekommen als um der Wirkung willen.

Faith seufzte, als würde es sie stören, dass er immer noch da war. »Hör mal, hier gehts nicht um das Gras oder die Pornos oder die illegalen Downloads oder was ihr Jungs sonst noch so treibt, also schalt einmal dein Hirn an und kapiere, dass dein Freund in ernsthaften Schwierigkeiten sein muss, wenn ein Detective der Atlanta Police seine Sachen durchsucht, und jetzt sag mir endlich deinen Namen.«

Er blieb still, und sie glaubte fast, sein Hirn arbeiten hören zu können, als er sich überlegte, wie er dieser Frage ausweichen konnte. Schließlich gab er nach. »Gabriel Cohen.«

»Nennt man dich Gabe?«

Er zuckte die Achseln.

»Wann hast du Adam das letzte Mal gesehen?«

»Heute Morgen.«

»Hier im Haus? Im Unterricht?«

»Hier, so ungefähr um acht heute Morgen.« Wieder zuckte er die Achseln. »Tommy, mein Zimmergenosse, schnarcht. Er ist ein ziemliches Arschloch. Also habe ich hier geschlafen, um von ihm wegzukommen.« Seine Augen wurden rund, ihm schien zu dämmern, dass er sich eben in etwas hineingeritten hatte.

»Ist okay«, versicherte sie ihm. »Wie gesagt, Gabe, ich bin nicht hier wegen ein bisschen Gras und einer Schwarzkopie von *Das Bourne-Ultimatum.*«

Er biss sich auf die Unterlippe und starrte sie an, wahrscheinlich überlegte er, ob er ihr trauen konnte oder nicht.

Faith dagegen fragte sich, warum Will so lange brauchte. Obwohl sie sich nicht sicher war, ob seine Anwesenheit in dieser Situation förderlich oder hinderlich wäre.

Sie fragte: »Wie lange kennst du Adam schon?«

»Ungefähr eine Woche, schätze ich. Ich habe ihn am Einzugstag kennengelernt.«

»Du scheinst ja ziemlich bereit zu sein, dich für ihn ins Zeug zu legen.«

So langsam konnte sie sein Achselzucken besser interpretieren. Seine Hauptsorge war die illegale Ware gewesen – wahrscheinlich eher die Downloads als die Drogen, wenn man sich überlegte, dass der Betrug eines Filmstudios viel härter bestraft wurde.

Faith fragte: »Hat Adam ein Auto?«

Er schüttelte den Kopf. »Seine Familie ist ziemlich komisch. Die haben nicht mal Strom. Totale Ökos.«

Das würde die Landstraße erklären. »Was ist damit?« Sie deutete auf den teuren Fernseher, die Spielkonsole.

»Die gehören mir«, gab Gabe zu. »Ich wollte nicht, dass Tommy, mein Zimmergenosse, damit herumspielt.« Dann fügte er hinzu: »Aber Adam spielt auch. Ich meine, er gibt gern den Außenseiter und so, aber er ist auch ein Spieler.«

»Hat er einen Computer?«

»Der wurde ihm geklaut«, antwortete er, und Faith war nicht so überrascht, wie sie hätte sein sollen. Diebstahl war in dieser Generation ein großes Problem. Jeremy waren in der Schule schon so viele wissenschaftliche Taschenrechner gestohlen worden, dass sie gedroht hatte, ihm einen ans Handgelenk zu nieten.

Sie fragte: »Wie holt sich Adam seine E-Mails ab?«

»Ich lasse ihn meinen benutzen. Manchmal geht er ins Computerlabor.«

»Was ist sein Hauptfach?«

»Dasselbe wie meines. Polymere mit dem Schwerpunkt Haftsprays.«

Das beeindruckte die Damen sicher. »Hat er eine Freundin oder Leute, mit denen er herumhängt?«

Gabe zog in einer leicht abwehrenden Geste die Schultern hoch. »Wir sind doch alle erst angekommen, verstehen Sie. Noch nicht viel Zeit zur Kontaktaufnahme.«

»Kommst du aus einem anderen Staat?«

Er schüttelte den Kopf. »Ich war auf der Grady.«

Grady war eine Magnetschule was bedeutete, dass sie die besten Schüler der anderen Schulen Atlantas anzog. »Kennst du Kayla Alexander oder Emma Campano?«

»Sind die auf der Grady?«

»Westfield.«

Er schüttelte den Kopf. »Das ist in Decatur, nicht? Ich glaube, meine Freundin war mal dort. Julie. Sie ist von vielen Schulen geflogen.«

»Warum das?«

Er lächelte schüchtern. »Wir haben beide ein gewisses Misstrauen gegen Autoritäten.«

Faith lächelte zurück. »Ist Julie auf dem Tech?«

Er schüttelte wieder den Kopf. »Sie war ein paar Semester auf der State, hat das aber auch abgebrochen. Arbeitet jetzt abends in einer Bar in Buckhead.«

Buckhead war ein wohlhabendes Viertel Atlantas, das bekannt war für sein Nachtleben. Faith nahm an, dass Julie mindestens einundzwanzig Jahre alt sein musste, wenn sie Alkohol ausschenken durfte. Der Altersunterschied von vier Jahren zwischen ihr und Emma Campano würde bedeuten, dass die Mädchen sich wahrscheinlich nicht kannten.

Faith fragte Gabe: »Was ist mit deinem Handgelenk passiert?«
Er errötete leicht. »Völliger Blödsinn. Bin ausgerutscht und auf die Hand gefallen.«

»Muss wehgetan haben.«

Er hielt den Gips in die Höhe, als könne er noch immer nicht glauben, dass er sich selbst verletzt hatte. »Ziemlich.«

»In welcher Bar arbeitet Julie?«

Er ließ den Arm sinken, doch sein Argwohn kam wieder hoch. »Warum?«

Faith vermutete, dass er kooperativ genug gewesen war, um eine Erklärung zu verdienen. »Gabe, ich muss dir sagen, was heute mit Adam passiert ist.«

Auf dem Gang war so etwas wie ein lautes »Wulf« zu hören. Gabe flüsterte: »Scheiße.«

Zwei Sekunden später lernte Faith den Grund für diese Reaktion kennen.

Gabe stellte den Geräuschemacher widerwillig vor. »Das ist Tommy Albertson, mein Zimmergenosse.«

Er war so teigig blass, wie Gabe dunkel war, und Faith sah sofort, dass Gabes Einschätzung genau ins Schwarze getroffen hatte: Der Junge war ein Arschloch. Wie um es zu beweisen, hing Tommy die Zunge fast aus dem Mund, als er sie anstarrte. »Wow. Stehe auf 'ne Frau mit 'ner Knarre.«

Gabe zischte: »Halt's Maul, Mann. Adam ist in Schwierigkeiten.«

»Ich wollte Gabe eben sagen ...« Faith richtete ihre Worte an den jungen Mann. »Adam wurde heute Vormittag getötet.«

»Getötet?« Tommy wippte auf den Fußballen und zeigte mit dem Finger auf Faith. »Scheiße, Alter, das war er, was? Es hieß, er sei ein Tech-Student. Leck mich – das war Adam?«

Gabes Verwirrung war offensichtlich. »Er wurde getötet? So wie ermordet?«

Tommy wurde noch aufgeregter. »Alter, irgend so eine verrückte Schlampe hat ihn erwürgt. Erwürgt, Mann. Mit ihren bloßen Händen. Ernsthaft, das war überall in den Nachrichten. Wo warst du denn den ganzen Tag, Kumpel?«

Gabes Kehlkopf hüpfte. Seine Augen wurden feucht, und in seinem Blick war offensichtlich, dass er sich verraten fühlte, als er Faith Bestätigung heischend anschaute.

Sie nickte, stinksauer auf den Trottel in ihrer Abteilung, der hatte durchsickern lassen, dass Adam auf dem Tech gewesen war. »Es ist ein bisschen komplizierter, aber ja, Adam ist tot.«

»Wie?«

»Über Details darf ich eigentlich nicht mit dir sprechen, Gabe. Ich kann sagen, dass Adam sich heroisch verhalten hat, dass er versuchte, jemandem zu helfen, dass dann aber alles furchtbar schieflief. Ein Mädchen wurde entführt, und wir suchen nach ihm, aber wir brauchen eure Hilfe.«

Gabes Unterlippe zitterte, als er versuchte, seine Gefühle in den Griff zu bekommen.

Tommy schien im Gegensatz dazu fast begeistert. »Sind Sie hier, um mich zu befragen?«, fragte er. »Nur zu. Ich habe alle möglichen Informationen.«

Faith fragte: »Was für Informationen?«

»Na ja, nichts Konkretes oder so. Er war ein stiller Typ, aber unter der Oberfläche war da diese Intensität. Wie … Gefahr.«

Faith bemühte sich um Gelassenheit, aber eigentlich wäre sie mit Tommy Albertson gern in die Leichenhalle gefahren und hätte ihn gefragt, was genau so aufregend daran sei, dass sein Freund tot war. »Hatte Adam eine Freundin? Hing er mit irgendjemand Speziellem herum?«

Wie alles andere fand Tommy auch das sehr unterhaltsam. Er legte Gabe die Hände auf die Schultern. »Zwei Fragen, eine Antwort!«

Gabe entwand sich seinem Griff. »Halt die Schnauze, du Arschloch. Du hast doch nie mit ihm geredet. Er konnte dich nicht ausstehen.«

»Gabe.« Faith versuchte, ihn zu beruhigen.

»Sie können mich mal.« Er verließ das Zimmer, Augenblicke später hörte man eine Tür knallen.

Faith schaute Tommy mit zusammengekniffenen Augen an und widerstand dem Drang, ihn zurechtzuweisen. Er war ein Stück ins Zimmer hineingegangen, und es passte ihr nicht, wie er den Raum ausfüllte. Sie wusste, dass sie die Kontrolle über die Situation bekommen musste, sonst würde es ein Problem geben. »Willst du vielleicht meine Fragen auf dem Revier beantworten?«

Er kam näher und zeigte ihr ein weiß blitzendes Grinsen. »Mein Dad ist Anwalt, Lady. Außer Sie kriegen ein feuchtes Höschen, wenn Sie einem potenten, jungen Kerl wie mir Handschellen anlegen, bekommen Sie mich nie und nimmer auf den Rücksitz Ihres Autos.«

Faith bemühte sich um einen neutralen Tonfall. »Dann würde ich sagen, wir haben nichts mehr zu besprechen.«

Er grinste blasiert und kam noch ein Stückchen näher. »Würde ich auch sagen.«

»Könntest du jetzt gehen?« Als er sich nicht rührte, schob sie ihn mit der Schulter auf den Gang hinaus. Das traf ihn unerwartet, oder vielleicht war sie auch wütender, als sie dachte, aber aus dem Schieben wurde ein Stoßen, und er landete auf seinem Arsch.

»O Gott«, jaulte er, »was ist denn los mit Ihnen?«

Sie drehte die Verriegelung auf dem inneren Türknauf und zog die Tür fest zu. »Dein Freund ist tot, ein Mädchen ist verschwunden, und dir fällt nichts Besseres dazu ein, als zu lachen und blöde Witze zu reißen. Was meinst du, was mit mir los ist?«

Ihre Worte trafen ins Ziel, hatten aber nicht die gewünschte Wirkung. »Warum sind Sie nur so eine Zicke?«

»Weil ich mich jeden Tag mit Arschlöchern wie dir herumschlagen muss.«

»Gibt es hier ein Problem?« Ein gut gekleideter Mann hispanischer Herkunft kam die Treppe hoch. Er klang leicht außer

Atem und ein wenig besorgt darüber, dass ein Student auf dem Boden war.

Tommy rappelte sich hoch. Jetzt sah er aus wie ein verzogenes Kind, das sich auf einen Schlagabtausch zwischen Erwachsenen freute. Faith reagierte auf die einzige Art, die sie kannte, indem sie zugab: »Er wurde aggressiv, und ich habe ihn aus dem Weg geschoben.«

Der Mann hatte den Jungen inzwischen erreicht. Faith kam das Gesicht irgendwie bekannt vor, und sie merkte, dass er einer der vielen namenlosen Verwaltungsangestellten war, die sie bei Jeremys Erstsemester-Orientierung im vergangenen Monat gesehen hatte.

Victor Martinez schien sie allerdings nicht wiederzuerkennen, als er zwischen Tommy und Faith hin und her schaute. »Mr. Albertson, wir haben über achttausend Studenten hier in unserer Schule. Es bedeutet nichts Gutes für Sie, wenn wir gerade einmal eine Woche hinter uns haben, und ich Ihren Namen und Ihre Kennnummer bereits auswendig kenne.«

»Ich habe doch nichts …«

Er wandte sich Faith zu. »Ich bin Dekan Martinez«, sagte er und streckte ihr die Hand hin. »Sie sind wegen Adam Humphries hier?«

Sie schüttelte seine Hand. »Humphrey«, korrigierte sie ihn.

»Tut mir leid, dass wir uns unter diesen Umständen kennenlernen müssen.« Er ignorierte weiterhin Tommy, der leise fluchte, bevor er sich davonschlich. »Könnten Sie vielleicht ein paar Schritte mit mir gehen? Entschuldigen Sie, dass es so aussieht, als würde ich dieser Sache nicht die Aufmerksamkeit widmen, die ich sollte, aber die erste Schulwoche ist mörderisch, und ich habe gerade zwischen zwei Besprechungen nur kurz Zeit.«

»Natürlich.« Sie roch sein Rasierwasser, als sie ihm zur Treppe folgte. Obwohl es schon spät am Tag war, war er sauber rasiert und sein Anzug ordentlich gebügelt. Wenn man Will

Trent nicht dazuzählte – und warum sollte sie –, war es schon ziemlich lange her, dass Faith einem Mann begegnet war, der Wert auf ein gepflegtes Erscheinungsbild legte.

»Hier«, sagte Victor und griff in die Brusttasche seines Jacketts. »Das sind der Hauptschlüssel zu seinem Zimmer, sein Stundenplan und seine Kontaktinformationen.« Seine Hand berührte die ihre, als er ihr das Papier gab, und Faith überraschte dieses Gefühl so, dass sie das Papier fallen ließ.

»Ups«, sagte er und bückte sich, um es aufzuheben. Der Augenblick hätte peinlich sein können – Victor gebückt vor ihr –, aber er schaffte es, das Ganze elegant aussehen zu lassen, indem er in einer flüssigen Bewegung das Blatt aufhob und sich wieder aufrichtete.

»Vielen Dank«, sagte Faith und versuchte, nicht so blöd zu klingen, wie sie sich vorkam.

»Tut mir leid, dass es so lange gedauert hat, die Sache mit der Rechtsabteilung abzuklären, aber die Universität muss sich den Hintern bedecken.«

Sie überflog das Papier, ein vertraut aussehendes Studentenaufnahmeformular mit allen wichtigen Informationen. »Ihre Offenheit ist erfrischend.«

Er lächelte und stützte sich leicht am Geländer ab, als sie die Treppe hinuntergingen. »Können Sie mir ein bisschen was darüber erzählen, was eigentlich los ist? Ich habe natürlich die Nachrichten gehört. Ist schon sehr außergewöhnlich.«

»Das ist es«, pflichtete sie ihm bei. »Ich weiß nicht, was die Nachrichten so alles bringen, aber ich kann über eine laufende Ermittlung wirklich nicht sprechen.«

»Verstehe«, erwiderte er. »Das Police Department hat auch einen Hintern.«

Sie lachte. »Das könnte man auf zwei verschiedene Arten verstehen, Dekan Martinez.«

Auf dem nächsten Absatz blieb er stehen. »Victor, bitte.«

Sie blieb ebenfalls stehen. »Faith.«

»Ich liebe die altmodischen Namen«, sagte er, und an seinen Augen bildeten sich winzige Fältchen, als er lächelte.

»Ich heiße nach meiner Großmutter.«

»Sehr schön«, sagte er, und sie hatte das deutliche Gefühl, dass er damit nicht die Tradition der Namensvererbung in der Familie meinte. »Macht es Ihnen etwas aus, wenn ich Sie frage, warum Sie mir so bekannt vorkommen?«

Trotz der Umstände hatte sich zwischen ihnen ein leicht flirtendes Geplänkel entwickelt. Faith bedauerte kurz, dass das gleich vorbei sein würde, bevor sie sagte: »Wahrscheinlich haben Sie mich bei der Erstsemester-Orientierung gesehen. Mein Sohn ist Student hier.«

Er glotzte sie an wie ein Reh, das versucht, einen Neunachser niederzustarren. »Unser jüngster Student ist sechzehn.«

»Mein Sohn ist achtzehn.«

Sein Kehlkopf hüpfte, als er schluckte, dann kam ein gekünsteltes Kichern. »Achtzehn.«

»Ja.« Gegen den peinlichen Augenblick ließ sich nichts machen, außer über ihn hinwegzureden. »Vielen Dank für den Schlüssel. Ich werde dafür sorgen, dass Ihr Büro ihn zurückerhält. Ich bin mir sicher, mein Chef wird heute Abend einige der Studenten befragen wollen. Wir werden so respektvoll sein, wie es geht, aber ich würde es sehr zu schätzen wissen, wenn Sie den Campus-Sicherheitsdienst informieren könnten, damit wir keine Probleme bekommen. Kann sein, dass Sie einige wütende Anrufe von Eltern erhalten. Ich bin mir sicher, Sie wissen, wie Sie damit umgehen müssen.«

»Natürlich. Ich halte Ihnen sehr gerne den Rücken frei.« Er ging weiter die Treppe hinunter. »Ich muss jetzt wirklich zu dieser Besprechung.«

»Nur noch eins?« Faith tat lediglich ihre Arbeit, aber sie musste zugeben, dass es etwas Befriedigendes hatte, die Angst in seinen Augen zu sehen. »Können Sie mir sagen, warum Sie Tommy Albertson bereits auf Ihrem Radar haben?«

»Oh.« Der Dekan war offensichtlich erleichtert, dass es so einfach war. »Zwischen Towers und Glenn besteht eine ständige Rivalität. Normalerweise handelt es sich nur um gegenseitige gutmütige Streiche, aber Mr. Albertson hat die Sache ein bisschen zu weit getrieben. Mit den Details rücken sie nicht so recht heraus, aber da ich weiß, wie solche Sachen ablaufen, nehme ich an, dass Wasserballons benutzt wurden. Der Boden war nass. Leute wurden verletzt. Ein Junge musste ins Krankenhaus gebracht werden.«

Das würde den Gips an Gabes Arm erklären.

»Vielen Dank.« Faith gab ihm noch einmal die Hand. Diesmal bildeten sich keine Augenfältchen, als er lächelte, und er ließ sie nun vorausgehen. Er schien zu zögern, als sie nach draußen kamen, aber als er sah, dass sie nach rechts ging, bog er schnell nach links in den hinteren Teil des Hofes ab.

Als Faith zum Auto lief, fragte sie sich, was eigentlich mit Will Trent passiert war. Sie sah ihn an ihrem Mini lehnen, die Ellbogen aufs Dach gestützt. Er hatte den Kopf in die Hände gestützt, das Telefon am Ohr. Sein Sakko lag auf der Motorhaube.

Nach ein paar Schritten konnte Faith verstehen, was er sagte. »Ja, Sir. Ich werde mich darum kümmern, dass Sie morgen am Flughafen abgeholt werden. Wenn Sie mich nur zurückrufen könnten, um mir Ihre Fluginformationen durchzugeben.« Er schaute hoch, und sein Ausdruck wirkte so gequält, dass sie den Blick abwandte. »Vielen Dank, Sir. Ich werde alles tun, was in meiner Macht steht.«

Sie hörte, wie das Handy zugeklappt wurde. Er räusperte sich. »Tut mir leid, aber der Sheriff hat mit einer Telefonnummer für die Humphreys zurückgerufen. Ich wollte das so schnell wie möglich hinter mich bringen.« Er räusperte sich noch einmal. »Sie wohnen ungefähr sechs Stunden vom nächsten größeren Flughafen entfernt. Sie werden noch heute Abend dorthin fahren und versuchen, gleich den ersten Flug morgen früh zu bekommen, aber das ist drüben in Salt Lake. Je nachdem, ob sie über Dallas fliegen oder nicht, kann der Flug hierher zwischen sieben und zwölf Stunden dauern.« Er räusperte sich ein drittes Mal. »Ich habe ihnen gesagt, sie sollen die Fluglinie direkt anrufen, ihre Situation erklären und sehen, was sich tun lässt.«

Faith konnte sich nicht vorstellen, wie das war, in einem Auto zu sitzen und auf Flughäfen zu warten. Zum Verrücktwerden, vermutete sie; der schrecklichste Tag im Leben von Eltern. Sie riskierte einen Blick auf Will. Sein gewohnter, neutraler Gesichtsausdruck war wieder da. »Hatten Sie was zu berichten?«

Er schüttelte den Kopf. »Adam hat hier kein Auto. Er war zweimal in Atlanta. Beim ersten Mal flog er mit seinem Vater zur Orientierung hierher, sie blieben drei Tage und flogen dann wieder zurück. Beide Eltern fuhren ihn dann vor zwei Wochen mit dem Auto hierher, um ihm zu helfen, sich im Wohnheim einzurichten.«

»Aus Oregon?«, fragte sie überrascht. »Wie viele Tage haben sie gebraucht?«

»Die Mutter sagt, sie hätten eine Woche gebraucht, aber unterwegs immer wieder angehalten, um sich irgendetwas anzuschauen. Offensichtlich sind sie begeisterte Camper.«

»Das passt zu den Outdoor-Magazinen, die ich in seinem Zimmer gefunden habe«, sagte Faith und dachte, dass sie sich lieber die Pulsadern aufschneiden würde, als einmal quer durch Amerika zu fahren. Wenn sie Jeremy dabeihätte, würde daraus ein Mord / Selbstmord werden. »Also war er seit vierzehn Tagen in Atlanta.«

»Genau«, sagte Will. »Von Kayla Alexander oder Emma Campano haben sie noch nie gehört. Soweit sie wissen, hatte er keine Beziehung. Zu Hause hatte er eine Freundin, aber die zog im letzten Jahr nach New York – sie ist irgendeine Tänzerin. Es war eine Trennung in gegenseitigem Einvernehmen, und seitdem hatte er ab und zu mal ein Rendezvous, aber nichts Ernstes. Sie haben keine Ahnung, warum er Emmas Foto in seiner Brieftasche hatte.« Er strich sich übers Kinn, seine Finger berührten die Narbe. »Seine Mutter sagt, letzte Woche sei ihm sein Laptop gestohlen worden. Sie hätte es dem Campus-Sicherheitsdienst gemeldet, aber sie hatten nicht den Eindruck, dass die Sache ernst genommen wurde.«

Faith betrachtete das als ihr Stichwort. Sie berichtete ihm von Gabe und Tommy und dessen Freundin, die vielleicht auf der Westfield gewesen war. Während sie sprach, dachte sie sich, dass sie gleich reinen Tisch machen könnte, und erzählte ihm auch, dass sie Tommy mit der Schulter in den Gang geschubst habe. Sie berichtete ihm auch von Martinez' Bemerkungen, behielt aber, um ihrer eigenen Würde willen, die peinlichen Teile für sich.

Anstatt sie wegen der Tätlichkeit gegen Albertson zu rügen, fragte Will nur: »Wie viele Bars gibt es in Buckhead, ungefähr fünfzig?«

»Mindestens.«

»Schätze, es ist den Versuch wert, da mal herumzufragen und zu sehen, ob wir sie finden können. Ich sag's zwar nicht gern, aber im Augenblick ist eine Freundin, die vielleicht mal auf derselben Schule war wie Emma und Kayla und die mit einem Freund von Adam geht, die einzige Spur, der wir folgen können.«

Keiner von beiden musste das Offensichtliche aussprechen: Jede Stunde, die verging, machte es schwerer, den Mörder zu finden, und unwahrscheinlicher, dass sie Emma lebend fanden.

Er fing an, Tasten auf seinem Handy zu drücken. »Jemand hat angerufen, als ich mit den Eltern sprach«, erklärte er. »Schreiben Sie den Vorfall mit Albertson in Ihren Bericht, und dann vergessen Sie ihn. Wir haben im Augenblick viel größere Probleme, um die wir uns kümmern müssen.«

Ein cremefarbener Lexus näherte sich, als Will seine Nachrichten abhörte. Faith sah Amanda Wagner hinter dem Steuer. Anscheinend war sie es gewesen, die die Nachricht hinterlassen hatte, denn Will sagte zu Faith: »Man hat Kayla Alexanders Prius bei einem Copyshop an der Peachtree gefunden. Im Kofferraum ist Blut, aber keine Spur von Emma. Die Überwachungskamera lieferte nur verschwommene Bilder, aber wenigstens funktionierte sie.«

Er steckte das Handy ein, während er zu Amandas Auto ging und dabei Befehle für Faith herunterratterte. »Rufen Sie sich Verstärkung und grasen Sie die Wohnheime ab. Vielleicht weiß ja irgendein anderer mehr über Adam. Durchsuchen Sie seine Sachen, schauen Sie nach, ob es noch mehr Fotos von Emma gibt. Nehmen Sie alles mit, was seine Eltern nicht zu sehen brauchen. Nehmen Sie sich diesen Gabe noch einmal vor, wenn Sie meinen, dass das funktioniert. Wenn nicht, soll er ruhig über Nacht schmoren. Wir nehmen ihn uns dann morgen gemeinsam vor.«

Sie versuchte, das alles zu verarbeiten. »Wann fangen wir an?«

»Ist sieben Uhr zu früh?«

»Nein.«

»Wir treffen uns an der Westfield Academy. Ich will das Personal überprüfen.«

»Warum denn nicht Leo?«

»Er ist nicht mehr dabei.« Will öffnete die Autotür. »Bis morgen früh dann.«

Faith öffnete den Mund, um ihn zu fragen, was mit Leo passiert sei, aber Amanda fuhr los, bevor er richtig saß. Faith sah, dass Wills Sakko noch auf der Motorhaube des Mini lag, und sie winkte, damit sie anhielten, aber Amanda sah sie entweder nicht oder es war ihr egal. Faith vermutete, die gute Nachricht war, dass sie noch an dem Fall beteiligt war. Die Schlechte war, dass sie noch immer ausschließlich für die niederen Arbeiten zuständig war. Wahrscheinlich würde sie bis drei Uhr in der Früh hier sein.

Leo war das erste Opfer. Faith war fest entschlossen, nicht das zweite zu werden.

Sie kontrollierte Wills Sakko und fand eine Handvoll Latexhandschuhe. Aber sie fand auch noch etwas viel Interessanteres: einen digitalen Stimmrekorder. Sie drehte das kleine Gerät in der Hand. Sämtliche Beschriftungen waren durch häufigen Gebrauch abgerieben. Der Monitor zeigte ihr, dass es sechzehn Einträge gab. Sie nahm an, dass der rote Knopf der Aufnahmeschalter war, deshalb musste der daneben der Abspielknopf sein.

Ihr Handy klingelte, und Faith wäre der Rekorder fast aus der Hand gefallen. Sie erkannte Jeremys Nummer und schaute hoch zum zweiten Stock der Glenn Hall. Sie zählte fünf Fenster ab und sah ihn an seinem stehen und zu ihr herunterschauen.

Er sagte: »Ist es nicht illegal, jemandes Taschen so zu durchsuchen?«

Sie steckte den Rekorder wieder ins Sakko. »Langsam habe ich wirklich die Nase voll von Klugscheißern, die ihre Rechte kennen.«

Er schnaubte.

»Sag mir eines: Falls du deine Schlüsselkarte nicht dabeihast, wie kommst du dann in das Gebäude?«

»Indem ich auf den Behinderten-Knopf drücke.«

Faith konnte darüber nur den Kopf schütteln. So viel zur Kontrolle von Leuten, die ein und aus gingen. »Und, brauchst du Pizzageld oder muss deine Wäsche gemacht werden oder willst du nur sicherstellen, dass ich nicht hinaufkomme und dich vor deinen Freunden in Verlegenheit bringe?«

»Ich habe von dem Jungen gehört«, sagte er. »Im Wohnheim redet man von nichts anderem mehr.«

»Und was redet man so?«

»Nicht viel«, gab Jeremy zu. »Keiner kannte ihn wirklich, weißt du. Er war einfach nur irgendein Kerl, den man auf dem Weg zum Klo auf dem Gang traf.«

Sie hörte das Mitgefühl in seiner Stimme und empfand einen gewissen Stolz, dass ihr Sohn eine so menschliche Regung zeigte.

Sie hatte die Alternative bereits kennengelernt, und die war alles andere als schön.

Er fragte: »Glaubst du, dass ihr dieses Mädchen findet?«

»Ich hoffe es.«

»Ich kann mich ja mal umhören.«

»Nein, das wirst du nicht«, erwiderte sie. »Du studierst, um Ingenieur zu werden, nicht Polizist.«

»Was ist so schlimm daran, Polizist zu sein?«

Faith fielen einige Dinge ein, aber die wollte sie ihm nicht sagen. »Ich muss weitermachen, Liebling. Ich werde noch ziemlich lange hier sein.«

Er legte nicht auf. »Falls du Wäsche waschen willst …«

Sie lächelte. »Ich rufe dich an, bevor ich gehe.«

»Hey, Mom?«

»Ja?«

Er schwieg, und sie fragte sich, ob er ihr sagen wollte, dass er sie liebe. Denn so wickelten sie einen immer um den Finger. Man ging mit ihnen durch dick und dünn und putzte hinter ihnen her und ertrug all den Kummer und den Lärm und die dunkelhäutigen Latinos, die einen anstarrten, als hätte man Hörner, und dann köderten sie einen wieder mit diesen drei einfachen Wörtern.

Diesmal jedoch nicht. Jeremy fragte: »Wer war dieser Kerl bei dir? Er sah nicht aus wie ein Polizist.«

Damit hatte ihr Sohn recht. Sie nahm Wills Sakko, um es wieder im Auto einzuschließen. »Niemand. Nur ein Typ, der für deine Tante Amanda arbeitet.«

4. KAPITEL

Der Copy-Right-Copyshop befand sich im Erdgeschoss eines uralten dreigeschossigen Gebäudes. Es war eines der Häuser, die erst noch abgerissen und durch einen Wolkenkratzer ersetzt werden mussten, und der ganze Bau verströmte eine Resignation, als würde er erwarten, jeden Augenblick dem Erdboden gleichgemacht zu werden. Die Hochleistungskopiermaschinen, die im harten Neonlicht des Innenraums durch die Schaufenster deutlich zu sehen waren, wirkten irgendwie völlig fehl am Platze, wie Science-Fiction in der Vergangenheit.

»Scheiße«, zischte Amanda, als die unebene Straße an ihrem Unterboden kratzte. Der Asphalt war geflickt mit schweren Metallplatten, die einander überlappten wie Wundpflaster. Pylone und Schilder sperrten eine ganze Fahrspur auf der Peachtree ab, doch die Bauarbeiter waren längst verschwunden.

Sie setzte sich auf und umklammerte das Lenkrad fester, als das Auto einen Satz auf die Zufahrtsrampe zum Parkdeck machte. Amanda fuhr hinter einen Spurensicherungstransporter.

»Sieben Stunden«, sagte sie. So lang war Emma jetzt schon verschwunden.

Will stieg aus, strich seine Weste glatt und wünschte sich, er hätte sein Sakko dabei, obwohl die langsam hereinbrechende Nacht nichts gegen die drückende Hitze ausrichten konnte. Einer der Angestellten des Copy Right hatte die Entführungsmeldung im Fernsehen gesehen. Bei einer Zigarettenpause hatte er das Auto entdeckt und die Polizei angerufen.

Will folgte Amanda die leicht abschüssige Zufahrt hinunter, die zum Parkhaus hinter dem Gebäude führte. Die Garage war klein für Atlantas Verhältnisse, nur etwa knapp zwanzig auf zwanzig Meter. Die Decke war niedrig, die Betonverstrebungen waren kaum einen halben Meter von Wills Kopf entfernt. Die Auffahrt zum Obergeschoss war mit Betonbarrieren versperrt, die aussahen, als würden sie schon eine ganze Weile hier stehen. Eine Servicestraße verlief am hinteren Ende, und Will sah, dass sie eine Verbindung zu den Nachbargebäuden darstellte. In einem abgesperrten Bereich standen drei Autos, der Angestelltenparkplatz, wie er vermutete. Die Beleuchtung war gelb, um die Moskitos fernzuhalten. Will hob sich die Hand ans Gesicht, ertastete die Narbe und zwang sich dann, dieser nervösen Gewohnheit nicht nachzugeben.

Es gab keine Schranke und auch kein Häuschen für einen Parkwächter. Der Besitzer der Garage verließ sich auf die Ehrlichkeit von Fremden. Die Bezahlbox hatte Fächer mit den Nummern der einzelnen Stellplätze darauf. Von bezahlwilligen Parkenden wurde erwartet, dass sie vier einzelne Dollarscheine zu einem festen Päckchen zusammenfalteten und es in winzige Schlitze steckten. An einem Draht hing ein dünnes, scharfes Stück Metall, das den Leuten helfen sollte, das Geld hineinzustopfen.

Amandas Absätze klapperten über den Beton, als sie zu Kayla Alexanders weißem Prius gingen. Ein Team war bereits mit dem Auto beschäftigt. Kameras blitzten, Indizien wurden gesichtet, Plastiktüten gefüllt. Die Techniker trugen alle Schutzanzüge, sie schwitzten heftig in der unbarmherzigen Hitze. Die Luftfeuchtigkeit war so hoch, dass Will sich vorkam, als würde er durch feuchte Baumwolle atmen.

Amanda hob den Kopf und schaute sich um. Will folgte ihrem Blick. Oben an der Wand war eine einzelne Überwachungskamera befestigt. Sie war so ausgerichtet, dass sie eher die Leute erfasste, die das Gebäude betraten, als die Autos, die auf dem Parkplatz standen.

»Was haben wir?«, fragte Amanda.

Sie sagte es leise, aber dies war ihr Team, und alle warteten nur darauf, dass sie diese Frage stellte.

Charlie Reed trat vor, er hatte zwei Beweismittelbeutel in der Hand. »Seil und Isolierband«, erklärte er und hob die jeweilige Tüte. »Wir haben beides im Kofferraum gefunden.«

Will nahm die Tüte mit dem Seil, das ein unbenutztes Wäscheseil zu sein schien, die ordentlich zusammengelegten Schlaufen waren noch mit einer Plastikbanderole umwickelt. Eine Seite war leicht rötlich verfärbt, hier hatten die Fasern Blut aufgesaugt. »Habt ihr es so aufgerollt gefunden?«

Charlie warf Will einen Blick zu, der ihn fragen sollte, ob er ihn wirklich für so blöd halte. »Genau so«, sagte er. »Auf beiden keine Fingerabdrücke.«

Amanda sagte: »Er hatte sich gut vorbereitet.«

Will gab das Seil zurück, und Charlie fuhr fort: »Im Kofferraum war ein Blutfleck, der Emma Campanos Blutgruppe entsprach. Wir müssen das erst noch mit einem Arzt abklären, aber die Verletzung scheint nicht lebensbedrohlich zu sein.« Er deutete auf einen Halbkreis aus dunklem Blut im Kofferraum. Will schätzte, dass er ungefähr der Größe des Kopfs eines siebzehnjährigen Mädchens entsprach. »Ausgehend von der Blutmenge würde ich sagen, es war ein böser Schnitt. Der Kopf blutete sehr stark. Ach …« Das Folgende war nun direkt an Will gerichtet. »Wir haben mikroskopische Blutspritzer auch in Emma Campanos Schrank gefunden, direkt über der Stelle, wo Sie den Urin entdeckt haben. Ich vermute, sie wurde entweder auf den Kopf getreten oder geschlagen, das hat die Spritzer verursacht. Wir haben die Rückwand herausgeschnitten, aber ich weiß nicht, ob die Menge für eine Untersuchung reicht.« Dann fügte er noch hinzu: »Vielleicht ist das der Grund, warum er Seil und Isolierband nicht brauchte. Er schlug sie bewusstlos, bevor er sie aus dem Schrank holte.«

Amanda hatte das offensichtlich bereits vermutet. »Weiter.«

Charlie ging um das Auto herum und deutete auf verschiedene Stellen. »Das Lenkrad, die Türverkleidung und das Kofferraumschloss zeigen schwache Spuren desselben Bluts, das wir im Kofferraum gefunden haben. Das sind klassische Handschuh-Übertragungsspuren.« Er meinte damit, dass der Entführer Latexhandschuhe getragen hatte. »Was den Abfall angeht, da nehmen wir an, dass er von der Besitzerin stammt.«

Will schaute in das Auto. Der Schlüssel steckte in der Zündung direkt neben einer Art Kippschalter, der wohl der Hebel für die Getriebeautomatik war. Styroporbecher lagen herum und leere Fast-Food-Tüten und Schulbücher und Papiere und geschmolzenes Make-up und klebrige Flecken von verschütteter Limonade und anderer Unrat, der darauf hindeutete, dass Kayla Alexander zu faul gewesen war, um sich für das Zeug einen Mülleimer zu suchen. Ansonsten aber war nichts Auffälliges zu sehen.

Charlie fuhr fort: »Auf den Sitzen haben wir Spuren von Körperflüssigkeiten gefunden. Könnte Blut, Urin, Sperma, Schweiß, Speichel sein. Das Sitzmaterial ist dunkel, und wir haben nicht viel, aber es ist immerhin etwas. Ich werde die Flecken ausschneiden und schauen, ob wir im Labor etwas aus dem Stoff herauslösen können.«

Will fragte: »Das Blut auf der Außenseite war ausschließlich von Emma?«

»Das stimmt.«

»Also hat er wahrscheinlich nach der Zeit im Campano-Haus die Handschuhe gewechselt?«

Charlie überlegte sich seine Antwort gut. »Das klingt einleuchtend. Wenn er dieselben Handschuhe benutzt hätte, dann wäre Adams und Kaylas Blut ebenfalls außen auf dem Auto.«

Amanda fragte: »Wäre es in der Hitze nicht getrocknet?«

»Möglicherweise, aber das neue, nasse Blut hätte das getrocknete wieder verflüssigt. Ich würde zumindest eine gewisse Kreuzkontamination erwarten.«

»Warum sind Sie so sicher, dass das Blut von Emma ist?«

»Das bin ich nicht wirklich«, gab Charlie zu. Er fand eine Rolle Papiertücher und riss ein Blatt ab, mit dem er sich den Schweiß vom Gesicht wischte. »Ich kann nur nach der Blutgruppe gehen. Das Blut, das wir auf dem Auto gefunden haben, ist Null-positiv. Emma war die Einzige im Haus, von der wir wissen, dass sie diese Blutgruppe hat.«

»Ich will ja Ihre Methoden nicht infrage stellen«, fing Will an und tat dann genau das. »Woher wissen Sie so sicher, dass es ausschließlich Null-positiv ist?«

»Blutgruppen vertragen sich nicht besonders miteinander«, erklärte Charlie. »Wenn man Null-positiv mit irgendeiner Gruppe A oder B zusammenbringt, gibt es eine heftige Reaktion. Das ist der Grund, warum man im Krankenhaus bei einem Patienten die Blutgruppe bestimmt, bevor man ihm eine Transfusion gibt. Es ist ein ganz einfacher Test – dauert nur ein paar Minuten.«

Amanda mischte sich ein. »Ich dachte, Null-positiv ist universell?«

»Das ist Null-negativ«, erwiderte Charlie. »Es hat mit den Antikörpern zu tun. Wenn die Blutgruppen nicht kompatibel sind, dann verklumpen die roten Blutkörperchen. Im Körper kann das zu Pfropfen führen, die Gefäße blockieren und zum Tod führen.«

Amandas Ungeduld war unübersehbar. »Ich brauche keine Vorlesung in Naturwissenschaften, Charlie, nur die Fakten. Was haben Sie sonst noch gefunden?«

Er schaute sich zu dem Auto um, den Männern, die Beweisstücke sammelten und in Tüten steckten, dem Fotografen, der jeden leeren McDonald's-Becher und jede Schokoriegeltüte dokumentierte. »Nicht viel«, gab er zu.

»Was ist mit dem Gebäude?«

»Die beiden oberen Stockwerke sind leer. Die haben wir uns gleich als Erstes vorgenommen. Ich schätze, da oben hat seit sechs Monaten, vielleicht seit einem Jahr keiner mehr einen Fuß reingesetzt. Dasselbe gilt für das obere Parkdeck. Die Betonabsperrung steht schon eine ganze Weile da. Ich vermute, der Bau ist so alt, dass er gar nicht für die neueren größeren Autos ausgelegt war, und deshalb haben sie oben abgesperrt, damit es nicht zum Einsturz kommt.«

Amanda nickte. »Melden Sie sich, wenn sich sonst noch was ergibt.«

Sie ging auf das Gebäude zu, Will hinter ihr her. »Barry hat keine weggeworfenen Gummihandschuhe gefunden«, sagte sie und meinte damit den Leiter der Hundestaffel. »Am Nachmittag fanden die Hunde eine Spur, die vom Haus der Campanos zu dem Wäldchen am Ende ihrer Straße führte, aber dort gab es dann zu viele Gerüche, und sie verloren die Spur.« Sie deutete auf den Bereich direkt hinter der Garage. »Dort hinten gibt es noch einen Pfad, der direkt in dasselbe Wäldchen führt. Wenn man sich hier auskennt, dauert es von hier bis zu den Campanos nur zehn Minuten.«

Will fiel wieder ein, was Leo ihm vor einigen Stunden gesagt hatte. »Die Mädchen haben letztes Jahr die Schule geschwänzt, bis die Nachbarin von gegenüber Abigail steckte, dass Emmas Auto in der Auffahrt stand. Sie könnten angefangen haben, hier zu parken, damit man sie nicht mehr verpetzen konnte.«

»Aber Kaylas Auto stand heute in der Auffahrt«, warf Amanda ein.

»Sollten wir die Nachbarn noch einmal befragen, sehen, ob ihnen noch irgendwas einfällt?«

»Sie meinen, ein drittes Mal?« Sie sagte nicht Nein, gab aber zu bedenken: »Der Fall ist inzwischen überall in den Nachrichten. Es wundert mich, dass sich noch keiner eingeredet hat, er hätte was gesehen.«

119

Will wusste, das war oft ein Problem mit den Aussagen von Augenzeugen, vor allem, wenn es bei dem Verbrechen um Kinder ging. Die Leute wollten so unbedingt helfen, dass ihr Hirn ihnen etwas vorgaukelte, das gar nicht passiert war. »Wie heißt dieser Junge – derjenige, der den Prius meldete?«

»Lionel Petty.« Sie drückte auf einen roten Knopf neben der Tür. Ein paar Sekunden vergingen, dann ertönten ein Summen und ein Klicken.

Will öffnete Amanda die Tür und folgte ihr dann einen langen Gang hinunter, der zum Copy Right führte. Die Klimaanlage war eine Wohltat nach der stehenden Hitze in der Garage. Im Laden selbst hingen Schilder von der Decke, auf denen grinsende Cartoonstifte hilfreiche Tipps schrieben. Die Ladentheke war mit Papierstapeln bedeckt. Im Hintergrund surrten Maschinen, die in unglaublicher Geschwindigkeit Papiere ausspuckten. Will schaute sich um, konnte aber keinen Menschen entdecken. Auf der Theke stand eine Klingel, und er drückte darauf.

Ein Junge streckte den Kopf hinter einer der Maschinen hervor. Seine Haare waren das reinste Chaos, als wäre er eben erst aus dem Bett gekrochen, aber sein Ziegenbart war sauber gestutzt. »Sind Sie die Polizei?« Er ging auf sie zu, und Will sah, dass es kein Junge mehr war. Will hätte ihn auf Ende zwanzig geschätzt, aber er war angezogen wie ein Teenager und hatte das runde, offene Gesicht eines Kindes. Wenn der zurückweichende Haaransatz nicht gewesen wäre, hätte er für fünfzehn durchgehen können. Er wiederholte seine Frage: »Sind Sie von der Polizei?«

Will sprach zuerst, weil er aus Erfahrung wusste, dass Amandas Art, Fragen herunterzurasseln und schnelle Antworten zu erwarten, nicht unbedingt geeignet war, Fremden Informationen zu entlocken. Er musste die Stimme heben, um durch den Lärm der Maschinen verstanden zu werden. »Sind Sie Lionel Petty?«

»Ja«, antwortete er und lächelte Amanda nervös an. »Wird das den Fall lösen?« Seine langsame Sprechweise klang fast wie ein Singsang, und Will wusste nicht, ob der Mann wirklich so entspannt war oder ob er ein bisschen zu viel Gras geraucht hatte. »Ich hab's den ganzen Tag in den Nachrichten gesehen, und die haben das Auto so alle fünf Minuten gebracht. Ich konnt's kaum glauben, als ich für 'ne Kippe nach draußen ging und mal kurz hochschaute, und da stand die Karre. Ich dachte erst, ich bilde mir das nur ein, weil, ich meine, wie hoch ist die Wahrscheinlichkeit?«

»Petty«, rief eine körperlose Stimme. Will ging die Theke entlang. Er sah die untere Hälfte eines Körpers unter einer Maschine herausragen. »Hast du ausgestempelt, wie ich es dir gesagt hatte?«

Petty grinste, und Will sah die schiefsten Zähne, die er je bei einem Mann gesehen hatte. »Also, ich will ja nicht krass sein oder so, aber gibts da eine Belohnung? ›Bei Campano sagen wir nie Nein.‹ Sie wohnen im Ansley Park. Die Familie muss doch stinkreich sein.«

»Nein«, antwortete Amanda. Sie hatte sofort verstanden, wer hier der Chef war. »Wo ist das Band der Überwachungskamera?«

Er krabbelte unter der Maschine hervor. Er hatte einen Tintenfleck auf der Stirn, aber seine Haare waren sauber gekämmt, das Gesicht war glatt rasiert. Er war ungefähr im selben Alter wie Petty, nur fehlten ihm das jungenhafte Gesicht und der Kiffercharme des anderen. Er wischte sich die Hände an der Hose ab und hinterließ auch dort eine schwache Tintenspur. »Entschuldigung, aber gleich morgen früh muss eine Zehntausender-Auflage einer Broschüre fertig sein, und meine Maschine hat eben den Geist aufgegeben.«

Will schaute sich das Innenleben des Kopierers an und dachte, dass die Räder und Zapfen ihn an eine Uhr erinnerten.

»Ich bin Warren Grier«, sagte der Mann. »Ich habe das Band herausgeholt, sobald Ihre Jungs hier waren. Sie haben Glück. Wir benutzen jeden Tag dieselben zwei Kassetten. Wenn Sie erst morgen gekommen wären, wäre das Band wahrscheinlich bereits überspielt.«

Will fragte: »Haben Sie hier in der Gegend ein Problem mit Diebstahl?«

»Eigentlich nicht. Die Bauarbeiten machen es ziemlich schwierig, hier rein und raus zu kommen. Über neunzig Prozent unserer Kunden kommen nie hierher. Für die haben wir einen Lieferdienst.«

»Warum dann die Überwachungskamera?«

»Vorwiegend, um zu sehen, wer an der Tür ist, und um die Obdachlosen draußen zu halten. Wir haben hier nie viel Bargeld, aber Junkies brauchen nicht viel, wissen Sie. Zwanzig Dollar ist für die schon eine ganze Menge.«

»Hier arbeiten nur Sie und Lionel?«

»Am Vormittag arbeitet hier noch ein Mädchen. Monique. Sie ist von sieben bis zwölf da. Für die Lieferungen haben wir einen Kurierdienst. Die gehen den ganzen Tag ein und aus.« Er stützte die Hand auf die Theke. »Sandy und Frieda sollten bald hier sein. Die machen die Abendschicht.«

»Wer benutzt die Büros oben?«

»Da waren mal ein paar Anwälte, aber die sind vor ungefähr einem Jahr ausgezogen, oder?« Die Frage war an Petty gerichtet, und er nickte bestätigend. »Das waren Einwanderungsanwälte. Ich glaube, die haben da irgendeine krumme Sache abgezogen.«

»Jede Menge zwielichtiger Gestalten«, ergänzte Petty.

»Hier.« Warren zog einen Schlüsselbund aus der Hosentasche und gab ihn Petty. »Bring die Schlüssel in mein Büro. Ich habe die Bänder angehalten, als Ihre Jungs kamen. Die oberste Kassette ist von heute. Es ist noch nicht zurückgespult, also dürften Sie das Zeitfenster, das Sie brauchen, ziemlich schnell finden.« Er entschuldigte sich bei Will. »Tut mir leid, aber ich muss diese Maschine wieder zum Laufen bringen. Rufen Sie einfach, wenn es Probleme gibt, und ich komme nach hinten und helfe Ihnen.«

»Danke«, entgegnete Will. »Darf ich fragen – ist Ihnen irgendjemand aufgefallen, der das Parkhaus in letzter Zeit häufig benutzt hat? Vielleicht nicht der Prius, sondern ein anderes Auto?«

Warren schüttelte den Kopf, während er bereits zurück zur Maschine ging. »Ich sitze normalerweise hier im Laden fest. Durch diese Tür gehe ich eigentlich nur, wenn's Zeit ist, nach Hause zu gehen.«

Will stoppte ihn, bevor er wieder unter die Maschine kriechen konnte. »Haben Sie in der Gegend irgendwelche verdächtigen Personen gesehen?«

Warren zuckte die Achseln. »Das ist die Peachtree Street. Da ist es ziemlich schwierig, solche Typen nicht zu sehen.«

Petty sagte: »Ich halte die Augen offen, wissen Sie?« Er winkte ihnen, damit sie ihm in den hinteren Teil des Ladens folgten. »Nicht nur so wie bei dem Auto. Ich hab schon mal die Polizei gerufen, weil ein paar Obdachlose hinten in der Gasse gepennt haben.«

Amanda fragte: »Wann war das?«

»Vor 'nem Jahr, vielleicht zwei?«

Will wartete, dass sie etwas Sarkastisches sagte, aber sie behielt es für sich.

Er fragte Petty: »Haben Sie den Prius zuvor schon mal im Parkhaus stehen sehen?«

Er schüttelte den Kopf.

»Was ist mit irgendwelchen anderen Autos?«, fragte Will weiter. »Gibt es irgendeines, das Sie da hinten schon oft gesehen haben?«

»Nicht, soweit ich mich erinnere, aber ich bin meistens hier drinnen und bewache das Telefon.«

»Was ist mit Ihren Zigarettenpausen?«

»Blöd, was?« Er errötete leicht. »Hab vor ungefähr zwei Jahren aufgehört, aber dann habe ich vor ein paar Tagen im Jachtklub dieses Mädchen kennengelernt, und die Kleine raucht wie die verdammte Cruella de Vil. Und da hab ich wieder angefangen, einfach so ...« Er schnippte mit den Fingern.

Der Euclide Avenue Jachtklub war eine Kneipe in Little Five Point. Es war genau der Laden, in dem man einen Endzwanziger mit dem Ehrgeiz einer Schnecke, der in einem Copyshop arbeitete, vermuten würde.

Will fragte: »Was ist mit den Bauarbeitern vor der Tür?«

»Die sind seit ungefähr sechs Monaten immer wieder mal hier. Zuerst haben sie versucht, die Garage für ihre Mittagspause zu benutzen. Sie wissen schon, wegen Schatten und so. Aber Warren wurde wütend, weil sie dort allen möglichen Müll zurückgelassen haben – Zigarettenkippen, Kaffeebecher, alles mögliche Zeug. Er hat dann mit dem Vorarbeiter gesprochen, ganz cool, so nach dem Motto: ›Zeig doch mal ein bisschen Anstand, Mann. Tu den Müll dahin, wo er hingehört.‹ Als wir am nächsten Tag hier angekommen sind, liegen diese verdammten Stahlplatten auf der Straße, und seitdem waren die Arbeiter nicht mehr da.«

»Wann war das?«

»Vor einer Woche? Ich weiß es nicht mehr. Warren wird es wissen.«

»Hatten Sie zuvor schon Schwierigkeiten mit ihnen?«

»Nee, dazu waren die einfach noch nicht lange genug hier. Das ist ein dauerndes Kommen und Gehen, immer andere Trupps mit anderen Chefs.« Petty blieb vor einer verschlossenen Tür stehen. Während er den Schlüssel ins Schloss steckte, redete er weiter: »Ich will nicht, dass Sie denken, ich sei so ein gieriges Arschloch, nur weil ich nach der Belohnung gefragt habe.«

»Natürlich nicht«, sagte Will und schaute sich in dem Büro um. Es war klein, aber gut organisiert, mit Tausenden von CDs in ordentlichen Reihen auf einem deckenhohen Metallregal an einer Wand. Ein abgenutzter Sessel stand vor einem Metallschreibtisch, auf dem sich Papiere stapelten. Eine Uhr tickte laut. Auf einem Regal an der gegenüberliegenden Wand stand ein winziger Schwarz-Weiß-Fernseher. Kabel, die in den Buchsen an der Vorderseite steckten, führten zu zwei Videorekordern.

»Was ist mit diesen ganzen CDs?«

»Kundendateien, Entwürfe und solche Sachen«, erklärte er und strich mit dem Finger über die vielfarbigen Schuber. »Die meisten Aufträge kommen inzwischen per E-Mail, aber manchmal haben wir auch Nachdrucke, und dann müssen wir die hernehmen.«

Will schaute zum Fernseher, sah Charlies Hinterkopf. Der Techniker schnitt eben ein Stück Material aus dem Beifahrersitz. Neben dem Gerät lagen zwei Kassetten, beschriftet mit 1 und 2. Will schaute sich einen der Videorekorder an, der ziemlich simpel aussah. Die große Taste war immer für die Abspielfunktion. Die kleinen links und rechts wären dann Zurückspulen und schneller Vorlauf.

Zu Petty sagte er: »Ich glaube, wir schaffen das.«

»Ich kann …«

»Vielen Dank«, sagte Amanda und schob ihn praktisch zur Tür hinaus.

Will machte sich an die Arbeit und schob die oberste Kassette in den Rekorder. Der Bildschirm flimmerte, dann war das Parkhaus zu sehen.

Amanda sagte: »Sie haben den Rekorder vor zwei Stunden ausgeschaltet.«

»Das sehe ich«, murmelte er, hielt die Rückspultaste gedrückt und sah zu, wie die Datums- und Zeitanzeige rückwärtslief. Will stoppte das Band und drückte wieder auf Zurückspulen, weil er wusste, dass das Gerät ohne Bild schneller lief. Der Rekorder surrte. Die Uhr tickte.

»Versuchen Sie es jetzt«, sagte Amanda.

Will drückte auf Abspielen, und auf dem Bildschirm war erneut die Garage zu sehen. Wieder sahen sie den Prius, er stand an derselben Stelle. Die Uhr zeigte 12:24:33 Uhr.

»Nahe dran«, sagte sie. Wegen des 9-1-1-Anrufs ihres Mannes wussten sie, dass Abigail Campano gegen halb eins nach Hause gekommen war.

Will blieb im Abspulmodus und hielt mit dem Daumen den Rückspulknopf. Die Szene blieb ziemlich statisch, nur der Prius und die leere Garage. Die Qualität der Aufnahme war wie erwartet, und Will bezweifelte, ob er nur anhand des Bands auf Automarke und -typ gekommen wäre. Da die Kamera eher auf die Tür gerichtet war, sah man von der Garage nur einen Ausschnitt in Form eines Tortenstücks. Alles auf dem Band lief rückwärts, als deshalb der Prius um 12:21:03 Uhr rückwärts vom Stellplatz fuhr, bedeutete das, dass er tatsächlich um diese Zeit angekommen war. Das war für sie eine wichtige Information, was aber wirklich ihre Aufmerksamkeit erregte, war das zweite Auto, das der Prius bis dahin verdeckt hatte.

»Was ist das für eine Marke?«

Der grobkörnige Film zeigte das vordere Seitenblech und einen Teil des Vorderrads einer roten oder blauen oder schwarzen Limousine. Will erkannte noch einen Teil der Windschutzscheibe, die Krümmung der Motorhaube, einen seitlichen Blinker, aber sonst nichts. Toyota? Ford? Chevy?

Schließlich gab er zu: »Kann ich nicht sagen.«

»Okay«, sagte Amanda. »Wir wissen, dass der Prius um 12:21 Uhr in die Garage kam. Spulen Sie zurück bis zu dem Zeitpunkt, als das erste Auto auftauchte.«

Will tat es, er musste fast eine Stunde zurückgehen und stoppte schließlich um 11:15 Uhr an diesem Vormittag. Er drückte auf Abspielen, und die Aufnahme lief im Normaltempo ab. Das dunkle Auto fuhr auf den Stellplatz. Vom Fahrer war nur zu erkennen, dass er von durchschnittlicher Statur war. Als er ausstieg, sah man, dass er dunkle Haare hatte und ein dunkles T-Shirt und Jeans trug. Da Will eine Vergleichsmöglichkeit hatte, nahm er an, dass es sich um Adam Humphrey handelte. Adam schloss die Tür und warf dann etwas – die Autoschlüssel –

über das Autodach einer Person zu, die von der Kamera nicht erfasst wurde, abgesehen von einer hochschnellenden Hand und einem Teil des Unterarms, als diese Person den Schlüssel fing. Der Beifahrer trug keine Uhr. Es waren keine Tattoos oder andere Identifikationsmerkmale zu sehen. Fahrer und Beifahrer verschwanden aus der Szene, und Will spulte vorwärts, bis Kayla Alexanders Auto auftauchte.

Zu Wills Erleichterung liefen die Ereignisse nun chronologisch ab. Genau um 12:21:44 Uhr fuhr der weiße Prius neben die Limousine, sodass diese von der Kamera nicht mehr erfasst werden konnte. Der Fahrer stieg auf der Beifahrerseite des Prius aus, also außerhalb des Blickwinkels der Kamera, und öffnete den Kofferraum. Sekunden später sprang der Kofferraum des zweiten Autos kurz auf, er war hinter dem Prius zu erkennen. Weitere Sekunden später ging er wieder zu. Ein Schemen war zu sehen, der aussah wie der Hinterkopf des Entführers, der geduckt um die Limousine herumlief und auf der Beifahrerseite einstieg. Danach war nichts mehr zu sehen. Sie mussten davon ausgehen, dass die Limousine weggefahren war.

Will nahm die Hand vom Videorekorder.

Amanda lehnte sich an den Schreibtisch. »Er wusste, dass die Limousine hier war. Er hatte geplant, die Autos zu wechseln, weil er wusste, dass wir nach dem Prius suchen würden.«

»Wir haben den ganzen Nachmittag nach dem falschen Auto gesucht.«

Amanda sagte: »Charlie soll das Band nach Quantico schicken.« Sie meinte damit das FBI-Labor in Virginia. »Ich bin mir sicher, die haben dort einen Spezialisten für die vorderen Seitenbleche der verschiedenen Automarken.«

Will ließ das Band aus dem Rekorder schnellen. Der Bildschirm flackerte kurz und zeigte dann wieder den Prius. Charlie kniete davor und suchte den Boden auf der Fahrerseite ab. Die Zeitanzeige sprang auf 20:41:52 Uhr.

Das sah auch Amanda. »Wir haben noch einmal dreißig Minuten verloren.«

Auf der Fahrt zurück zur City Hall war Amanda ungewöhnlich schweigsam. Will ging bereits zu seinem Auto, als sie ihm noch nachrief: »Morgen haben wir schon mehr Informationen.« Sie meinte die Ergebnisse der Forensik. Das Labor machte Überstunden, um all die Materialien zu bearbeiten. Amanda wusste, dass Will alles getan hatte, was er tun konnte. Sie beide wussten, dass es nicht genug war.

Will fuhr ziellos die North Avenue entlang, so in Gedanken versunken, dass er seine Abzweigung verpasste. Er wohnte weniger als fünf Minuten von der City Hall East entfernt, aber in letzter Zeit wünschte er sich, die Entfernung wäre größer. Seit seinem achtzehnten Lebensjahr hatte er allein gelebt, und er war es gewöhnt, viel Zeit für sich selbst zu haben. Zu Angie nach Hause zu kommen, war eine große Umstellung. Vor allem an Abenden wie heute, wenn Will so in einen Fall vertieft war, dass ihm der Kopf schwirrte, sehnte er sich nach Alleinsein, um einfach nur dasitzen und nachdenken zu können.

Er zermarterte sich das Hirn nach irgendetwas Positivem, das sie heute geschafft hatten. Immerhin hatten sie Kayla Alexanders Eltern erreicht. Wegen des Zeitunterschieds zu Neuseeland würden sie einen ganzen Tag in der Luft verlieren. Immerhin hatte Leo Donnelly es geschafft, eine Sache richtig zu machen. Na ja, zwei, wenn man sein plötzliches Ausscheiden aus medizinischen Gründen mit dazurechnete. Will vermutete, dass es immer noch besser war, sich durch eine Notoperation die Prostata herausnehmen zu lassen, als Amanda Wagner unter die Augen zu treten, wobei beides das Risiko einer Kastration in sich barg.

Will parkte auf der Straße, weil Angies Monte Carlo die Auffahrt versperrte. Die Mülltonne stand noch am Bordstein, also schleifte er sie zur Garage hoch. Der Bewegungsmelder sprang an, das grelle Licht blendete ihn. Will hob schützend die Hand vor die Augen, als er die Haustür aufschloss.

»Hey«, sagte Angie. In Baumwollboxershorts und einem Tanktop lag sie auf der Couch und schaute fern. Sie nahm den Blick nicht vom Bildschirm, während er den seinen über ihre nackten Beine wandern ließ. Am liebsten hätte er sich dazugelegt, um neben ihr einzuschlafen, oder vielleicht auch etwas anderes. Aber so funktionierte ihre Beziehung nicht. Angie war noch nie der mütterliche Typ gewesen, und Will war krankhaft unfähig, um etwas zu bitten, das er brauchte. Als sie sich damals im Kinderheim kennenlernten, hatte sie ihn auf den Kopf geschlagen und gesagt, er solle aufhören zu glotzen. Will war acht, und Angie war elf Jahre alt. Seitdem hatte sich ihre Beziehung nicht sehr verändert.

Er legte seine Schlüssel auf den Tisch neben der Tür und stellte dabei unabsichtlich eine Liste der Dinge auf, die sie heute in seiner Abwesenheit bewegt oder durcheinandergebracht hatte. Ihre Handtasche lag auf dem Flipper, Frauenkram quoll heraus. Ihre Schuhe lagen unter der Klavierbank neben denen von gestern und vorgestern. Die Blumen auf der Veranda waren angeknabbert, aber das konnte Will Angie kaum vorwerfen. Betty, sein Hund, hatte in letzter Zeit eine Vorliebe für Gänseblümchen entwickelt. So fanden sie alle drei ihre eigene, passiv-aggressive Art, gegen die neue Situation zu rebellieren.

Er fragte: »Bringen sie noch immer den Levi's Call?«

Angie stellte den Fernseher leise und wandte nun endlich ihm ihre Aufmerksamkeit zu. »Ja. Irgendwelche Spuren?«

Er schüttelte den Kopf, nahm seine Waffe ab und legte sie neben die Schlüssel. »Woher weißt du, dass es mein Fall ist?«

»Ich habe in der Zentrale angerufen.«

Will wunderte sich, warum sie nicht direkt bei ihm angerufen hatte. Doch er war zu müde, um sie danach zu fragen. »Läuft was Gutes im Fernsehen?«

»*Drei Frauen sind zwei zu viel.*«

»Worum gehts?«

»Um Schiffsbau.«

Will spürte beinahe Panik in sich aufsteigen, als ihm bewusst wurde, dass der Hund ihn nicht an der Tür begrüßt hatte. »Hast du Betty aus Versehen wieder im Wandschrank eingeschlossen?« Angie mochte den Chihuahua nicht besonders, und obwohl Will die kleine Dame nur aufgenommen hatte, weil kein anderer sie wollte, kümmerte er sich nun mit großer Fürsorglichkeit um sie. »Angie?«

Sie lächelte unschuldig, was seine Besorgnis nur verschlimmerte.

Er pfiff und rief: »Betty?« Ihr winziges Köpfchen lugte aus dem Durchgang zur Küche heraus, und er war sehr erleichtert, als ihre winzigen Krallen über den Dielenboden klapperten. »Das war nicht lustig«, sagte er zu Angie, als er sich in den Sessel setzte.

Der Tag holte ihn jetzt sehr schnell ein. Die Muskeln in seinem Körper fühlten sich an, als würden sie schmelzen. Obwohl er im Augenblick absolut nichts mehr tun konnte, hatte er ein schlechtes Gewissen, weil er zu Hause in seinem Sessel saß, während der Mörder da draußen frei herumlief. Die Digitaluhr auf dem Kabeldecoder zeigte 1:33 Uhr. Will hatte nicht bemerkt, wie spät es schon war, und die Erkenntnis legte sich wie ein dumpfer Schmerz über ihn. Als ihm Betty auf den Schoß sprang, konnte er sich kaum bewegen, um sie zu kraulen.

Angie sagte: »Wenn du wüsstest, wie lächerlich du mit diesem Ding auf deinen Knien aussiehst.«

Er starrte den Couchtisch an, die Fingerabdrücke auf dem polierten Holz. Ein leeres Weinglas stand neben einer offenen Tüte Doritos. Sein Magen knurrte beim Anblick der Chips, aber er war zu müde, um die Hand auszustrecken und sich ein paar zu nehmen. »Du hast gestern Abend den Deckel der Mülltonne nicht zugemacht«, sagte er zu ihr. »Ein Hund oder sonst was ist da reingekrochen. Heute Morgen lag der Müll überall im Garten verstreut.«

»Hättest mich aufwecken sollen.«

»War ja keine große Sache.« Er hielt inne, um sie spüren zu lassen, dass es das durchaus war. »Willst du mich nicht nach Paul fragen?«

»Jetzt schon?«, fragte sie. »Ich wollte dir wenigstens Zeit geben, dich zu beruhigen.«

Als Paul damals in das Kinderheim gekommen war, hatte Will ihn vergöttert. Er war alles, was Will nicht war: charmant, beliebt, beschnitten. Ihm schien alles einfach zuzufliegen – Angie eingeschlossen. Doch ehrlich gesagt, Angie war für jeden einfach zu haben. Na ja, für jeden außer für Will. Er wusste noch immer nicht, warum Paul ihn so gehasst hatte. Es dauerte ungefähr eine Woche, bis der ältere Junge anfing, ganz offen auf ihm herumzuhacken, und noch eine, bis er anfing, seine Fäuste zu benutzen.

Jetzt sagte Will zu Angie: »Er nennt mich noch immer Mülleimer.«

»Du wurdest in einem *gefunden*.«

»Das ist lange her.«

Sie zuckte die Achseln, als wäre das alles so einfach. »Dann nenn ihn halt Arschgesicht.«

»Das wäre ein bisschen grausam, wenn man sich überlegt, was seine Tochter wahrscheinlich hat durchmachen müssen.« Will korrigierte sich: »Noch immer durchmachen muss.«

Sie starrten beide schweigend den Fernseher an. Es lief gerade ein Werbespot für Diätpillen – vorher und nachher.

Es schien, als wollte jeder an seinem Leben irgendetwas ändern. Er wünschte sich, es gäbe eine Pille, die er nehmen könnte, um Emma zurückzuholen. Egal, wer der Vater war, das Mädchen war einfach nur ein unschuldiges Kind. Nicht einmal Paul verdiente es, seine Tochter zu verlieren. Niemand verdiente so etwas.

Will schaute Angie an, dann wieder zum Fernseher. »Was meinst du, was für Eltern wären wir wohl?«

Sie hätte sich fast verschluckt. »Wie kommst du denn so plötzlich darauf?«

»Keine Ahnung.« Er strich Betty über den Kopf, zupfte an ihren Ohren. »Hab's mir nur gerade überlegt.«

Angies Mund bewegte sich, sie musste den Schock erst einmal verdauen. »Was hast du dir überlegt, ob er ein Drogensüchtiger wird wie meine Mutter oder ein Psychopath wie dein Vater?«

Will zuckte die Achseln.

Sie setzte sich auf. »Was würden wir ihm sagen, wie wir uns kennengelernt haben? Geben wir ihm ein Exemplar von *Blumen der Nacht* und hoffen aufs Beste?«

Er zuckte noch einmal die Achseln und zupfte an Bettys Ohren. »Vorausgesetzt, er kann lesen.«

Angie lachte nicht. »Was sollen wir ihm sagen, warum wir geheiratet haben? Normale Kinder fragen solche Sachen doch die ganze Zeit, Will. Das weißt du doch, oder?«

»Gibt es ein Buch über einen Daddy, der Mummy ein Ultimatum stellt, nachdem sie ihn mit Syphilis angesteckt hat?«

Will schaute zu ihr hinüber, als sie nicht antwortete. Angies Mundwinkel verzogen sich zu einem Lächeln. »Darum gehts übrigens in dem Film, der nach dem kommt.«

»Echt?«

»Meryl Streep spielt die Mutter.«

»Einige ihrer besten Sachen waren mit Syphilis.« Er spürte, dass Angie ihn anstarrte, aber er konzentrierte sich weiter auf Betty, kratzte ihr den Kopf, bis sie anfing, mit dem Hinterlauf zu scharren.

Angie brachte das Gespräch geschickt auf etwas Unverfänglicheres. »Wie sieht Pauls Frau aus?«

»Hübsch«, sagte er und zog die Hand zurück, als Betty ihn zwickte. »Sogar sehr schön, um genau zu sein.«

»Ich wette, er betrügt sie.«

Will schüttelte den Kopf. »Sie ist alles, was man sich nur wünschen kann. Groß, blond, intelligent, mit Klasse.«

Sie hob die Augenbrauen, aber sie beide wussten, Will stand eher auf vulgäre Brünette mit der selbstzerstörerischen Angewohnheit, immer genau das zu sagen, was ihnen in den Sinn kam. Natalie Maines mit Perücke wäre ein großer Grund zur Sorge. Abigail Campano war nur eine Kuriosität.

»Wie auch immer«, sagte Angie, »Männer betrügen ihre Frauen nicht, weil sie nicht hübsch oder schlau oder sexy genug sind. Sie betrügen, weil sie einen unkomplizierten Fick wollen oder weil sie sich langweilen oder weil ihre Frauen sich ihren Blödsinn einfach nicht mehr gefallen lassen wollen.«

Betty sprang auf den Boden und schüttelte sich. »Ich werd's mir merken.«

»Merk's dir.« Angie schubste Betty mit dem Fuß weg, damit sie nicht auf die Couch sprang. Er konnte sich gut vorstellen, dass sie dasselbe auch mit einem Kleinkind machte. Will starrte Angies Zehennägel an, die leuchtend rot lackiert waren. Er konnte sich nicht vorstellen, dass sie mit einem kleinen Mädchen herumsaß, während sie sich pediküren ließ. Aber natürlich hatte er sich vor drei Monaten noch nicht vorstellen können, dass Angie je zur Ruhe kommen könnte.

Als sie ihn angerufen hatte, um ihm zu sagen, dass sie ins Krankenhaus müsse, um sich testen zu lassen, war er so wütend geworden, dass er das Telefon durchs Fenster geworfen hatte. Danach hatte es heftige Streitereien gegeben – etwas, das Will hasste und Angie brauchte wie die Luft zum Atmen. Fast dreißig Jahre lang waren sie diesem Muster gefolgt. Angie betrog ihn, und er schickte sie weg, nach einigen Wochen oder Monaten kam sie dann wieder zurück, und alles fing von vorn an.

Will hatte genug von dieser Tretmühle. Er wollte zur Ruhe kommen und ein Leben führen, das wenigstens einen Anschein von Normalität hatte. Doch es gab kaum eine lange Schlange von Frauen, die für diesen Job anstanden. Will hatte so viel Gepäck, dass er einen Abholschein brauchte, sooft er das Haus verließ.

Angie wusste Bescheid über sein Leben. Sie wusste Bescheid über die Narbe auf seinem Hinterkopf, wo man ihn mit einer

Schaufel geschlagen hatte. Sie wusste, wie sein Gesicht verunstaltet worden war und warum er nervös wurde, sobald er die Glut einer Zigarette sah. Er liebte sie – das stand außer Frage. Vielleicht liebte er sie nicht mit Leidenschaft, vielleicht war er nicht wirklich *verliebt* in sie, aber Will fühlte sich sicher bei ihr, und manchmal war das das Einzige, was wirklich zählte.

Völlig unvermittelt sagte sie: »Faith Mitchell ist eine gute Polizistin.«

»Dein Anruf heute war ja wirklich sehr informativ«, bemerkte Will und fragte sich, wer im Atlanta Police Department so geschwätzig gewesen war. »Ich habe gegen ihre Mutter ermittelt.«

»Sie war es nicht«, sagte Angie, aber Will wusste, das war die Standardverteidigung, die Polizisten automatisch benutzen, so wie man *Gesundheit* sagt, wenn jemand niest.

»Sie hat einen achtzehnjährigen Sohn.«

»Mir steht es wohl kaum zu, ein notgeiles Teenager-Mädchen zu kritisieren.« Dann fügte Angie hinzu: »Sei vorsichtig mit Faith. Sie hat dich in knapp zehn Sekunden durchschaut.«

Will seufzte schwer. Er blickte zum Küchendurchgang. Das Licht brannte. Das Brot lag auf der Anrichte, daneben stand ein offenes Glas Duke's. Er hatte diese Mayonnaise eben erst gekauft. War sie wirklich so verschwenderisch, oder wollte sie ihm damit etwas sagen?

Ein Schatten huschte über ihn, und als er den Kopf hob, stand Angie vor ihm. Sie stieg auf den Sessel, setzte sich rittlings auf ihn, legte ihm die Arme um die Schultern. Will strich ihr mit den Händen die Beine entlang, aber sie stoppte ihn. Von Angie bekam man nie etwas umsonst, und das bewies sie jetzt, indem sie fragte: »Warum hast du das mit den Kindern gesagt?«

»Nur um Konversation zu machen.«

»Ziemlich merkwürdige Konversation.«

Er versuchte, sie zu küssen, aber sie drehte den Kopf weg.

»Na komm«, stichelte sie. »Sag mir, warum du das gesagt hast.«

Er zuckte die Achseln. »Ohne Grund.«

»Willst du mir damit sagen, dass du Kinder willst?«

»Das habe ich nicht gesagt.«

»Was – willst du adoptieren?«

Sie setzte sich auf und legte die Hände in den Schoß. Er kannte sie schon fast sein ganzes Leben lang. In dieser ganzen Zeit hatte es auf eine direkte Frage nie eine direkte Antwort gegeben, und er wusste, das würde sich in nächster Zukunft auch nicht ändern.

»Kannst du dich noch an die *Doors* erinnern?«, fragte sie. Sie meinte nicht die Band. Als sie aufwuchsen, gab es gewisse Kinder, die im staatlichen Fürsorgesystem so häufig aus und ein gingen, dass es den Anschein hatte, als wäre das Kinderheim eine Drehtür für sie. Sie brachte ihre Lippen dicht an sein Ohr. »Auch wenn du selbst ertrinkst, hörst du nicht auf, anderen das Schwimmen beizubringen.«

»Na komm.« Er klopfte ihr aufs Bein. »Ich muss Betty noch rausbringen und morgen sehr früh aufstehen.«

Angie konnte es nur schwer ertragen, wenn sie nicht bekam, was sie wollte. »Kannst du keine zweiunddreißig Sekunden für mich erübrigen.«

»Du lässt ein neues Glas Mayonnaise offen auf der Anrichte stehen, und du erwartest ein Vorspiel?«

Sie lächelte, weil sie das als Einladung verstand.

»Weißt du«, sagte er, »du wohnst jetzt seit zweieinhalb Wochen hier, und die einzigen Stellen, wo wir in diesem Haus Sex hatten, sind dieser Sessel und diese Couch.«

»Du weißt aber schon, dass du so ziemlich der einzige Mann auf der Welt bist, der sich über so etwas beschweren würde?«

»Ich beuge mich deiner umfangreichen Marktforschung.«

Ihre Mundwinkel hoben sich, aber sie lächelte nicht. »So wirds wohl auch bleiben, was?«

»Hast du den Immobilienmakler angerufen?«

»Steht auf meiner Liste«, erwiderte sie, aber sie beide wussten, dass sie ihr Haus in nächster Zeit noch nicht zum Verkauf anbieten würde.

Will hatte nicht die Kraft, dieses Gespräch fortzusetzen. »Angie, komm. Lieber nicht.«

Sie legte ihm die Hände auf die Schultern und machte etwas extrem Wirkungsvolles mit ihren Hüften. Will kam sich vor wie ein Versuchskaninchen, sie schaute auf ihn herab, beobachtete jede seiner Bewegungen, stellte ihren Rhythmus auf seine Reaktionen ein. Er versuchte, sie zu küssen, doch sie drehte immer wieder den Kopf weg. Ihre Hand wanderte in ihre Shorts, und er spürte den Druck ihrer Fingerrücken auf sich, während sie sich streichelte. Wills Herz fing an zu pochen, als er sah, wie ihre Augen sich schlossen, die Zungenspitze zwischen ihren Lippen hervorschoss. Als sie schließlich die Hand umdrehte und ihn damit bearbeitete, wäre er beinahe gekommen.

»Bist du noch immer müde?«, fragte sie. »Willst du, dass ich aufhöre?«

Will wollte nicht reden. Er hob sie in die Höhe und drückte sie auf den Couchtisch. Als er in sie stieß, war sein letzter Gedanke: wenigstens nicht auf der Couch oder auf dem Sessel.

Will hob Betty hoch, drückte sie sich an die Brust und fing an, die Straße entlangzujoggen. Sie legte das Gesicht an seinen Hals und hechelte fröhlich, während sie die Nachbarschaft verließen. Er lief, bis er die Lichter der Ponce de Leon sehen konnte. Obwohl Betty protestierte, stellte er sie auf den Bürgersteig und ließ sie den Rest des Weges bis zum Drogeriemarkt laufen.

Um zwei Uhr in der Früh war der Laden erstaunlich voll. Will nahm sich einen Korb und ging in den hinteren Teil des Ladens, weil er vermutete, dass er das, was er suchte, in der Nähe der Apothekenabteilung finden würde. Er ging zwei Gänge ab, bis er die richtige Abteilung gefunden hatte.

Will betrachtete die Schachteln, doch die Buchstaben verschwammen ihm vor den Augen. Zahlen konnte er entziffern, aber mit dem Lesen haperte es. Es hatte schon früh einen Lehrer gegeben, der auf Legasthenie getippt hatte, aber Will war nie wirklich untersucht worden, und deshalb konnte man nicht sagen, ob er eine Störung hatte oder einfach nur saublöd war – worauf sich seine Lehrer letztendlich einigten. Er wusste nur eines sicher: Geschriebene Wörter blieben sein Feind, so sehr er sich auch bemühte. Die Buchstaben tauschten die Plätze und sprangen auf der Seite herum. Auf dem Weg von den Augen zum Hirn verloren sie ihre Bedeutung. Sie drehten sich um und verschwanden manchmal völlig von der Seite. Er konnte links nicht von rechts unterscheiden. Er konnte sich nicht mehr als eine Stunde lang auf eine Seite konzentrieren, ohne rasende Kopfschmerzen zu bekommen. An guten Tagen konnte er lesen wie ein Zweitklässler. Schlechte Tage waren unerträglich. Wenn er müde oder aufgeregt war, verwirbelten die Wörter wie Treibsand.

Im Jahr zuvor hatte Amanda sein Problem herausgefunden. Will wusste nicht so recht, wie sie es herausgefunden hatte, aber sie direkt zu fragen würde nur ein Gespräch eröffnen, das er nicht führen wollte. Für seine Berichte benutzte er Spracherkennungs-Software. Vielleicht verließ er sich zu sehr auf die Rechtschreibprüfung des Computers. Oder vielleicht hatte Amanda sich gewundert, warum er für seine Aufzeichnungen ein digitales Diktiergerät benutzte und nicht ein altmodisches Spiralheft wie alle anderen Polizisten. Dass sie es wusste, war eine Tatsache, und das machte seine Arbeit sehr viel schwieriger, weil er beständig beweisen musste, dass er kein Fehlgriff war.

Er war sich noch immer nicht sicher, ob sie ihm Faith Mitchell zugewiesen hatte, damit diese ihm half, oder weil gerade Mitchell mit sehr wachen Augen darauf schauen würde, ob mit ihm etwas nicht stimmte. Falls je bekannt wurde, dass Will praktisch Analphabet war, würde er nie wieder eine Ermittlung leiten können. Wahrscheinlich würde er seinen Job verlieren.

Er wollte überhaupt nicht daran denken, was er tun würde, sollte das je passieren.

Will stellte den Korb auf den Boden und rieb Bettys Schnauze, um ihr zu zeigen, dass er sie nicht vergessen hatte. Dann schaute er wieder ins Regal. Will hatte gedacht, die Sache wäre einfacher, aber es gab mindestens zehn unterschiedliche Marken, zwischen denen er sich entscheiden musste. Die Schachteln waren alle gleich, bis auf die unterschiedlichen Schattierungen von Blau und Rosa. Einige Logos kannte er aus Fernsehspots, aber in dem im Garten verstreuten Müll hatte er nicht die Schachtel selbst gesehen, sondern nur das kleine Stäbchen, auf das man pinkeln musste. Der Hund, oder was auch immer es war, das in die Tonne gekrochen war, hatte die Verpackung zerfetzt, sodass Will an diesem Morgen nichts anderes tun konnte, als mitten in der Auffahrt zu stehen und ein Ding anzuglotzen, das offensichtlich ein Schwangerschaftstest war.

Es waren zwei Striche darauf, aber was bedeuteten sie? Einige Werbespots zeigten Smileys. Andere Pluszeichen. Würde daraus nicht folgen, dass einige auch ein Minus anzeigten? War sein Blick verschwommen, sodass er zwei Striche anstatt eines einfachen Minuszeichens gesehen hatte? Oder war er so durcheinander gewesen, dass er ein Wort als ein Symbol gelesen hatte. Sagte der Test tatsächlich etwas so Einfaches wie »Nein«, und Will hatte es nur nicht verstanden?

Er beschloss, eines von jeder Marke zu nehmen. Wenn der Campano-Fall abgeschlossen war, würde er seine Bürotür abschließen, jede Packung aufreißen und die Stäbchen mit dem aus dem Müll vergleichen, bis er die richtige Marke gefunden hatte, und dann würde er so viele Stunden dasitzen, wie es eben dauerte, um die Bedienungsanleitung zu entziffern, damit er endlich herausfand, was wirklich los war – so oder so.

Betty war in den Korb gesprungen, deshalb steckte Will die Schachteln um sie herum hinein. Er drückte sich den Korb an die Brust, damit sie nicht heraussprang. Betty ließ die Zunge wieder aus dem Maul hängen, als er zur Kasse ging, und ihre kleinen Pfoten lagen auf dem Rand des Korbs, sodass sie fast aussah wie eine Kühlerhaubenfigur. Die Leute starrten ihn an, doch Will war sich ziemlich sicher, es war nicht das erste Mal, dass man in diesem Laden einen erwachsenen Mann im Geschäftsanzug sah, der einen Chihuahua mit pinkfarbener Leine im Arm hielt. Andererseits konnte er fast garantieren, dass er der Erste war, der einen Korb voller Schwangerschaftstests zur Kasse trug.

Als er in der Schlange stand, trafen ihn weitere Blicke. Will betrachtete die Bilder auf den Zeitungen. Das *Atlanta Journal* hatte bereits eine Frühausgabe gedruckt. Wie auf so ziemlich jeder Zeitung des Landes an diesem Morgen prangte Emma Campanos Foto oben auf der Titelseite. Will hatte während des Schlangestehens genug Zeit, um die fetten Blockbuchstaben über dem Foto zu entziffern: VERMISST.

Er spürte seine Brust eng werden, als er an all die schlimmen Dinge dachte, die Menschen einander antun konnten. Die *Doors*, die Kinder, die wieder ins Heim zurückkamen, weil es mit ihren Pflegeeltern nicht geklappt hatte, erzählten solche Geschichten. Immer und immer wieder wurden sie weggegeben, und bei jeder Rückkehr war ihr Blick leerer. Missbrauch, Vernachlässigung, körperliche Gewalt. Das Einzige, was schwerer zu ertragen war, war das eigene Spiegelbild, wenn man zurückkam.

Betty leckte ihm übers Gesicht. Die Reihe bewegte sich. Die Uhr über der Kasse zeigte 2:15 Uhr.

Amanda hatte recht. Emma Campano hatte Glück, wenn sie nicht mehr am Leben war.

ZWEITER TAG

5. KAPITEL

Abigail Campano fühlte sich, als wäre ihre Tochter noch am Leben. War das möglich? Oder stellte sie eine Verbindung her, die gar nicht mehr existierte, wie ein Amputierter, der einen verschwundenen Arm oder ein verschwundenes Bein spürt, obwohl sie längst nicht mehr da sind?

Wenn Emma tot war, dann war es Abigails Schuld. Sie hatte ein Leben genommen – nicht nur irgendein Leben, sondern das eines jungen Mannes, der versucht hatte, ihre Tochter zu retten. Adam Humphrey, ein Fremder für Abigail und Paul, ein Junge, den sie bis gestern nie gesehen, von dem sie noch nicht einmal gehört hatten, war tot durch ihre Hand. Dafür musste es einen Preis geben. Wenn Abigail sich nur als Opfer darbieten könnte. Sie würde freudig mit Emma den Platz tauschen. Die Qualen, der Schmerz, die Angst – sogar die kalte Umarmung eines flachen Grabs wäre besser als diese dauernde Ungewissheit.

Tatsächlich? Was dachten Kaylas Eltern jetzt im Augenblick? Abigail konnte das Paar nicht ausstehen, hasste ihre Nachgiebigkeit und die vorlaute Tochter, die dadurch produziert worden war. Emma war bestimmt keine Heilige, aber bevor sie Kayla kennenlernte, war sie anders gewesen. Sie hatte nie eine Stunde versäumt oder Hausaufgaben nicht gemacht oder die Schule geschwänzt. Und doch, was würde Abigail zu den Eltern dieses

Mädchens sagen: »Ihre Tochter könnte noch am Leben sein, wenn Sie sie von meiner ferngehalten hätten?«

Oder – Töchter.

»Unsere Töchter wären noch am Leben, wenn Sie auf mich gehört hätten.«

Abigail zwang sich zu einer Bewegung, wollte wenigstens versuchen, aus dem Bett aufzustehen. Bis auf die Gänge zur Toilette lag sie seit achtzehn Stunden hier. Sie kam sich blöd vor, weil man ihr ein Beruhigungsmittel hatte geben müssen – wie einem bigotten älteren Tantchen, das die Schwermut überfiel. In ihrer Nähe bewegte sich jeder wie auf rohen Eiern. Seit Ewigkeiten hatte Abigail so etwas nicht mehr erlebt. Sogar ihre Mutter war am Telefon sehr behutsam mit ihr umgegangen. Beatrice Bentley lebte seit der Scheidung von Abigails Vater vor zehn Jahren in Italien. Im Augenblick saß sie in einem Flugzeug irgendwo über dem Nordatlantik, ihre wunderschöne Mutter, die an ihr Bett eilte.

Adam Humphreys Eltern würden ebenfalls kommen. Was sie erwartete, war kein Bett, sondern ein Grab. Wie würde es sich anfühlen, das eigene Kind zu begraben? Wie würde man sich fühlen, wenn der Sarg in der Erde versank, wenn die Erde das eigene Kind mit Dunkelheit bedeckte?

Abigail fragte sich oft, wie es gewesen wäre, einen Sohn zu haben. Vielleicht dachte sie jetzt wie jemand, der keine Ahnung hatte, aber Mütter und Söhne schienen eine unkomplizierte Beziehung zu haben. Jungs waren leicht zu durchschauen. Mit einem Blick sah man, ob sie wütend oder traurig oder glücklich waren. Sie mochten einfache Dinge wie Pizza und Videospiele, und wenn sie mit ihren Freunden kämpften, ging es nie aufs Blut oder noch Schlimmeres, sondern um Sport. Man hörte nie von Jungs, die Schmähbriefe schrieben oder in der Schule Gerüchte über andere verbreiteten. Ein Junge kam nie weinend nach Hause, weil jemand ihn fett genannt hatte. Na ja, vielleicht schon, aber seine Mutter würde alles wiedergutmachen, indem sie ihm über den Kopf strich und ihm Plätzchen backte. Er würde nicht wegen der kleinsten eingebildeten Beleidigung wochenlang schmollen.

Abigails Erfahrung nach liebten Frauen ihre Mütter zwar, aber es gab immer etwas, das zwischen ihnen stand. Neid? Vorgeschichte? Hass? Dieses Etwas, was immer es sein mochte, brachte Mädchen dazu, sich eher an ihrem Vater zu orientieren. Hoyt Bentley, zum Beispiel, hatte es genossen, seine einzige Tochter zu verwöhnen. Beatrice, Abigails Mutter, hatte sich geärgert über die verlorene Aufmerksamkeit. Schöne Frauen mochten keine Konkurrenz, auch wenn sie von ihren eigenen Töchtern kam. Soweit Abigail sich erinnerte, war dies das Einzige, worüber ihre Eltern sich je stritten.

»Du hast sie total verdorben«, schrie Beatrice Hoyt dann an, und ihre milchweiße Haut schien die grünliche Blässe des Neids anzunehmen.

Im College hatte Abigail einen Kommilitonen namens Stewart Bradley kennengelernt, der allem Anschein nach genau der Typ Mann war, den sie heiraten sollte. Er stammte aus dem alten Geldadel, den ihr Vater so schätzte, und hatte genug neues Geld, um nebenbei auch noch ihre Mutter zufriedenzustellen. Stewart war klug, ungezwungen und dabei ungefähr so interessant wie ein Glas Rote Bete.

An dem Tag, als sie ihren BMW für eine Inspektion zum Händler brachte, war sie mehr als bereit, sich rauben zu lassen. Paul Campano trug einen billigen Anzug, der ihm an den Schultern zu eng war. Er war laut und ungehobelt, und noch Tage später spürte sie Hitze zwischen den Beinen, wenn sie nur an ihn dachte. Drei Wochen später gab sie Mr. Rote Bete den Laufpass und zog bei Paul Campano ein, einem adoptierten Juden mit italienischen Eltern und gigantischen Komplexen.

Beatrice war nicht einverstanden, und das gab den Ausschlag. Ihre Mutter behauptete, Pauls Mangel an Geld und Familie seien nicht das Problem. Sie erkannte, dass Paul tief in sich etwas hatte, das nie befriedigt werden konnte. Noch an Abigails Hochzeitstag hatte Beatrice ihrer Tochter geraten, vorsichtig zu sein, denn Männer seien in ihrem Herzen egoistische Wesen, und nur einer Handvoll gelinge es je, diese angeborene Neigung zu überwinden. Paul Campano mit seinem Ring am kleinen Finger und dem Hundert-Dollar-Haarschnitt gehörte nicht dazu. Hoyt war zu der Zeit längst komplett zu seiner Geliebten gezogen, und Abigail hatte angenommen, dass die Warnung ihrer Mutter die Folge ihres eigenen erbärmlich isolierten Lebens war.

»Darling«, hatte Beatrice ihr anvertraut, »gegen die Geschichte eines Mannes kannst du nichts ausrichten.«

Unbestreitbar liebten Abigail und Paul einander leidenschaftlich. Er betete sie an – eine Rolle, die Abigail, als Vaters Töchterlein, vertrauter war, als sie zugeben wollte. Bei jedem Meilenstein, ob es nun die Beförderung zum Manager des Autohauses oder der Kauf der ersten eigenen Filiale und danach der Zukauf von einer Filiale nach der anderen war, kam er zu ihr gelaufen, um sich loben zu lassen. Ihre Anerkennung war ihm so wichtig, dass es schon beinahe komisch war.

Doch nach einiger Zeit hatte sie genug von seiner Anbetung, und sie sah, dass sie nicht auf einem Podest stand, sondern eher in einem Elfenbeinturm eingesperrt war. Paul meinte es wirklich ernst, wenn er sagte, er sei nicht gut genug für sie. Seine selbstverachtenden Witze, die anfangs so charmant gewirkt hatten, waren plötzlich nicht mehr so lustig. Hinter all der Prahlerei und dem Draufgängertum steckte eine Sehnsucht, deren Abgründe Abigail nie ermessen zu können glaubte.

Pauls Adoptiveltern waren wunderbare Menschen – Marie und Marty waren eine seltene Mischung aus Geduld und Bescheidenheit –, aber es dauerte Jahre, bis Marie ihr gestand, dass Paul bereits zwölf gewesen war, als er zu ihnen kam. Bis dahin hatte Abigail ein Bild im Kopf gehabt von einem rosigen Baby, das man direkt in Maries Arme gelegt hatte, aber die Realität von Pauls Adoption war viel mehr wie bei Dickens, als irgendjemand zugeben wollte. Abigail hatte Fragen, doch niemand wollte sie beantworten. Paul öffnete sich nicht, und seine Eltern meinten offensichtlich, es wäre ein Verrat, über ihren Sohn zu sprechen, auch wenn die Person, die danach fragte, seine eigene Frau war.

Ungefähr zu dieser Zeit fingen die Affären an, oder sie waren schon die ganze Zeit gelaufen, und Abigail hatte es nur erst so spät bemerkt. Es war so viel einfacher, den Kopf in den Sand zu stecken, den Status quo aufrechtzuerhalten, während um einen herum die Welt zerbröselte. Warum war Abigail so überrascht von seiner Untreue? Sie hatte zwar eine andere Route gewählt, aber der Pfad, auf dem sie sich jetzt befand, zeigte bereits die vertrauten Fußspuren ihrer eigenen Mutter.

Anfangs hatte Abigail sich sehr gefreut über die teuren Geschenke, die Paul von Geschäftsreisen und Konferenzen mit nach Hause brachte. Dann hatte sie allmählich begriffen, dass er damit nur versuchte, sich von seiner Schuld freizukaufen, so wie man sich im Mittelalter Ablassbriefe kaufte, um die Sünden zu tilgen. Im Lauf der Jahre war dann Abigails Lächeln nicht mehr so strahlend, ihr Bett nicht mehr so einladend, wenn er aus Kalifornien oder Deutschland mit Diamantcolliers und goldenen Uhren zurückkehrte.

Also hatte Paul angefangen, Emma Geschenke mitzubringen. Ihre Tochter hatte auf die üppigen Gaben wie erwartet reagiert. Junge Mädchen sehnen sich von Natur aus nach Aufmerksamkeit, und Emma war in die Rolle des Vatertöchterchens so problemlos geschlüpft wie ihre Mutter vor ihr. Paul schenkte ihr einen iPod oder einen Computer oder ein Auto, und sie schlang ihm selig die Arme um den Hals, während Abigail ihn tadelte, weil er sie zu sehr verwöhnte.

Abigails Verwandlung von sich selbst zu ihrer Mutter war so einfach. Und wie jede Veränderung brachte auch diese eine Erkenntnis mit sich. Sie hasste es, mit ansehen zu müssen, wie einfach Paul Emma mit seinen Geschenken und seiner bedingungslosen Liebe herumkriegen konnte. Er betrachtete sie als perfekt, und sie dankte es ihm reichlich. Für dieses Mädchen wurde alles so einfach gemacht. Paul kaufte Emma aus jeder schlechten Stimmung, jedem traurigen Tag heraus. Als sie am zweiten Schultag ihr Englischbuch verlor, stellte er keine Fragen, sondern kaufte ihr ein neues. Wenn sie Hausaufgaben verlegte oder eine Arbeit vergaß, schrieb er für sie Entschuldigungen. Ob es darum ging, den Wandschrank nach Monstern abzusuchen oder ihr Karten für ein bereits ausverkauftes Konzert zu besorgen oder dafür zu sorgen, dass sie immer die allerneuesten Jeans trug, Paul war immer für sie da. Warum missgönnte Abigail ihr das? Sollte eine Frau nicht glücklich sein, dass ihr einziges Kind so geliebt wurde?

Nein. Manchmal wollte sie Emma bei den Schultern packen und sie schütteln, ihr sagen, dass sie sich nicht so auf ihren Vater verlassen dürfe, dass sie lernen müsse, für sich selbst zu sorgen. Abigail wollte nicht, dass ihre Tochter in dem Glauben aufwuchs, dass man nur durch einen Mann etwas bekomme. Emma war intelligent und lustig und wunderschön, und sie könnte alles bekommen, was sie wollte, wenn sie nur dafür arbeitete. Leider war es sehr verführerisch, dass Paul sprang, sobald Emma nur mit den Fingern schnippte. Er hatte eine Welt für sie gebaut, in der alles perfekt war und nichts schiefgehen konnte.

Bis jetzt.

Es klopfte an der Tür. Abigail merkte, dass sie noch immer im Bett lag und sich nur eingebildet hatte, sie hätte es geschafft, aufzustehen. Sie bewegte Arme und Beine, um zu sehen, ob sie sie noch spürte.

»Abby?« Paul wirkte erschöpft. Er war unrasiert. Seine Lippen waren aufgesprungen. Die Augen lagen tief in den Höhlen. Sie hatte ihn gestern Abend geohrfeigt – sie erinnerte sich noch gut, wie ihre Hand nach dem Schlag auf seine Wange gebrannt hatte. Bis gestern hatte Abigail noch nie die Hand gegen ein anderes menschliches Wesen erhoben. Und nun hatte sie im

Verlauf von vierundzwanzig Stunden einen Jungen getötet und ihren eigenen Ehemann geschlagen.

Paul hatte ihr gesagt, dass Emma wahrscheinlich noch in Sicherheit wäre, wenn sie ihr nicht das Auto weggenommen hätten. Vielleicht waren Männer doch nicht ganz so einfach.

Jetzt sagte er: »Noch nichts Neues.«

Das sah sie bereits seinem Gesicht an.

»Die Maschine deiner Mutter wird so gegen drei Uhr landen. Okay?«

Sie schluckte, ihre Kehle war trocken. Sie hatte so viel geweint, dass sie keine Tränen mehr hatte. Die Wörter kamen ihr aus dem Mund, bevor sie wusste, was sie sagte: »Wo ist mein Vater?«

Paul schien enttäuscht zu sein, dass sie nach jemand anderem gefragt hatte. »Er ist nur kurz Kaffee holen gegangen.«

Sie glaubte ihm nicht. Ihr Vater ging nicht Kaffee holen. Er hatte Leute, die so etwas für ihn erledigten.

»Babe«, sagte er, aber es gab nichts mehr zu sagen. Sie spürte die Bedürftigkeit in ihm, aber Abigail war wie gelähmt. Dennoch kam er ins Zimmer, setzte sich an ihr Bett. »Wir stehen das durch.«

»Was, wenn nicht?«, fragte sie, und die eigene Stimme klang ihr tot in den Ohren. »Was ist, wenn wir das nicht durchstehen können, Paul?«

Tränen traten ihm in die Augen. Er hatte schon immer sehr schnell geweint. Bei dem Auto war er wie Wachs in Emmas Händen gewesen. Als sie ihr sagten, sie würden es ihr wegnehmen, hatte sie einen Wutanfall bekommen. »Ich hasse dich«, hatte sie geschrien, zuerst in Abigails, dann in Pauls Richtung. »Ich hasse euch wie die Pest!« Er war mit offenem Mund dagestanden, noch lange, nachdem sein kleiner Engel aus dem Zimmer gerauscht war.

Jetzt stellte Abigail die Frage, die ihr die ganze Nacht durch den Kopf gegangen war. »Paul, sag's mir. Hast du irgendwas getan ... hast du irgendjemanden ...« Abigail versuchte, ihre Gedanken auf die Reihe zu bekommen. »Paul, hast du irgendjemanden verärgert? Ist das der Grund, warum sie verschleppt wurde?«

Er schaute sie an, als hätte sie ihn angespuckt. »Natürlich nicht«, flüsterte er mit heiserer Stimme. »Glaubst du, ich würde dir das vorenthalten? Glaubst du wirklich, ich würde untätig dasitzen, wenn ich wüsste, wer unser Baby in seiner Gewalt hat?«

Sie fühlte sich schrecklich, aber tief drinnen empfand sie auch eine gewisse Genugtuung, dass sie ihn so einfach hatte verletzen können.

»Die Frau, bei der ich war ... ich hätte es nicht tun sollen, Abby. Ich weiß nicht, warum ich es getan habe. Sie hat mir gar nichts bedeutet, Baby. Ich ... ich brauchte es einfach.«

Er sagte nicht, was er brauchte. Sie kannten beide die Antwort darauf: Er brauchte alles.

Sie sagte: »Sag mir die Wahrheit. Wo ist Dad?«

»Er redet mit gewissen Leuten.«

»Wir haben die halbe Polizei im Haus und den Rest nur einen Anruf entfernt. Mit wem redet er?«

»Mit einer privaten Sicherheitsfirma. Die haben schon früher Sachen für ihn erledigt.«

»Weiß er, wer das getan hat? Gibt es jemanden, der sich wegen irgendwas an ihm rächen will?«

Paul schüttelte den Kopf. »Ich weiß es nicht. Babe. Dein Dad hat nicht unbedingt Vertrauen zu mir. Ich glaube, er hat recht, die Sache nicht dem GBI zu überlassen.«

»Dieser eine Polizist wirkte auf mich, als wüsste er genau, was er tut.«

»Na ja, ich würde diesem Arschloch nicht über den Weg trauen.«

Er sagte das so scharf, dass sie nicht wusste, wie sie reagieren sollte.

»Ich hätte das mit dem Auto nicht zu dir sagen sollen«, flüsterte er. »Es hatte nichts zu tun mit dem Auto. Sie war einfach nur ... Sie wollte nicht hören. Du hattest recht. Ich hätte strenger mit ihr sein sollen. Ich hätte ihr Vater sein sollen, nicht ihr Freund.«

Wie lange hatte sie darauf gewartet, dass er das einsah. Und jetzt bedeutete es nichts mehr. »Egal.«

»Ich will sie so unbedingt wiederhaben, Abby. Ich will eine zweite Chance, um alles richtig zu machen.« Er weinte, seine Schultern zuckten. »Du und Emma, ihr seid meine Welt. Ich habe mein ganzes Leben um euch beide herum aufgebaut. Ich glaube, ich könnte mit mir selbst nicht mehr leben, wenn etwas ... wenn etwas passieren würde.«

Abigail setzte sich auf und nahm sein Gesicht in die Hände. Er lehnte sich an sie, und sie küsste seinen Hals, seine Wange, die Lippen. Als er sie sanft aufs Bett zurückschob, protestierte sie nicht. Es gab keine Leidenschaft, kein Verlangen, außer dem nach Erlösung. Es war ganz einfach das Einzige, was sie noch hatten, um sich gegenseitig zu trösten.

6. KAPITEL

Um sechs Uhr fünfundvierzig morgens stellte Will sein Auto auf dem Lehrerparkplatz der Westfield Academy ab. Private Sicherheitsleute in scharf gebügelten Uniformhemden und ebensolchen Shorts standen vor den Gebäuden Wache. Deutlich gekennzeichnete Sicherheitsfahrzeuge rollten über den Campus. Will war froh, dass die Schule im Alarmzustand war. Er wusste, dass Amanda bei der DeKalb County Police Streifenwagen angefordert hatte, die alle zwei Stunden in der Umgebung patrouillieren sollten, aber er wusste auch, dass DeKalb überlastet und unterbesetzt war. Der private Sicherheitsdienst würde diese Lücke füllen. Zumindest halfen sie mit, die Panik zu dämpfen, die sich langsam aufbaute – und die sicher noch schlimmer wurde, nach den Übertragungswagen und Kamerateams zu urteilen, die sich auf der anderen Straßenseite in Stellung brachten.

Heute Morgen hatte Will den Fernseher ausgeschaltet, weil er die Hysterie nicht mehr ertragen konnte. Die Medien hatten noch weniger, womit sie arbeiten konnten, als die Polizei, aber die Quasselköpfe analysierten jedes noch so dünne Gerücht und jede Anspielung, die sie zu hören bekamen. Es gab »geheime Quellen« und Unmengen von Verschwörungstheorien. In den nationalen Morgensendungen waren Mädchen aus der Schule aufgetreten, und ihr tränenreiches Flehen um eine wohlbehaltene Rückkehr ihrer lieben Freundin wurde ein wenig konterkariert von ihren perfekt frisierten Haaren und dem professionellen Make-up. Im Mittelpunkt stand nicht Emma Campano selbst, sondern die Melodramatik.

Gestern zur selben Zeit hatten Kayla und Emma sich wahrscheinlich fertig gemacht für die Schule. Vielleicht hatte Adam Humphrey noch geschlafen, weil sein Unterricht erst später anfing. Abigail Campano hatte sich hergerichtet für ihren Tag des Tennisspielens und der Wellnesbehandlungen. Paul war auf dem Weg zur Arbeit gewesen. Keiner von ihnen hatte gewusst, wie wenig Zeit ihnen noch blieb, bis ihr Leben sich für immer änderte oder – schlimmer noch – ihnen gestohlen wurde.

Will konnte sich noch gut an seinen ersten Fall mit einem Kind als Opfer erinnern. Das Mädchen war zehn Jahre alt gewesen und mitten in der Nacht von seinem Vater in einer inszenierten Entführung aus dem Haus geschleppt worden. Der Mann hatte seine Tochter vergewaltigt, ihr das Genick gebrochen und sie in eine Schlucht im Wald hinter der Kirche der Familie geworfen. Es dauert nur Minuten, bis Fliegen eine Leiche finden. Sofort fangen sie an, ihre Eier abzulegen. Vierundzwanzig Stunden später schlüpfen die Larven und machen sich über Organe und Bindegewebe her. Die Leiche bläht sich auf. Die Haut wird wächsern, beinahe durchscheinend blau. Der Gestank ist eine Mischung aus verfaulten Eiern und Batteriesäure.

In diesem Zustand hatte Will sie gefunden.

Er hoffte inständig, dass er Emma Campano nicht auch so finden würde.

Gelächter drang von einigen Lehrern herüber, die die Treppe zum Hauptgebäude hinaufgingen. Er sah sie mit lächelnden Gesichtern durch die Türen gehen. Will hasste Schulen so, wie einige Leute das Gefängnis hassen. Und so hatte Will als Kind die Schule auch betrachtet: als eine Art Gefängnis, in dem die Aufseher tun konnten, was sie wollten. Andere Kinder, die Eltern hatten, hatten wenigstens eine Art Puffer, aber Will hatte nur den Staat, der sich um ihn kümmerte, und es lag nicht unbedingt im Interesse des Staates, sich mit einem städtischen Schulsystem anzulegen.

Will würde heute derjenige sein, der die Lehrer befragte, und allein bei dem Gedanken daran brach ihm der kalte Schweiß aus. Das waren gebildete Leute – mit einer Bildung, die nicht von den beschissenen Ferninstituten stammte, von denen Will seine zweifelhaften Abschlüsse erhalten hatte. Sie würden ihn wahrscheinlich sofort durchschauen. Zum ersten Mal, seit dies alles angefangen hatte, war er froh, dass Faith Mitchell bei ihm sein würde. Wenigstens würde sie einige Aufmerksamkeit auf sich ziehen können, und es war einfach Tatsache, dass die Westfield Academy eine tote und eine vermisste Schülerin hatte. Vielleicht wären die Lehrer zu sehr mit der Tragödie beschäftigt, um Will gründlich in Augenschein zu nehmen. Auf jeden Fall gab es genügend Fragen, die beantwortet werden mussten.

Da Westfield nur Highschool-Unterricht anbot, waren alle Schüler zwischen vierzehn und achtzehn Jahre alt. Leo Donnelly hatte fast den ganzen gestrigen Tag damit zugebracht, mit einem Großteil der Schüler zu sprechen, und hatte genau die Informationen erhalten, die man von Teenagern erwarten würde, die eben erfahren hatten, dass eine Klassenkameradin brutal ermordet und eine andere verschleppt worden war: Beide, Kayla und Emma, waren beliebte, gute Mädchen.

Wenn man eine Woche zurückgehen könnte, würde die Geschichte möglicherweise anders aussehen. Will wollte mit den Lehrern sprechen und herausfinden, wie sie die Mädchen einschätzten. Er hatte noch immer kein klares Bild von Emma Campano. Zur Schulschwänzerin wurde man nicht über Nacht. Im Allgemeinen gab es zunächst kleinere Verfehlungen, die dann zu größeren Problemen führten. Niemand redete gern schlecht über Tote, aber Wills Erfahrung nach zogen Lehrer nicht unbedingt die Samthandschuhe an, wenn es etwas gab, das gesagt werden musste.

Will schaute zum Fenster hinaus, betrachtete die Gebäude. Die Privatschule war beeindruckend, eine dieser lokalen Schulen mit einem nationalen Ruf, für die Atlanta bekannt war. Vor dem Bürgerkrieg konnten sich nur die wohlhabendsten Bürger Atlantas eine Ausbildung ihrer Kinder leisten, und die meisten schickten ihre Kinder nach Europa, weil sie dort den Luxus einer umfassenden Bildung genossen. Nach dem Krieg wurde das Geld knapper, aber der Wunsch nach Ausbildung bestand weiter. Frisch verarmte Absolventen der europäischen Institute erkannten, dass sie vermarktbare Fähigkeiten hatten, und fingen an, an der Ponce de Leon Avenue Privatschulen zu eröffnen. Auch wenn viele ihr Familiensilber und unschätzbare Erbstücke für die Bildung investieren mussten, waren die Klassenzimmer bald voll. Selbst nach der Gründung des Atlanta Public School Systems 1872 zogen es die Wohlhabenden Atlantas noch immer vor, ihre Kinder vom Gesindel fernzuhalten.

Die Westfield Academy war eine dieser privaten Schulen. Gegenwärtig residierte sie in einer Reihe von Gebäuden vom Anfang des zwanzigsten Jahrhunderts. Das ursprüngliche Schulhaus war ein Bretterbau, der eher einer Scheune als sonst etwas ähnelte. Die meisten später errichteten Gebäude waren hoch aufragende Backsteinbauten. Das Hauptgebäude war eine mit Marmor verkleidete gotische Kathedrale, die hier ebenso deplatziert aussah wie Wills 1979er Porsche 911 unter all den neuen Hondas und Toyotas auf dem Lehrerparkplatz.

Will war daran gewöhnt, dass sein Auto auffiel. Vor neun Jahren hatte er die ausgebrannte Karosserie auf einem Leergrundstück an seiner Straße entdeckt. Das war die Zeit, als die meisten Häuser in seiner Nachbarschaft noch Crack-Löcher waren und Will mit der Waffe unter dem Kopfkissen geschlafen hatte, falls jemand mal an der falschen Tür klopfte. Keiner hatte protestiert, als er Räder an das Auto schraubte und es in seine Garage schob. Er hatte sogar einen Obdachlosen gefunden, der ihm für zehn

Dollar und einen kräftigen Schluck aus dem Gartenschlauch half, das Ding den Hügel hinaufzuschieben.

Als dann die Crack-Häuser niedergerissen wurden und Familien ins Viertel zogen, hatte Will das Auto komplett wiederhergerichtet. An Wochenenden und in den Urlauben tourte er durch Schrottplätze und Ersatzteilläden auf der Suche nach den richtigen Teilen. Er brachte sich selbst das Wissen über Zylinder und Kolben, Auspuffkrümmer und Bremssättel bei. Er lernte Schweißen und Spachteln und Lackieren. Ohne die Hilfe irgendeines Profis schaffte er es, das Auto in seiner ursprünglichen Schönheit wiederherzustellen. Er wusste, das war eine Leistung, auf die er stolz sein konnte, aber im Hinterkopf hatte er immer das Gefühl, dass er, wenn er fähig gewesen wäre, ein Getriebeschema oder ein Motordiagramm zu lesen, das Auto in sechs Monaten anstatt in sechs Jahren hätte restaurieren können.

Mit dem Campano-Fall war es dasselbe. Gab es da draußen irgendwas – irgendwas Wichtiges, das Will nicht sehen konnte, weil er zu stur war, seine Schwäche zuzugeben?

Will schlug die Morgenzeitung auf dem Lenkrad auf und versuchte es noch einmal mit der Emma-Campano-Geschichte. Adam Humphreys und Kayla Alexanders Fotos waren direkt unter Emmas, und das Ganze unter der Schlagzeile: »TRAGÖDIE IN ANSLEY PARK«. Es gab eine Sonderbeilage über die Familie und die Nachbarschaft zusammen mit Interviews mit Leuten, die behaupteten, enge Freunde zu sein. Tatsächliche Informationen waren kümmerlich und sorgfältig unter dem Sensationsgeschrei versteckt. Will hatte bereits zu Hause angefangen, die Zeitung zu lesen, aber sein Kopf, der vom Schlafmangel bereits schmerzte, explodierte förmlich, als er versuchte, die winzige Schrift zu entziffern.

Doch jetzt hatte Will keine andere Wahl mehr. Er musste wissen, was über den Fall gesagt wurde, welche Details in der Öffentlichkeit bekannt waren. Es war polizeiliche Routine, gewisse Informationen zurückzuhalten, die nur der Mörder wissen konnte. Weil so viele Beamte des Atlanta Police Department am Tatort gewesen waren, hatte es auch das unvermeidliche Leck gegeben. Emmas Versteck im Wandschrank. Die Wäscheleine und das Isolierband im Auto. Das kaputte Handy, das zerdrückt unter Kayla Alexander gelegen hatte. Die große Sensation war natürlich, dass das Atlanta Police Department die Sache vermasselt hatte. Die Presse, eine Organisation, die in dem Ruf stand, routinemäßig Fakten falsch zu interpretieren, war alles andere als nachsichtig, wenn es um die Polizei ging.

Während Will den Zeigefinger unter jedes Wort hielt, um es zu isolieren, damit er die Bedeutung entziffern konnte, war er sich deutlich bewusst, dass derjenige, der Emma Campano verschleppt hatte, wahrscheinlich im Augenblick dieselbe Geschichte las. Vielleicht gab es dem Mörder einen Kick, dass seine Verbrechen auf der Titelseite des *Atlanta Journal* standen. Vielleicht schwitzte er über jedem Wort so sehr wie Will, weil er versuchte herauszufinden, ob er irgendwelche Spuren hinterlassen hatte.

Vielleicht aber war der Mann so arrogant, dass er wusste, es gab keine Möglichkeit, ihn mit dem Verbrechen in Verbindung zu bringen. Vielleicht war er jetzt schon wieder auf der Straße und suchte nach seinem nächsten Opfer, während Emma Campanos Leiche in einem flachen Grab verfaulte.

Jemand klopfte ans Glas. Faith Mitchell stand vor der Beifahrertür des Autos. Sie hatte sein Sakko in einer Hand und einen Becher Kaffee in der anderen. Will streckte sich und öffnete ihr die Tür.

»Können Sie das glauben?« Sie deutete wütend auf die Zeitung.

»Was?«, fragte er und faltete die Zeitung zusammen. »Ich habe gerade erst angefangen zu lesen.«

Sie schloss schnell die Autotür, um die gekühlte Luft aus der Klimaanlage nicht entweichen zu lassen. »Ein ›ranghoher Polizeibeamter Atlantas‹ wird mit den Worten zitiert, dass wir die

Ermittlungen verbockt hätten und das GBI hinzugezogen werden musste.« Erst jetzt schien ihr bewusst zu werden, mit wem sie redete, und sie sagte: »Ich weiß, dass wir Mist gebaut haben, aber über so etwas redet man doch nicht mit der Presse. Das bringt uns nicht unbedingt den Respekt des Steuerzahlers ein.«

»Nein«, pflichtete er ihr bei, fand es aber merkwürdig, dass sie glaubte, die Quelle sitze im APD. Will hatte den Artikel bereits so weit gelesen und angenommen, die Quelle sitze im GBI und trage den Namen Amanda Wagner.

»Es wäre schön gewesen, wenn sie ausgelassen hätten, wie reich die Eltern sind, aber ich schätze, das konnte man sich bei dem Namen sowieso denken. Diese Autowerbung ist so ziemlich das Nervigste, was im Augenblick im Fernsehen läuft.« Sie starrte ihn an, als erwartete sie, dass er etwas sagte.

Er sagte: »Ja, ziemlich nervig. Diese Werbespots.«

»Wie auch immer.« Sie hob sein Sakko hoch. »Das haben Sie auf meinem Auto liegen lassen.«

Er fand seinen Digitalrekorder und war froh, ihn wieder zu haben. »Diese Dinger sind klasse«, sagte er zu Faith, weil er wusste, dass sie sich wahrscheinlich bereits darüber gewundert hatte. »Sie können sich nicht vorstellen, wie unleserlich meine Handschrift ist.«

Sie starrte ihn nur wieder an, und er spürte, wie sich seine Nackenhaare aufstellten, als er den Rekorder in die Tasche steckte. Hatte sie ihn bereits durchschaut? Wenn sie den Rekorder abhörte, würde sie nichts hören außer Wills Stimme, die Informationen über den Fall archivierte, damit er sie später in einen Computer diktieren und einen Bericht erstellen konnte. Angie hatte gesagt, er müsse sich in Acht nehmen vor Faith Mitchell. Hatte er sich bereits verraten?

Faith presste die Lippen zusammen. »Ich möchte Sie was fragen. Sie müssen nicht darauf antworten, aber ich hätte es gern, wenn Sie es täten.«

Will starrte stur geradeaus. Er sah Lehrer, die mit großen Thermoskannen voller Kaffee und Papierstapeln im Hauptgebäude verschwanden. »Klar.«

»Glauben Sie, dass sie tot ist?«

Sein Mund klappte auf, aber eher vor Erleichterung als wegen irgendetwas anderem. »Um ehrlich zu sein, ich weiß es nicht.« Er nahm sich viel Zeit, um sein Sakko zusammen mit der Zeitung auf dem Rücksitz zu verstauen, und versuchte dabei, seine Fassung zurückzugewinnen. »Ich nehme an, Sie haben gestern Nacht im Wohnheim nichts Weltbewegendes gefunden?« Er hatte ihr gesagt, sie solle anrufen, falls es irgendwelche Spuren gab.

Sie zögerte, als müsste sie erst umschalten, und antwortete dann: »Nicht wirklich. Nichts Interessantes in Adams Sachen bis auf das Gras, und da dürften wir beide der Meinung sein, dass das nicht sehr interessant ist, oder?« Will nickte, und sie fuhr fort: »Wir haben mit jedem Studenten in beiden Wohnheimen gesprochen. Keiner kannte Adam wirklich bis auf Gabe Cohen und Tommy Albertson, und nach dem positiven Eindruck, den ich auf beide gemacht habe, waren sie mit weiteren Informationen ziemlich zurückhaltend. Ich habe Ivan Sambor hingeschickt, um mit ihnen zu reden – Sie wissen, wer das ist?« Will schüttelte den Kopf. »Großer, kräftiger Pole, lässt sich von keinem auf der Nase herumtanzen. Ehrlich gesagt, sogar ich habe einen Heidenrespekt vor ihm. Er bekam dieselbe Geschichte wie ich zu hören: Sie kannten Adam kaum, Gabe schlief in seinem Zimmer, weil Tommy ein Arschloch ist. Das bestätigte übrigens sogar Tommy.«

Sie zog ihr Spiralnotizbuch heraus und blätterte darin. »Die meisten Erstsemester in Adams Wohnheim sind in den gleichen Kursen, aber wir können ja in jeden Kurs gehen und uns nach frischen Gesichtern umschauen. Bis auf einen habe ich alle seine Lehrer erreicht, und alle sagen dasselbe: erste Unterrichtswoche / keiner kennt irgendjemanden / tut mir leid, dass er tot ist / ich weiß nicht mal mehr, wie er ausgesehen hat. Derjenige, den ich nicht erreichen konnte – Jerry Favre –, soll mich heute im Lauf des Tages anrufen.«

Sie blätterte um. »Die faktischen Grundlagen: Die Sicherheitskamera zeigt Adam beim Verlassen des Wohnheims gegen sieben Uhr fünfundvierzig gestern Morgen. Er hatte einen Kurs um acht Uhr, der Lehrer bestätigte, dass er dort war. Adam hielt die ganze Zeit eine Art Vortrag, also konnte er sich nicht einfach hinausschleichen. Das Kartenlesegerät, was übrigens überhaupt nichts zu bedeuten hat – Sie sind nicht das einzige Genie, das auf den Trick mit dem Behindertenschalter gekommen ist –, verzeichnete seine Rückkehr ins Wohnheim um zehn Uhr achtzehn, was zum Ende seiner Stunde um zehn passt. Was wir auf der Kamera sehen, ist wahrscheinlich sein Hinterkopf. Er zog sich um und verließ dann genau um zehn Uhr zweiunddreißig das Haus wieder.

Das ist das Letzte, was wir von ihm haben, außer Sie halten noch was zurück.«

Will sah auf. »Was sollte ich denn zurückhalten?«

»Ich weiß nicht, Will. Als ich Sie das letzte Mal sah, mussten Sie unbedingt zu diesem Copyshop, um sich Kayla Alexanders Prius anzusehen. Das ist ein ziemliches Schlüsselindiz, aber wir reden seit zehn Minuten über alles bis aufs Wetter, und Sie haben mir noch rein gar nichts gesagt.«

»Tut mir leid«, erwiderte Will, wusste aber, dass das kein großer Trost war. »Sie haben recht. Ich hätte es Ihnen sagen sollen. Ich bin es nicht gewöhnt …«

»Mit einem Partner zu arbeiten.« Sie beendete den Satz für ihn, und an ihrem Ton merkte er, dass die Ausrede allmählich einen Bart hatte.

Er konnte ihr nicht verdenken, dass sie verärgert war. Sie arbeitete an diesem Fall genauso hart wie er, und sie außen vor zu lassen war einfach unfair. So detailliert, wie er nur konnte, berichtete er ihr von den Videoaufzeichnungen der Über-

160

wachungskamera des Copy Right und dem Seil und dem Isolierband, das Charlie gefunden hatte. »Nach der Aufzeichnung tauchte das dunkle Auto gestern Vormittag genau um elf Uhr fünfzehn auf. Zwei Personen stiegen aus – Adam und ein Unbekannter. Wir können annehmen, dass Emma aus dem Kofferraum geholt und in das dunkle Auto gebracht wurde. Eine gute Minute später war es wieder verschwunden.« Er fasste zusammen: »Adams letzter uns bekannter Aufenthaltsort ist also die Parkgarage des Copy-Right-Gebäudes um elf Uhr fünfzehn.«

Faith hatte sich die Daten in ihr Notizbuch geschrieben, bei diesem letzten Punkt hielt sie jedoch inne und schaute zu Will hoch. »Warum dort?«

»Es ist billig und nah am Haus. Es gibt keinen Parkwächter.«

Faith spann den Gedanken weiter: »Die neugierige Nachbarin verpetzte sie letztes Jahr, als sie in der Auffahrt parkten. Das Parkhaus zu benutzen war eine gute Möglichkeit, sie zu umgehen.«

»Das habe ich auch angenommen«, sagte Will. »Wir überprüfen alle Angestellten des Copy Right. Die beiden Mädchen der Abendschicht kamen herein, als wir noch da waren – Frieda und Sandy. Sie gehen wirklich nicht in die Garage. Es ist dunkel, und sie halten sie nicht für besonders sicher, was vermutlich stimmt, da es keine wirkliche Überwachung gibt.«

»Was ist mit den Bauarbeitern?«

»Amanda versucht heute, sie aufzuspüren. Dabei reicht es nicht, nur die Stadt anzurufen und nach einer Liste zu fragen. Offensichtlich tauchen die Arbeiter am Morgen einfach auf und kriegen dann erst gesagt, welches Loch sie zuerst stopfen sollen. Es gibt alle möglichen Subunternehmen, die wieder Subunternehmer einsetzen, und bevor man sichs versieht, hat man Tagelöhner und nicht dokumentierte Arbeiter – ein totales Durcheinander.«

»Hat irgendjemand das Auto zuvor schon mal gesehen?«

»Das Parkhaus befindet sich hinter dem Hauptgebäude. Wenn die Leute von Copy Right nicht zufällig auf den Überwachungsmonitor schauen, haben sie keine Ahnung, wer kommt und geht, und natürlich werden die Bänder immer wieder überspielt, sodass wir keine alten Aufzeichnungen zum Vergleich haben.« Er drehte sich zu ihr um. »Ich will über unseren Verdächtigen reden. Ich glaube, wir brauchen ein klareres Bild davon, um was für einen Menschen es sich eigentlich handelt.«

»Sie meinen ein Täterprofil? Ein Einzelgänger zwischen fünfundzwanzig und fünfunddreißig Jahren, der bei seiner Mutter wohnt?«

Will gestattete sich ein Lächeln. »Die Sache war sehr gut organisiert. Er brachte das Messer, das Seil und das Isolierband mit. Jemand hat ihn ins Haus gelassen.«

»Sie glauben, es war wirklich als Entführung geplant und Kayla und Adam kamen in die Quere?«

»Es wirkt irgendwie persönlicher als das«, sagte Will. »Ich weiß, ich widerspreche mir selbst, aber der Tatort war chaotisch. Wer Kayla umbrachte, hatte sich nicht mehr unter Kontrolle. Er hatte eine richtige Wut auf sie.«

»Vielleicht hatte sie einfach das Falsche gesagt, und die Sache lief dann aus dem Ruder.«

»Man muss sich schon mit jemandem unterhalten, um was Falsches zu sagen.«

»Was ist mit der zweiten Person auf dem Copy-Right-Band? Glauben Sie, das ist der Mörder? Dann wäre es naheliegend, dass eines der Opfer ihn kannte.«

»Vielleicht«, gab Will zu, aber irgendetwas störte ihn daran. »Adam verließ das Wohnheim um zehn Uhr dreißig. Irgendwann zwischen zehn Uhr dreißig und elf Uhr fünfzehn holte er ein Auto und einen Mitfahrer ab. Wir haben also eine Lücke im zeitlichen Ablauf, in der wir nichts über ihn wissen. Das sind …« Will versuchte, es sich auszurechnen, aber er war so müde und sein Kopf pochte so heftig, dass er Magenschmerzen bekam. »Ich brauche mehr Kaffee. Wie viele Minuten sind das?«

»Fünfundvierzig«, antwortete Faith. »Wir müssen wissen, wo und wie er zu diesem Auto kam. Niemand, mit dem wir gestern in den Wohnheimen gesprochen haben, lieh Adam ein Auto oder weiß, wo er sich eines hätte besorgen können. Ich schätze, wir könnten uns das Kartenlesegerät noch einmal vornehmen und es mit den Zeiten abgleichen, die Adam im Wohnheim war?«

»Das sollte man in Betracht ziehen.« Er nickte in die Richtung ihres Notizbuchs. »Wir sollten uns ein paar Fragen überlegen. Nummer eins: Wo ist Adams Studentenausweis?«

Sie fing an zu schreiben. »Vielleicht hat er ihn im Auto verloren.«

»Was, wenn der Mörder ihn als Souvenir mitnahm?«

»Oder um damit ins Wohnheim zu kommen«, entgegnete sie. »Wir müssen der Campus-Sicherheit sagen, dass sie seine Karte sperren soll.«

»Oder schauen, ob es eine Möglichkeit gibt, sie aktiviert zu lassen, aber irgendwie zu überwachen, damit wir es merken, wenn irgendjemand versucht, sie zu benutzen.«

»Gute Idee.« Sie schrieb weiter. »Frage Nummer zwei: Woher hatte er das Auto?«

»Der Campus ist die offensichtliche Antwort. Kontrollieren Sie, ob es irgendwelche Autodiebstähle gab. Haben Gabe Cohen und Tommy Albertson ein Auto?«

»Studienanfänger dürfen eigentlich überhaupt nicht auf dem Campus parken, und es ist unmöglich, in der Stadt einen sicheren Parkplatz zu finden, also lassen sie, wenn sie ein Fahrzeug haben, es eher zu Hause. Und vor diesem Hintergrund: Gabe hat einen schwarzen VW mit gelben Streifen, den jetzt sein Vater fährt. Albertson hat einen grünen Mazda Miata, den er in Connecticut gelassen hat.«

»Keines davon passt zu dem Auto auf dem Video.«

163

Sie hörte auf zu schreiben. »Adam könnte ein Auto gehabt haben, von dem wir nichts wissen.«

»Das hätte er dann auch vor seinen Eltern geheim halten müssen. Sie sagten, er hätte keines.« Will dachte an etwas, das Leo Donnelly gestern gesagt hatte. »Vielleicht hat er sich ja ein Auto außerhalb des Campus besorgt. Wir brauchen ein Team, das die Überwachungskameras in den Bussen überprüft. Wo ist die nächste MARTA-Station?«, fragte er und meinte damit das öffentliche Transportsystem der Stadt.

Faith schloss die Augen, offensichtlich dachte sie nach. »Midtown Station«, sagte sie schließlich.

Will starrte durchs Fenster auf den Schulparkplatz hinaus. Inzwischen waren weitere Lehrer angekommen, einige Schüler trotteten ebenfalls herein. »Es würde allerdings ungefähr zwanzig Minuten dauern, um mit dem Auto hierherzufahren. Dann noch mal zwanzig, fünfundzwanzig bis zum Parkhaus.«

»Das sind unsere fünfundvierzig Minuten. Adam fuhr hierher, um Emma abzuholen, und dann mit ihr zum Parkhaus.«

»Der Arm auf dem Videoband«, sagte er. »Er war ziemlich zierlich. Ich vermute, es hätte auch eine Mädchenhand sein können, die diese Schlüssel fing.«

»Ich habe angenommen, dass Kayla Emma mit ihrem Prius von der Schule zum Haus fuhr und dass Adam sich irgendwie dort mit ihnen traf.«

»Ich auch«, gab Will zu. »Halten Sie es für möglich, dass Adam Emma zum Parkhaus fuhr und dass sie dann beide zu Fuß zum Haus gingen?«

»Der Mörder hätte vom Tech zu Fuß gehen können.«

»Er wusste, dass Adams Auto im Parkhaus stand.« Will wandte sich wieder Faith zu. »Falls er geplant hatte, Emma Campano zu verschleppen, dann hätte er einen Ort gebraucht, wo er sie festhalten konnte. Irgendwas Ruhiges und Isoliertes – nicht in der Stadt, weil die Nachbarn sie hören würden. Kein Zimmer in einem Wohnheim.«

»Falls er sich der Leiche nicht gleich entledigt hat.«

»Warum sollte er sie verschleppen, um sich ihrer zu entledigen?«, fragte Will, und die Frage brachte ihn zum Grübeln. Das war der Grund, warum er über ein Profil des Verdächtigen reden wollte. »Der Mörder kam mit Handschuhen, Seil, Isolierband und einem Messer zum Haus. Er hatte einen Plan. Er ging dorthin, um jemanden zu überwältigen. Adam und Kayla ließ er im Haus zurück. Wenn seine Absicht war, Emma umzubringen, hätte er es gleich dort getan. Wenn seine Absicht war, sie mitzunehmen, damit er noch mehr Zeit mit ihr verbringen konnte, dann hat er sein Ziel erreicht.«

»Und das APD hatte ihm genügend Zeit gegeben, es zu tun«, fügte Faith reumütig hinzu.

Bei dem Gedanken beschlich Will das starke Gefühl, dass die Zeit drängte. Seit der Verschleppung des Mädchens waren weniger als vierundzwanzig Stunden vergangen. Wenn der Entführer sie mitgenommen hatte, damit er sich mit ihr Zeit lassen konnte, dann war Emma möglicherweise noch am Leben. Die Frage war jetzt, wie viel Zeit blieb ihr noch?

Er holte sein Handy heraus und schaute auf die Zeitangabe. »Ich muss um neun Uhr bei den Campanos sein.«

»Glauben Sie, sie wissen was?«

»Nein«, gab er zu. »Aber ich muss Paul um eine DNS-Probe bitten.«

Das Unbehagen aufs Faiths Gesicht war vermutlich ein Spiegelbild seiner Miene, aber Amanda hatte es ihm aufgetragen, und Will hatte keine andere Wahl.

Er sagte: »Lassen Sie uns jetzt mit den Lehrern reden, damit wir einen allgemeinen Eindruck von den Mädchen bekommen. Wenn die glauben, dass es irgendjemanden gibt, mit dem wir reden müssen – ob Schüler oder Hausmeister –, will ich, dass Sie das tun. Wenn sich nichts ergibt, hätte ich gerne, dass Sie bei den Autopsien anwesend sind. Adams Eltern werden heute Abend kommen. Wir brauchen ein paar Antworten für sie.«

Ihr Gesichtsausdruck veränderte sich, und Will dachte, inzwischen kenne er Faith Mitchell gut genug, um zu erkennen, wenn etwas sie aus der Fassung brachte. Er wusste, dass ihr Sohn im selben Alter war wie Adam Humphrey. Zusehen zu müssen, wie ein Achtzehnjähriger seziert wurde, war für jeden grässlich, aber für eine Mutter musste das besonders schmerzhaft sein.

Er versuchte, einfühlsam zu sein, und sagte: »Glauben Sie, Sie schaffen das?«

Sie verstand seine Frage falsch und wurde wütend. »Wissen Sie, ich bin heute Morgen aufgestanden und habe mir gesagt, ich werde heute mit Ihnen arbeiten und mich bemühen, kollegial zu sein, und dann haben Sie die Nerven, mich – eine Detective des Morddezernats, die fast jeden Tag Leichen sieht – zu fragen, ob ich eine der Grundanforderungen meines Jobs schaffe.« Sie legte die Hand auf den Türöffner. »Und weil wir gerade dabei sind, Arschloch, wie kommen Sie damit durch, dass Sie einen Porsche fahren und gegen meine Mutter wegen Diebstahls ermitteln?«

»Ich habe nur …«

»Machen wir doch einfach unsere Arbeit, okay?« Sie stieß die Tür auf. »Glauben Sie, Sie können mir diese professionelle Höflichkeit erweisen?«

»Ja natürlich, aber …« Sie drehte sich zu ihm um, und Will spürte, dass sein Mund sich bewegte, aber es kam nichts heraus. »Ich entschuldige mich«, sagte er schließlich, obwohl er nicht so recht wusste, wofür er sich entschuldigte, sondern nur wusste, dass er damit die Sache auf jeden Fall nicht schlimmer machen konnte.

Sie atmete langsam aus, starrte den Kaffeebecher in ihrer Hand an und überlegte sich offensichtlich, wie sie reagieren sollte.

»Bitte schütten Sie mir den Kaffee nicht ins Gesicht«, sagte Will.

Sie schaute ihn ungläubig an, aber seine Bitte hatte die Spannung gelöst. Will gestattete sich insgeheim ein kleines Selbstlob. Es war nicht das erste Mal, dass er sich aus einer angespannten Situation mit einer wütenden Frau herauswinden musste.

Faith schüttelte den Kopf. »Sie sind der merkwürdigste Mann, den ich in meinem ganzen Leben kennengelernt habe.«

Sie stieg aus, bevor er etwas erwidern konnte. Will nahm es als positives Zeichen, dass sie die Tür nicht zuknallte.

7. KAPITEL

Die Hitze draußen war so intensiv, dass Faith ihren Kaffee nicht austrinken konnte. Sie warf den Becher in die Mülltonne, bevor sie zum Verwaltungsgebäude ging. In den letzten zwei Tagen hatte sie mehr Zeit in Schulen verbracht als in ihrem ganzen ersten Jahr auf der Highschool.

»Ma'am«, sagte einer der privaten Sicherheitsmänner und tippte sich an den Hut.

Faith nickte, der Mann tat ihr leid. Sie konnte sich noch gut erinnern, wie es war, in der Hitze Atlantas eine vollständige Uniform zu tragen. Es war, als würde man sich in Honig wälzen und dann durch einen Brennofen laufen. Da dies eine Schulzone war, durfte nur derjenige eine Waffe tragen, der eine Polizeimarke vorweisen konnte. Trotz des Schlagstocks auf der einen Seite des Gürtels und der Dose Pfefferspray auf der anderen sah der Mann so harmlos aus wie ein Floh. Zum Glück fiel das nur einem Polizisten auf. Die privaten Wachleute waren hier, um Eltern und Kindern ein Gefühl der Sicherheit zu geben. In einer verrückten, verworrenen Welt, in der reiche Mädchen getötet oder entführt werden konnten, war diese Demonstration der Macht durchaus willkommen.

Und wenigstens gab dieser martialische Auftritt der Presse etwas, worauf sie sich konzentrieren konnte. Auf der anderen Straßenseite entdeckte Faith drei Fotografen, die an ihren Objektiven herumschraubten und auf *den Schnappschuss* warteten. Irgendwann in der Nacht hatten die Medien den Namen der Schule in Erfahrung gebracht. Faith hoffte, die Privaten wären in der Lage, die Reporter mit Nachdruck daran zu erinnern, dass sich die Schule auf Privatgrund befand.

Faith drückte auf die Klingel neben der Tür und schaute zu der an die Wand geschraubten Kamera hoch. Die Gegensprechanlage sprang an, und eine irritiert klingende Frau sagte: »Ja?«

»Ich bin Faith Mitchell vom ...«

»Erste links, den Gang entlang.«

Der Öffner summte, und Faith drückte die Tür auf. Es gab ein umständliches Hin und Her, weil Will sich von ihr nicht die Tür offen halten lassen wollte. Schließlich ging Faith hinein. Sie standen am Anfang eines langen Gangs mit Abzweigungen links und rechts. Geschlossene Türen führten wahrscheinlich in Klassenzimmer. Sie schaute in die Höhe und zählte noch sechs weitere Sicherheitskameras. Die Schule achtete eindeutig auf Sicherheit, aber die Rektorin hatte Leo gestern gesagt, dass es hinter einem der Hauptgebäude eine Überwachungslücke gebe. Gestern Morgen hatten Kayla und Emma diese Lücke ausgenutzt. Allerdings zu ihrem eigenen Schaden.

Will räusperte sich und schaute sich nervös um. Abgesehen von der Tatsache, dass er im Hochsommer schon wieder einen dreiteiligen Anzug trug, zeigte er die besorgte Miene eines missratenen Schülers, der einen Besuch im Büro der Rektorin zu umgehen hofft.

Er fragte: »Welche Richtung hat sie gesagt?« Nicht nur, dass die Frau ihnen vor zwei Sekunden gesagt hatte, wohin sie gehen sollten, jetzt stand er auch noch neben einem großen Schild, das Besucher bat, den Gang entlang zum Empfangsbereich zu gehen.

Faith verschränkte die Arme. Für sie war das ein sehr lahmer Versuch Wills, ihr ein Gefühl der Nützlichkeit zu geben. »Schon gut«, sagte sie. »Sie sind ein guter Polizist, Will, aber Sie haben die sozialen Fähigkeiten eines wilden Affen.«

Bei dieser Beschreibung runzelte er die Stirn. »Na ja, ich schätze, das ist nur fair.«

Faith war eigentlich keine Frau, die die Augen verdrehte, aber jetzt spürte sie ein Ziehen im Sehnerv, das sie seit der Pubertät nicht mehr erlebt hatte. »Diese Richtung«, sagte sie und ging einen Seitengang entlang. Den Empfangsbereich fand sie hinter einigen aufgestapelten Pappkartons. Als Mutter erkannte sie die Schokoriegel sofort, die die Schulen jedes Jahr an hilflose Schüler und Eltern verhökerten. Auch wenn es eigentlich erzwungene Kinderarbeit war, schickten die Verwaltungen die Kinder los, um Süßigkeiten zu verkaufen, weil sie hofften, damit Geld für diverse Verbesserungen hereinzubekommen. Faith hatte in Jeremys Kindheit so viele von diesen Riegeln gegessen, dass ihr Magen schon rebellierte, wenn sie die Dinger nur sah.

Eine Reihe von Monitoren, die verschiedene Szenen aus der Schule zeigten, befand sich hinter der Frau am Empfangstresen, aber ihre Aufmerksamkeit war auf die Telefonanlage gerichtet, die unaufhörlich klingelte. Sie musterte Faith und Will mit geübtem Blick, während sie drei Anrufer bat, einen Augenblick zu warten, bevor sie sich schließlich an Faith wandte. »Mr. Bernard wird sich etwas verspäten, aber alle anderen sind bereits im Konferenzzimmer. Durch diese Tür links von Ihnen.«

Will öffnete die Tür, und Faith führte ihn den Gang entlang zu einer entsprechend gekennzeichneten Tür. Sie klopfte zweimal, und jemand rief: »Herein.«

Faith hatte schon an einigen Eltern-Lehrer-Besprechungen teilgenommen, und so hätte sie eigentlich nicht überrascht sein dürfen, als sie alle zehn Lehrer in einem Halbkreis um zwei leere Stühle sitzen sah. Wie es sich für eine progressive Schule mit einer Ausrichtung auf die kommunikativen Künste gehörte, war die Lehrerschaft ein multikultureller Haufen, der so ziemlich jede Farbe des Regenbogens repräsentierte: chinesisch-amerikanisch, afrikanisch-amerikanisch, muslimisch-amerikanisch und – um alles noch ein bisschen bunter zu machen – indigen-amerikanisch. In der ganzen Truppe gab es nur eine Kaukasie-rin. Mit ihren Hanfsandalen, dem Batikkleid und dem langen grauen Pferdeschwanz, der ihr auf den Rücken hing, verströmte sie weißes Schuldbewusstsein wie ein billiger Heizlüfter.

Sie streckte die Hand aus und sagte: »Ich bin Olivia McFaden, Rektorin von Westfield.«

»Detective Faith Mitchell, Special Agent Will Trent«, entgeg-nete Faith und setzte sich. Will zögerte kurz, und einen Augen-blick lang glaubte sie, Nervosität bei ihm zu erkennen. Viel-leicht überfiel ihn gerade eine schlechte Erinnerung an die eigene Schulzeit, oder vielleicht machte ihm die Spannung in dem Raum zu schaffen. Die Wachleute draußen sollten den Leu-ten eigentlich ein Gefühl der Sicherheit vermitteln, doch Faith hatte den deutlichen Eindruck, dass sie das genaue Gegenteil bewirkten. Jeder schien angespannt zu sein, vor allem die Rek-torin.

Dennoch ging McFaden jetzt durch den Raum, stellte die Lehrer samt ihrer Unterrichtsfächer vor und sagte, welches Mädchen in ihrer Klasse war. Da Westfield eine kleine Schule war, gab es beträchtliche Überschneidungen; die meisten Lehrer kannten beide Mädchen. Faith schrieb sich ihre Namen sorg-fältig in ihr Notizbuch und erkannte dabei sehr schnell die ein-zelnen Charaktere: Der Modische, der Weltfremde, der Schwule und diejenige, die ihre Zeit nur noch absaß und frustriert auf ihre Pensionierung wartete.

»Verständlicherweise sind wir alle sehr bestürzt über diese Tragödie«, sagte McFaden. Faith wusste nicht, warum sie eine so spontane Abneigung gegen diese Frau hatte. Vielleicht kamen ihr selbst einige schlechte Erinnerungen an die Schulzeit. Oder vielleicht deshalb, weil McFaden von all den Lehrern im Zim-mer die Einzige war, die offensichtlich nicht geweint hatte. Ei-nige der Frauen und ein Mann hatten tatsächlich Taschentücher in den Händen.

Faith sagte zu den Lehrern: »Ich werde den Eltern Ihr Mitgefühl übermitteln.«

Will beantwortete die offensichtliche Frage: »Wir können eine Verbindung zwischen dem, was gestern passiert ist, und der Schule nicht völlig ausschließen. Es gibt keinen Grund für übermäßige Besorgnis, aber es wäre gut, wenn Sie alle gewisse Vorkehrungen treffen könnten. Betrachten Sie Ihre Umgebung mit wachen Augen, sehen Sie zu, dass Sie immer wissen, wo die Schüler sind, melden Sie alle unentschuldigten Abwesenheiten.«

Faith fragte sich, ob er das auch anders hätte formulieren können, um ihnen noch mehr Angst einzujagen. Als sie sich im Zimmer umsah, glaubte sie es eher nicht. Faith hielt einen Augenblick inne und schaute noch einmal in die Gesichter der Lehrer. Ihr fiel wieder ein, was die Sekretärin am Empfang gesagt hatte. »Fehlt noch jemand?«

McFaden antwortete: »Nur Mr. Bernard. Er hatte ein schon früher vereinbartes Treffen mit Eltern, das so kurzfristig nicht verlegt werden konnte. Er wird bald hier sein.« Sie schaute auf ihre Uhr. »Ich fürchte nur, die Zeit wird ein wenig knapp, bevor die Vollversammlung anfängt.«

»Vollversammlung?« Faith schaute Will scharf an.

Er hatte den Anstand, ein verlegenes Gesicht zu machen. »Amanda will, dass einer von uns bei der Versammlung dabei ist.«

Faith glaubte bereits zu wissen, wer hier das kürzere Streichholz ziehen würde. Sie warf ihm einen hasserfüllten Blick zu.

McFaden schien das nicht zu bemerken. »Wir hielten es für das Beste, alle Schüler zusammenzurufen und ihnen zu versichern, dass ihre Sicherheit bei uns oberste Priorität hat.« Ihr Lächeln strahlte im Megawattbereich, die Art, mit der man einen widerwilligen Schüler dazu bringen will, eine bereits vorab getroffene Entscheidung zu akzeptieren.

»Ich helfe sehr gerne«, sagte Faith zu der Frau und zwang sich nun selbst zu einem Lächeln. Sie fand die Idee dieser Vollversammlung eigentlich gar nicht schlecht, aber sie war wütend, dass ihr diese Aufgabe zufiel, nicht zuletzt deshalb, weil sie es hasste, in der Öffentlichkeit zu sprechen. Sie konnte sich sehr gut vorstellen, wie die Versammlung ablaufen würde: Myriaden von Teenager-Mädchen in verschiedenen Stadien der Hysterie, die alle wollten, dass man ihre Hände hielt und ihre Ängste besänftigte, während Faith die ganze Zeit nur damit beschäftigt war, ihre Stimme nicht zittern zu lassen. Das war eher etwas für einen Schulpsychologen als für eine Polizistin des Morddezernats, die sich vor der mündlichen Prüfung in ihrem Detective-Examen hatte übergeben müssen.

Die Rektorin beugte sich vor und faltete die Hände. »Nun denn, sagen Sie mir, wie können wir Ihnen helfen?«

Faith wartete darauf, dass Will etwas sagte, aber er saß nur steif und kerzengerade auf dem Stuhl neben ihr. Also übernahm sie und fragte: »Könnten Sie uns einen Eindruck von Emma und Kayla vermitteln – sowohl sozial wie schulisch?«

Mathew Levy, der Mathematiklehrer, machte den Anfang. »Ich habe bereits gestern mit Ihrem Kollegen darüber gesprochen, aber ich vermute, ich muss es noch einmal sagen. Im Grunde genommen passten die Mädchen in keine soziale Gruppe. Ich hatte sowohl Kayla wie Emma in meinem Klassenzimmer. Die beiden blieben immer lieber für sich.«

Faith fragte: »Hatten sie Feinde?«

Die Lehrer tauschten untereinander Blicke, und Levy antwortete: »Sie wurden gepiesackt. Ich weiß, da kommt einem sofort die Frage in den Sinn, wie wir darüber Bescheid wissen und nichts dagegen unternehmen konnten, aber Sie müssen eben die Dynamik der Schulsituation verstehen.«

Faith ließ sie wissen, dass sie das tat. »Kinder verpetzen keine Schikanierer, weil sie Angst vor Vergeltung haben. Und Lehrer können Aktivitäten nicht bestrafen, die sie nicht sehen.«

Levy schüttelte den Kopf. »Da steckt noch mehr dahinter.« Er hielt inne, wie um seine Gedanken zu sammeln. »Ich habe

Emma zwei Jahre lang unterrichtet. Mathematik war nicht gerade ihre größte Stärke, aber sie war eine gute Schülerin – ein wirklich reizendes Mädchen. Sie war fleißig, machte keine Probleme. Sie hielt sich im Randbereich einer unserer populären Gruppen auf und schien mit den anderen gut zurechtzukommen.«

Eine der asiatischen Frauen, Danielle Park, fügte hinzu: »Bis Kayla auftauchte.«

Faith war erstaunt über den scharfen Tonfall der Lehrerin. Park schien es völlig kaltzulassen, dass das Mädchen brutal ermordet worden war. »Warum das?«

Park erklärte: »Wir erleben so etwas immer wieder. Kayla hatte einen schlechten Einfluss.« Die gesamte Lehrerschaft nickte zustimmend. »Emma war lange mit einem Mädchen namens Sheila Gill befreundet. Sie standen sich sehr nahe, aber zu Beginn des letzten Schuljahrs wurde Sheilas Vater nach Saudi-Arabien versetzt. Er arbeitet für einen dieser seelenlosen, multinationalen Ölkonzerne.« Sie tat es mit einer Handbewegung ab. »Wie auch immer, Emma hatte niemanden mehr in ihrer Gruppe, an den sie sich wenden konnte. Es gibt einige Mädchen, die sich eher zu einer einzelnen Person als zu einer Gruppe hingezogen fühlen, und ohne Sheila hatte Emma keine Gruppe mehr. Sie wurde introvertierter, beteiligte sich weniger am Unterricht. Ihre Noten wurden nicht schlechter, sondern sogar ein wenig besser, aber man merkte, dass sie einsam war.«

»Auftritt Kayla Alexander«, warf Levy mit demselben abfälligen Tonfall wie Park ein. »Mitten im Schuljahr. Sie ist der Typ, der ein Publikum braucht, und sie wusste genau, wen sie sich aussuchen musste.«

»Emma Campano«, ergänzte Faith. »Warum kam Kayla mitten im Schuljahr hierher?«

Nun meldete sich McFaden: »Sie kam von einer anderen Schule zu uns. Kayla war eine Herausforderung, aber wir hier in Westfield stellen uns Herausforderungen.«

Faith verstand, was damit gemeint war. Sie richtete ihre nächste Frage an Levy, der kein Problem damit zu haben schien, das tote Mädchen zu kritisieren. »Kayla wurde aus ihrer letzten Schule rausgeworfen?«

McFaden versuchte, das Gespräch diplomatisch zu halten. »Ich glaube, man hat sie gebeten zu gehen. Ihre alte Schule war auf ihre speziellen Bedürfnisse nicht ausgerichtet.« Sie straffte die Schultern. »Hier in Westfield sind wir stolz darauf, auf die speziellen Bedürfnisse von Kindern einzugehen, die die Gesellschaft als eher schwierig bezeichnet.«

Zum zweiten Mal an diesem Tag musste Faith sich beherrschen, um nicht die Augen zu verdrehen. Jeremy hatte die ganze Bandbreite der modischen Störungen gehabt: ADS, ADHS, soziale Störung, Persönlichkeitsstörung. Die ganze Sache wurde allmählich ziemlich lächerlich, und es überraschte sie, dass es nicht spezielle Schulen für langweilige, durchschnittliche Kinder gab. »Können Sie uns sagen, wogegen sie behandelt wurde?«

»ADHS«, antwortete McFaden. »Kayla hat – Entschuldigung, hatte – große Schwierigkeiten mit der Konzentration auf ihre schulischen Pflichten. Ihr waren soziale Kontakte wichtiger als das Lernen.«

Als wäre das unter Teenagern dieses Alters so ungewöhnlich, dachte Faith. »Was ist mit Emma?«

Nun antwortete wieder Park, doch von ihrer vorherigen Schärfe war nichts mehr zu hören. »Emma ist ein wunderbares Mädchen.«

Wieder nickten die Lehrer, und Faith spürte, wie sich Traurigkeit über die Anwesenden legte. Sie fragte sich, was genau Kayla Alexander getan hatte, um diese Lehrer so gegen sich aufzubringen.

Die Tür ging auf, und ein Mann in einem zerknitterten Sportsakko und mit einem Stapel Papiere im Arm kam herein. Er schaute die Versammlung an und schien überrascht, dass sie alle da waren.

»Mr. Bernard«, sagte McFaden, »darf ich Ihnen die Detectives Mitchell und Trent vorstellen.« Dann wandte sie sich Faith und Will zu. »Das ist Evan Bernard, Englischlehrer.«

Er nickte und blinzelte hinter seiner Drahtbrille. Bernard war ein sympathisch aussehender Mann, vermutlich Mitte vierzig. Faith vermutete, dass er mit seinem struppigen Bart und seiner generell etwas schlampigen Erscheinung durchaus einem Klischee entsprach, aber etwas an der Wachsamkeit in seinen Augen brachte sie auf den Gedanken, dass da vielleicht mehr dahintersteckte.

Bernard sagte: »Tut mir leid, dass ich zu spät komme. Ich hatte eine Elternbesprechung.« Er zog sich einen Stuhl neben McFaden, setzte sich und legte sich den Papierstapel auf den Schoß. »Gibt es schon irgendetwas Neues?«

Faith erkannte, dass er der Erste war, der diese Frage gestellt hatte. »Nein«, sagte sie. »Wir folgen allen Ermittlungsspuren. Alles, was Sie uns über die Mädchen sagen können, wird uns weiterhelfen.«

Unter seinem Bart biss er sich auf die Unterlippe, und sie merkte, dass er ihren Blödsinn ebenso schnell durchschaut hatte wie sie McFadens.

Genau in diesem Augenblick entschied sich Will, das Wort zu ergreifen. »Wir tun alles, was wir können, um Kaylas Mörder zu finden und Emma unbeschadet nach Hause zu bringen. Ich weiß, das ist kein großer Trost, aber seien Sie versichert, dass dieser Fall die ganze Aufmerksamkeit jedes Mitglieds des Atlanta Police Department und jedes Agenten des Georgia Bureau of Investigation hat.«

Bernard nickte und umfasste die Papiere auf seinem Schoß. »Wie kann ich helfen?«

Will antwortete nicht. Faith schloss daraus, dass sie wieder übernehmen sollte. »Wir sprachen gerade über Kayla Alexanders Einfluss auf Emma.«

»Über Kayla kann ich Ihnen gar nichts sagen. Ich hatte nur

Emma, aber nicht in der Klasse. Ich bin der Lesetutor in West-field.«

McFaden ergänzte: »Mr. Bernard macht Einzelsitzungen mit unseren leseschwachen Schülern. Emma hat eine leichte Legas-thenie.«

»Das tut mir leid. Können Sie mir sagen ...«

»Wie das?«, warf Will dazwischen. Er stützte die Ellbogen auf die Knie, beugte sich vor und schaute Bernard an.

Bernard klang verwirrt. »Ich bin mir nicht sicher, ob ich diese Frage verstehe.«

»Ich meine.« Will schien nicht die richtigen Worte zu finden. »Ich verstehe nicht ganz, was Sie mit leichter Legasthenie mei-nen.«

»›Leicht‹ ist ein Begriff, den ich nicht unbedingt verwenden würde«, entgegnete Bernard. »Allgemein gesprochen ist es eine Lesestörung. Wie Autismus hat auch die Legasthenie ein ganzes Spektrum von Symptomen. Jemanden auf diese Art zu klassifizieren würde bedeuten, dass man ihn auf die höchste Stufe stellt, die Stufe also, die man üblicherweise als hoch funktional bezeichnet. Die meisten Kinder, die ich sehe, be-finden sich entweder an diesem oder am anderen Ende. Es gibt diverse symptomatische Bündelungen, aber das Schlüssel-identifikationsmerkmal ist die Unfähigkeit, auf Schulniveau zu lesen, zu schreiben oder zu buchstabieren.«

Will nickte, und Faith sah ihn die Hand in seine Sakkotasche stecken. Sie hörte ein Klicken und musste sich bemühen, eine neutrale Miene zu wahren. Im Auto hatte sie gesehen, dass er sich den Digitalrekorder in diese Tasche steckte. Im Staat Geor-gia war es zwar völlig legal für eine Privatperson, eine Unter-haltung aufzunehmen, jedoch höchst illegal für einen Polizis-ten.

Will fragte Bernard: »Würden Sie Emma charakterisieren als langsam oder ...« Das nächste Wort kam ihm nur widerstrebend über die Lippen »... retardiert?«

Bernard wirkte so schockiert, wie Faith es war. »Natürlich nicht«, erwiderte er. »Tatsächlich hat Emma einen außerordentlich hohen Intelligenzquotienten. Viele Legastheniker sind hochbegabt.«

»Begabt in welcher Hinsicht?«

Er ratterte einige Beispiel herunter. »Scharfe Beobachtungsgabe, sehr gut organisiert, ein außergewöhnliches Detailgedächtnis, sportlich talentiert, handwerklich geschickt. Ich bin mir ganz sicher, dass Emma eines Tages eine gute Architektin sein wird. Sie hat eine außerordentliche Auffassungsgabe für Gebäudestrukturen. Ich unterrichte seit zwölf Jahren hier in Westfield und habe noch nie jemanden gesehen wie sie.«

Will klang ein wenig skeptisch. »Aber sie hat trotzdem Probleme.«

»Ich würde das nicht Probleme nennen. Herausforderungen, vielleicht, aber alle Kinder sind mit Herausforderungen konfrontiert.«

»Aber es ist dennoch eine Krankheit.«

»Eine Störung«, korrigierte er.

Will atmete tief durch, und Faith merkte, dass ihn diese beständigen Euphemismen allmählich irritierten. Trotzdem fragte er weiter: »Und, was sind dann einige der Probleme, die man mit dieser Störung in Verbindung bringt?«

Der Lehrer zählte sie auf: »Defizite in der Mathematik, beim Lesen, Buchstabieren und Textverständnis und beim räumlichen Vorstellungsvermögen, Stottern, Unreife, schlechte motorische Fähigkeiten, die Unfähigkeit, ein Versmaß zu verstehen ... Es ist eigentlich eine ziemlich bunte Mischung, und jedes Kind ist anders. Man kann ein Mathematikgenie haben oder jemanden, der nicht einmal addieren kann, einen Supersportler oder einen totalen Tollpatsch. Emma hatte das Glück, dass die Störung bei ihr früh diagnostiziert wurde. Legastheniker sind sehr geschickt darin, ihre Störung zu verbergen. Leider machen Computer es ihnen einfacher, die Leute zu täuschen. Lesen ist eine sehr fundamentale Fähigkeit, und sie schämen sich, wenn sie nicht einmal die Grundlagen begreifen. Die meisten Legastheniker schneiden bei Prüfungen schlecht ab, außer es sind mündliche, und deshalb sind ihre schulischen Leistungen meistens eher schlecht. Ich glaube, ich bin nicht allein, wenn ich sage, dass einige Lehrer dies als Faulheit oder als Verhaltensstörungen missverstehen.« Bernard ließ diesen Satz in der Luft hängen, als wäre er an einen speziellen Lehrer in diesem Zimmer gerichtet. »Zusätzlich zu diesem Problem ist Emma extrem schüchtern. Sie mag keine Aufmerksamkeit. Sie ist bereit, vieles zu ertragen, nur um nicht aufzufallen oder anzuecken. Sie hatte natürlich gewisse Augenblicke der Unreife, aber meistens ist sie einfach ein introvertiertes Kind, das sich extra anstrengen muss, um irgendwo dazuzugehören.«

Will beugte sich so weit vor, dass er fast von seinem Stuhl rutschte. »Wie haben die Eltern auf diese Information reagiert?«

»Den Vater kenne ich nicht, aber die Mutter ist sehr aufgeschlossen.«

»Gibt es ein Heilmittel?«

»Wie gesagt, Legasthenie ist keine Krankheit, Mr. Trent. Es ist ein Problem der Verdrahtung im Hirn. Man könnte eher erwarten, dass ein Diabetiker spontan Insulin produziert, als dass ein Legastheniker eines Morgens aufwacht und plötzlich rechts von links unterscheiden kann.«

Jetzt verstand Faith endlich, worauf Will mit seinen Fragen hinauswollte. Sie fragte: »Wenn also jemand wie Emma verfolgt würde, würde sie dann eher die falsche Route wählen – die Treppe hinauflaufen anstatt hinunter, was ein Weg in die Freiheit wäre?«

»So funktioniert das nicht. Sie würde wahrscheinlich ganz intuitiv besser als Sie oder ich die beste Route kennen, aber wenn Sie sie dann fragen würden: ›Wie bist du da rausgekommen‹, würde sie Ihnen nicht sagen können: ›Ich habe mich unter dem Couchtisch versteckt, und dann bin ich nach links und die

Treppe hinuntergerannt.‹ Sie würde einfach sagen: ›Ich bin davongerannt.‹ Das Faszinierendste an dieser Störung ist, dass der Verstand das Defizit offensichtlich erkennt und neue Denkpfade entwickelt, die zu Bewältigungsstrategien führen, über die ein typisches Kind gar nicht nachdenken würde.«

Will räusperte sich. »Sie haben gesagt, dass sie aufmerksamer sein dürfte als ein normaler Mensch.«

»Das Wort ›normal‹ benutzen wir hier eigentlich nicht«, hielt Bernard ihm entgegen. »Aber ja, bei Emma würde ich annehmen, dass sie eine bessere Beobachtungsgabe hat.« Er ging noch einen Schritt weiter. »Wissen Sie, meiner Erfahrung nach reagieren Legastheniker differenzierter auf ihre Umgebung als die meisten Menschen. Wir erleben das manchmal bei misshandelten Kindern, die, als Form des Selbstschutzes, gelernt haben, Stimmungen und Nuancen besser zu erkennen als das typische Kind. Sie nehmen eine unglaubliche Menge an Vorwürfen auf sich, nur um in Frieden leben zu können. Sie sind die ultimativen Überlebenskünstler.«

Faith fand einen gewissen Trost in diesen Worten. Ein Blick in die Runde zeigte ihr, dass sie mit diesem Gefühl nicht allein war.

Will stand auf. »Tut mir leid«, sagte er zu der Gruppe. »Ich habe einen anderen Termin. Detective Mitchell hat noch ein paar Fragen an Sie.« Er griff in seine Sakkotasche. Faith vermutete, um den Rekorder auszuschalten. »Faith, rufen Sie mich an, wenn Sie in der City Hall sind.« Er meinte das Leichenschauhaus. »Ich will dabei sein.«

»Okay.«

Er entschuldigte sich noch einmal und verließ dann schnell den Raum. Faith schaute auf ihre Uhr und fragte sich, wohin er wollte. Bei den Campanos musste er erst in einer Stunde sein.

Faith sah sich in der Runde um. Alle Augen waren auf sie gerichtet. Sie beschloss, die Sache jetzt schnell hinter sich zu bringen. »Ich frage mich, ob es irgendwas Spezielles gibt, was mit Kayla Alexander passiert ist. Wenn man bedenkt, was ihr angetan wurde, scheint es nicht viel Sympathie für sie zu geben.«

Die meisten zuckten die Achseln. Einige schauten auf ihre Hände oder auf den Boden. Nicht einmal Danielle Park hatte eine Antwort.

Die Rektorin übernahm wieder. »Wie gesagt, Detective Mitchell, Kayla war eine Herausforderung.«

Bernard seufzte schwer, als missfalle es ihm, immer derjenige sein zu müssen, der für Klarstellung sorgte. »Kayla stiftete gern Unruhe.«

»Auf welche Art?«

»Wie Mädchen es eben tun«, sagte er, auch wenn das kaum eine Erklärung war.

»Sie suchte Streit?«

»Sie verbreitete Gerüchte«, entgegnete Bernard. »Sie versetzte die anderen Mädchen in Aufregung. Ich bin mir sicher, Sie wissen noch, wie es war, in diesem Alter zu sein.«

Faith hatte alles getan, um das zu vergessen. Die einzige schwangere Vierzehnjährige in der ganzen Schule zu sein war nicht gerade ein Zuckerschlecken.

Bernards Ton wurde nun ein wenig abwehrend. »So schlimm war es auch wieder nicht.«

Matthew Levy stimmte ihm zu. »Diese Kabbeleien finden immer zyklisch statt. In einer Woche haben sie sich in der Wolle, in der nächsten sind sie die besten Freundinnen und hassen jemand anderen. Man erlebt das die ganze Zeit.«

Alle Frauen im Zimmer schienen anderer Meinung zu sein. Park sprach aus, was die anderen anscheinend dachten. »Es war schlimm«, sagte sie. »Ich würde sagen, binnen eines Monats nach ihrer Einschreibung hatte sich Kayla Alexander mit so ziemlich jedem hier angelegt. Sie spaltete die Schule in zwei Lager.«

»War sie bei den Jungs beliebt?«

»Und wie«, sagte Park. »Sie benutzte sie wie Toilettenpapier.«

»Gab es da einen Speziellen?«

Wieder allgemeines Achselzucken und Kopfschütteln.

»Die Liste ist wahrscheinlich endlos«, sagte Bernard. »Aber die Jungs ließen sich nicht aufstacheln. Sie wussten, was sie bekamen.«

Faith sprach nun Danielle Park an. »Zuvor klang es bei Ihnen so, als wäre Emma Kaylas einzige Freundin gewesen.«

Park erwiderte: »Kayla war Emmas Freundin. Emma war die Einzige, die Kayla noch hatte.«

Die Unterscheidung war wichtig. »Warum hielt Emma weiterhin zu ihr?«

»Darauf weiß nur Emma eine Antwort, aber ich würde vermuten, dass sie wusste, was es hieß, Außenseiterin zu sein. Je mehr sich alle gegen Kayla wandten, umso enger schien ihre Beziehung zu werden.«

»Sie sagten, die Schule wurde in zwei Lager gespalten. Was genau ist passiert?«

Schweigen füllte den Raum. Niemand schien darüber sprechen zu wollen. Faith wollte die Frage eben noch einmal stellen, als Paolo Wolf, ein Wirtschaftslehrer, der bis dahin geschwiegen hatte, sagte: »Mary Clark dürfte darüber mehr wissen.«

Das Schweigen wurde deutlicher, bis Evan Bernard etwas in seinen Bart hineinmurmelte.

Faith sagte: »Tut mir leid, Mr. Bernard, aber ich habe nicht verstanden, was Sie gesagt haben.«

Sein Blick zuckte durch den Raum, als suchte er Streit. »Mary Clark weiß doch kaum, wer sie selbst ist.«

»Ist Mary eine Schülerin hier?«

McFaden, die Rektorin, erklärte: »Mrs. Clark ist eine unserer Englischlehrerinnen. Sie hatte Kayla letztes Jahr in ihrer Klasse.«

Faith machte sich erst gar nicht die Mühe zu fragen, warum die Frau nicht hier war. Sie würde das selbst herausfinden. »Kann ich mit ihr sprechen?«

McFaden öffnete den Mund, um zu antworten, doch dann ertönte die Glocke. Die Rektorin wartete, bis das Geräusch verklungen war. »Das ist die Glocke für die Vollversammlung«, sagte sie zu Faith. »Wir sollten hinüber in die Aula gehen.«

»Ich muss wirklich mit Mary Clark sprechen.«

Es gab einen Augenblick der Unentschlossenheit, dann zeigte McFaden ein Lächeln, das es an Falschheit mit der ganzen Welt hätte aufnehmen können. »Ich werde sie Ihnen sehr gerne zeigen.«

Hinter Olivia McFaden und den anderen Lehrern ging Faith über den Hof hinter dem Hauptgebäude zur Aula. Merkwürdigerweise gingen sie alle im Gänsemarsch, wie Schüler, die ihrem Lehrer zur Versammlung folgten. Die Aula war das modernste Gebäude auf dem gesamten Westfield Campus, wahrscheinlich gebaut auf dem Rücken von Eltern, die das Pech hatten, Schokoriegel, Zeitschriftenabonnements und Geschenkpapierrollen an arglose Nachbarn und Großeltern verkaufen zu müssen.

Eine der Schülergruppen wurde ein wenig unruhig. McFadens Kopf fuhr herum, als wäre er auf einen Geschützturm montiert, ihr Blick durchbohrte den lautesten Missetäter. Der Lärm verklang so schnell, wie Wasser in einem Abfluss verschwindet.

Faith hätte sich nicht zu wundern brauchen über die Aula, die eher aussah wie das Stadttheater eines wohlhabenden Vororts. Reihen luxuriöser, mit Samt bezogener Sessel führten zu einer großen Bühne mit hochmoderner Lichtanlage. Die Gewölbedecke war geschmückt mit einer sehr überzeugenden Hommage an die Sixtinische Kapelle. Ein detailreich ausgeführtes Basrelief um die Bühne herum zeigte die Götter in unterschiedlichen Stadien der Erregung. Der Teppichboden war so dick, dass Faith alle paar Schritte nach unten schauen musste, weil sie Angst hatte zu stolpern.

McFaden spielte die Fremdenführerin, und Schülergruppen, an denen sie vorbeikam, verstummten augenblicklich. »Gebaut haben wir die Aula 1995, auch im Hinblick auf die Olympischen Spiele, um einen Saal für zusätzliche Veranstaltungen anbieten zu können.«

Die Eltern hatten also ihre Schokoriegel verhökert, und dann hatte man den Staat aufgefordert, die Aula anzumieten.

»Daphne, keinen Kaugummi«, sagte McFaden zu einem der Mädchen im Vorbeigehen. Dann wandte sie sich wieder an Faith. »Der Vorschlag für die Deckengestaltung stammt von unserer künstlerischen Leiterin Mrs. Myers.«

Faith schaute nach oben und murmelte: »Nett.«

Es gab noch mehr über das Gebäude zu erzählen, aber Faith blendete McFadens Stimme aus, als sie die Stufen hinunter zur Bühne ging. Eine gewisse Anspannung wurde in der Aula spürbar, während sie sich langsam mit Schülern füllte. Einige weinten, andere schauten mit erwartungsvollen Blicken vor zur Bühne. Einige waren mit ihren Eltern da, was die Situation irgendwie noch angespannter machte. Faith sah mehr als ein Mädchen im Arm der Mutter. Sie musste an Abigail Campano denken, und daran, wie grimmig sie gegen den Mann kämpfte, den sie für den Mörder ihrer Tochter hielt. Ihre Nackenhaare stellten sich auf, eine uralte, genetische Reaktion auf die kollektive Angst, die nun den Saal füllte.

Faith überflog Anzahl der Stühle und Breite der Reihen und rechnete sich aus, dass die Aula, einschließlich des leeren Balkons, etwa tausend Plätze hatte. Das Parterre war fast ganz gefüllt. Die meisten Schüler von Westfield waren junge Mädchen. Die Mehrheit von ihnen war sehr dünn, sehr wohlhabend und sehr hübsch. Sie aßen biologisch produzierte Lebensmittel und trugen biologisch produzierte Baumwolle und fuhren nach der Schule in ihren BMWs und Minis zum Pilates-Training. Ihre Eltern fuhren nach der Arbeit nicht bei McDonald's vorbei, um das Abendessen zu besorgen, bevor sie sich wieder auf den Weg machten zur Nachtschicht in ihrem Zweitjob. Diese Mädchen lebten wahrscheinlich ein Leben, das dem Emma Campanos sehr ähnlich war: glänzende iPhones, neue Autos, Strandurlaube und Großbildfernseher.

Faith riss sich zusammen, denn sie merkte, dass der kleine Teil von ihr, der so viel verloren hatte, als Jeremy unterwegs war, sich Bahn brach. Diese Mädchen konnten nichts dafür, dass sie in reiche Familien hineingeboren worden waren. Mit Sicherheit zwangen sie ihre Eltern nicht dazu, ihnen Sachen zu kaufen. Sie hatten sehr viel Glück und, wenn man in ihre Gesichter sah, auch sehr viel Angst. Eine ihrer Schulkameradinnen war brutal ermordet worden – brutaler als irgendeine von ihnen je erfahren würde. Eine weitere Klassenkameradin wurde vermisst, wurde wahrscheinlich von einem Monster sadistisch missbraucht. Da diese Mädchen die ganze Bandbreite zwischen CSI und Thomas Harris kannten, konnten sie sich vorstellen, was mit Emma Campano passierte.

Je näher Faith der Bühne kam, umso deutlicher konnte sie Weinen hören. Es gab nichts Emotionaleres als eine Jugendliche. Hatte Faith vor zehn Minuten noch fast etwas wie Verachtung für die Mädchen empfunden, so hatte sie jetzt Mitleid mit ihnen.

McFaden fasste Faith am Arm. »Das ist Mrs. Clark«, sagte sie und deutete zu einer Frau, die an der Seitenwand lehnte. Die meisten Lehrer standen im Mittelgang und tadelten eifrig Schüler, um die Ordnung aufrechtzuerhalten, Mrs. Clark dagegen schien in ihrer eigenen, kleinen Welt versunken zu sein. Sie war jung, kam wahrscheinlich frisch vom College, und beinah schön zu nennen. Ihre rotblonden Haare fielen ihr auf die Schultern, Sommersprossen sprenkelten ihre Nase. Was absolut nicht dazu passte, war ihre Kleidung: Ein konservatives, schwarzes Jackett, eine gestärkte, weiße Bluse und ein entsprechender Rock, der kurz unter dem Knie endete – ein Ensemble, das man eher bei einer matronenhaften älteren Frau erwarten würde.

McFaden sagte: »Könnten Sie vielleicht ein paar Worte zu den Schülern sagen?«

Faith spürte Panik in sich aufsteigen. Sie sagte sich, dass sie ja nur zu einem Saal voller Kinder spreche, dass es egal war, ob sie sich zum Narren machte, aber ihre Hände zitterten immer noch, als sie vor der Bühne standen. Die Klimaanlage kühlte den Saal sehr effektiv, aber Faith schwitzte dennoch.

McFaden stieg die Stufen zur Bühne hinauf. Faith folgte ihr und kam sich plötzlich genauso alt vor wie die Kinder, die sie eigentlich trösten sollte. Während McFaden direkt zum Rednerpult ging, wartete Faith an der Seite und suchte verzweifelt nach einer Ausflucht, um dies hier nicht tun zu müssen. Die Scheinwerfer waren so hell, dass Faith nur die Schüler in der ersten Reihe sehen konnte. Die Uniformen waren wahrscheinlich maßgeschneidert – Schulmädchenröcke und passende, gestärkte, weiße Oberteile. Die Jungs hatten es besser in ihren dunklen Hosen und weißen Hemden mit blau gestreiften Krawatten. Es war wohl jeden Tag ein Kampf, bis sie bereit waren, das Hemd in die Hose zu stecken und die Krawatte straff zu ziehen.

Hinter dem Rednerpult standen sechs Stühle. Auf vier Stühlen saßen Lehrer, auf dem letzten ein großer Mann in einer Radlerhose, ein zerdrücktes Blatt Papier in seiner offensichtlich schweißfeuchten Hand. Der Bauch quoll ihm über den Hosenbund und machte ihm das Atmen schwer; sein Mund stand offen, die Lippen bewegten sich wie bei einem Fisch. Faith betrachtete ihn, versuchte herauszufinden, was er da machte, und erkannte dann, dass er den Text des Manuskripts in seiner Hand noch einmal durchging. Faith sah die Trillerpfeife vor seiner Brust und nahm an, dass es der Cheftrainer des Sportbereichs war. Neben ihm saß Evan Bernard auf dem letzten Stuhl auf der linken Seite. Danielle Park saß auf dem letzten Stuhl am anderen Ende. Faith bemerkte den Abstand zwischen den beiden Lehrern und die bemühte Art, wie sie den Blickkontakt untereinander mieden, und vermutete, dass es Spannungen zwischen ihnen gab. Sie schaute noch einmal zu Mary Clark, die noch immer im Seitengang stand, und dachte sich, dass sie vielleicht der Grund dafür war.

McFaden kontrollierte das Mikrofon. Alle im Saal verstummten, aus den Lautsprechern kam das gewohnte Pfeifen, dann ertönte das zu erwartende Murmeln aus der Menge. Die Rektorin wartete, bis der Lärm sich wieder gelegt hatte. »Wir wissen natürlich alle Bescheid über die Tragödie, die gestern über zwei unserer Schülerinnen und einen ihrer Freunde hereingebrochen ist. Für alle von uns ist das eine schwierige Zeit, aber als Gemeinschaft können wir – und werden wir – diese Tragödie überwinden und etwas Gutes daraus entstehen lassen. Unser Gemeinschaftssinn, unsere Liebe zu unseren Mitschülern, unser Respekt vor dem Leben und dem Gemeinwohl wird uns allen in Westfield helfen, dies durchzustehen.« Einige applaudierten, vorwiegend Eltern. Sie drehte sich Faith zu. »Detective Mitchell vom Atlanta Police Department ist hier, um eure Fragen zu beantworten. Ich möchte die Schüler daran erinnern, dass sie sich unserem Gast gegenüber respektvoll verhalten.«

McFaden setzte sich, und Faith spürte die Augen aller Anwesenden im Saal auf sich gerichtet, als sie über die Bühne ging. Das Rednerpult schien sich mit jedem Schritt weiter zu entfernen, und als sie endlich davorstand, waren ihre Hände so schweißfeucht, dass sie auf dem polierten Holz Abdrücke hinterließen.

»Vielen Dank«, sagte Faith, und ihre Stimme hallte ihr dünn und kindlich aus den Lautsprechern entgegen. »Ich bin Detective Faith Mitchell. Ich möchte euch versichern, dass die Polizei alles in ihrer Macht Stehende tut, um Emma und denjenigen zu finden, der diese Verbrechen begangen hat.« Sie fügte noch: »Und das Georgia Bureau of Investigation« hinzu, aber zu spät, denn sie merkte, dass der Nachsatz nicht verstanden wurde. Sie fing noch einmal an. »Wie gesagt, ich bin Detective beim Atlanta Police Department. Eure Rektorin hat meine Telefonnummer.

Wenn ihr irgendetwas gesehen oder gehört oder Informationen habt, die uns in diesem Fall weiterhelfen könnten, dann ruft mich bitte an.« Faith spürte, dass sie keine Luft mehr in der Lunge hatte. Sie versuchte, so unauffällig wie möglich einzuatmen. Kurz überlegte sie sich, ob sich ein Herzinfarkt so anfühlte.

»Ma'am?«, rief jemand.

Faith schirmte mit der Hand die Augen gegen die grellen Scheinwerfer ab. Sie sah mehrere hochgereckte Hände und deutete auf das vorderste Mädchen und konzentrierte sich voll auf diese eine Person. »Ja?«

Das Mädchen stand auf, und Faith sah ihre langen, blonden Haare und die cremig weiße Haut. Die Frage kam Faith in den Sinn, bevor das Mädchen sie stellen konnte. »Glauben Sie, wir sollten uns die Haare schneiden?«

Faith schluckte und suchte nach der besten Antwort. Es gab alle möglichen urbanen Mythen darüber, dass Frauen mit langen Haaren die bevorzugten Opfer von Vergewaltigern waren, aber aus ihrer praktischen Erfahrung heraus wusste Faith, dass die Männer, die diese Verbrechen begingen, sich nur für eine Stelle am Körper einer Frau interessierten, und nicht dafür, ob ihre Haare lang oder kurz waren. Andererseits sahen Kayla und Emma sich so ähnlich, dass man durchaus ein Muster vermuten konnte.

Faith antwortete etwas umständlich. »Ihr braucht eure Haare nicht zu schneiden, ihr braucht euer Aussehen nicht zu verändern.«

»Was ist mit …«, setzte ein Mädchen an, brach ab, weil es sich ans Protokoll erinnerte, und hob die Hand.

»Ja?«, fragte Faith.

Die Schülerin stand auf. Sie war groß und hübsch, die dunklen Haare hingen ihr offen auf die Schultern. Ihre Stimme zitterte leicht, als sie fragte: »Emma und Kayla waren beide blond. Ich meine, heißt das denn nicht, dass der Kerl eine bestimmte Vorgehensweise hat?«

Faith fühlte sich von der Frage überrumpelt. Sie dachte an Jeremy und daran, dass er es immer spürte, wenn sie nicht ehrlich zu ihm war. »Ich will euch nicht anlügen«, sagte sie zu dem Mädchen, hob dann aber den Kopf und schaute die ganze Versammlung an, und plötzlich verschwand ihre Bühnenangst, ihre Stimme wurde kräftiger. »Ja, Emma und Kayla hatten beide lange, blonde Haare. Wenn ihr euch wohler dabei fühlt, eure Haare eine Weile hochgesteckt zu tragen, dann tut es. Ihr dürft euch jedoch nicht zu dem Glauben verleiten lassen, dass ihr allein dadurch völlig sicher seid. Ihr müsst dennoch Vorsichtsmaßnahmen treffen, wenn ihr ausgeht. Ihr müsst dafür sorgen, dass eure Eltern immer wissen, wo ihr seid.« Protestierendes Flüstern erhob sich. Faith hob die Hände und kam sich dabei vor wie ein Prediger. »Ich weiß, das klingt banal, aber ihr alle lebt nicht in den Vorstädten. Ihr kennt die Grundregeln der Sicherheit. Nicht mit Fremden reden. Nicht allein an unbekannte Orte gehen. Nie weggehen, ohne jemandem – irgendjemandem – zu sagen, wohin ihr geht und wann ihr zurückkommen werdet.«

Das schien sie zu besänftigen. Faith rief einen Jungen auf, der neben seiner Mutter saß.

Er klang ziemlich schüchtern. »Gibt es irgendetwas, das wir für Emma tun können?«

Im Saal wurde es völlig still. Faith beschlich wieder die Angst. »Wie gesagt …« Sie musste abbrechen, um sich zu räuspern. »Wie ich zuvor gesagt habe, jede Information, von der ihr glaubt, dass sie uns weiterhelfen könnte, ist sehr willkommen. Verdächtige Personen im Umkreis der Schule. Ungewöhnliche Dinge, die Emma oder Kayla vielleicht gesagt haben – oder auch ganz normale Sachen, von denen ihr vielleicht jetzt glaubt, dass sie etwas zu tun haben könnten mit dem, was passiert ist. Das alles, so banal es auch erscheinen mag, ist sehr wertvoll für uns.« Sie räusperte sich noch einmal, hätte gern einen Schluck Wasser gehabt. »Aber bei allem, was ihr persönlich tun könnt, möchte ich euch noch einmal bitten, dass ihr an eure Sicherheit denkt. Sorgt dafür, dass eure Eltern immer wissen, wo ihr seid. Denkt an die grundlegenden Vorsichtsmaßnahmen. Es ist einfach so, dass wir noch keine Ahnung haben, in welcher Verbindung dieser Fall zu eurer Schule steht oder ob überhaupt eine Verbindung besteht. Ich glaube, Wachsamkeit ist in dieser Situation das Schlüsselwort.« Sie kam sich leicht idiotisch bei diesen Worten vor, hatte das Gefühl, sie klinge wie eine schlechte Kopie von Olivia McFaden, aber das Nicken sowohl von Eltern wie von Schülern brachte sie auf den Gedanken, dass sie hier vielleicht doch etwas Gutes bewirkt hatte.

Sie ließ den Blick über die Menge wandern. Soweit sie sehen konnte, waren keine Hände mehr oben. Mit einem Nicken zur Rektorin hin verließ Faith das Podium.

»Vielen Dank, Detective Mitchell.« McFaden stand wieder am Pult. Zu den Schülern sagte sie: »In ein paar Minuten wird Trainer Bob einen zehnminütigen Vortrag halten, danach folgt ein Lehrfilm über persönliche Sicherheit.«

Faith unterdrückte ein Stöhnen, doch das hallte ihr bereits aus dem Publikum entgegen.

McFaden fuhr fort: »Nach Trainer Bob wird Dr. Madison, der, wie ihr wisst, unser Schulpsychologe ist, über die Bewältigung von Tragödien sprechen. Er wird ebenfalls Fragen beantworten, aber bitte denkt daran, euch alle Fragen, die ihr vielleicht habt, bis zum Ende von Dr. Madisons Ansprache aufzuheben. Und wenn wir jetzt einen Augenblick des Schweigens einlegen könnten, um still an unsere Mitschüler zu denken – diejenigen, die noch unter uns sind, und diejenigen, die gegangen sind.« Sie wartete einige Sekunden, und als niemand reagierte, sagte sie: »Bitte senkt eure Köpfe.«

Faith war noch nie ein Freund von Schweigeminuten gewesen, vor allem, wenn man dazu den Kopf senken musste. Sie mochte es fast so sehr wie öffentliches Sprechen, und das kam dicht hinter dem Verspeisen von lebendigen Kakerlaken.

Faith ließ den Blick über die Menge schweifen, schaute über die gesenkten Köpfe hinweg zu Mary Clark, die ausdruckslos zur Bühne starrte. So leise wie möglich verließ Faith ihren Platz. Sie konnte Olivia McFadens Missbilligung beinahe spüren, als sie den Seitengang entlangschlich, aber Faith war keine Schülerin dieser Frau und, offen gesagt, hatte sie Wichtigeres zu tun, als an der Seite zu stehen und sich anzuhören, wie Trainer Bob die Schüler zehn Minuten lang über ihre persönliche Sicherheit belehrte.

Mary Clark stellte sich aufrecht hin, als sie sah, dass Faith in ihre Richtung kam. Falls die Lehrerin überrascht war, dass man es auf sie abgesehen hatte, zeigte sie es nicht. Tatsächlich wirkte sie sogar erleichtert, als Faith in die Richtung der Tür nickte.

Mary blieb nicht im Foyer stehen, sondern stieß die Eingangstür auf, bevor Faith sie davon abhalten konnte. Sie ging nach draußen, stand dann, die Hände in die Hüften gestützt, auf dem betonierten Vorplatz und atmete tief die frische Luft ein.

Zu Faith sagte sie: »Ich habe gesehen, wie McFaden auf mich gedeutet hat, bevor Sie anfingen, und ich war mir sicher, sie hat Ihnen gesagt, dass sie mich entlassen will.«

Faith hielt das für eine etwas merkwürdige Gesprächseröffnung, andererseits war es genau so eine unangemessene Bemerkung, die sie oft selbst machte. »Warum sollte sie Sie entlassen?«

»Meine Klasse ist zu laut. Ich bin nicht streng genug. Ich halte mich nicht an den Lehrplan.« Mary Clark stieß ein gezwungenes Lachen aus. »Wir haben sehr unterschiedliche pädagogische Ansichten.«

»Ich muss mit Ihnen über Kayla Alexander sprechen.«

Sie schaute über ihre Schulter. »Nicht über Emma?« Dann veränderte sich ihr Gesichtsausdruck. »O nein. Ist sie …«

»Nein«, versicherte ihr Faith. »Wir haben sie noch nicht gefunden.«

Mary Clark hielt sich die Hände vor den Mund. »Ich dachte …« Sie wischte sich die Tränen weg. Sie wussten beide, was sie gedacht hatte, und Faith kam sich beschissen vor, weil sie sie bei ihrer Gesprächseröffnung im Unklaren gelassen hatte.

»Tut mir leid.«

Mary zog ein Tempo aus der Jackentasche und schnäuzte sich. »O Gott, ich dachte, ich bin fertig damit, zu weinen.«

»Haben Sie Emma gekannt?«

»Nicht wirklich, aber sie ist eine Schülerin hier. Irgendwie fühlt man sich doch für sie alle verantwortlich.« Sie schnäuzte sich noch einmal. »Sie waren da oben ziemlich verängstigt, was?«

»Ja«, gab Faith zu, weil eine Lüge bei etwas so Einfachem es später schwierig machen würde, bei wichtigeren Fragen zu lügen. »Ich hasse Reden in der Öffentlichkeit.«

»Ich auch.« Doch Mary verbesserte sich: »Na ja, nicht vor Kindern – da ist es nicht wirklich wichtig –, aber bei Fakultätskonferenzen, Eltern-Lehrer-Besprechungen …« Sie schüttelte den Kopf. »Gott, das alles interessiert Sie doch nicht, oder? Warum plappere ich nicht gleich übers Wetter?«

Faith lehnte sich an die Stahltür, überlegte es sich dann aber anders, als ihre Haut anfing, Blasen zu werfen. »Warum waren Sie heute Morgen nicht bei dem Treffen?«

Sie steckte sich das Tempo wieder in die Tasche. »Meine Meinung wird hier nicht gerade sehr hoch geschätzt.«

Der Lehrerberuf war berüchtigt dafür, Burn-out zu produzieren. Faith konnte sich gut vorstellen, dass die alte Garde nichts mit einer idealistischen jungen Frau anfangen konnte, die kam, um die Welt zu verändern.

Mary Clark sprach genau dieses Thema an. »Sie glauben alle, es ist nur eine Frage der Zeit, bis ich schreiend zur Tür hinausrenne.«

»Sie hatten letztes Jahr Kayla Alexander in Ihrer Klasse.«

Die jüngere Frau drehte sich um, verschränkte die Arme vor der Brust und musterte Faith. Ihre Haltung hatte etwas Feindseliges.

Faith fragte: »Können Sie mir sagen, was passiert ist?«

Mary schaute skeptisch. »Die haben es Ihnen nicht erzählt?«

»Nein.«

Sie lachte wieder auf. »Typisch.«

Faith schwieg, um der anderen Frau Freiraum zu geben.

Mary fragte: »Haben sie Ihnen nicht erzählt, dass Kayla letztes Jahr so gemein zu einer anderen Schülerin war, dass diese schließlich die Schule verließ?«

»Nein.«

»Ruth Donner. Sie wechselte mitten im Schuljahr auf die Marist.«

»Danielle Park sagte, Kayla hätte die Schule in zwei Lager gespalten.«

»Das ist eine zutreffende Aussage. Es gab das Kayla-Lager und das Ruth-Lager. Es dauerte eine Weile, aber ziemlich bald wechselten immer mehr auf Ruths Seite. Dieser Schulwechsel war eigentlich das Schlaueste, was Ruth tun konnte. So stand Kayla allein im Mittelpunkt, und plötzlich zeigten sich die Risse. Ich glaube, man kann sagen, dass zu Beginn dieses Schuljahrs Kayla von allen geschnitten wurde.«

»Außer von Emma.«

»Außer von Emma.«

»Ich bin ja kaum ein Experte, aber legen Mädchen diese Art von Verhalten normalerweise nicht in der Mittelstufe ab?«

»Normalerweise«, bestätigte die Lehrerin. »Aber einige behalten es bei. Die wirklich Gemeinen können einfach nicht aufhören zu kreisen, sobald sie Blut gerochen haben.«

Faith fand diese Hai-Metapher sehr zutreffend. »Wo ist Ruth Donner jetzt?«

»Ich vermute, im College. Sie war ja schon in der Abschlussklasse.«

Sie zu finden würde jetzt sicherlich Priorität haben. »Kayla war im letzten Jahr noch in der Unterstufe. Was hatte sie sich dabei gedacht, sich mit einer aus der Abschlussklasse anzulegen?«

»Ruth war das beliebteste Mädchen in der Schule.« Mary zuckte die Achseln, als würde das alles erklären. »Natürlich dachte Kayla nicht an die Konsequenzen. Sie kam mit allem durch.«

Faith versuchte, die Sache behutsam anzugehen. Hinter dieser Geschichte steckte noch etwas anderes. Mary Clark vermittelte den deutlichen Eindruck, als hätte sie das Gefühl, Fragen gestellt zu bekommen, deren Antwort Faith bereits kannte. »Ich verstehe ja, dass das, was mit dem anderen Mädchen passiert ist, schrecklich war, aber die Sache scheint Sie persönlich sehr betroffen gemacht zu haben.«

Marys Feindseligkeit schien noch ein bisschen stärker zu werden. »Ich habe letztes Jahr versucht, Kayla Alexander durchfallen zu lassen.«

Faith konnte sich vorstellen, was Mary mit »versuchen« meinte. Eltern zahlten viel Geld, damit ihre Kinder auf die Westfield gehen konnten. Sie erwarteten schulischen Erfolg, auch wenn die Leistungen ihrer Kinder gute Noten nicht rechtfertigten.

»Hier an der Westfield Academy lassen wir Kinder nicht durchfallen. Ich musste der kleinen Schlampe nach der Schule Nachhilfe geben.«

Die Charakterisierung war angesichts der Umstände bestürzend. »Ich muss zugeben, Mrs. Clark, ich finde es merkwürdig, dass Sie so über ein siebzehnjähriges Mädchen sprechen, das vergewaltigt und ermordet wurde.«

»Bitte nennen Sie mich Mary.«

Faith wusste nicht, was sie sagen sollte.

Mary wirkte ebenso bestürzt. »Sie haben es Ihnen wirklich nicht erzählt?«

Faith schüttelte den Kopf.

»Ich hätte wegen ihr beinahe meine Arbeit verloren. Ich habe Studienkredite zurückzuzahlen, zu Hause zwei Kinder, und mein Mann versucht gerade, sein eigenes Geschäft aufzumachen.

Ich bin achtundzwanzig Jahre alt, und das Einzige, wozu ich qualifiziert bin, ist Unterrichten.«

»Moment mal«, warf Faith dazwischen, »erzählen Sie mir, was passiert ist.«

»Kayla kam zwar in die Nachhilfestunden, aber eigentlich hätte ich einen Stift in die Hand nehmen und ihre Arbeiten für sie schreiben müssen, denn sie weigerte sich beharrlich, das zu tun, was nötig war, um die Klasse zu bestehen.« Marys Hals zeigte eine leichte Röte. »Wir hatten Streit. Mein Zorn ging mit mir durch.« Sie hielt inne, und Faith erwartete, die Frau würde gestehen, dass es zu einer körperlichen Auseinandersetzung gekommen war, aber was sie sagte, war viel schockierender. »Am nächsten Tag rief Olivia mich in ihr Büro. Kayla war mit ihren Eltern da. Sie beschuldigte mich der sexuellen Belästigung.«

Faith stand die Überraschung offensichtlich ins Gesicht geschrieben.

»Oh, lassen Sie sich von der Gouvernante, die jetzt vor Ihnen steht, nicht täuschen«, sagte Mary. »Früher habe ich mich viel besser angezogen – fast wie ein menschliches Wesen. Zu sexy, nach Meinung unserer erlauchten Rektorin. Ich schätze, das ist ihre Art, zu sagen, ich hätte es darauf angelegt.«

»Jetzt mal langsam«, sagte Faith. »Ich verstehe nicht.«

»Kayla Alexander behauptete, ich hätte gesagt, ich würde sie durchkommen lassen, wenn sie Sex mit mir hätte.« Sie lächelte, aber was sie sagte, war absolut nicht lustig. »Ich schätze, ich hätte geschmeichelt sein sollen. Ich war im sechsten Monat mit Zwillingen schwanger. Ich passte kaum noch in irgendwas von meinen Sachen und konnte mir nichts Neues kaufen, weil das Unterrichten selbst ja angeblich der schönste Lohn ist. Während dieses Treffens fing ich an zu laktieren. Die Eltern schrien mich an. Olivia saß einfach da und ließ das alles an sich vorbeiziehen, als wär's ihr eigener, persönlicher Film.« Tränen der Wut liefen ihr über die Wangen. »Schon als kleines Mädchen wollte ich

Lehrerin werden. Ich wollte den Kindern helfen. Niemand tut das wegen des Geldes und auf keinen Fall wegen des Respekts. Ich versuchte, mit ihr zurechtzukommen. Ich dachte, ich würde mit ihr zurechtkommen. Und sie tat nichts anderes, als sich umzudrehen und mir in den Rücken zu fallen.«

»Ist es das, was Danielle Park eigentlich meinte, als sie sagte, sie hätte die Schule in zwei Lager gespalten?«

»Danni war eine der wenigen aus der Lehrerschaft, die mir glaubte.«

»Warum glaubten die anderen Ihnen nicht?«

»Kayla kann die Leute extrem gut manipulieren. Vor allem Männer.«

Faith dachte an Evan Bernard, wie abfällig er über Mary Clark gesprochen hatte. »Was ist passiert?«

»Es gab eine Ermittlung. Gott sei Dank gibt es überall diese blöden Kameras. Kayla hatte keine Beweise, weil es einfach nicht passiert ist, und außerdem ist sie nicht gerade die Hellste. Erst sagte sie, ich hätte mich ihr in meinem Zimmer genähert, dann sagte sie, es wäre auf dem Parkplatz gewesen, dann sollte es hinter der Schule gewesen sein. Ihre Geschichte änderte sich jeden Tag. Letztendlich stand dann ihr Wort gegen meines.« Sie lächelte verbissen. »Ein paar Tage später lief sie mir im Foyer über den Weg. Wissen Sie, was sie sagte? ›Man kann 'nem Mädchen 'nen Versuch doch nicht verübeln‹«.

»Warum durfte sie an der Schule bleiben?«

Mary gab eine perfekte Imitation von Olivia McFaden. »Hier in Westfield sind wir stolz darauf, auf die speziellen Bedürfnisse von Kindern einzugehen, die die Gesellschaft als eher schwierig bezeichnet – bei vierzehntausend Dollar pro Jahr plus Gebühren für sportliche und außerschulische Aktivitäten und Uniformen.«

Bis auf das Ende waren das genau die Worte, die die Rektorin vor weniger als einer Stunde benutzt hatte. »Die Eltern hatten kein Problem damit?«

»Kayla war bereits von jeder anderen Schule in der Stadt geworfen worden. Dann hieß es, entweder Westfield oder eine der städtischen Schulen. Glauben Sie mir, ich habe die Eltern kennengelernt. Die Alexanders hatten viel mehr Angst davor, dass ihre kostbare Tochter sich mit der großen Masse der Ungewaschenen einlassen muss, als davor, sie in eine Schule zu schicken zu einer Frau, die sie angeblich sexuell belästigt hat.«

»Das tut mir leid.«

»Ja.« Sie klang leicht verbittert. »Mir auch.«

»Ich muss Sie fragen, Mary, wissen Sie von irgendjemandem, der Kayla hätte umbringen wollen?«

»Außer mir?«, fragte sie ohne den geringsten Anflug von Humor. »Meine Planungszeit beginnt am Ende des Tages«, fuhr sie fort und meinte damit die Zeit, die sie hatte, um Arbeiten zu korrigieren und Stunden vorzubereiten. »Ich hatte von acht Uhr an ein Klassenzimmer voller Kinder.«

»Sonst noch jemand?«

Sie nagte an der Unterlippe, dachte offensichtlich ernsthaft darüber nach. »Nein«, sagte sie schließlich. »Mir fällt niemand ein, der jemandem etwas so Abscheuliches antun würde, nicht einmal einem Monster wie Kayla Alexander.«

8. KAPITEL

Will saß in seinem Auto vor dem Haus der Campanos und lauschte Evan Bernards Stimme, die blechern aus seinem Digitalrekorder kam. Die Tonqualität war entsetzlich, er musste die Lautstärke ganz hochdrehen und sich das Gerät ans Ohr halten, um zu verstehen, was der Mann sagte.

Wie gesagt, Legasthenie ist keine Krankheit, Mr. Trent. Es ist ein Problem der Verdrahtung im Hirn.

Will fragte sich, ob man das auch Paul Campano gesagt hatte. Hatte er es geglaubt? Oder hatte er mit seinem Kind dasselbe gemacht, was er mit Will gemacht hatte?

Will steckte sich den Rekorder in die Tasche und stieg aus. Er wusste, dass diese Art zu denken nichts dazu beitrug, Emma Campano wiederzufinden. Ein Uniformierter vom Tag zuvor stand, die Hände auf den Hüften, in der Einfahrt. Er hatte seine Arbeit offensichtlich gut gemacht, denn die Masse der Reporter, die auf Neuigkeiten aus dem Haus Campano warteten, drängte sich hinter einer Absperrung auf der anderen Straßenseite. Sie riefen noch immer Fragen, als Will an dem Reporter vorbeilief. Der Mann grüßte ihn nicht, und Will war zu ihm ebenso höflich, als er die Einfahrt hochging.

Charlie Reeds Transporter parkte vor der Garage. Die Hecktüren standen offen und zeigten ein in den Laderaum eingebautes Minilabor. Kartons mit Beweismitteltüten und Untersuchungshandschuhen, mit diversen Werkzeugen, medizinischen Saugern und Probenröhrchen standen ordentlich aufgestapelt vor der Stoßstange auf der Erde. Charlie war im Wagen und gab jedes Beweisstück in einen Laptop ein, bevor er die Tüten in einem an den Boden geschweißten Käfig verschloss. Falls dieser Fall es je vor Gericht schaffte, musste die Beweismittelkette sehr klar definiert sein, denn sonst würde der forensische Teil des Verfahrens auf der Strecke bleiben.

»Hey«, sagte Will und lehnte sich an die offene Tür. »Ich bin froh, dass Sie hier sind. Ich muss den Vater um eine DNS-Probe bitten. Können Sie den Abstrich machen?«

»Soll das ein Witz sein?«, fragte Charlie. »Der rastet doch völlig aus.«

»Ja«, erwiderte Will. »Aber Amanda will es.«

»Schon komisch, dass sie gar keine Skrupel hat, unsere Hälse in die Schlinge zu stecken.«

Will zuckte die Achseln. Über die Wahrheit konnte man nicht streiten. »Haben Sie im Haus sonst noch was gefunden?«

»Ja, um genau zu sein.« Charlie klang leicht überrascht. »Auf dem Boden in der Diele habe ich ein feines Pulver gefunden.«

»Was für eine Art Pulver?«

Charlie fuhr mit dem Finger an einer Reihe Plastikröhrchen entlang und zog eines heraus. »Erde, würde ich vermuten, aber nicht unser berühmter roter Georgia-Lehm.«

Will nahm das Röhrchen und hielt es zwischen Daumen und Zeigefinger. Es könnte auch eine Unze Kokain sein, dachte er, nur dass das körnige Pulver eher dunkelgrau als weiß war. »Wo haben Sie es gefunden?«

»Ein bisschen was davon war in den Teppich am Eingang eingetreten, und ein bisschen was war an der Ecke der Treppe.«

»Das sind die einzigen beiden Stellen?«

»Ja.«

»Haben Sie Adams Schuhe und die Flip-Flops oben untersucht?«

Charlie zupfte an seinem Schnurrbart und verzwirbelte eine Spitze. »Wenn Sie mich fragen, ob das Pulver in einem Bereich gefunden wurde, der nicht von Ihnen, Amanda und dem Atlanta Police Department betrampelt wurde – nein. Es war nur an diesen beiden Stellen: im Teppich und an der Treppe.«

Will befürchtete, dass das die einzige Antwort bleiben würde. Auch falls das Pulver sie zu einem Verdächtigen führte, dann konnte die Verteidigung immer noch argumentieren, dass es als Beweisstück ausgeschlossen werden müsse, weil die Polizei den Tatort kontaminiert hatte. Falls Charlie oder Will in den Zeugenstand gerufen wurden, dann mussten sie zugeben, es bestehe durchaus die Wahrscheinlichkeit, dass sie das Indiz an ihren eigenen Sohlen ins Haus gebracht haben konnten. Geschworene hörten gern eine Geschichte. Sie wollten Bescheid wissen über alle Schritte, die die Polizei zwischen dem Auffinden des Beweisstücks und dem Auffinden eines Verdächtigen unternommen hatte. Und wenn sie hörten, dass ein gewisser Mann eine gewisse Substanz an den Tatort getragen hatte, dann ergab das ein sehr hübsches Bild. Die Staatsanwaltschaft wäre handlungsunfähig, wenn sie nicht einen Schlüsselbeweis präsentieren konnten, der sie auf die Spur des Verdächtigen geführt hatte.

Natürlich wäre das alles ohne jede Bedeutung, wenn Emma Campano lebendig gefunden würde. Inzwischen waren fast vierundzwanzig Stunden seit der Verschleppung des Mädchens vergangen. Jede weitere Minute machte es unwahrscheinlicher, dass das Mädchen gefunden wurde.

Will schüttelte das Röhrchen und entdeckte dunkle Fragmente in dem grauen Pulver. »Was glauben Sie, was das ist?«

»Das ist die Eine-Million-Dollar-Frage.« Dann fügte er hinzu: »Buchstäblich«, obwohl er Will nicht daran zu erinnern brauchte, dass die Analyse des Pulvers ein kostspieliger Test werden würde. Im Gegensatz zu Hollywoods Traumlaboren kam es eher selten vor, dass ein staatliches Labor mit all den hochmodernen Computern und Mikroskopen ausgestattet war, die es den Helden in den Serien so einfach machte, Fälle in weniger als einer Stunde zu lösen. Sie hatten zwei Möglichkeiten: Die Probe ans FBI schicken und hoffen, dass sie dort bald an die Reihe kamen, oder das Geld für ein privates Labor lockermachen, damit es die Analyse durchführte.

Will spürte, dass die Hitze ihm langsam zu schaffen machte, Schweiß lief ihm den Nacken hinunter. »Was meinen Sie, wie wichtig ist das?«

Charlie zuckte die Achseln. »Ich bin nur der Einsammler, Chef.«

Will fragte: »Haben Sie noch so ein Röhrchen?«

»Ja, eines für jeden Fundort.« Er deutete auf ein anderes Röhrchen in dem Ständer. »Sie haben die Probe vom Teppich, und die dürfte eher kontaminiert sein.« Charlie schaute ihn neugierig an. »Was haben Sie vor?«

Wenn Will nicht tags zuvor im Georgia Tech gewesen wäre, wäre er auf diese Idee wahrscheinlich überhaupt nicht gekommen. »Jemanden bitten, den Test umsonst zu machen.«

Charlie gab zu bedenken: »Das ist um einiges komplizierter, als Ihnen gestern den Schlüssel zu überlassen. Ein Schlüssel passt entweder in ein bestimmtes Schloss oder eben nicht. Bei dem Pulver hängt alles von der Interpretation einer Person ab. Wir müssen alles dokumentieren. Ich habe ein Formular, das Sie mitnehmen können.« Er stöberte ein wenig in dem Transporter und zog ein gelbes Blatt hervor. »Das ist ein Anmeldeformular. Sie brauchen für jeden Schritt, den Sie unternehmen, einen Zeugen. Aber zuerst müssen Sie für mich ein Freigabeformular unterschreiben, in dem Sie bestätigen, dass Sie die Probe an sich genommen haben.« Er fand das zweite Formular, hängte es an ein Klemmbrett und gab es Will. »Ich habe ja noch die andere Probe, falls Sie auf was stoßen. Wir können die immer noch in ein Labor geben, um bestätigen zu lassen, was Sie gefunden haben.«

Will starrte das Formular an, entdeckte das X und die gerade Line. Seine Unterschrift war das Einzige, was er schaffte, ohne darüber nachdenken zu müssen, aber das war nicht das Problem. Falls die Probe eine geologische Charakteristik aufwies, die auf eine bestimmte Örtlichkeit hinwies, dann ergab sich daraus vielleicht ein Gebiet, wo sie Emma Campano suchen konnten.

Will bemühte sich, möglichst neutral zu sprechen, aber am Ende seiner Wirbelsäule spürte er ein Kribbeln, als würde er sich gefährlich nahe am Rand einer steilen Klippe befinden. »Die Verteidigung könnte argumentieren, dass irgendjemand das Pulver ins Haus gebracht haben konnte. Wenn wir aufgrund einer Laboranalyse eine Verhaftung vornehmen, und der Richter sagt, die Analyse darf nicht verwendet werden, dann könnte der Mörder als freier Mann davonmarschieren.«

Charlie ließ das Klemmbrett sinken. »Ja, das stimmt.«

Er kehrte zu seinem Computer zurück und drückte ein paar Tasten, um ihn wieder hochzufahren.

Will drehte sich um und schaute zu dem Polizisten am Ende der Einfahrt. Der Mann wandte ihnen noch immer den Rücken zu, und er war mindestens sieben Meter weit weg, dennoch senkte Will die Stimme, als er Charlie fragte: »Haben Sie das schon eingegeben?«

»Nee.« Er scannte den Code eines Beweismittelbeutels ein und drückte auf einige Tasten.

Will umklammerte das Röhrchen, das völlig in seiner Handfläche verschwand, fester. Er war noch nie ein Polizist gewesen, der sich über die Vorschriften hinwegsetzte, aber wenn es einen Weg gab, das Mädchen zu finden, wie konnte es da richtig sein, dass er nichts unternahm?

Charlie sagte: »Haben Sie gesehen, dass die Toxic Shocks sich an diesem Wochenende einen Schlagabtausch mit den Dixie Derby Girls liefern?«

Will musste sich den Satz noch einmal vorsagen, bevor er seine Bedeutung verstand. Charlie war ein großer Fan des professionellen Frauenrollschuhrennens. »Nein, das habe ich nicht gesehen.«

»Das wird ein echter Knaller.«

Will zögerte. Er schaute noch einmal zu dem Polizisten am Ende der Einfahrt, bevor er die Probe in seine Hosentasche steckte. »Danke, Charlie.«

»Sagen Sie's nur keinem.« Er drehte sich zu Will um. »Okay?«

Will nickte schnell. »Ich sag Ihnen Bescheid, wenn Sie bei Dad den Abstrich machen können.«

Charlie reagierte sarkastisch: »Super. Danke.«

Will steckte die Hand in die Tasche und schloss die Finger um das Röhrchen, als er zur Garage ging. Er schwitzte jetzt wirklich, obwohl die Temperatur noch im erträglichen Bereich lag. Es hatte Zeiten in Wills Karriere gegeben, als er auf dem Drahtseil zwischen Richtig und Falsch balanciert hatte, aber er hatte noch nie etwas so offenkundig Illegales – und Verzweifeltes – getan. Nicht dass es einen großen Unterschied machte, aber in diesem Fall kam er einfach nicht weiter. Ein Tag war bereits vergangen, und es gab keine Zeugen, keine Verdächtigen und nichts, worauf man aufbauen konnte, außer dieses graue Pulver, das vielleicht oder vielleicht auch nicht zu irgendetwas führte. Außer dass Will seinen Job verlor.

Er hatte tatsächlich an einem Tatort Beweismittel gestohlen. Nicht nur das, sondern er hatte auch Charlie mit hineingezogen. Was Will am meisten Probleme machte, war die Scheinheiligkeit des Ganzen. Der missmutige Polizist, der in der Einfahrt der Campanos Wache schob, war plötzlich der moralisch Überlegene.

»Will.« Hamish Patel saß auf der obersten Stufe der Treppe, die zu der Wohnung über der Garage führte. Er hatte eine Zigarette zwischen Daumen und Zeigefinger.

Will zog die Hand aus der Tasche, als er die Treppe hinaufging. »Wie gehts?«

»Ganz okay, schätze ich. Ich habe den Computer an die Telefonleitung angeschlossen, aber bis jetzt ist noch nichts hereingekommen. Meistens kamen Anrufe von der Familie und von Nachbarn. Der Vater springt ziemlich barsch mit ihnen um, und heute Morgen gabs noch keine Anrufe.«

»Und die Familie?«

»Die Mutter liegt von Anfang an eigentlich nur im Bett. Ein Arzt war heute Morgen da, um nach ihr zu sehen, aber sie wollte sich keine Beruhigungsmittel mehr geben lassen. Hoyt Bentley war fast die ganze Nacht hier, ist aber vor ungefähr einer Stunde gegangen. Der Vater verließ ein paarmal das Haus, saß aber meistens nur unten auf der Treppe. Er holte sich die Morgenzeitung vom Ende der Auffahrt, bevor ich ihn davon abhalten konnte.«

»Was ist mit seinen Eltern?«

»Ich glaube, sie sind tot.«

Will rieb sich das Kinn. Bei dieser Nachricht empfand er ein merkwürdiges Gefühl des Verlusts. Im Heim war es so, dass, je älter ein Kind wurde, eine Adoption immer unwahrscheinlicher wurde. Paul war zwölf Jahre alt gewesen, als seine Pflegeeltern vor Gericht beantragten, die ganze Sache offiziell zu machen. Sie hatten alle darauf gewartet, dass er zurückgegeben würde wie eine hässliche Krawatte oder ein kaputter Toaster. Als Will mit achtzehn Jahren das Heim verließ, wartete man noch immer.

Völlig unvermittelt sagte Hamish: »Eines muss ich sagen, Mann, diese Abigail Campano ist vielleicht eine gut aussehende Frau.«

Die unangemessene Bemerkung kam nicht völlig überraschend. Hamish war einer dieser Polizisten, die gerne Theater spielten, als wäre dieser Job nur irgendein Job.

Trotzdem sagte Will: »Ich dachte, es ist gegen Ihre Religion, die Frauen anderer Männer zu begehren.«

Hamish klopfte Asche von seiner Zigarette. »Südliche Baptisten, Baby. Jesus hat mir bereits vergeben.« Er deutete hinunter auf den Bereich um den Pool, der aussah wie eine Oase im Hinterhof. »Was dagegen, wenn ich mal Pause mache, solange Sie da drin sind? Ich bin schon die ganze Nacht hier und brauche mal 'nen Szenenwechsel.«

»Gehen Sie.« Will klopfte leicht an die Tür und öffnete sie dann selbst. Der Hauptraum der Wohnung war groß, mit einer voll ausgestatteten Küche an einem Ende und dem Wohnzimmer am anderen. Er nahm an, dass sich Schlaf- und Badezimmer hinter den geschlossenen Türen an der hinteren Seite des Raums befanden. Hamish Patels Laptop stand auf dem Küchentisch und wartete darauf, dass das Telefon klingelte. Zwei Kopfhörer waren in ein altmodisches Bandgerät gestöpselt, das die Größe eines Betonblocks hatte.

Paul saß auf der Couch, die Hand auf der TV-Fernbedienung. Der Fernseher war stumm gestellt, aber das Nachrichtenband lief am unteren Rand über den Bildschirm. Will erkannte das CNN-Logo. Die Reporterin stand vor einer Wetterkarte und bewegte die Arme über die Karte, während sie ein Sturmsystem beschrieb, das über den Mittleren Westen hinwegzog. Auf dem Couchtisch lagen Zeitungen verstreut – *USA Today, das Atlanta Journal,* Ausdrucke anderer Zeitungen, die Paul sich offensichtlich aus dem Internet beschafft hatte. Will konnte die Schlagzeilen nicht lesen, aber alle zeigten dieselben Schulfotos von Emma, Adam und Kayla.

»Müll«, sagte Paul.

Will wusste nicht so recht, ob er ihn zurechtweisen sollte. Die Tochter des Mannes wurde vermisst. War das wirklich die Zeit, um alte Animositäten wieder auszugraben?

»Das sind alles verdammte Idioten«, sagte Paul und deutete mit der Fernbedienung auf den Fernseher. »Jetzt sind es schon zwei Tage, und sie sagen immer noch dasselbe, nur mit anderen Grafiken.«

»Du solltest dir das nicht anschauen«, entgegnete Will.

»Warum hast du uns nicht ins Fernsehen gebracht?«, fragte er. »Das machen sie bei diesen Polizeisendungen doch immer. Sie zeigen die Eltern, sodass die Entführer wissen, dass das Mädchen eine Familie hat.«

Will war mehr damit beschäftigt, Emma Campano zurückzuholen, als sich darüber den Kopf zu zerbrechen, was Polizeisendungen als übliche Vorgehensweise betrachteten. Außerdem
war die Presse hier, um die Campanos zu schlachten, nicht um
ihnen zu helfen. Will hatte genug Stress mit den Medien, auch
ohne die Campanos einer Hinrichtung vor laufenden Kameras
auszusetzen. Als Will Abigail Campano zum letzten Mal gesehen hatte, war sie völlig sediert gewesen und hatte kaum den
Mund aufmachen können, ohne zu schluchzen. Paul war eine
tickende Zeitbombe, die nur auf die kleinste Provokation wartete, um zu explodieren. Beide ins Fernsehen zu bringen wäre
eine Katastrophe und würde die Presse, da sie keine wirklichen
Informationen hatte, unweigerlich dazu verleiten, mit dem Finger auf die Eltern zu zeigen.

Will sagte: »Im Augenblick sprechen wir nicht mit der Presse.
Wenn du irgendeine Information willst, solltest du zu uns kommen.«

Paul schnaubte und warf die Fernbedienung auf den Couchtisch. »Ja, ja, ihr wart ja alle sehr mitteilsam.«

»Was glaubst du, hat man dir nicht gesagt?«

Paul lachte bellend. »Wo, zum Teufel, meine Tochter ist. Warum niemand bemerkt hat, dass es sich um die falsche Leiche
handelt. Warum ihr eine ganze verdammte Stunde mit Nasenboh-
ren vertan habt, während meine Tochter irgendwo …« Ihm ging
die Puste aus, seine Augen füllten sich mit Tränen. Sein Unterkiefer verkrampfte sich, als er wieder den Fernseher anstarrte.

»Ich komme eben von Emmas Schule«, sagte Will und hätte
jetzt gerne mehr Informationen gehabt. »Wir haben mit ihren
Lehrern, ihren Freunden gesprochen. Gestern waren wir fast
den ganzen Tag am Georgia Tech und haben uns über Adam
Humphrey informiert.«

»Und was habt ihr herausgefunden? Rein gar nichts.«

»Ich weiß, dass du eigene Leute für diese Sache engagiert hast,
Paul.«

»Das geht dich, verdammt noch mal, nichts an.«

»Doch, schon, weil sie mir in die Quere kommen könnten.«

»Dir in die Quere? Meinst du, das interessiert mich einen feuchten Dreck?« Er deutete auf die Zeitungen auf dem Couchtisch. »Weißt du, was die sagen? Natürlich weißt du nicht, was die sagen – oder?« Er stand auf. »Sie sagen, du bist inkompetent. Deine eigenen Leute sagen, dass du den Tatort versaut hast, dass Beweismittel verloren gingen, weil du nicht gewusst hast, was du tust.«

Will wusste nicht, wie er Paul den Unterschied zwischen dem Atlanta Police Department und dem Georgia Bureau of Investigation erklären sollte, ohne wie ein herablassendes Arschloch zu klingen. Schließlich sagte er nur: »Paul, ich leite jetzt diese Ermittlungen. Du solltest wissen …«

»Was wissen?« In Sekunden stand Paul direkt vor Will. »Glaubst du, ich traue dir zu, dass du mein kleines Mädchen findest? Ich kenne dich, *Mülleimer*. Hast du das vergessen?«

Will war zusammengezuckt, als Paul auf ihn zugesprungen war, als wäre er wieder zehn Jahre alt und nicht fünfzehn Zentimeter größer und sehr viel stärker als dieses Arschloch vor ihm.

Paul schüttelte den Kopf, den Ausdruck unverhohlenen Abscheus im Gesicht. »Sieh einfach nur zu, dass du hier rauskommst, und lass die Erwachsenen ihren Job machen.«

»Du weißt rein gar nichts über mich.«

Paul stieß die Zeitungen vom Couchtisch und fand ein Blatt aus einem Notizblock. »Was steht hier, Blödmann?« Er hielt Will das Blatt dicht vors Gesicht. »Kannst du das lesen? Du wolltest doch eine Liste von Emmas Freunden. Kannst du sie wenigstens lesen?«

Will reckte das Kinn vor und starrte auf Paul hinunter. »Ich brauche eine DNS-Probe von dir, um sie mit den Spuren aus Kayla Alexanders Vagina und auf der Bettwäsche aus dem Schlafzimmer deiner Tochter zu vergleichen.«

»Arschloch!« Paul holte kräftig aus, und obwohl Will es erwartet hatte, verlor er das Gleichgewicht. Beide stürzten zu Boden. Paul war obenauf, aber er war älter und langsamer. Will wehrte seine Schläge ab und genoss dann das Gefühl seiner Faust in Pauls weichem Bauch. Er versetzte ihm einen Schlag auf die Niere und jagte ihm dann seine Faust noch einmal in den Magen.

Die Tür sprang auf und knallte gegen die Wand. »Will!«, schrie Hamish. »Mein Gott!«

Will spürte, wie er buchstäblich wieder zu Sinnen kann. Das Hören kam zuerst – Hamishs panikerfüllte Stimme, das Schreien einer Frau. Dann kam der Schmerz, er breitete sich quer über seinen Nasenrücken aus. Er schmeckte Blut im Mund, roch Pauls sauren Atem, als er von Will herunter und auf den Boden rollte.

Beide Männer lagen keuchend auf dem Rücken. Will versuchte, sich zu bewegen, und spürte in seiner Gesäßtasche etwas knirschen.

Kein Mensch schien das Telefon zu bemerken, bis Abigail Campano schrie: »Es ist Kayla! Es wird von Kaylas Telefon angerufen!«

Die Frau hielt den Apparat in der Hand, den Blick starr auf die Anruferkennung gerichtet.

Will und Paul rappelten sich hoch. Hamish rannte zu seinem Computer. Er hob den Finger, um Abigail zu sagen, sie solle warten, bis er das Programm aktiviert hatte. Will setzte sich die zweiten Kopfhörer auf, während Hamish sich die seinen auf die Ohren drückte. Er nickte, und Abigail nahm den Anruf entgegen, hielt den Hörer so, dass Paul mithören konnte.

»Hallo?«

Erst kam nur statisches Rauschen, dann eine verzerrte Stimme, die elektronisch zu einem drohenden Leiern verändert wurde. »Ist dort die Mutter?«

Abigails Mund öffnete sich, aber sie sagte nichts. Sie starrte ratsuchend Hamish an. Er nickte und schrieb etwas auf ein Whiteboard vor sich.

»Ja, ja«, stammelte sie. »Hier ist Emmas Mutter. Geht es Emma gut? Kann ich mit Emma sprechen?«

Anscheinend hatte Hamish ihr eingeschärft, den Namen ihrer Tochter so oft zu verwenden, wie es nur ging. Es war schwerer, jemanden zu töten, der einen Namen hatte.

Die Stimme sagte: »Ich habe Ihre Tochter.«

Hamish schrieb etwas, und Abigail nickte, während sie sagte: »Was wollen Sie? Sagen Sie mir, wie wir Emma zurückbekommen können!«

Wieder kam statisches Rauschen. Die Stimme hatte keine Modulation, keinen Akzent. »Ich will eine Million Dollar.«

»Okay«, erwiderte sie. Hamish schrieb hektisch auf die Tafel. »Wann? Wo?« Sie flehte: »Sagen Sie mir einfach, was Sie wollen.«

»Ich rufe Sie morgen Vormittag um halb elf mit weiteren Details an.«

»Nein – warten Sie«, rief sie. »Woher soll ich wissen, dass Emma noch am Leben ist? Woher soll ich wissen, dass sie noch lebt?«

Will drückte sich die Finger auf die Ohrstöpsel, strengte die Ohren an, um durch das Rauschen hindurchzuhören. Er hörte Klicken, wusste aber nicht, ob das von Hamishs Tippen auf der Tastatur kam oder von etwas anderem. Sie alle erschraken, als die Lautstärke plötzlich in die Höhe schnellte. »Daddy ...«, sagte eine Mädchenstimme. Müde. Verängstigt. »Daddy ... bitte hilf mir ...«

»Baby!«, schrie Paul. »Baby, ich bin's!«

Dann ertönte noch ein Klicken, und die Leitung war tot.

»Emma?«, schrie Abigail. »Hallo?«

Hamishs Finger flogen über die Tastatur, er arbeitete hektisch, um den Anruf zurückzuverfolgen. Dann schaute er Will an und schüttelte den Kopf. Nichts.

»Was machen wir jetzt?«, fragte Abigail, und die Angst ließ ihre Stimme fast so schrill klingen wie die ihrer Tochter. »Was sollen wir tun?«

»Wir bezahlen den Mistkerl.« Paul starrte Will an. »Ich will dich aus meinem Haus haben. Nimm ihn mit.«

Hamish schaute verwundert drein, aber Will schüttelte den Kopf, um dem Mann zu bedeuten, dass er bleiben sollte. Zu Paul sagte er: »Sie können nicht auf eigene Faust mit dem Entführer verhandeln.«

»Wofür, zum Teufel, brauche ich euch denn? Ihr könnt ja nicht mal diesen verdammten Anruf zurückverfolgen.«

»Paul …«, sagte Abigail, aber er schnitt ihr das Wort ab.

»Raus aus meinem verdammten Haus. Sofort.« Als Will sich nicht rührte, machte Paul einen Schritt auf ihn zu, um die Distanz zu verkürzen. »Glaub bloß nicht, dass ich dir nicht noch einmal den Arsch versohlen kann.«

»Warum soll ich gehen?«, fragte Will. »Damit du deine private Sicherheitsfirma anrufen kannst und die dir sagen kann, was du tun sollst?« Man musste nicht lesen können, um die Antwort in Pauls Augen zu verstehen. »Je mehr Leute du zu diesem Fall hinzuziehst, je mehr Leute ihn zu kontrollieren versuchen, desto wahrscheinlicher wird es, dass Emma etwas Schlimmes passiert.«

»Glaubst du wirklich, ich vertraue dir das Leben meiner Tochter an.«

»Ich glaube, du solltest kurz innehalten und dir bewusst machen, dass ich im Augenblick der Einzige bin, der weiß, wie man ihre Sicherheit gewährleisten kann.«

»Dann bin ich im Arsch, was?« Pauls Lippen verzogen sich zu einem höhnischen Grinsen. »Du blöder Scheißkerl. Mach, dass du aus meinem Haus kommst.«

»Bitte«, murmelte Abigail.

Paul blieb stur. »Raus aus meinem verdammten Haus.«

»Es ist auch mein Haus«, entgegnete Abigail mit festerer Stimme. »Ich will, dass die beiden bleiben.«

Paul sagte: »Du weißt doch überhaupt nicht …«

»Ich weiß, dass sie die Polizei sind, Paul. Sie wissen, was sie tun. Sie haben doch dauernd mit solchen Sachen zu …« Ihre Stimme fing wieder an zu zittern. Sie drückte sich die Hände auf die Brust, umklammerte nervös das Telefon, das eben die Stimme ihrer Tochter in ihr Leben zurückgebracht hatte. »Er hat gesagt, er ruft morgen wieder an. Wir brauchen ihre Hilfe. Sie müssen uns sagen, was wir tun sollen, wenn er wieder anruft.«

Paul schüttelte den Kopf. »Halt dich da raus, Abby.«

»Sie ist auch meine Tochter.«

»Lass mich diese Sache in die Hand nehmen«, erwiderte er beinahe flehend, obwohl bereits offensichtlich war, dass seine Frau sich entschieden hatte. »Ich kann damit umgehen.«

»So wie du mit allem anderen umgehst?«

Es wurde totenstill im Zimmer. Sogar der Ventilator auf Hamishs Computer hörte auf, sich zu drehen.

Abigail schien es egal zu sein, dass sie Publikum hatte. »Wo warst du, Paul? Wie bist du damit umgegangen, als Emma anfing, mit Kayla herumzuhängen?«

»Das ist doch etwas ganz anderes …«

»Du hast gesagt, sie würde sich nur ein bisschen aufführen, sie sei eben ein Teenager. Und ich soll sie allein lassen. Und jetzt schau, wohin dieses Alleinlassen sie gebracht hat. Jetzt ist sie nämlich wirklich allein.«

Paul klang nicht sehr überzeugend, als er murmelte: »Sie war doch einfach nur ein junges Mädchen.«

»Sie war?«, wiederholte Abigail. »Gibst du noch immer diese väterlichen Weisheiten von dir? ›Sie muss einfach Sachen für sich selbst herausfinden‹, hast du gesagt. ›Sie muss sich eben die Hörner abstoßen‹. So wie du es in ihrem Alter getan hast. Nur, schau dich jetzt an – du bist nichts als ein armseliger, notgeiler Mistkerl, der nicht einmal seine Tochter beschützen kann.«

»Ich weiß, dass du aufgeregt bist«, sagte Paul und klang jetzt so, als wäre er der Vernünftige. »Lass uns später darüber reden.«

»Genau das sagst du immer«, erwiderte sie. »Immer und immer wieder hast du zu mir gesagt, wir würden später darüber reden. Emma schwänzt die Schule? Wir reden später darüber. Emma versagt in Englisch? Wir reden später darüber. Später, später, später. Jetzt ist es später, Paul.« Sie warf das Telefon durchs Zimmer, es zersplitterte an der Wand. »Jetzt ist später, Paul. Willst du jetzt darüber reden? Willst du mir sagen, dass ich überreagiere, dass ich die Verrückte bin, dass ich die Überfürsorgliche bin, dass ich mich einfach beruhigen und Kinder Kinder sein lassen muss?« Ihre Stimme brach. »Bist du ruhig, Paul? Bist du ruhig, wenn du daran denkst, was dieser Mann, dieses Tier, mit deiner Tochter macht?«

Die Farbe wich aus Pauls Gesicht. »Sag so was nicht.«

»Du weißt, was er mit ihr macht«, zischte sie. »Du sagst doch immer, sie ist dein wunderschönes Mädchen. Glaubst du, du bist der einzige Mann, der so was denkt? Glaubst du, du bist der einzige Mann, der sich bei jungen Blonden nicht mehr unter Kontrolle hat?«

Paul schaute nervös zu Will hinüber und sagte: »Geht.«

»Tun Sie's nicht«, sagte Abigail zu Will. »Ich will, dass Sie das hören. Ich will, dass Sie wissen, dass mein hingebungsvoller, liebender Gatte jede Zwanzigjährige fickt, die ihm über den Weg läuft.« Sie deutete auf ihr Gesicht, ihren Körper. »Es ist der Autoverkäufer in ihm. Immer wenn ein neues Modell rauskommt, will er das für das alte eintauschen.«

»Abigail, das ist nicht die richtige Zeit dafür.«

»Wann ist denn die richtige Zeit?«, blaffte sie. »Wann ist die richtige Zeit, dass du endlich mal erwachsen wirst und zugibst, dass du Fehler gemacht hast?« Ihre Wut wurde mit jedem Wort stärker. »Ich habe dir vertraut. Ich habe weggeschaut, weil ich wusste, dass du letztendlich doch immer wieder zu mir zurückkommst.«

»Das habe ich getan. Und tue es immer noch.« Er versuchte, sie zu besänftigen, aber Will sah, dass es sie nur noch wütender machte. »Abby ...«

»Nimm meinen Namen nicht in den Mund«, schrie sie und reckte die Fäuste in die Luft. »Sprich nicht mit mir. Schau mich nicht an. Sag kein einziges Wort mehr, bis meine Tochter wieder zu Hause ist.«

Sie rannte zur Wohnungstür und knallte sie hinter sich zu. Will hörte ihre Schritte auf der Treppe. Durchs Fenster sah er, dass sie auf dem Gras kniete, sich vornüberbeugte und sich erbrach.

»Geht jetzt«, sagte Paul. Seine Brust bebte, als würde er keine Luft bekommen. »Bitte – nur für den Augenblick. Beide. Bitte geht einfach.«

9. KAPITEL

Faith stand vor der Leichenhalle und drückte sich den Finger ins freie Ohr, um den Lärm auszublenden, während sie am Handy mit Ruth Donner sprach. Kayla Alexanders ehemalige Mitschülerin aufzuspüren war einfacher gewesen, als vor einer Gruppe verängstigter Teenager zu sprechen.

Rückblickend betrachtet hatte die Art, wie Olivia McFaden sie aus der Rednerposition erlöste, etwas von einer strengen Mutter-Tochter-Rolle gehabt.

Dennoch war es Faith gelungen, Olivia McFaden zu überreden, sie mit Ruth Donners Mutter in Kontakt zu bringen. Die Frau hatte Faith die Ohren über Kayla Alexander vollgejammert, und dann hatte sie ihr die Handynummer ihrer Tochter gegeben. Ruth war Studentin an der Colorado State. Sie studierte frühkindliche Erziehung und wollte Grundschullehrerin werden.

»Ich konnte gar nicht glauben, dass es Kayla war«, sagte Ruth. »Es war hier überall in den Nachrichten.«

»Alles, was Ihnen einfällt, würde uns weiterhelfen«, sagte Faith mit erhobener Stimme, um das Sirren einer Knochensäge zu übertönen. Sie ging die Treppe hoch zum nächsten Absatz, konnte aber den Motor immer noch hören. »Haben Sie sie gesehen, seit Sie die Schule verlassen haben?«

»Nein. Um ehrlich zu sein, seit meinem Abgang hatte ich mit kaum jemandem mehr Kontakt.«

Faith fragte: »Fällt Ihnen irgendjemand ein, der ihr etwas hätte antun wollen?«

»Na ja, ich meine ...« Sie brach ab. »Ich will ja nicht herzlos klingen, aber sehr beliebt war sie nicht.«

Faith verkniff sich ein »Im Ernst?«, was ihr auf der Zunge lag, und fragte stattdessen: »Kannten Sie ihre Freundin Emma?«

»Nicht wirklich. Ich habe sie zusammen mit Kayla gesehen, aber sie hat nie etwas zu mir gesagt.« Dann erinnerte sie sich: »Na ja, manchmal starrte sie mich an, aber Sie wissen ja, wie das ist. Wenn deine beste Freundin jemanden hasst, dann muss man denjenigen auch hassen.« Sie schien zu erkennen, wie kindisch das klang. »Gott, es war alles so grauenhaft, als ich noch mittendrin war, aber jetzt schaue ich zurück und frage mich, ob das alles wirklich so wichtig war, wissen Sie?«

»Ja«, antwortete Faith und spürte, dass dies eine Sackgasse war. Sie hatte die Passagierlisten aller Flüge von und nach Atlanta der letzten Woche kontrolliert. Ruth Donners Name tauchte auf keiner Fluggesellschaftsliste auf. »Sie haben meine Handynummer. Würden Sie mich bitte anrufen, wenn Ihnen noch irgendetwas einfällt?«

»Natürlich«, versprach Ruth. »Sagen Sie mir bitte Bescheid, wenn Sie sie gefunden haben?«

»Ja«, versprach Faith, obwohl das nicht sehr weit oben auf ihrer Prioritätenliste stand. »Vielen Dank.«

Faith schaltete das Handy ab und steckte es sich in die Hosentasche. Als sie die Treppe wieder hinunterging, wehte ihr der Geruch verbrannter Knochen entgegen. Trotz ihrer großen Worte Will gegenüber hasste sie es, in der Leichenhalle zu sein. Die Leichen machten ihr nicht so viel aus wie die Atmosphäre, die industrielle Bearbeitung des Todes. Die kalten Marmorfliesen auf dem Boden und an den Wänden, um Flecken leichter entfernen zu können, die Abflüsse im Boden im Meterabstand, sodass man Blut und Gewebereste wegspritzen konnte, die Rollbahren aus Edelstahl mit ihren großen Gummirädern und Plastikmatratzen.

Der Sommer war die Spitzenzeit für den Medical Examiner, eine besonders brutale Zeit des Jahres. Oft fand man zehn oder zwölf Leichen in der Tiefkühlung. Sie lagen da wie Stücke Fleisch, die darauf warteten, auf der Suche nach Hinweisen geschlachtet zu werden. Allein schon der Gedanke erweckte in ihr eine fast unerträgliche Traurigkeit.

Pete Hanson hielt blutiges, feuchtes Gedärm in den Händen, als Faith eintrat. Er lächelte herzlich und begrüßte sie mit seiner üblichen Floskel. »Die hübscheste Detective im Gebäude!«

Sie zwang sich, nicht zu würgen, als er die Eingeweide auf eine große Waage warf. Obwohl der Obduktionssaal unter der Erde lag, war es hier im Sommer immer entsetzlich warm, denn das Aggregat der Tiefkühlung blies warme Luft schneller in den engen Raum, als die Klimaanlage sie vertreiben konnte.

»Der da war voll wie eine Zecke«, murmelte Pete und schrieb die Gewichtsangabe von der Waage ab.

Faith kannte keinen Leichenbeschauer, der nicht auf die eine oder andere Art exzentrisch war, aber Pete Hanson war besonders irre. Sie verstand, warum er bereits dreimal geschieden war. Das Verwunderlichste war, wie er draußen in der Welt überhaupt drei Frauen hatte finden können, die bereit waren, ihn zu heiraten.

Er winkte sie zu sich. »Ich nehme an, es gibt noch keinen Durchbruch, wenn Sie mich mit Ihrer Anwesenheit beehren?«

»Bis jetzt noch nicht«, antwortete sie und schaute sich im Obduktionssaal um. Snoopy, ein älterer Schwarzer, der Pete schon assistiert hatte, als sie im Morddezernat anfing, dessen wirklichen Namen sie aber noch immer nicht kannte, nickte ihr zu, während er Adam Humphreys Gesicht wieder über den Schädel zog und die Haut in die Vertiefungen drückte. Seine knochigen Finger arbeiteten penibel, und Faith musste daran denken, wie ihre Mutter ihr einmal ein Halloween-Kostüm genäht und die Stoffstücke mit ihren kräftigen Händen auf den Schnittmusterbogen gedrückt hatte.

Faith zwang sich dazu, wegzuschauen, dachte sich, dass sie bei diesem Anblick und dieser Hitze den Raum nie und nimmer ohne einen grässlichen Geschmack im Mund würde verlassen können. »Und was ist bei Ihnen?«

»Ich fürchte, auch kein Glück.« Er zog seine Handschuhe aus und streifte sich ein frisches Paar über. »Snoopy deckt ihn gerade wieder zu, aber auf der rechten Seite von Humphreys Kopf habe ich Spuren eines ziemlich kräftigen Schlags gefunden.«

»Tödlich?«

»Nein, eher ein streifender Schlag. Die Schädelschwarte blieb intakt, aber wahrscheinlich hat er Sternchen gesehen.«

Er ging hinüber zu einem Suppentopf, in dem eine große Schöpfkelle steckte. Sie war beim schlimmsten Teil der Autopsie angekommen. Mageninhalt. Der Gestank war ekelhaft, die Art von Geruch, der sich in die Nasenschleimhäute und den Gaumen fraß, sodass man am nächsten Tag aufwachte und dachte, man hätte einen rauen Hals.

»Schauen Sie hier«, sagte Pete und hielt mit einer langen Pinzette etwas in die Höhe, das aussah wie ein großes Salzkristall. »Das ist offensichtlich ein Knorpel, wie man ihn häufig in Fast-Food-Hamburgern findet.«

»Offensichtlich«, wiederholte Faith.

»Denken Sie daran, wenn Sie das nächste Mal zu McDonald's gehen.«

Faith war sich ziemlich sicher, dass sie nie mehr etwas essen würde.

»Ich würde vermuten, der junge Mann hatte mindestens dreißig Minuten vor seinem Tod irgendeine Art von Fast Food gegessen. Das Mädchen aß Pommes, scheint den Hamburger aber ausgelassen zu haben.«

Faith sagte: »In den Mülleimern oder im Haus haben wir keine Fast-Food-Verpackungen gefunden.«

»Dann haben sie vielleicht unterwegs gegessen. Für die

Verdauung ist das übrigens das Schlechteste. Es gibt einen Grund, warum Fettleibigkeit in diesem Land epidemisch ist.«

Faith fragte sich, ob der Mann in letzter Zeit in den Spiegel geschaut hatte. Sein Bauch war so groß, dass er unter den Falten seines Laborkittels wie schwanger aussah.

Pete fragte: »Wie gehts Will?«

»Trent?«, fragte sie. »Wusste gar nicht, dass Sie ihn kennen.«

Er zog die Handschuhe aus und bedeutete Faith, ihm zu folgen. »Ausgezeichneter Detective. Muss schön sein, zur Abwechslung mit jemandem zu arbeiten, der, sagen wir mal, mehr Hirn hat als der Durchschnitt der Truppe.«

»Hm«, machte sie, weil sie nicht bereit war, Will ein Kompliment zu machen, auch wenn Pete recht hatte. Im Morddezernat des Atlanta Police Department gab es nur drei Frauen. Als Faith dort anfing, waren sie zu viert gewesen, aber Claire Dunkel, eine Veteranin mit dreißig Jahren Berufserfahrung, war bereits in Faiths erster Woche in der Abteilung in Rente gegangen. Der Rat, den sie Faith zum Abschied gegeben hatte, lautete: »Trag ab und zu mal einen Rock, sonst wachsen dir Hoden.«

Vielleicht war das der Grund, warum Faith mit Will Trent so schwer zurechtkam. Trotz all seiner Fehler schien er sie wirklich zu respektieren. Er hatte noch keinen einzigen blöden Witz über das Verhältnis ihrer Haarfarbe zu ihren intellektuellen Fähigkeiten gerissen, er hatte sich noch nie an pikanten Stellen gekratzt oder auf den Boden gespuckt – alles Dinge, die Leo Donnelly normalerweise vor seiner ersten Tasse Kaffee machte.

Pete knüpfte seinen Kittel auf und präsentierte ein Hemd der grellen hawaiianischen Art. Faith war froh, zu sehen, dass er Shorts trug. Der Anblick seiner haarlosen Beine, die unter dem Kittel bis auf seine schwarzen Kniestrümpfe nackt gewesen waren, hatte bei ihr gewisse Befürchtungen geweckt.

»Furchtbare Situation mit Ihrer Mutter«, sagte Pete. Faith sah zu, wie er auf den Seifenspender drückte und sich die Hände wusch. »Das ist einer dieser Fälle, bei denen der Satz ›Ich tu ja nur meine Pflicht‹ wie eine fadenscheinige Ausrede klingt, nicht?«

»Ja«, pflichtete sie ihm bei.

»Obwohl ich schon viele Jahre in diesem Gebäude arbeite und viele Sachen gesehen habe, die nicht hätten passieren dürfen. Freiwillig würde bestimmt keiner Informationen preisgeben, aber falls mich jemand direkt fragen würde, dann würde ich mich verpflichtet fühlen, die Wahrheit zu sagen.« Er lächelte sie über die Schulter hinweg an. »Ich schätze, das macht mich zu einer ›Petze‹, wie ihr von der Truppe sagen würdet.«

Sie zuckte die Achseln.

»Will ist ein guter Mann, der eine schmutzige Arbeit tun musste. Ich kann ihn gut verstehen.« Er zog einige Papierhandtücher aus dem Spender und trocknete sich die Hände, während er zu seinem Büro ging.

»Setzen Sie sich«, sagte Pete und deutete auf einen Stuhl vor seinem Schreibtisch.

Faith setzte sich auf den Papierstapel auf dem Stuhl, weil sie wusste, dass Pete von ihr nicht erwartete, ihn freizuräumen. »Was haben Sie bis jetzt?«

»Ich fürchte, nichts von Bedeutung.« Aus dem kleinen Kühlschrank in der Ecke holte er eine Papiertüte. Faith konzentrierte sich darauf, in ihrem Notizbuch eine leere Seite zu finden, während er ein Sandwich aus der Tüte zog. »Auf das Mädchen wurde mindestens siebenundzwanzigmal eingestochen. Ausgehend von den Winkeln und den Stichkanälen würde ich annehmen, dass die Wunden von dem Küchenmesser stammen, das am Tatort gefunden wurde. Der Mörder kniete wahrscheinlich über ihr, als er sie angriff.«

Faith schrieb schnell, weil sie wusste, dass er ihr keine Pause gönnen würde.

»Sie hatte Quetschungen an den Oberschenkeln und einige Risse im Vaginalkanal. Ich fand Spuren von Maisstärke, was auf die Benutzung eines Kondoms hindeutet, aber aufgrund der

Spermaspuren können wir davon ausgehen, dass das Kondom riss, wie es bei brutalem Sex oft passiert. Außerdem konnte ich einige schwache Bissspuren an den Brüsten feststellen. Ich würde sagen, das ist eher vereinbar mit einvernehmlichem Sex, obwohl das nur eine Spekulation meinerseits ist.«

Er wickelte sein Sandwich aus, biss ein Stück ab und kaute mit offenem Mund, während er fortfuhr: »Solche Spuren kann man bestimmt auch hinterlassen, wenn man eine Frau vergewaltigt, andererseits, wenn man ein bisschen übereifrig und die Frau willig ist, dann könnte man argumentieren, dass die Spuren nicht Folge einer Vergewaltigung sind, sondern eines besonders hitzigen Liebesspiels. Würde mich nicht überraschen, wenn die gegenwärtige Mrs. Hanson nach ein paar Flaschen Tequila und ein bisschen Tanzen dieselben Verletzungen aufweisen würde.«

Faith versuchte, sich nicht zu schütteln. »Auch die Bissspuren?«

Mit lautem Klicken biss Pete die Zähne aufeinander, und Faith schrieb Unsinn in ihr Buch und hoffte, er würde aufhören. »Sie sagen also, das Mädchen wurde nicht vergewaltigt.«

»Und wie ich Agent Trent schon am Tatort gesagt habe, war Sperma im Schritt ihres Höschens, was darauf hindeutet, dass sie nach dem Sex die Unterwäsche anzog und aufstand. Wenn der Täter sie nicht vergewaltigte, sie nach dem Sex zwang, sich anzuziehen und aufzustehen, sie anschließend den Gang entlangjagte und sie tötete und ihr dann das Höschen wieder herunterzog, dann würde ich sagen, sie wurde nicht vergewaltigt. Zumindest nicht während des Angriffs.«

Faith schrieb sich das Wort für Wort in ihr Notizbuch.

Pete biss noch einmal in sein Sandwich. »Was nun die Todesursache angeht, würde ich sagen, es gibt drei wahrscheinliche Kandidaten: stumpfe Gewalteinwirkung, die durchstochene Drosselvene und einfach nur Schock. Der Angriff war von der Art her sehr intensiv. Das hätte im Körper einen Kaskadeneffekt produziert. Es kommt ein Zeitpunkt, da das Hirn und das Herz und die Organe einfach die Hände in die Luft strecken und sagen: ›Weißt du, was. Wir halten das nicht mehr aus.‹«

Faith schrieb wortgetreu mit, was er sagte. »Worauf würden Sie wetten?«

Er kaute nachdenklich und lachte dann. »Na ja, ein Hobbypathologe würde sich für die Drosselvene entscheiden!«

Faith schaffte ein Kichern, obwohl sie keine Ahnung hatte, warum sie ihn ermutigte.

»Die Drosselvene wurde durchtrennt. Ich würde sagen, dass dieser Schnitt an und für sich bereits tödlich war, aber es hätte gedauert – sagen wir, drei bis vier Minuten. Mein offizieller Bericht wird sich mehr auf den wahrscheinlicheren Übeltäter konzentrieren: massiver Schock.«

»Glauben Sie, dass sie während des Angriffs bei Bewusstsein war?«

»Falls die Eltern Ihnen diese Frage stellen, würden ich ihnen unmissverständlich sagen, dass sie sofort ohnmächtig wurde und absolut keine Schmerzen spürte.« Er zog eine Tüte Kartoffelchips aus dem Papierbeutel und lehnte sich in seinem Sessel zurück, während er die Tüte aufriss. »Bei dem Jungen sieht's dagegen ein bisschen anders aus.«

»Was vermuten Sie bei ihm?«

»Alles passt zu Wills Theorie. Ich kann kaum glauben, wie gut er einen Tatort lesen kann.« Pete stopfte sich einen Kartoffelchip in den Mund und schien sich in den Gedanken an Wills Fachkenntnis zu verlieren.

»Pete?«

»Tut mir leid«, sagte er und bot ihr die Tüte an. Faith schüttelte den Kopf, und er fuhr fort. »Ich habe noch nicht alle meine Notizen sortiert, aber ich denke, ich habe ein ziemlich klares Bild.« Er setzte sich auf und trank aus dem Dunkin'-Donuts-Becher auf seinem Schreibtisch. »Rein physisch präsentiert der Junge ein ziemlich einfaches Bild. Die Kopfwunde habe ich ja schon erwähnt. Der Stich in die Brust reichte bereits, um ihn zu töten. Ich kann mir vorstellen, es war das reine Adrenalin, das es ihm ermöglichte, noch so zu kämpfen, wie er es tat. Das Messer durchbohrte seinen rechten Lungenflügel – da ist es relativ wahrscheinlich, dass wir nach einem linkshändigen Mörder suchen – und verfehlte knapp den Lungenarterienstamm. Wir können davon ausgehen, dass das Opfer das Messer herauszog, was die negative Luftströmung noch verstärkte. Die Lunge ist vakuumverschlossen, und ein Messerstich lässt aus ihr die Luft ebenso entweichen wie ein Nadelstich aus einem Luftballon.«

Faith hatte schon öfter mit Opfern zu tun gehabt, die an einer kollabierten Lunge gestorben waren. »Wenn er es also nicht schaffte, Hilfe zu bekommen, dann hatte er nur noch ein paar Minuten zu leben.«

»Na ja, das ist das Komische: Wahrscheinlich ist er in Panik geraten, und dadurch wurde seine Atmung flacher. Wenn eine Lunge kollabiert, ist das wie eine sich selbst erfüllende Prophezeiung. Man ringt um Luft, und je mehr man atmet, umso schlimmer wird es. Ich würde sagen, die Panik hat ihm noch ein paar zusätzliche Minuten geschenkt.«

»Was ist die Todesursache?«

»Manuelle Strangulation.«

Faith notierte sich die Wörter und unterstrich sie. »Also hat Abigail Campano ihn tatsächlich getötet.«

»Genau.« Pete griff wieder zu seinem Sandwich. »Sie tötete ihn, kurz bevor er starb.«

Im Inneren der Leichenhalle gab es so gut wie keinen Handyempfang. Faith nahm dies als Ausrede, um Pete mit seinem Mittagessen allein zu lassen. Sie wählte Will Trents Nummer, während sie zum Parkhaus ging, um etwas Luft zu schnappen. Faith musste ihm von Mary Clark und Ruth Donner erzählen. Außerdem wollte sie noch über Kayla Alexander sprechen. Das Bild, das sie allmählich von dem Mädchen bekam, war nicht angenehm.

Wills Apparat klingelte mehrmals, dann wurde sie an die Voicemail weitergeleitet.

»Hi, Will …« Ein hereinkommender Anruf piepste, sie schaute auf das Display und las »Cohen, G.« Da sie den Namen nicht kannte, hielt sie sich das Handy wieder ans Ohr. »Ich verlasse eben die Leichenhalle und …« Ihr Handy piepste noch einmal, und nun wurde Faith bewusst, wer da anrief. »Rufen Sie mich an«, sagte sie zu Wills Maschine und schaltete dann um. »Hallo?«

»Gabe hier.« Seine Stimme klang weit weg, obwohl sie annahm, dass er noch immer am Georgia Tech war.

»Was kann ich für dich tun?«

Er schwieg, und sie wartete. Schließlich sagte er: »Ich habe Sie angelogen.«

Faith blieb stehen. »Weswegen?«

Seine Stimme war so leise, dass sie sich anstrengen musste, um ihn zu verstehen. »Ich dachte, sie ist jünger.«

»Wer?«

»Ich habe …« Er zögerte. »Ich muss Ihnen etwas zeigen, das Adam hatte. Ich hätte es Ihnen gleich zeigen sollen, aber ich …«

Sie setzte sich wieder in Bewegung, rannte jetzt auf den Mini zu. »Was hast du von Adam?«

»Ich muss es Ihnen zeigen. Am Telefon kann ich es Ihnen nicht sagen.«

Faith wusste, dass das Blödsinn war, aber sie wusste auch, dass Gabe jetzt bereit war zu reden. Sie würde tanzen wie ein Affe, wenn sie dadurch die Wahrheit aus ihm herausbrachte. »Wo bist du?«

»Im Wohnheim.«

»Ich kann in fünfzehn Minuten dort sein«, sagte sie und sperrte die Tür auf.

»Sie kommen vorbei?« Er klang überrascht.

»Ja«, sagte sie und drückte sich das Handy ans andere Ohr, während sie den Schlüssel ins Zündschloss steckte. »Sollen wir weiter telefonieren, während ich zu dir fahre?«

»Ich bin okay«, sagte er. »Es ist nur … Das muss ich Ihnen zeigen.«

Sie schaute über die Schulter zurück und fuhr dann so scharf aus der Parkbucht, dass der Mini auf zwei Rädern quietschte. »Ich bin gleich da, okay? Bleib einfach, wo du bist.«

Noch nie in ihrem Leben war Faith so schnell gefahren.

Ein Teil von ihr fragte sich, ob Gabe sie nur vorführen wollte, aber es bestand ja auch die geringe Chance, dass er ihr wirklich etwas Wichtiges zu sagen hatte. Sie rief noch einmal Will Trents Handy an und sagte seiner Voicemail, dass er sie im Wohnheim treffen solle. Mit hämmerndem Herzen überfuhr sie rote Ampeln, zwang fast einen Bus zu einer Karambolage mit einem Pkw, scherte in den Gegenverkehr aus, um Baustellen auszuweichen. Auf dem Campus machte sie sich nicht erst die Mühe, nach einem legalen Parkplatz zu suchen, sondern stellte den Mini wieder in die Behindertenbucht. Sie klappte die Sonnenblende herunter und sprang aus dem Auto. Als sie die Towers Hall erreichte, keuchte sie vor Anstrengung.

Faith beugte sich vor, um wieder zu Atem zu kommen. Sie öffnete den Mund, zog tief die Luft ein und verfluchte sich selbst, weil sie so schlecht in Form war. So verging eine Minute, dann drückte sie auf die Behindertentaste und lief, zwei Stufen auf einmal nehmend, die Treppe hoch. Ein entferntes Hämmern von Musik war zu hören, aber insgesamt wirkte das Gebäude leer. Es war mitten am Tag; die meisten Studenten waren im Unterricht. Weil sie vermutete, dass Gabe in seinem eigenen Zimmer wartete, ging sie fast an Adams Zimmer vorbei, bemerkte aber dann, dass die Tür zu 310 einen Spalt offen stand.

Faith sah, dass das polizeiliche Siegel durchtrennt war, und schob die Tür auf. Adams Sachen waren in Kartons verpackt. Die Matratze war nackt, der Fernseher und die Spielkonsole waren verschwunden. Überall im Zimmer war schwarzes Fingerabdruckpulver verschmiert.

Gabe saß auf dem Boden, an eines der Betten gelehnt, seine

Büchertasche neben sich. Die Ellbogen lagen auf den Knien, sein Kopf ruhte auf dem Gips an seinem Arm. Seine Schultern bebten. Dennoch konnte Faith den wütenden jungen Mann nicht vergessen, der gestern gedroht hatte, ihr den Sicherheitsdienst auf den Hals zu hetzen. War das der wirkliche Gabriel Cohen gewesen, oder entsprach dieses weinende Kind eher seinem wahren Ich? So oder so, er hatte ihr etwas zu sagen. Falls Faith sein Spielchen mitspielen musste, um an Informationen zu kommen, dann würde sie es eben tun.

Sie klopfte leicht mit den Knöcheln an die offene Tür. »Gabe?«

Mit roten, geschwollenen Augen schaute er zu ihr hoch. Tränen liefen ihm die Wangen hinab. »Adam hat mir gesagt, sie ist jung«, schluchzte er. »Ich dachte, na ja, vierzehn oder so. Nicht siebzehn. In den Nachrichten hieß es, sie ist siebzehn.«

Faith klemmte seine Büchertasche in die Tür, um sie offen zu halten, bevor sie sich neben ihn auf den Boden setzte. »Erzähl mir alles von Anfang an«, sagte sie, um eine besänftigende Stimme bemüht. Sie hatte den Beweis vor sich, dass Adam mit Gabe über Emma gesprochen hatte.

»Tut mir leid«, schluchzte er. Seine Unterlippe zitterte, und er senkte wieder den Kopf, um sein Gesicht vor ihr zu verbergen. »Ich hätte es Ihnen sagen müssen.«

Eigentlich hätte Faith Mitleid haben sollen mit dem Jungen, aber sie musste immer daran denken, dass Emma Campano auch irgendwo war und weinte – dass aber dort niemand war, der sie tröstete.

»Tut mir leid«, wiederholte er. »Es tut mir ja so leid.«

Sein Körper bebte wieder, während er mit seinen Gefühlen kämpfte. »Er hat sie online kennengelernt. Er war auf einer dieser Videowebsites.«

Faith blieb beinahe das Herz stehen. »Was für eine Website?«

»LS.« Faith hatte die Antwort schon gewusst, bevor er den Mund öffnete. Lernstörungen. Will Trents Instinkte waren wieder einmal richtig gewesen.

Gabe erzählte weiter: »Adam war die ganze Zeit online mit ihr, vielleicht ein Jahr oder so.«

»Du hast gesagt, es war eine Videosite?«, fragte sie und überlegte sich, was der Junge sonst noch alles geheim gehalten hatte.

»Ja«, antwortete Gabe. »Viele von denen hatten Probleme mit dem Schreiben.«

»Was für eine Lernstörung hatte Adam?«

»Irgend 'ne Verhaltenssache. Er wurde zu Hause unterrichtet. Er konnte sich einfach nirgendwo einfügen.« Gabe schaute sie an. »Sie glauben doch nicht, dass er deswegen umgebracht wurde, oder?«

Faith wusste im Augenblick noch rein gar nichts, aber sie versicherte ihm: »Nein. Natürlich nicht.«

»Sie sieht jünger aus, als sie ist, wissen Sie das?«

Faith wollte ganz sicher sein, dass sie wirklich verstand. »Ist das der Grund, warum du mir nicht gesagt hast, dass Adam Emma traf? Du dachtest, sie ist noch minderjährig, und du wolltest ihn nicht in Schwierigkeiten bringen?«

Er nickte. »Ich glaube, er hatte auch ein Auto.«

Faith spürte, wie sich ihre Kiefermuskeln anspannten. »Was für ein Auto? Was für ein Modell?«

Er nahm sich Zeit mit der Antwort – ob um der Wirkung willen oder weil er wirklich mit Gefühlen kämpfte, konnte er nicht sagen. »Es war ein alter Klapperkasten. Irgendein Graduierter ging nach Irland und hängte eine Anzeige ans Schwarze Brett.«

»Kannst du dich noch an den Namen des Studenten erinnern?«

»Farokh? So in der Richtung.«

»Weißt du, wie das Auto ausgesehen hat?«

»Ich habe es nur einmal gesehen. Irgend so ein beschissenes Blau. Hatte nicht mal 'ne Klimaanlage.«

Adam hatte dreißig Tage Zeit gehabt, das Auto anzumelden,

und das erklärte vielleicht, warum sie im staatlichen System nichts darüber gefunden hatten. Wenn sie eine Beschreibung bekommen könnten, dann könnten sie es zur Fahndung ausschreiben, und jeder Polizist in der Stadt würde Ausschau nach ihm halten. »Fällt dir sonst noch etwas über das Auto ein? Hatte es Aufkleber an der Stoßstange oder eine kaputte Windschutzscheibe oder ...«

Er reagierte gereizt. »Ich habe Ihnen doch gesagt, ich habe es nur einmal gesehen.«

Faith konnte die Irritation in ihrer Stimme fast spüren wie ein Kratzen im Hals. Sie atmete tief durch, bevor sie fragte: »Warum hast du mir nicht gleich von dem Auto erzählt?«

Er zuckte die Achseln. »Ich habe es meiner Freundin Julie erzählt, und sie meinte ... sie meinte, wenn Emma tot ist, dann ist es meine Schuld, weil ich es Ihnen nicht gesagt habe. Sie hat gesagt, sie will mich nie wiedersehen.«

Faith nahm an, dass das die Sache war, die ihn wirklich beschäftigte. Es gab nichts Egoistischeres als einen Teenager. Sie fragte: »Hast du Emma je persönlich kennengelernt?«

Er schüttelte den Kopf.

»Was ist mit ihrer Freundin Kayla Alexander – blondes Mädchen, sehr hübsch?«

»Von ihr habe ich erst gehört, als ich die Nachrichten einschaltete«, erwiderte Gabe und fragte dann: »Glauben Sie, ich habe was Schlimmes getan?«

»Natürlich nicht«, beruhigte Faith ihn und hoffte, dass man den Sarkasmus in ihrer Stimme nicht hörte. »Kennst du den Namen der Website, die Adam und Emma benutzten?«

Er schüttelte den Kopf. »Er hatte sie auf seinem Laptop, aber der wurde ja gestohlen.«

»Wann wurde er gestohlen?«

Gabe setzte sich auf und wischte sich mit der Faust die Augen. »Er ließ ihn in der Bibliothek stehen, als er zum Pinkeln musste, und als er zurückkam, war er weg.«

Faith überraschte das kaum. Adam hätte gleich ein »Nimm mich«-Schild draufkleben können. »Hast du je gesehen, welchen Namen er auf dieser Site benutzte? Benutzte er seine E-Mail-Adresse?«

»Das glaube ich nicht.« Gabe wischte sich die Nase mit dem Saum seines T-Shirts. »Wenn man die E-Mail-Adresse eingibt, bekommt man doch nur Spam und solche Scheiße.«

Das hatte sie bereits vermutet. Was die Sache noch schlimmer machte – es gab wahrscheinlich neun Milliarden Websites für Lernstörungen, und das allein nur in Amerika. Sie brachte ihm den Grund seines Anrufs in Erinnerung: »Du hast mir am Telefon gesagt, du hast etwas, das du mir zeigen musst. Etwas, das Adam gehörte.«

Sie sah das Schuldbewusstsein in seinen Augen und wusste, all die anderen Sachen – die Website, das Auto, die Angst wegen Emmas Alter – waren nur Vorgeplänkel für die Information, die ihn wirklich dazu gebracht hatte, sie anzurufen.

Faith bemühte sich, ihre Stimme nicht zu drängend klingen zu lassen. »Was du auch hast, ich muss es sehen.«

Er lenkte ein, doch er ließ sich Zeit damit, streckte umständlich die Beine aus, stützte sich mit den Fersen ab und drückte das Becken hoch, sodass er die Hand in die vordere Tasche seiner Jeans stecken konnte. Langsam zog er mehrere zusammengefaltete, weiße Blätter heraus. »Die wurden letzte Woche unter Adams Tür durchgeschoben.«

Als er die drei Blätter auffaltete, fielen ihr vor allem die vielen Knicke, Kleckse und Eselsohren auf, und sie schloss daraus, dass die Papiere sehr oft in Händen gehalten worden waren.

»Hier«, sagte Gabe. »Das sind alle.«

Faith starrte schockiert die drei Zettel an, die auseinandergefaltet zwischen ihnen auf dem Boden lagen. Auf jedem Zettel stand jeweils nur eine Zeile in Blockbuchstaben. Mit jeder Zeile wurde ihr unbehaglicher.

In den ersten Augenblicken fehlten ihr die Worte. Jemand hatte versucht, Adam Humphrey von Emma Campano wegzuscheuchen. Jemand hatte sie zusammen beobachtet, kannte ihre Gewohnheiten. Diese Botschaften waren ein weiterer Beweis, dass dies keine Entführung aus einer Augenblickslaune heraus war. Der Mörder hatte einige, wenn nicht sogar alle Beteiligten gekannt.

Gabe hatte andere Sorgen. »Sind Sie wütend auf mich?«

Faith konnte ihm nicht antworten. Stattdessen stellte sie ihm die Frage, die sie sich selbst stellte: »Hat diese Zettel außer dir und Adam sonst noch jemand berührt?«

Er schüttelte den Kopf.

»In welcher Reihenfolge kamen sie – weißt du das noch?«

Er vertauschte die letzten beiden Zettel, bevor sie ihn davon abhalten konnte. »So.«

»Rühr sie nicht wieder an, okay?« Er nickte. »Wann kam der Erste?«

»Montag letzter Woche.«

»Was hat Adam gesagt, als er sie bekam?«

Gabe zog nun keine Show mehr ab, bevor er antwortete. Er schien fast erleichtert zu sein, ihr alles sagen zu können. »Na ja, den Ersten, also den fanden wir irgendwie lustig, weil alles falsch geschrieben ist.«

»Und als der Zweite kam?«

»Der kam am nächsten Tag. Wir waren irgendwie ziemlich durcheinander. Ich dachte, da steckt Tommy dahinter.«

Das Arschloch von Zimmergenosse. »War es so?«

»Nein. Weil ich mit Tommy zusammen war an dem Tag, als Adam den dritten Zettel bekam. Das war der Tag, an dem sein Computer gestohlen wurde, und ich sagte nur so was wie: ›Was

soll die Scheiße? Ist da ein Stalker hinter dir her oder was?‹«
Gabe schaute sie an, suchte wahrscheinlich eine Bestätigung seiner Theorie. Faith gab ihm keine, und er fuhr fort: »Adam war
ziemlich fertig. Meinte, er würde sich eine Knarre besorgen.«

Faiths Instinkte sagten ihr, dass das nicht nur dummes Ge-
schwätz war. Sie reagierte todernst. »Hat er es getan?«

Gabe starrte wieder die Zettel an.

»Gabe?«

»Er hat darüber nachgedacht.«

»Wo würde er eine Waffe herbekommen?«, fragte sie, obwohl
die Antwort offensichtlich war. Tech war ein Campus mitten in
der Stadt. Man brauchte in jeder Richtung nur zehn Blocks weit
zu gehen, um Meth, Koks, Prostituierte und Feuerwaffen in jeder Kombination an jeder Straßenecke zu finden.

»Gabe?«, fragte sie noch einmal. »Wo würde Adam eine
Waffe herbekommen?«

Wieder blieb er stumm.

»Lass den Unsinn«, warnte sie ihn. »Das ist kein Spiel.«

»Es war doch nur Gerede«, sagte er, wich aber noch immer
ihrem Blick aus.

Faith versuchte nun nicht mehr, ihre Ungeduld zu verbergen.
Sie deutete auf die Zettel. »Habt ihr die dem Sicherheitsdienst
gemeldet?«

Sein Kinn fing an zu zittern. Tränen traten ihm in die Augen.
»Wir hätten es tun sollen, nicht? Das wollen Sie mir doch sagen.
Das ist meine Schuld, weil Adam es tun wollte, und ich ihm
gesagt habe, er soll es nicht tun, weil er sonst wegen Emma Probleme bekommt.« Er stützte den Kopf in die Hände, und wieder
bebten seine Schultern. Sie sah, wie schmächtig er war, wie seine
Rippen sich durch den dünnen Stoff seines T-Shirts drückten.
Als sie ihn so sah und weinen hörte, merkte Faith, dass sie Gabe
Cohen völlig falsch eingeschätzt hatte. Er zog alles andere als
eine Show ab. Er war wirklich aufgeregt, und sie war zu sehr auf
den Fall konzentriert, um es zu bemerken.

Seine Stimme klang dünn und heiser. »Das ist alles meine Schuld. Das hat Julie gesagt. Es ist alles meine Schuld, und ich weiß, dass Sie das auch denken.«

Faith saß da und wusste nicht, was sie tun sollte. In Wahrheit war sie tatsächlich wütend auf ihn, aber auch auf sich selbst. Wenn sie ihre Arbeit besser gemacht hätte, hätte sie seinen Zustand schon gestern bemerkt. Die verlorene Zeit ging auf ihr Konto. Wahrscheinlich hatte Gabe diese Zettel bereits in der Tasche, als er sie vor weniger als vierundzwanzig Stunden herausforderte. Ihm ihr eigenes Versagen anzulasten, brachte rein gar nichts, es half ihnen vor allem nicht, Emma Campano wiederzufinden, und das war im Augenblick das Einzige, was zählte.

Sie kauerte sich auf die Hacken und überlegte, wie sie weiter vorgehen sollte. Faith konnte nicht sagen, wie fragil der junge Mann im Augenblick war. War er nur ein Teenager wie jeder andere, der mit seinen Gefühlen nicht mehr zurechtkam, oder spielte er sich auf, um ihre Aufmerksamkeit zu erregen?

»Gabe«, sagte sie, »du musst ehrlich mit mir sein.«

»Ich *bin ehrlich*.«

Faith nahm sich einen Augenblick Zeit, um ihre nächste Frage präzise zu formulieren. »Gibt es noch irgendetwas, das du mir nicht gesagt hast?«

Er schaute sie an. Plötzlich war eine solche Traurigkeit in seinen Augen, dass sie sich zwingen musste, den Blick nicht abzuwenden. »Ich kann überhaupt nichts richtig machen.«

Sein Leben war in den letzten beiden Tagen völlig durcheinandergeworfen worden, aber sie wusste, dass er nicht nur darüber sprach. »Ich bin mir sicher, das stimmt nicht.«

»Adam war mein einziger Freund, und er ist tot – wahrscheinlich wegen mir.«

»Ich verspreche dir, das stimmt nicht.«

Er drehte den Kopf weg, starrte die leere Matratze ihm gegenüber an. »Ich passe nicht hierher. Alle sind klüger als ich.

Alle suchen sich jetzt schon Studentenverbindungen und Cliquen. Sogar Tommy.«

Faith war nicht so dumm, ihm Jeremy als besten Freund anzubieten. Stattdessen sagte sie: »Es ist immer schwierig, sich in einer neuen Schule einzugewöhnen. Irgendwann schaffst du das schon.«

»Das glaube ich nicht«, sagte er und klang dabei so überzeugt, dass bei Faith die Alarmglocken schrillten. Sie war so fixiert gewesen auf die Informationen, die Gabe zurückgehalten hatte, dass sie eine Sache völlig aus den Augen verloren hatte: Hier war einfach nur ein Teenager, der in eine sehr schlimme Situation hineingeraten war.

»Gabe«, setzte Faith an, »was ist los mit dir?«

»Ich brauche einfach ein bisschen Ruhe.«

Sie wusste, dass er nicht über Schlaf redete. Er hatte sie nicht angerufen, um Adam zu helfen, er hatte angerufen, um sich selbst zu helfen – und sie hatte nichts anderes getan, als ihn herumzuschubsen wie einen Verdächtigen, den sie verhörte. Sie ließ ihre Stimme sanfter klingen. »Was willst du denn tun?«

»Ich weiß es nicht«, antwortete er, mied aber weiter den Blickkontakt mit ihr. »Manchmal denke ich einfach, die Welt wäre besser dran, wenn ich einfach … einfach nicht mehr da wäre. Wissen Sie?«

»Hast du schon mal irgendwas versucht?« Sie schaute auf seine Handgelenke. Da waren Kratzspuren, die ihr zuvor noch nicht aufgefallen waren, dünne rote Streifen, wo die Haut zwar angeritzt, aber nicht aufgeschnitten worden war. »Hast du vielleicht versucht, dir was anzutun?«

»Ich will einfach weg von hier. Ich will …«

»Nach Hause?«, fragte sie.

Er schüttelte den Kopf. »Dort zieht mich nichts mehr hin. Meine Mutter starb vor sechs Jahren an Krebs. Mein Dad und ich …« Er schüttelte den Kopf.

Faith sagte: »Ich will dir helfen, Gabe, aber du musst ehrlich zu mir sein.«

Er zupfte an einem Riss in seiner Jeans. Sie sah, dass seine Fingernägel abgekaut waren. Die Nagelhaut war rissig und gerötet.

»Hat Adam sich eine Waffe gekauft?«

Er zupfte weiter an seiner Jeans. Er zuckte die Achseln, und sie wusste noch immer nicht, ob sie ihm glauben sollte.

»Soll ich vielleicht deinen Vater anrufen?«, schlug sie vor.

Er riss die Augen auf. »Nein. Tun Sie das nicht. Bitte.«

»Ich kann dich nicht einfach allein lassen, Gabe.«

Wieder füllten sich seine Augen mit Tränen. Seine Lippen zitterten. Er wirkte so verzweifelt, dass sie das Gefühl hatte, er hätte direkt in ihre Brust gegriffen und ihr Herz mit seiner Faust gepackt. Sie hätte sich selbst in den Hintern treten können, weil sie es so weit hatte kommen lassen.

Sie wiederholte: »Ich werde dich nicht allein lassen.«

»Ich bin okay.«

Faith fühlte sich gefangen in einer unhaltbaren Position.

Gabe war offensichtlich ein junger Mann mit vielen Problemen, aber das durfte im Augenblick nicht ihre Sorge sein. Sie musste die Drohbriefe ins Labor bringen, um herauszufinden, ob von ihnen verwertbare Fingerabdrücke abzunehmen waren. In Irland gab es einen Studenten, der Adam sein Auto verkauft hatte – ein Auto, das wahrscheinlich benutzt worden war, um Emma Campano vom Copy Right wegzuschaffen. Es gab zwei Elternpaare, die heute Abend ihre toten Kinder identifizieren würden. Auf der anderen Seite Atlantas gab es eine Mutter und einen Vater, die wissen wollten, ob ihre Tochter noch am Leben war oder nicht.

Faith zog ihr Handy hervor und überflog die Liste ihrer jüngsten Anrufe.

Gabe fragte: »Werden Sie mich jetzt verhaften?«

»Nein.« Faith drückte die Wahlwiederholungstaste auf ihrem Handy. »Ich besorge dir jetzt Hilfe, und dann muss ich meine

Arbeit machen.« Sie sagte nicht, dass sie sich, bevor sie den Campus verließ, jeden Gegenstand in seinem Zimmer vornehmen würde, darunter auch den Computer, den er Adam geborgt hatte.

Gabe lehnte sich wieder ans Bett, und jetzt wirkte er irgendwie resigniert. Er starrte die Matratze gegenüber an. Faith verkniff es sich, die Hand auszustrecken und ihm eine lose Haarsträhne hinters Ohr zu stecken. Pickel sprenkelten sein Kinn. Auf seiner Wange sah sie Stoppeln, die er beim Rasieren übersehen hatte. Er war noch immer ein Kind – ein Kind, das sehr verloren war und Hilfe brauchte.

Victor Martinez' Sekretärin antwortete nach dem zweiten Klingelton. »Studentenbüro.«

»Hier Detective Mitchell«, sagte sie zu der Frau. »Ich muss dringend mit Mr. Martinez sprechen.«

10. KAPITEL

Will stand hinter Gail und Simon Humphrey, die vor dem Sicht-
fenster warteten. Die Szenerie war so, wie man sie aus Film und
Fernsehen kennt: Auf der anderen Seite der Scheibe hing ein
schlichter Vorhang. Wenn Will auf einen Knopf drückte, ging
der Vorhang langsam auf, und das gewaschene und hergerich-
tete Opfer wurde sichtbar. Ein Laken war bis zum Kinn hoch-
gezogen, um die breiten Nähte zu verdecken, die den Y-Schnitt
zusammenhielten. In der Fiktion sanken die Mütter in dieser
Situation in die Arme ihrer Gatten.

Aber die Kameras konnten nicht alles einfangen: Den ste-
chenden Geruch der Leichenhalle; das leise Surren der riesigen
Kühlräume, in denen die Leichen aufbewahrt wurden; die Art,
wie der Boden die Sohlen der Schuhe festzusaugen schien, wenn
man auf dieses Fenster zuging; die Schwere des Arms, wenn
man ihn ausstreckte, um auf den Knopf zu drücken.

Der Vorhang ging auf. Die beiden Eltern standen stumm da,
wie gelähmt. Simon bewegte sich als Erster. Er hob den Arm
und drückte die Hand gegen das Glas. Will fragte sich, ob er
daran dachte, wie es sich anfühlte, die Hand seines Sohnes zu
halten. War das etwas, das Väter taten? Im Park, draußen in der
Öffentlichkeit, spielten Väter und Söhne immer Ball oder warfen Frisbees, und der einzige Körperkontakt zwischen ihnen
war ein Verstrubbeln der Haare oder ein Klaps auf den Arm.

Das schien die Art zu sein, wie Väter ihren Söhnen das Mann-sein beibrachten, aber irgendwann, vielleicht ganz früh, mussten sie doch fähig gewesen sein, einander an der Hand zu halten. Eine winzige Hand, umschlossen von einer großen. Irgendwann hatte Adam sicherlich Hilfe beim Überqueren der Straße ge-braucht. Und in einer Menge hatte er ihn sicherlich nicht aus den Augen verlieren wollen.

Ja, entschied Will, Simon Humphrey hatte die Hand seines Sohnes gehalten.

Gail drehte sich zu Will um. Sie weinte nicht, aber er spürte eine vertraute Zurückhaltung, eine Gleichgesinntheit. Später an diesem Abend würde sie im Hotel sein, vielleicht unter der Du-sche oder auf dem Bett sitzend, während ihr Ehemann einen Spaziergang machte, und dann würde sie diesen jetzigen Augen-blick auf sich einstürzen lassen. Dann würde sie wieder hier sein vor diesem Fenster und ihren toten Sohn anschauen. Sie würde spüren, wie ihr Lebensmut ihren Körper verlässt, und wissen, dass er vielleicht nie mehr zurückkehrt.

Im Augenblick sagte sie nur: »Vielen Dank, Agent Trent«, und gab ihm die Hand.

Als er sie den Gang wieder hinunterführte, fragte er sie nach dem Hotel, in dem sie übernachteten, und gab ihnen Tipps für Restaurants zum Abendessen. Will war sich bewusst, wie tö-richt dieser Small Talk klang, aber er wusste auch, dass Ablen-kung ihnen helfen würde, den Weg aus diesem Gebäude zu fin-den, und ihnen die Kraft geben würde, ihr Kind hier an diesem dunklen, kalten Ort zurückzulassen.

Am Flughafen hatten sie ein Auto gemietet, und Will beglei-tete sie bis zum Parkhaus. Durch die Glasscheibe in der Tür sah er, dass Gail Humphrey taumelte. Ihr Mann fasste sie am Arm, doch sie riss sich los. Er versuchte es noch einmal, und sie schlug nach ihm und schrie, bis er die Arme um sie schlang, um sie zu besänftigen.

Will wandte sich ab, weil er sich vorkam wie ein Eindringling.

Er stieg die Treppe die sechs Stockwerke zu seinem Büro hoch. Um halb neun war bis auf die Notbesetzung so gut wie jeder bereits nach Hause gegangen. Das Licht war abgeschaltet, aber seinen Weg hätte er auch ohne den schwachen Schein der Notausgangschilder gefunden. Will hatte ein Eckbüro, was eindrucksvoll hätte sein können, wenn es nicht diese spezielle Ecke wäre. Die Aussicht reduzierte sich auf den Baumarkt auf der anderen Straßenseite und die alte Ford-Fabrik nebenan, die man in Wohnblöcke umgewandelt hatte. Manchmal redete er sich ein, dass die aufgegebene Schienenstrecke mit ihrem Unkraut und den weggeworfenen Injektionsspritzen fast aussah wie ein Park, aber Tagträume funktionierten eben nur tagsüber.

Will schaltete seine Schreibtischlampe ein und setzte sich. An Tagen wie diesen hasste er diese späten Abendstunden, denn er konnte nichts mehr tun, außer Papierkram zu erledigen, während er darauf wartete, dass andere ihm Informationen brachten. In Tennessee gab es einen Experten, dessen Spezialgebiet das Aufspüren und Sichern von Fingerabdrücken auf Papier war. Papier war kniffelig, und man hatte nur ein paar Versuche, bevor der Arbeitsprozess selbst alles ruinierte. Der Mann wollte gleich morgen früh hierherkommen, um sich die Drohbriefe anzusehen. Die Aufnahme des Lösegeldanrufs wurde von einem Boten ins Phonetikinstitut der University of Georgia gebracht, aber der Professor hatte sie vorgewarnt, dass es viele Stunden dauern würde, sämtliche Töne und Geräusche zu bearbeiten. Charlie machte im Labor Überstunden, um all die Indizien auszuwerten, die sie gesammelt hatten. Die Hinweise von der Hotline wurden abgearbeitet, Beamte quälten sich durch den Wust der Witzbolde und Spinner auf der Suche nach einem Hinweis, der sie wirklich weiterbrachte.

Will musste über das alles Berichte anfertigen, aber anstatt sich an seinen Schreibtisch zu setzen, lehnte er sich zurück und starrte sein verschwommenes Spiegelbild im dunklen Fenster an. Es waren nun schon bald sechsunddreißig Stunden, seit Abigail nach Hause gekommen war, um ihr Leben in ein Chaos verwandelt zu sehen. Zwei Menschen waren tot. Ein Mädchen wurde noch immer vermisst. Und noch war kein einziger Verdächtiger in Sicht.

Die Lösegeldforderung verstand er nicht. Will war kein Anfänger. Er hatte schon öfter Entführungsfälle bearbeitet, und er hatte auch schon öfter Verschleppungsfälle bearbeitet. Für beide Arten gab es Grundannahmen. Entführer wollten Geld. Verschlepper wollten Sex. Er konnte die brutale Art, wie Kayla Alexander ermordet worden war, nicht mit dem Anruf in Einklang bringen, bei dem heute Morgen eine Million Dollar Lösegeld verlangt worden war. Es passte einfach nicht zusammen.

Dann war da der Streit zwischen Abigail und Paul Campano. Angie hatte recht gehabt: Paul betrog seine Frau. Offensichtlich mochte er junge Blondinen, aber gehörten dazu auch seine eigene Tochter und möglicherweise Kayla Alexander? Amanda hatte Will befohlen, sich die DNS des Mannes zu beschaffen. Vielleicht hatte auch sie recht. Dazu kam noch Faith, die es geschafft hatte, Gabriel Cohen zum Reden zu bringen. Irgendwie fühlte Will sich wie das fünfte Rad am Wagen, weil er der Einzige war, der bisher absolut nichts zu dem Fall beigetragen hatte.

Will drehte sich wieder seinem Schreibtisch zu, denn er wusste, wenn er zu sehr über dieses Problem nachgrübelte, würde ihn das der Lösung keinen Schritt näher bringen. Sein Handy lag in zwei Teilen auf dem Schreibtisch. Bei seinem Kampf mit Paul war das Gehäuse aufgebrochen und das Display hatte einen Sprung bekommen. Will drückte den oberen Gehäuseteil auf den unteren und klebte die beiden mit mehreren Streifen Isolierband zusammen. Das Handy funktionierte noch. Als er das Haus der Campanos verließ, hatte er die beiden Teile aufeinandergedrückt, damit er seine Voicemail abhören konnte. Faith Mitchells Nachrichten waren immer wichtiger geworden, und mit aufgeregter Stimme hatte sie ihm von den Drohbriefen erzählt, die Gabe Cohen ihnen vorenthalten hatte.

Will war sich noch immer nicht sicher, ob ihre Entscheidung, den Jungen nicht den Behörden zu überantworten, richtig gewesen war, aber er musste ihren Instinkten vertrauen.

Wenigstens hatten sie inzwischen mehr Informationen über das Auto. Eine Computersuche nach Graduierten, die am Georgia Tech Research Institute in Irland arbeiteten, hatte den Namen Farokh Pansing ergeben. Nach einigen Telefonaten hatten sie eine Handynummer erhalten und den Mann aus einem offensichtlich sehr tiefen Schlaf geweckt. Der Physikabsolvent hatte Will eine liebevolle Beschreibung des blauen 1981er Chevy Impala gegeben, den er zurückgelassen hatte. Keine Klimaanlage. Keine Sicherheitsgurte. Die Fahrertür klemmte bei Regen. Der Motor leckte wie ein Sieb. Der Unterboden war so durchgerostet, dass man beim Fahren auf dem Rücksitz die Straße unter den Schuhen vorbeiziehen sehen konnte. Wegen seines Alters betrachtete der Staat Georgia das Fahrzeug als Klassiker, deshalb unterlag er keinen Emissionsvorschriften. Farokh hatte das uralte Ding für vierhundert Dollar an Adam Humphrey verkauft. Der Staat hatte keine Daten darüber, ob Adam je eine Versicherung beantragt oder einen Strafzettel bekommen hatte.

Man hatte die Fahndung nach dem Impala erneuert, aber sie galt nur für den Staat Georgia. Emma Campano konnte problemlos bereits in Alabama oder Tennessee oder Carolina sein. Bei den fast zwei Tagen, die seit ihrer Verschleppung vergangen waren, konnte sie durchaus auch in Mexiko oder Kanada sein.

Wills Computer tuckerte wie ein Zug, was bedeutete, dass das System lief. Will war seit zwei Tagen nicht mehr im Büro gewesen. Er musste seine E-Mails durchsehen und seine täglichen Berichte abspeichern. Er setzte das Headset auf und schob sich das Mikrofon zurecht, um die Texte diktieren zu können. Nachdem er ein leeres Word-Dokument geöffnet hatte, drückte er die Starttaste, merkte aber, dass er nicht die richtigen Worte fand. Er stoppte den Digitalrekorder und lehnte sich zurück. Als er die

Hand hob, um sich die Augen zu reiben, keuchte er auf vor Schmerz.

Paul hatte ihm nicht die Nase gebrochen, aber er hatte es geschafft, ihn so zu treffen, dass die Knorpel sich verschoben hatten. Da die Aufnahme der Lösegeldforderung zu analysieren und die Drohbriefe schleunigst ins Labor zu schaffen waren, hatte Will keine Zeit gehabt, in den Spiegel zu schauen. Geschafft hatte er es erst etwa zehn Minuten, bevor die Humphreys kamen, um ihren toten Sohn zu identifizieren. In der Vergangenheit hatte Will sich schon mehrmals die Nase gebrochen. Sie war bereits schief genug. Mit den frischen Schwellungen und Verfärbungen sah er aus wie ein Kneipenschläger, und das förderte nicht gerade das Vertrauen der Humphreys in ihn. Der Vater hatte seine gemurmelte Ausrede über ein grobes Footballspiel am Wochenende akzeptiert, aber die Mutter hatte ihn angesehen, als hätte er einen riesigen »Lügner«-Aufkleber auf seiner Stirn.

Will drückte die Leertaste seines Computers und benutzte die Maus, um das E-Mail-Icon anzuklicken. Über das Headset hörte er seine E-Mails ab. Die ersten drei waren Spam, die zweite Mail war von Pete Hanson, der ihm noch einmal übermittelte, was Faith ihm bereits über die Autopsien von Adam Humphrey und Kayla Alexander berichtet hatte.

Die dritte Mail kam von Amanda Wagner. Sie hatte für halb sieben Uhr am nächsten Morgen eine Pressekonferenz einberufen. Will nahm an, dass sie die Nachrichten so intensiv verfolgt hatte wie er. Da die Reporter nichts Wesentliches zu berichten hatten, hatten sie sich auf die Eltern gestürzt und ihr Leben seziert und sich dann langsam die Opfer als Zielscheibe vorgenommen. Die Presse musste sich auf eine Enttäuschung gefasst machen, wenn sie hoffte, morgen mit den Campanos sprechen zu können. Amanda verstand es meisterhaft, die Presse zu kontrollieren. Sie würde Paul und Abigail zwar den Kameras präsentieren, aber das Reden würde sie übernehmen. Will konnte sich nicht vorstellen, wie sie es schaffen würde, Paul einen Maulkorb zu verpassen, aber Will hatte Amanda in den letzten Monaten zu viele Hasen aus ihrem Hut zaubern sehen, um sich über die Logistik den Kopf zu zerbrechen.

Amandas E-Mail endete mit dem kurzen Satz: »Sie erscheinen morgen direkt nach der Pressekonferenz in meinem Büro.« Will vermutete, sie wusste bereits, dass Paul ihm das Gesicht eingeschlagen hatte.

Will drückte noch einmal auf Play und lauschte Amandas knapper Nachricht, als könnte er noch irgendeine versteckte Nuance heraushören. Das Programm gestattete es, die Texte mit unterschiedlichen Stimmen abzuhören. Pete klang wie Micky Maus. Amanda war Darth Vader. Allein in seinem dunklen Büro lief Will bei dieser Stimme ein Schauder über den Rücken.

Doch das brachte ihn auf eine Idee.

Er öffnete noch einmal Petes E-Mail und wählte eine andere Stimme aus. Er probierte alle Möglichkeiten durch und lauschte den Nuancen. Dabei bemerkte er, dass sein Untersuchungsgegenstand der falsche war. Er öffnete ein leeres E-Mail-Fenster, klickte auf Schreiben, nahm dann seinen Digitalrekorder zur Hand und wählte die Datei mit der Stimme des Kidnappers aus.

Er hielt das Gerät ans Mikrofon und ließ es den Text in das E-Mail-Fenster diktieren.

»*Ist dort die Mutter?*«

Dann die stotternde Abigail: »*J-ja … Hier ist Emmas Mutter. Geht es Emma gut? Kann ich mit Emma sprechen?*«

»*Ich habe Ihre Tochter.*«

»*Was wollen Sie? Sagen Sie mir, wie wir Emma zurückbekommen können.*«

»*Ich will eine Million Dollar.*«

»*Okay … Wann? Wo? Sagen Sie mir einfach, was Sie wollen.*«

»*Ich rufe Sie morgen Vormittag um halb elf mit weiteren Details an.*«

»*Nein – warten Sie! Woher soll ich …*«

Will schaltete die Aufnahme ab. Nun packte ihn die Aufregung. Er ließ den Text noch einmal laufen, isolierte die Sätze des Kidnappers und löschte Abigails Antworten. Als Nächstes ging er alle Stimmoptionen durch und suchte nach derjenigen Stimme, die der des Kidnappers am ähnlichsten war.

Die letzte Stimme war diejenige, die er für Amanda Wagner benutzte. Sein Finger hing über der Maus. Er drückte die Taste. Aus den Kopfhörern ertönte eine dunkle, düstere Stimme.

»Ist dort die Mutter?«

Will hob den Kopf, er hatte gespürt, dass er nicht allein war. Faith Mitchell stand in der Tür.

Er sprang auf und riss sich das Headset herunter, als hätte er ein schlechtes Gewissen. »Ich dachte, Sie wollten nach Hause gehen.«

Sie kam ins Büro und setzte sich. Die Schreibtischlampe tauchte sie in ein hartes Licht. Sie sah älter aus als ihre dreiunddreißig Jahre. »Was machen Sie da?«

»Die Aufnahme der Lösegeldforderung«, setzte er an, beschloss dann aber, es ihr ganz einfach zu sagen. Er nahm seinen Digitalrekorder und drückte auf Play. »Das ist sie.« Will behielt den Daumen auf dem Knopf und hörte zusammen mit Faith den Anruf des Kidnappers von diesem Morgen und Abigails ängstliche Antworten ab. Er stoppte die Aufnahme an derselben Stelle wie zuvor. »Das jetzt ist etwas, das ich eben mit meinem Computer gemacht habe. Der hat für die Oberfaulen eine dieser Stimmoptionen, die einem den Text vorlesen.« Er bewegte die Maus zum Startknopf und sagte: »Ich wusste gar nicht mehr, dass ich das hier drauf habe. Schätze, das ist irgend so ein ADA-Programm.« Er zog den Kopfhörerstecker heraus, damit die Lautsprecher aktiviert wurden. »Bereit?«

Sie nickte.

Er drückte Play, und die Sätze des Kidnappers kamen mit Darth Vaders Stimme aus den Sprechern.

»Ist dort die Mutter?«

242

»O Gott«, murmelte sie. »Das ist ja so gut wie identisch.«

»Ich glaube, er hat die Sätze eingetippt und dann so aufgenommen, wie sie aus den Computerlautsprechern kamen.«

»Deshalb ist die Satzkonstruktion so einfach. Es gibt keine Zusammenziehungen.«

Will schaute auf den Computermonitor, während er die Sätze aus dem Gedächtnis wiederholte. »Ich habe Ihre Tochter. Ich will eine Million Dollar. Ich rufe Sie morgen Vormittag um diese Zeit mit weiteren Details an.«

Er griff zum Telefon und rief Hamish Patel an, der unterwegs war, um das Band zur University of Georgia in Athens zu bringen.

Hamish klang so aufgeregt, wie Will sich fühlte. Zu Will sagte er: »Wenn Sie es schaffen, Ihren Job zu behalten, dann kann es gut sein, dass Sie den Fall knacken.«

Will tat das Thema ab. Er wollte nicht daran denken, was Amanda morgen früh für ihn in petto hatte, aber er stellte sich vor, dass sie sich für den Agenten, der mit dem Vater eines Entführungsopfers in eine Schlägerei geraten war, eine ganz besondere Hölle hatte einfallen lassen. Das GBI plante einen weiteren Sexeinsatz am Flughafen von Atlanta. Es konnte gut sein, dass Will morgen in einer Toilettenkabine in Flughafenhalle B steckte und auf einen Vater von drei Kindern wartete, der an die Tür klopfte und einen Blowjob verlangte.

Er beendete das Gespräch mit Hamish und sagte zu Faith: »Die werden der Sache nachgehen. Diese Jungs haben die ganze Zeit mit Computern und Audiobearbeitungssoftware zu tun. Ich bin mir sicher, die hätten das in zehn Sekunden herausgefunden.«

»Spart ihnen zehn Sekunden«, bemerkte sie. »Ich will gar nicht daran denken, wo wir jetzt schon sein könnten, wenn wir Gabe bereits gestern zum Reden gebracht hätten.«

»Er war noch nicht so weit«, entgegnete Will, obwohl man einfach nicht wissen konnte, ob das stimmte oder nicht. »Wenn

Sie ihn gestern schon angegangen hätten, dann hätte er sich vielleicht was angetan, ohne uns irgendetwas zu sagen.«

»Was halten Sie von den Zetteln?«

»Jemand – wahrscheinlich der Kidnapper – versuchte, Adam zu warnen oder zu bedrohen.«

»›Sie gehört zu mir‹«, zitierte Faith. »Das ist eine sehr eindeutige Aussage.«

»Das stützt zumindest die Annahme, dass der Kidnapper Emma kannte.«

»Was ist mit der Art, wie die Sätze geschrieben wurden?«

Will nickte, als wüsste er, worüber sie sprach. »Gute Frage. Was denken Sie darüber?«

Sie klopfte sich mit dem Zeigefinger auf die Lippen, während sie darüber nachdachte. »Entweder ist die Person, die sie schrieb, ein Legastheniker, oder derjenige versucht, es so aussehen zu lassen, als wäre er einer.«

Will spürte den Funken Stolz von eben verlöschen wie ein Blitz. Die Drohbriefe waren fehlerhaft geschrieben. Wegen seiner eigenen Dummheit hatte er einen wichtigen Hinweis übersehen. Was hatte er sonst noch übersehen? Welche anderen Indizien waren auf der Strecke geblieben, weil Will sie in seiner Beschränktheit einfach nicht erkannt hatte.

Faith fragte: »Will?«

Er schüttelte nur den Kopf, weil er seiner Stimme nicht traute. Er würde Amanda anrufen und ihr gestehen müssen, was er übersehen hatte. Sie hatte ihre Art, diese Dinge selbst herauszufinden. Er wusste nicht, wie er sonst damit umgehen sollte, außer es ihr zu gestehen und dann aufs Henkerbeil zu warten.

»Na, machen Sie schon, und sagen Sie's«, sagte Faith. »Es ist ja nicht so, dass ich nicht selbst schon daran gedacht hätte.«

Er faltete unter dem Tisch die Hände. »Woran gedacht?«

»Ob Emma damit zu tun hat oder nicht.«

Will schaute auf seine Hände hinunter. Er schluckte, hatte einen Kloß im Hals. »Möglich ist es«, murmelte er. Er versuchte, sich wieder zu konzentrieren, und benutzte eine sehr allgemeine Frage, um herauszufinden, wie sie darauf gekommen war, dass Emma Campano in das Verbrechen verwickelt sein könnte. »Kayla wusste auf jeden Fall ganz genau, wie sie in Leuten Hass entfachen konnte, aber das ist ein ziemlich großer Sprung, meinen Sie nicht auch?«

»Kayla war eine so grässliche Person, und wie es klingt, war Emma für sie nicht viel mehr als ein Schoßhündchen. Kann sein, dass ihr einfach der Geduldsfaden gerissen ist.«

»Glauben Sie, dass ein siebzehnjähriges Mädchen zu all diesen Dingen fähig ist – Menschen umbringen, ihre eigene Entführung inszenieren?«

»Das ist die Frage, nicht?« Faith stützte die Ellbogen auf den Tisch. »Ich sag das ja nicht gerne, aber wenn ich daran denke, was Mary Clark gesagt hat, hätte ich für den Fall, dass Emma tot und Kayla vermisst wäre, keine Probleme, zu glauben, dass Kayla beteiligt ist.«

»Hat sich Mary Clarks Alibi für gestern bestätigt?«

»Sie war den ganzen Tag im Klassenzimmer.« Dann führ Faith fort: »Ruth Donner, die im letzten Jahr Kaylas Erzfeindin war, hat den Staat verlassen. In der Schule gibt es keine anderen Mädchen mehr, die Kaylas Todfeinde waren, zumindest keine, die sich irgendwie von der Masse abheben.«

»Was ist mit Gabe Cohen?«

Sie presste die Lippen zusammen und sagte einen Augenblick lang gar nichts. »Es gibt kein Indiz, das ihn mit den beiden Mädchen in Verbindung bringt.« Dann fügte sie hinzu: »Ich glaube, er hat uns alles gesagt, was er weiß.«

»Was ist mit der Waffe?«

»Er hat sie mit gutem Grund erwähnt, aber ich habe seine Büchertasche und sein Zimmer von oben bis unten durchsucht. Falls Adam sich eine Waffe gekauft hatte, gab er sie nicht Gabe. Vielleicht hatte er sie in seinem Auto.«

»Das bedeutet, dass wahrscheinlich unser Kidnapper sie hat«, gab Will zu bedenken. »Wo war Gabe gestern, als das alles passierte?«

»Im Unterricht, aber er war in einem dieser großen Vorlesungssäle. Er musste sich nicht anmelden, der Lehrer führte keine Anwesenheitslisten. Es ist ein wackeliges Alibi.« Sie hielt inne. »Hören Sie, wenn Sie glauben, dass ich Mist gebaut habe, können wir ihn jetzt gleich verhaften. Vielleicht frischt eine Nacht im Gefängnis sein Gedächtnis auf.«

Will war nicht wohl bei dem Gedanken, einen Achtzehnjährigen nur wegen einer Vermutung einzusperren, vor allem bei Gabe Cohens Selbstmordgedanken. Er zählte die Punkte auf, die für Gabe sprachen. »Er hat auf dem Campus kein Auto. Er hat keinen Ort, wo er Emma verstecken kann. Wir haben keine Verbindung zwischen ihm und einem der beiden Mädchen. Kein Motiv, keine Gelegenheit, keine Mittel.«

»Ich glaube, er ist gestört«, sagte sie. »Aber ich glaube nicht, dass er zu so etwas fähig ist.« Faith lachte. »Natürlich, wenn ich die Gabe hätte, Menschen mit Mordgedanken zu durchschauen, dann wäre ich die Herrin der Welt.«

Das war ein Gedanke, der auch Will oft durch den Kopf ging. »Was macht die Schule mit ihm?«

»Victor Martinez, der Dekan, sagt, das ist eine heikle Situation«, erwiderte sie. »Im Grunde genommen sitzen sie zwischen allen Stühlen.«

»Wieso?«

»Erinnern Sie sich noch an dieses gute Dutzend Selbstmorde am MIT damals in den Neunzigern?«

Will nickte. Die Geschichte, dass die Eltern die Universität verklagt hatten, hatte landesweit Schlagzeilen gemacht.

»Die Schulen haben eine gesetzliche Verpflichtung – *in loco parentis*«, zitierte sie, ein Satz, der im Wesentlichen bedeutete, dass die Schule bei den Studenten Elternfunktion übernimmt, solange sie eingeschrieben sind. »Victor wird dem Vater empfehlen, Gabe für eine psychiatrische Beurteilung einweisen zu lassen.«

Will fiel auf, dass sie den Vornamen des Dekans benutzte. »Ihn einweisen zu lassen?«, fragte er. »Das scheint mir ziemlich drastisch zu sein.«

»Sie müssen vorsichtig sein. Auch wenn Gabe nur schwadroniert, müssen sie ihn ernst nehmen. Ich glaube nicht, dass das Tech ihn ohne eine ärztliche Versicherung, dass er okay ist, wieder zulassen wird.« Sie zuckte die Achseln. »Und auch dann werden sie ihm wahrscheinlich nahelegen, jeden Tag beim Psychologen vorbeizuschauen.«

Will sah Gabe Cohen lieber in geschlossener psychiatrischer Obhut als auf sich allein gestellt draußen in der Welt. So wusste er wenigstens, wie er sich den Jungen schnappen konnte, wenn er wollte.

Er sagte: »Kehren wir zu den Morden zurück.«

»Okay.«

»Kayla wurde von jemandem ermordet, der sie hasste. Ich kann mir nicht vorstellen, dass sich der Mörder ansonsten so viel Zeit gelassen hätte. Die vielen Einstiche, das Herunterziehen des Höschens, das Hochschieben des T-Shirts. Klassische Erniedrigung und Überreaktion. Man zerschlägt jemandem nicht das Gesicht, außer man weiß, wer derjenige ist, und verachtet ihn deswegen.« Dann fügte er hinzu: »Vielleicht haben Sie recht. Vielleicht ist Emma der Geduldsfaden gerissen.«

»Sie hätte ihre beste Freundin umbringen müssen – sie prügeln, auf sie einstechen, sie möglicherweise vergewaltigen mit etwas, das, nach Pete, ein Kondom draufhatte – und dann Adam auf den Kopf schlagen und auf ihn einstechen und auch noch ein Märchen inszenieren müssen, auf das ihre Eltern hereinfallen.« Dann fügte sie hinzu: »Und das erklärt noch immer nicht das Sperma, das in Kayla Alexanders Vagina gefunden wurde.«

»Vielleicht hat Emma einfach nur zugesehen, wie das alles passierte.« Er erinnerte sie: »Charlie sagt, es waren vier Personen in diesem Haus.«

»Stimmt«, gab Faith zu. »Aber eines muss ich zu bedenken

geben: Für ein Mädchen wie Emma, das lebt, wo sie lebt, und den Vater und den Großvater hat, die sie hat, ist eine Million nicht viel Geld.«

An das hatte Will noch gar nicht gedacht, aber sie hatte recht. Zehn Millionen würden Pauls Lebensstil eher entsprechen. Andererseits wäre eine Million viel leichter zu verstecken.

Er sagte: »Bernard, Emmas Lehrer, behauptete, sie sei sehr organisiert gewesen. Diese Sache erforderte viel Planung.«

Faith schüttelte den Kopf. »Ich verstehe die Jugend nicht mehr. Wirklich nicht.« Sie starrte zum Fenster hinaus auf den Wohnblock nebenan. »Ich hoffe, ich habe bei Gabe das Richtige gemacht.«

Will gab ihr einen Rat, den Amanda mit Vorliebe aufzutischen pflegte. »Entscheidungen kann man nur treffen anhand der Informationen, die man zu dem Zeitpunkt hat.«

Sie schaute noch immer zum Fenster hinaus. »In diesem Stockwerk war ich noch nie.«

»Wir versuchen, den Pöbel draußen zu halten.«

Sie lächelte schwach. »Wie lief's mit den Humphreys?«

»So schlecht, wie's zu erwarten war.«

Faith biss sich auf die Unterlippe und starrte weiter zum Fenster hinaus. »Als ich Adam gestern zum ersten Mal sah, konnte ich an nichts anderes denken als an meinen Sohn. Vielleicht habe ich deshalb so viel übersehen. Wir haben Stunden verloren, in denen wir bereits nach ihr hätten suchen können.«

Das war das Persönlichste, was sie Will je anvertraut hatte. Will hatte in den letzten beiden Tagen so viel Unpassendes zu ihr gesagt, dass er gar nicht erst versuchte, sie zu trösten.

»Ich habe das Gefühl, wir sollten irgendetwas unternehmen«, sagte sie, und ihre Frustration war deutlich zu hören.

Er sagte ihr, was er sich selbst dauernd sagte: »Jetzt heißt es einfach nur warten. Wir warten, bis Charlie die Beweismittel ausgewertet hat. Wir warten auf den Fingerabdruckspezialisten. Wir warten auf ...«

»Alles«, sagte sie. »Ich bin schon fast in Versuchung, den ganzen Spinnertipps nachzugehen.«

»Das wäre nicht gerade die produktivste Nutzung Ihrer Zeit.«

Als Antwort seufzte Faith nur. Sie sah hundemüde aus. Will stellte sich vor, dass Schlafen wahrscheinlich das Produktivste war, was sie in dieser Nacht tun konnte. Das Wichtigste war, dass sie am Morgen, wenn die ersten Ergebnisse eintrudelten, frisch war.

Das sagte Will ihr auch. »Morgen früh haben wir mehr, womit wir weitermachen können.« Er schaute auf die Uhr. Es war fast schon neun Uhr. »In zehn Minuten wird in den oberen Stockwerken die Klimaanlage abgeschaltet. Sie sollten nach Hause fahren und ein bisschen schlafen.«

»Leeres Haus«, entgegnete sie. »Jeremy genießt seine Unabhängigkeit ein bisschen zu sehr. Ich hätte mir gedacht, dass er mich wenigstens ab und zu mal vermisst.«

»Schätze, Kinder können manchmal sehr stur sein.«

»Ich wette, Sie haben Ihrer Mutter ganz schön zu schaffen gemacht.«

Will zuckte die Achseln. Er nahm an, dass das der Wahrheit nahe genug kam. Man steckte ein Baby nicht in einen Mülleimer, weil es pflegeleicht war. »Vielleicht sollte ich …« Will zögerte, doch dann wagte er sich vor. »Sollen wir vielleicht noch einen trinken gehen oder so?«

Sie schaute ihn verblüfft an. »O Gott.«

Zwei Sekunden zu spät erkannte er, dass er schon wieder ins Fettnäpfchen getreten war. »Ich habe eine Freundin. Ich meine, eine Verlobte. Wir leben zusammen.« Die Details purzelten aus ihm heraus. »Angie Polaski. Sie war bei der Sitte. Ich kenne sie, seit ich acht Jahre alt bin.«

Sie wirkte noch verblüffter. »Acht?«

Will merkte, dass er besser den Mund halten und sich überlegen sollte, was er sagte, bevor er es herausließ. »Das klingt romantischer, als es tatsächlich ist.« Er hielt inne. »Ich dachte nur ... Sie sagten, Sie wollten nicht allein sein in einem leeren Haus. Ich wollte einfach nur ... Ich weiß auch nicht.« Er lachte nervös. »Ich schätze, der wilde Affe geht wieder mit mir durch.«

Sie machte es ihm einfach. »Wir hatten beide einen langen Tag.«

»Ich trinke nicht mal.« Will stand im selben Augenblick auf wie Faith. Er steckte die Hand in die Hosentasche und spürte zwischen dem Kleingeld einen Fremdkörper. Als er das Röhrchen mit dem grauen Pulver herauszog, war er überrascht, dass das Plastik bei seiner Rauferei mit Paul nicht zerbrochen war.

»Will?«

Er merkte, dass sein erster Eindruck von dem Röhrchen nun wahrscheinlich auch der ihre war, nämlich dass er eine Unze Kokain in der Hand hielt. »Das ist Erde«, sagte er. »Oder irgendein Pulver. Ich habe das Zeug im Haus der Campanos gefunden.«

»Sie haben es gefunden?«, fragte sie und nahm ihm das Röhrchen ab. »Seit wann machen Sie Spurensicherung?«

»Seit, äh ...« Will streckte die Hand nach dem Röhrchen aus. »Sie sollten das wirklich nicht anfassen.«

»Warum nicht?«

»Es ist kein Beweisstück.«

»Es ist versiegelt.« Sie zeigte ihm den intakten Klebestreifen mit Charlies Initialen darauf.

Darauf hatte Will keine Antwort.

Faith wurde sofort argwöhnisch. »Was läuft denn hier?«

»Ich habe es vom Campano-Tatort gestohlen. Charlie hat mir den Rücken zugedreht, und ich habe es mir geschnappt, bevor Charlie es in den Computer eingeben konnte.«

Sie kniff die Augen zusammen. »Ist der Rekorder an?«

Er nahm das Gerät vom Tisch, öffnete die Rückenklappe und nahm die Batterien heraus. »Das Pulver wurde in der Diele gefunden. Das Problem ist eine mögliche Kreuzkontamination. Wir sind alle in diesem Bereich herumgelaufen. Es könnte von einem von uns hereingebracht worden sein. Was weiß denn ich, wahrscheinlich war es sogar so, aber …«

»Aber?«

»Aber vielleicht auch nicht. Es passt nicht zu den Erdsorten in der Umgebung des Hauses. Es war nicht auf Adams Schuhen oder auf denen der Mädchen. Es könnte vom Mörder hereingebracht worden sein.«

»Das klingt nach einer Information, die Sie von der Person erhalten haben, die das Indiz sichergestellt hat.«

»Charlie hat keine Ahnung, dass ich das tue.«

Ganz offensichtlich glaubte sie ihm nicht, ging aber auch nicht darauf ein. »Rein hypothetisch, was würden Sie denn damit tun?«

»Vielleicht jemanden am Tech um Hilfe bitten?«

Sie schüttelte energisch den Kopf. »Ich werde meinen Sohn doch nicht hineinziehen in dieses …«

»Nein, natürlich nicht«, unterbrach er sie. »Ich dachte mir, vielleicht könnten Sie mit Victor Martinez reden?«

»Victor?«, wiederholte sie. »Ich kenne den Mann doch kaum.«

»Sie kennen ihn gut genug, um ihn wegen Gabe Cohen anzurufen.«

»Das ist was anderes«, erwiderte sie. »Er ist der Leiter des Studentenbüros. Es ist seine Pflicht, sich um Gabe Cohen zu kümmern.«

Will versuchte es weiter. »Er würde die Bitte nicht merkwürdig finden, wenn sie von Ihnen käme. Wenn ich ihn einfach so anrufen würde, würde es alle möglichen Formalitäten und bürokratische Hindernisse geben. Wir müssen das unauffällig machen, Faith. Wenn dieses Pulver uns in eine Gegend führt, die wir absuchen können, und wenn wir den Mann finden, der das alles …«

»Dann wäre die Beweiskette kompromittiert und die Verhaftung könnte verworfen werden.« Sie seufzte schwer. »Ich muss erst darüber nachdenken, Will.«

Er musste ganz sicher sein, dass sie sich der Implikationen bewusst war. »Ich bitte Sie, das Gesetz zu brechen. Ist Ihnen das klar?«

»Das liegt in der Familie, nicht?«

Er merkte, dass ihre Worte wütender klangen, als sie es beabsichtigt hatte, aber er wusste auch, dass sie sich in den vergangenen eineinhalb Tagen größte Mühe gegeben hatten, aus ihrer Vernunftehe das Beste zu machen.

Deshalb sagte Will zu ihr: »Ich will nicht, dass Sie etwas tun, womit Sie nicht leben können, Faith. Sorgen Sie nur einfach dafür, dass ich die Probe zurückbekomme, wenn Sie sich dagegen entscheiden.«

Sie schloss die Hand um das Röhrchen und drückte es sich an die Brust. »Ich gehe jetzt.«

»Werden Sie …«

Sie behielt das Röhrchen in der Hand. »Was machen wir morgen?«

»Gleich in der Früh habe ich eine Besprechung mit Amanda. Ich treffe Sie dann hier so gegen acht. Gordon Chew, der Fingerabdruckexperte, kommt aus Chattanooga hierher, um zu sehen, ob er von den Drohbriefen latente Abdrücke abnehmen kann.« Er schaute sich in seinem Büro um, dann blickte er auf seine parkähnliche Aussicht. »Wenn ich bis acht Uhr fünfzehn nicht hier bin, schauen Sie auf den Herrentoiletten am Flughafen nach.«

11. KAPITEL

Faith saß an ihrem Küchentisch. Bis auf das Nachtlicht am Herd war das Zimmer dunkel. Sie hatte sich eine Flasche Wein, ein Glas und einen Korkenzieher geholt, aber alles stand unbenutzt vor ihr auf dem Tisch. In den ganzen Jahren hatte sie sich nichts sehnlicher gewünscht, als dass Jeremy alt genug würde, um auszuziehen, damit sie wieder so etwas wie ein Eigenleben führen könnte. Jetzt, da er nicht mehr da war, fühlte sie sich, als hätte sie dort, wo früher ihr Herz gewesen war, ein klaffendes Loch in der Brust.

Trinken half auch nichts. Wenn sie Wein trank, wurde sie immer rührselig. Faith griff nach dem Glas, um es wieder wegzustellen, doch stattdessen stieß sie es um. Sie griff danach, aber der Rand prallte von der Tischkante ab, und das Glas zersplitterte auf dem Fliesenboden. Faith kniete sich hin und hob die Scherben des zerbrochenen Weinglases auf. Sie dachte daran, das Licht einzuschalten, allerdings erst in der Sekunde, bevor eine Scherbe sie in die Haut stach.

»Verdammt«, murmelte sie und steckte sich den Finger in den Mund. Sie ging zum Spülbecken und ließ kaltes Wasser über die Wunde laufen. Sie schaltete das Licht über dem Becken an und sah zu, wie das Blut sich auf dem Stahl sammelte und fortgespült wurde.

Tränen traten ihr in die Augen, ihre Sicht verschwamm. Sie kam sich blöd vor wegen dieser Melodramatik, aber es war niemand da, der sie fragte, warum sie wegen etwas weinte, das nicht mehr war als eine Schnittwunde, deshalb ließ Faith die Tränen laufen. Außerdem hatte sie genug, worüber sie weinen konnte. Morgen früh wäre der Beginn des dritten Tages seit Emmas Verschleppung.

Was würde Abigail Campano tun, wenn sie morgen aufwachte? Würde der Schlaf ihr ein gewisses Vergessen bringen, sodass sie sich erst wieder daran würde erinnern müssen, dass ihr Kind nicht mehr da war? Was würde sie dann tun? Würde sie an all die Frühstücke denken, die sie ihr gemacht hatte, an all die Fußballtrainingsstunden und die Schulpartys und die Hausaufgaben, bei denen sie geholfen hatte? Oder würden ihre Gedanken sich eher auf die Zukunft als auf die Vergangenheit richten: Examen, Hochzeit, Enkel?

Faith nahm sich ein Papiertuch und wischte sich die Augen ab. Sie erkannte, wie falsch ihr Denken gewesen war. Keine Mutter konnte schlafen, wenn ihr Kind in Gefahr war. Faith hatte selbst viele schlaflose Nächte verbracht, und sie hatte genau gewusst, wo Jeremy war – oder wo er sein sollte. Sie hatte sich den Kopf zerbrochen über Verkehrsunfälle und jugendlichen Alkoholmissbrauch und – Gott bewahre – irgendein junges Mädchen, mit dem er ging und das vielleicht so dumm war, wie sie es in diesem Alter gewesen war. Es war schlimm genug, einen Sohn zu haben, der nur fünfzehn Jahre jünger war als sie, aber einen Enkel zu haben, der dann nur noch einmal sechzehn Jahre jünger war, wäre ein vernichtender Schlag gewesen.

Faith lachte laut bei dem Gedanken und warf das Tuch in den Abfalleimer. Sie sollte ihre Mutter anrufen und sie bemitleiden, oder sich wenigstens zum millionsten Mal entschuldigen, aber die Person, die Faith im Augenblick wirklich bei sich haben wollte, war ihr Vater.

Bill Mitchell war vor sieben Jahren an einem Schlaganfall gestorben. Zum Glück war sein Leiden nur kurz gewesen.

Er hatte sich eines Morgens an den linken Arm gefasst und war auf den Küchenboden gefallen, und zwei Nächte später war er dann friedlich im Krankenhaus gestorben. Faiths Bruder war aus Deutschland gekommen. Jeremy war an diesem Tag nicht in die Schule gegangen. Bill Mitchell war immer ein sehr rücksichtsvoller Mann gewesen, und noch im Tod hatte er es geschafft, an die Bedürfnisse seiner Familie zu denken. Sie waren alle bei ihm im Zimmer, als es mit ihm zu Ende ging. Sie hatten alle genug Zeit, sich von ihm zu verabschieden. Faith glaubte, dass nicht ein Tag verging, an dem sie nicht an ihren Vater dachte – an seine Freundlichkeit, seine Stabilität, seine Liebe.

In vielerlei Hinsicht war Bill Mitchell mit der Schwangerschaft seiner Tochter besser umgegangen als ihre Mutter. Er hatte Jeremy vergöttert und die Rolle des Großvaters sehr genossen. Erst sehr viel später fand Faith heraus, warum Bill aufgehört hatte, zu seiner wöchentlichen Bibelstunde zu gehen, und seine Bowling-Mannschaft verlassen hatte. Zu der Zeit hatte er gesagt, er wolle mehr mit seiner Familie zusammen sein und sich mehr um das Haus kümmern. Inzwischen wusste Faith, dass man ihm wegen ihr nahegelegt hatte, wegzubleiben. Faiths Sünde hatte auf ihn abgefärbt. Ihr Vater, ein Mann, der so gläubig war, dass er sein geistliches Amt als Berufung betrachtete, hatte nie mehr einen Fuß in die Kirche gesetzt, nicht einmal zu Jeremys Taufe.

Faith wickelte sich ein Papiertuch um den Finger, um die Blutung zu stoppen. Sie schaltete das Deckenlicht an und holte Besen und Kehrschaufel aus der Kammer. Sie fegte die Scherben zusammen und nahm dann den Staubsauger für die kleineren Partikel. Sie war seit zwei Tagen nicht zu Hause gewesen, die Küche war deshalb schmutziger als normal. Faith fuhr mit dem Sauger über die Fliesen und schob die Bürste in die Ecken.

Sie spülte das Geschirr unter dem Wasserhahn vor und stellte es dann in die Spülmaschine. Sie schrubbte das Becken und steckte die Geschirrtücher in die Waschmaschine, zusammen mit einer Ladung Wäsche, die sie im Korb im Bad gefunden hatte. Sie reinigte das Flusensieb des Trockners, als ihr der peinliche Augenblick mit Will Trent wieder einfiel, in dem sie eine Sekunde lang geglaubt hatte, er wolle sie anmachen.

Angie Polaski. Zum ersten Mal, seit sie ihn kennengelernt hatte, tat Faith der Mann leid. Von wegen eine Sekunde der Schwäche. Polaskis Eroberungen waren im Bereitschaftsraum Legende. Anfängern gegenüber gab es sogar Witze. Man sagte ihnen, sie müssten zwischen diesen Schenkeln durch, um zu einem der besten Polizisten der Stadt zu werden.

Will musste diese Gerüchte kennen – oder vielleicht gehörte er auch zu jenen Menschen, die ihre Fähigkeiten, die sie im Beruf zeigten, nicht auf ihr Privatleben übertragen konnten. Als sie an diesem Abend an seiner Tür stand und ihm bei der Arbeit am Computer zusah, war ihr die Isolation aufgefallen, die er ausstrahlte. Will war praktisch von seinem Stuhl hochgesprungen, als er sie sah. Mit den Schatten unter den Augen hatte er ausgesehen wie ein erschrockener Waschbär.

Da war noch etwas anderes. Wie würde er es anstellen, seinen Job zu behalten, da er sich auf eine Schlägerei mit Paul Campano eingelassen hatte? Von wegen Klatsch und Tratsch unter Polizisten. Hamish Patel tratschte wie eine Frau. Faith hatte einen Anruf von einem Kollegen im Morddezernat bekommen, bevor sie das Georgia Tech verlassen hatte.

Will schien sich keine Sorgen um seinen Job zu machen. Amanda war hart, aber sie konnte auch sehr fair sein. Oder vielleicht war Toleranz das neue Schlagwort beim GBI. Faith hatte Will innerhalb von zwei Tagen ein Arschloch und einen Affen genannt, und dennoch hatte er sie nicht von dem Fall abgezogen. Er hatte ihr nur ein Röhrchen mit grauem Pulver gegeben und sie gebeten, das Gesetz zu brechen.

Ihr Handy klingelte, und Faith rannte in die Küche wie ein nervöses Schulmädchen, weil sie erwartete, Jeremys Stimme zu hören.

Sie sagte: »Lass mich raten, du brauchst eine Pizza?«

»Faith?« Sie merkte, dass sie die Stirn runzelte, als sie versuchte, die Stimme zu identifizieren. »Victor Martinez hier.«

»Oh.« Mehr brachte sie nicht heraus.

Er sagte: »Haben Sie jemand anderen erwartet?«

»Ich dachte, es ist mein Sohn.«

»Wie gehts Jeremy denn?«

Faith konnte sich nicht erinnern, ihm Jeremys Namen genannt zu haben, aber sie sagte: »Es geht ihm gut.«

»Ich habe ihn heute Nachmittag gesehen. Er ist in Glenn Hall. Anständiger junger Mann.«

»Entschuldigen Sie«, erwiderte sie, »aber warum haben Sie mit ihm gesprochen?«

»Ich habe mit allen Studenten aus Adam Humphreys Umgebung gesprochen. Ich wollte sehen, wie es ihnen geht, ihnen klarmachen, dass sie jemanden haben, an den sie sich wenden können.«

»Mal wieder den eigenen Hintern bedecken?«

»Habe ich einen so gefühllosen Eindruck auf Sie gemacht?«

Faith murmelte eine Entschuldigung. »Es war ein langer Tag für mich.«

»Für mich auch.«

Sie schloss die Augen und dachte daran, wie Victor Martinez' Augenwinkel sich in Fältchen legten, wenn er lächelte – das aufrichtige Lächeln, nicht das Grinsen, das bedeuten sollte: »O Scheiße, Sie haben einen Sohn an meiner Schule.«

»Faith.«

»Bin noch da.«

»An der Highland gibt es ein italienisches Restaurant. Wissen Sie, welches ich meine?«

»Ähm …« Faith schüttelte den Kopf, als müsste sie die Ohren frei bekommen. »Ja.«

»Ich weiß, es ist schon spät, aber würden Sie sich dort mit mir zu einem Abendessen treffen? Oder vielleicht einfach nur auf einen Drink?«

Faith war sicher, dass sie ihn missverstanden hatte. Sie stotterte tatsächlich. »Si-sicher. Okay.«

»Zehn Minuten.«

»Gut.«

»Bis dann.«

Faith hielt das Handy in der Hand, bis eine Stimme vom Band sie bat, doch bitte aufzulegen. Sie legte es weg und rannte wie eine Verrückte durchs Haus, suchte nach einer sauberen Jeans, dann nach einem Rock, merkte aber sehr schnell, dass der Rock nicht nur zu eng war, sondern auch einen Guacamolefleck hatte vom letzten Mal, als sie mit einem Mann in einem Restaurant gewesen war – falls Jeremy schon als Mann galt. Sie entschied sich schließlich für ein trägerfreies Sommerkleid und ging zur Tür, nur um wieder umzukehren und sich umzuziehen, als sie ihr Spiegelbild sah und merkte, dass die teigige Haut unter ihrem Arm über das Kleid quoll wie die Krone eines Sauerrahm-Heidelbeer-Muffins bei Starbucks.

Victor saß an der Bar, als sie schließlich ins Restaurant kam. Er hatte ein halb leeres Glas vor sich stehen, Scotch, wie es aussah. Seine Krawatte war gelockert, sein Sakko hing über der Rückenlehne seines Hockers. Die Zeiger der Uhr über der Bar rückten auf elf zu. Faith fragte sich nicht zum ersten Mal, ob das überhaupt ein Rendezvous war. Vielleicht hatte er sie nur als Freundin eingeladen, als Gleichgestellte und Gleichgesinnte, damit sie über Gabriel Cohen reden konnten. Vielleicht trank er einfach nicht gern allein.

Er stand auf, als er sie sah, ein müdes, träges Lächeln auf den Lippen. Wenn das kein Rendezvous war, dann war Faith die größte Närrin auf dem Planeten; die Knie wurden ihr weich, als sie ihn sah.

Victor strich ihr mit der Hand über den Arm, und sie musste sich beherrschen, um nicht zu schnurren. Er sagte: »Ich dachte schon, Sie hätten Ihre Meinung geändert.«

»Nur meine Kleidung«, gab sie zu. »Viermal.«

Er betrachtete ihr Outfit, was nur eine Variation der Arbeits-kleidung war, in der er sie seit gestern gesehen hatte. »Sie sehen sehr … professionell aus.«

Faith setzte sich, plötzlich war die Erschöpfung stärker als die Sehnsucht. Sie war ein bisschen alt, um sich aufzuführen wie ein verliebtes Schulmädchen. Beim letzten Mal, als das passiert war, war sie danach sehr schnell schwanger und allein gewesen. »Glauben Sie mir, bei dem, was ich in meinem Schrank gefunden habe, hätte es noch viel schlimmer kommen können.«

Er zog seinen Hocker dicht an ihren und setzte sich. »Gefällt mir ohne die Waffe und die Marke.«

Tatsächlich kam sie sich ohne diese beiden nackt vor, aber das sagte sie nicht.

»Was wollen Sie trinken?«

Faith schaute sich die Spirituosenflaschen hinter der Bar an. Sie wusste, sie sollte sich etwas Damenhaftes aussuchen – einen Gespritzten oder einen Cosmopolitan –, aber sie konnte sich nicht dazu überwinden. »Gin Tonic.«

Victor winkte dem Barmann und bestellte.

Faith fragte: »Was ist mit Gabe passiert?«

Victor wandte sich ihr zu. Sie sah, dass das Funkeln in seinen Augen nicht mehr so intensiv war. »Fragen Sie das in offizieller Funktion?«

»Ja, das tue ich.«

Er drehte sein Glas Scotch in den Händen. »Ehrlichkeit ist für Sie nicht wirklich ein Problem, oder?«

»Nein«, gab Faith zu. Einen Mann, der das als Vorzug be-trachtete, musste sie erst noch kennenlernen.

Victor sagte: »Darf ich Sie etwas fragen – als Sie mich heute anriefen, sagten Sie, Sie wollten Gabe nicht den Behörden über-antworten. Was haben Sie damit gemeint?«

Sie schwieg, während der Barkeeper ein großes Glas Gin Tonic vor sie hinstellte. Faith gestattete sich einen Schluck, be-vor sie zu Victor sagte: »Ich glaube, am einfachsten fasse ich das zusammen, indem ich sage, dass die Polizei bekannt dafür ist, eine Reißzwecke mit einem Vorschlaghammer einzuschlagen. Die Abteilung hat für alles eine Prozedur. Bei Gabe – ich hätte ihn in schützenden Gewahrsam genommen, entweder einen Krankenwagen gerufen oder ihn selbst ins Grady Hospital gefahren. Ich würde denen sagen, was er mir gesagt hat: Er gab zu, dass er schon einmal versucht hatte, sich umzubringen. Er gestand mir, dass er daran denke, es noch einmal zu tun. Bei jungen Männern ist Selbstmord die achthäufigste Todesursache. Wir nehmen das sehr ernst.«

In der ganzen Zeit, die sie geredet hatte, war sein Blick nicht von ihren Augen gewichen. Faith konnte sich nicht mehr erinnern, wann ein Mann das letzte Mal Blickkontakt mit ihr gehalten und sich wirklich angehört hatte, was sie zu sagen hatte. Na ja – außer sie las ihnen ihre Rechte vor, aber das war kaum schmeichelhaft.

Victor sagte: »Sie bringen ihn also ins Krankenhaus. Was passiert dann?«

»Man würde ihn vierundzwanzig Stunden zur Beobachtung dort behalten, und wenn er durchdrehen oder die Behandlung verweigern würde, was in diesem Fall völlig verständlich wäre, hätte er das Recht, vor einen Richter zu treten und seine Freilassung zu beantragen. Abhängig davon, wie er sich dort präsentieren würde, ob der Richter ihn für vernünftig halten würde oder nicht, ob der Arzt, der ihn begutachtete, tatsächlich Zeit haben würde, vor Gericht aufzutreten, würde man ihn entweder entlassen oder für eine ausführlichere Begutachtung wieder zurückschicken. So oder so, sein Name würde in einen Computer kommen. Sein Privatleben wäre dann für immer und ewig in einer nationalen Datenbank gespeichert. Das alles gilt aber nur, wenn er noch nicht wegen irgendetwas verhaftet worden war.«

»Und ich dachte, das öffentliche Universitätssystem ist kompliziert.«

»Warum erzählen Sie mir nicht davon?«, fragte sie. »Glauben Sie mir, Büropolitik ist sehr viel interessanter als polizeiliche Vorgehensweise.«

Er legte den Arm über die Rückenlehne ihres Barhockers. Durch ihre dünne Baumwollbluse konnte sie die Hitze seines Körpers spüren. »Machen Sie mir das Vergnügen«, sagte er, zumindest war es das, was Faith zu hören glaubte. Ihre Ohren waren zugeschnappt, kaum dass er sie berührt hatte – vielleicht waren es die Engel, die Harfe spielten, oder ein explodierendes Feuerwerk. Vielleicht war ihr Drink zu stark oder ihr Herz zu einsam. Sie musste sich zwingen, sich vorzubeugen und einen kräftigen Schluck aus ihrem Glas zu nehmen.

Victor strich ihr mit dem Daumen über den Rücken, entweder eine spielerische, flirtende Geste oder eine sanfte Aufforderung zum Weiterreden. »Was würde eine Verhaftung bedeuten?«

Sie atmete einmal tief durch, bevor sie aufzählte: »Ihm Handschellen anzulegen, ihn aufs Revier zu bringen, Fingerabdrücke und Fotos zu machen, ihm den Gürtel, die Schuhbänder und die persönliche Habe abzunehmen, ihn zusammen mit dem Abschaum der Gesellschaft in eine Zelle zu stecken.« Sie stützte das Kinn auf die Hand und stellte sich Gabe Cohen in einer Zelle zusammen mit Säufern und Drogendealern vor. »So spät am Tag würde er wahrscheinlich die Nacht im Gefängnis verbringen und am nächsten Morgen ins Gericht gebracht werden, wo er drei oder vier Stunden auf seine Kautionsanhörung warten würde, dann würde er auf die Prozedur seiner Freilassung warten müssen, und schließlich würde er auf seinen Prozess warten müssen.« Faith nahm noch einen kräftigen Schluck von ihrem Drink und lehnte sich zurück. »Und von da an würde er jedes Mal, wenn er einen Strafzettel bekommt oder ein Arbeitgeber einen Hintergrundcheck über ihn anstellt oder in seiner Nachbarschaft ein Verbrechen passiert und sein Name auftaucht, einer eingehenden Untersuchung unterzogen werden, die jeden Proktologen zum Erröten bringen würde.«

Wieder brachte Victor seinen Daumen zum Einsatz, und wieder wusste sie nicht, ob es nur eine allgemeine Ermutigung war oder eine intimere Geste. »Sie haben ihm heute einen Gefallen getan.«

»Ich weiß es nicht«, gab sie zu. »Es sieht so aus, als hätte ich ihn einfach bei Ihnen abgeladen.«

»Ich bin froh, dass Sie es getan haben. Wir hatten letztes Jahr eine Studentin, die sich eine Überdosis Oxycodon verpasst hatte. Sie wohnte nicht auf dem Campus. Es dauerte eine ganze Weile, bis jemand sie fand.«

Faith konnte sich sehr gut vorstellen, wie die Szene ausgesehen hatte. »Meiner Erfahrung nach tun diejenigen, die davon reden, es normalerweise nicht. Die Stillen, diejenigen, die sich verschließen, sind diejenigen, über die man sich Sorgen machen muss.«

»Gabe war nicht gerade still.«

»Nein, aber vielleicht war er auf dem Weg dazu.« Sie trank noch einen Schluck, damit ihre Hände nicht herumspielten. »Man kann nie wissen.«

Victor berichtete ihr: »Sein Vater hat ihn in ein Privatkrankenhaus gebracht.«

»Gut.«

Er lockerte seine Krawatte noch ein wenig mehr. »Was ist heute sonst noch passiert? Wie läuft der Fall?«

»Ich habe das Gespräch bereits zu sehr dominiert«, sagte sie, und die Erkenntnis machte sie ein wenig verlegen. »Erzählen Sie mir von Ihrem Tag?«

»Meine Tage sind langweilig, glauben Sie mir. Ich schlichte Streitereien zwischen Studenten, stemple Anträge von Jungs ab, die in ihren Zimmern Hochbetten bauen wollen, sitze in endlosen Besprechungen, und wenn ich Glück habe, darf ich mich mit verzogenen kleinen Idioten wie Tommy Albertson herumschlagen.«

»Wie faszinierend. Erzählen Sie mir mehr.«

Er lächelte über ihren Spott, stellte ihr aber eine ernste Frage. »Glauben Sie, Sie schaffen es, dieses Mädchen zu finden?«

»Ich glaube, dass ...« Sie spürte die Dunkelheit zurückkommen, den immer stärkeren Sog des Abgrunds. »Ich glaube, ich mag mich auch lieber, wenn ich meine Marke nicht trage.«

»Gut so«, sagte er. »Erzählen Sie mir von Jeremy.«

Faith fragte sich, ob es wirklich das war, worum es bei diesem Rendezvous ging. »Wir sind nichts als eine Zahl in einer Statistik der Reagan-Ära.«

»Das klingt nach einer Standardantwort.«

»Ist es auch«, gab sie zu. Was damals passiert war, war nicht wirklich zu beschreiben. Innerhalb eines Monats war aus dem Mädchen, das vor dem Badezimmerspiegel Songs von Duran Duran in eine Haarbürste gesungen hatte, eine schwangere Frau geworden, die sich Gedanken machte über Hämorrhoiden und Schwangerschaftsdiabetes.

Victor drang sanft in sie. »Erzählen Sie mir, wie es war.«

»Ich weiß nicht. Es war so, wie man es sich denken würde. Entsetzlich. Ich hielt die Schwangerschaft vor meinen Eltern verborgen, solange ich konnte, und dann war es zu spät, um noch was dagegen zu unternehmen.«

»Sind Ihre Eltern religiös?«

Sie nahm an, dass er das wegen der Möglichkeit einer Abtreibung fragte. »Sehr«, antwortete sie. »Aber sie sind auch Realisten. Vor allem meine Mom wollte, dass ich aufs College gehe und erst dann eine Familie gründe, wenn ich bereit dazu bin. Mein Dad hatte gewisse Bedenken, aber er hätte jede Entscheidung unterstützt, die ich getroffen hätte. Im Grunde genommen überließen sie beide es mir.«

»Und was ist passiert?«

Faith sagte ihm die Wahrheit. »Für eine legale Abtreibung war es zu spät, aber es gab ja immer noch die Möglichkeit einer Adoption. Ich gebe es nicht gerne zu, aber ich war egoistisch und rebellisch. Ich dachte nicht daran, wie schwer es werden und wie es jeden in meiner Familie betreffen würde. Bei allem, was meine Eltern mir sagten, dass ich es tun sollte, tat ich genau das Gegenteil, und scheiß auf die Konsequenzen.« Sie lachte und fuhr fort: »Das erklärt vielleicht, warum ich überhaupt schwanger wurde.«

Er schaute sie wieder mit derselben Intensität an, die ihr bei ihrer ersten Begegnung auch schon aufgefallen war. »Sie sind sehr schön, wenn Sie lachen.«

Sie errötete, was ganz okay war, denn ihr erster Gedanke war gewesen, sich ihm vor die Füße zu werfen. Die Wirkung, die er auf sie hatte, war sowohl erregend wie erniedrigend, vor allem deshalb, weil sie keine Ahnung hatte, was er empfand. Stellte er all diese Fragen nur aus reiner Neugier? Oder war er wirklich an etwas Tieferem interessiert? Sie war viel zu unerfahren, um das selbst herauszufinden, und viel zu alt, um sich deswegen den Kopf zu zerbrechen.

Faith hatte tatsächlich ihre Handtasche dabei, ein Zugeständnis an ihre Weiblichkeit, als ihr Kleidungsdebakel zu Hause damit geendet hatte, dass sie ihre ausgesprochen unerotische, aber einigermaßen saubere Arbeitskluft anzog. Jetzt wühlte sie in der Tasche, um etwas anderes zu tun zu haben, als nur wie ein verlorenes Hündchen in die unergründliche, tiefe Schwärze seiner wunderbaren Augen zu starren.

Tempos, Brieftasche, eine Reservestrumpfhose, ein Päckchen Kaugummi. Sie hatte keine Ahnung, wonach sie in der Tasche eigentlich suchte. Ihr Handrücken streifte etwas, das sie anfangs für eines dieser lästigen Parfümpröbchen hielt, die man in Einkaufszentren bekam, das sich dann allerdings als das Röhrchen mit dem grauen Pulver erwies, das Will Trent ihr gegeben hatte. Sie hatte es erst in letzter Minute in die Tasche geworfen, ohne wirklich darüber nachzudenken. Als sie nun das Röhrchen in der Hand hielt, wurde ihr fast übel bei dem Gedanken an die Konsequenzen dieses Diebstahls.

Victor fragte: »Stimmt etwas nicht?«

Sie zwang sich, die Frage zu stellen, bevor der gesunde Menschenverstand sie davon abhalten konnte. »Gibt es am Tech jemanden, der Spezialist ist für ...« Sie wusste nicht, wie sie es nennen sollte. »Erde?«

Er kicherte. »Wir sind die siebtbeste Universität des Landes. Wir haben eine ganze Fakultät für Erde.«

»Ich muss Sie um einen Gefallen bitten«, setzte sie an, wusste dann aber nicht, wie sie weitermachen sollte.

»Was immer Sie wollen.«

Sie erkannte, dass dies ihre letzte Chance war, sich dagegen zu entscheiden, dass sie sich jetzt noch irgendeine Ausrede ausdenken oder das Thema wechseln konnte, damit sie die grundanständige Polizistin bleiben würde, die zu sein ihre Mutter ihr beigebracht hatte.

Doch Faith war ebenfalls Mutter. Wie würde sie sich fühlen, wenn irgendein Polizist nur Dienst nach Vorschrift machte, sodass Jeremy sein Leben verlor?

Victor winkte dem Barkeeper. »Vielleicht löst noch ein Drink Ihnen die Zunge.«

Faith sah überrascht, dass ihr Glas leer war, und legte die Hand darüber. »Ich bin mit dem Auto da.«

Er nahm ihre Hand und hielt sie fest. Sie spürte, dass sich sein Arm um ihre Taille legte. Jetzt war seine Absicht unmissverständlich. »Sag mir, was du brauchst.« Er streichelte ihr die Finger, und sie spürte die Wärme seiner Haut, die feste Zärtlichkeit seines Daumens. »Ich sorge dafür, dass du sicher nach Hause kommst.«

DRITTER TAG

12. KAPITEL

Abigail saß auf der Couch und sah zu, wie ihre Mutter im Zimmer herumwuselte, Kissen aufschüttelte und Vorhänge öffnete. Aufreibende vierzehn Stunden war sie hierhergeflogen, aber ihr Make-up war perfekt, und ihre Haare waren zu einem straffen Knoten zusammengefasst. Als Abigail heranwuchs, hatte die Unerschütterlichkeit ihrer Mutter sie bis zur Weißglut gereizt. Jahrelang hatte sie versucht, sie mit engen Jeans und schrillem Make-up und unpassenden Freunden zu schockieren. Jetzt konnte sie nur dankbar sein für die Normalität, die diese ältere Frau ins Haus brachte. Auch wenn Emma seit drei Tagen verschwunden war, auch wenn Abigail einen Mann getötet hatte, das Bett wurde trotzdem gemacht, und im Bad lagen frische Handtücher.

»Du musst etwas essen«, sagte Beatrice zu ihr. »Du willst doch stark sein, wenn Emma nach Hause kommt.«

Abigail schüttelte den Kopf, an Essen wollte sie nicht einmal denken. Ihre Mutter sprach in diesen Sentenzen, seit sie gestern Nachmittag angekommen war. Emma war der Dreh- und Angelpunkt für alles, ob es nun darum ging, Abigail aus dem Bett zu locken oder sie dazu zu bringen, sich die Haare für die Pressekonferenz zu richten.

Beatrice wandte sich an Hamish. »Junger Mann, wollen Sie etwas zu essen?«

»Nein, vielen Dank, Ma'am.« Er hielt den Kopf gesenkt, kontrollierte immer wieder seinen Computer. Bei Gott, der Mann war völlig eingeschüchtert von Beatrice und ihrem Normalitätsfanatismus. Von dem Augenblick an, als sie angefangen hatte aufzuräumen, hatte Hamish sich in die Küche zurückgezogen und über seine Ausrüstung gewacht, aus Angst, sie könnte etwas anfassen. Als der andere Techniker kam, um ihn für die Nachtschicht abzulösen, hatte Hamish den Mann wieder weggeschickt. Abigail sollte glauben, er tue das alles nur aus Sorge um seinen Computer, und nicht, weil er den Eindruck hatte, dass die Situation eskaliert sei.

Sie schauderte, plötzlich hatte sie die mechanische Stimme aus dem Telefon wieder im Ohr.

Ist dort die Mutter?

Der Lösegeldanruf hatte alles verändert. Die Tuscheleien zwischen Paul und ihrem Vater waren intensiver geworden. Sie hatten über das Geld geredet, über die Logistik, wie sie an Bares kommen konnten, als hätte der Kidnapper Milliarden verlangt und nicht eine Million. Abigail wusste ganz sicher, dass sie mindestens eineinhalb Millionen auf ihrem Geldmarktkonto hatten. Abgesehen davon konnte ihr Vater sich die Summe mit nur einem Anruf an die Haustür bringen lassen. Irgendetwas lief da – etwas, das sie Abigail nicht verraten wollten. Sie war abwechselnd wütend und erleichtert darüber, dass die beiden sie nicht mit hineinzogen.

»So«, sagte Beatrice und setzte sich ans andere Ende der Couch. Sie saß am Rand des Polsters, die geschlossenen Beine schräg gestellt. Abigail konnte sich nicht erinnern, ihre Mutter je irgendwo bequem sitzen gesehen zu haben. Sie schien ein Rückgrat aus Titan zu haben. »Wir müssen darüber reden, was du mit dir selbst anstellst.«

Abigail warf einen Blick zu Hamish hinüber, der etwas auf seinem Monitor studierte. »Müssen wir diese Unterhaltung jetzt führen, Mutter?«

»Ja, das müssen wir.«

Am liebsten hätte sie die Augen verdreht. Sich aufgeführt.

Wie einfach es doch war, in dieses rebellische Verhaltensmuster zurückzufallen, obwohl Abigail doch begriff, dass ihre Mutter nichts anderes wollte, als ihr zu helfen. Warum war es mit ihrem Vater so viel einfacher? Warum hatte Hoyt sie dazu bringen können, ein Stück Käsetoast zu essen und frische Kleidung anzuziehen? Warum war es so viel einfacher, an seiner Schulter zu weinen, als Trost von ihrer Mutter anzunehmen?

Beatrice nahm ihre Hand. »Du weinst schon wieder.«

»Darf ich das vielleicht nicht?« Abigail starrte den Stapel Zeitschriften auf dem Couchtisch an, die Computerausdrucke der *Washington Post* und des *Seattle Intelligencer*. Paul hatte jeden Artikel heruntergeladen, den er finden konnte, hatte alles nach irgendeinem Detail durchsucht, von dem er sicher war, dass die Polizei es ihm vorenthielt. Er war inzwischen völlig paranoid, fragte Abigail nach Tatortdetails aus, die die Presse erfunden hatte, Hirngespinste, die sie als echte Nachrichten hinstellten. Vor drei Jahren war Adam Humphrey wegen Fahrens ohne Versicherungsnachweis verwarnt worden. Deutete das auf eine dunkle Seite hin, über die die Polizei nicht sprach? Kayla war von ihrer letzten Schule geflogen, weil sie auf dem Campus geraucht hatte. Bedeutete das, dass sie auch harte Drogen genommen hatte? Brachte ihr Drogendealer diesen Wahnsinn in ihrer aller Leben? Gab es da draußen irgendeinen Verbrecher, der Emma jetzt im Augenblick mit Drogen vollstopfte?

Um alles noch schlimmer zu machen, war Pauls Aggressivität unkontrollierbarer denn je. Abigail hatte ihn nach Details über die gestrige Schlägerei mit Will Trent gefragt, und er war so wütend auf sie geworden, dass sie den Raum verlassen hatte, anstatt sich seine Tirade anzuhören. Sie wollte sagen, dass sie ihn einfach nicht mehr kenne, aber das stimmte nicht. Das war genau der Paul, von dem sie immer gewusst hatte, dass er existierte. Diese Tragödie brachte seine Anlagen einfach nur verstärkt ans

Tageslicht, und, offen gesagt, ihr privilegiertes Leben machte es einfach, Charakterfehler zu übersehen.

Sie waren es gewohnt, auf weit über siebenhundert Quadratmetern zu leben – mehr als genug Platz, um einander aus dem Weg zu gehen. Die Wohnung über der Garage mit ihrer gemütlichen Küche-Wohnzimmer-Kombination und nur einem Schlafzimmer war jetzt zu klein für sie. Sie stiegen einander auf die Füße, waren sich ständig im Weg. Abigail hatte den Eindruck, in diesen beschränkten Räumlichkeiten ebenso sehr eine Gefangene zu sein, wie Emma es war – wo das auch sein mochte.

Was sie wirklich tun wollte, war, ihn zu packen, ihn zu schlagen, ihn dafür zu bestrafen, weil er zugelassen hatte, dass Emma so etwas Schreckliches passierte. Paul hatte ihre stillschweigende Vereinbarung gebrochen, und sie war wütend auf ihn wegen dieser Übertretung. Er konnte seine Frauen vögeln und seine Tochter verwöhnen, bis sie es fast nicht mehr aushielt, aber letztendlich wollte Abigail nur eines von ihm. Dass er für die Sicherheit seiner Familie sorgte.

Und er hatte kläglich versagt. Alles war so furchtbar schiefgegangen.

Beatrice streichelte Abigail die Hand. »Du musst stark sein.«

»Ich habe einen Menschen getötet, Mutter.« Sie wusste, sie sollte vor Hamish nicht darüber reden, aber die Wörter flossen einfach aus ihr heraus. »Ich habe ihn mit meinen bloßen Händen erwürgt. Adam Humphrey war der Einzige, der Emma zu helfen versucht hatte, der Einzige, der uns hätte sagen können, was wirklich passiert ist, und ich habe ihn getötet.«

»Psch«, machte sie und strich über Abigails Hand. »Das kannst du jetzt nicht mehr ändern.«

»Aber ich kann Reue empfinden«, sagte sie. »Ich kann Verärgerung empfinden und Hilflosigkeit und Wut.« Sie schnappte nach Luft, ihre Gefühle überwältigten sie. Wie konnte man von ihr erwarten, dass sie heute vor die Kameras trat, dass sie sich der Welt zeigte? Man wollte sie nicht einmal sprechen lassen, was Paul wütend machte, Abigail aber insgeheim erleichterte.

Der Gedanke, den Mund zu öffnen und einen unsichtbaren Fremden anzuflehen, ihr ihre Tochter zurückzugeben, machte Abigail körperlich krank. Was, wenn sie das Falsche sagte? Was, wenn sie eine Frage auf die falsche Art beantwortete? Was, wenn sie einen kalten Eindruck vermittelte? Was, wenn sie zu barsch oder zu leidend oder zu melodramatisch klang?

Die Ironie war, dass es andere Frauen – andere Mütter – waren, über die sie sich den Kopf zerbrach. Diejenigen, die so leichthin ein Urteil über ihr eigenes Geschlecht fällten, als würden die gemeinsamen biologischen Merkmale sie zu Experten für dieses Thema machen. Abigail kannte diese Geisteshaltung, weil sie ebenso gedacht hatte, als sie noch den Luxus eines sicheren und perfekten Lebens genoss. Sie hatte die Geschichten über Madeleine McCann und JonBenét Ramsey gelesen, hatte jedes Detail dieser Fälle verfolgt und über diese Mütter so hart geurteilt wie alle anderen auch. Sie hatte Susan Smith im Fernsehen bei ihrer geheuchelten Bitte um Rückgabe der Kinder gesehen und hatte über Diane Downs verabscheuungswürdige Gewalt gegen ihre eigenen Kinder gelesen. Es war so einfach gewesen, ein Urteil über diese Frauen – diese Mütter – zu fällen, sich auf der Couch zurückzulehnen, am Kaffee zu nippen, und sie als zu kalt oder zu hart oder zu schuldig abzuurteilen, nur weil sie ihre Gesichter fünf Sekunden lang in den Nachrichten oder im People-Magazin gesehen hatte. Und jetzt, in der ultimativsten karmischen Vergeltung aller Zeiten, würde Abigail diejenige vor den Kameras sein. Ihre Freunde und Nachbarn, und schlimmer noch, völlig Fremde, würden auf ihren Couchen sitzen und vorschnelle Urteile über Abigails Verhalten zum Besten geben.

Beatrice sagte: »Es ist schon okay.«

»Nichts ist okay.« Abigail entriss ihrer Mutter die Hand und stand auf. »Ich habe genug davon, dass alle herumlaufen wie auf rohen Eiern. Jemand muss Adam betrauern. Jemand muss endlich mal laut aussprechen, dass ich totale Scheiße gebaut habe!«

Beatrice schwieg, und Abigail drehte sich um und schaute ihre Mutter an. Das harte Licht tat ihrem Gesicht keinen Gefallen, es vertiefte jede Furche, jedes Fältchen, die das Make-up nicht verbergen konnte. Ihre Mutter hatte sich unters Messer gelegt – hatte die Stirn liften und die Kinnpartie straffen lassen –, aber die Wirkung war nicht drastisch, es war eher ein Abmildern der Verwüstungen der Zeit, sodass sie jetzt jung aussah für ihr Alter, aber nicht wie eine Plastikpuppe mit Silikonlippen.

Sie redete leise, aber mit Autorität. »Du hast wirklich Scheiße gebaut, Abby. Du hast die Situation falsch interpretiert und du hast diesen Jungen getötet.« Ihre Mutter benutzte eine solche Sprache nicht gern, und das sah man ihrem Gesicht auch an. Dennoch fuhr sie fort: »Du hast geglaubt, er wollte dich angreifen, aber er wollte dich um Hilfe bitten.«

»Er war erst achtzehn Jahre alt.«

»Ich weiß.«

»Vielleicht hat Emma ihn geliebt. Er hatte ihr Foto in der Brieftasche. Vielleicht war er ihr Freund.« Sie stellte sich vor, was das bedeutete – Händchenhalten, ihr erster Kuss, unbeholfenes Fummeln und Tasten. Hatte ihre Tochter mit Adam Humphrey geschlafen? Kannte sie bereits die Freude, von einem Mann umarmt und liebkost zu werden? War diese erste Liebe die Erinnerung, die ihr bleiben würde, oder würde Emma sich nur daran erinnern, wie ihr Entführer sie verletzt, sie vergewaltigt hatte?

Gestern zur selben Zeit hatte Abigail ausschließlich über Emmas Tod nachdenken können. Jetzt merkte sie, dass sie sich überlegte, wie es sein würde, wenn Emma überlebte. Abigail war nicht dumm. Sie wusste, dass Geld nicht der einzige Grund war, warum ein erwachsener Mann ein siebzehnjähriges Mädchen aus ihrer Familie stahl. Wenn sie sie zurückbekämen – wenn Emma zurückgegeben würde –, wer würde dieses Mädchen dann sein? Wer würde diese fremde Tochter sein?

Und wie würde Paul damit umgehen? Wie konnte er seinen kleinen Engel je wieder ansehen, ohne daran zu denken, was man ihr angetan hatte, wie sie benutzt worden war? Nach dem gestrigen Kampf hatte Paul Abigail nicht einmal anschauen können. Wie sollte er da seiner Tochter je wieder in die Augen sehen können?

Sie sprach jetzt aus, was ihr die Kehle zugeschnürt hatte, seit sie erkannt hatten, dass Emma nicht tot, sondern verschleppt worden war. »Wer sie auch hat – er wird ihr etwas antun. Wahrscheinlich tut er ihr jetzt im Augenblick etwas an.«

Beatrice nickte knapp. »Wahrscheinlich.«

»Paul wird nicht …«

»Paul wird damit zurechtkommen, so wie du.«

Sie bezweifelte es. Paul hatte alles gern perfekt, und wenn etwas nicht perfekt sein konnte, dann wollte er zumindest den Anschein von Perfektion. Jeder würde wissen, was mit Emma passiert war. Jeder würde jedes Detail ihres beschädigten Lebens kennen. Und wer konnte ihnen ihre Blutgier, ihre Neugier verübeln? Auch jetzt noch konnte der kleine Teil von Abigails Hirn, der sich an Details aus den Filmen der Woche und den Titelgeschichten der Sensationsmagazine erinnerte, die Namen der entführten und zurückgegebenen Kinder erinnern: Elizabeth Smart, Shawn Hornbeck, Steven Stayner … Was war aus ihnen geworden? Was hatten die Familien getan, um daran nicht kaputtzugehen?

Abigail fragte: »Wer wird sie sein, Mama? Wenn wir sie zurückbekommen, wer wird Emma dann sein?«

Beatrices Hand war sehr ruhig, als sie Abigails Kinn hob. »Sie wird deine Tochter sein, und du wirst ihre Mutter sein, und du wirst alles für sie tun, denn genau das tun Mütter. Hast du mich verstanden?«

Abigail hatte ihre Mutter noch nie weinen sehen, und das sollte sich jetzt auch nicht ändern. Was sie in Beatrices Augen sah, war ihre Kraft, ihre Ruhe im Sturm. Zum ersten Mal, seit dieser Albtraum begonnen hatte, brachte die Gewissheit in ihrer Stimme, die Bestimmtheit ihrer Worte Abigail so etwas wie Frieden, wenn auch nur für einen kurzen Augenblick.

Sie sagte: »Ja, Mama.«

»Braves Mädchen«, erwiderte Beatrice und strich ihr über die Wange, bevor sie in die Küche ging. Sie stöberte in den Schränken und sagte: »Ich habe deinem Vater gesagt, du würdest eine Suppe essen, bevor er zurückkommt. Du willst deinen Daddy doch nicht enttäuschen, oder?«

13. KAPITEL

Eigentlich hatte Will einen guten Schlaf. Er nahm an, es kam davon, dass er in den ersten sechzehn Jahren seines Lebens einen Raum mit einer Handvoll Fremder geteilt hatte. Man lernte zu schlafen trotz des Hustens und des Weinens, des Furzens und der einhändigen Einschlafübungen, die jeder Junge ab einem sehr frühen Alter praktizierte.

Gestern Nacht war das Haus still gewesen bis auf Bettys leises Schnarchen und Angies gelegentliches Stöhnen. An Schlaf war jedoch nicht zu denken gewesen. Wills Hirn wollte einfach nicht abschalten. Er lag im Bett und starrte die Decke an, und seine Gedanken sausten hin und her zwischen den wenigen Indizien, die sie in diesem Fall hatten, bis die Sonne aufging und er sich zum Aufstehen zwang. Er hatte seine übliche Routine abgespult – mit Betty Gassi gehen, dann allein zum Joggen. Auch beim Laufen, als die frühmorgendliche Hitze jeden Tropfen Feuchtigkeit aus seinem Körper presste, konnte er an nichts anderes denken als an Emma Campano. Wurde sie irgendwo festgehalten, wo es eine Klimaanlage gab, oder musste sie Temperaturen um die vierzig Grad erdulden? Wie lange konnte sie ohne Hilfe überleben? Was tat ihr Entführer ihr an?

Es war zwar völlig unbedeutend, aber als Will auf der Laderampe hinter der City Hall East stand und auf Emmas Eltern wartete, ging ihm der Gedanke nicht mehr aus dem Kopf, dass er zum ersten Mal in seinem Leben nicht mehr neidisch war auf Paul Campano.

Will fragte sich, wie Amanda es dem Mann beigebracht hatte, dass er während der Pressekonferenz seinen Mund nicht aufmachen durfte. Paul hatte diese Anordnung mit Sicherheit nicht einfach so hingenommen. Er war es gewohnt, Leute herumzukommandieren und Situationen mit seinem Zorn zu kontrollieren. Auch wenn er nichts sagte, schaffte Paul es, sein Missfallen auszudrücken. Will wusste, dass der Kidnapper die Eltern genau beobachten und nach dem kleinsten Hinweis suchen würde, ob er das Mädchen einfach umbringen und sich aus dem Staub machen sollte. Paul unter Kontrolle zu halten würde ziemlich schwierig werden. Er war froh, dass dies nicht seine Aufgabe war.

Amanda war offensichtlich nicht sehr erfreut darüber gewesen, dass die Medien sie praktisch gezwungen hatten, eine Pressekonferenz abzuhalten. Deshalb hatte sie sie für eine Zeit angesetzt, zu der sich die meisten Reporter noch von den Strapazen der letzten Nacht erholten. Um halb sieben Uhr morgens waren sie noch nicht so wild wie um acht oder um neun Uhr, und wie üblich nutzte Amanda diesen Vorteil sehr gerne. In einem Anfall von Mitleid hatte Will Faith nicht zu diesem frühen Termin verdonnert. Er hielt es für besser, sie ausschlafen zu lassen. Er kannte Faith nicht sehr gut, aber er vermutete, dass sie wegen dieses Falls eine ebenso schlaflose Nacht verbracht hatte wie er. Vielleicht würden die beiden zusätzlichen Stunden ihr an diesem Morgen wieder zu einem klaren Kopf verhelfen. Wenigstens wüsste dann einer von beiden, was er tat.

Ein schwarzer BMW 750 hielt vor der Laderampe. Natürlich hatte Paul sich geweigert, in einen Streifenwagen zu steigen. Amanda hatte den Campanos gesagt, sie sollten sich mit Will am Hintereingang an der North Avenue treffen, weil es am Hauptportal der City Hall East bereits von Fotografen wimmelte. Die Rückseite war reserviert für Polizeifahrzeuge und diverse Servicefahrzeuge, die Geier konnten also dort nicht reinfahren, ohne eine Verhaftung zu riskieren.

Paul stieg zuerst aus und strich sich mit der Hand die langen Haarsträhnen glatt, die die Glatze oben auf seinem Kopf bedeckten. Er trug einen dunklen Anzug mit einem weißen Hemd und einer blauen Krawatte – nichts Auffälliges. Amanda hatte ihnen bestimmt eingeschärft, nicht zu wohlhabend oder zu gut angezogen aufzutreten, nicht aus Angst vor dem Kidnapper, sondern weil die Presse jeden Zentimeter der Eltern genau in Augenschein nehmen würde, um eine Schwachstelle zu entdecken, die sich für den Aufmacher ausschlachten ließ.

Abigail öffnete ihre Tür, bevor Paul es für sie tun konnte. Ihre langen, wohlgeformten Beine waren nackt, die Schuhe hatten nur einen bescheidenen Absatz. Sie trug einen dunkelblauen Rock und eine weiße Bluse der Art, wie Faith Mitchell sie zu bevorzugen schien. Das Gesamtbild war zurückhaltend, reserviert. Bis auf das Neunzigtausend-Dollar-Auto hätte sie eine x-beliebige, gutbürgerliche Mutter sein können.

Offensichtlich war der gestrige Streit für das Paar noch frisch, oder es hatte inzwischen neue Auseinandersetzungen gegeben, denn es herrschte eine gewisse Distanziertheit zwischen ihnen. Als sie die Stufen zur Laderampe hochgingen, bot Paul ihr nicht seinen Arm an, und seine Frau griff auch nicht danach.

»Agent Trent«, sagte Abigail. Ihre Stimme war dünn, ihr Blick beinahe leblos. Er fragte sich, ob sie noch immer Medikamente bekam. Die Frau schien sich kaum auf den Beinen halten zu können.

Paul dagegen wippte beinahe auf den Zehen. »Ich will deine Chefin sprechen«, flüsterte er Will zu.

»Die siehst du in wenigen Augenblicken«, sagte Will und öffnete die Tür zum Gebäude. Sie gingen einen schmalen Gang entlang zu dem privaten Aufzug, der zu den polizeilichen Abteilungen führte. Will konnte nicht anders, er musste im Gehen einfach Abigail die Hand auf den Rücken legen. Sie hatte etwas sehr Zerbrechliches an sich. Dass Paul dies nicht bemerkte, war nicht sonderlich überraschend, aber Will war verblüfft von der erneuten Wut, die er auf diesen Mann empfand. Seine Frau brach vor seinen Augen fast zusammen, und Paul hatte nichts anderes im Sinn, als nach der Verantwortlichen zu verlangen.

Will ging langsam, damit Abigail mithalten konnte. Paul stürmte voraus zum Aufzug, als wüsste er, wohin er musste.

Mit bewusst leiser Stimme sagte Will zu Abigail: »Es wird nicht lange dauern.«

Sie schaute ihn an, und ihre rot geränderten Augen füllten sich mit Tränen. »Ich weiß nicht, was ich tun soll.«

»Wir bringen Sie so schnell wie möglich nach Hause …«

»Ich habe eine Erklärung abzugeben«, sagte Paul zu Will, und seine laute Stimme war eine Störung in dem beengten Raum.

Will versuchte, seine Wut im Zaum zu halten, aber die blasierte Selbstherrlichkeit des anderen Mannes zerrte gehörig an seinen Nerven. »Was genau willst du denn sagen?«

»Ich werde einen Bonus anbieten.«

Will fühlte sich, als hätte er einen Schlag in die Magengrube bekommen – wieder einmal. »Einen Bonus wofür?«

»Ich werde dem Kidnapper sagen, ich verdoppelte das Lösegeld, wenn Emma nichts geschieht.«

»So werden diese Dinge aber nicht …«

»Ich will mit deiner Chefin reden«, unterbrach er Will und drückte auf den Aufzugknopf. »Ich habe keine Zeit, mich mit dir herumzuschlagen.«

Ein Trupp Polizisten füllte den uralten Aufzug. Sie alle erkannten die Campanos und verließen den Aufzug so schnell es ging, um ihnen Platz zu machen.

Paul stieg ein. Will drückte Abigail die Hand in den Rücken und schob sie sanft hinein. Er gab seinen Code auf der schmuddeligen Tastatur ein und drückte den Knopf für den dritten

Stock. Von irgendwo in den Eingeweiden des Gebäudes ertönte ein Rumpeln, dann gingen die Türen quietschend zu, und mit einem Ruck setzte die Kabine sich langsam in Bewegung.

Gestern Abend hatte Will mit Amanda unter anderem auch über die Pressekonferenz diskutiert. Die Campanos sollten nicht mit der Presse sprechen, weil Abigail zu verletzlich und Paul zu aufbrausend war. Sobald sie den Mund öffneten, würde die Presse attackieren. Sogar die unschuldigste Aussage konnte man zu einem vernichtenden Urteil verdrehen.

Genau das sagte Will jetzt zu Paul. »Das wird nicht so sein, wie man es aus dem Fernsehen kennt. Es ist nicht nötig, dass du eine Erklärung abgibst. Wir wollen nur, dass ihr beide hier seid, um den Kidnapper daran zu erinnern, dass Emma Eltern hat, die sie lieben.«

»Leck mich«, blaffte Paul und ballte die Faust. »Du kannst mich nicht davon abhalten, mit der Presse zu reden.«

Wills Nase schmerzte noch von gestern. Er fragte sich, ob er gleich wieder einen Schlag abbekommen würde und wie stark die Nase bluten würde. »Ich kann dich sehr wohl davon abhalten, bei dieser speziellen Pressekonferenz zu reden.«

»Mal sehen, was deine Chefin sagt«, erwiderte Paul und verschränkte die Arme. Vielleicht war er nicht bereit, sich noch einmal schlagen zu lassen. »Wie gestern schon gesagt, ich fackle nicht lange. Dieser Kerl will Geld, und wir geben es ihm. So viel er will. Ich werde nicht zulassen, dass man meinem Baby etwas antut.«

»Es ist zu spät«, sagte Abigail. Ihre Stimme war kaum mehr als ein Flüstern, aber sie konnte sich trotzdem verständlich machen. Zu ihrem Mann sagte sie: »Weißt du denn nicht, dass das Schlimmste bereits passiert ist?«

Jetzt wirkte Paul wie nach einem Schlag in die Magengrube. »Sag so was nicht.«

»Der einzige Grund, warum er sie zurückgibt, wäre, dass er mit ihr fertig ist.«

Paul wies mit dem Finger auf sie. »Rede nicht so, verdammt noch mal.«

»Aber es stimmt«, sagte sie, völlig unbeeindruckt von seinem plötzlichen Wutausbruch. »Du weißt, dass es stimmt. Paul. Du weißt, er hat sie benutzt auf jede Art ...«

»Hör auf!«, schrie er, packte sie an den Armen und schüttelte sie. »Halt endlich den Mund, hast du mich verstanden? Halt einfach den Mund!«

Die Türen glitten auf, die Glocke läutete, um anzuzeigen, dass sie den dritten Stock erreicht hatten. Ein großer Mann mit stahlgrauen Haaren und gebräunter Haut stand vor der offenen Tür. Er sah aus wie jemand aus *Garden & Gun*, und Will kannte sein Gesicht aus den Zeitungsberichten: Hoyt Bentley, Emma Campanos reicher Großvater. Amanda stand neben dem Mann. Wenn sie es überraschte, Paul Campano seine Frau bedrohen zu sehen, zeigte sie es nicht. Sie musterte Will, ihr Blick wanderte über sein zerschlagenes Gesicht. Sie hob nur eine Augenbraue, und er verstand sofort, dass sie sich zu einem passenderen Zeitpunkt darüber unterhalten würden, warum er sich hatte so zurichten lassen.

Hoyt sprach wie ein Mann, der Gehorsam gewöhnt ist. »Lass sie los, Paul.«

»Erst, wenn sie sagt, dass es nicht stimmt«, keifte Paul, als wäre das irgendein Schlagabtausch, den er zu gewinnen hoffte, indem er seine Frau einschüchterte.

Abigail hatte so etwas offensichtlich schon früher erlebt. Trotz ihres Kummers triefte ihre Stimme vor Sarkasmus. »Okay, Paul. Es stimmt nicht. Emma geht es blendend. Ich bin mir sicher, dass derjenige, der sie verschleppt hat, ihr nichts angetan und sie nicht missbraucht hat ...«

»Das reicht«, sagte Amanda. »Das ist der Grund, warum Sie nicht mit der Presse sprechen werden – Sie beide nicht.« Sie streckte die Hand aus, damit die Aufzugtüren nicht wieder zuglitten. Dann wandte sie sich an Paul. »Außer Sie wollen, dass

Ihre Frau Fragen nach der Tötung von Adam Humphrey über sich ergehen lassen muss? Oder vielleicht wollen Sie gerne über Ihre außerehelichen Affären reden?« Sie lächelte eisig, wie es für sie so typisch war. »Folgendermaßen wird es ablaufen: Sie werden sich beide dort drinnen auf das Podium setzen, und die Kameras laufen. Ich werde eine vorbereitete Erklärung verlesen, während die Presse Fotos schießt, und dann fahren Sie beide wieder nach Hause und warten auf den zweiten Anruf des Kidnappers. Ist das klar?«

Paul ließ die Hände sinken, allerdings mit fest geballten Fäusten. »Emma ist okay«, sagte er zu seiner Frau, weil er es nicht ertragen konnte, dass sie das letzte Wort hatte. »Das ist eine Geiselnahme wegen Lösegelderpressung, keine Verschleppung. Solche Geiselnehmer tun ihren Opfern nichts. Sie wollen nur Geld.«

Will warf Amanda einen flüchtigen Blick zu und vermutete, dass sie dasselbe dachte wie er, nämlich dass Pauls Worte ziemlich eindeutig bestätigten, dass er einen externen Profi engagiert hatte, der ihn beriet – und möglicherweise noch mehr für ihn tat. Das Angebot des zusätzlichen Lösegelds war ein kalkuliertes Risiko, aber Männer, die pro Stunde bezahlt wurden, neigten dazu, dem Kunden eine ganze Schrotladung an Vorschlägen aufzutischen, nur um ihre Honorarschecks zu rechtfertigen.

Hoyt sprach mit tiefer, volltönender Stimme, die perfekt zu seinem teuren Anzug und den handgearbeiteten Schuhen passte. »Das Einzige, was wir erreichen, wenn wir mit noch mehr Geld wedeln, ist, den Kidnapper davon zu überzeugen, dass er noch mehr verlangen sollte.«

Paul schüttelte den Kopf. Seine Lippen bewegten sich, aber es kam kein Wort heraus. Es war, als würde seine Wut ihm die Kehle zuschnüren. Will dagegen überraschte es, dass Paul vom Auftritt seines Schwiegervaters nicht mehr eingeschüchtert war. Er spürte eine gewisse Kameraderie zwischen Hoyt und Amanda, die Paul nicht registrierte. Sie hatten sich bereits auf eine bestimmte Vorgehensweise geeinigt, auf die beste Art und Weise, wie man diese Sache hinter sich brachte. Will überraschte es nicht, dass die beiden sich als Ebenbürtige behandelten. Auf ihre Art war Amanda Wagner ebenfalls eine Unternehmerin. Hoyt Bentley würde das sicher zu schätzen wissen.

Amanda schlug vor: »Warum gehen wir nicht da rüber?« Sie deutete in den langen Korridor vor ihnen, dessen schmuddelige Fenster auf das Gewirr der Eisenbahnschienen hinabführten.

Paul schaute zwischen seinem Schwiegervater und Amanda hin und her. Er nickte und ging dann mit den beiden den Gang hinunter. Keiner der drei sagte etwas, bis sie außer Hörweite waren.

Will versuchte, sich nicht völlig entmannt zu fühlen, als er die beiden so sah – das Kind, das nicht am Erwachsenentisch sitzen durfte. Wie um der Sache noch die Krone aufzusetzen, fiel ihm auf, dass er direkt vor der Tür der Damentoilette stand. Will zwang sich dazu, wegzuschauen, und lehnte sich mit der Schulter an die Wand. Bevor er sich umdrehte, bemerkte er, dass Paul seine übliche Eröffnungstaktik benutzte – er hielt Amanda den Finger vors Gesicht. Noch aus fast sieben Metern Entfernung spürte Will die Spannung, die dieser großspurige Auftritt erzeugte. Es gab einfach Leute auf der Welt, die immer im Mittelpunkt der Aufmerksamkeit stehen mussten. Paul war ihr König.

Abigail sagte: »So schlecht ist er auch wieder nicht.«

Will hob die Augenbrauen, und bei dieser Geste pochte seine Nase. Er erkannte, dass er mit dem Selbstmitleid aufhören und stattdessen die Gelegenheit ergreifen sollte, mit Abigail Campano zu sprechen, die er zum ersten Mal allein vor sich hatte.

»Ich habe gestern einige entsetzliche Sachen zu ihm gesagt. Heute. Heute Morgen.« Sie lächelte schwach. »Im Bad. In der Auffahrt. Im Auto.«

»Sie stehen unter einem enormen Druck.«

»Ich war noch nie ein Mensch, der austeilt«, sagte sie, obwohl ihr Verhalten gestern in der Garagenwohnung auf Will ziemlich natürlich gewirkt hatte. »Kann sein, dass ich früher einmal so war. Vor einiger Zeit. Und jetzt kommt alles zu mir zurück.«

Was sie sagte, klang nicht sehr sinnvoll, aber Will zog es vor, mit ihr zu reden, anstatt die Ohren anzustrengen, um das Gespräch zwischen den Erwachsenen mitzubekommen. »Sie müssen einfach tun, was Sie tun können, um durchzuhalten. Die Pressekonferenz wird nicht lange dauern, und Amanda wird die Sache übernehmen.«

»Warum bin ich hier?« Ihre Frage war so direkt, dass Will keine Antwort darauf fand. Sie fuhr fort: »Ich darf keine Bitte aussprechen. Sie lassen mich nicht um die wohlbehaltene Rückkehr meiner Tochter bitten. Warum?«

Er sagte ihr nicht, dass, falls ein Sadist ihre Tochter hatte und nun Abigails Schmerz sah, ihn das vielleicht dazu inspirieren könnte, kreativer mit seinem Opfer umzuspringen. Und auch ohne diesen Aspekt bewies Abigail, sooft sie den Mund aufmachte, dass sie unberechenbar war.

Er sagte der Frau eine sanftere Version der Wahrheit. »Es ist einfacher, Amanda das Reden zu überlassen.«

»Damit sie mich nicht nach der Tötung von Adam fragen können?«

»Unter anderem.«

»Werden sie sich nicht wundern, warum ich nicht zu Hause bin und auf den zweiten Anruf warte?«

Er nahm an, dass sie mehr für sich als für die Presseleute sprach. »Das ist eine sehr angespannte Zeit – nicht nur für uns, sondern auch für denjenigen, der Emma hat. Es ist nötig, dass die Presse ihre Rhetorik etwas herunterfährt. Wir können es nicht gebrauchen, dass sie mit irgendeiner wilden Geschichte hausieren geht, Hinweise erfindet und irgendwelchen verrückten Theorien nachjagt, während wir über Emmas Freilassung verhandeln.«

Sie nickte langsam. »Wie wird es da drin sein? Vor all diesen Kameras?«

Eine Quälerei, dachte Will, doch er sagte: »Ich werde im Saal ganz hinten stehen. Schauen Sie einfach nur mich an, okay?« Sie nickte, und er fuhr fort: »Es wird ein Blitzlichtgewitter geben, und viele Leute werden Fragen stellen. Schauen Sie nur mich an und ignorieren Sie sie. Ich rage irgendwie ziemlich aus der Menge heraus.«

Sie lachte nicht über den Witz. Er sah, dass sie ihre Handtasche an den Bauch drückte. Es war eine kleine, die man, soweit Will wusste, eine Clutch nannte. Will hatte ihren Wandschrank gesehen, einen spektakulär ausgestatteten Raum, der größer war als seine Küche. Es gab Abendkleider und Designer-Label und sexy High Heels, aber nichts in ihrer Garderobe sah nach Understatement aus. Er fragte sich, ob sie die Sachen, die sie heute trug, extra für den Anlass gekauft oder von einer Freundin geborgt hatte.

Als könnte sie seine Gedanken lesen, fragte sie: »Entspreche ich der Rolle der trauernden Mörderin?«

Will hatte heute Morgen gehört, dass die Medien sie so nannten. Die Reporter badeten in der Geschichte über die wilde Mutter, die ihre Tochter beschützte. Die Ironie war zu gut, um sie sich entgehen zu lassen. »Sie sollten nicht fernsehen. Zumindest nicht, bis das alles vorbei ist.«

Sie öffnete ihre Handtasche. Er sah darin einen Lippenstift, einen Schlüsselbund und einen Stapel Fotos, auf den sie jetzt die Finger legte, ihn aber nicht herausnahm. Stattdessen zog sie ein Taschentuch heraus und wischte sich damit die Nase ab. »Wie kann ich denn nicht hinsehen? Wie kann ich denn nicht jeden abscheulichen Satz wiederholen, der denen aus dem Mund kommt?«

Will wusste nicht, welche Antwort von ihm erwartet wurde, deshalb sagte er nichts.

Wieder einmal schallte Pauls allgegenwärtiges »Leck mich« durch den Gang. Amanda dagegen sprach leise, fast flüsternd, dennoch war das Eis in ihrer Stimme auch über die Entfernung zu spüren.

Abigail sagte: »Ich mag Ihre Chefin.«

»Das freut mich.«

»Sie hat eine Erklärung für mich geschrieben.«

Will wusste das bereits. Amanda hätte es der Mutter nie zuge-
traut, eine Bitte für die Freilassung ihrer Tochter zu formulieren.
Ein falsches Wort konnte eine völlig falsche Botschaft übermitteln, und dann würde sie plötzlich nicht mehr eine Entführung
bearbeiten, sondern einen Mordfall.

»Sie lügt mich nicht an«, sagte Abigail. »Lügen Sie mich an?«

»Worüber?«

»Werden mich die Journalisten nach Adam fragen?«

»Wenn sie ihren Job gut machen – ja. Sie werden es versuchen.
Aber denken Sie daran, Sie sind nicht hier, um Fragen zu beantworten. Die Reporter kennen die Grundregeln. Das heißt nicht
unbedingt, dass sie sich auch daran halten, aber Sie müssen es.
Lassen Sie sich von denen nicht ködern. Lassen Sie sich nicht in
eine Situation zwingen, in der Sie sich selbst erklären müssen
oder etwas sagen, das später gegen Sie verwendet werden
könnte.«

»Ich habe ihn getötet. In jedem Sinn dieses Wortes habe ich
ihn ermordet.«

»Das sollten Sie zu einem Polizisten wahrscheinlich nicht sagen.«

»Ich war mal Anwältin«, sagte sie. »Ich weiß, wie das funktioniert.«

»Wie?«

»Alles hängt davon ab, wie es von jetzt ab weitergeht, nicht?
Ob man mich anklagen wird oder nicht. Ob Emma wohlbehal-
ten zurückkommt oder ob sie …« Abigail schniefte und wischte
sich wieder die Nase ab. »Ob die Medien zu mir halten oder ob
sie mich als eine kaltblütige Mörderin hinstellen, ob die Eltern
auf eine Strafverfolgung drängen … so viele Möglichkeiten.«

Will versicherte ihr: »Ich werde Sie wegen nichts anklagen.«

Abigail deutete auf Amanda. »Aber sie vielleicht.«

Will musste sich eingestehen, dass sie damit nicht ganz unrecht hatte. »Ich bin nicht in der Position, Ihnen einen Rat zu geben, aber Sie tun sich selbst keinen Gefallen, wenn Sie so reden.«

»Er war doch noch ein Kind. Er hatte das ganze Leben noch vor sich.« Sie presste die Lippen zusammen und gestattete sich einen Augenblick, um ihre Gedanken zu sammeln. »Denken Sie an all die Dinge, die ich ihm genommen habe – und seinen Eltern. Sie haben jetzt nichts mehr. Nur achtzehn Jahre und dann nichts.«

Will war sich nicht sicher, was er an ihrer Stelle sagen würde, aber er fragte sich, ob Abigail sich deshalb so sehr auf Adam Humphrey konzentrierte, weil die Alternative – sich auf das Schicksal ihrer Tochter zu konzentrieren – für sie einfach unerträglich war.

Sie fragte: »Was soll ich den Reportern sagen, wenn sie mich nach Adam fragen?«

»Gar nichts«, antwortete er. »Wir haben ihnen von Anfang an gesagt, dass alle Fragen ausschließlich an Amanda zu richten sind. Sie werden sich natürlich nicht daran halten, aber Sie müssen nicht mit ihnen reden.«

»Was ist, wenn ich es will?«

»Was würden Sie sagen?«, fragte Will. »Denn wenn es diese Überlegungen sind, die Sie eben mir gesagt haben, dann nageln die Journalisten Sie noch vor dem Abend ans Kreuz.« Er fügte hinzu: »Wenn Sie sich selbst bestrafen wollen für das, was mit Adam Humphrey passiert ist, dann nehmen Sie irgendwelche Pillen oder versuchen Sie es mit Heroin. Dann wären Sie immer noch besser dran, als wenn Sie sich den Medien auf Gedeih und Verderb ausliefern.«

»Sie sind wirklich ehrlich.«

»Ich schätze, das bin ich«, gab Will zu. »Schützen Sie sich für Emma. Wenn Sie für sich selbst nicht stark sein können, dann seien Sie stark für sie.«

»Ich kann es nicht mehr hören, dass alle Leute sagen, ich soll stark sein.«

Will fragte sich, was man sonst noch sagen konnte – sei schwach? Wirf dich auf den Boden? Zerreiße deine Kleider? Schreie? All dies schienen offensichtliche Reaktionen zu sein, die eine normale Frau zeigen könnte, aber vor den Kameras waren sie auf jeden Fall nicht gut.

Abigail sagte: »Ich bin normalerweise nicht so melodramatisch. Ich habe Angst, ich könnte …« Sie schüttelte den Kopf. »Was, wenn er mich im Fernsehen sieht und auf den Gedanken kommt, dass Emma es verdient hat? Was, wenn ich etwas Falsches mache oder nicht kummervoll genug aussehe oder zu kummervoll oder …«

»Sie dürfen nicht weiter dieses Spiel in Ihrem Kopf spielen.«

»Spiel?«, fragte sie. »Ich will, dass das alles ein Spiel ist. Ich will morgen früh aufwachen und Emma antreiben, sie soll sich für die Schule fertig machen. Ich will meinen Mann anschreien, weil er so wild herumvögelt. Ich will Tennis mit Freundinnen spielen und Dinnerpartys geben und mein Haus verschönern und die Affären meines Manns ignorieren und …« Ihre Fassung hatte länger gehalten, als er erwartet hätte, doch jetzt ging sie allmählich in die Brüche. Es fing mit ihrem Mund an – ein leichtes Zittern der Oberlippe, das sich wie ein Tick über ihr Gesicht ausbreitete. »Ich will mit ihr tauschen. Mit mir kann er machen, was immer er will. Mich ficken, wohin er will, mich schlagen, mich verbrennen.« Jetzt flossen die Tränen. »Sie ist doch noch ein Kind. Sie hält das nicht aus. Sie wird es nicht überleben …«

Als er ihre Hand nahm, spürte Will die Peinlichkeit dieser Geste. Er kannte diese Frau nicht und war auf jeden Fall nicht in der Position, sie zu trösten. »Emma lebt«, sagte er zu ihr. »Daran müssen Sie sich festhalten. Ihre Tochter lebt.«

Es war zwar kaum möglich, aber die Situation wurde noch peinlicher. Sanft entzog sie ihm ihre Hand. Sie strich sich mit den Fingern unter den Augen entlang auf diese magische Art, wie Frauen es machen, um den Lidstrich nicht zu verwischen. Völlig unerwartet fragte sie: »Woher kennen Sie meinen Mann?«

»Wir haben uns vor sehr langer Zeit kennengelernt.«

»Waren Sie einer der Jungs, die ihn schikaniert haben?«

Will merkte, dass sein Mund aufging, aber er fand nicht die Worte für eine Antwort.

»Mein Mann redet nicht viel über seine Kindheit.«

Will hätte ihr einige Geschichten erzählen können. Stattdessen sagte er: »Das ist wahrscheinlich auch gut so.«

Abigail schaute ihn an – schaute ihn zum ersten Mal, seit sie sich kennengelernt hatten, wirklich an. Er spürte ihren Blick über die Narben auf seinem Gesicht wandern, die rosige Linie, wo man seine Lippe so schlimm aufgerissen hatte, dass nicht mehr genug Haut übrig war, um sie wieder sauber zusammenzunähen.

Ihr Blick war so intim, dass er fast wie eine Berührung war.

Danach schauten sie beide verlegen weg. Will sah auf die Uhr, um zu kontrollieren, ob die Batterie noch funktionierte. Abigail stöberte in ihrer Handtasche.

Schritte hallten über den Fliesenboden, als Hoyt, Amanda und Paul zurückkamen. Paul sah eindeutig besiegt aus, und Will wünschte sich, er hätte mehr auf dieses Gespräch geachtet. Schweigend nahm Paul die Hand seiner Frau und legte sie sich auf den Arm.

Amanda sagte zu Hoyt: »Vielen Dank«, und gab ihm die Hand. Er küsste seine Tochter auf die Wange, gab Paul einen Klaps auf die Schulter und ging zum Ausgang. Will vermutete, dass die Arbeit des Millionärs getan war.

Amanda ergriff Abigails beide Hände. Die Natürlichkeit dieser Geste war überraschend, aber Frauen – sogar Amanda – war so etwas gestattet. »Kopf hoch«, sagte sie. »Sie dürfen sie nicht sehen lassen, dass Sie kurz vor dem Zusammenbruch sind.«

Will nagte an seiner Unterlippe. Er wusste, dass Amanda auf das genaue Gegenteil hoffte. In Situationen wie dieser konnte die Karte der bekümmerten Mutter nicht oft genug ausgespielt werden. Paul war einfach nur ein Accessoire. Da Will wusste, wie solche Dinge funktionierten, vermutete er, dass die Hälfte der Leute, die diese Geschichte verfolgten, den Vater für die Wurzel allen Übels hielt. Wenn Abigail zu stark wirkte, würde man auch sie auf die Liste der Verdächtigen setzen. Dann gab es natürlich noch die eine Meinung, die wirklich wichtig war – diejenige der Person, die Emma Campano gefangen hielt. Wenn der Entführer den Eindruck hatte, die Eltern seien unwürdig, dann überlegte er es sich vielleicht zweimal, ob er Emma wirklich freilassen sollte.

»In diese Richtung«, sagte Amanda und deutete zum anderen Ende des Gangs. Sie öffnete die Tür zum Presseraum, und Lichter blitzten wie ein Stroboskop, sodass sie alle für Sekunden geblendet waren.

Will stellte sich neben die Tür und schaute, ob wirklich alle Kameras auf Amanda und die Campanos auf dem Weg zur provisorischen Bühne am anderen Ende des schmalen Raums ausgerichtet waren. Er wollte sein Bild nicht in der Zeitung sehen. Er wollte nur, dass der Entführer Abigail Campano sah, ihre tief in den Höhlen liegenden Augen und die aufgesprungenen Lippen, ihre schmächtigen Schultern. Er wollte, dass der Mann, der Emma Campano verschleppt hatte, sah, was er ihrer Mutter angetan hatte.

Es entstand Unruhe unter den Reportern, während Amanda sich viel Zeit nahm, um das Mikrofon korrekt einzustellen und die vorbereitete Verlautbarung auseinanderzufalten. Es waren insgesamt etwa fünfzig Reporter, die meisten davon Männer, und in ihrer Gesamtheit verströmten sie in dem beengten Raum einen leicht unangenehmen Geruch.

Die Klimaanlage machte die Sache auch nicht besser, und heiße Luft strömte durch ein kaputtes Fenster herein wie die Hitze einer Flamme. Es waren kaum Neuigkeiten über den Fall durchgesickert, weil keiner in Amandas Team so dumm war, den Mund aufzumachen. So waren die Medien sich selbst überlassen gewesen, und aus dem, was er heute Morgen im Radio gehört hatte, entnahm er, dass sie jetzt über das berichteten, was andere Sender berichteten.

Ohne Vorrede fing Amanda an, die Erklärung zu verlesen. »Die Belohnung für die Informationen, die zur wohlbehaltenen Rückkehr von Emma Campano führen, wurde auf einhunderttausend Dollar erhöht.« Sie nannte die Einzelheiten – gebührenfreie Nummer, garantierte Anonymität des Anrufs. »Wie Sie bereits wissen, ist Emma Eleanor Campano ein siebzehnjähriges Mädchen, das eine Privatschule außerhalb der Stadt besucht. Emma wurde vor drei Tagen zwischen elf Uhr vormittags und zwölf Uhr mittags aus ihrem Haus verschleppt. Gegen zehn Uhr dreißig gestern Vormittag hat ein Mann, der behauptete, Emmas Kidnapper zu sein, angerufen. Eine Lösegeldforderung wurde gestellt. Wir warten noch auf Details und werden Sie morgen früh zur selben Zeit informieren. Ich werde jetzt eine Erklärung verlesen, die von Abigail Campano, Emmas Mutter, verfasst wurde.«

Die Kameras blitzten wie verrückt, und Will sah, dass Abigail die Rückwand des Raums nach ihm absuchte. Er richtete sich noch ein bisschen mehr auf, seine Größe war hier ein natürlicher Vorteil. Schließlich fand sie ihn, und in ihren Augen konnte er das Entsetzen lesen.

Vielleicht hatte Will in letzter Zeit zu viel Zeit mit Amanda verbracht. Er war froh, das Entsetzen zu sehen, froh, dass die Kameras die Angst dieser Frau dokumentierten. Im Gesichtsausdruck der Mutter konnte man jede Sekunde der letzten drei Tage erkennen – die schlaflosen Nächte, die Streitereien mit ihrem Mann, das absolute Grauen des Geschehenen.

Amanda las: »An den Mann, der Emma hat: Ich möchte Ihnen sagen, dass wir – ihr Vater und ich – Emma lieben und vergöttern und dass wir alles tun werden, was Sie wollen, damit unsere Tochter zu uns zurückkehrt. Emma ist erst siebzehn

Jahre alt. Sie mag Eiscreme und schaut mit uns an Familien-
abenden gern Wiederholungen von *Friends*. Ihr Vater und ich
haben kein Interesse an Rache oder Bestrafung. Wir wollen einfach nur Emma zurückbekommen.‹« Amanda schaute über ihre
Brille hinweg. »›Bitte geben Sie uns Emma zurück.‹« Sie faltete
das Blatt zusammen. »Ich werde jetzt ein paar Fragen beantworten.«

Ein lokaler Reporter rief: »Abby, wie hat es sich angefühlt,
zu töten …«

»Die Regeln, bitte.« Amanda unterbrach ihn. »Denken Sie
daran, alle Fragen direkt an mich zu richten.«

Der Reporter gab nicht auf. »Werden Sie Anklage gegen Abigail Campano wegen des Mordes an Adam Humphrey erheben?«

»Wir haben im Augenblick nicht vor, eine Anklageerhebung
zu betreiben.«

Abigail starrte Will ausdruckslos an, als würde sie sich über
diese Zweideutigkeit keine Gedanken machen. Paul schien
große Mühe zu haben, den Mund zu halten.

Ein anderer Reporter fragte: »Welche Hinweise haben Sie im
Augenblick? Gibt es irgendwelche Verdächtigen?«

»Es ist doch offensichtlich, dass wir diese Ermittlung mit
ganzer Kraft betreiben. Details kann ich Ihnen leider keine nennen.«

Eine weitere Frage wurde gestellt. »Sie haben um die Westfield Academy herum Polizisten postiert. Befürchten Sie, dass
dies das Werk eines Serienmörders ist?«

Der Serienmörderaspekt war ein heißes Thema in den Talkshows. Die Wanderermorde im Januar waren jedem noch deutlich in Erinnerung.

Amanda antwortete: »Zum gegenwärtigen Augenblick zeigt
dieser Fall absolut keine Merkmale eines Serienfalls.«

Will spürte, wie ihm ein Schweißtropfen den Rücken hinunterlief. Die Blitzlichter schienen den Raum noch heißer zu

machen. Er öffnete die Tür, um ein wenig frische Luft hereinzulassen.

»Wann glauben Sie, wird es zu einer Verhaftung kommen?«,
fragte jemand aus der vordersten Reihe.

Amanda wich geschickt aus. »Sobald wir sicher sind, dass wir
unseren Täter haben.«

»Welche anderen Ermittlungsrichtungen verfolgen Sie?«

»Wir gehen jeder einzelnen Spur nach.«

»Und die sind?«

Amanda lächelte. »Einzelheiten kann ich Ihnen zum gegenwärtigen Zeitpunkt nicht nennen.«

Will fing wieder Abigails Blick auf. Er sah, dass sie schwankte,
und wusste nicht, ob es die Hitze oder die Umstände waren. Ihr
Gesicht war völlig weiß. Sie sah aus, als würde sie gleich ohnmächtig werden.

Will hob das Kinn, und das genügte, um Amandas Aufmerksamkeit zu erregen. Sie brauchte Abigail nicht anzusehen, um
zu wissen, was ihm Sorgen machte. Anstatt die Konferenz für
beendet zu erklären, fragte sie: »Gibt es noch weitere Fragen?«

Ein Mann weiter hinten in einem Blazer, der New York schrie,
und mit einem höhnischen Grinsen, das noch lauter Yankee
schrie, fragte: »Meinen Sie nicht auch, dass wegen der Inkompe-
tenz des Atlanta Police Department wertvolle Zeit verloren
wurde?«

Amandas Augen fanden den Mann, und sie schenkte ihm ein
für sie so typisches, spezielles Lächeln. »Zum gegenwärtigen
Zeitpunkt sind wir mehr darauf konzentriert, Emma Campano
zu finden, als Sündenböcke zu suchen.«

»Aber würden Sie nicht …«

Amanda schnitt ihm das Wort ab. »Sie hatten Ihre Chance.
Lassen Sie auch die anderen ran.«

Will hörte einige der erfahreneren Reporter kichern. Er war
allerdings mehr interessiert an Abigail Campano. Sie hatte den
Kopf gesenkt und stöberte wieder in ihrer Tasche. Sie saß zu weit

vorgebeugt auf ihrem Stuhl. Einen Augenblick lang sah es so aus, als würde sie zu Boden kippen, aber Paul fing sie im letzten Moment auf, legte den Arm um sie und stützte sie. Er flüsterte ihr etwas ins Ohr, und Abigail nickte benommen. Sie schaute hoch zu den Menschen, die sie bedrängten und jede Emotion aus ihrem Gesicht aufsaugen wollten. Sie öffnete den Mund, um Luft zu holen. Die Kameras blitzten wild. Will konnte beinahe hören, wie die Reporter sich Adjektive für die Bildunterschriften zurechtlegten: niedergeschmettert, am Boden zerstört, gramgebeugt, gebrochen. Amandas Plan hatte wunderbar funktioniert. Abigail hatte sie alle auf ihre Seite gezogen, ohne auch nur ein Wort zu sagen.

Es wurden noch mehr Fragen gestellt, alle nach mehr Details, doch Amanda bog jede einzelne geschickt ab. Einige waren begründet – man wollte noch einmal wissen, welche Spuren gefunden, welche Fortschritte gemacht worden waren. Andere waren bewusst reißerisch, wie die des Mannes, der wissen wollte, ob dies das Werk eines sadistischen Mörders sei, der »es auf reiche, junge Mädchen abgesehen habe«.

Amanda gab ihnen rein gar nichts, klopfte zum Abschluss nur mit den Knöcheln auf den Tisch wie ein Richter, der eine Sitzung beendet, und geleitete dann die Campanos von dem Podium herab.

Ein letztes Sperrfeuer aus Blitzlichtern folgte, als Amanda den Eltern zum Ausgang folgte. Abigail konnte kaum allein gehen. Sie stützte sich auf Paul wie auf eine Krücke. Die Reporter blieben auf Distanz, stürmten nicht auf die Gruppe zu. Wenn Will es nicht besser gewusst hätte, hätte er schwören können, dass sie Respekt zeigten.

Draußen nahm Amanda Abigails Hand und sagte: »Das haben Sie perfekt gemacht.«

Abigail nickte nur, offensichtlich traute sie ihrer Stimme nicht. Die Tortur hatte ihr auch noch den letzten Rest Kraft geraubt.

Amanda fuhr fort: »Der zweite Anruf vom Kidnapper wird in drei Stunden kommen. Ich werde bei Ihnen im Haus sein.«

Paul sagte: »Vielen Dank.«

Amanda gab Paul die Hand. Will warf sie einen scharfen Blick zu. »Mein Büro. In zehn Minuten.«

Er nickte, und sie ging zur Treppe.

Zum ersten Mal, seit dies alles begonnen hatte, schien Paul wirklich besorgt um seine Frau. »Alles in Ordnung mit dir?«

»Mir war einfach ein bisschen zu warm«, murmelte sie, die Hand flach auf dem Bauch.

Will wollte ihr beistehen. »Da hinten ist eine Toilette.«

Sie schaute ihn nicht an. Noch immer auf ihren Mann gestützt, wankte sie zur Damentoilette. Vor der Tür legte sie die Hand an sein Gesicht, dann auf seine Brust. »Ich bin okay.«

»Bist du sicher?«

Sie drückte ihre Fingerspitzen auf seinen Mund und ging hinein. Paul stand draußen und starrte die geschlossene Tür an, als könnte er sie noch immer sehen.

Will merkte, dass er so etwas wie Eifersucht spürte, gepaart mit Verwirrung. Wie konnte jemand wie Abigail Paul lieben? Wie konnte sie mit diesem Mann ein Kind haben? Paul war noch nie attraktiv gewesen, und im Lauf der Jahre hatte er mehr als ein paar Pfund zugelegt. Seine Haare waren schütter. Das machte ihn, zusammen mit seiner Neigung, immer gern ein Auge zu riskieren, nicht gerade zu einem Traummann. Was hatte sie in ihm gesehen, das attraktiv war?

Und woher kam es, dass Will sich nach dreißig Jahren noch immer mit diesem Mistkerl verglich?

Paul seufzte schwer. Er ging ein paar Schritte, machte dann kehrt und kam zurück, als würde er Wache schieben. Will steckte die Hände in die Tasche, lehnte sich an die Wand und fragte sich, warum er eigentlich immer wieder vor der Damentoilette landete.

Paul blieb stehen. Er deutete auf sein eigenes Gesicht und fragte: »Tut's weh?«

Ihr Streit war das Letzte, woran Will im Augenblick dachte, obwohl der blaue Striemen, der Wills Nasenrücken überspannte und unter seinem Auge auslief, ein wenig an einen ägyptischen Pharao erinnerte. Anstatt dem Mann zu antworten, schaute Will auf den Boden und bemerkte, dass seine Schuhe stark abgenutzt waren.

»Hier.« Paul streckte ihm den Stapel Fotos entgegen, den Will in Abigails Handtasche gesehen hatte. Alle, das wusste er, würden Emma in unterschiedlichen Stadien des Glücklichseins zeigen. »Meine Frau will, dass du die hast.« Er schaute die Fotos nicht an. »Sie will, dass du weißt, wie Emma aussieht.«

Will nahm die Fotos, schaute sie aber ebenfalls nicht an. Das Gesicht des Mädchens war ihm bereits ins Hirn gebrannt. Er brauchte keine zusätzlichen visuellen Anreize.

Paul senkte die Stimme. »Du hast um einiges fester zurückgeschlagen als früher.«

Will versuchte, das nicht als Kompliment zu nehmen.

»Wie auch immer«, sagte Paul, aber dann folgte nichts mehr.

Will konnte sich nicht zurückhalten. »Du bist ein blödes Arschloch, dass du sie betrügst.«

»Ich weiß.«

»Sie ist zu gut für dich.«

»Ich kann ihr nicht in die Augen schauen.« Er sprach leise, dachte daran, dass seine Frau sich auf der anderen Seite der Tür befand. »Du hast sie gestern gehört. Ich weiß, dass sie mir die Schuld gibt.«

Will merkte, dass sein Radar ansprang. »Gibt es etwas, das du mir nicht erzählst?«

»Nein«, antwortete Paul. »Glaub mir, es wäre mir lieber, da wäre was. Es wäre mir lieber, da draußen wäre irgendein Kerl, den ich wütend gemacht habe, oder jemand, den ich über den Tisch gezogen habe, irgendjemand, auf den ich deuten könnte. Ich würde dem Scheißkerl die Seele aus dem Leib prügeln.«

»Was ist mit diesem Mädchen, mit dem du dich triffst?«

»Sie ist eine *Frau*«, sagte Paul mit Betonung auf dem letzten Wort. »Es ist was Nebensächliches. Sie arbeitet in der Filiale. Sie war dabei, als ich mit Abby telefonierte – als diese ganze Sache anfing.«

»Ist sie verheiratet?«

»Nein.«

»Hat sie einen eifersüchtigen Ex-Freund?«

Paul schüttelte den Kopf. »Sie wohnt bei ihren Eltern und weiß, dass ich verheiratet bin. Sie suchte einfach nur Spaß. Glaub mir, sie hatte schon öfter Spaß wie diesen. Schon oft.«

»Ich werde trotzdem mit ihr reden müssen.«

»Ich schreibe dir …« Er unterbrach sich. »Gib mir deine Visitenkarte. Ich sage ihr, sie soll dich anrufen, sobald ich zu Hause bin.«

Will zog seine Brieftasche hervor und fischte eine Karte heraus. »Auf mich willst du ja nicht hören, dann höre wenigstens auf deinen Schwiegervater. Lass uns diese Sache erledigen. Wir wissen, was wir tun. *Ich weiß, was ich tue.*«

Paul schaute Wills Visitenkarte an, seine Augen zuckten über den Wörtern hin und her. Seine Stimme war kaum mehr als ein Flüstern, als er wieder redete. »Du und ich – wir haben dieses Leben gelebt. Wir wussten, hinter jeder Ecke lauert ein böser Junge. Mit Em, dachte ich, wäre das anders. Du hast mein Haus gesehen, Mann. Ich bin ein verdammter Millionär. Ich habe so viel Geld, dass ich nicht mehr weiß, was ich damit tun soll.« Er brach ab, seine Gefühle überwältigten ihn, und Tränen flossen ihm aus den Augen. »Ich würde alles aufgeben, wenn ich nur mein kleines Mädchen wiederhaben könnte.«

Will fühlte sich nicht wohl dabei, plötzlich diesem Mann versichern zu müssen, dass alles wieder in Ordnung komme, nicht zuletzt deswegen, weil sie es beide besser wussten.

»Scheiße«, flüsterte Paul und wischte sich die Augen ab. »Ich führe mich auf wie ein verdammtes Mädchen.«

Will schaute wieder auf seine Schuhe hinunter. Vor einem Jahr hatte er fünfundsiebzig Dollar dafür bezahlt. Vielleicht sollte er sich neue besorgen. Er schaute Pauls Schuhe an. Sie glänzten, als wären sie frisch poliert. Wahrscheinlich hatte er Leute, die das für ihn erledigten. Oder vielleicht kaufte er sich einfach neue Schuhe, wenn die alten erste Gebrauchsspuren zeigten. Wie viele bereits getragene Schuhe hatten sie beide im Kinderheim anziehen müssen? Gequetschte Zehen, Blasen an den Fersen. Wenn Will Pauls Geld hätte, würde er sich jeden Tag seines Lebens neue Schuhe kaufen.

Paul stieß noch einmal seufzend die Luft aus, von Wills Gedanken wusste er nichts. »Ich konnte nicht anders, ich musste über all die schlimmen Dinge nachdenken, die er ihr antun könnte.«

Will nickte. Paul kannte aus eigener Erfahrung alle diese Gemeinheiten, die Männer sich ausdachten, um Kinder zu quälen. Will hatte die Narben, die Prellungen gesehen. Er hatte Paul mitten in der Nacht schreien hören.

»Du bist der Einzige, mit dem ich über diese Scheiße reden kann.«

»Abigail weiß nicht Bescheid?«

»Sie ist noch immer bei mir, nicht?«

Am Tonfall des Mannes hörte Will, dass er sich schämte. Das klang für seine Ohren sehr vertraut. Er schaute Paul wieder an. »Warum hast du mich eigentlich so sehr gehasst, als wir Kinder waren?«

»Keine Ahnung, Müll, das ist lange her.«

»Ich meine es ernst, Paul. Ich will es wissen.«

Paul schüttelte den Kopf, und Will dachte schon, das sei die einzige Antwort, die er bekommen würde, bis der Mann sagte: »Du hattest es kapiert, Müll. Du wusstest, wie man seine Zeit absitzt.«

»Was meinst du damit?«

»Du hast es einfach akzeptiert. Dort zu sein, gefangen in dem Heim bis zum Lebensende. Nie irgendjemanden zu haben.« Er starrte Will an, als könnte er es immer noch nicht glauben. »Du warst zufrieden.«

Will dachte an all die Besuchstage, an denen er sich die Haare gekämmt und seine besten Sachen angezogen und dann inständig gehofft hatte, irgendein Paar würde ihn sehen, wie er Bilder ausmalte oder auf der Schaukel spielte, und denken: »Das ist der Richtige. Das ist der Junge, den wir als unseren Sohn wollen.« Keiner tat es. Kein Mensch tat es je. Das war keine Zufriedenheit, das war Resignation.

Zu Paul sagte er nur: »So war es überhaupt nicht.«

»Du hast es zumindest so aussehen lassen, als würdest du niemanden brauchen. Als könntest du mit allem allein zurechtkommen. Als wärst du zufrieden mit allem, was du bekommst.«

»Es war das genaue Gegenteil.«

»Vielleicht war es das«, gab Paul zu. »Weißt du, wenn man noch ein Kind ist, sieht man vieles anders.«

Will hörte die Worte aus seinem Mund kommen, bevor er etwas dagegen tun konnte. »Ich hole Emma für dich zurück.«

Paul nickte nur, offensichtlich traute er seiner Stimme nicht.

»Du musst stark für sie sein. Nur darüber musst du nachdenken: wie du ihr helfen kannst.« Dann fügte Will noch hinzu: »Sie hat dich, Paul. Das ist der Unterschied. Was sie jetzt auch durchmacht, sie hat dich, der auf sie wartet, wenn das alles vorbei ist, und ihr dann hilft.«

»Ich wünsche mir, ich könnte stark sein«, sagte er. »Im Augenblick fühle ich mich so beschissen schwach.«

»Du bist nicht schwach. Du warst der fieseste Mistkerl in einem Haus voller Mistkerle.«

»Nein, Kumpel.« Er wirkte resigniert, als er Will auf die Schulter klopfte. »Ich war nur der mit der meisten Angst.«

Hinter der Tür hörte man, wie der Hahn aufgedreht wurde und Wasser ins Becken floss. Der Handtuchspender quietschte, als an der Kurbel gedreht wurde, dann ging die Tür auf. Abigail hatte ihr Make-up korrigiert und frischen Lippenstift aufgelegt.

Will führte die beiden den Gang entlang und drückte auf den Rufknopf. Abigail hatte den Kopf an Pauls Schulter gelegt und die Augen geschlossen, als müsste sie ihre ganze Willenskraft zusammennehmen, um das alles durchzustehen. Als die Türen aufglitten, gab Will seinen Code ein. Emmas Eltern konnten das Gebäude verlassen.

Paul nickte nur knapp und steif – kein Dankeschön, nur das Eingeständnis, dass Will hier war.

Abigail schaute Will kein zweites Mal an, als die Türen sich schlossen.

Will blickte auf die Fotos in seiner Hand. Emma lächelte ihn an. Er blätterte die Fotos durch. Auf einigen war sie mit ihren Eltern zu sehen. Andere zeigten sie mit Kayla Alexander. Jüngere Aufnahmen zeigten Emma mit einer Gruppe Mädchen im Schulchor oder mit einer anderen Gruppe bei einem Skiausflug. In einer Gruppe schien sie noch verletzlicher zu sein als allein, als könnte sie ihre Isoliertheit, ihr Außenseitersein so deutlich spüren wie einen Nadelstich. In ihren Augen sah er die Beklommenheit einer verwandten Seele.

Amandas Eckbüro lag von Wills Büro aus gesehen am anderen Ende des Gebäudes und eine ganze Welt entfernt von dem Schmutz, in dem er sich abrackerte. Vor ihm lag der allgegenwärtige Ausblick auf den Parkplatz des Baumarkts. In der anderen Richtung ragte die Stadt auf – Wolkenkratzer, herrschaftliche, alte Gebäude und in der dunstverhangenen Ferne die grüne Welt des Piedmont Park.

Ihr Schreibtisch war nicht die behördenübliche Art aus Metall, an dessen scharfen Kanten sich schon mehr als ein armer Beamter die Knie aufgeschlagen hatte. Poliertes Holz glänzte unter der ledernen Schreibunterlage mit den rosafarbenen Anrufnotizzetteln, die Caroline, Amandas Sekretärin, ihr dort hingeklebt hatte. Ihr Eingangs- und Ausgangskorb war immer leer. Will hatte in dem Zimmer noch nie ein Stäubchen gesehen.

Fotos von Amanda mit verschiedenen Würdenträgern hingen neben Zeitungsartikeln, die ihre Triumphe priesen. Die Wände waren in einem beruhigenden Grau gehalten. Die Decke bestand aus blütenweißen Quadraten und nicht aus den schmuddeligen, wasserfleckigen Plastikfliesen, die das Markenzeichen jedes anderen Büros im Gebäude waren. Sie hatte einen LCD-Fernseher und ihre eigene Kaffeemaschine. Die Luft hier oben war wirklich besser.

»Kann ich Ihnen irgendwas bringen?«, fragte Caroline. Sie war die einzige Frau in Amandas Team. Will nahm an, das lag daran, dass Amanda noch aus einer Zeit stammte, als Frauen nur an einer Stelle obenauf sein durften. Vielleicht lag es aber auch daran, dass Amanda Männer leichter kontrollieren konnte.

»Nein, vielen Dank«, sagte er. »Hat Amanda Ihnen gesagt, dass wir …«

»Einen Anruf erwarten?«, unterbrach sie.

»Danke.«

Gleich heute in der Früh hatte Will Evan Bernard angerufen, Emmas Lesetutor. Der Mann hatte sich bereit erklärt, sich die Drohbotschaften anzusehen, die man Adam Humphrey geschickt hatte. Wie Faith angeregt hatte, hoffte Will, der Lehrer könnte ihnen sagen, ob es sich um das Werk eines Legasthenikers handelte oder nicht. Man hatte einen Streifenwagen losgeschickt, der ihm Kopien der Briefe brachte. Bernard sollte anrufen, sobald er sie bekommen hatte.

Will kontrollierte die Zeit auf seinem zersplitterten Handy und fragte sich, wo Amanda blieb. Die Ziffern leuchteten nicht mehr so hell wie zuvor. Manchmal klingelte es, wenn jemand anrief, manchmal blinkte es nur stumm. Zuvor hatte es ohne erkennbaren Grund zu vibrieren angefangen, und er hatte die Batterien herausnehmen müssen, damit es aufhörte. Er machte sich Sorgen wegen des Telefons, das drei Jahre alt und ungefähr drei Millionen Modelle veraltet war. Ein neues Handy würde einen enormen Lernaufwand bedeuten, bis er die Bedienung beherrschte. Er würde sein gesamtes Nummernverzeichnis kopieren und die Funktionen programmieren müssen. Das wäre es dann mit seinem Urlaub. Vielleicht aber auch nicht. Man brauchte einen Job, um Urlaub nehmen zu können.

»Sieht aus, als bekommen wir gute Reaktionen von der Presse«, sagte Amanda, als sie in ihr Büro eilte. »Paul Campano leugnete, mit Ihnen in Streit geraten zu sein. Er meinte, es sei ein Unfall gewesen, Sie seien gestürzt.«

Will war aufgestanden, als sie den Raum betrat, und er war so schockiert, dass er vergaß, sich hinzusetzen.

»Hamish Patel und sein großes Mundwerk sagen was anderes.« Amanda musterte ihn, während sie die Notizen auf ihrem Schreibtisch durchsah. »Nach Ihrem Aussehen würde ich vermuten, dass Campano Ihnen eine verpasst hat?«

Will setzte sich. »Ja.«

»Und an Ihren Veilchen und der geschwollenen Nase sehe ich, dass Sie seine Schläge mannhaft ertragen haben?«

Will meinte nur: »Wenn Hamish das sagt.«

»Würden Sie mir vielleicht erklären, warum er überhaupt zugeschlagen hat?«

Will berichtete ihr eine wohlwollende Version der Wahrheit. »Das Letzte, was ich ihm sagte, bevor er zuschlug, war, dass wir eine DNS-Probe von ihm benötigen.«

»Damit bin ja ich die Schuldige.«

Er fragte: »Hat Paul die Probe abgegeben?«

»Das hat er tatsächlich. Also ist er entweder extrem arrogant oder unschuldig.«

Will hätte auf beides gewettet, aber er konnte noch immer nicht glauben, dass Paul ihn gedeckt hatte. Vor einer halben Stunde hatte er in diese Richtung noch nicht einmal eine Andeutung gemacht. Vielleicht war das die Art des Mannes, sich dafür zu entschuldigen, dass er vor so vielen Jahren ein solches Arschloch gewesen war. Oder vielleicht war er immer noch derselbe alte Paul, der seine Sachen gern regelte, wenn die Erwachsenen nicht zusahen.

»Was ist mit seinen Affären?«

»Ich habe in der Filiale angerufen, sobald ich wieder in meinem Büro war. Wenn die Frau sich bis Mittag nicht meldet, lasse ich sie mit einem Streifenwagen abholen.« Will musste noch hinzufügen: »Mein Instinkt sagt mir, dass Paul mit der Sache nichts zu tun hat. Vielleicht, wenn es sich um eine simple Entführung handeln würde – aber das ist ja nicht der Fall.«

»Das wissen wir ziemlich bald«, sagte Amanda. »Ich habe den DNS-Abgleich zwischen Paul Campano und den Spuren, die wir auf Kayla Alexander gefunden haben, beschleunigt. Beckey Keiper vom Labor wird Sie anrufen, sobald die Ergebnisse da sind.«

»Ich habe einen Streifenwagen zu Emmas Schule geschickt«, sagte Will, der seinen Schock noch nicht ganz überwunden hatte. »Bernard sollte uns jeden Augenblick anrufen.«

»Ist schon extrem ironisch, dass unser interner Legastheniker uns nichts darüber sagen kann, nicht?«

Will versuchte, sich nicht auf seinem Stuhl zu winden. In den letzten zehn Jahren hatte er seine Chefin nur ein einziges Mal zu Hause angerufen, und zwar, um ihr zu sagen, dass ein Kollege getötet worden war. Als er sie dann gestern Abend angerufen hatte, war sie noch eisiger gewesen, als er ihr gestand, dass er bei den Textzeilen, die irgendjemand, wahrscheinlich der Mörder, unter Adam Humphreys Zimmertür durchgeschoben hatte, nichts Ungewöhnliches hatte erkennen können.

Er räusperte sich. »Wenn Sie meine Kündigung haben wollen …«

»Wenn Sie Ihren Posten verlassen, dann nur mit meinem Fuß in Ihrem Arsch, und nicht, indem Sie sich davonschleichen wie ein verwundetes Kätzchen.« Sie lehnte sich in ihrem Sessel zurück. »Verdammt noch mal, Will.«

»Tut mir leid.«

»Leidtun macht die Sache auch nicht besser.« Sie drehte die Schraube noch fester. »Diese Briefe sind die ersten richtigen Beweisstücke, die wir haben. ›Lass sie in Ruh.‹ ›Sie gehört zu mir.‹ Das sind direkte Drohungen unseres Mörders an eines der Opfer. Wenn dies das Werk einer Person mit einer Behinderung ist – das ist unser Blut im Wasser, Will. Wir hätten uns auf diese Information stürzen müssen, sobald wir sie in Händen hatten.«

»Das ist mir bewusst.«

»Wo wären wir in diesem Fall jetzt, wenn Sie sich sofort um die Schreibweise gekümmert hätten?« Sie ließ ihm keine Zeit zur Antwort. »Wir sind jetzt schon fast drei Tage dran. Drei Tage. Ich muss Ihnen nicht sagen, was das bedeutet.«

»Was soll ich denn sonst noch sagen?«

Einen kurzen Augenblick lang schienen ihr die Worte zu fehlen. Doch dieser Zustand war flüchtig. »Wir vergeuden Zeit. Wann soll dieser Lehrer anrufen?«

»Der Streifenwagen sollte jeden Augenblick dort sein.«

»Wann soll Gordon Chew hier sein?«

Sie meinte den Fingerabdruckexperten aus Tennessee. »Gegen halb neun. Er wollte heute sehr früh losfahren.«

»Er ist doch gestern Nacht schon gefahren«, sagte sie, ging aber nicht weiter darauf ein. »Was haben wir sonst noch?«

»Viel Belangloses«, antwortete Will. »Charlie hat im Haus in Ansley Park Fasern und Fußabdrücke gefunden, aber wir brauchen jemanden oder etwas, womit wir sie vergleichen können, bevor wir sie verwenden können.« Er dachte auch kurz an die graue Erde, die Charlie gefunden hatte, aber diese Information behielt er für sich, weil er noch immer die höchst unwahrscheinliche Hoffnung hegte, dass sich daraus etwas ergab. Er räusperte sich, bevor er fortfuhr: »Der gestrige Lösegeldanruf kam von Kayla Alexanders Handy. Er lief über einen Funkmast, der das ganze Gebiet von North Atlanta bis zum Kennesaw Mountain abdeckt.«

»Wir können versuchen, den zweiten Anruf heute zu orten, aber ich bin mir sicher, er schaut genug fern, um zu wissen, dass das Zeit braucht.« Sie hielt inne und überlegte. »Ich habe das nicht für eine Entführung wegen Lösegeld gehalten.«

»Ich auch nicht«, sagte Will. »Und ich bin mir nicht sicher, ob ich es jetzt tue.«

»Es gab einen Lebensbeweis.«

»Ich weiß.«

»Beide Eltern bestätigen, dass die Stimme am Telefon die ihrer Tochter war. Glauben Sie noch immer, dass Emma Campano in die Sache verwickelt sein könnte?«

»Irgendwas passt da nicht«, erwiderte Will. »Der Schauplatz war zu chaotisch.«

»Charlie sagt, anhand der Blutspuren und der Schuhabdrücke glaubt er, dass während der Zeit des Verbrechens vier Personen im Haus waren.«

»Ich weiß.«

Amanda sprach einen weiteren Punkt an, den er erst noch überdenken musste. »Wenn man auf junge Mädchen steht, dann lässt man nicht eines tot am Tatort zurück. Man nimmt sie beide mit.«

»Kayla war eine Kämpferin. Vielleicht wollte sie sich nicht so einfach fügen.«

Amanda hob die Hände. »Wir können uns jetzt den ganzen Vormittag im Kreis drehen und kommen nirgendwohin. Ich habe mir den Lebensbeweis in dem gestrigen Anruf angehört. Das Mädchen klang völlig verängstigt. Nicht verängstigt, wie man es in Filmen hört, nicht nachgemacht, nicht verängstigt im Sinne von: Ich glaube, so sollte ich klingen, wenn ich versuche, verängstigt zu klingen. Sie machte die Art von Geräuschen, die man nur macht, wenn man weiß, dass man bald sterben wird.«

Will ließ diese Einschätzung auf sich wirken. Amanda hatte recht. Sie beide hatten echte Angst schon öfter gehört – öfter, als es ihnen lieb war. Emma Campano hatte nicht geschauspielert.

Ihre Stimme zitterte beängstigend, ihr Atem ging hart und rau. So etwas konnte man nicht spielen. Absolutes Entsetzen war eine Geheimsprache, die man nur durch Erfahrung lernte.

Will fragte: »Gab es irgendwelche Hintergrundgeräusche auf Emmas Teil des Bands?«

»Man hat mir gesagt, es dauert mindestens bis Mittag, bis sie etwas Substanzielles haben. Vorläufig wurde Verkehrslärm identifiziert und das Bellen eines Hundes. Das Mädchen war in einem geschlossenen Raum, als ihre Stimme aufgenommen wurde.«

»Also fuhr er mit ihr irgendwohin, zerrte sie aus dem Auto und machte die Aufnahme.«

»Das sagt uns, dass die Lösegeldforderung kein nachträglicher Einfall war. Wir wissen beide, wie solche Kerle ticken. Sie werden erregt, sie schnappen sich das Mädchen, sie vergewaltigen sie, sie töten sie, und erst dann machen sie sich einen Plan. Das hier wurde von Anfang an durchdacht. Bevor er dieses Haus betrat, kaufte er sich ein Seil und Isolierband und suchte sich ein Messer. Und zuvor hatte er sich einen Ort ausgesucht, wohin er sie bringen konnte.«

»Wenn ich optimistischer wäre, würde ich sagen, das beweist, dass sie noch am Leben ist.«

»Das war gestern«, gab Amanda zu bedenken. »Was heute ist, werden wir in gut zweieinhalb Stunden erfahren.«

»Konnte das Labor schon irgendwas über die Stimme des Kidnappers sagen?«

»Sie hatten recht damit, dass er über Computer eine Bandaufnahme gemacht und die dann über Telefon abgespielt hat.« Sie las aus ihren Notizen vor: »Das VoiceOver-Programm ist ein Standardfeature der allgemein zugänglichen Apple-Macintosh-Software.« Sie schaute von ihren Notizen hoch. »Das schränkt den Kreis unserer Verdächtigen auf ein paar Millionen arrogante Besitzer von Apple-Computern ein. Die Stimme, die sich der Anrufer ausgesucht hat, heißt Bahh.«

»Kayla Alexanders Eltern sollten inzwischen …«

»Sie sind wieder zu Hause. Und ohne Anwalt machen Sie gefälligst einen großen Bogen um sie.«

»Warum?«

»Sie haben die Westfield Academy, die Campanos und das Atlanta Police Department verklagt. Und ich bin mir sicher, sobald sie herausfinden, dass wir an dem Fall dran sind, hängen sie auch uns einen Prozess an.«

»Mit welcher Begründung?«

»Die Schule konnte nicht verhindern, dass das Mädchen den Campus verließ, die Campanos konnten den Tod des Mädchens nicht verhindern, und die Polizei konnte trotz Lageplan den eigenen Arsch nicht finden.«

Caroline rief aus ihrem Büro: »Evan Bernard auf Leitung drei.«

Will sagte zu Amanda: »Bitte lassen Sie mich das übernehmen.«

»Wollen Sie versuchen, sich selbst reinzuwaschen?«

»Ich will nur versuchen, den Mann nicht zu verärgern, der uns helfen will.«

»Machen Sie sich nicht lächerlich.« Sie drückte auf den Lautsprechknopf. »Mr. Bernard, hier spricht Amanda Wagner. Ich bin Deputy Director des Special Criminal Apprehension Teams, der Sondereinheit zur Verbrechensfrüherkennung und -bekämpfung. Hier bei mir ist Agent Will Trent. Vielen herzlichen Dank, dass Sie heute Vormittag bereit sind, uns zu helfen.«

»Kein Problem«, antwortete er. »Der Polizist, den Sie geschickt haben, kam mit Blaulicht und Sirene bis vor meine Tür.« Er kicherte gequält. »Ich muss zugeben, das war etwas beunruhigend.«

Amanda lächelte ihr großmütterliches Lächeln. »Betrachten Sie es als Anreiz, sich nichts zuschulden kommen zu lassen.«

Will schüttelte den Kopf über das Schweigen am anderen Ende der Leitung. Er übernahm das Gespräch. »Mr. Bernard, können Sie uns sagen, welchen Eindruck Sie von den Nachrichten haben?«

»Ich muss zugeben, ich finde sie merkwürdig.«

»Können Sie erklären, warum?«

»Der erste Satz, den ich als ›sie gehört zu mir‹ lese, passt einfach nicht. Ich habe Ihnen gestern gesagt, dass jeder Legastheniker anders ist, und vielleicht sollten Sie besser mit einem linguistischen Spezialisten für regionale Dialekte und dergleichen sprechen, aber meiner Meinung nach haben Sie es mit einem phonetischen Schreiber, keinem Legastheniker zu tun.«

Will fragte: »Wie können Sie da so sicher sein?«

»Na ja, sicher bin ich mir eben nicht.« Er räusperte sich. »Ich kann lediglich aus meiner eigenen Erfahrung sprechen. Bei einem Legastheniker würde man erwarten, dass die Buchstaben verdreht sind, die Wörter nicht einfach nur falsch geschrieben oder zusammengezogen sind. Emma, zum Beispiel, verdrehte ständig das ›i‹ und das ›l‹ in Hilfe, sie schrieb ›Hlife‹.«

Amanda versuchte gar nicht erst, ihre Ungeduld zu verbergen. »Was ist mit den anderen?«

»Der zweite Zettel mit dem Wort ›Schänder‹ ist natürlich korrekt, wobei man hier auch ›Schender‹ erwarten könnte. Vielleicht hat der Verfasser eine Computerrechtschreibprüfung verwendet. Nun der dritte Satz ›las sie in Ruk‹ für ›lass sie in Ruh‹ – und ich möchte hier noch einmal betonen, dass jeder Betroffene anders ist –, aber das ›Ruk‹ erscheint mir merkwürdig. Bei klassischen Fällen würde man hier nicht erwarten, ein ›k‹ zu finden. Das ist ein schwieriger Buchstabe, wie ich das nennen würde, was bedeutet, dass er innerhalb eines Wortes einen deutlich abgegrenzten Klang hat. Man sieht häufig, dass ›k‹ anstelle von ›ck‹ oder ›g‹ verwendet wird, aber ohne Grund wird es eigentlich nirgendwo angehängt.« Wieder räusperte er sich. »Und auch das ›las‹ ist für mich bezeichnend.«

Will hatte zwar Schwierigkeiten, den Argumenten zu folgen, aber er fragte trotzdem: »Warum?«

»Weil das im Grunde genommen eine phonetische Schreibweise ist. Der Schreiber hat sich rein vom Klang des Wortes leiten lassen. Bei einem Legastheniker würde man hier eine Buchstabendrehung, also etwa ›als‹ oder ›lsa‹ erwarten.«

»Und, was ist nun Ihre Meinung? Versucht da jemand, den Legastheniker zu spielen, oder hat derjenige wirklich eine Störung?«

»Nun ja …« Der Mann zögerte. »Ich bin kein Arzt. Ich bin Leselehrer. Aber wenn Sie mir eine Waffe an den Kopf halten, würde ich sagen, Sie haben es mit dem Werk eines Erwachsenen mit vermutlich durchschnittlicher Intelligenz zu tun, der nie richtig schreiben und lesen gelernt hat. Mit jemandem also, um auf das ›Ruk‹ zurückzukommen, der zum Beispiel durchaus die Zeichen ›k‹ und ›h‹ verwechseln kann.«

Will schaute zu Amanda und sah, dass sie ihn ebenfalls anstarrte. Sie waren es beide nicht gewohnt, direkte Antworten zu erhalten. Nur um der Klarheit willen fragte Will nach: »Sie glauben also nicht, dass diese Person irgendeine krankhafte Schreib- und Leseschwäche hat?«

»Sie haben nach meiner ehrlichen Meinung gefragt, und ich habe sie Ihnen gesagt. Ich würde sagen, die Person, die diese Briefe schrieb, hat nie richtig lesen oder schreiben gelernt. Ihre Fähigkeiten bewegen sich bestenfalls auf dem Niveau der zweiten oder dritten Klasse.«

Amanda war offensichtlich skeptisch. »Wie ist so etwas möglich?«

»Ich sah das ziemlich häufig, als ich noch im öffentlichen Schulsystem unterrichtete. Kinder mit allen möglichen Leseproblemen können durch die Maschen schlüpfen. Man versucht, ihnen zu helfen, aber im Grunde genommen kann man nichts machen. Das ist einer der Gründe, warum ich auf die Westfield gewechselt habe.«

Im Hintergrund hörte man die Schulglocke.

Bernard sagte: »Tut mir leid, aber ich muss jetzt zum Unterricht. Ich kann Sie zu jemandem durchstellen, falls Sie …«

»Das ist schon okay«, entgegnete Will. »Vielen Dank, dass Sie

Zeit für uns hatten. Wenn Sie bitte diese Unterlagen dem Beamten zurückgeben könnten, der sie Ihnen gebracht hat.«

»Natürlich. Bitte rufen Sie mich an, wenn sich noch etwas ergibt. Ich wäre Ihnen sehr gerne eine größere Hilfe gewesen.«

»Sie haben uns bereits sehr geholfen«, erwiderte Will.

»Ich würde es sehr zu schätzen wissen, wenn Sie diese Unterhaltung für sich behalten könnten. Wir wollen nichts tun, um Emma noch zusätzlich in Gefahr zu bringen.«

»Natürlich. Ich glaube, unsere Schüler sind durch diese Tragödie bereits traumatisiert genug.«

»Vielen herzlichen Dank, Mr. Bernard.«

Amanda beendete den Anruf. »Haben Sie folgen können?«

»Ja«, sagte Will. »Unser Schreiber ist ein Erwachsener mit durchschnittlicher Intelligenz, der ein funktionaler Analphabet ist.«

»Sie wissen gar nicht, wie erfrischend es für mich ist, wenn ein Experte mir seine ehrliche Meinung sagt.«

Caroline kam mit einer Aktenmappe in der Hand in das Büro. »Das sind die Überprüfungen der Angestellten des Copy Right, und Gordon Chew hat angerufen und gesagt, dass er sich eine halbe Stunde verspätet.«

Amanda machte sich nicht die Mühe, der Frau zu danken. Sie öffnete die Akte, überflog die Seiten und nannte Will dann das Wichtigste. »Alle sind sauber bis auf Lionel Edward Petty, der eine Verurteilung wegen Drogenbesitzes hat. Bei einer Verkehrskontrolle fand man zwei Unzen Gras in seinem Handschuhfach.«

»Verurteilung nur wegen Besitz oder Besitz mit Verkaufsabsicht?«, fragte Will. Es war zwar dem Gutdünken des Richters überlassen, doch eine Unze, etwa dreißig Gramm, wurde meistens nur als Vergehen geahndet. Bei zwei Unzen konnte man aber wegen Drogenhandels verurteilt werden.

Amanda antwortete: »Er verpfiff seinen Dealer, und der Richter ließ es bei einer Geldstrafe und einem Eintrag ins Strafregister bewenden.«

»Faith hat unter Adam Humphreys Schreibtisch eine Tüte Gras gefunden«, sagte Will. »Das ist zwar nur eine sehr dünne Verbindung, aber das Copy Right liegt in der Nähe des Tech. Falls Petty wirklich dealt, könnte er in seiner Mittagspause zu Fuß zum Campus gehen.«

»Ich bin mir sicher, dass dort Dealer direkt auf dem Campus wohnen, die das Geschäft fest in ihren Händen haben.« Sie klappte den Ordner zu. »Die Bauunternehmer, deren Trupps draußen vor dem Copyshop arbeiten, halten mich hin. Mein Bauch sagt mir, dass sie Illegale beschäftigten. Vielleicht sollten wir noch einmal dorthin und fragen, ob irgendjemand im Laden mit den Arbeitern gesprochen hat. Da gibt es ein hispanisches Mädchen, das die Frühschicht macht.« Sie schlug die Akte noch einmal auf und zog ein Blatt heraus. »Maria Contreras. Vielleicht hatte sie Kontakt mit ihnen. Gleiche Herkunft und so. Nehmen Sie sich auch die anderen Mädchen vor. Vielleicht haben sie ja mit den Männern geflirtet.« Sie hielt Will das Blatt hin, zog es dann aber wieder zurück.

Er streckte die Hand aus. »Ich kann es ja Faith geben.«

Sie legte das Blatt auf den Tisch, schob es ihm zu und sagte dann sehr nachdrücklich: »Sie brauchen einen Partner, Will.«

»Sie wissen, dass ich mit anderen nicht gut zusammenarbeiten kann.«

»Mit Faith Mitchell scheinen Sie aber ziemlich gut zusammenzuarbeiten.«

»Weil sie weiß, dass diese Zusammenarbeit auch wieder ein Ende hat.«

»Aha«, sagte sie. »Da ist sie wieder, die berühmte Trent'sche Selbstachtung.«

Er straffte sich. »Was soll das heißen?«

»Ich bin nicht Ihre Mama, Will, aber es ist Zeit, dass Sie erwachsen werden und aufhören, sich selbst leidzutun, nur weil Sie eine Störung haben.«

Er fragte nicht, warum sie ihm seine Legasthenie immer wieder unter die Nase rieb, wenn sie das Problem für so unwichtig hielt. »Sie sehen Fälle als Puzzles, und was es auch ist, das in Ihrem Hirn so anders ist, es ermöglicht Ihnen, sie auf eine Art zu lösen, wie es sonst niemand kann.« Sie hielt inne, um diesen Satz wirken zu lassen. »Ich habe Ihnen diesen Fall anvertraut, weil ich wusste, dass Sie ihn bewältigen können. Im Augenblick kann ich bei Ihnen keine Selbstvertrauenskrise gebrauchen. Was ich brauche, ist, dass Sie da rausgehen und mit Faith zusammenarbeiten und Ihren Job auf die beste Art machen, die Sie können.«

»Amanda ...«

»Und weil ich gerade dabei bin: Sie könnten es weiter schaffen als Angie Polaski.«

»Das hat damit nichts zu tun.«

»Wahrscheinlich, aber betrachten Sie sich als verwarnt. Wenn dieser Fall abgeschlossen ist, werde ich Faith bitten, in unser Team zu kommen.«

»Sie ist beim APD. Sie wird Zulagen und ihre Pension verlieren und ...«

»Über die Details werde ich mir den Kopf zerbrechen. Sie zerbrechen sich den Ihren darüber, wie sie Faith Mitchell von Ihrem kleinen Problem erzählen können, Special Agent Trent. Irgendwann wird sie es selbst herausfinden, und sie wird stocksauer auf Sie sein, weil Sie es verschwiegen haben.« Dann fügte sie hinzu: »Und ich bin auch nicht sehr glücklich darüber, dass ich bei diesem Anruf eben den Babysitter spielen musste, obwohl ich sehr gut etwas anderes hätte tun können, um diesen Fall voranzubringen.«

Er öffnete den Mund, um etwas zu erwidern, doch sie schnitt ihm das Wort ab.

»Kein Wort mehr«, sagte sie barsch. Will stand auf, weil sie es tat. »Weil wir gerade von Zeitverschwendung reden, ich muss wegen der Alexanders mit unseren Anwälten sprechen, dann fahre ich nach Ansley, um mit den Campanos auf den Lösegeldanruf um halb elf zu warten.« Ihre Absätze klapperten über den Boden, als sie das Büro durchquerte. »Warten Sie auf Gordon Chew und schauen Sie, was er mit den Drohbriefen anfangen kann, dann fahren Sie zum Copy Right und fragen die Leute dort, ob ihnen zu den Bauarbeitern noch etwas einfällt. Wir treffen uns danach vor dem Haus der Campanos.« In der Tür blieb sie stehen und wiederholte: »*Vor* dem Haus, Will. Ich habe keine Ahnung, warum Paul Campano Sie wegen der kleinen Handgreiflichkeit zwischen Ihnen gedeckt hat, aber glauben Sie keine Sekunde lang, dass Sie mich hätten zum Narren halten können.«

14. KAPITEL

Faith hielt sich die Hand vor den Mund, als sie so heftig gähnte, dass sie sich beinahe den Kiefer ausgerenkt hätte. Ihr war schwindelig vor Erschöpfung, nachdem sie fast die ganze Nacht lang mit Victor Martinez geredet hatte. Als das Restaurant geschlossen hatte, waren sie zu dem ebenfalls geschlossenen Café nebenan gegangen und hatten sich an einen der Metalltische gesetzt. Obwohl sie in der Abendhitze schwitzten und die Moskitos sie beinahe auffraßen, hatten beide keine Anstalten gemacht zu gehen. Sie hatten beide einen entsetzlichen Tag gehabt und hatten sich beide eifrig bemüht, nicht darüber zu reden.

Faith hatte ihm von ihrem Vater erzählt, wie sehr sie ihn vermisste, von ihrem Bruder in Deutschland, ihrer Beziehung zu ihrer Mutter und natürlich von Jeremy. Victor hatte ihr so intensiv zugehört, sein Blick immer auf ihre Augen gerichtet, und seine Finger hatten sie auf eine Art gestreichelt, dass Faith an nichts anderes denken konnte als an das Gefühl seiner Haut, und so hatte sie schließlich aufgegeben und ihn nur wortlos angestarrt, bis er anfing, von sich selbst zu reden.

Er erzählte ihr nur das Wichtigste: eine frühe, misslungene Ehe, sein Aufstieg zum Dekan am Georgia Tech. Er war der erste Mann in seiner Familie, der aufs College ging. Er bedrängte seine Nichten und Neffen, damit er nicht der Einzige blieb. Als er herausfand, dass sie ebenfalls das College abgebrochen hatte, fing er an, auch sie zu bedrängen.

Als Faith endlich merkte, dass es drei Uhr morgens war und dass sie in vier Stunden schon wieder aufstehen musste, hatte sie schließlich den Bann gebrochen. Victor hatte ihre Hand genommen und sie auf die Wange geküsst und schließlich – sehr sanft – auf den Mund. Er hatte sie zu ihrem Auto gebracht und dann noch einmal geküsst, bevor sie losfuhr.

Auch falls er nie wieder anrufen sollte, betrachtete Faith diesen Abend als einen der romantischsten in ihrem Leben.

Will kam ins Büro. »Wie's aussieht, werde ich nun doch keine Bingo-Anträge bearbeiten.« Er ließ sich in den Sessel hinter seinem Schreibtisch fallen. Sein Anzug war gebügelt, das Gesicht rasiert, und doch sah er irgendwie zerknittert aus. »Haben Sie die Pressekonferenz heute Morgen gesehen?«

Faith spürte, wie sich ihr die Nackenhaare aufstellten. Sie hatte es kaum geschafft, zu duschen, geschweige denn, den Fernseher einzuschalten. »Was?«

»Die Pressekonferenz«, sagte er, als wäre das allgemein bekannt. »Meiner Ansicht nach hatte Amanda etwas zu sehr darauf gedrängt, aber es ist ja nicht so, dass sie mich fragt, wenn sie …«

»Es gab eine Pressekonferenz?« Faith merkte, dass sie aufgesprungen war. »Warum haben Sie mir nichts gesagt?«

»Ich dachte, Sie könnten den Schlaf gut gebrauchen.«

»Warum bin ich denn eigentlich hier?«, fragte sie barsch. »Was soll ich denn …«

»Moment mal«, unterbrach sie Will. Er saß noch immer in seinem Sessel, mit einem verwirrten Blick in seinem zerschlagenen Gesicht. »Was habe ich jetzt schon wieder getan?«

»Was Sie getan haben?«

»Was immer es ist, es tut mir leid, wirklich.« Will beugte sich vor. »Reden wir einfach darüber, okay? Bitte setzen Sie sich.«

Seine aufrichtige Zerknirschung nahm ihr etwas von ihrer Wut. Sie setzte sich. »Das ist lächerlich.«

»Sagen Sie mir einfach, was Sie wollen.«

»Wir müssen meine Position in diesem Fall definieren.« Er schien noch immer nicht zu verstehen, was sie meinte, deshalb nannte sie ihm einige Optionen. »Bin ich noch lediglich Ihr Lakai oder Ihre Schulsprecherin oder Ihre Chauffeurin oder …«

Aus dem Nachbarbüro ertönte ein lauter Knall, dann Gelächter. Telefone klingelten. Die Tagschicht traf langsam ein. Will schien das ebenso zu bemerken wie Faith. Er drückte sich an seinem Tisch vorbei und schloss die Tür.

Erst als er wieder saß, sagte er zu ihr: »Wir bearbeiten diesen Fall gemeinsam.«

»Warum sagen Sie mir dann so vieles nicht?«

»Ich dachte nur …« Er klang noch immer verwirrt. »Ich dachte, Sie könnten den zusätzlichen Schlaf gut gebrauchen. Die Pressekonferenz war nur Spiegelfechterei. Es gab keinen Grund, warum wir uns das beide hätten antun sollen.«

Faith fielen alle möglichen Gründe ein – eine Chance, noch einmal mit Abigail Campano zu reden, zu sehen, wie Mutter und Vater miteinander umgingen, die Gelegenheit, herauszufinden, was die Reporter auf eigene Faust ermittelt hatten, oder einfach nur die schlichte, verdammte Höflichkeit, in einen Fall mit einbezogen zu werden, dem sie die letzten drei Tage ihres Lebens gewidmet hatte.

Will schaute auf seinen Schreibtisch hinunter, aber Faith war lang genug Mutter eines Teenager-Jungen, um ein schlechtes Gewissen zu erkennen.

Sie fragte: »Was sonst noch?« Als er nicht antwortete, machte sie weiter. »Ich weiß, dass da noch was ist, Will. Also bitte, sagen Sie es mir.«

Seine Stimme wurde düster. »Das wird Ihnen wirklich nicht gefallen.«

Faith wartete. Sie konnte die Unterhaltung im Nachbarbüro deutlich hören – Bullengerede, jemand prahlte, dass er einem Verhafteten in die Kniekehlen getreten habe.

Will sagte: »Ich habe heute Morgen mit Evan Bernard gesprochen.«

»Allein?«

»Mit Amanda.«

Faith musste das erst einmal schlucken. War es Amanda, die ihr nicht traute? Es wäre typisch für die ältere Frau, dass sie ihre eigenen Entscheidungen traf und es dann Will überließ, die Scherben hinter ihr zusammenzukehren. War Faith auf die falsche Person sauer? Andererseits, falls das der Fall war, warum sagte ihr Will das dann nicht?

Sie rieb sich die Augen. Sie war zu müde, um durch all diese Schichten der Täuschung hindurchzusehen. »Was hat er gesagt?«

»Seiner Meinung nach haben wir es mit einem fast analphabetischen Erwachsenen zu tun, nicht mit jemandem mit einer Lernstörung.«

Faith fand diesen Sprung außergewöhnlich. »Und das hat er aus diesen drei Zetteln herausgelesen?«

»Ich sage Ihnen nur, was er gesagt hat.«

»Wie kommt jemand durch die Schule, ohne lesen und schreiben zu lernen.«

»So was passiert«, sagte er und rieb sich das Kinn.

Faith fühlte sich nun noch mehr brüskiert. Die Pressekonferenz war eine Sache, aber an Evan Bernard hatte sie einige wirklich wichtige Fragen, davon die Wichtigste: Wie konnte er anhand von drei kurzen Sätzen so sicher sein, dass sie es mit einem Menschen zu tun hatten, der eine Lernstörung oder auch nicht hatte, und nicht mit einem völlig normalen Menschen, der nur versuchte, seine Spuren zu verwischen?

Will sagte: »Das Labor ruft uns an, sobald Gordon Chew da ist. Er ist der Fingerabdruckexperte.«

»Warum haben Sie nicht einen von unseren Jungs beauftragt?«

»Man hat nur ganz wenige Chancen, Papier chemisch zu bearbeiten. Wenn auf diesen Briefen ein Fingerabdruck ist, wird Gordon ihn finden.« Will tippte auf die Tastatur seines Computers, um ihn zu aktivieren. Er fing an, etwas zu lesen, wahrscheinlich seine E-Mails. »Haben Sie mit diesem Röhrchen irgendwas gemacht?«

Sie war sich bewusst, dass Schall in beide Richtungen wanderte. »Ich habe es in die richtigen Hände gegeben.«

Er hielt den Blick auf den Computer gerichtet, bewegte die Maus und klickte. Sie wusste nicht, ob er schmollte oder Angst hatte, wieder einmal das Falsche zu sagen. Wie üblich war das Thema, was er nun anschnitt, das Letzte, was sie erwartet hätte. »Ich musste mir letztes Jahr eine Wurzelbehandlung machen lassen. Sie haben Glück, dass sie beim APD sind. Der zahnärztliche Versorgungsplan des GBI ist beschissen. Ich musste fünfzehnhundert Dollar aus eigener Tasche bezahlen.«

Faith machte ein mitfühlendes Geräusch, aber am liebsten hätte sie ihm die Tastatur unter den Fingern weggerissen. »Wollen Sie, dass ich Sie allein lasse, damit Sie mit Ihrem Computer spielen können?«

Er hatte immerhin den Anstand, schuldbewusst auszusehen. Schließlich setzte er sich auf und schaute Faith tatsächlich an. »Der Lösegeldanruf vom Handy lief über einen Funkmast, der den Großteil von Atlanta abdeckt. Die Analyse des Anrufs wird erst gegen Mittag abgeschlossen sein. Charlie hat am Prius überhaupt nichts Greifbares gefunden. Wir warten darauf, dass Paul Campanos DNS zurückkommt, damit wir sie mit den Spuren an Kayla Alexander vergleichen können. Es sind jetzt fast volle drei Tage, seit das Mädchen entführt wurde, und wie's aussieht, werden wir noch einmal zwei Stunden damit vergeuden, zu warten, dass Leute unsere Fragen beantworten, und das wird übrigens nur weitere Fragen aufwerfen.«

»Wie Sie das sagen, klingt das sehr einfach.«

»Ach, übrigens, ich würde Ihren Gewerkschaftsvertreter anrufen, wenn ich Sie wäre. Die Alexanders verklagen die Stadt wegen grober Fehler bei der Identifikation ihrer Tochter.«

»Scheiße«, stöhnte Faith.

Will klopfte mit den Fingern auf die Tischplatte. »Tut mir leid. Aber wir stecken hier beide mit drin, okay?«

»Sie meinen die Klage?«

Er lächelte. »Vielleicht auch da, ja.«

Faith konnte sich unmöglich von diesem Unsinn runterziehen lassen und trotzdem ihre Arbeit tun. »Wie gehen wir nach dem Fingerabdruckexperten vor?«

»Amanda will, dass wir mit den Angestellten vom Copy Right reden, um herauszufinden, ob sie bei den Bauarbeitern irgendwas Verdächtiges bemerkt haben. Danach sollen wir sie vor dem Haus der Campanos treffen. Der Kidnapper sagte, er würde heute Vormittag um halb elf anrufen. Hoffentlich haben wir dann ein paar neue Informationen, mit denen wir weiterarbeiten können, einen Durchbruch, einen neuen Lebensbeweis von Emma.«

»Wir haben an alle Einheiten eine solide Beschreibung von Adams Chevy Impala durchgegeben. Jeder Polizist in der Stadt wird nach ihm suchen.«

»Dann wollen wir hoffen, dass das Auto noch in der Stadt ist.«

Er lehnte sich zurück und faltete die Hände vor seinem flachen Bauch. Faith fragte: »Und, hat Amanda Ihnen den Kopf abgerissen?«

»Nein«, sagte er. »Ich war überrascht. Aber es ist sehr schwierig, für sie zu arbeiten.«

»Kann ich mir vorstellen.«

Er hob die Hand und streckte den Daumen seitlich weg. »Sehen Sie das?«, fragte er und deutete auf eine schwache Narbe an der Innenfläche. »Vor vier Jahren hat sie mit einer Nagelpistole auf mich geschossen.«

»Mit Absicht?«

»Das ist die Frage«, sagte er und faltete die Hände wieder.

Da sich das Gespräch zu einer Art Abrechnung mit Amanda zu entwickeln schien, sagte Faith: »Sie ging mit meinem Onkel Kenny, als ich noch ein Kind war.«

Will wäre beinahe aus seinem Sessel gefallen. »Was?«

Faith erklärte: »Der Bruder meines Vaters. Er war ein Colonel in der Air Force. Amanda ging mit ihm fast …« Sie überlegte. Amanda hatte Ken verlassen, kurz bevor Jeremy in die Highschool kam. »Fast fünfzehn Jahre lang.«

»Das habe ich nicht gewusst.«

»Amanda hat Ihnen das nicht gesagt, als sie Sie auf meine Mutter ansetzte?«

»Nein, aber soweit ich weiß, hat sie sich nie eingemischt. Sie sagte mir einfach, ich solle fair sein.« Seine Stimme klang merkwürdig, als er das sagte.

Faith erinnerte sich an etwas, das ihre Mutter ihr gesagt hatte. Zu der Zeit fand sie es merkwürdig, aber jetzt verstand sie. »Meine Mutter hat während der Ermittlung nicht viel über Sie gesprochen, aber einmal sagte sie mir, sie vertraue darauf, dass Sie das Richtige tun.«

»Das ist nett«, sagte Will, doch an seinem Gesichtsausdruck sah sie, dass er noch immer düpiert war. Faith begriff nun allmählich, dass das typisch Amanda war. Sie ließ einen nie das Gesamtbild sehen.

Sie versuchte, das Thema zu wechseln, redete über sein Büro. »Auch bei Sonnenschein wird die Aussicht nicht gerade besser.«

Will rieb sich noch einmal das Kinn. »Nein.« Er schwieg einen Augenblick, dann sagte er: »Tut mir leid, dass ich Sie bei dem Telefonanruf außen vor gelassen habe. Und bei der Pressekonferenz. Das wird nicht mehr vorkommen.«

Sie war noch nicht recht bereit, seine Entschuldigung anzunehmen, vielleicht weil er sie weiterhin ausschloss, egal, wie oft er sich dafür entschuldigte. »Wie war Pauls Reaktion auf das alles?«

»Er war dasselbe Arschloch wie immer«, sagte Will. »Versucht, alles zu kontrollieren.«

»Was ist mit ihm?«, fragte Faith. »Regt er sich nicht ein wenig zu sehr auf?«

»Paul ist ein Arschloch, aber ich kann mir nicht vorstellen, dass er so etwas tut. Außerdem bräuchte er einen Komplizen und ein Motiv.«

»Ich schätze, das Motiv kennen wir, wenn wir die DNS-Ergebnisse bekommen.«

»Es wird keine Übereinstimmung geben.« Will schien sich dessen so sicher zu sein, dass Faith nicht lange diskutierte. Der offensichtliche Verdächtige bei einer Kindesentführung war immer der Vater. Tatsächlich enden die meisten Fälle dieser Art damit, dass der Vater ins Visier gerät, völlig unabhängig von den Umständen. Dies hier war Wills Fall, und wenn er so verdammt sicher war, dass der Mann damit nichts zu tun hatte, konnte Faith nichts dagegen tun.

»Ich kenne ihn«, sagte Will, als könne er Faiths Skepsis spüren.

»Na gut.«

»Ich meine das ernst, Faith. Paul hat das nicht getan.« Er wollte das Thema noch nicht ruhen lassen. »Ich weiß, dass Sie meinem Urteil bei vielen Dingen nicht trauen, aber …«

»Das stimmt nicht.«

»Darf ich dann vielleicht ausreden?«

Faith sagte nichts. Inzwischen schien es ihr zur Gewohnheit geworden zu sein, mit diesem Mann zu streiten, und das Endergebnis sah meistens so aus, dass er völlig verwirrt war und sie sich vorkam wie ein Schuft.

Will schien das ebenfalls zu erkennen. »Ich will nur sagen, dass ich diesen Kerl kenne. Bitte vertrauen Sie mir. Auf gar keinen Fall wäre Paul Campano in irgendwas verwickelt, das einem Kind schaden würde – vor allem, wenn es um sein eigenes Kind geht.«

»Okay«, erwiderte Faith. Bei Gott, sie hatte schon mehr unhinterfragt geglaubt. Sie schaute sich im Zimmer um, plötzlich wollte sie unbedingt das Thema wechseln. »Ich will ja nicht neugierig sein, aber warum haben Sie zwei Tüten mit Schwangerschaftstests am Fenster stehen?«

Er errötete tatsächlich, als er sich umdrehte, um sie anzuschauen.

Faith beeilte sich mit einer Entschuldigung. »Es tut mir leid. Ich hätte das nicht sagen sollen …«

»Ich habe ganz vergessen, dass die noch da stehen.«

Faith sah die Schachteln, die aus den Tüten herauslugten, ihre fröhlichen kleinen Logos. Wenn sie nur Zugang zu einem solchen Test gehabt hätte, als sie mit Jeremy schwanger gewesen war. Vielleicht hätte Faith dann nicht bis zum siebten Monat gewartet, bis sie es ihren Eltern sagte. Sie drückte sich die Hand auf den Nacken und fragte sich, woher dieser schreckliche Gedanke kam. Anscheinend war sie erschöpfter, als sie dachte.

Er sagte: »Ich glaube, meine Freundin ist vielleicht schwanger.«

Der Satz hing zwischen ihnen, und Faith versuchte herauszufinden, wann ihre Beziehung sich von einer kühl professionellen zu einer persönlichen entwickelt hatte. Unter seinem linkischen Verhalten und seiner sozialen Ungeschicklichkeit hatte er etwas sehr Freundliches. Trotz bester Absichten merkte Faith, dass sie diesen Mann nicht hassen konnte.

Sie schaute noch einmal zu diesen Unmengen von Tests hinüber. Es mussten mindestens ein Dutzend sein. »Sie können die nicht einfach in die Toilette tauchen. Sie brauchen eine frische Urinprobe.«

Will zog seine Schreibtischschublade auf und griff mit der Hand ganz nach hinten. »Ich habe das da«, sagte er und zog ein Teststäbchen heraus. »Ich habe es im Müll gefunden. Wissen Sie, was es bedeutet?«

Faith zog die Hand zurück, bevor sie das Stäbchen berührte, denn im letzten Augenblick fiel ihr wieder ein, dass jemand darauf uriniert hatte. Sie schaute nur das Ergebnisfenster an. Es zeigte eine einzelne blaue Linie. »Ich habe keine Ahnung.«

»Ja«, sagte er. »Wie auch immer, ich habe mir die alle besorgt, damit ich die Marke herausfinden und das Ergebnis interpretieren kann.«

Die offensichtlichste Frage lag ihr auf der Zunge – warum fragen Sie sie nicht einfach? –, aber Faith nahm an, die Tatsache, dass Angie Polaski Will von dem Test nichts erzählt hatte, war Beweis genug dafür, dass die beiden ernsthafte Kommunikationsprobleme hatten.

Sie sagte: »Dann schauen wir sie doch jetzt durch.«

Offensichtlich überraschte ihn dieser Vorschlag. »Nein, das könnte ich nie von Ihnen verlangen.«

»Wir können rein gar nichts tun, bis das Labor anruft. Also kommen Sie.«

Will tat nur kurz so, als würde er sich wehren. Dann leerte er die Tüten auf den Tisch. Sie öffneten die Packungen, rissen die Plastikversiegelung auf, zogen die Teststäbchen heraus und verglichen sie mit dem, das auf Wills Schreibtischkalender lag. Sie waren schon fast beim letzten Test, als Will sagte: »Das da sieht so aus.«

Faith schaute sich das noch in Plastik verpackte Teststäbchen in seiner Hand an und verglich es mit dem auf seinem Schreibtisch. »Ja«, stimmte sie ihm zu.

Er faltete die Bedienungsanleitung aus der Packung auf und überflog sie, um den richtigen Absatz zu finden. Kurz warf er Faith einen nervösen Blick zu und starrte dann wieder auf die Anleitung.

»Lassen Sie mich«, sagte sie schließlich und erlöste ihn aus seinem Elend. Auf der Rückseite fand sie eine Skizze. »Eine Linie«, sagte sie. »Das bedeutet, dass der Test negativ ist.«

Er lehnte sich zurück und umklammerte die Armlehnen. Sie konnte nicht sagen, ob er erleichtert oder enttäuscht war. »Vielen Dank, dass Sie mir dabei geholfen haben.«

Faith nickte und steckte die Anleitung wieder in die Schachtel.

»Rechtschreibprüfung.«

»Was?«

»Gestern sagte Bernard, dass Computerprogramme es Legasthenikern einfacher machen, ihr Problem zu verbergen.« Er zuckte die Achseln. »Da wäre es naheliegend, dass jemand, der ein funktioneller Analphabet ist, ebenso den Computer benutzt.«

Faith schloss die Augen und rief sich die Drohbriefe wieder in Erinnerung. »Schon komisch, ja. Die Wörter waren zwar wüst getrennt oder zusammengezogen, aber fast alle waren korrekt geschrieben. Und das ›las‹ für ›lass‹ im dritten Brief könnte ein Rechtschreibprogramm als Vergangenheitsform von ›lesen‹ interpretieren.«

Will wirkte plötzlich völlig abwesend. Er schien gar nicht so recht gehört zu haben, was sie eben gesagt hatte.

Das Telefon klingelte. Er reagierte nicht darauf.

Faith hatte ihn schon öfter merkwürdig reagieren sehen, aber das schoss den Vogel ab. Das Telefon klingelte noch einmal. »Soll ich drangehen?«

Er streckte die Hand aus und drückte den Lautsprechknopf. »Will Trent.«

»Hier ist Becky vom Labor«, sagte eine Frau mit einem deutlichen Yankee-Akzent. »Gordon Chew ist hier.«

Will schaltete seinen Computer aus, stand auf und strich sich sein Sakko glatt. »Gehen wir.«

Das Forensiklabor nahm den gesamten zweiten Stock der City Hall East ein. Im Gegensatz zum Rest des Gebäudes, das mit Mäusen und Asbest verseucht war, war das Labor sauber und hell erleuchtet. Die Klimaanlage funktionierte tatsächlich. Auf dem Boden gab es keine gesprungenen Fliesen, und von den Schreibtischen standen keine schartigen Metallteile ab. Alles war entweder weiß oder aus Edelstahl. Faith würde ihre Waffe verspeisen, wenn sie tagaus, tagein hier arbeiten müsste. Sogar die Fenster waren sauber, es fehlte die Schmuddelschicht, die die übrigen Scheiben im Gebäude bedeckte.

Mindestens zwei Dutzend Menschen liefen in dem Saal hin und her, alle in weißen Mänteln, und die meisten trugen Schutzbrillen und Gummihandschuhe, während sie Beweisstücke untersuchten oder an ihren Computern arbeiteten.

Musik lief, irgendwas Klassisches, das Faith nicht kannte. Ansonsten gab es, abgesehen vom Summen der Elektronik, keine anderen Geräusche. Sie nahm an, dass Blutuntersuchungen und das Durchkämmen von Teppichfasern keine Gespräche erforderten.

»Hier rüber«, rief ein schlanker Asiate quer durch den Saal. Er saß auf einem Hocker an einem der Labortische. Vor ihm standen mehrere Schalen, und ein großer schwarzer Aktenkoffer, den Faith sonst nur bei Anwälten sah, stand neben seinen Füßen auf dem Boden. Faith fragte sich, ob er den weißen Mantel, den er trug, mitgebracht hatte oder ob er ihn sich ausgeliehen hatte.

»Gordon«, sagte Will und stellte Faith vor.

Er streckte ihr die Hand entgegen. »Sehr erfreut, Ma'am.«

»Ebenfalls«, sagte Faith und dachte, dass sie seit dem Tod ihrer Großmutter keinen so angenehmen, weichen Tonfall gehört hatte. Gordon war vermutlich nur ein paar Jahre älter als sie, aber er hatte das Auftreten eines viel älteren Mannes.

Will deutete auf die Briefe auf dem Tisch. Gordon hatte sie aus ihren Plastiktüten gezogen. »Was denken Sie?«

»Ich denke, es ist gut, dass Sie mich angerufen haben. Das Papier ist in einem furchtbaren Zustand. Mit Jod-Bedampfung will ich es gar nicht erst versuchen.«

»Was ist mit Diazafluoren?«

»Ich habe sie schon unter die Lampe gehalten. Das reinste Chaos, Mann.«

»Gibts irgendwas Spezielles über die Marke oder das Wasserzeichen oder ...«

»Das Papier ist ein absolutes Allerweltsprodukt.«

Faith sah ein, dass sie sich nur selbst bestrafte, wenn sie ihre Unwissenheit versteckte. »Ich bin nicht wirklich vertraut mit chemischen Prozessen. Warum können wir die Papiere nicht einfach mit Fingerabdruckpulver bestäuben?«

Er lächelte, offensichtlich freute ihn die Frage. »Ich wette, in der Akademie haben Sie auch Zigarettenkippen bestäubt, nicht?« Er lachte über ihren Gesichtsausdruck. »Die machen das, seit ich denken kann.« Er lehnte sich an den Hocker hinter ihm. »Papier ist porös. Das natürliche Öl in Ihren Fingerspitzen hinterlässt einen guten, identifizierbaren Abdruck auf harten Oberflächen, aber wenn man es mit Fasern zu tun hat, durchdringt das Öl das Material und wandert. Das Bestäuben mit dem Pulver macht keinen einzigen latenten Abdruck sichtbar. Wir benutzen so etwas wie Ninhydrin, das mit den Aminosäuren in den Fingerabdruckrückständen reagiert, und wenn wir Glück haben, bekommen wir einen hübschen kleinen Abdruck und holen euer kleines Mädchen nach Hause.«

Die Stimmung wurde deutlich ernster, als ihnen allen bewusst wurde, wie wichtig die nächsten Minuten sein würden.

Will sagte: »Fangen wir an.«

Gordon holte eine Schutzbrille aus seinem Koffer und ein paar grüne Handschuhe. Zu Will und Faith sagte er: »Vielleicht solltet ihr ein paar Schritte zurücktreten. Das Zeug ist ziemlich giftig.« Sie taten, wie ihnen geraten, aber Gordon gab ihnen trotzdem noch Papiermasken, die sie über Nase und Mund streiften.

Er bückte sich und zog einen kleinen nicht beschrifteten Metallbehälter aus seinem Koffer. Er schraubte den Deckel ab und goss einen Teil des Inhalts in eine der Schalen, wobei er darauf achtete, nichts zu verspritzen. Auch durch die Maske trafen Faith die Dämpfe wie ein Schießpulverblitz. Sie hatte noch nie etwas so eklatant Chemisches gerochen.

Gordon erklärte: »Ninhydrin und Heptan. Ich habe die beiden Stoffe schon gestern Abend vermischt, bevor ich losfuhr.« Er schraubte den Metallbehälter wieder zu. »Früher haben wir Freon verwendet, aber das ist seit ein paar Jahren verboten.« Zu Will sagte er: »Ich habe den letzten Rest meines Vorrats vor zwei Monaten verwendet. Habe mich nur schwer davon getrennt.«

Mit einer Pinzette hob Gordon das erste Blatt Papier an. »Die Tinte wird ein bisschen verlaufen«, warnte er.

»Wir haben bereits Fotos und Kopien gemacht«, entgegnete Will.

Gordon legte das Papier in die chemische Lösung. Für Faith sah das aus wie die altmodische Art der Fotoentwicklung. Sie beobachtete, wie Gordon das Papier in der Lösung behutsam bewegte. Die Schrift zitterte, und Faith las die Wörter immer wieder, während sie darauf wartete, dass etwas passierte.

SIE GE HÖRT ZUMIR

Wer das geschrieben hatte, fühlte sich zu Emma Campano hingezogen. Er hatte sie gesehen, sie angehimmelt. Faith schaute sich den anderen Brief an.

LAS SIE IN RUK

Hatte der Kidnapper das Gefühl gehabt, er müsse sie vor Adam beschützen?

»Jetzt kommt's«, sagte Gordon. Sie sah, wie sich allmählich ein Gewirr von Spuren entwickelte, der forensische Beweis dafür, dass das Papier durch viele Hände gegangen war. Die Falze zeigten sich zuerst in einem dunklen Orange, das sehr schnell rot wurde. Andere Spuren erwiesen sich als verschmierte Daumenabdrücke. Eine Reihe von Wirbeln zeichnete sich ab, ihre Farbe erinnerte Faith an die Vervielfältigungsmaschinen, die man benutzt hatte, als sie noch in der Schule war. Dank der Chemikalien konnte sie jetzt sehen, wo das Papier immer und immer wieder berührt worden war.

Gordon murmelte: »Das ist irgendwie merkwürdig.«

Die Maske vor dem Gesicht, beugte Will sich über die Schale. »Ich habe noch nie gesehen, dass es so dunkel wird.«

»Ich auch nicht«, sagte Gordon. »Wo habt ihr das gefunden?«

»Vor einer Schlafraumtür im Georgia Tech.«

»Lag es auf irgendwas Ungewöhnlichem?«

»Es war in der Hosentasche eines Studenten. Alle drei Blätter.«

»Ein Chemiestudent?«

Faith zuckte die Achseln. »Er arbeitet mit Klebstoffen.«

Gordon beugte sich über die Schale, starrte die dunkle Schrift an, die deutlich erkennbaren Wirbel. »Das ist ein linker Daumenabdruck. Ich würde sagen, derjenige, der ihn hinterließ, war irgendeiner Chemikalie ausgesetzt, die mit dem Acetat in meiner Lösung reagierte.«

Er griff in seinen großen Koffer und zog ein Vergrößerungsglas hervor. Mit angehaltenem Atem sah Faith zu, wie er sich tief über die giftig riechende Schale beugte. Er studierte die verschiedenen Fingerabdrücke, die die Chemikalien sichtbar gemacht hatten. »Ausgehend von den latenten Abdrücken, haben wir drei verschiedene Personen, die dieses Papier berührten.« Er schaute sich die schwarzen Abdrücke noch einmal genau an. »Ich würde sagen, der Daumenabdruck bedeutet, dass die dritte Person dieses Blatt ein einziges Mal berührt hat.« Er wies auf die Position. »In der linken, unteren Ecke. Er war sehr vorsichtig, als er damit hantierte.«

Will sagte: »Vielleicht war sein Daumen nur dort, weil er versuchte, das Blatt nicht zu berühren, als er es unter der Tür durchschob.«

»Durchaus möglich«, pflichtete Gordon ihm bei. »Ich muss das erst trocknen, dann kann ich mir die Rückseite ansehen. Wie wär's, wenn ihr mir ein paar Stunden gebt, und dann schauen wir, was ich herausfinden konnte? Habt ihr Vergleichsabdrücke der beiden Personen, von denen ihr glaubt, dass sie das Blatt berührt haben?«

Faith sagte: »Adams Abdrücke sind in der Akte. Gabe Cohens Abdrücke haben wir abgenommen, um ihn auszuschließen, bevor wir Adams Zimmer durchsuchten.«

»Was ist mit Tommy Albertson?«

Sie nickte. Albertson hatte sich deswegen zwar ziemlich aufgeführt, aber sie hatte es geschafft, seine Abdrücke zu bekommen.

»Gut«, sagte Gordon. »Bringt mir die Vergleichsabdrücke. Von der Farbe mal abgesehen, ist das ein ziemlich hervorragender Abdruck. Ich lasse ihn durch AFIS laufen«, sagte er und meinte das Automatisierte Fingerabdruck-Identifikationssystem. »Das Ding läuft in letzter Zeit ziemlich langsam. Ihr wisst am besten, wie man das macht. Gebt mir den richtigen Verdächtigen, und ich kann euch eine solide Übereinstimmung liefern.«

»Will?« Eine große Frau mit stacheligen blonden Haaren und dem erforderlichen weißen Labormantel kam zu ihnen. »Amanda hat mir gesagt, ich soll Sie suchen. Wir haben einen Treffer beim Sperma vom Tatort.«

Dass Will schockiert war, zeigte sich auf seinem Gesicht. Er schüttelte den Kopf und sagte nur: »Nein, es kann nicht der Vater sein.«

»Der Vater, nein? Will, was ich Ihnen sagen will, ist, dass wir in der Datenbank mit den Sexualverbrechern einen Treffer gelandet haben.« Sie hielt einen Post-it-Zettel in die Höhe.

Faith las den Namen und zischte: »Mein Gott, den hatten wir ja direkt vor der Nase.«

Will schien ebenso schockiert zu sein, wie sie sich fühlte. Er fragte die Frau: »Haben Sie eine Adresse?«

Faith antwortete an ihrer Stelle: »Wir wissen, wo er ist.«

»Sein Haus«, sagte Will. »Wir müssen sein Haus durchsuchen.«

Er hatte recht. Faith zog ihr Handy heraus und rief die Zentrale an. Nachdem sie die Nummer ihrer Polizeimarke genannt hatte, sagte sie dem Diensthabenden: »Ich brauche achtundzwanzig auf einem Code vierundvierzig.« Dann las sie den Namen von dem Klebezettel ab. »Patrick Evander Bernard.«

15. KAPITEL

Will bremste vor einer roten Ampel, schaute kurz nach links und rechts und raste dann vor der Nase eines wütenden Fahrers über die Kreuzung.

Amandas Stimme ertönte aus dem Telefon. »Bernard wurde vor zwei Jahren in Savannah wegen Sex mit einer Minderjährigen verhaftet. Sie war fünfzehn. Er hatte sie ziemlich übel zugerichtet – Bissspuren, Risse, Quetschungen. Die Haut an Handflächen und Knien war abgeschürft. Er tat so ziemlich alles mit ihr, was er wollte.«

»Warum war er nicht im Gefängnis?«

»Er plädierte auf grob fahrlässige Gefährdung und zahlte die Geldstrafe.«

Will beschleunigte und überholte einen Lastwagen. »War das alles? Wieso kam es nicht zum Prozess?«

»Er lernte sie in einer Bar kennen. Er behauptete, für ihn wäre das ein Beweis gewesen, dass sie einundzwanzig Jahre alt war. Der Staatsanwalt hatte Angst, dass die Geschworenen ihr Betreten einer Bar mit herausforderndem und provokantem Verhalten gleichsetzen würden.«

Will trat hart auf die Bremse, weil er beinahe ein anderes Auto gerammt hätte, das vor einer weiteren roten Ampel wartete. »Sie verdient es, vergewaltigt zu werden, weil sie einen gefälschten Ausweis bei sich hatte?«

»Die Eltern verfolgten die Sache nicht weiter. Sie wollten nicht, dass ihre Tochter vom Gerichtssystem und den Medien noch einmal vergewaltigt wird.«

Will konnte ihre Befürchtungen verstehen. Genau aus diesem Grund kamen immer weniger Vergewaltigungsfälle vor Gericht. Die Ampel schaltete um, und er trat das Gaspedal bis zum Boden durch. »Warum war seine DNS im System?«

»Das ist die Standardprozedur bei einer Verhaftung wegen Vergewaltigung.«

»Wir müssen eine Kopie seiner Fingerabdrücke zu Gordon Chew schicken, damit er sie mit dem Daumenabdruck auf dem Brief vergleichen kann.«

»Das können wir nicht tun.«

»Warum nicht?«

»Zu dem Deal mit dem Bezirksstaatsanwalt gehörte auch, dass seine Daten gelöscht werden, wenn er sich ein Jahr lang nichts zuschulden kommen lässt.«

»Aber seine DNS ist trotzdem in der Datenbank für Sexualstraftäter.«

Sie murmelte einen Fluch. »Das ist unser Fehler. Er hätte nie dort landen dürfen. Er ist ja kein verurteilter Sexualstraftäter. Juristisch gesehen haben wir kein Recht, Evan Bernards DNS oder seine Fingerabdrücke als Beweismittel zu verwenden.«

»Aber wenn wir eine Übereinstimmung erhalten ...«

»Die wird ein Richter verwerfen, bevor wir es überhaupt vor Gericht schaffen.«

Will spürte, wie ihm der Boden unter den Füßen weggezogen wurde. Wenn der Lehrer nicht außerordentlich großzügig gestimmt – oder dumm – war, konnten sie ohne Gerichtsbeschluss keine DNS-Probe von Evan Bernard bekommen. Und ein Richter würde einen solchen Beschluss nie unterzeichnen ohne den hinreichenden Tatverdacht, dass Bernard ein Verbrechen begangen hatte. Illegal beschaffte DNS begründete keinen hinreichenden Tatverdacht.

Will sprach nun das Offensichtliche aus. »Wenn wir die DNS nicht verwenden können, dann können wir ihn nicht mit Kayla Alexander in Verbindung bringen.« Er sah seine Chancen kippen wie Dominosteine. Keine Kayla, kein Tatort. Kein hinreichender Tatverdacht, keine Verhaftung.

Keine Hoffnung für Emma Campano.

»Faith wartet im Augenblick vor Bernards Wohnung. Sie liegt im Erdgeschoss. Alle Jalousien sind offen. Sie kann direkt in die Zimmer sehen. Es gibt eine Garage, aber das Auto ist verschwunden. Ohne die DNS können wir rein gar nichts tun. Sie braucht einen rechtsgültigen Grund, um in die Wohnung einzudringen. Will, Sie müssen unbedingt eine Verbindung zwischen Bernard und einem dieser Verbrechen herstellen. Bringen Sie mich in diese Wohnung.«

Will riss am Lenkrad und schlitterte auf den Parkplatz der Schule. Es kam ihm vor, als wäre er schon ewig nicht mehr hier gewesen, dabei war es erst einen Tag her. Er dachte wieder an Emma Campano, dass ein Tag für sie eine Ewigkeit sein und jede Sekunde den Unterschied zwischen Leben und Tod ausmachen konnte. Bernard würde wissen, dass sie zu Emmas Schule kommen würden. Er würde wissen, dass sie die Sache mit der Verhaftung irgendwann herausfinden würden, so wie er wissen würde, dass seine Wohnung der erste Ort wäre, wo sie nachsehen würden. Er musste Emma an irgendeinem abgelegenen Ort festhalten – irgendwo, wo niemand Emma schreien hören würde.

Auf der Straße standen, außerhalb des Blickfelds der Sicherheitskameras der Schule, zwei Streifenwagen. Will trabte zum Hauseingang, wies das eine Team an, nach hinten zu gehen, und das andere, an der Vordertür zu warten. Die privaten Sicherheitsleute auf dem Vordertreppchen wirkten im ersten Augenblick verwirrt, wussten aber, dass sie sich nicht einmischen sollten.

Will schaute über die Straße. Die Fotografen waren noch immer da. CNN machte gerade eine Liveübertragung, und eine

Reporterin, die mit dem Rücken zur Schule stand, sprach zwar in die Kamera, nannte aber absolut keine neuen Informationen über den Fall. Sie würde bald genug Informationen bekommen. Das würde wahrscheinlich der Coup ihrer Karriere werden.

Will sagte zu einem der privaten Wachmänner: »Schaffen Sie mehr von Ihren Männern her und halten Sie die Presse vom Schulgelände fern.«

»Ja, Sir«, sagte der Mann und zog sein Funkgerät aus der Tasche.

Will lief die Treppe zum Hauptgebäude, immer zwei Stufen auf einmal nehmend, hinauf. Er hatte mit Amanda bereits über sein Vorgehen hier diskutiert. Emma Campano war in Gefahr, aber Even Bernard konnte ihr nichts tun, solange er in der Schule war. Das Überraschungsmoment war ihr einziger Vorteil. Dass der Lösegeldanruf in der nächsten halben Stunde getätigt werden sollte, hatte die Diskussion letztendlich entschieden. Wenn sie ihn am Telefon ertappen konnten, wäre das vermutlich genau der Beweis, den sie brauchten.

Will streckte die Hand aus, um auf den Knopf der Gegensprechanlage zu drücken, aber von drinnen wurde ihm bereits geöffnet. Olivia McFaden wartete auf ihn auf der anderen Seite der Tür.

Sie nahm kein Blatt vor den Mund. »Vor meiner Schule stehen zwei Beamte mit Waffen.«

»Am Hintereingang stehen noch einmal zwei«, erwiderte Will und führte sie am Arm den Gang hinunter. Er schob sie in das Besprechungszimmer, das sie tags zuvor benutzt hatten. »Ich werde Ihnen jetzt einige Dinge sagen, und es ist dringend nötig, dass Sie ruhig bleiben.«

Sie entzog ihm ihren Arm. »Ich leite eine Highschool, Mr. Trent. Sie können mir kaum etwas sagen, das mich schockieren könnte.«

Will fand es nicht nötig, sie zu informieren, dass sie Bernards Sperma in einer ihrer toten Schülerinnen gefunden hatten. Stattdessen sagte er: »Wir haben Grund zu der Annahme, dass Evan Bernard eine sexuelle Affäre mit Kayla Alexander hatte.«

Anscheinend konnte man sie doch schockieren. Sie ließ sich auf einen der Stühle fallen. »Mein Gott.« Ebenso schnell stand sie wieder auf und hatte die nächsten Schlussfolgerungen sofort parat. »Er hat Unterricht ...« Sie ging auf die Tür zu, aber Will hielt sie auf.

»Gibt es in seinem Klassenzimmer eine Kamera?«

Auch wenn sie noch ein wenig Mühe hatte, die Nachricht zu verarbeiten, überwand sie sehr schnell ihre Überraschung. »Hier entlang«, sagte sie und führte ihn über den Gang zurück zum Empfangsbüro. »Colleen«, sagte sie zu der Frau hinter dem Schreibtisch, »schalten Sie Mr. Bernards Klassenzimmer auf einen Monitor.«

Die Frau drehte sich zu der Monitorbatterie um und tippte einige Befehle. Es gab insgesamt sechs Bildschirme, alle unterteilt in kleinere Bilder von den verschiedenen Kameras auf dem Schulgelände. Die Bilder waren in Farbe, scharf und klar. Colleen drückte noch eine Taste, und Bernards Klassenzimmer füllte den mittleren Bildschirm.

Da war er in seinem zerknitterten Sakko und dem grau melierten Bart, umgeben von Teenagern ging er zwischen den Bankreihen entlang. Es war nur eine kleine Klasse, insgesamt vielleicht ein Dutzend Schüler. Es waren vorwiegend junge Mädchen, sie saßen da und notieren mit flinken Händen jedes von Mr. Bernards Worten. Keine hatte den Kopf über den Tisch gebeugt. Sie wirkten alle wie verzaubert. Hatte die Fünfzehnjährige, die Evan Bernard in Savannah kennengelernt hatte, ihn auch so angesehen? Vielleicht hatte sie es getan, bis er sie vergewaltigte.

Will fragte: »Gibt es auch Ton?«

Colleen drückte noch eine Taste. Aus dem Lautsprecher kam eine Stimme, Bernard sprach über die Bedeutung von Galsworthys *Erwachen für die amerikanische Literatur.*

Will fragte: »Wann hat er seine Vorbereitungszeit?«

Die Rektorin antwortete: »Direkt nach dem Mittagessen, das heißt, er hat zwischen zwei Unterrichtsstunden ungefähr eineinhalb Stunden Zeit.«

»Können Sie mir den exakten Zeitrahmen sagen?«

»Die Stunde endet um elf Uhr fünfundvierzig. Evan muss dann erst um halb zwei wieder da sein.«

Genügend Zeit, dachte Will. Adams Auto stand ab elf Uhr fünfzehn in der Garage. Paul Campano setzte seinen Notruf um halb eins ab.

Will fragte die Sekretärin: »Haben Sie Archivmaterial?«

»Wir haben alles aus jedem Schuljahr, seit wir 1998 mit den Aufnahmen anfingen«, antwortete Colleen. »Was brauchen Sie?«

»Von vor zwei Tagen«, sagte Will. »Von elf Uhr fünfundvierzig bis ein Uhr dreißig.«

»Ach, das ist einfach.« Sie behielt das Livebild von Bernard auf dem einen Monitor und schaltete die Archivaufnahmen auf einen anderen. Die Frau beherrschte die Technik offensichtlich sehr gut, und sie hatte sich allem Anschein nach bereits überlegt, was sie brauchen würden, denn auf dem Monitor erschien nun Bernard, wie er seine Aktentasche packte, das Klassenzimmer verließ, den Gang entlangging, das Gebäude verließ, in seinen roten Volvo C30 stieg und davonfuhr.

Will versuchte, nicht zu aufgeregt zu werden. »Wann kam er zurück?«

Noch war der Parkplatz auf dem Monitor zu sehen, und sie spulte schnell vor, bis Evan Bernards Volvo wieder auftauchte. Das Auto glitt in die Parkbucht und blieb abrupt stehen. Bernard stieg aus, schaute sich nervös um und nestelte an der Krawatte. Er lief auf das Gebäude zu. Will dachte erst, Colleen hätte auf schnellen Vorlauf geschaltet, aber der Mann rannte wirklich.

»Ein Uhr zweiunddreißig«, sagte McFaden mit einem Blick auf die Zeitanzeige. »Er kam zu spät zum Unterricht.«

Die nächste Sequenz zeigte, wie Bernard den Gang entlanglief. »Zurück und stopp«, sagte Will. Etwas war anders, nicht nur das unordentliche Aussehen des Mannes.

Colleen drückte Tasten, und das Bild zeigte Evan Bernard im Gang. Er schaute direkt in die Kamera. Seine Haare waren zerzaust, die Krawatte hing schief.

Will fragte: »Können Sie das Bild hier stehen lassen und die Aufnahme danebenstellen, als er das Gebäude verlässt?«

Colleen machte sich an die Arbeit, und Will schaute auf das Livebild von Bernard im Klassenzimmer. Der Lehrer ging noch immer zwischen den Bänken auf und ab und schwadronierte über Literatur.

McFaden konnte es kaum glauben. »Ich verstehe nicht, wie so etwas passieren konnte. Mr. Bernard unterrichtet seit zwölf Jahren bei uns.«

»Sie haben ihn überprüft?«

»Natürlich«, erwiderte McFaden. »Das ist in diesem Staat Vorschrift. Alle Schulangestellten werden von der Polizei durchleuchtet, bevor wir sie anstellen können.«

»O Gott«, flüsterte Colleen. Will sah, dass sie das Bild von Evan beim Verlassen der Schule gefunden und neben die Aufnahme von seiner Rückkehr gestellt hatte. »Er hat sich umgezogen.«

Die Hemden hatten dieselbe Farbe, aber der Schnitt war anders. Seine Hose war in der früheren Aufnahme schwarz, in der späteren kakifarben. Will fiel wieder ein, was Beckey vom Labor ihm zuvor gesagt hatte. Man hatte DNS, die zu Evan Bernard passte, nicht nur bei Kayla gefunden. Das Stoffstück, das Charlie aus dem Sitz des Prius geschnitten hatte, hatte ebenfalls Spuren von Bernards Sperma enthalten. Doch das alles brachte sie ihrem Ziel, Bernard mit Emma Campano in Verbindung zu bringen, keinen Schritt näher. Auch falls sie Mittel und Wege finden sollten, von dem Lehrer eine DNS-Probe zu erhalten, konnten sie damit nur beweisen, dass er zu irgendeinem Zeitpunkt im Prius Sex mit Kayla Alexander gehabt hatte.

Das Telefon auf dem Schreibtisch klingelte. McFaden nahm ab und gab den Hörer dann Will.

Amanda fragte barsch: »Warum gehen Sie nicht ans Telefon?«

Will klopfte auf seine Sakkotasche, spürte, dass sich die Plastikteile darin bewegten. Amanda wartete nicht auf seine Antwort. »Haben Sie ihn geschnappt?«

Will schaute auf den Monitor, auf dem Bernard noch immer im Klassenzimmer auf und ab ging. »Wir warten, bis er den Lösegeldanruf macht.«

»Das ist schon passiert«, sagte sie. »Der Lebensbeweis war dieselbe Bandaufnahme wie gestern, Will. Ich habe ihm gesagt, wir brauchen einen neuen, sonst ist der Handel geplatzt.«

»Ruft er noch einmal an?«

»Heute Nachmittag um vier«, sagte sie.

Will schaute auf die Digitaluhr an der Wand. Zehn Uhr dreiunddreißig. »Ich habe Bernard die ganze Zeit beobachtet. Er hat das Klassenzimmer nicht verlassen, und er hat nicht telefoniert.«

»Scheiße«, zischte sie. »Er hat einen Komplizen.«

Will klopfte an Evan Bernards Klassenzimmertür. Der Mann schien überrascht, ihn dort stehen zu sehen.

»Agent Trent? Kommen Sie rein.«

Will schloss die Tür hinter sich.

»Wenn Sie die bitte offen lassen könnten. Ich warte auf Schüler.«

»Mein Partner hält sie draußen im Gang auf.«

»Ich bin froh, dass Sie hier sind.« Bernard nahm ein Buch von seinem Pult. Der Umschlag zeigte Dreiecke und Quadrate in verschiedenen Farben. »Das ist eine Ausgabe von Emmas Lesebuch. Ich dachte mir, Sie haben vielleicht Verwendung dafür.«

»Ich wollte nur ein paar Sachen mit Ihnen durchgehen, die Sie gesagt haben.«

»Okay.« Er legte das Buch wieder auf das Pult, wischte dann den Umschlag mit seinem Ärmel ab und sagte zu Will: »Tut mir leid, ich habe es ein bisschen beschmutzt.«

Will zerbrach sich nicht den Kopf über Fingerabdrücke. »Sie schienen sich ziemlich sicher zu sein, dass derjenige, der diese Briefe schrieb, Analphabet war. Ich weiß allerdings nicht so recht, was Sie mit Analphabetismus meinen. Ist es so etwas wie Legasthenie? Ist das so eine Art Spektrumsdiagnose, wo jemand an dem einen Ende oder am anderen sein kann?«

»Na ja.« Er setzte sich auf die Pultkante. »Die traditionelle Definition des Alphabetismus betrifft die Fähigkeit, zu lesen und zu schreiben, die Fähigkeit, Sprache zu benutzen und auf flüssige Art und Weise zu sprechen. Das könnte man natürlich ausdehnen auf den nächsten logischen Schritt und den Begriff benutzen, um einen gewissen Grad der Bildung oder der Kultur zu definieren.« Er lächelte selbstgefällig. »Wenn man also sagt, dass jemand ein Analphabet ist, dann benutzt man das griechische ›an‹, das ›nicht‹ oder ›ohne‹ bedeutet. Ohne die Fähigkeit, zu lesen und zu schreiben, ohne sprachliche Kompetenz.«

»Ohne Bildung oder Kultur?«, fragte Will und schloss aus Evan Bernards Großspurigkeit, dass er einen Besuch der Polizei erwartet hatte. Die Verhaftung in Savannah war aktenkundig. Der Mann hatte sich wahrscheinlich bereits gewundert, warum die Beamten nicht schon früher bei ihm aufgetaucht waren.

Als wollte er diesen Eindruck nicht enttäuschen, antwortete er mit einem gewissen höhnischen Ton in der Stimme: »Könnte man sagen, ja.«

»Das klingt ein bisschen anders als das, was Sie heute früh erläutert haben.«

»Heute früh war ich in einer Besprechung mit meinen Kollegen.«

Will grinste über den Sarkasmus. Er war froh, dass der Mann ihn unterschätzte. »Was ist mit jemandem, der ein funktionaler Analphabet ist?«

»Rein nach Definition ist es genau so, wie es klingt. Derjenige ist ein Mensch, der in der Lage ist, in der realen Welt zu funktionieren, in ihr durchzukommen, wenn Sie so wollen.«

»Und Sie sind sicher, dass genau eine solche Person diese Briefe geschrieben hat?«

»Wie schon am Telefon gesagt, ich bin kein Experte.«

»Sie sind aber Experte für irgendwas, nicht?«

Der Mann hatte die Unverfrorenheit zu zwinkern. »Sagen wir einfach, ich weiß ein wenig über viele Dinge.«

Will lehnte sich an die geschlossene Tür und verschränkte lässig die Arme. In einer Ecke der gegenüberliegenden Wand war eine Überwachungskamera montiert. Will wusste, dass er genau im Bild war, und er wusste, dass Evan Bernard schriftlich auf sein Recht auf Privatsphäre verzichtet hatte, als die Schule das Überwachungssystem installiert hatte. Zu der Zeit war es zum Wohle der Lehrer, weil es bedeutete, dass jeder Vorwurf sexuellen Fehlverhaltens schnell ausgeräumt werden konnte. Andererseits bedeutete es aber auch, dass alles, was Bernard sagte oder tat, direkt mit der Technik aufgenommen wurde, die der Schule gehörte, und deshalb uneingeschränkt gerichtsverwertbar war.

Will sagte: »Ich nehme an, Ihnen sind Ihre Rechte bekannt. Sie wurden Ihnen vorgelesen, als man Sie in Savannah verhaftete, nicht?«

Das Lächeln des Manns verschwand nicht. »Das war vor zwei Jahren, Mr. Trent, wie Sie sicher wissen. Sie war fünfzehn, aber mir sagte sie, sie sei einundzwanzig. Sie bellen den falschen Baum an. Das ist alles nur ein Missverständnis.«

»Inwiefern?«

»Ich traf das Mädchen in einer Bar, in der Alkohol ausgeschenkt wurde. Ich nahm an, dass man beim Einlass ihren Ausweis kontrolliert hatte.«

»Wenn Sie unschuldig waren, warum haben Sie dann auf grob fahrlässige Gefährdung einer Minderjährigen plädiert?«

Bernard hob den Zeigefinger. »Nicht einer Minderjährigen. Das wäre ein Verbrechen. Mir wurde nur ein Vergehen vorgeworfen.«

Will lief ein Schauer über den Rücken, als er das hörte. Der Mann hatte keine Angst, beschuldigt, geschweige denn geschnappt zu werden. »Evan, Sie sollten anfangen, sich zu überlegen, welche Möglichkeiten Sie haben und was für Sie der beste Weg ist, sich die Sache so einfach wie möglich zu machen.«

Bernard rückte seine Brille zurecht und schaltete auf seine Lehrerstimme um. »Sie vergeuden hier nur Ihre Zeit. Wenn Sie mich jetzt entschuldigen wollen, ich habe Unterricht.«

»Kayla war ein attraktives Mädchen«, sagte Will. »Ich kann mir gut vorstellen, dass es schwierig ist, so einer Versuchung zu widerstehen.«

»Bitte beleidigen Sie meine Intelligenz nicht«, erwiderte er und hob seinen Aktenkoffer vom Boden auf. Während er Papiere hineinsteckte, sagte er: »Ich kenne meine Rechte. Ich weiß, dass ich aufgenommen werde.«

»Wussten Sie auch, dass Sie aufgenommen wurden, als Sie vor zwei Tagen die Schule verließen?«

Nun wirkte er zum ersten Mal nervös. »In meiner Pause ist es mir gestattet, den Campus zu verlassen.«

»Wo waren Sie zwischen elf Uhr fünfundvierzig und ein Uhr dreißig?«

»Ich bin herumgefahren«, sagte er mit neutraler Stimme. »Es sind die ersten Schulwochen. Ich hatte so eine Art Hüttenkoller. Ich musste einfach raus.«

»Raus, aber wohin?«

»Ich fuhr nach Virginia Highland«, sagte er und meinte damit ein Viertel in der Nachbarschaft mit Cafés und Restaurants.

»Wo genau waren Sie?«

»Das weiß ich nicht mehr.«

»Wo hatten Sie Ihr Auto abgestellt?«

»Keine Ahnung.«

»Sollte ich bei den Aufnahmen der Verkehrskameras an der Kreuzung Ponce de Leon und Briarcliff oder an der Ponce und Highland nach Ihrem roten Volvo suchen?«

Darauf hatte er keine Antwort.

»Oder sind Sie durch Emory gefahren? Sollte ich dort die Verkehrskameras überprüfen?« Will fügte noch hinzu: »Es ist Ihnen vielleicht noch nicht aufgefallen, aber die Polizei hat Kameras an so ziemlich jeder größeren Kreuzung in der Stadt.«

»Ich bin einfach nur herumgefahren.«

Will griff in seine Jackentasche und zog einen Schreibblock und einen Stift heraus, die er sich im Empfangsbüro ausgeliehen hatte. »Schreiben Sie Ihre Route auf, dann überprüfe ich sie, und wir können uns dann heute Nachmittag unterhalten, wenn der Unterricht beendet ist.«

Bernard griff nach dem Stift, zögerte dann aber.

Will fragte: »Gibt es ein Problem? Sie haben doch gesagt, das sei ein Missverständnis, nicht? Schreiben Sie auf, wo Sie überall waren. Ich lasse es von einem Streifenbeamten überprüfen, und dann gehen wir Ihre Geschichte später durch.«

Der Lehrer holte seinen eigenen Füller aus seiner Sakkotasche, setzte sich auf seinen Stuhl und fing an zu schreiben. Will sah, wie sich die Federspitze seines Füllfederhalters schnell über das Blatt bewegte. Bernard füllte die erste Seite, blätterte dann zur nächsten und schrieb weiter.

»Das reicht«, sagte Will und nahm ihm den Block wieder ab. Er blätterte von der ersten Seite zur zweiten und dann wieder zurück, bevor er Bernard ansah. »Sie unterrichten auch normale Kinder, nicht? Nicht nur die blöden?«

Er nickte, ohne den Zynismus zu korrigieren.

Will tat so, als würde er die Angaben lesen, seine Augen wanderten über die Zeilen. »Ich hatte nur eine Frage an Sie, weil ich das oft so mache. Ich bitte Leute, etwas aufzuschreiben, und in der Vergangenheit habe ich festgestellt, dass die Unschuldigen oft so nervös sind, dass sie etwas vergessen. Sie springen hin und her und streichen Angaben aus und verschieben Wörter. Die Schuldigen nehmen den Stift in die Hand und fangen an zu schreiben, und es ist so einfach für sie, weil sie sich beim Schreiben schlicht Unsinn ausdenken.«

Bernard steckte sich den Füller wieder in die Tasche. »Das ist eine interessante Beobachtung.«

»Evan«, sagte Will, »es wird viel einfacher für Sie, wenn wir Emma Campano ihren Eltern zurückbringen können.«

»Ich habe keine Ahnung, wovon Sie sprechen. Ich bin so entsetzt wie jeder andere, dass eine unserer Schülerinnen aus ihrem Zuhause entführt wurde.«

»Wissen Sie noch, wie es war, als Sie anfingen zu unterrichten?«, fragte Will. »Der Staat führte eine Hintergrundüberprüfung durch, nicht? Sie mussten aufs Polizeirevier und den Beamten Ihre Sozialversicherungsnummer und Ihre Adresse nennen, und dann wurden Ihre Fingerabdrücke genommen. Können Sie sich noch daran erinnern?«

Bernard schien zu erkennen, wohin das führte. Seine kleinen Spielchen mit dem Stift und dem Abwischen des Buchs waren umsonst gewesen. »Dunkel.«

»Was wird passieren, wenn die Fingerabdrücke aus Ihrer Akte denjenigen entsprechen, die wir auf den Drohbriefen gefunden haben, die unter Adam Humphreys Tür durchgeschoben wurden?«

Das schien ihm kein Kopfzerbrechen zu machen. »Ich schätze, man wird gegen Sie wegen Manipulation von Indizien ermitteln.«

»Auch wenn Emma tot ist, Evan, wenn Sie uns jetzt sagen, wo sie ist, wird ein Richter das als positiven Hinweis darauf betrachten, dass Sie versucht haben, das Richtige zu machen.«

»Das ist Ihre Realität, nicht die meine.« Er lehnte sich auf seinem Stuhl zurück und zeigte wieder seinen blasierten Gesichtsausdruck.

»Kayla war eine Unruhestifterin. Hat sie sich außerhalb der Schule mit Ihnen getroffen? Hier doch bestimmt nicht, oder? Sicher irgendwo außerhalb der Schule.«

Bernard schüttelte langsam den Kopf, als täte Will ihm leid.

»Sie ist ein gut aussehendes Mädchen. Ich meine, ich weiß das, Mann.« Will spürte, wie sich ihm der Magen zusammenzog. »Ich war noch keine zehn Minuten in dieser Schule und habe schon gesehen, dass da einige Mädchen ...« Er zuckte die Achseln. »Zu einer anderen Zeit, an einem anderen Ort würde ich nicht Nein sagen.«

Bernard nahm seine Drahtgestellbrille ab und benutzte einen Hemdzipfel, um die Gläser zu putzen. »Das geht mich zwar nichts an, aber ich würde mich hüten, so zu reden.« Er nickte in die Richtung der Videokamera in der Ecke. »Man sieht zu.«

»Man hat auch zugesehen, als Sie vor zwei Tagen in die Schule zurückgerannt kamen.«

Er hauchte auf seine Gläser, als wäre da noch ein Fleck, den er abwischen musste. »Ich hatte mich in der Zeit vertan. Ich kam zu spät zum Unterricht.«

»Wirklich? Ich dachte, es hätte daran gelegen, dass Sie Ihre Hose wechseln mussten.«

Er hielt inne, den Hemdzipfel noch in der Hand.

»Spermaspuren sind schwer herauszuwaschen, nicht?« Will lächelte. Die DNS aus der Vergewaltigungsakte konnte er nicht benutzen, aber es war völlig legal, wenn er über den Fund anderer Spuren log. »Das Komische mit Sperma ist, man muss mehr als einmal waschen, um das Zeug rauszukriegen.«

»Sie lügen.«

Will zählte ihm die einzelnen Punkte auf. »Ich habe ein totes Mädchen mit Ihrem Sperma in der Vagina und Bissspuren auf der Brust. Ich habe ein Video, das zeigt, dass Sie die Hose gewechselt haben.«

Will dachte nicht lange über das Risiko nach, das er mit dieser Lüge einging. »Die Hose, die wir mit Ihrer DNS daran gefunden haben.«

»Sie können ohne Durchsuchungsbeschluss meinen Müll nicht durchwühlen, und Sie haben kein ...«

Will zwang sich, nicht zu lächeln, obwohl es ihn drängte, dem Mann zu sagen, dass er in die Falle gegangen war. »Sobald die Stadt den Müll in den Laster kippt, kann ich mich nackt darin wälzen, wenn es mir Spaß macht.«

Bernard zuckte die Achseln. »Kayla war siebzehn. Sie war einverstanden. Es ist nicht illegal, dass zwei Erwachsene Sex haben.«

Will überlegte sich genau, was er sagte. »Das ist ja nicht erst vor Kurzem passiert. Sie trafen sich schon eine ganze Weile mit ihr.«

»Sagen Sie das jetzt, weil Kayla vor zwei Monaten Geburtstag hatte?«

Er schüttelte den Kopf, als wäre er enttäuscht, dass die Falle so leicht zu durchschauen war. »Unser erster sexueller Verkehr fand vor zwei Tagen statt.«

»Sie war Jungfrau?«

Sein Lachen war aufrichtig. »Sie war das sexuelle Äquivalent von McDonald's.«

»Wir haben Ihr Sperma in Kaylas Auto gefunden.«

Wieder schien ihm das kein Kopfzerbrechen zu machen. »Dann hatten wir eben Sex im Auto.«

»Oral? Anal?«

Bernard hob eine Augenbraue – noch eine Falle, die er schon aus einer Meile Entfernung erkannte. »Ich schaue Nachrichten, Mr. Trent. Ich weiß, dass Georgias Gesetze sehr streng sind, was diese Sexualpraktiken angeht.«

Der arrogante kleine Scheißer dachte, er hätte alles in trockenen Tüchern. »Sie erwarten von mir, zu glauben, dass Sie vor zwei Tagen Sex mit Kayla hatten, aber nichts mit ihrem Tod zu tun haben?«

»Wie Sie selbst gesagt haben: Ich musste nach Hause, um die Hose zu wechseln. Als ich Kayla das letzte Mal sah, war sie am Leben und wollte zur Schule zurückfahren.«

»Sie haben also die Schule verlassen, hatten mit Kayla Sex in ihrem Auto und sind dann in die Schule zurückgekommen?«

»Na und?«

Will spürte, wie sich ein Lächeln auf seinem Gesicht ausbreitete. »Da Sie mir zuvor mit Griechisch kamen, habe ich jetzt was Lateinisches für Sie, Evan.«

Bernard streckte die Hände aus und hob die Achseln, was wohl bedeuten sollte, Will solle loslegen.

»*In loco parentis*«, sagte Will. »*An Eltern statt.*«

Bernards Hände waren ausgestreckt, aber sein Gesichtsausdruck hatte sich dramatisch verändert.

»Dem Gesetz nach sind Sie während der Schulstunden Kaylas Hüter – derjenige, der anstelle der Eltern agiert. Der Staat betrachtet es als illegal, mit irgendjemandem Sex zu haben, der unter Ihrer Obhut steht, egal, wie alt die Person ist.« Nun zeigte er dieselbe Geste der Gelassenheit wie Bernard eben zuvor. »Ich glaube nicht, dass eine Minderjährige mitten am Tag in ihrem eigenen Auto zu ficken etwas ist, das einem Elternteil erlaubt ist.« Will fügte hinzu: »Auch wenn es wirklich das erste Mal *ist.*«

Bernard klappte den Mund zu. Seine Nasenflügel bebten. Will konnte beinahe sehen, wie er die letzten zwei Minuten noch einmal durchging und verzweifelt herauszufinden versuchte, wo er in diese Falle getappt war. Der Mann räusperte sich, doch anstatt Will anzusprechen, sprach er direkt zur Kamera und sagte: »Mein Name ist Evan Bernard, und ich verlange eine Beendigung dieses Verhörs, damit ich meinen Anwalt wegen dieser haltlosen Anschuldigungen konsultieren kann.«

»Sagen Sie mir, wo Emma ist, Evan.«

»Ich habe Ihnen nichts zu sagen.«

»Ich weiß, dass Sie das nicht allein getan haben. Sagen Sie mir, mit wem Sie zusammenarbeiten.«

»Mr. Trent, Sie scheinen zu glauben, dass Sie im Gesetz sehr versiert sind. Ich habe eben darum gebeten, mit meinem Anwalt sprechen zu dürfen. Dieses Verhör ist beendet.«

Will ging zur Tür und ließ die beiden Uniformierten herein, die draußen warteten. »Verhaften.«

»Wegen was?«

»Wegen sexuellem Kontakt« – er drehte sich zu Bernard um, damit der es auch sicher mitbekam – »mit einer Minderjährigen.«

Will trat auf den Gang und lehnte sich an die Wand. Er konnte hören, wie die Beamten Evan Bernard seine Rechte vorlasen und wie der Lehrer ihnen höflich versicherte, dass er alles verstanden habe. Der Mann schrie nicht oder zeterte über die Ungerechtigkeit, er schien einfach zu warten, bis die Verhaftungsprozedur vorüber war, und dann den richtigen Augenblick abzupassen. Es war, als würde der Lehrer, obwohl man ihm Handschellen anlegte, noch immer glauben, er hätte alle Fäden in der Hand.

Wenn Bernard wusste, wo Emma gefangen gehalten wurde, dann hatte er wirklich alle Fäden in der Hand.

Will kauerte sich auf die Hacken und ließ den Kopf sinken. Er wollte, dass Evan Bernard sich der Verhaftung widersetzte, damit er wieder in dieses Klassenzimmer gehen und den Uniformierten helfen könnte, ihn zu bändigen. Er wollte ihn so schlagen, wie Kayla Alexander geschlagen worden war.

Stattdessen zog er sein Handy aus der Tasche und drückte die beiden Hälften zusammen, damit er telefonieren konnte.

»Kann ich rein?«, fragte Faith angespannt. Seit einer Stunde stand sie schon vor Bernards Wohnung und wartete auf Wills Bestätigung, dass sie genügend Indizien für einen Durchsuchungsbeschluss hatten.

Will dachte an den Lehrer, die Blasiertheit auf seinem Gesicht, seine Gewissheit, dass er mit allem durchkommen würde. »Sagen Sie den Männern, sie sollen sich Bernards Müll vornehmen und dann alles durchsuchen, was bereits in den Laster gekippt wurde. Ich will, dass jeder einzelne Schritt fotografiert wird.«

»Wonach suche ich?«

»Nach einer schwarzen Hose.«

»Was ist mit seiner Wohnung? Kann ich rein?«

Evan Bernard kam aus dem Klassenzimmer, die Hände hinter dem Rücken gefesselt, die Uniformierten links und rechts neben ihm. Amanda würde wütend sein, weil Will nicht derjenige war, der den Gefangenen nach draußen führte, aber er hatte keine Lust, in die Kameras zu grinsen. Das Atlanta Police Department sollte diese Publicity haben. Will konnte seine Zeit besser nutzen, indem er Beweise suchte, die diesen Mistkerl überführten.

Was Bernard anging, so hatte dieser seine Fassung wiedergefunden und schaute Will beinahe etwas mitleidig an. »Ich hoffe, Sie finden sie, Officer. Emma war so ein nettes Mädchen.«

Er hatte den Kopf nach hinten gedreht und schaute Will unverwandt an, während er den Gang hinuntergeführt wurde.

Faith fragte: »Sind Sie noch dran?«

Seine Hände zitterten, als er versuchte, das Handy nicht noch mehr zu zerbrechen. »Nehmen Sie die Bude auseinander.«

16. KAPITEL

Faith sah zu, wie Ivan Sambor mit dem metallenen Rammbock ausholte und ihn gegen Evan Bernards Wohnungstür krachen ließ. Der hölzerne Türstock splitterte mit befriedigendem Krachen, der billige Sperrriegel zerbrach, und die Metalltür schwang auf ihren Angeln nach innen.

Faith hatte die Wohnung von außen gut einsehen können, dennoch ging sie mit gezogener Waffe durch die vier Zimmer, kontrollierte die Küche, das Bad und die zwei kleinen Schlafzimmer. Ihr Eindruck war derselbe wie bei ihrem Eintreffen hier: Evan hatte gewusst, dass sie kommen würden, dass seine frühere Verhaftung wegen Sex mit einer Minderjährigen ans Licht kommen würde und dass man zwischen dem, was an der Küste passiert war, und dem, was mit Kayla Alexander passiert war, die naheliegende Verbindung herstellen würde. Wahrscheinlich hatte er die Wohnung geputzt und aufgeräumt, gleich nachdem er an diesem ersten Tag von der Schule nach Hause gekommen war.

In jedem Winkel dieser Wohnung roch Faith Bleichmittel. Die Schranktüren standen offen, das hatte sie schon durchs Schlafzimmerfenster gesehen. Nirgendwo war auch nur ein Stäubchen – nicht auf dem Küchentisch, nicht auf den vielen Bücherregalen, oder, als sie aus Neugier auch dort nachschaute, auf den Blättern der Deckenventilatoren. Sogar die Oberkanten der Türen waren abgestaubt.

Faith steckte die Waffe ein und rief Charlie und sein Team in die Wohnung. Sie lehnte sich an die offene Tür zum zweiten Schlafzimmer und schaute hinein. Die Wände waren rosa. Blaue und weiße Wolken waren an die Decke gemalt. Das Mobiliar war billig, wahrscheinlich aus zweiter Hand, aber es erinnerte Faith an eine Kinderzimmereinrichtung, die sie im Sears-Katalog gesehen hatte, als sie noch ein kleines Mädchen gewesen war. Die kleine Kommode und das Himmelbett waren mit weißem Resopal laminiert, die Schubladengriffe und andere Gestaltungsdetails mit goldenen Einfassungen verziert. Auf dem Bett lagen flauschige rosa Kissen. Es gab ein gerahmtes Poster von Winnie Puuh mit Tigger. Es war ein Schlafzimmer, wie es sich jedes Mädchen in den Achtzigern erträumte.

Draußen hörte sie Will Trent einen der Beamten fragen, wo sie sei. Er hatte wahrscheinlich jede rote Ampel zwischen Westfield und Evan Bernards Wohnung ignoriert.

Mit angespanntem Gesicht kam Will den Gang entlang. Er war wütend, und der Anblick dieses Mädchenzimmers änderte seine Stimmung kein bisschen. Sein Kehlkopf hüpfte, als er die rosafarbenen Vorhänge und die spitzenbesetzte Tagesdecke betrachtete. Mehrere Sekunden vergingen, bis er ein Wort über die Lippen brachte. »Glauben Sie, dass er sie hier festgehalten hat?«

Faith schüttelte den Kopf. »Das ist zu offensichtlich.«

Keiner der beiden betrat das Zimmer. Faith wusste, in dem weißen Bettzeug würden sie keine Spuren finden, keine verräterischen Haare auf dem frisch gesaugten Teppich. Sie konnte sich vorstellen, dass er einfach nur in dieses Zimmer kam, sich aufs Bett setzte und seine kranken Fantasien auslebte.

»Es ist jünger als siebzehn«, sagte Faith. »Das Zimmer meine ich. Das sind Sachen, wie man sie für eine Zehn- oder Elfjährige kauft.«

»Haben Sie die Hose gefunden?«

»Sie war in der Mülltonne«, antwortete sie. »Meinen Sie, wir finden daran DNS?«

»Das hoffe ich«, sagte er. »Der zweite Lösegeldanruf hatte denselben Lebensbeweis wie gestern. Vielleicht bekam es der Kidnapper mit der Angst zu tun, weil er uns auf dem Schulgelände sah.«

»Oder sie ist bereits tot.«

»Das will ich nicht akzeptieren«, erwiderte Will mit fester Stimme.

Faith wählte ihre Worte sorgfältig. »Statistisch gesehen werden von Fremden verschleppte Kinder innerhalb der ersten drei Stunden nach der Entführung getötet.«

»Sie wurde nicht von einem Fremden verschleppt«, sagte Will mit Nachdruck, und sie fragte sich, woher er seine Sicherheit nahm. »Der Kidnapper hatte den Teil mit dem Rückruf um vier Uhr vorher aufgenommen. Er brauchte offensichtlich mehr Zeit. Dann kriegen wir einen neuen Lebensbeweis.«

»Das können Sie nicht sicher wissen, Will. Schauen Sie sich die Fakten an. Evan Bernard redet nicht. Wir haben keine Ahnung, wer sein Komplize ist. Hier werden wir mit Sicherheit nichts finden, was uns …«

»Dieses Gespräch werde ich mit Ihnen nicht führen.«

Sie waren also wieder so weit, dass er den Chef spielte. Faith biss sich auf die Unterlippe und versuchte, die Situation durch ihren Sarkasmus nicht noch zusätzlich eskalieren zu lassen. Er konnte ruhig weiter in seiner Märchenwelt leben, aber Faith war sich ziemlich sicher, dass diese Geschichte kein glückliches Ende nehmen würde.

Will wiederholte: »Ich kann nicht glauben, dass sie tot ist, Faith. Emma ist eine Kämpferin. Sie ist irgendwo da draußen und wartet darauf, dass wir sie finden.«

Die Leidenschaft in seiner Stimme war unmissverständlich, und plötzlich war sie nicht mehr wütend auf ihn, sondern fühlte mit ihm.

Er sagte: »Ich hätte mehr aus Bernard herausbekommen müssen. Er war so arrogant, so sicher, dass er die Fäden in der Hand hatte. Ich komme mir vor, als hätte ich ihm direkt in die Hände gespielt.«

»Sie haben ihn so weit gebracht, dass er zugab, mit Kayla Sex gehabt zu haben.«

»In vierundzwanzig Stunden ist er auf Kaution wieder draußen. Wenn sein Anwalt was taugt, zögert der den Prozess so lange hinaus, bis kein Mensch sich mehr daran erinnert, wer Emma Campano ist. Auch wenn die Eltern auf einer Strafverfolgung bestehen, könnte er letztendlich als freier Mann davonkommen.«

»Er hat auf Video zugegeben, dass er Sex mit ihr hatte.«

»Ich hatte ihm seine Rechte nicht vorgelesen. Er könnte argumentieren, dass ich ihn dazu genötigt hatte.« Will schüttelte den Kopf, offensichtlich ärgerte er sich über sich selbst. »Ich habe es verbockt.«

»Er wusste, dass wir in seine Wohnung kommen würden«, sagte Faith. »Diese Bude ist makellos. So gründlich konnte er nicht über Nacht putzen. Er hat die Wohnung für uns präpariert. Er spielt irgendein Spiel.«

»Ich hätte gestern seinen Hintergrund überprüfen sollen.«

»Es gab keinen Grund dafür«, entgegnete sie. »Wir sind beide davon ausgegangen, dass die Schule ihn bereits hatte überprüfen lassen.«

»Hat sie auch«, gab Will zu bedenken. »Nur nicht in letzter Zeit.«

Charlie rief aus dem anderen Zimmer: »Hey, Leute.«

Faith und Will gingen in das eigentliche Schlafzimmer, das deutlich maskuliner wirkte. Die Möbel waren schwer, anthrazitfarben gebeizt und niedrig auf eine sterile, moderne Art. Über dem Bett hing ein riesiges Gemälde, das ein blondes, blauäugiges Mädchen zeigte. Sie war offensichtlich jung, doch nicht so jung, dass man das Bild als Kinderpornografie betrachten könnte. Eindeutig pornografisch war es allerdings. Das Mädchen war nackt, streckte den Busen heraus und hatte die Beine weit gespreizt. Die Augen blitzten verführerisch, die Lippen waren zu einem Schmollmund gespitzt. Alles glänzte unnatürlich.

Charlie saß an einem in einen Schrank eingebauten Schreibtisch.

»Sein Computer«, sagte Charlie. »Seht euch das an.«

Faith sah, dass der Monitor ein Livebild des zweiten Schlafzimmers zeigte.

Will sagte: »Die Kamera muss in das Winnie-Puuh-Poster montiert sein.«

»O Gott«, flüsterte Faith. »Gibt es irgendwelche Dateien?«

Charlie klickte sich durch das Verzeichnis. »Ich sehe nichts«, sagte er. »Die Forensiktechniker sollen sich das mal anschauen, aber ich vermute, dass eine externe Festplatte verwendet wurde.« Er zog einige lose Kabel hinter dem Computer hervor. »Damit wurden Ton und Bilder auf das Laufwerk gespeichert. Er hat die integrierte Festplatte des Computers komplett umgangen.«

»Der Hauptrechner hat keine Verlaufsdaten gespeichert?«

Charlie schüttelte den Kopf und öffnete und schloss Dateien, um irgendwas Belastendes zu finden. Faith sah Diagramme, abgespeicherte Hausaufgaben und dergleichen.

Sie fragte: »Was ist mit E-Mails?«

»Da sind zwei Adressen drauf. Eine läuft über einen Kabelanbieter für Internetdienste. Da ist nichts drauf außer Spam-Viagra-Angebote, Geldwäsche in Nigeria und solche Sachen. Es gibt kein Adressbuch, keine abgeschickten Mails, nichts. Die andere Adresse scheint für Schulmails zu sein. Ich habe alles durchgelesen, es gibt nur Korrespondenzen mit Eltern, Memos von der Rektorin. Nichts Verdächtiges und nichts Persönliches.«

»Hätte er auf der externen Festplatte eine E-Mail-Adresse haben können?«

»Da müssen Sie jemanden fragen, der mehr über Computer weiß als ich«, sagte Charlie. »Über Blut und Eingeweide kann ich Ihnen was erzählen. Computer sind nur ein Hobby.«

Will sagte: »Die Kamera in diesem Zimmer hat er sich installiert, um sich selbst aufzunehmen und es sich dann später anzusehen. Wir müssen diese Festplatte finden.«

»In Adams Zimmer habe ich nichts gefunden«, erinnerte ihn Faith. »Sein Computer wurde eine Woche vor dem Verbrechen gestohlen.«

»Was ist mit Gabe Cohen?«

»Da ist nichts direkt ins Auge gesprungen«, erwiderte Faith. »Ich habe seinen Computer kontrolliert, aber wie Charlie bin auch ich keine Expertin.«

»Dürfte ziemlich schwierig sein, ihn noch einmal zu fragen.«

Sie überlegte sich, ob das eine Spitze gegen sie war, weil sie Gabe Cohen nicht verhaftet hatte. Sie waren beide frustriert und wütend. Sie beschloss, nicht auf die Bemerkung zu reagieren. »Haben Sie in Bernards Schreibtisch in der Schule irgendwas gefunden?«

»Nichts«, antwortete Will. »Vielleicht bewahrt der Komplize die Festplatte oder einen Computer für ihn auf. Vielleicht gibt es einen Laptop?«

»Was ist mit seinem Auto?«

»Noch sauberer als die Wohnung«, sagte Will. »Riecht nach Bleiche und Essig.«

Charlie stellte das Offensichtliche fest: »Wenn wir die Videodateien finden, dann haben wir den rauchenden Colt.«

Will sagte: »Ich besorge mir seine kompletten Telefondaten, sowohl vom Festnetz wie vom Handy.«

»Der Kerl ist schlau«, gab Faith zu bedenken. »Er macht sicher alles über Prepaid-Verträge. Da gibt es keine Aufzeichnungen.«

»Wir haben bereits zweimal Mist gebaut, weil wir voreilige Schlüsse gezogen haben. Bernard ist schlau, aber er kann nicht an alles denken«, erwiderte Will und fragte: »Charlie, können Sie seine Internetgeschichte überprüfen?«

Charlie klickte auf das Icon für den Internetbrowser. Eine Seite öffnete sich mit einem spärlich bekleideten jungen

Mädchen, das über dem Titel »Knapp Legal« die Beine spreizte. Er öffnete das Hauptverzeichnis. »Sieht aus, als hätte er den Cache-Speicher gelöscht, aber einige Dateien kann ich wiederherstellen.« Nach einigen weiteren Klicks fand er Bernards kürzlich besuchte Seiten. Die erste war das Benotungsprogramm der Westfield Academy, die anderen waren die Websites von Läden, bei denen man erwarten konnte, dass ein Lehrer sich dafür interessierte – Barnes & Noble, Walmart. Anscheinend hatte Bernard nach einer Ausgabe von Emily Jane Brontës *Sturmhöhe* gesucht.

»Da haben wir was«, sagte Charlie und öffnete einen Chatroom. Faith beugte sich über ihn, um genauer hinzusehen, aber die Site richtete sich an Lehrer, die in Ruhestand gehen wollten. Ein anderer Chat war für Liebhaber von West Highland Terriern.

Will fragte: »Was ist mit der ersten Site?«

Charlie kehrte zurück zu »Knapp Legal«. »Gleich auf der ersten Seite steht die Erklärung, dass alle Mädchen volljährig sind. Was das Internet betrifft – solange sie nicht offensichtlich minderjährig sind, also zum Beispiel Kinder, ist das alles, was erforderlich ist.«

Faith schaute sich in dem Zimmer um und empfand einen gewissen Ekel bei dem Gedanken, dass Evan Bernard hier schlief. Sie ging zum Nachtkästchen und öffnete die unterste Schublade mit dem Fuß. »Noch mehr Pornos«, sagte sie, ohne die Magazine zu berühren. Auf der Titelseite des obersten Heftes war ein Mädchen zu sehen, das wie zwölf aussah, aber der Titel behauptete das Gegenteil: »Legale Geile Stuten«.

Will hatte sich Gummihandschuhe übergestreift. Er zog alle Magazine heraus. Alle Titelbilder zeigten Mädchen, die aussahen wie Teenager, doch alle behaupteten, dass die Mädchen volljährig seien. »Völlig Legal«.

»Detective?« Ivan Sambors mächtige Gestalt füllte den Türrahmen. Er hielt zwei Beweismitteltüten in den fleischigen Händen. Faith sah einen großen rosa Vibrator und pelzgefütterte

Handschellen, ebenfalls rosa. »Die habe ich im anderen Zimmer gefunden.«

Will sagte: »Sagen Sie dem Labor, diese Dinger haben Priorität.«

Ivan nickte und verließ das Zimmer.

Faith sagte zu Will: »Bernard hat weder im Staat Georgia noch in Carolina, Tennessee oder in Alabama Grundbesitz, der auf seinen Namen eingetragen ist.«

»Weiten wir die Suche aus«, sagte Will. Faith hielt das allerdings für einen Schuss ins Blaue. Bernard würde nie seinen richtigen Namen benutzen, wenn er einen stillen Partner hatte, der für ihn als Strohmann agierte.

Sie sagte: »Ich lasse ein Team sämtliche Firmen anrufen, die Lagerräume vermieten.«

»Sie sollen auch die Namen von Familienangehörigen benutzen«, sagte Will. »Wir müssen herausfinden, wer seine Freunde sind. Vielleicht gibt es ein Adressbuch.« Er schaute sich im Zimmer um, musterte jedes Möbelstück, jedes Bild an der Wand. »Der Richter hat den Umfang unseres Durchsuchungsbeschlusses auf Beweismittel beschränkt, die Bernard mit Kayla Alexander in Verbindung bringen. Wir könnten argumentieren, dass wir nach den Namen anderer Opfer suchen. Auch wenn er wegen Kayla verurteilt wird, könnte er bei guter Führung in zwei bis drei Jahren wieder draußen sein.«

»Er ist dann aber ein registrierter Sexualstraftäter und wird nie wieder unterrichten.«

»Das ist nur ein kleiner Preis, den er für Entführung und Mord zu bezahlen hat.«

»Sind Sie sicher, dass er auch mit den anderen Verbrechen zu tun hat und dass es nicht nur so ist, wie er gesagt hat: Dass er Sex mit Kayla hatte, sie ihrer Wege ging und er in die Schule zurückkehrte?«

»Sie haben das Schlafzimmer gesehen, Faith. Er steht auf kleine Mädchen.«

»Das heißt aber nur, dass er darauf steht, sie zu missbrauchen, nicht, sie zu ermorden.«

»Er hat in Savannah gelernt, dass es gefährlich ist, eine Zeugin zu hinterlassen.«

»Entschuldigung, dass ich unterbreche«, sagte Charlie, »aber vielleicht sollten Sie auch berücksichtigen, dass er daran dachte, sich zur Ruhe zu setzen.«

Will wirkte verwirrt. »Woher wissen Sie das?«

»Die Website?«, fragte Faith und wunderte sich, dass er das so schnell hatte vergessen können. »Charlie, holen Sie die noch einmal auf den Bildschirm.«

Charlie rief die Site noch einmal auf. Er ging die Liste der Fragen und Antworten durch. »Ich weiß nicht so recht, wie er sich auf der Site nannte. Die Namen klingen alle ziemlich harmlos.« Er klickte die nächste Seite an. »Im Wesentlichen reden sie davon, welche Leistungen sie im Ruhestand erhalten, über Beraterjobs als Zusatzverdienst und solche Sachen.« Der Bildschirm änderte sich, als er einen neuen Link anklickte. »Georgias Pensionsprogramm für Lehrer.« Er beugte sich vor, um die Details zu lesen. »Okay, hier gehts um den Unterschied zwischen Lehrern an privaten und öffentlichen Schulen. Beim staatlichen Pensionsprogramm muss man eine gewisse Anzahl von Jahren im Schuldienst abgeleistet haben, um Anspruch auf eine Pension zu haben. Im Privatsektor ist man auf sich allein gestellt.« Er scrollte nach unten und überflog den Rest. »Hier steht, dass man dreißig Jahre dabei sein muss, um Anspruch auf die volle Pension zu haben.«

»Vielleicht wollte er einfach nicht so lange warten«, sagte Faith. »Eine Million Dollar würde ihm auf jeden Fall den Weg in einen komfortablen Frühruhestand ebnen.«

Will sagte: »Bernard ist erst seit zwölf Jahren in Westfield. Er hat uns gesagt, davor hätte er im öffentlichen Schulsystem unterrichtet. Wir sollten herausfinden, wo er da war.«

»Dann wäre er Mitte der Neunziger dort weggegangen«,

sagte Faith, die sich das schnell im Kopf ausgerechnet hatte. »Vielleicht gab es irgendeine Unschicklichkeit, die unter den Teppich gekehrt wurde.«

»Ich weiß, dass Lehrer nicht viel verdienen, aber finden Sie es nicht auch merkwürdig, dass er in seinem Alter noch immer in dieser beschissenen Wohnung lebt?«

Charlie meinte: »Vielleicht gibt er sein ganzes Geld für Flüge nach Thailand aus, um dort minderjährige Mädchen aufzureißen.«

Faith fragte: »Glauben Sie, wir haben einen hinreichenden Grund, um uns seine Finanzunterlagen anzusehen?«

Will schüttelte den Kopf. »Finanzielle Dokumente schließt der Durchsuchungsbeschluss nicht mit ein.«

Charlie räusperte sich. Faith schaute auf den Computermonitor. Er hatte Evan Bernards Konto bei der örtlichen Bank geöffnet. »Das sollte uns allen eine Lehre sein, dass man Passwörter nicht leichtfertig irgendwo ablegt.«

Will sagte: »Schauen Sie nach, ob er irgendwelche Zahlungen an Lagerraumanbieter geleistet hat.«

Charlie bewegte die Maus und holte die einzelnen Posten heran. »Nichts Ungewöhnliches. Für die Bude hier zahlt er zwölfhundert pro Monat. Seine Haushaltsausgaben sind wie erwartet. Lebensmittel, Reinigung, Zahlungen fürs Auto, ein paar PayPal-Zahlungen.« Er las den Rest durch. »Wie's aussieht, geht der Großteil seines Gelds in den Rentenfonds. Der Kerl spart für die Rente.«

Faith fragte: »Was bringt er jeden Monat nach Hause?«

»Ungefähr zweitausenddreihundert.«

Faith starrte den Monitor an. Draußen vor dem Fenster hörte sie Polizisten, die über irgendetwas lachten. Verkehrslärm erfüllte die Luft mit einem leisen Summen. Das war eine Wohnung, die man mietete, wenn man frisch aus dem College kam, nicht wenn man auf die fünfzig zuging und bereits an den Ruhestand dachte. Sie sagte: »Evan Bernard unterrichtet jetzt seit wie vielen Jahren und hat noch nicht einmal ein eigenes Haus?«

»Vielleicht ist er geschieden«, bemerkte Charlie. »Und eine Ex-Frau hat ihn ausbluten lassen?«

»Wir überprüfen die Gerichtsakten«, sagte Will. »Wenn er eine Ex hat, dann hat sie vielleicht herausgefunden, was er trieb, und ihn verlassen. Wenn wir bestätigen können, dass Kayla zu einem Verhaltensmuster gehörte, dann können wir einen Richter vielleicht dazu bringen, dass er ihm die Kaution verweigert.«

»Bei den Nachbarn haben wir es bereits probiert. Die meisten waren nicht da – wahrscheinlich bei der Arbeit. Im Haus auf der anderen Seite des Gartens lebt eine Mutter, die nur Hausfrau ist. Sie sagt, sie hat Bernard nie kennengelernt und nie etwas Verdächtiges bemerkt.«

»Schicken Sie ein paar Streifenwagen gegen sieben Uhr noch mal her. Dann dürften mehr Leute zu Hause sein.« Will ging zum Wandschrank und kontrollierte die obersten Ablagen. »Vielleicht hat er ein Fotoalbum oder sonst was.«

»Wir werden nichts finden, was er uns nicht finden lassen will.«

Will durchsuchte weiter den Schrank, holte Schachteln heraus und kontrollierte den Inhalt. »Wir wissen, dass er zwei Stunden von der Schule weg war.« Er zog einen Stapel Jahrbücher heraus und warf sie aufs Bett. Es waren fast zwanzig Stück, und ihre fröhlichen Titelblätter schrien Schulenthusiasmus. Er nahm das oberste Jahrbuch zur Hand, das mit dem Wappen der Westfield Academy geschmückt war, und blätterte es durch. »Das ist nicht genug Zeit, um die Morde zu begehen, Emma zu verstecken und in die Schule zurückzukehren. Der Komplize musste die Schlepperei übernommen haben. Bernard hatte sicher gewusst, dass Emma aus einer reichen Familie kam.«

»Auch Kaylas Eltern sind wohlhabend. Warum nicht auch sie entführen? Warum sie töten, wenn sie doch auch Geld bedeutet?«

Will klappte das Jahrbuch zu, behielt es aber in der Hand. »Sind wir sicher, dass Kayla nicht beteiligt war?«

Faith warf Charlie, der noch immer die Computerdateien sichtete, einen kurzen Blick zu.

Will schien es nichts auszumachen, vor dem Mann zu sprechen. »Kayla Alexander war ein ziemliches Miststück.«

Er warf das Jahrbuch aufs Bett und nahm sich das nächste. »Wir haben niemanden gefunden, der etwas anderes sagte.«

»Sie müsste schon ziemlich pervers gewesen sein, wenn sie mit Bernard in ihrem Auto vögelte, während sie wusste, dass ihre beste Freundin gleich entführt werden würde.« Faith fiel etwas ein. »Vielleicht fühlte Kayla sich von Emmas Affäre mit Adam bedroht.«

Will führte ihren Gedankengang weiter. »Vielleicht hatte Kayla gewusst, dass Adam und Emma in der Garage parkten. Die neugierige Nachbarin hatte die Mädchen doch letztes Jahr verpfiffen. Sie mussten einen Platz finden, wo sie parken konnten.«

»Ich habe mich gefragt, warum Kayla ihren weißen Prius in der Einfahrt zum Haus der Campanos parkte, obwohl sie wusste, dass sie beim letzten Mal nur deswegen beim Schuleschwänzen erwischt wurden, weil die Nachbarin ihr Auto in der Einfahrt gesehen hatte.«

Will sagte: »Etwas gibt mir zu denken, seit ich den Prius auf dem Parkplatz stehen sah. Alles, was der Mörder berührte, war blutverschmiert: der Kofferraum, die Türgriffe, das Lenkrad. Alles bis auf das Isolierband und das Seil im Kofferraum.«

»Glauben Sie, Kayla hatte sie gekauft, damit der Mörder sie benutzen konnte?«

»Vielleicht.«

»Moment mal«, sagte Faith, die das alles erst verarbeiten musste. »Wenn Kayla beteiligt war, warum wurde sie dann umgebracht?«

»Sie hatte den Ruf, fies zu sein.«

»Sie haben doch die ganze Zeit gesagt, dass der Mörder sie gekannt haben musste.«

Sein Telefon klingelte, und Will holte es aus der Tasche. Das Ding sah erbärmlich aus, die Einzelteile wurden mit Klebeband zusammengehalten. »Hallo?«

Faith nahm eines der Jahrbücher zur Hand und blätterte darin, damit sie nicht nur herumstand und nichts tat. Einmal schaute sie kurz zu Will und versuchte, seine Miene beim Zuhören zu interpretieren.

»Danke«, sagte er und beendete den Anruf. »Bernards Fingerabdrücke passen nicht zu dem Daumenabdruck auf dem Brief.«

Faith drückte sich das Jahrbuch an die Brust. In ihren Händen fühlte es sich schwer an. »Dann hat sein Komplize das mit den Drohbriefen übernommen.«

»Warum überhaupt die Briefe schicken? Warum die Karten aufdecken?«

Faith zuckte die Achseln. »Könnte sein, dass sie Adam verscheuchen wollten, damit Emma allein im Haus sein würde …« Sie widersprach sich selbst. »Aber in dem Fall – warum fuhr Kayla Emma nicht einfach zum Haus? Offensichtlich deshalb, weil sie Zoff hatten.«

Will öffnete das Westfield-Jahrbuch des letzten Jahres und blätterte darin. »Wir müssen ganz zum Anfang zurück. Irgendwo da draußen ist ein zweiter Mann.« Er strich mit dem Finger über die Reihen der Schülerfotos. »Bernard ist keiner, der sich selbst die Hände schmutzig macht.«

»Mein Freund am Tech hat mir gesagt, dass er wahrscheinlich heute Ergebnisse haben würde«, sagte Faith und hoffte, dass sie nicht genauer auf das Röhrchen mit dem grauen Pulver eingehen musste, das sie Victor zur Untersuchung übergeben hatte. Für Will mochte es ganz in Ordnung sein, vor Charlie Reed frei zu sprechen, aber Faith kannte den Mann nicht gut genug, um ihm ihre Karriere anzuvertrauen.

Will sagte: »Fahren Sie zum Tech. Schauen Sie, ob es schon Ergebnisse gibt.« Er fand Kayla Alexanders Foto, riss die Seite aus dem Jahrbuch und gab sie Faith. »Und wenn Sie dort sind, fragen Sie Tommy Albertson, ob er das Mädchen mit Adam oder Gabe Cohen dort gesehen hat. Fragen Sie jeden im Wohnheim, wenn es sein muss.« Er blätterte weiter und fand Bernards Lehrerfoto. Er riss es heraus und sagte: »Zeigen Sie auch das herum.«

Faith nahm die Fotos.

Will öffnete ein weiteres Jahrbuch und suchte dieselben Fotos für seine Verwendung. »Ich fahre zum Copy Right und mache dort dasselbe.«

Faith schaute auf den Wecker auf dem Nachtkästchen. »Sie haben gesagt, der nächste Lösegeldanruf soll um vier Uhr kommen?«

Behutsam riss Will die entsprechenden Seiten aus dem Album. »Der Mörder ist wahrscheinlich jetzt im Augenblick bei Emma und beschafft sich den zweiten Lebensbeweis.«

Faith legte das Jahrbuch aufs Bett. Sie setzte sich in Bewegung, blieb dann aber wieder stehen, weil ihr bewusst wurde, dass irgendetwas nicht zusammenpasste. Sie schob die Jahrbücher auseinander und zog die drei heraus, die sich von den anderen unterschieden. Sie waren dicker, die Farben nicht so kräftig. »Warum hat Bernard Jahrbücher von der Crim?«, fragte Faith. Die Alonzo A. Crim Highschool lag in Reynoldstown, einem ärmeren Viertel im Osten Atlantas. Sie gehörte zu den schäbigeren Schulen im System.

Will entgegnete: »Wenigstens wissen wir jetzt, wo er unterrichtete, bevor er an die Westfield kam.«

Faith blätterte schweigend in den Jahrbüchern. Sie war noch nie jemand gewesen, der an Schicksal oder Geister oder helfende Engel glaubte, aber sie vertraute seit Langem auf ihren Polizisteninstinkt, wie sie das nannte. Sorgfältig suchte sie das Register am Ende nach Bernards Namen ab.

Sein Foto fand sie in der Lehrerabteilung, aber er hatte sich auch in der Redaktion für das Jahrbuch engagiert.

Faith fand das entsprechende Redaktionsfoto. Die Schüler zeigten die gewohnten albernen Posen. Einige trugen Hüte mit »Presse«-Schildchen darauf. Andere hatten Bleistifte im Mund oder starrten über zusammengefaltete Zeitungen hinweg in die Kamera. Eine hübsche, junge Blonde stach heraus, nicht weil sie besonders übertrieben posierte, sondern weil sie sehr dicht an einem jünger aussehenden Evan Bernard stand. Das Foto war schwarz-weiß, aber Faith konnte sich vorstellen, dass sie rötlichblonde Haare hatte, und auch die Sommersprossen auf ihrer Nase waren zu erkennen.

Sie sagte zu Will: »Das ist Mary Clark.«

Wie eine sehr wütende Olivia McFaden berichtete, hatte Mary Clark eine halbe Stunde nach Evan Bernards Verhaftung ihr Klassenzimmer verlassen. Die Lehrerin hatte einfach ihre Handtasche aus ihrem Schreibtisch gezogen, ihren Schülern gesagt, sie sollten das nächste Kapitel in ihrem Lehrbuch lesen, und dann das Gebäude verlassen.

Faith konnte die Frau allerdings problemlos ausfindig machen. Marys klapperiger Honda Civic stand vor dem Haus ihrer Familie an der Waddell Street im Grant Park. Die Leute dort achteten auf ihre Häuser, aber es war nichts im Vergleich zu den reicheren Gefilden des Ansley Park, wo die Rasenflächen von Profis maniküt wurden und teure Brauchwasserrückhaltetanks dafür sorgten, dass das Gras den ganzen Sommer über grün blieb und die Blumen blühten. Am Straßenrand standen Mülltonnen, und Faith musste eine Weile hinter dem Mülllaster herzockeln, der sich langsam die Straße entlangarbeitete, Tonnen leerte und dann zum nächsten Haus schlich.

Grant Park war ein familienfreundliches Viertel, das gerade noch erschwinglich war, obwohl es innerhalb der Stadtgrenzen Atlantas lag. Baumkronen überwölbten die Straßen, und in der

Nachmittagssonne glänzte frische Farbe. Die Häuser waren unterschiedlich, einige ohne erkennbaren Stil, andere viktorianisch. Alle hatten während des Häuserbooms Renovierungen und Umbauten erlebt, nur um nach dem Platzen der Blase zu erleben, dass ihr Papierwert ins Bodenlose sank.

Aber es gab noch eine Handvoll Häuser, die im Wettrennen um das Größer und Schöner übergangen worden waren – hier und dort sah man einstöckige Holzhäuser, die von ihren Nachbarn um zwei oder drei Stockwerke überragt wurden. Mary Clarks Haus gehörte zu diesen armen Cousins. Von außen betrachtet vermutete Faith, dass es zwei Schlafzimmer und ein Bad hatte. Nichts am Haus deutete auf Baufälligkeit hin, eine gewisse Vernachlässigung war allerdings schon zu erkennen.

Faith stieg das steinerne Außentreppchen hoch. Ein Zwillingskinderwagen der Art, wie sie von Joggern benutzt wurden, schien einen Dauerparkplatz auf der vorderen Veranda zu haben. Überall lag Spielzeug herum. Ein verwittertes Schaukelbrett lag auf dem Boden, daneben rosteten die metallenen Befestigungen, Schrauben und Ketten vor sich hin. Faith vermutete, dass hier jemand mit großem Enthusiasmus Pläne geschmiedet, sie aber nie so richtig in die Tat umgesetzt hatte. Die Haustür war hochglänzend schwarz lackiert, auf der Innenseite hing ein Vorhang vor dem Fenster. Eine Klingel gab es nicht. Sie hob die Hand, um zu klopfen, als die Tür aufging.

Ein kleiner, bärtiger Mann stand in der Tür. Auf jeder Hüfte hatte er ein kleines Kind, beide in unterschiedlichen Zuständen selbstvergessener Freude über den Anblick einer Fremden vor der Tür. »Ja?«

»Ich bin Detective Faith Mitchell vom …«

»Das ist okay, Tim«, rief von drinnen eine Stimme. »Lass sie rein.«

Tim tat es zwar offensichtlich nicht gerne, aber er trat einen Schritt zur Seite und ließ Faith ins Haus. »Sie ist in der Küche.«

»Danke.«

Tim schien ihr noch etwas sagen zu wollen – eine Warnung vielleicht –, aber er blieb stumm und verließ mit den beiden Kindern das Haus. Die Tür fiel hinter ihm ins Schloss.

Faith schaute sich in dem Zimmer um. Sie wusste nicht, ob man wollte, dass sie hier wartete oder selbst die Küche suchte. Die Clarks hatten sich für das Wohnzimmer einen postuniversitären, eklektizistischen Stil ausgesucht und Brandneues mit Altem gemischt. Eine schäbige Couch stand vor einem antiken Fernseher. Der Ledersessel war schick und modern, aber feine Kratzer an den Beinen deuteten auf den kürzlichen Besuch einer Katze hin. Auch hier lag überall Spielzeug herum. Es sah ein wenig so aus, als hätte hier eine Bombe eingeschlagen.

Ein schneller Blick durch eine Tür, die offensichtlich ins Elternschlafzimmer führte, zeigte noch mehr Spielzeug. Obwohl Faith zu der Zeit erst fünfzehn Jahre alt war, hatte sie doch gewusst, dass sie Jeremy nicht in jedes Zimmer des Hauses lassen durfte. Es war kein Wunder, dass manche Eltern so erschöpft aussahen, wenn sie in ihren Häusern keinen Platz hatten, der allein ihnen gehörte.

»Hallo?«, rief Mary.

Faith folgte der Stimme. Sie ging einen langen Gang entlang, der in den hinteren Teil des Hauses führte. Mary Clark stand am Spülbecken, mit dem Rücken zum Fenster. Sie hatte einen Becher mit Kaffee in der Hand. Ihre rötlichblonden Haare hingen ihr offen auf die Schultern. Sie trug Jeans und ein großes, schlecht sitzendes T-Shirt, das offensichtlich ihrem Mann gehörte. Ihr Gesicht war fleckig, die Augen gerötet.

Faith sagte: »Wollen Sie darüber reden?«

»Habe ich eine andere Wahl?«

Faith setzte sich an den Tisch, ein Metallgestell mit Laminatplatte aus den Fünfzigern und dazu passenden Stühlen. Die Küche war gemütlich, aber alles andere als modern. Das Spülbecken war auf einen pastellgrün lackierten Unterschrank montiert. Alle Schränke waren noch aus dem ursprünglichen

Metall. Es gab keine Geschirrspülmaschine, und der Herd stand schief. Bleistiftspuren links und rechts auf dem Türrahmen zelebrierten jeden Wachstumsschub von Marys Zwillingen.

Mary kippte ihren Kaffee ins Becken und stellte die Tasse auf die Anrichte. »Tim meinte, ich soll mich aus der Sache raushalten.«

Faith wiederholte nun die Frage, die eben noch Mary gestellt hatte. »Haben Sie eine andere Wahl?«

Einen Augenblick lang starrten sich die beiden nur an. Faith wusste, wie sich Menschen verhielten, die etwas zu verbergen hatten, ebenso wie sie Hinweise erkennen konnte, dass sie reden wollten. Mary Clark zeigte keines der bekannten Merkmale. Wenn Faith raten müsste, würde sie sagen, die Frau schämte sich.

Faith faltete die Hände im Schoß und wartete darauf, dass Mary Clark etwas sagte.

»Ich schätze, ich bin gefeuert?«

»Das müssen Sie McFaden fragen.«

»Inzwischen feuert man Lehrer nicht mehr. Man gibt ihnen einfach die beschissensten Klassen, bis sie von selbst gehen.«

Faith sagte nichts.

»Ich habe gesehen, wie Evan in Handschellen aus der Schule geführt wurde.«

»Er gab zu, mit Kayla Alexander Sex gehabt zu haben.«

»Hat er Emma entführt?«

»Wir konstruieren gerade eine Anklage gegen ihn«, erwiderte Faith. »Details kann ich Ihnen nicht nennen.«

»Vor dreizehn Jahren an der Crim war er mein Lehrer.«

»Das ist ein ziemlich schlimmes Viertel.«

»Ich war ein ziemlich schlimmes Mädchen.« Ihr Sarkasmus war laut und deutlich, aber unter den harten Worten lag Schmerz, und Faith wartete, weil sie dachte, sie fände die Wahrheit am ehesten, wenn sie sich von Mary dorthin fahren ließe.

Mary kam langsam zum Tisch und zog einen Stuhl heraus. Mit einem schweren Seufzen setzte sie sich, und Faith roch einen Hauch Alkohol in ihrem Atem. »Evan war der einzige Lichtblick«, sagte Mary zu ihr. »Er war der Grund, warum ich Lehrerin werden wollte.«

Faith überraschte das nicht. Mary Clark war mit ihren hübschen blonden Haaren und den durchdringenden blauen Augen genau Evan Bernards Typ. »Wurden Sie von ihm belästigt?«

»Ich war sechzehn. Ich wusste, was ich tat.«

Das wollte ihr Faith so nicht durchgehen lassen. »Wussten Sie das wirklich?«

Tränen traten Mary in die Augen. Sie schaute sich nach einem Taschentuch um, und Faith stand auf, um ein Küchentuch von der Rolle zu reißen.

»Danke«, sagte Mary und schnäuzte sich.

Faith wartete ein paar Sekunden, bevor sie fragte: »Was ist passiert?«

»Er verführte mich«, sagte sie. »Oder vielleicht verführte ich ihn. Ich weiß nicht, wie es passiert ist.«

»Waren Sie in ihn verknallt?«

»O ja.« Sie lachte. »Zu Hause war es nicht gerade schön für mich. Mein Vater verschwand, als ich noch klein war. Meine Mutter hatte zwei Jobs.« Sie versuchte zu lächeln. »Ich bin nur eine von diesen dummen Frauen mit einer Vaterfixierung, nicht?«

»Sie waren sechzehn«, erinnerte sie Faith. »Sie waren noch keine Frau.«

Sie wischte sich die Nase ab. »Ich war eine ziemliche Plage. Rauchen, trinken. Schuleschwänzen.«

Wie Kayla, dachte Faith. »Wohin brachte er sie?«

»In sein Haus. Wir hingen die ganze Zeit dort rum. Er war cool, wissen Sie. Der coole Lehrer ließ uns in seinem Haus trinken.« Sie schüttelte den Kopf. »Wir mussten ihn nur vergöttern.«

»Haben Sie das getan?«

»Ich habe alles getan, was er von mir wollte.« Mary warf ihr einen sengenden Blick zu. »Alles.«

Faith sah, was für ein leichtes Spiel Bernard offensichtlich mit Mary gehabt hatte. Er hatte ihr einen sicheren Hafen geboten, aber er war auch derjenige, der mit einem Anruf bei ihren Eltern alles beenden konnte.

»Wie lang lief das?«

»Zu lange. Nicht lange genug.« Sie fuhr fort: »Er hatte dieses spezielle Zimmer. Er hielt die Tür immer verschlossen. Da durfte niemand hinein.«

»Wirklich niemand?«, fragte Faith, weil Mary Clark das Zimmer offensichtlich gesehen hatte.

»Es war eingerichtet wie ein Kleinmädchenzimmer. Mir gefiel das sehr gut. Weiße Möbel, rosa Wände. Das war so ein Zimmer, wie ich dachte, dass alle reichen Mädchen eines haben.«

Der Mann war offensichtlich ein Gewohnheitstier.

»Zuerst war er sehr süß. Wir redeten darüber, dass mein Vater uns verlassen hatte und dass ich mich im Stich gelassen fühlte. Er war wirklich nett. Er hörte einfach zu. Aber dann wollte er andere Sachen machen.«

Faith dachte an die Handschellen und an den Vibrator, die sich in Bernards speziellem Zimmer gefunden hatten. »Zwang er Sie?«

»Ich weiß es nicht«, gab Mary zu. »Er ist sehr geschickt darin, einen glauben zu machen, dass man etwas will.«

»Was für Sachen?«

»Er hat mir wehgetan. Er …« Sie wurde sehr still. Faith ließ der Frau Zeit, bedrängte sie nicht, weil sie wusste, wie zerbrechlich sie war. Langsam zog Mary den Ausschnitt ihres weiten T-Shirts nach unten. Faith sah die erhöhte Sichel einer Narbe direkt über der linken Brust. Man hatte sie so heftig gebissen, dass es geblutet hatte. Evan Bernard hatte ihr seinen Stempel aufgedrückt.

Faith atmete lange aus. Wie nahe war sie als Mädchen dran gewesen, genau so zu sein wie Mary Clark? Es war reines Glück gewesen, dass der ältere Mann in ihrem Leben ein Teenager war und kein sadistischer Päderast. »Legte er Ihnen Handschellen an?«

Mary presste sich die Hand auf den Mund und nickte nur.

»Hatten Sie je Angst um Ihr Leben?«

Mary antwortete nicht, aber Faith sah es in den Augen der Frau. Sie hatte Todesangst gehabt, sich in der Falle gefühlt. »Für ihn war das alles ein Spiel«, sagte sie. »An einem Tag waren wir zusammen, und am nächsten machte er Schluss mit mir. Ich lebte in der beständigen Angst, dass er mich endgültig verlassen würde und ich dann ganz allein wäre.«

»Was passierte dann?«

»Mitten im Schuljahr ging er weg«, erwiderte Mary. »Bis zu meinem ersten Tag in Westfield sah ich ihn nie wieder. Ich stand einfach nur da wie ein gaffender Teenager, als wäre ich dreizehn Jahre alt und er mein Lehrer. Ich hatte all diese Gefühle für ihn, Gefühle, die ich nicht hätte empfinden dürfen. Ich weiß, das ist krank, aber er war der erste Mann, den ich liebte.« Sie schaute Faith an, und es war beinahe ein Flehen um Verständnis. »All die Sachen, die er mit mir gemacht hatte, die Demütigungen und der Schmerz und der Kummer … ich weiß nicht, warum ich diese Verbindung, die ich zu ihm habe, nicht durchbrechen kann.« Sie weinte wieder. »Wie krank ist das, Gefühle zu haben für den Mann, der mich vergewaltigte?«

Faith schaute auf ihre Hände, sie traute sich eine Antwort nicht zu. »Warum verließ Evan Ihre Schule?«

»Da war noch ein anderes Mädchen. Ihren Namen weiß ich nicht mehr. Sie wurde ziemlich schlimm verletzt – vergewaltigt, geschlagen. Sie sagte, Evan hätte ihr das angetan.«

»Er wurde nicht verhaftet?«

»Sie war eine Unruhestifterin. Wie ich. Ein anderer Schüler stand für ihn ein, gab ihm ein Alibi. Bernard konnte immer Schüler dazu bringen, für ihn zu lügen, aber er ging trotzdem weg. Ich glaube, er wusste, dass sie ihm im Nacken saßen.«

»Haben Sie ihn je wiedergesehen? Ich meine, nachdem er die Schule verlassen hatte, versuchte er da, Kontakt zu Ihnen aufzunehmen?«

»Natürlich nicht.«

Etwas in Marys Tonfall brachte Faith zu der Frage: »Haben Sie versucht, Kontakt zu ihm aufzunehmen?«

Wieder flossen die Tränen, und die Erniedrigung verunstaltete ihr hübsches Gesicht. »Natürlich.«

»Was passierte?«

»Er hatte dort ein anderes Mädchen«, sagte sie. »In *unserem Zimmer. Meinem Zimmer.*« Die Tränen liefen ihr über die Wangen. »Ich schrie die beiden an, drohte, die Polizei zu rufen, sagte jeden Blödsinn, der mir einfiel, nur um ihn zurückzubekommen.« Sie starrte die Markierungen am Türstock an, die Meilensteine im Leben ihrer Kinder. »Ich weiß noch, dass es in Strömen regnete und dass es kalt war – so kalt, wie es hier nie wird. Ich glaube, in diesem Jahr schneite es sogar.«

»Was haben Sie getan?«

»Ich bot mich ihm an, alles, was er wollte und wie er es wollte.« Sie nickte, als würde sie der Erinnerung zustimmen, dass sie bereit gewesen war, sich für diesen Mann auf jede erdenkliche Art zu erniedrigen. »Ich sagte ihm, ich würde alles tun.«

»Wie reagierte er?«

Sie schaute Faith an. »Er schlug mich mit Händen und Fäusten wie einen Hund. Bis zum nächsten Morgen lag ich auf der Straße.«

»Gingen Sie ins Krankenhaus?«

»Nein, nach Hause.«

»Waren Sie danach noch einmal dort?«

»Einmal, vielleicht drei Monate später. Zusammen mit meinem neuen Freund. Ich wollte vor Evans Haus parken. Ich wollte, dass jemand anderes mich dort fickt, als könnte ich es ihm heimzahlen.« Sie kicherte über ihre Naivität. »Ich kannte ihn doch und hätte wissen müssen, dass er wahrscheinlich am Fenster gestanden, uns zugesehen und sich einen runtergeholt hätte.«

»Er war nicht da?«

»Er war umgezogen. Ich schätze, er hatte sich nach besseren Möglichkeiten umgesehen, hatte sich aufgemacht in unsere berühmte Westfield Academy.«

»Und Sie haben nie wieder mit ihm gesprochen – bis zu Ihrem ersten Tag in dieser Schule?«

»Nein. Ich war nicht so blöd, dass ich gar nichts verstand.«

»Was hatten Sie verstanden?«

»Zuvor hinterließ er nie Verletzungen an Stellen, wo Leute sie sehen konnten. Daran merkte ich, dass es vorbei war. Er schlug mir so heftig ins Gesicht, dass mein Wangenknochen brach.« Sie legte sich die Hand an die Wange. »Man sieht es nicht, oder?«

Faith schaute sich das hübsche Gesicht der Frau an, ihre makellose Haut. »Nein.«

»Es ist innen drin«, sagte sie und strich sich über die Wange, so wie sie wahrscheinlich ihre Kinder tröstete. »Alles, was Evan mir angetan hat, ist immer noch innen drin.«

Will ging über den Parkplatz hinter dem Copy Right und merkte, dass ihm langsam die Zeit knapp wurde. Morgen um diese Zeit würde Evan Bernard schon wieder ein freier Mann sein. Der Identifikation seines Komplizen waren sie noch keinen Schritt näher gekommen. Es gab keine Hinweise, denen sie folgen konnten, ein Durchbruch war nirgendwo in Sicht. Die forensischen Beweise brachten sie nicht weiter. Es würde Tage dauern, bis die DNS-Ergebnisse vorlagen. Amanda war skrupellos in ihrer Zielgerichtetheit. Sie bearbeitete Fälle, um sie zu gewinnen, und minimierte ihre Verluste, wenn sie merkte, dass die Chancen schlecht für sie standen. Wenn der Lösegeldanruf um vier Uhr nicht etwas Weltbewegendes erbrachte, würde sie bald anfangen, Ressourcen abzuziehen und anderen Fällen eine höhere Priorität einzuräumen.

Sie hielten Emma für tot. Will spürte es an der Art, wie Faith ihn anschaute, die vorsichtigen Worte, die Amanda wählte, wenn sie über das Mädchen sprach. Sie alle hatten Emma aufgegeben – alle bis auf Will. Er konnte einfach nicht akzeptieren, dass das Mädchen nicht mehr am Leben war. Er konnte nichts anderes akzeptieren, außer Abigail Campano ein lebendes, atmendes Kind zurückzubringen.

Er drückte auf den Knopf neben der Tür und wurde sofort eingelassen. Als Will den Gang entlang zum Copy Right ging, hörte er das schrille Sirren der Maschinen, die alle mit Hochdruck arbeiteten. Der Bautrupp auf der Straße trug ebenfalls zur Kakofonie bei, Schlagbohrer und Betonmischer lieferten einen stetigen Rhythmus. Im Laden vibrierten die Schaufenster, die auf die Peachtree Street hinausgingen, von den Aktivitäten.

»Hey, Mann!«, rief Lionel Petty. Er saß hinter der Ladentheke und beugte sich über einen Pappteller mit einem sehr großen Steak und Pommes. Will erkannte das Logo auf der Papiertüte daneben als das der Steakery, eines Fast-Food-Ladens, dessen Spezialität große Portionen mit verdächtig billigem Fleisch waren.

»Sie haben meinen Anruf erhalten!«, sagte Petty, offensichtlich aufgeregt. »Der Bautrupp kam heute Morgen wieder. Ich war schockiert, Mann. Da hat anscheinend jemand was mit den Arbeitsanweisungen verbockt.« Er schaute Will interessiert an. »Verdammt, Mann, Sie haben ganz schön was abgekriegt.«

»Ja«, sagte Will und berührte törichterweise seine geschwollene Nase.

Der Geräuschpegel wurde ein wenig schwächer, und Petty stand auf, um die Maschinen zu kontrollieren.

Will fragte: »Die Bauarbeiter – ist das derselbe Trupp?«

Vor einer der Maschinen blieb Petty stehen und belud sie mit Papierstapeln. »Einige kommen mir bekannt vor. Der Vorarbeiter rumpelt dauernd mit seinem Angeber-Pick-up in die Garage und wieder heraus. Warren ist stinksauer deswegen, aber wir können nichts dagegen tun, weil uns das Grundstück ja nicht gehört.«

Will dachte daran, was der Manager ihm gesagt hatte, nämlich dass die meisten seiner Kunden gar nicht hierherkamen. »Warum macht es ihm was aus?«

»Der Müll, Mann – der ganze Abfall. Es ist eine Frage des Respekts.« Er schloss die Maschine und drückte auf einen Knopf. Der Kopierer sprang wieder an und fügte dem Chor der sich drehenden Rädchen und des raschelnden Papiers ein tiefes Summen hinzu. Lautes Piepsen ertönte von draußen, als ein Gabelstapler rückwärts fuhr, um die Stahlplatten von der Straße zu heben.

Petty setzte sich wieder vor sein Essen. »Der Staub wird überall in den Teppich getrampelt. Er ist so fein, dass wir ihn nicht aufsaugen können.«

»Was für Staub?«

Petty schnitt in das Steak, und Blut spritzte auf den Pappteller. »Der Beton, der unterirdisch verwendet wird.«

Will dachte an das graue Pulver. Er schaute zu den Bauarbeitern hinaus. Der Gabelstapler rammte seine Gabel unter die Ecke einer Stahlplatte und legte ein klaffendes Loch in der Straße frei. »Wie sieht er aus?«

Petty hielt sich die Hand ans Ohr. »Was?«

Will antwortete nicht. Die Hand an Pettys Ohr hielt ein billig aussehendes Messer. Der Griff war aus Holz, die Nieten, die die Schalen zusammenhielten, waren matt goldfarben. Die Klinge war schartig, aber scharf.

Will versuchte zu schlucken, plötzlich war sein Mund trocken geworden. Als er ein solches Messer zum letzten Mal gesehen hatte, lag es nur Zentimeter entfernt von Adam Humphreys lebloser Hand.

17. KAPITEL

Faith stand vor der Tür des Konferenzraums in Victors Gebäude. Hinter dem Glas konnte sie das leise Murmeln von Männerstimmen hören. In Gedanken war sie noch ganz woanders – in Evan Bernards Wohnung, wo er den rosa Vibrator und die Handschellen in seinem Kleinmädchenzimmer aufbewahrte. Waren das dieselben Instrumente, die er auch bei der jungen Mary Clark benutzt hatte? Welche sadistischen Spiele mit dem Mädchen hatte er sich einfallen lassen? Mary erzählte es nicht, aber die Wahrheit stand ihr ins Gesicht geschrieben.

Er hatte sie tief verletzt, auf eine Art, die sie nicht in Worte fassen konnte – wahrscheinlich nie würde in Worte fassen können. Faith wurde übel bei dem Gedanken, vor allem, weil sie sich ziemlich sicher war, dass Mary nur eines von vielen, vielen Opfern war, die der Lehrer sich im Lauf der Jahre ausgesucht hatte.

Gleich nach dem Verlassen des Grant Park hatte Faith in der Alonzo A. Crim Highschool angerufen. Es gab keine Unterlagen über die angebliche Vergewaltigung, die Evan Bernard gezwungen hatte, seine Stelle aufzugeben. Mary Clark konnte sich an den Namen des Mädchens nicht erinnern – zumindest behauptete sie das. Es war nie Anzeige gegen Evan Bernard erstattet worden, deshalb gab es auch im örtlichen Polizeirevier keine Akte über eine Ermittlung. Von den etwa hundert Lehrern, die im Augenblick dort arbeiteten, war niemand schon da gewesen, als Mary Clark sadistisch vergewaltigt wurde. Es gab keine Zeugen, keine Beweise, keine eruierbaren Komplizen.

Trotzdem gab es da draußen noch jemanden, der genau wusste, wo Emma Campano war. Will schien zu glauben, es gebe eine Chance, dass das Mädchen noch am Leben sei, aber Faith gab sich solchen Illusionen nicht hin. Wenn der Mörder ein noch lebendes Opfer hatte, dann hätte er für den zweiten Anruf einen neuen Lebensbeweis aufgenommen. Die ganze Sache war sehr gut geplant. Bernard war der Ruhige, der immer alles unter Kontrolle hatte. Das Haus der Campanos hatte ihnen gezeigt, dass der Mörder, Emmas Entführer, keine derartigen Eigenschaften hatte. Irgendetwas musste schrecklich schiefgegangen sein.

Faith hatte den Umschlag aufgerissen, in dem eigentlich ihre Gasrechnung steckte, und ihn benutzt, um die Jahrbuchfotos von Kayla Alexander und Evan Bernard aufzubewahren. Jetzt öffnete sie ihn wieder und schaute sich Evan Bernards Schulfoto an. Er war ein gut aussehender Mann. Er wäre durchaus auch bei Frauen seines Alters gut angekommen. Ohne das Wissen, das sie jetzt hatte, hätte Faith sich ohne Zögern mit ihm verabredet. Ein gebildeter, sprachgewandter Lehrer, der Kinder mit Lernproblemen unterrichtete? Wahrscheinlich standen die Frauen vor seiner Tür Schlange. Und doch hatte er sich junge Mädchen ausgesucht, die es nicht besser wussten.

Allein schon ihr Aufenthalt in der Wohnung des Lehrers hatte Faith dazu gebracht, dass sie sich schmutzig fühlte. Seine kaum legalen Pornos und das Gemälde der jungen Frau in seinem Schlafzimmer deuteten auf seine perverse Obsession hin. Sie war ebenso wütend wie Will darüber, dass er morgen problemlos auf Kaution aus dem Gefängnis kommen würde. Sie brauchten mehr Zeit, um eine Anklage gegen ihn zusammenzustellen. Aber das Einzige, worauf sie im Augenblick aufbauen konnten, waren eine fehlende Festplatte und ein Fingerabdruck, der nicht zu ihrem einzigen Verdächtigen passte. Und dennoch gab es eine Frage, die Faith einfach nicht mehr aus dem Kopf ging: War Bernard der Schlüssel zu dieser Geschichte, oder war er nur eine widerliche Ablenkung vom wahren Mörder?

Faith konnte gut verstehen, was ein fünfundvierzigjähriger Mann von einem siebzehnjährigen Mädchen wollte, aber sie konnte sich nicht vorstellen, was Kayla Alexander zu Evan Bernard hingezogen hatte. Seine Haare wurden schon grau. Er hatte tiefe Falten um Mund und Augen. Er trug Sakkos mit Cordflicken an den Ellbogen und braune Schuhe zur schwarzen Hose. Schlimmer noch, er hatte in dieser Beziehung die Macht, und nicht nur, weil er Lehrer war.

Einfach aufgrund der Tatsache, dass Bernard schon länger lebte als Kayla, war er schlauer als sie. In den achtundzwanzig Jahren, die sie trennten, hatte er mehr Lebenserfahrung gesammelt, mehr Beziehungen gehabt. Es musste sehr einfach für ihn gewesen sein, das aufsässige Mädchen zu verführen. Bernard war vermutlich der einzige Erwachsene in ihrem Leben, der Kayla in ihrem Verhalten ermutigte. Er hatte ihr das Gefühl gegeben, jemand Besonderes zu sein, als wäre er der einzige Mensch, der sie verstand. Alles, was er dafür als Gegenleistung wollte, war ihr Leben.

Mit vierzehn Jahren war Faith von einem Jungen, der drei Jahre älter war als sie, ähnlich ausgetrickst worden. Er hatte sie auf viele Arten kompromittiert, indem er ihr drohte, dass er, falls sie mit ihm Schluss machen sollte, ihren Eltern all die Dinge erzählen würde, die sie mit ihm gemacht hatte. Faith hatte sich immer tiefer hineingeritten, indem sie die Schule schwänzte, Hausarrest missachtete und permanent nach seiner Pfeife tanzte. Und dann war sie schwanger geworden, und er hatte sie weggeworfen wie Müll.

Die Besprechung war offensichtlich zu Ende, denn die Tür zum Konferenzsaal ging auf. Männer strömten heraus und blinzelten ins Sonnenlicht, das durch die Fenster fiel. Victor schien es zu überraschen, Faith hier zu sehen. Es gab einen Augenblick der Verlegenheit, als sie ihm die Hand entgegenstreckte und er sich zu ihr beugte, um sie auf die Wange zu küssen. Sie lachte nervös, weil sie das Gefühl hatte, in die Rolle, die sie jetzt spielen sollte, nicht so recht hineinzupassen.

»Ich bin aus beruflichen Gründen hier«, erklärte sie.

Er streckte die Hand aus als Aufforderung, ein Stück mit ihm zu gehen. »Ich habe zuvor die Nachricht erhalten, dass du angerufen hast. Ich hatte gehofft, dass es wegen eines Rendezvous wäre, aber ich habe trotzdem mit Chuck Wilson gesprochen.«

Wilson war der Wissenschaftler, der das graue Pulver analysierte, das Charlie Reed gefunden hatte. »Hat er schon irgendwas?«

»Tut mir leid, aber ich habe bis jetzt noch nichts von ihm gehört.« Er lächelte. »Ich habe ihm das Versprechen abgenommen, dass er sich noch heute darum kümmert.« Er lächelte erneut. »Wir könnten zum Mittagessen gehen und danach bei ihm vorbeischauen.«

»Schneller wäre besser. Kann man ihn anrufen?«

»Natürlich.«

Sie gingen eine kurze Treppe hinunter, und sie sagte zu ihm: »Ich muss auch mit einem eurer Studenten reden.«

»Mit welchem?«

Faith spielte mit dem Umschlag in ihrer Hand, den Bildern von Kayla und Bernard. »Tommy Albertson.«

»Da hast du Glück«, sagte Victor und schaute auf die Uhr. »Er wartet seit einer Stunde in meinem Büro auf mich.«

»Ist er in Schwierigkeiten?«

»Darum gings in der Besprechung.« Victor fasste sie am Arm und führte sie den Gang entlang. »Wir haben eben die Genehmigung erhalten, ein Ausschlussverfahren zu eröffnen.«

Die Mutter in Faith geriet bei dem Gedanken leicht in Panik. »Was hat er angestellt?«

»Eine ganze Reihe extrem dummer Streiche«, antwortete Victor. »Einer davon hatte die Zerstörung von Schuleigentum zur Folge.«

»Was für Eigentum?«

»Gestern Nacht hatte er die Toiletten in seinem Wohnheim verstopft. Wir glauben, mit Socken.«

»Socken?«, fragte Faith. »Warum sollte er das tun?«

»Ich frage mich schon längst nicht mehr, warum Jungs irgendetwas tun«, bemerkte Victor. »Ich bedaure nur, dass ich nicht derjenige sein werde, der ihm sagen darf, dass er hier nicht mehr dazugehört.«

»Warum nicht?«

»Er bekommt die Gelegenheit, vor dem Ausschlusskomitee aufzutreten und seinen Fall zu erklären. Ich bin ein wenig besorgt, weil in diesem Komitee einige Gleichgesinnte sitzen. Es besteht aus Graduierten des Tech, von denen die meisten in ihrer Zeit auf dem Campus auch einiges an Verrücktheiten aufgeführt haben, von denen aber auch die meisten in ihren Fächern glänzende Karrieren gemacht haben.«

Victor griff um sie herum und öffnete die Tür mit der Aufschrift »Dekan des Studentenbüros.« Sein Name stand in goldenen Lettern unter dem Titel, und Faith spürte einen schockierenden Kick bei diesem Anblick. Ihre spärlichen Rendezvous hatte sie normalerweise mit Männern, deren Titel eher allgemeine Berufsbezeichnungen waren: Klempner, Mechaniker, Polizist, Polizist, Polizist.

»Marty«, sagte Victor zu der Frau hinter dem Schreibtisch, »das ist Faith Mitchell.« Er lächelte Faith an. »Faith, das ist Marty. Sie arbeitet seit fast zwölf Jahren für mich.«

Die Frauen tauschten Höflichkeiten aus, aber jede spürte, dass die andere sie abschätzte.

Victor schaltete auf seine offizielle Funktion um, als er nun zu Faith sagte: »Detective Mitchell, Mr. Albertson ist ein neunzehnjähriger Erwachsener, also brauchen Sie meine Erlaubnis nicht, um mit ihm zu sprechen. Sie sind herzlich eingeladen, mein Büro zu benutzen.«

»Vielen Dank.« Faith klemmte sich den Umschlag unter den Arm und ging zu einer weiteren Tür mit Victors Namen darauf.

Ihr erster Gedanke beim Eintreten war, dass das Büro nach Victors Rasierwasser roch und genauso männlich und attraktiv wirkte wie er selbst. Es war ein großer Raum mit einer Fensterreihe, die auf den Expressway hinausführte. Sein Tisch war ein Chromsockel mit Glasplatte. Die Sessel waren niedrig, sahen aber sehr bequem aus. Die Couch in der Ecke war ein sehr modernes Stück aus schwarzem Leder, und nur der junge Mann, der darauf saß, störte den Anblick.

»Was wollen Sie denn hier?«, wollte Tommy Albertson wissen.

»Ich bin hier, um dir bei deiner Trauerarbeit zu helfen. Offensichtlich hat dich das, was in den letzten Tagen in deinem Wohnheim passiert ist, so durcheinandergebracht, dass du die Kontrolle verloren hast.«

Der große Leuchtkörper über seinem Kopf flackerte kurz, bevor er ansprang. »Ja«, sagte er. »Ich mache mir ziemliche Sorgen wegen Gabe.«

»Weißt du, ob er eine Waffe hat?«

»Diese Frage habe ich doch bereits beantwortet«, erwiderte er. »Nein, ich weiß nicht, ob er eine Waffe hat. Ich wusste nicht, dass er deprimiert war. Dieses Mädchen habe ich nie kennengelernt. Beide nicht. Ich habe mich einfach bedeckt gehalten, wissen Sie! Habe mich nirgendwo eingemischt.«

»Ist das der Grund, warum du in Dekan Mitchells Büro sitzt, obwohl du im Unterricht sein solltest?«

»Das ist alles nur ein großes Missverständnis«, erwiderte er mit einem Achselzucken.

Sie setzte sich in einen der Sessel gegenüber der Couch. »Du bist hier in großen Schwierigkeiten, Tommy.«

»Das kommt schon alles in Ordnung«, versicherte er ihr. »Mein Dad ist unterwegs hierher, um die Sache zu klären.«

»Da gibts aber ziemlich viel zu klären, wenn man bedenkt, dass du Schuleigentum beschädigt hast.«

Er zuckte wieder die Achseln. »Ich werde es bezahlen.«

»Du? Oder dein Dad?«

Noch einmal zuckte er die Achseln. »Was macht das aus? Er macht eine Spende oder kauft ein paar Footballtrikots, und dann ist die Sache vorbei. Außerdem, wissen Sie, wie Sie gesagt haben – ich hatte die Kontrolle verloren.« Er grinste. »Ich bin wirklich bestürzt wegen Adam, und dann finde ich heraus, dass mein Kumpel depressiv ist und die Schule verlässt? Mann, das ist einfach zu viel.«

Faith biss die Zähne zusammen. Sie wollte ihn nicht spüren lassen, dass er sie aufregte. Sie öffnete den Umschlag und zeigte ihm das Foto von Evan Bernard. »Hast du diesen Mann schon einmal gesehen?«

Der Junge zuckte die Achseln.

»Tommy, schau dir das Foto an.«

Nun setzte er sich endlich auf und schaute sich das Foto von Evan Bernard an.

Faith fragte: »Hast du ihn schon einmal gesehen?«

Albertson schaute zu ihr hoch, dann wieder auf das Foto. »Vielleicht. Ich weiß es nicht.«

Noch nie in ihrem Leben hatte sie so verzweifelt die Wahrheit aus jemandem herausprügeln wollen. »Was jetzt?«

»Ich sagte, ich weiß es nicht.«

Sie behielt das Bild in der Hand. »Du musst dir das wirklich gut anschauen, Tommy. Das ist wichtig. Kommt dir dieser Mann bekannt vor?«

Er seufzte verärgert. »Glaub schon. War er im Fernsehen oder so was?«

»Nein. Wenn, dann hast du ihn hier auf dem Campus gesehen. Vielleicht mit Adam oder mit Gabe?«

Albertson nahm ihr das Foto ab, hielt es in die Höhe und betrachtete das Gesicht. »Ich weiß nicht, wo ich ihn gesehen habe, aber er kommt mir bekannt vor.«

»Kannst du mal darüber nachdenken?«

»Klar.« Er gab ihr das Foto zurück und lümmelte sich wieder auf die Couch.

Faith konnte ihre Verärgerung nicht mehr verbergen. *»Jetzt, Tommy. Kannst du jetzt darüber nachdenken?«*

»Bin ja grad dabei«, blaffte er. »Ich sagte ja schon, er kommt mir bekannt vor, aber ich weiß nicht, wo ich ihn gesehen habe. Er erinnert mich irgendwie an Han Solo. Vielleicht erkenne ich ihn ja deshalb wieder.«

Faith steckte das Foto wieder in den Umschlag und dachte, dass sie noch eher wie Harrison Ford aussehe als Bernard Evans. »Was ist mit ihr?«

Albertson musste man nicht lange bitten, um sich das Foto von Kayla Alexander anzuschauen. »Mann, die ist verdammt scharf.« Er kniff die Augen zusammen. »Das ist das Mädchen, das umgekommen ist, nicht?«

Faith wusste, dass Kaylas Foto in den letzten drei Tagen überall im Fernsehen zu sehen gewesen war.

Stirnrunzelnd hielt er ihr das Foto wieder hin. »Mann, das ist krank, scharf zu werden auf ein totes Mädchen.« Als Faith das Bild nicht zurücknahm, legte er es mit säuerlich verzogenem Mund wieder auf den Tisch.

»Du hast sie noch nie gesehen?«, fragte Faith und steckte das Foto wieder in den Umschlag.

Er schüttelte den Kopf.

»Vielen Dank, Tommy. Du warst mir eine große Hilfe.«

»Ich kann Sie ja anrufen, wenn mir noch irgendwas einfällt.« Er lächelte auf eine Art, die er wohl für charmant hielt. »Vielleicht können Sie mir ja Ihre Privatnummer geben?«

Faith biss sich auf die Unterlippe, damit sie ihn nicht anblaffte. Sein Mangel an Mitgefühl war ekelhaft. Sie wollte ihn daran erinnern, dass Emma Campano noch immer vermisst wurde – und vielleicht tot war –, dass ein Junge, der in seinem Alter und in seiner Schule war, jemand, der gerade mal drei Meter von ihm entfernt geschlafen hatte, brutal ermordet worden und der Mörder noch immer auf freiem Fuß war. Stattdessen drehte sie sich um, ging durchs Zimmer und zog die Tür sanft hinter sich zu, um ihm diese Befriedigung nicht zu geben.

Draußen legte sie die Hand an die geschlossene Tür und wartete einen Augenblick, um sich zu beruhigen. Victor und seine Sekretärin schauten sie erwartungsvoll an. Sie wollte über den Jungen schimpfen, ihn verfluchen, weil er so ein herzloser Mistkerl war, aber sie tat es nicht. Es war noch zu früh in ihrer Beziehung, um Victor ihre zickige Seite zu zeigen.

»Und?« Er stand da mit den Händen in den Taschen und seinem gewohnten Lächeln im Gesicht.

»Reine Zeitverschwendung«, antwortete sie. Dann fiel ihr etwas ein. »Wurde sein Zimmer durchsucht?«

»Wonach?«

Faith hatte es damals für unbedeutend gehalten, aber jetzt sagte sie: »Nach dem Gras, das ich in seiner Sockenschublade fand, als ich gestern Abend Gabes Sachen durchsuchte.«

Victors Lächeln wurde breiter. »Marty, können Sie unseren Sicherheitsdienst das überprüfen lassen?«

»Natürlich.« Die Sekretärin griff zum Telefon und warf Faith einen zustimmenden Blick zu.

Victor sagte zu Faith: »Bei Drogen sind wir sehr streng. Automatischer Schulausschluss.«

»Ich glaube, das ist die beste Nachricht, die ich den ganzen Tag gehört habe.«

»Hier ist noch eine: Chuck Wilson hat zurückgerufen. Er sagt, er ist sich ziemlich sicher, worum es sich bei der Substanz handelt. Er ist gleich über der Straße im Varsity, falls Sie hinübergehen und sich mit ihm treffen wollen.«

Faith spürte, wie ihr die Hitze ins Gesicht stieg. Sie hatte das gestohlene Indiz völlig verdrängt, als etwas Ungreifbares betrachtet, aber jetzt musste sie sich dem, was sie getan hatte, stellen.

»Faith?«

»Großartig.« Sie zwang sich zu einem Lächeln.

Er öffnete seine Bürotür. »Sind Sie sicher, dass Sie nicht doch schnell einen Happen essen wollen? Ich weiß, Fast Food ist nicht sehr romantisch ...«

Wenn Victor ihre zickige Seite schon nicht sehen sollte, dann wollte er ihr sicher auch nicht zusehen, wie sie ein Chili-Steak verschlang und nebenbei auf einen PC linste. »Vielen Dank für die Einladung, aber ich muss mich mit meinem Partner treffen.«

»Wie läuft's?«, fragte Victor, während er sie in die Lobby und nach draußen begleitete. »Schon Glück gehabt?«

»Ein bisschen«, antwortete sie, ging aber nicht näher darauf ein. Bernards Verhaftung war keine Großtat, solange sie noch immer nicht wussten, wo Emma Campano war.

»Das muss schwer für dich sein«, sagte er und kniff gegen die Sonne die Augen zu, als sie am Footballstadion vorbeikamen. Gegenüber lagen große Backsteingebäude, weitere Studentenwohnheime.

»Das Nichtwissen ist schwer«, gab sie zu. »Ich muss immer an das Mädchen denken und daran, wie sich ihre Eltern fühlen.«

Er deutete auf eine Einbahnstraße, die rechts abzweigte, und redete weiter. »Ich habe im Lauf der Jahre mit vielen Studentenproblemen zu tun gehabt, aber noch nie mit so etwas. Der ganze Campus ist angespannt. Ich kann mir gar nicht vorstellen, wie es in dieser Mädchenschule ist. Wir haben auch schon Studenten verloren, aber noch nie durch Gewalttaten.«

Faith schwieg und lauschte dem beruhigenden Klang seiner Stimme.

»Hier entlang«, sagte Victor und deutete auf eine Stelle, wo der Bürgersteig sich verengte. Ein hohes Eisengeländer führte vom linken Rand des Bürgersteigs nach unten.

Faith blieb stehen. Sie waren ungefähr zwei Blocks von der North Avenue Bridge entfernt, die die I-75 überquerte und zum Varsity führte. »Was ist das?«

»Du hast die Unterführung noch nie benutzt?«, fragte Victor. Sie schüttelte den Kopf, und er erklärte: »Es ist eine Abkürzung unter der Interstate hindurch. Mitten in der Nacht würde ich sie nicht benutzen, aber jetzt ist es völlig sicher.« Er nahm ihre Hand, wie um sie zu beruhigen – als hätte sie nicht eine Waffe an der Hüfte und die Fähigkeit, sie auch einzusetzen.

Im Gehen spielte er weiter den Fremdenführer. »Das Varsity wurde von einem Tech-Studenten namens Frank Gordy gegründet. Er machte es vorwiegend deshalb auf, um das College zu beliefern, aber das hat sich im Lauf der Jahre verändert. Wir versuchen, unsere Studenten nicht wissen zu lassen, dass er 1925 von der Schule abging, um das Restaurant zu eröffnen. Bei Vorbildern wie Steve Jobs und Bill Gates ist es schwierig genug, die Technikstudenten davon zu überzeugen, dass es tatsächlich einen Grund gibt, den Abschluss zu machen.«

»Du weißt, dass ich dazu nichts sagen kann«, bemerkte Faith. Sie hatte ihm gestern Abend erzählt, dass sie ein Jahr vor ihrem Abschluss das College abgebrochen hatte. Jeremy hatte ihre Liebe zur Mathematik geerbt, und zu sehen, dass er seinen Abschluss schaffte, reichte ihr völlig.

Victor erinnerte sie: »Das Tech hat ein wunderbares Erwachsenenbildungsprogramm.«

»Ich werde es mir merken«, antwortete sie, um ihn bei Laune zu halten. Man brauchte keine Trigonometrie, um einen Penner wegen Alkoholkonsums in der Öffentlichkeit zu verhaften.

Sie waren jetzt in der Unterführung. Über sich konnte Faith das Rattern des Durchgangsverkehrs hören. Sie fragte sich, wie viel Tech-Ingenieure bei diesem Highway-Projekt mitgearbeitet hatten und ob die Stadtplaner von dem geheimen Durchgang wussten oder nicht. Die Unterführung war groß, etwa vier Meter breit und mindestens zwanzig Meter lang. Die Decke war niedrig, und obwohl Faith normalerweise nicht zu Platzangst neigte, fühlte sie sich ein wenig klaustrophobisch.

Victor erzählte weiter: »Ich bin mir sicher, du weißt, dass das Varsity das größte Fast-Food-Drive-in-Restaurant der Welt ist. Es erstreckt sich über zwei Blocks. Diese Unterführung kommt an der Nordseite des Gebäudes an der Third Street heraus.«

»Als Jeremy den Campus hier besuchte, haben wir diesen Teil der Tour gar nicht gemacht.«

»Das ist ein gut gehütetes Geheimnis. Du solltest die Unterführung mal bei Footballspielen sehen. Da stehen sie von einer Wand zur anderen.«

Faith merkte, dass sie schwitzte, obwohl es hier unten kühler war. Ihr Herz fing ohne Grund an zu hämmern, und die Treppe am Tunnelende schien in immer weitere Ferne zu rücken.

»Hey.« Er klang besorgt. »Alles okay mit dir?«

Sie nickte und kam sich blöd vor. »Es ist nur …« Sie merkte, dass sie den Umschlag krampfhaft umklammert hatte, und zog die Fotos heraus, um nachzusehen, ob sie sie zerdrückt hatte. Als sie Victor ansah, spürte sie die Panik zurückkehren. Sein Gesicht war hart, wütend.

Er starrte sie an, seine Wut war fast greifbar. »Was machst du mit Bildern von Evan Bernard?«

»Woher kennst du …«

Er trat einen schnellen Schritt auf sie zu und packte sie am rechten Arm. Sein Griff war sehr fest. Er war Linkshänder. Warum war ihr das nicht schon früher aufgefallen?

»Victor …«, hauchte sie, und jetzt übermannte sie die Panik endgültig.

»Sag mir, was du weißt«, verlangte er. »Sag es mir jetzt sofort.«

Faith spürte, wie ihr rechter Arm in seinem Griff taub wurde. »Wovon redest du?«, fragte sie, und ihr Herz hämmerte so heftig, dass es schmerzte.

Er bedrängte sie weiter. »War das so eine Art Falle?«

»Um dich bei was zu ertappen?«

»Ich habe keine Verbindung zu diesem Mann. Das kannst du ihnen sagen.«

»Du tust mir weh.«

Victor ließ sie los. Er schaute auf ihren nackten Arm hinunter, die Druckstellen, die er hinterlassen hatte. »Tut mir leid«, sagte er und trat wieder ein paar Schritte zurück. Er strich sich mit den Fingern durch die Haare und ging nervös hin und her. »Ich kenne Evan Bernard nicht. Ich hatte keine Ahnung, was er tat. Ich habe ihn nie mit Studenten und noch nie auf dem Campus gesehen.«

Sie rieb sich den Arm. »Victor, von was, zum Teufel, redest du?«

Victor steckte die Hände in die Taschen und wippte auf den Fußballen. »Sag mir nur eins, Faith. Bedeutet dir unsere Beziehung irgendwas, oder ermittelst du nur gegen mich?«

»Wegen was? Was hast du getan?«

»Ich habe rein gar nichts getan. Das versuche ich dir ja gerade zu sagen.« Er schüttelte den Kopf. »Ich habe dich wirklich gemocht, aber das war alles nur eine Art Spiel, nicht?«

»Spiel?«, wiederholte sie. »Seit drei Tagen versuche ich, das kranke Arschloch zu finden, das Leute umgebracht und ein Mädchen entführt hat, um ihr wer weiß was anzutun. Glaubst du, das ist nur eine Art Spiel?«

»Faith ...«

»Nein«, blaffte sie. »Du klingst hier im Augenblick nicht wie der Vernünftige. Sag mir genau, was los ist, Victor, und fange mit deiner Beziehung zu Evan Bernard an.«

»Er war über zwanzig Jahre lang Teilzeittutor. In den Geisteswissenschaften sind unsere Studenten nicht gerade versiert, und er hat ihnen quasi Nachhilfe gegeben.«

»Gehörte auch Adam Humphrey zu seinen Studenten?«

»Nein, wir mussten Bernard letztes Jahr entlassen. Im letzten Sommerhalbjahr gab er Förderunterricht. Wir fanden heraus, dass er eine Affäre mit einer Studentin hatte. Mit mehreren Studentinnen. Er hat uns – vor allem mich – wegen unrechtmäßiger Kündigung verklagt.«

»Warum dich persönlich?«

»Weil das Programm zu meinem Zuständigkeitsbereich gehörte. Bernard verklagte jeden, der auch nur entfernt mit diesem Förderprogramm zu tun hatte. Er hat seine staatliche Pension, seine Zuschläge und seinen Rentenanspruch verloren.«

»Es ist für einen Lehrer illegal, Sex mit Studentinnen zu haben.«

»Nur, wenn man ihn in flagranti ertappt«, entgegnete Victor angewidert. »Keines der Mädchen wollte gegen ihn aussagen.«

»Wie habt ihr es dann herausgefunden?«

»Eine Studentin meldete sich. Er war ziemlich grob mit ihr umgesprungen. Es kam wohl zu einem Streit, und sie wurde verletzt. Sie kam aber erst ein paar Wochen später zu uns. Ich wollte sie überreden, zur Polizei zu gehen, aber sie wollte nicht. Sein Wort gegen ihrs, okay? Sie hatte Angst, von den Medien vorgeführt zu werden. Und sie hatte Angst, auf dem Campus geächtet zu werden.« Er presste die Lippen zu einem dünnen Strich zusammen. »Es ist abscheulich genug, dass so etwas passiert ist, aber dass er uns verklagt …«

»Warum gelangte das nie an die Öffentlichkeit?«

»Weil er Geld will, keine Schlagzeilen, und die Universität wird mit Sicherheit nicht CNN anrufen und denen die Story servieren. Es geht nur um Geld, Faith. Darum geht es letztendlich immer.« Er wischte sich mit dem Handrücken über den Mund.

»Er unterrichtet an einer Highschool. Habt ihr das gewusst?«

»Die Anwälte rieten uns, nicht mit der Schule in Kontakt zu treten. Er könnte uns wegen Verleumdung verklagen.«

»Die Wahrheit zu sagen ist keine Verleumdung.«

»Das ist eine ziemlich hochmütige Haltung, wenn man fünf-zigtausend Dollar in die Hand nehmen muss, um sich gegen ei-nen Mistkerl zu verteidigen, den man nie persönlich kennen-gelernt hat.« Er verschränkte die Arme vor der Brust. »Tut mir leid, Faith. Ich habe die Fotos gesehen und gedacht, sie haben dich geschickt, um mich dranzukriegen.«

»Das ist kein Kriminalfall.«

»Das weiß ich«, sagte er. »Ich bin nur so …« Er schüttelte den Kopf und überließ es ihr, den Satz zu beenden. »Ich bin para-noid. Ich habe verdammt hart gearbeitet, um so weit zu kom-men, wie ich jetzt bin, und ich will meinen Job und mein Haus nicht verlieren wegen eines Arschlochs, das seinen Schwanz nicht in der Hose behalten kann.« Er schüttelte noch einmal den Kopf. »Tut mir leid. Ich sollte nicht so reden. Ich hätte dich auch nicht packen sollen. Ich stehe unter einem enormen Stress, aber das ist keine Entschuldigung. Ich weiß das.«

»Warum hast du mir das nicht schon früher erzählt? Wir ha-ben fast die ganze Nacht über alles Mögliche geredet, nur da-rüber nicht.«

»Aus dem gleichen Grund, weshalb du nicht über deinen Fall reden wolltest. Es war schön, mit einem menschlichen Wesen einfach über normale Sachen zu reden. Ich wollte nur jemanden, der mich als Victor, den netten Kerl, sieht, nicht als Verwal-tungsbeamten, der verklagt wird, weil es in seinem Verantwor-tungsbereich Übergriffe auf Studentinnen gab.«

Faith stemmte die Hände in die Taille, Frustration kochte in ihr hoch. Emma Campano war von einem Verrückten entführt worden. Wie viele Leute waren noch untätig geblieben, wäh-rend das Mädchen brutal misshandelt und ihre Freunde ermor-det wurden? »Du hast ja keine Ahnung, was du getan hast.« Er versuchte, etwas zu erwidern, doch sie schüttelte den Kopf. »Dieser Mann könnte mit meinem Fall zu tun haben, Victor. Er schlief mit dem Mädchen, das umkam. Sein Sperma wurde in ihrer Leiche gefunden.«

Er öffnete schockiert den Mund. »Was sagst du da?«

»Dass Evan Bernard in unserem Fall ein Verdächtiger ist.«

»Er hat dieses Mädchen entführt? Er hat die anderen getötet ...« Victor schien ehrlich entsetzt über diesen Gedanken.

Sie war so wütend, dass ihr die Tränen in die Augen traten. »Wir wissen es nicht, aber wenn du mir diese Informationen schon vor zwei Tagen gegeben hättest, dann hättest du vielleicht einem anderen Mädchen ersparen können ...«

Schritte hallten durch die Unterführung. Faith schirmte die Augen gegen das grelle Neonlicht ab und sah eine rundliche Gestalt auf sie zukommen. Als der Mann näher kam, sah sie, dass er Shorts, ein T-Shirt und einen Labormantel mit Ketchupflecken trug.

»Chuck«, sagte Victor mit etwas angespannter Stimme, weil er seine Fassung erst wiederfinden musste. Er streckte die Hand nach Faith aus, doch sie wich zurück. Dennoch schaffte er es, die beiden vorzustellen. »Das ist Faith Mitchell. Wir wollten eben zu Ihnen.«

Anstelle einer Begrüßung sagte Chuck: »Shotcrete.«

Faith fragte: »Wie bitte?«

»Ihr graues Pulver ist Shotcrete. Das ist ein hochverdichteter Beton, der mit Titanfasern verstärkt ist.«

»Wofür wird es benutzt?«

»Zur Sicherung von Mauern, Weinkellern, Skateboard-Bahnen, Schwimmbecken.« Er schaute sich um. »Tunneln.«

»Wie der hier?«

»Das Baby hier ist alt«, sagte er und klopfte an die niedere Decke. »Außerdem habe ich Granit in der Mischung gefunden.«

»Wie der Stone Mountain?«, fragte sie und meinte damit einen Berg ein paar Meilen außerhalb der Stadt.

»Dieser spezielle Granit ist bekannt für seine Ansammlungen von Turmalin, die in anderen Granitarten nicht vorkommen. Ich bin kein Spezialist für Eruptivgestein, aber ich würde sagen, das ist unser zuverlässiges dreihundert Millionen Jahre altes Atlanta-Muttergestein.«

Sie versuchte, ihn zum Kernpunkt zurückzuführen. »Dann stammt es also aus einem Tunnel in der Stadt.«

»Ich würde sagen, von einer Baustelle.«

»Was für eine Art von Baustelle?«

»So ziemlich jede. Shotcrete wird auf Wände und Decken gesprüht, um das Erdreich zurückzuhalten.«

»Wird es auch beim Kanalbau benutzt, um die Leitungen unter der Straße zu verstärken?«

»Fast ausschließlich. Tatsächlich …«

Er sagte noch mehr, aber Faith rannte zu schnell, um ihn noch zu hören.

18. KAPITEL

Will wiederholte seine Frage. »Wie sieht dieses Betonpulver aus?«

»Wie man es erwarten würde«, antwortete Petty und deutete zur Glastür, durch die Will eben gekommen war.

Jetzt sah er es auch. Hellgraue Fußabdrücke auf dem blauen Teppich. Will schaute sich in dem Raum um, sah die hektisch arbeitenden Kopierer und das leere Schaufenster. Jeder, der im Copy Right oder im Parkhaus gewesen war, hätte durch den Betonstaub laufen und ihn irgendwo wieder abtreten können, aber nur einer davon hatte ein Messer in der Hand, das dem entsprach, mit dem Kayla Alexander und Adam Humphrey ermordet worden waren.

Er fragte Petty: »Sind Sie der Einzige hier?«

Der Mann nickte, während er einen Bissen Steak kaute. »Warren sollte bald zurück sein. Er macht gerade eine Auslieferung.«

»Er hat einen Transporter?«

»Nein, ist nur ein Stückchen die Straße runter. Manchmal liefern wir zu Fuß aus. Ist 'ne Abwechslung zur Eintönigkeit hier drinnen.«

Draußen sprang ein Presslufthammer an, und die Vibrationen waren so stark, dass Will den Boden unter seinen Füßen zittern spürte.

Will musste die Stimme heben, um zu fragen: »Liefern Sie auch aus?«

Petty zuckte die Achseln. »Manchmal.«

»Was?«, fragte Will, obwohl er den Mann durchaus verstanden hatte. »Ich kann Sie wegen des Presslufthammers nicht hören.«

»Ich sagte, manchmal.«

Will schüttelte den Kopf, tat so, als hätte er noch immer nicht verstanden. Das hier würde nicht so laufen wie bei Evan Bernard. Will würde dieses Gebäude nicht ohne einen Verdächtigen in Handschellen und ohne solide Argumente für die Verhaftung verlassen. Petty hatte das Messer, er hatte die Gelegenheit, und er hatte mit Sicherheit ein Motiv – gab es eine bessere Möglichkeit, seine glänzende Karriere im Copy Right zu beenden, als sich mit einer Million kalter, harter Dollar in der Tasche ins Privatleben zurückzuziehen? Und dabei noch Emma Campano in den Händen zu haben, wäre das Sahnehäubchen auf der Torte.

Doch reichte das? War dieser armselige Kiffer wirklich ein Mann, der ein Mädchen erschlagen und ein anderes um des Vergnügens willen verschleppen konnte? Faith hatte gesagt, sie wäre die Herrscherin der Welt, wenn sie einen Mörder aus hundert Schritt Entfernung erkennen könnte. War Lionel Petty ein Mörder, oder war er nur in etwas Schlimmes hineingeraten – zur falschen Zeit am falschen Ort?

So oder so, Will wollte Petty vom Ausgang weg und in einen abgeschlossenen Raum bekommen, in dem er mit ihm reden konnte. Vor allem wollte er, dass er das Messer weglegte.

Er sagte: »Ich kann Sie noch immer nicht verstehen.«

Petty machte sich den Spaß, mit den Händen vor dem Mund einen Trichter zu formen. »Manchmal liefere ich auch aus.«

Will wusste, dass das Büro im Hinterzimmer war. Er schrie Petty zu: »Ich muss sehen, an wen Sie liefern.«

Petty nickte, legte das Messer weg und stand auf. Er wollte sich eben in Bewegung setzen, überlegte es sich aber dann noch einmal anders. Will griff an sein Halfter, als die Finger des Mannes sich auf das Messer zubewegten, aber Petty nahm sich nur eine Handvoll Fritten. Er aß sie, während er Will zum Hinterzimmer führte. An der Tür zum Büro zog er einen Schlüsselring heraus.

Will fragte: »Lässt Warren die Schlüssel immer bei Ihnen?«

»Nie, Mann.« Er steckte einen Schlüssel ins Schloss, öffnete die Tür und setzte sich hinter den Schreibtisch. In dem kleinen Zimmer war der Lärm etwas gedämpfter, und Petty sprach mit normaler Lautstärke. »Warren hat die Schlüssel gestern Abend vergessen. Ich weiß nicht, was mit ihm los ist. Er vergisst dauernd irgendetwas.« Er öffnete eine Schreibtischschublade und durchsuchte die Ordner. »Ist irgendwie lustig, weil er es wirklich hasst, wenn jemand Mist baut.«

Will stand in der Tür, der kühle Luftzug von der Klimaanlage trocknete ihm den Schweiß auf dem Rücken, sodass Weste und Hemd aneinanderklebten. Er lehnte sich an den Türrahmen, griff nach hinten und spürte, dass seine Waffe sicher im Halfter steckte.

Petty murmelte in sich hinein, während er die Unterlagen durchsuchte. »Tut mir leid, Mann, Warren hat sein ganz eigenes Ablagesystem.«

»Lassen Sie sich Zeit«, sagte Will. Er schaute sich die CDs an, die auf Regalbrettern die Wände säumten, sah, dass die farblich unterschiedlichen Schutzhüllen in einer ganz speziellen Reihenfolge angeordnet waren. Das erinnerte ihn an seine eigene CD-Sammlung zu Hause, daran, dass er ein spezielles Album nicht anhand der Beschriftung identifizierte, sondern anhand der Farbe, der Logos der Plattenfirmen, der grafischen Gestaltung.

Will spürte ein Prickeln sein Rückgrat hochwandern.

»Was ist mit den Kundendaten auf den Regalen? Hat Warren auch für die ein System?«

»Die CDs?« Petty lachte. »Scheiße, Mann, ich habe wirklich keine Ahnung, wie er die archiviert. Ich darf sie ja nicht einmal *berühren*.«

»Aber Warren weiß, wo alles ist, richtig?«

»Er findet alles mit geschlossenen Augen.«

Will bezweifelte das. Warren orientierte sich an den Farben und Mustern, um etwas zu finden. »Waren Sie an dem Tag, als Emma entführt wurde, hier bei der Arbeit?«

»Ich hatte mich krankgemeldet. Totale Kopfschmerzen.«

»Ist Warren Linkshänder?«

Als Antwort hielt Petty eine Hand in die Höhe. Will konnte nicht sagen, welche es war; es fiel seinem Gehirn schwer, zwischen links und rechts zu unterscheiden.

»Da haben wir's ja«, sagte Petty und zog einen Ordner heraus. »Ignorieren Sie die Tippfehler. Warren ist ein totaler Spinner. Er kann überhaupt nicht richtig schreiben, aber er will's nicht zugeben.«

»Was meinen Sie damit?«, fragte Will, obwohl er die Antwort bereits kannte. Warren farbcodierte die CDs, denn er verließ sich auf visuelle Signale, wenn er etwas suchte. Den Beweis dafür hatte Will schon vor Augen gehabt, als er zum ersten Mal ins Büro des Managers kam, um sich die Überwachungsbänder anzuschauen. Warren benutzte das Farbcodierungssystem aus demselben Grund wie Will: Er konnte nicht lesen.

Petty sagte: »Warren ist meistens völlig okay, aber er will einfach nicht zugeben, dass er bei irgendwas einen Fehler machen könnte. Es ist hier fast so, als würde man im verdammten Weißen Haus arbeiten.«

»Ich meinte die Schreibfehler. Sie haben gesagt, er kann nicht rechtschreiben. Was meinen Sie damit?«

Petty zuckte die Achseln und gab ihm ein Blatt Papier. »So wie das da, Mann. Ich meine, das ist doch so, als wäre er noch im Kindergarten, oder?«

Will betrachtete das Blatt. Sein Magen drehte sich um. Er sah nur Zeilen.

»Warten Sie, ich zeige Ihnen was.« Petty zog eine andere Schublade auf, und zwischen den Hängeordnern sah Will mehrere Messer der Art, wie Petty eins in der Hand gehabt hatte.

»Woher haben Sie die?«

Petty bückte sich tief und schob die Hand bis in den hinteren Teil der Schublade. »Na ja, aus dem Café ein Stückchen weiter unten. Werden Sie uns anzeigen?«

»Warren stiehlt sie also?«

»Tun wir beide, Mann. Die Steakery gibt uns nur diese billigen Plastikmesser.« Als er sich aufsetzte, hatte er ein Buch auf dem Schoß. »Ich bringe sie zurück, Mann. Ich weiß, dass es Diebstahl ist.«

Will deutete auf das Buch. »Geben Sie mir das.«

Petty gab es ihm. »Das ist erbärmlich, Mann. Er tut immer so, als wäre er perfekt, als wäre er ein mentales Genie, und dann schmuggelt er so was hier rein? Klassisch Warren. Was für ein Loser.«

Will starrte das Deckblatt an. Den Titel konnte er nicht lesen, aber die vielfarbigen Dreiecke und Quadrate erkannte er sofort. Evan Bernard hatte ihm heute Morgen ein ähnliches Buch gezeigt. Es war das Lehrbuch, das auch Emma Campano benutzt hatte.

»Schlagen Sie's auf«, sagte Petty. »›Peter isst einen Apfel.‹ ›Mary spielt mit der Puppe.‹ Ich meine, das ist doch wie ein Buch für zurückgebliebene Einjährige. Das kapier ich einfach nicht.«

Will schlug das Buch auf. »Woher hat er das?«

Petty zuckte die Achseln und lehnte sich zurück. »Wenn mir langweilig wird, stöbere ich manchmal in seinen Sachen. Vor ein oder zwei Wochen habe ich es dann versteckt ganz hinten in der Schublade gefunden.«

Er schien sich der schlechten Angewohnheit nicht zu schämen, aber quasi als Rechtfertigung lieferte er eine weitere Information. »Warren muss jede Woche einen Bericht an den Konzern liefern. Ich gehe an seinen Computer und lasse die Berichte so aussehen, als wären sie nicht von einem Idioten gemacht.«

»Eine Rechtschreibprüfung benutzt er nicht?«

»Mann, die Rechtschreibprüfung ist nicht gerade Warrens Freund.«

Auf dem Schreibtisch stand kein Computer. »Wo ist sein Computer?«

»Früher hat er ihn hier gelassen, aber in letzter Zeit trägt er ihn immer in seiner Aktentasche herum.« Er machte eine anzügliche Bewegung mit der hohlen Faust. »Zieht sich wahrscheinlich Pornos rein, die wir uns über WLAN im Café runterladen.«

»Was ist das für ein Computer?«

»Mac. Schickes Ding.«

»Hat er ein Auto?«

»Er geht zu Fuß.«

»Wohnt er in der Nähe?«

»Nicht weit weg. Er fährt mit MARTA.« Nun wurde Petty argwöhnisch. »Warum stellen Sie eigentlich all diese Fragen über Warren, Mann?«

Will blätterte in dem Buch. Es klappte genau in der Mitte auf, wo jemand eine laminierte Karte als Lesezeichen hineingesteckt hatte. Will schaute sich die Karte an und sah Adam Humphreys Foto.

Ein Summen war zu hören. Petty drehte sich zu den Sicherheitskameras um. Während er einen Knopf auf dem Schreibtisch drückte, sagte er: »Weil wir grad vom Teufel sprechen.«

Will sah auf dem Monitor, wie Warren Grier die Glastür zum Parkhaus aufdrückte.

»Bleiben Sie hier«, sagte er zu Petty. »Sperren Sie die Tür zu und rufen Sie 9-1-1 an. Sagen Sie, dass ein Beamter sofortige Unterstützung braucht.« Petty saß wie erstarrt auf seinem Stuhl, und Will sagte: »Das ist kein Witz, Lionel. Tun Sie es.«

Will zog die Tür hinter sich zu. Der Presslufthammer war verstummt, aber die Kopierer liefen noch, das Rauschen des Papierdurchlaufs summte in seinen Ohren. Will stand an der Ladentheke, als Warren durch die Vordertür eintrat. Der Mann trug sein blaues Copy-Right-Hemd und hatte eine abgenutzte, braune Aktentasche in der Hand.

Er war verständlicherweise besorgt, als er Will hinter der Ladentheke stehen sah. Warren fragte: »Wo ist Petty?«

»Toilette«, erwiderte Will. Warren stand auf der anderen Seite der Theke, nur wenige Schritte entfernt. Will hätte problemlos die Hand ausstrecken, ihn am Kragen packen und ihn über die Theke zerren können. »Ich habe versprochen, für ihn den Telefondienst zu machen.«

Warren warf einen schnellen Blick auf Warrens Mittagessen und das Messer. »Ist alles in Ordnung?«

»Ich bin hier, um Ihnen beiden ein paar Fotos zu zeigen.« Will griff in seine Jackentasche, zog die Jahrbuchseiten heraus und hoffte, dass man ihm nicht ansah, wie nervös er war. Er legte die Fotos so hin, dass Kayla obenauf lag und das Gesicht von Evan Bernard halb verdeckt unter ihr. »Hätten Sie was dagegen, diese Fotos für mich anzusehen?«

Langsam stellte Warren seine Aktentasche auf den Boden. Er starrte die Fotos eine gute Weile an, bevor er sie zu sich herzog. »Ich habe dieses Mädchen in den Nachrichten gesehen«, sagte er mit einer Stimme, die ein paar Nuancen höher war als normal. »Das ist die Kleine, die erstochen wurde, nicht?«

»Erschlagen«, korrigierte ihn Will und stützte sich auf die Theke, damit er näher an Warren dran war. »Jemand hat sie mit seinen Fäusten zu Tode geprügelt.«

Die Hand des jungen Mannes zitterte leicht, Zeichen einer Nervosität, die Will mit ihm teilte. Bernards Foto war noch immer sichtbar, und Warren bewegte die Finger, um es mit Kaylas Bild zu bedecken. »Ich dachte, sie wurde erstochen.«

»Nein«, sagte Will. »Der Junge wurde erstochen – nur ein Stich in die Brust, aber seine Lunge kollabierte.«

»Dann hat die Mutter ihn nicht umgebracht?«

»Nein«, log Will. »Er starb an der Messerwunde. Wir haben heute Morgen den Obduktionsbericht bekommen.« Dann fügte er hinzu: »Es ist eigentlich traurig. Ich glaube, er kam dem Täter einfach in die Quere. Ich glaube, derjenige, der ihn umbrachte, wollte ihn einfach von Emma fernhalten.«

Warren starrte weiter das Foto von Kayla Alexander an.

»Kayla wurde nicht vergewaltigt«, sagte Will nun zu ihm und versuchte, sich einen wütenden Warren Grier vorzustellen, wie er sich rittlings auf Kayla setzte und ihr das Messer immer und immer wieder in die Brust stieß. Adam Humphrey war der Nächste, ein einziger Stich in die Brust. Und dann Emma ... was hatte er Emma angetan?

Will sagte: »Wir glauben nicht, dass der Täter ein typischer Mörder ist.«

»Nicht?«

»Nein«, sagte Will. »Wir glauben, dass derjenige, der Kayla tötete, einfach nur wütend wurde. Vielleicht hatte sie etwas zu ihm gesagt, ihn dazu getrieben. Sie war kein sehr netter Mensch.«

»Ich ... äh ...« Noch immer starrte er das Foto an. »Das sieht man schon, wenn man sie nur anschaut.«

»Sie konnte sehr grausam sein.«

Er nickte.

»Dieser Mann hier«, sagte Will und breitete die Fotos so aus, dass Evan Bernard komplett zu sehen war. »Wir haben ihn wegen Vergewaltigung von Kayla Alexander verhaftet.«

Warren sagte nichts.

»Sein Sperma war in ihr. Offensichtlich hatte er Sex mit ihr, bevor sie zu Emma Campano ging.«

Warren hielt den Blick auf die Fotos gesenkt.

»Wir wollen sie einfach nur zurückhaben, Warren. Wir wollen Emma nur ihrer Familie zurückgeben.«

Er leckte sich die Lippen, sagte aber nichts.

»Ihre Mutter sieht genauso aus wie sie. Haben Sie ihr Bild in den Nachrichten gesehen?«

Warren nickte noch einmal.

»Abigail«, sagte Will. »Auf den Bildern ist sie sehr schön, finden Sie nicht auch? So wie Emma.«

Warren zuckte langsam die Achseln.

»So sieht sie jetzt allerdings nicht aus.« Will spürte die Anspannung zwischen ihnen fast so, als würde eine dritte Person dort stehen. »Sie kann nicht schlafen. Sie kann nichts essen. Sie weint die ganze Zeit. Als ihr bewusst wurde, dass Emma verschwunden war, musste man sie ruhigstellen. Wir mussten einen Arzt rufen, der ihr half.«

Warren sprach so leise, dass Will sich anstrengen musste, um ihn zu verstehen. »Was ist mit Kaylas Mom? Ist sie auch bestürzt?«

»Ja«, sagte Will. »Aber nicht so sehr. Sie hat begriffen, dass ihre Tochter kein sehr netter Mensch war. Ich glaube, sie ist erleichtert.«

»Was ist mit den Eltern des Jungen?«

»Sie sind aus Oregon. Sie kamen gestern Abend hierher, um seine Leiche abzuholen.«

»Haben sie sie mitgenommen?«

»Ja«, log Will. »Sie haben ihn mit nach Hause genommen, um ihn dort zu begraben.«

Warren überraschte Will mit der Bemerkung. »Ich hatte keine Eltern.«

Will zwang sich zu einem Lächeln, spürte aber, dass seine Lippen dabei zuckten. »Jeder hat Eltern.«

»Meine haben mich im Stich gelassen«, sagte Warren. »Ich habe gar niemanden.«

»Jeder hat irgendjemanden«, sagte Will.

Ohne Vorwarnung ließ Warren sich zu Boden fallen. Will beugte sich über die Theke und versuchte, ihn zu packen, aber er war nicht schnell genug. Warren lag flach auf dem Rücken und hatte einen kurzläufigen Revolver in der Hand. Die Mündung war nur Zentimeter von Wills Gesicht entfernt.

»Tun Sie das nicht«, sagte Will.

»Die Hände so, dass ich sie sehen kann«, befahl Warren und rappelte sich wieder hoch. »Ich habe noch nie eine Waffe benutzt, aber ich schätze, das ist egal, wenn man so nahe dran ist.«

Will richtete sich langsam auf und hielt die Hände in die Höhe. »Erzählen Sie mir, was passiert ist, Warren.«

»Sie werden sie nie finden.«

»Haben Sie sie umgebracht?«

»Ich liebe sie«, sagte Warren und trat einen Schritt zurück, hielt aber die Waffe auf Wills Brust gerichtet. »Ich habe sie geholt, weil ich sie liebe.«

»Evan wollte nur das Geld, nicht? Er brachte Sie dazu, Emma zu entführen, damit er kassieren konnte. Sie wollten das überhaupt nicht tun. Es war alles seine Idee.«

Warren antwortete nicht. Er machte einen weiteren Schritt auf den Gang zu, der zur Garage führte.

»Emma war gar nicht sein Typ, richtig? Er mag Mädchen wie Kayla, solche, die nicht so einfach zu haben sind.«

Warren bewegte sich weiter auf den Ausgang zu.

Nun stürzten Will die Sätze aus dem Mund. »Auch ich bin in einem Kinderheim aufgewachsen, Warren. Ich weiß, wie das an den Besuchstagen ist. Man sitzt da und wartet darauf, dass einen irgendjemand mitnimmt. Es geht nicht darum, einen Platz zum Leben zu haben, es geht darum, Menschen zu haben, die einen anschauen und wirklich sehen und wollen, dass man zu ihnen gehört. Ich weiß, dass Sie das so empfunden haben, als Sie Emma sahen, dass Sie wollten ...«

Warren hielt sich den Finger an die Lippen, so wie man ein Kind zum Schweigen bringt. Er machte noch einen Schritt, dann noch einen, und dann war er verschwunden.

Will sprang über die Theke. Als er im Gang war, sah er, dass Warren die Hintertür mit der Schulter aufstemmte. Er verfolgte den Mann, stürzte durch den Ausgang, und als er auf das Parkdeck rannte, sah er, dass Warren gegen einen leuchtend roten Mini knallte.

Will lief zum Auto, als Faith ausstieg. Warren war offensichtlich benommen, aber das Adrenalin weckte ihn, als er erkannte, dass Will näher kam. Er stellte einen Fuß auf die Stoßstange, stieß sich vom Auto ab und rannte auf die Straße zu.

»Das ist er!«, schrie Will Faith zu und sprang über den Mini. Er rannte auf die Straße, schaute sich hektisch nach Warren um, entdeckte den Mann einen Block weiter und rannte ihm mit pumpenden Armen und Beinen nach.

Die Nachmittagshitze war enorm und erstickte ihn beinahe, als er den jüngeren Mann verfolgte. Will atmete die heiße Luft und die Abgase tief in die Lunge ein. Schweiß lief ihm in die Augen. Im Augenwinkel sah Will einen verschwommenen roten Fleck und erkannte, dass es Faith in ihrem Auto war, die gegen die Verkehrsrichtung fuhr. Der Mini schwankte heftig, als er über die Stahlplatten auf der Straße holperte.

Auch Warren sah Faith. Er rannte von der Hauptstraße in eine der Nebenstraßen, die zum Ansley Park führten. Der jüngere Mann war schnell, aber Wills Schritte waren doppelt so lang wie seine. Er schaffte es, den Abstand zu verkürzen, als er ebenfalls in die Nebenstraße einbog. Auch als Warren in den Wald rannte, konnte Will Boden gutmachen. Er war schon immer ein Marathonläufer, kein Sprinter gewesen. Langstrecken waren seine Leidenschaft, und Ausdauer war das Einzige, was er zu einem Wettkampf beitragen konnte.

Warren war offensichtlich das genaue Gegenteil. Als er durch den dichten Baumbestand manövrieren musste, wurde er langsamer und der Abstand zwischen den beiden kleiner und kleiner. Der Mann schaute sich immer wieder um. Er atmete keuchend und mit weit geöffnetem Mund. Will war nur noch Zentimeter entfernt, dicht genug, um ihn am Kragen zu packen. Warren wusste das, spürte offensichtlich die Hitze im Nacken. Er tat das Einzige, was ihm noch sinnvoll erschien, und blieb unvermittelt stehen. Will war so schnell, dass er praktisch über Warrens Kopf segelte, als die beiden auf den Boden krachten.

Erde und Laub wirbelten hoch, als sie versuchten, sich aufzurichten. Will wollte sich abrollen, doch sein Fuß verfing sich in irgendetwas. Er versuchte hektisch, sich zu befreien, doch Warren nutzte seinen Vorteil, setzte sich rittlings auf ihn, richtete die Waffe auf Wills Gesicht und drückte ab.

Nichts passierte.

Er drückte noch einmal ab.

»Stopp!«, schrie Faith. Sie hatte es irgendwie geschafft, aufzuholen. Ihr Körper blockierte das Sonnenlicht, ihre Hände warfen einen Schatten auf Wills Gesicht. Ihre Waffe zielte genau zwischen Warrens Augen. »Fallen lassen, du Scheißkerl, sonst blase ich dir dein Hirn in die Peachtree zurück.«

Warren starrte zu ihr hoch. Will konnte die Augen des Mannes nicht sehen, aber er wusste, was Warren anglotzte. Faith war groß und blond und hübsch. Sie hätte Emma oder Kayla oder sogar Abigail Campano sein können. Die Sonne war hinter ihr. Vielleicht bekam Warren den Eindruck, dass ein Engel vor ihm stand. Vielleicht tat man aber einfach, was man gesagt bekam, wenn man eine Waffe vor dem Gesicht hatte.

Warren ließ die Waffe los. Sie fiel auf Wills Brust, dann auf die Erde.

Will legte die Hand auf die Waffe, als er sich unter dem Mann hervorrollte. Mit einem leichten Ruck konnte er sein Bein aus den Ranken herausziehen. Er merkte, dass er aufgehört hatte zu atmen. Ihm war schwindelig.

»Sie haben das Recht zu schweigen«, sagte Faith, als ihre Handschellen um Warrens Gelenke einrasteten. »Sie haben das Recht auf einen Anwalt.«

Will setzte sich auf, und einige Sekunden lang fühlte er sich nur benommen. Er hatte die Waffe in den Händen. Smith & Wesson, das klassische Modell, mit blauem Rahmen. Die Seriennummer war weggefeilt. Der Griff war mit Klebeband umwickelt, damit keine Fingerabdrücke übertragen wurden. Die Waffe war professionell manipuliert worden.

Er nahm an, dass Adam sich doch eine Waffe besorgt hatte.

Will klappte die Trommel heraus und drehte sie um. Sie fasste fünf Patronen. Drei Kugeln fielen ihm auf die Handfläche. Will starrte das glänzende Messing an, roch Schießpulver und Öl.

Wenn Warren noch einmal abgedrückt hätte, wäre Will jetzt tot.

19. KAPITEL

Faith war verblüfft, wie normal Warren Grier auf sie wirkte. Er sah völlig durchschnittlich aus, ein junger Mann, den man bedenkenlos ins Haus lassen würde, um die Toilette zu reparieren oder die Gasleitungen zu kontrollieren. Wenn sie daran dachte, was mit Kayla Alexander und Adam Humphrey passiert war, was man wahrscheinlich Emma Campano angetan hatte, hätte sie eher ein Monster erwartet oder wenigstens einen arroganten Soziopathen wie Evan Bernard.

Stattdessen fand sie Warren Grier beinahe bemitleidenswert. Sein Körper war dünn und drahtig. Er konnte ihr nicht in die Augen schauen. So wie er im Verhörzimmer vor ihr saß, mit hängenden Schultern, die Hände zwischen den Knien gefaltet, erinnerte er sie eher an Jeremy, als man ihn einmal beim Stehlen eines Schokoriegels erwischt hatte, denn an einen kaltblütigen Killer.

Sie räusperte sich, und er schaute zu ihr hoch, als wären sie in der Highschool, und sie wäre die Cheerleaderin, die nett zu ihm war, wenn ihre Freundinnen nicht hinschauten. Er schien fast dankbar zu sein, dass er ihr gegenübersaß. Hätte sie nicht mit eigenen Augen gesehen, wie er vor weniger als einer Stunde Will eine Waffe ins Gesicht gehalten hatte, hätte Faith gelacht bei dem Gedanken, dass dieser introvertierte, linkische Mann zu so etwas fähig war.

Erst zweimal in ihrer Karriere hatte Faith die Waffe gezogen. Das war nichts, was ein Polizeibeamter leichtfertig tat. Man zog die Waffe nur, wenn man bereit war, sie auch zu benutzen, und es gab nur eine beschränkte Anzahl von Situationen, die ein solches Verhalten rechtfertigten. Als sie dort im Wald stand und auf Warren Grier hinuntersah, der eben abdrückte, war sie mehr als bereit gewesen, selbst den Zeigefinger zu krümmen.

Aber es wäre zu spät gewesen. Faith hatte sich an die vorgeschriebene Vorgehensweise gehalten. Sie hätte ohne Gewissensbisse jedem Untersuchungsausschuss erklären können, dass sie ihren Job so ausgeführt hatte, wie sie es gelernt hatte: Zuerst gibt man einen Warnschuss ab, dann schießt man gezielt. Warren hatte bereits zweimal abgedrückt, als sie dort ankam. Das Einzige, was ihn davon abhielt, ein drittes Mal abzudrücken, den Schlagbolzen auf den Patronenboden und die Kugel in Wills Hirn zu jagen, war ... was gewesen?

Sie spürte Hitze in sich aufsteigen, als sie an den knappen Ausgang dachte. Faith musste sich in Erinnerung rufen, dass Warren Griers irrationale Seite etwas war, das sie immer berücksichtigen mussten. Evan Bernard war der Ruhige und Konzentrierte. Warren war der Impulsive, derjenige, der zu einem Mord aus Wut fähig war. Er hatte Emma Campano verschleppt. Er hatte Adam Humphrey erstochen. Er hatte Kayla Alexander erschlagen.

Faith erkannte, dass sie seit zwölf Stunden so gut wie überzeugt von Emmas Tod war. Doch nun gestattete auch sie sich den Gedanken, dass Emma möglicherweise noch am Leben war, und sie wusste, der einzige Weg, sie zu finden, lief über den Mörder, der ihr gegenüber am Tisch saß.

Sie hoffte inständig, dass Will der Herausforderung gewachsen war.

Warren sagte: »Die Bauarbeiter sagen, dass die Wasserleitung bald repariert sein dürfte. Es wäre schön, wenn die Straße endlich wieder sauber und frei wäre.«

Sie drehte sich mit ihrem Stuhl leicht zur Seite, um ihn nicht ansehen zu müssen. Am Stirnende des Tisches stand ein Stativ mit einer Kamera, die jede ihrer Bewegungen aufnahm. Sie dachte an Evan Bernards Kleinmädchenzimmer und fragte sich, ob Warren Grier im Zimmer nebenan vor dem Monitor gesessen und ihm zugeschaut hatte. Sie hatten in der Wohnung des Mannes keine Festplatte gefunden. Sie hatten keinen Laptop oder sonst irgendetwas auch nur entfernt Belastendes gefunden.

»Heute Nachmittag haben sie ziemlich viel gearbeitet«, sagte er. »Es war sehr laut.«

Sie merkte, wie ihr Mitleid schwand und Abscheu übernahm.

Nach Lionel Pettys Aussage hatte Warren ziemlich viel Zeit bei geschlossener Tür in seinem Büro verbracht. Hatte er auf seinem Überwachungsmonitor Emma und Kayla auf dem Parkdeck beobachtet? Hatte er so Emma zum ersten Mal gesehen? Wie passte Kayla in diese ganze Geschichte? Wo kam Evan Bernard dazu?

Faith hatte Warren in die Untersuchungshaft gebracht, hatte zugesehen, wie man ihn fotografierte und ihm die Fingerabdrücke abnahm. Will hatte ihr von Warrens schmuddeligem Apartment an der Ashby Street berichtet, die Art von Bude, in die man einzog, wenn man frisch aus dem Gefängnis kam. Warrens Vermieterin war schockiert, als sie hörte, dass ihr stiller Mieter, der seit zehn Jahren bei ihr wohnte, verhaftet worden war. Er gehe nie aus, außer zur Arbeit, hatte sie Will erzählt. Er habe nie Freunde zu Besuch gehabt.

Wo also hielt er Emma Campano gefangen?

Als könnte er ihre Gedanken lesen, sagte Warren: »Ihr werdet sie nicht finden.«

Faith reagierte nicht, versuchte erst gar nicht, Warrens Worte als einen Hoffnungsschimmer zu interpretieren. Warren hatte schon mehrmals versucht, sie in ein Gespräch zu verwickeln. Anfangs war sie darauf eingegangen, doch sie hatte sehr schnell gemerkt, dass er nur mit ihr spielte. Er wollte über das Wetter reden, die Nachrichtenmeldungen über die Dürre – über alles Mögliche, nur um sie zu einer bedeutungslosen Unterhaltung zu verlocken. Faith hatte schon vor Jahren gelernt, dass man einem Verdächtigen nie das gab, was er wollte. Er sollte nicht glauben, er hätte die Kontrolle.

Es klopfte an der Tür, und Will kam ins Zimmer. Er hatte mehrere neonfarbene Aktenmappen in der Hand. Er nickte Faith zu, während er die Kamera kontrollierte und sich versicherte, dass auch alles richtig funktionierte.

Warren sagte: »Tut mir leid, dass ich Sie töten wollte.«

Will lächelte ihn an. »Bin froh, dass Sie es nicht geschafft haben.«

Wills Reaktion ließ eine erstaunliche Selbstbeherrschung erkennen, und Faith wunderte sich wieder einmal, wie wenig Will Trent sich wie ein Polizist verhielt. Er strich seine Weste glatt, kontrollierte den Sitz seiner Krawatte und nahm dann neben Faith Platz. Der Mann sah eher aus wie ein Buchhalter bei einer Revision als ein Polizist.

Will sagte zu Warren: »Ihre Fingerabdrücke sind auf dem Brief, der letzte Woche unter Adam Humphreys Tür durchgeschoben wurde.«

Warren nickte. Er saß vorgebeugt da, die Hände zwischen den Knien. Seine Brust drückte gegen die Metallplatte wie bei Babys, die zu stehen versuchen.

Will fragte: »Wollten Sie Adam verscheuchen?«

Wieder nickte Warren knapp.

»Darf ich Ihnen sagen, was ich glaube, dass passiert ist?«

Warren schien genau darauf zu warten.

»Ich glaube, Sie haben das alles sehr gründlich im Voraus geplant. Evan Bernard brauchte Geld, um seinen Rechtsstreit gegen die Georgia Tech zu finanzieren.

Er hat seine Pension und seine Zuschläge, einfach alles verloren.« Zu Faith sagte Will: »Wir haben herausgefunden, dass er letztes Jahr sein Haus verkaufte, um die Prozesskosten zahlen zu können.« Er schüttelte den Kopf, was heißen sollte, dass sie das Haus durchsucht und nichts gefunden hatten.

Faith fragte sich, welche anderen Informationen er noch ausgegraben hatte, während sie hier mit Warren gesessen hatte. Sie warf einen Blick auf die farbigen Aktenmappen, und Will reagierte mit einem für ihn untypischen Zwinkern.

Warren fragte: »Wurden Sie adoptiert?«

Faith verstand die Frage nicht, Will aber offensichtlich schon.

»Nein«, antwortete er. »Ich ging weg, als ich achtzehn war.«

Warren lächelte, eine verwandte Seele. »Ich auch.«

»Haben Sie Evan Bernard kennengelernt, als Sie aus dem Heim kamen? Unterrichtete er Sie in der Schule?«

Warren blieb gelassen.

»Ich glaube, dass Evan Bernard Ihnen Kayla Alexander vorstellte. Er brauchte Kayla, damit sie Ihnen die Tür öffnete und dafür sorgte, dass Emma zu Hause war. Vielleicht sollte sie ja auch Adam ruhigstellen, während Sie Emma wegbrachten.«

Warren bestätigte überhaupt nichts. »War Kayla diejenige, die Emma sagte, sie solle das Auto im Parkhaus abstellen?«

Warren erwiderte: »Kayla sagte Emma letztes Jahr, sie soll dort parken, damit ihre Eltern nicht herausfinden würden, dass sie die Schule schwänzten.«

»Gehen wir drei Tage zurück, zum Tag des Verbrechens. Haben Sie den Pfad durch den Wald hinter dem Copy Right benutzt, um zu den Campanos zu gehen?«

»Ja.«

»Hatten Sie das Messer und die Handschuhe bei sich?«

»Ja.«

»Sie gingen also dorthin, mit der Absicht, jemanden zu töten.«

Er zögerte kurz und zuckte dann als Antwort die Achseln.

Will zog die grüne Mappe aus dem Stapel. »Das haben wir in Ihrem Schreibtisch im Copyshop gefunden.« Er zeigte Faith das Foto, bevor er es Warren zuschob. Das Foto zeigte Emma bei einem Spaziergang mit Adam Humphrey. Die beiden Teenager hatten die Arme umeinandergelegt. Emma hatte den Kopf in den Nacken geworfen, sie lachte.

Will sagte: »Sie haben sie gerne beobachtet.«

Warren reagierte nicht, aber eigentlich hatte Will ja auch keine Frage gestellt.

»Dachten Sie, Adam wäre nicht gut genug für sie?«

Warren blieb stumm.

»Sie wussten, dass Emma etwas Besonderes war. Wer hatte Ihnen gesagt, dass sie ein Leseproblem hat so wie Sie?«

»Ich habe kein Leseproblem.« Sein Ton war plötzlich abwehrend, ein radikaler Wechsel von dem bisherigen Plauderton.

Will öffnete eine andere Mappe, nun eine blaue, und zeigte Faith ein offiziell aussehendes Formular. »Das ist ein Gutachten eines klinischen Psychologen, der Warren bei seiner Entlassung aus der staatlichen Obhut untersucht hatte.« Will legte das Blatt auf den Tisch und drehte es Warren zu. Faith sah farbige Punkte auf der Seite. Will legte den Finger auf den blauen. »›Antisozial‹«, las er und bewegte den Finger zum roten Punkt. »›Soziopathische Tendenzen.‹« Er bewegte den Finger zum nächsten Punkt, dann wieder zum nächsten und rief: »›Probleme mit der Wutkontrolle.‹ ›Schlechte Auffassungsgabe.‹ ›Geringes Lesevermögen.‹ Sehen Sie das, Warren? Sehen Sie, was die über Sie sagen?« Er hielt inne, obwohl er offensichtlich keine Antwort erwartete. Will steckte das Formular wieder in die Mappe, und der Ton des Verhörs änderte sich plötzlich, als er sagte: »Na ja, ich schätze, es ist egal, ob Sie das sehen, weil hier ganz deutlich steht, dass Sie es nicht lesen können.«

Schmerz flackerte in den Augen Warrens, als hätte man ihn verraten.

Will stichelte weiter, allerdings mit sanfter Stimme, als könne er zugleich den guten und den bösen Bullen spielen. »Ist das der Grund dafür, dass Sie die Schule mit sechzehn Jahren verlassen haben?«

Warren schüttelte den Kopf.

»Ich schätze, die Schule war kein großer Spaß, weil man Sie zu den dummen Kindern gesteckt hat.« Faith zuliebe erklärte Will: »Mit fünfzehn wurde Warren in die Förderklasse versetzt, obwohl sein IQ bei einem Test im Normalbereich lag.«

Warrens Augen glänzten feucht, er senkte den Kopf.

Will sagte: »Ist irgendwie traurig, wenn der kurze Bus vor dem Waisenhaus hält.«

Warren räusperte sich und sagte dann gepresst: »Sie werden sie nie finden.«

»Und Sie werden sie nie wiedersehen.«

»Ich habe sie hier oben«, entgegnete er und drückte sich den Zeigefinger an die Schläfe. »Ich habe sie die ganze Zeit bei mir.«

»Ich weiß, dass sie lebt«, sagte Will und klang dabei so überzeugt, dass Faith ihm beinahe glaubte. »Sie würden sie nie umbringen, Warren. Sie ist etwas Besonderes für Sie.«

»Sie liebt mich.«

»Sie hat Angst vor Ihnen.«

Er schüttelte den Kopf. »Sie versteht, warum ich es tun musste. Ich musste sie retten.«

»Was versteht sie?«

»Dass ich sie beschütze.«

»Vor Bernard?«

Er schüttelte den Kopf und biss sich auf die Unterlippe, er wollte den Lehrer nicht verraten.

Will öffnete eine rote Mappe, nahm wieder ein Blatt Papier heraus und schob es Warren zu. »Meiner Ansicht nach hat Warren Grier eine nicht diagnostizierte Lese- und Schreibschwäche. Dies, in Kombination mit seinem durchschnittlichen IQ und seinem antisozialen Verhalten ...«

Warren flüsterte: »Sie wird sterben, und Sie ganz allein werden daran schuld sein.«

»Ich bin nicht derjenige, der sie ihrer Familie weggenommen hat. Ich bin nicht derjenige, der ihre beste Freundin umgebracht hat.«

»Kayla war nicht ihre Freundin«, sagte Warren. »Emma hasste sie, konnte sie nicht ausstehen.«

»Warum?«

»Kayla hat sich die ganze Zeit über sie lustig gemacht«, sagte Warren. »Sie meinte, sie sei blöd, weil sie nach der Schule noch spezielle Hilfe brauchte.«

»War Kayla auch zu Ihnen gemein?«

Er zuckte die Achseln, aber die Antwort auf diese Frage lag im Augenblick tot in der Leichenhalle.

»Erzählen Sie mir, was an diesem Tag passiert ist, Warren. Hat Kayla Sie ins Haus gelassen?«

»Sie sollte mich nur ins Haus lassen und dann still sein, aber sie wollte einfach keine Ruhe geben. Sie war sauer wegen Adam, dass er oben Sex mit Emma hatte. Die ganze Zeit quasselte sie nur darüber, wie dumm Emma ist und dass sie es nicht verdient, einen Freund zu haben. Sie sagte, Emma ist genauso dumm wie ich.«

»Fing Kayla an zu schreien?«

»Als ich sie schlug.« Doch Warren präzisierte sofort: »Aber nicht fest. Nur um sie zum Schweigen zu bringen.«

»Was ist dann passiert?«

»Sie rannte die Treppe hoch und schrie immer weiter. Ich sagte ihr, sie soll aufhören, aber sie wollte einfach nicht. Eigentlich sollte sie mir mit Adam helfen. Ich sollte ihr nur das Messer an den Hals halten, damit er nicht auf dumme Gedanken kam, aber sie drehte einfach durch. Ich musste sie schlagen.«

»Haben Sie Kayla mit dem Messer gestochen?«

»Ich weiß es nicht. Ich kann mich nicht erinnern. Ich spürte nur, wie jemand mich an der Hand packte. Es war Adam. Ich wollte ihm nicht wehtun. Ich stand einfach auf, und das Messer steckte in seiner Brust. Ich wollte ihm nicht wehtun. Ich wollte ihm helfen. Ich wollte ihn nur warnen, er sollte weggehen.«

»Wo war Emma, als das alles passierte?«

»Ich hörte sie weinen. Sie war im Wandschrank in einem der Zimmer. Sie hatte …« Seine Stimme brach. »Das Zimmer war so hübsch, wissen Sie? Da waren ein großer Fernseher, ein offener Kamin und die vielen Kleider und Schuhe und alles. Sie hatte alles.«

»Haben Sie sie geschlagen?«

»Ich würde ihr nie etwas tun.«

»Aber sie war bewusstlos, als Sie sie die Treppe hinuntertrugen.«

»Wir gingen nach draußen. Ich weiß nicht, was mit ihr los war. Ich trug sie. Ich legte sie in den Kofferraum, und dann fuhr ich in das Parkhaus, so wie ich sollte.«

»Wie Bernard Ihnen gesagt hat?«

Er schaute wieder auf den Tisch, und Faith fragte sich, welche Macht Evan Bernard über den jungen Mann hatte. Allem Anschein nach bevorzugte Bernard Mädchen. Gab es noch eine andere Seite seiner Perversion, die sie erst noch herausfinden mussten?

Will fragte: »Wohin haben Sie sie gebracht, Warren. Wohin haben Sie Emma gebracht?«

»An einen sicheren Ort«, sagte er. »Wo wir zusammen sein konnten.«

»Sie lieben sie nicht, Warren. Menschen, die man liebt, entführt man nicht, sie kommen freiwillig und suchen einen aus. Nicht andersherum.«

»So war es nicht. Sie hat gesagt, sie liebt mich.«

»Nachdem Sie sie verschleppt hatten?«

»Ja.« Er hatte ein Grinsen auf dem Gesicht, als würde ihn dies noch immer überraschen und erstaunen. »Sie hat sich wirklich in mich verliebt.«

»Glauben Sie das wirklich?«, fragte Will. »Glauben Sie wirklich, Sie gehören in ihre Welt?«

»Sie liebt mich. Sie hat es mir gesagt.«

Will beugte sich zu ihm. »Typen wie Sie und ich, wir wissen nicht, was es heißt, in einer Familie zu leben. Wir sehen nicht, wie tief diese Verbindung ist, wir spüren nie, wie sehr Eltern ihre Kinder lieben. Sie haben diese Verbindung zerrissen, Warren. Sie haben Emma ihren Eltern weggenommen, so wie Sie den Ihren weggenommen wurden.«

Warren schüttelte den Kopf, doch eher aus Trauer als aus Überzeugung.

»Wie war das für Sie, in Emmas Zimmer zu sein, das gute Leben zu sehen, das sie hatte, während Sie gar nichts hatten.« Seine Stimme klang leise, vertraulich. »Es fühlte sich falsch an, nicht? Ich war dort, Mann. Ich habe es auch gespürt. Wir gehören nicht zu normalen Leuten wie diesen. Sie können unsere Albträume nicht ertragen. Sie können nicht verstehen, warum wir Weihnachten und Geburtstage und Sommerferien hassen, weil jeder Feiertag und jeder Urlaub uns an die Zeiten erinnert, die wir allein verbracht haben.«

»Nein.« Warren schüttelte vehement den Kopf. »Ich bin jetzt nicht allein. Ich habe sie.«

»Was stellen Sie sich für sich selbst vor, Warren? Irgendeine häusliche Szene, in der Sie von der Arbeit nach Hause kommen und Emma Ihnen ein Abendessen kocht? Sie küsst Sie auf die Stirn, und Sie trinken ein Glas Wein und reden über Ihren Tag? Und danach wäscht sie vielleicht das Geschirr, und Sie trocknen ab?«

Warren zuckte die Achseln, aber Faith spürte, dass das genau das Leben war, das der Mann sich vorstellte.

»Ich habe die Fotos gesehen, die gemacht wurden, als Sie unten festgenommen wurden. Ich weiß, wie Brandnarben von Zigaretten aussehen.«

Er flüsterte leise: »Leck mich.«

»Haben Sie Emma Ihre Narben gezeigt? Wurde ihr schlecht, genauso wie Ihnen schlecht wird, wenn Sie sie sehen?«

»So ist es nicht.«

»Sie musste die Narben berühren, Warren. Ich weiß, dass Sie sich ausgezogen haben. Ich weiß, dass Sie ihre Haut an Ihrer spüren wollten.«

»Nein.«

»Ich weiß nicht, was schlimmer ist, der Schmerz oder der Gestank. Zuerst fühlt es sich wie kleine Nadelstiche an – unzählige auf einmal, die brennen und piksen. Und dann steigt einem der Geruch in die Nase. Es ist wie beim Grillen, nicht? Im Sommer riecht man es in der ganzen Stadt, dieses rohe Fleisch, das in den Flammen brennt.«

»Ich habe Ihnen doch gesagt, wir lieben uns.«

Wills Ton war jetzt fast spielerisch, als würde er einen Witz einleiten. »Streichen Sie in der Dusche manchmal über Ihre Haut, Warren? Sie seifen sich ein, und Ihre Hand gleitet über die Rippen, und Sie spüren die kleinen Löcher, die man Ihnen ins Fleisch gebrannt hat?«

»Das passiert nicht.«

»Wenn sie nass sind, sind sie wie kleine Saugnäpfe, nicht? Man steckt den Finger hinein, und plötzlich fühlt man sich wieder gefangen.«

Er schüttelte den Kopf.

»Haben Sie gebettelt, dass es vorbeigeht, haben Sie geschrien wie ein Mädchen, weil es sehr wehtat? Sie haben ihnen gesagt, Sie machen alles, richtig? Alles, nur damit der Schmerz aufhört.«

»Niemand hat mir so wehgetan.«

Wills Ton wurde härter, die Wörter kamen schneller. »Sie spüren diese Narben, und das macht Sie sehr wütend. Sie wollen es an jemandem auslassen – vielleicht an Emma mit ihrem perfekten Leben und ihrem reichen Daddy und ihrer wunderschönen Mutter, die sich von einem Arzt sedieren lassen muss, weil sie den Gedanken nicht erträgt, ohne ihr kostbares kleines Mädchen zu sein.«

»Hören Sie auf.«

Will schlug mit der Hand auf den Tisch. Alle schraken hoch. »Sie gehört Ihnen nicht, Warren! Sagen Sie mir, wo sie ist!«

Mit zusammengebissenen Zähnen starrte Warren die Tischplatte an.

Speichel spritzte aus Wills Mund, als er ihm noch näher rückte. »Ich kenne Sie. Ich weiß, wie Ihr Hirn funktioniert. Sie haben Emma nicht verschleppt, weil Sie sie lieben, sondern weil Sie sie zum Schreien bringen wollten.«

Langsam hob Warren den Kopf und schaute Will an. Seine Wut war kaum kontrolliert, seine Lippen zitterten wie die eines tollwütigen Hunds. »Ja«, sagte er, heiser flüsternd. »Sie hat geschrien.« Sein Gesichtsausdruck war so hart wie seine Stimme. »Sie hat geschrien, bis ich sie zum Schweigen gebracht habe.«

Will lehnte sich zurück. An der Wand hing eine Uhr. Faith hörte ihr leises Ticken. Sie starrte die Waschbetonwand direkt vor sich an, um Warren nicht ihre Neugier und Will nicht ihre Besorgnis sehen zu lassen.

Sie hatte mit Polizisten gearbeitet, die im strömenden Regen stehen und auf einen Stapel Bibeln schwören konnten, dass die Sonne scheine. Oft hatte sie in genau diesem Verhörzimmer gesessen und zugehört, wie Leo Donnelly, ein Mann ohne Kinder und mit vier Scheidungen, über seine Liebe zu Gott und seine kostbaren Zwillingsbabys schwadronierte, nur um einem Verdächtigen ein Geständnis zu entlocken. Faith selbst hatte bisweilen einen Ehemann erfunden oder eine liebende Großmutter, einen abwesenden Vater, nur um Verdächtige zum Reden zu bringen. Alle Polizisten wussten, wie man Geschichten erfand.

Nur diesmal war sie sicher, dass Will Trent nicht log.

Will legte die Hand auf den Stapel Mappen. »Wir haben Ihre Adoptionsunterlagen gefunden.«

Warren schüttelte den Kopf. »Die sind unter Verschluss.«

»Das sind sie, außer Sie begehen ein Schwerverbrechen«, sagte Will, und Faith musterte ihn, denn diesmal wusste sie, dass es eine Lüge war, und versuchte herauszufinden, woran man ihm anmerkte, dass er nicht die Wahrheit sagte. Sein Gesicht war so ausdruckslos wie zuvor, und schließlich wandte sie ihre Aufmerksamkeit wieder Warren zu, um sich selbst nicht verrückt zu machen.

Will sagte: »Ihre Mutter lebt noch, Warren.«

»Sie lügen.«

»Sie hat Sie gesucht.«

Zum ersten Mal, seit Will den Raum betreten hatte, schaute Warren Faith an, als könnte er ihren Mutterinstinkt wecken. »Das ist nicht fair.«

Will sagte: »Die ganze Zeit hat sie nach Ihnen gesucht.«

Er öffnete die letzte Mappe, in der ebenfalls ein Blatt Papier lag. Er drehte die Seite um und schob sie Warren zu. Von ihrem Stuhl aus konnte Faith sehen, dass er ein Memo über angemessene Kleidung für verdeckt arbeitende Polizisten kopiert hatte. Das Stadtwappen am oberen Rand war so oft kopiert worden, dass der aufsteigende Phönix wie ein Klecks aussah.

Will fragte: »Wollen Sie Ihre Mutter sehen, Warren?«

Seine Augen füllten sich mit Tränen.

»Dort ist sie«, sagte Will und tippte auf das Papier. »Sie wohnt weniger als zehn Meilen von Ihrer Arbeitsstelle entfernt.«

Warren schaukelte vor und zurück, seine Tränen tropften auf das Papier.

»Was für einen Sohn wird sie in Ihnen finden?«

»Einen guten«, erwiderte der junge Mann mit Nachdruck.

»Sie glauben, was Sie getan haben, ist gut? Glauben Sie, sie will mit dem Mann etwas zu tun haben, der ein junges Mädchen ihrer Familie vorenthält?« Will bedrängte ihn noch heftiger. »Sie tun Emmas Eltern dasselbe an, was Ihrer Mutter angetan wurde. Glauben Sie, sie wird Sie lieben können, nachdem sie herausgefunden hat, dass Sie wussten, wie man Emma ihrer Familie zurückgeben kann, aber nichts unternommen haben?«

»Emma ist in Sicherheit«, sagte er. »Ich wollte sie nur in Sicherheit bringen.«

»Sagen Sie mir, wo sie ist. Ihre Mutter vermisst sie sehr.«

Er schüttelte den Kopf. »Nein«, antwortete er. »Sie werden sie nie finden. Sie wird für immer bei mir sein. Jetzt kann nichts mehr zwischen uns kommen.«

»Hören Sie auf mit dem Blödsinn, Warren. Sie wollten nicht Emma. Sie wollten ihr Leben.«

Warren starrte die Mappen vor Will an, als erwartete er, dass noch Schlimmeres herausgezogen würde und man ihm Informationen ins Gesicht schleuderte, die ihm noch mehr schaden würden.

Will versuchte es noch einmal. »Sagen Sie uns, wo sie ist, und ich sage Ihnen die Adresse Ihrer Mutter.«

Warrens Blick wich nicht von den Mappen, aber er fing an, etwas zu flüstern, allerdings so leise, dass Faith nicht verstand, was er sagte.

»Ich hole sie persönlich ab. Ich fahre sie hierher, damit sie Sie sehen kann.«

Warren flüsterte weiter, seine Lippen bewegten sich in einem unverständlichen Mantra.

Will sagte: »Sprechen Sie lauter, Warren. Sagen Sie uns, wo sie ist, damit wir sie ihren Eltern zurückbringen können, die sie lieben.«

Schließlich verstand Faith, was Warren murmelte. »Blau, rot, lila, grün. Blau, rot, lila, grün.«

»Warren …«

Seine Stimme wurde lauter. »Blau, rot, lila, grün.« Er stand auf, schrie: »Blau, rot, lila, grün!« Er fuchtelte mit den Händen, seine Stimme brach beinahe. »Blau! Rot! Lila! Grün!« Er rannte auf die Tür zu, rüttelte am Knauf. Faith stand ihm am nächsten, deshalb versuchte sie, ihn wegzuzerren. Warrens Ellbogen traf sie am Mund, und sie fiel gegen den Tisch.

»Blau! Rot! Lila! Grün!«, schrie er und rannte mit Wucht gegen die Betonwand. Will stürzte hinter ihm her und schlang seine Arme um ihn. Warren trat aus und schrie: »Nein! Lassen Sie mich los! Lassen Sie mich los!«

»Warren!« Will ließ ihn los, hielt aber die Hände vorgestreckt, für den Fall, dass er ihn noch einmal packen musste.

Warren stand mitten im Zimmer. Wo er mit dem Kopf gegen

die Wand geknallt war, lief ihm Blut aus der Wunde übers Gesicht. Wild die Fäuste schwenkend, sprang er Will an.

Die Tür flog auf, und zwei Polizisten stürzten herein. Warren versuchte, zur Tür hinauszurennen, aber sie warfen ihn zu Boden, wo er sich heftig wehrte, seine Hände wegriss, als sie versuchten, ihm Handschellen anzulegen, und die ganze Zeit schrie. Er trat mit einem Fuß aus und traf einen der Beamten im Gesicht.

Der Taser kam zum Einsatz. Dreißigtausend Volt rasten durch seinen Körper. Fast augenblicklich lag Warren schlaff auf dem Boden.

Will kauerte sich auf die Hacken, sein Atem ging stoßweise. Er beugte sich, die rechte Hand auf der Brust, über Warren. »Bitte«, flehte er. »Sagen Sie es mir. Sagen Sie mir, wo sie ist.«

Warrens Lippen bewegten sich. Will beugte sich tiefer, um etwas zu verstehen. Offensichtlich fand zwischen den beiden Männern ein Austausch statt. Will nickte, fast so wie Warren bei seinen knappen Bestätigungen. Er setzte sich langsam auf, legte die Hände in den Schoß und sagte zu den Uniformierten: »Bringen Sie ihn weg.«

Faith schaute Will an, versuchte zu verstehen. »Was hat er Ihnen gesagt?«

Er deutete auf die Mappen auf dem Tisch und beugte sich wieder vor, als wäre er noch zu atemlos zum Sprechen. Faith schaute sich die Mappen an. Sie lagen inzwischen in der falschen Reihenfolge da, aber jetzt sah Faith es: blau, rot, lila, grün.

Warren hatte die Farben der Mappen geschrien.

Das Morddezernat hatte sich in den drei Tagen von Faiths Abwesenheit nicht verändert. Noch immer hing Robertsons Suspensorium an seiner obersten Schreibtischschublade. Auf dem Aktenschrank saß eine Sexpuppe, die jemand bei der letzten Geburtstagsfeier mit »Beweismittel« beschriftet hatte, der Mund noch immer ein verführerisches O, obwohl dem kurvenreichen

Körper langsam die Luft ausging. Leo Donnellys Schreibtisch war geräumt bis auf das berühmte alte Foto von Farah Fawcett, das er offensichtlich aus einem Magazin ausgeschnitten hatte. Im Lauf der Jahre waren die Ränder des Fotos mit Graffiti und Kritzeleien verschönert worden, die eher in die Jungentoilette einer Schule gepasst hätten.

Zusätzlich zu der überwältigend männlichen Aura war gerade Schichtwechsel, ein Ereignis, das Faith immer mit der Halbzeitpause in einer Footballkabine verglich. Der Lärm war ohrenbetäubend, die Gerüche beängstigend. Jemand hatte den von der Decke hängenden Fernseher eingeschaltet. Ein anderer versuchte, auf dem uralten Radio einen Sender zu finden. In der Mikrowelle wurde ein Burrito erhitzt, der Geruch verbrannten Käses wehte durch die Luft. Baritongebell erfüllte den Raum, während Detectives herein- und hinausmarschierten, Fälle übergaben, wetteiferten, wer den längeren Schwanz hatte, wer einen Fall zuerst lösen würde, wer eine Ermittlung knacken würde, die bis jetzt unlösbar erschien. Kurz gesagt, der ganze Saal füllte sich mit Testosteron, wie sich eine Stoffwindel mit Scheiße füllte.

Faith schaute zum Fernseher, als sie Amandas Stimme erkannte, die eben sagte: »... *mit Stolz bekannt geben, dass im Entführungsfall Campano eine Verhaftung vorgenommen wurde.*«

Jemand schrie: »Dank dem APD, du Fotze.«

Es wurden noch mehr derartige Wörter in Amandas Richtung geschleudert – Schlampe, Nutte, alles, was den Männern an gemeinen und entwürdigenden Begriffen zur Verfügung stand, um eine Frau zu beleidigen, bei der sich alle in die Hose machten, wenn sie nur fünf Minuten mit ihr allein waren.

Die Handvoll Detectives in der direkten Umgebung von Faiths Schreibtisch warfen ihr neugierige Blicke zu – nicht, weil sie an dem Fall arbeitete, sondern wegen der Ausdrücke. Faith zuckte nur die Achseln und schaute wieder zum Fernseher, wo

Amanda sehr geschickt mit den Reportern umging. Doch sie spürte die Blicke der Männer auf sich.

Diese Art von Belastungsprüfung fand beinahe täglich statt. Wenn Faith ihnen sagte, sie sollten die Klappe halten, dann war sie eine Spielverderberin, die keinen Spaß verstand. Wenn sie die Sprüche ignorierte, nahmen sie ihr Schweigen als wortlose Zustimmung. Doch es ging noch weiter. Wenn sie ihre sexuellen Avancen zurückwies, war sie eine Lesbe. Wenn sie sich mit einem von ihnen auf ein Rendezvous einließ, nannte man sie gleich eine Nutte. So oder so konnte Faith nicht gewinnen, und ihr war die Zeit zu schade, es ihnen mit gleicher Münze zurückzuzahlen.

Und doch liebte sie es, hier zu arbeiten, liebte das Gefühl, Teil einer Bruderschaft zu sein. Das war der Grund, warum Will Trent nicht redete und sich verhielt wie ein Polizist. Er arbeitete nicht in einem Bereitschaftssaal. Er schwadronierte nicht mit Charlie Reed und Hamish Patel bei einem Bier. Er war natürlich Teil eines Teams, aber die Arbeit mit ihm war so, als würde man in einer Blase arbeiten. Es gab nie das Gemurmel von Leuten im Hintergrund, keine Rangeleien um Selbstbestätigung und lukrative Fälle. Seine Art zu arbeiten war konzentrierter, aber auch so anders als das, woran Faith gewöhnt war, dass sie jetzt, inmitten ihrer alten Kollegen, das Gefühl hatte, sie gehöre nicht mehr dazu. Eines musste sie zugeben: Trotz all seiner Fehler hörte Will wenigstens zu, wenn sie etwas zu sagen hatte. Es war nett, eine Diskussion mit einem Kollegen zu führen, der nicht gleich fragte: »Was ist, hast du deine Tage?«, wenn sie anderer Meinung war als er.

Faith schaute wieder zum Fernseher. Amanda nickte, als ein Reporter nach Westfield und der Verhaftung von Evan Bernard fragte. Sie sah absolut strahlend aus, und Faith musste zugeben, dass sie vor der Kamera in ihrem Element war. Die Reporter fraßen ihr aus der Hand. »Mr. Bernard ist eine Person, an der wir Interesse haben.«

»Hast du Interesse *dafür*?«, schrie einer der Detectives. Faith musste nicht zu ihm hinüberschauen, um zu wissen, dass er die Hand an den Genitalien hatte.

Amanda beantwortete eine weitere Frage. »Der Verdächtige ist ein achtundzwanzigjähriger Mann mit einschlägiger Vergangenheit.«

Aus dem Off fragte ein Reporter: »Warum geben Sie seinen Namen nicht bekannt?«

»Durch die richterliche Vernehmung zur Anklage wird die Öffentlichkeit morgen früh seinen Namen erfahren«, sagte sie und vermied so eine Erwähnung des Offensichtlichen, nämlich dass sie Warrens Namen so lange wie möglich der Presse vorenthielten, damit nicht irgendein hilfsbereiter Gutmensch auf die Idee kam, ihm rechtlichen Beistand anzubieten. Die Tatsache, dass Lionel Petty CNN.com bereits ein Foto von sich und Warren Grier, neben einem Kopiergerät stehend, hatte zukommen lassen, würde sowieso schnell gegen sie arbeiten.

Ein anderer Reporter dachte offensichtlich dasselbe wie Faith. »Was ist mit dem vermissten Mädchen? Gibt es Hinweise auf ihren Aufenthaltsort?«

»Wir glauben, es ist nur eine Frage der Zeit, bis Emma Campano gefunden wird.«

Faith fiel auf, dass Amanda nicht sagte, ob das Mädchen dann tot oder lebendig sein würde. Plötzlich empfand sie heftigen Neid auf Amanda und ihre Position. Wie Faiths Mutter hatte auch Amanda sich an die Spitze hochgearbeitet. Wenn Faith hin und wieder ein bisschen Frauenfeindlichkeit hinnehmen musste, so konnte sie sich kaum vorstellen, wie das für die Frauen der Generation ihrer Mutter gewesen sein musste.

Amanda hatte als Sekretärin angefangen, so wie Evelyn Mitchell, zu einer Zeit, als weibliche Beamte noch knielange Wollröcke tragen mussten, wenn sie Kaffee holten oder Bestellungen tippten. Amanda hatte sich mit Klauen und Zähnen bis an die Spitze hochgearbeitet, nur um sich von einer Horde Idioten, de-

nen prähistorischer Schleim aus der Nase tropfte, verunglimp-
fen zu lassen, nachdem sie einen der größten Fälle gelöst hatte,
den diese Stadt gesehen hatte, seit Wayne Williams dabei ertappt
worden war, wie er eine Leiche in den Chattahoochee warf.

Und wo war Faith nach all den Jahren des Fortschritts und
der Emanzipation? Noch immer kaum über das Schreibbüro
hinaus, dachte sie. Um fair zu sein, sie hatte sich freiwillig bereit
erklärt, alle Indizien zu katalogisieren, die Will in Warren Griers
winziger Unterkunft beschlagnahmt hatte. Das war, bevor sie
die Stapel von Kartons gesehen hatte, die man aus dieser Pension geschleppt und vor ihren Schreibtisch gestellt hatte. Es waren mindestens sechs, alle randvoll mit Papier. Warren war eine
Packratte, ein Mann, der keine Quittung und keine Kinokarte
wegwerfen konnte. Seine Sammlung von Lohnzetteln aus dem
Copyshop reichte fast zehn Jahre zurück.

Faith strich sich über den Unterkiefer, der nach dem Kontakt
mit Warrens Ellbogen geschwollen und empfindlich war. Im
Pausenraum hatte sie ganz hinten im Gefrierschrank ein uraltes
Lean-Cuisine-Gericht gefunden. Die Tüte war hart wie Stein,
aber es fühlte sich gut an. Sie hasste es, geschlagen zu werden.
Nicht dass irgendjemand das besonders genoss, aber Faith hatte
schon vor langer Zeit gelernt, dass Erbrechen ihre natürliche
Reaktion auf körperlichen Schmerz war. Sich eine Tüte gefrorene Spaghetti mit Hackfleischklößchen an die Wange zu halten,
half auch nicht sehr. Doch das war nur ein geringer Preis, den sie
zu zahlen hatte, im Vergleich zu dem, was Emma Campano
wahrscheinlich durchlitten hatte.

Will begleitete Warren Grier eben ins Untersuchungsgefäng-
nis. Es gab nur eine Frage, die noch beantwortet werden musste:
Wo war Emma? Auch wenn das Mädchen noch am Leben war,
wurde langsam die Zeit knapp. Faith stellte sich die Bedingun-
gen vor, unter denen Emma wahrscheinlich gefangen gehalten
wurde: eingesperrt in einem Zimmer oder, schlimmer noch, in
irgendeinen Kofferraum gestopft. Heute hatte das Thermometer

schon am Vormittag vierzig Grad gezeigt. Die Hitze war erbarmungslos, sogar nachts. Hatte Emma Wasser? Hatte sie etwas zu essen? Wie lange noch, bis ihre Vorräte zu Ende gingen? Tod durch Dehydrierung dauerte eine Woche bis zehn Tage, aber ohne Kopfwunde und sengende Hitze. Würden sie die nächsten Wochen damit zubringen, die Stunden zu zählen, bis Emma Campano nicht mehr atmen konnte?

»Hey, Mitchell, wie ist es, mit dieser Ratte zu arbeiten?«, fragte Robertson.

Er saß an seinem Schreibtisch und lehnte sich in seinem Stuhl so weit nach hinten, dass es aussah, als würde das Möbelstück gleich zerbrechen.

»Gut«, antwortete sie und fragte sich, warum es Will niemand dankte, dass er vor laufenden Kameras das APD Evan Bernard aus der Westfield Academy heraus hatte abführen lassen.

Robertson drohte ihr mit dem Finger. »Vorsicht bei diesem Arschloch. Einem vom Staat darf man nie vertrauen.«

»Verstanden. Danke.«

»Scheiß GBI. Die nehmen uns unseren Fall ab und lassen es so aussehen, als hätten sie die ganze Schwerarbeit gemacht.« Überall aus dem Saal ertönten zustimmende Geräusche.

Was für ein selektives Gedächtnis sie doch alle hatten. Faith hätte wahrscheinlich mit eingestimmt, wenn sie an diesem ersten Tag nicht dabei gewesen wäre und gesehen hätte, wie Will die Punkte verknüpft hatte, die sie die ganze Zeit vor Augen gehabt hatten.

Robertson schien darauf zu warten, dass sie noch etwas sagte, eine höhnische Bemerkung über Will oder einen gemeinen Kommentar zum GBI machte, aber Faith wusste einfach nicht, was sie sagen sollte. Noch vor einer Woche wären die Wörter aus ihr herausgesprudelt wie Wasser aus einer Leitung. Jetzt war die Quelle vertrocknet.

Faith wandte sich wieder der Arbeit auf ihrem Schreibtisch zu und versuchte, die Geräusche des Bereitschaftssaals auszublenden. Sie hatte im Augenblick nicht die Kraft, die Kartons aus Warrens Wohnung zu durchsuchen, deshalb konzentrierte sie sich auf ihren Computer. Will hatte eine Digitalkamera benutzt, um Fotos von Warren Griers Unterkunft zu machen, und sie ging jetzt die Aufnahmen durch, die im Wesentlichen alle dasselbe kleine Zimmer aus unterschiedlichen Blickwinkeln zeigten.

Jedes banale Detail von Warrens Existenz war dokumentiert, von seinen Toilettensachen bis zur Sockenschublade. Unter seinem Bett standen unzählige Kartons, die überquollen von schulischen Dokumenten und offiziell aussehenden Formularen aus seiner Zeit in staatlicher Pflege. Es gab die Großaufnahme eines Handbuchs für ein MacBook, auf dessen Titelblatt eine Telefonnummer gekritzelt war. Faith legte den Kopf schief und fragte sich, warum Will die Kamera verkehrt herum gehalten hatte.

Sie griff zu ihrem Handy und wählte die Nummer, steckte sich dabei den Finger ins andere Ohr, um den Lärm auszublenden. Das Telefon klingelte einmal, zweimal, dann meldete sich ein örtliches Kino und nannte die Anfangszeiten der nächsten Filme. Hier also nichts umwerfend Neues. Die sechs Millionen Kinokarten in einem Karton zu Faiths Füßen bewiesen seine Leidenschaft für die Leinwand.

Faith wandte sich wieder den Fotos zu und versuchte, einen Hinweis aufzuspüren, der zu dem vermissten Mädchen führen könnte. Alles, was sie sah, war ein trauriges Einzimmer-Apartment, in dem Warren sein ganzes Erwachsenenleben verbracht hatte. Es gab keine Fotos seiner Familie, keine Kalender mit Terminen für Abendessen mit Freunden. Allem Anschein nach hatte er keine Freunde, niemanden, an den er sich wenden konnte.

Das war jedoch keine Entschuldigung. Nach eigenem Eingeständnis war Will unter ähnlichen Umständen aufgewachsen. Er hatte in staatlicher Obhut gelebt, bis er achtzehn Jahre alt wurde.

Er war Polizist geworden – noch dazu ein verdammt guter. Seine sozialen Fähigkeiten ließen ein wenig zu wünschen übrig, aber unter seiner ganzen Unbeholfenheit war etwas, das merkwürdig liebenswürdig war.

Oder vielleicht war es etwas, das ihre Mutter ihr vor Jahren gesagt hatte: Ein Mann schaffte es am einfachsten ins Herz einer Frau, wenn sie sich vorstellte, er sei wie ein Kind.

Faith klickte noch einmal durch die Fotos und versuchte, irgendetwas Auffallendes zu finden. Sie ging die üblichen Verdächtigen durch: eine Garage, ein Lagerraum, eine alte Familienhütte in den Wäldern. Nichts davon schien ein mögliches Versteck zu sein, das Warren benutzen könnte. Er hatte kein Auto, keine zusätzlichen Besitztümer, die verstaut werden mussten, keine Familie.

Irgendetwas musste doch zu finden sein. Es musste einen Weg zu Emma geben, der sich bis jetzt noch nicht gezeigt hatte. In weniger als zwölf Stunden war Evan Bernard auf Kaution wieder auf freiem Fuß. Er war dann erneut auf der Straße und konnte bis zu seinem Prozess wegen sexuellen Missbrauchs von Kayla Alexander tun und lassen, was er wollte. Wenn sie nichts fanden, was ihn mit den Verbrechen im Haus der Campanos in Verbindung brachte, hatte er nicht mehr zu erwarten als einen Klaps auf die Hand, wahrscheinlich drei Jahre im Gefängnis, und dann würde er sein Leben zurückerhalten.

Und was würde er dann tun? Für einen Mann mit Interesse an jungen Mädchen gab es zu viele andere Möglichkeiten, sich ein Opfer zu suchen. Kirchen. Nachhilfeunterricht. Jugendgruppen. Wahrscheinlich würde Evan Bernard den Staat verlassen. Vielleicht würde er es an seinem neuen Wohnort versäumen, sich als Sexualstraftäter registrieren zu lassen. Vielleicht suchte er sich eine Wohnung in der Nähe eines Schwimmbads oder einer Highschool oder sogar eines Tagesbetreuungszentrums. Warren Grier würde nie und nimmer den Mund aufmachen. Welche Macht Bernard über den jungen Mann auch haben mochte, sie war nicht zu durchbrechen. Das Einzige, was Faith und Will getan hatten, war, Bernard das Leben von jetzt an schwieriger zu machen. Sie hatten absolut nichts gefunden, um ihn für den Rest seines elenden Lebens hinter Gitter zu stecken, und nichts, was ihnen einen Weg zu Emma Campano wies.

Dazu kam noch, dass Faith wusste, wie solche Typen gern arbeiteten. Bernard hatte dieses Mädchen in Savannah vergewaltigt, aber das konnte unmöglich sein erstes Mal gewesen sein, und Kayla würde nicht das letzte Opfer sein. War irgendwo da draußen noch ein anderes Mädchen, das er für seine kranken Fantasien abrichtete? Gab es noch ein Mädchen, dessen Leben durch diesen perversen Bastard völlig durcheinandergebracht werden würde?

Faith legte die gefrorene Tüte weg und bewegte den Unterkiefer, um festzustellen, ob es irgendeinen dauerhaften Schaden gegeben hatte. Sie legte die Hand ans Gesicht, und ungewollt erinnerte sie sich daran, wie Victor ihr über die Wange gestrichen hatte. Er hatte sie dreimal auf ihrem Handy angerufen, und jede Nachricht hatte bedrückter geklungen. Letztendlich hatte er sich auf unverblümte Schmeichelei verlegt, was, wenn sie ehrlich war, viel dazu beigetragen hatte, sie schwach werden zu lassen. Faith fragte sich, wann sie je in ihrem Leben die Männer verstehen würde.

Will Trent war mit Sicherheit ein Rätsel. Die Art, wie er im Verhörzimmer mit Warren gesprochen hatte, war so intim gewesen, dass Faith ihm nicht hatte in die Augen schauen können. War das alles Will wirklich passiert? War er ein beschädigtes Produkt des staatlichen Adoptionsprogramms so wie Warren Grier?

Was Will über die Zigarettennarben gesagt hatte, hatte so real geklungen. Versteckte er unter Sakko und Weste und Hemd ähnliche Narben? Faith war dabei gewesen, als sie die Fotos von Warrens vernarbtem Oberkörper gemacht hatten. Als Polizeibeamtin hatte sie viele Zigarettennarben auf vielen Opfern und auch auf vielen Verdächtigen gesehen. Sie waren in diesen Augenblicken nicht überraschend, etwas, das man zwischen den Tattoos und den Injektionsnarben erwartete. Die Leute wählten nicht aus Abenteuerlust ein Leben des Verbrechens. Sie waren Junkies und Kriminelle aus einem bestimmten Grund, und dieser Grund war für gewöhnlich in ihrer Kindheit zu finden.

War Will nur ein guter Lügner? Als er davon sprach, wie es sich anfühlte, diese Brandnarben zu berühren, sprach er da aus eigener Erfahrung oder stellte er nur eine wohlüberlegte Vermutung an? Seit drei Tagen kannte sie diesen Mann, und sie wusste noch immer nur so viel über ihn wie am ersten Tag. Und sie verstand noch immer nicht, wie dieser Mann arbeitete. Warren hatte versucht, ihn umzubringen, aber statt den jüngeren Mann mit Pädophilen und Vergewaltigern zusammenzustecken, hatte er ihn persönlich in den Zellentrakt gebracht, um dafür zu sorgen, dass er eine Einzelzelle bekam. Und dann war da auch noch Evan Bernard. Jeder Polizist, der etwas auf sich hielt, wusste, der beste Weg, jemanden wie diesen arroganten Wichser zu knacken, war, ihn zu den gemeinsten Arschlöchern im Zellenblock zu stecken, aber Will hatte ihm praktisch einen Urlaubsschein ausgestellt, indem er ihn zu den Transpersonen steckte.

Faith dachte sich, dass es zu spät war, um jetzt noch Vermutungen über seine Strategie anzustellen – und außerdem war es ja nicht gerade so, dass er sich mit ihr beriet. Er hatte die Details des Falls in seinem Kopf wie in einem Tresor, und wenn Faith Glück hatte, ließ er vielleicht ein bisschen was davon heraus, wenn er gerade Lust dazu hatte. Er arbeitete anders als alle Polizisten, die sie kannte. In seinem Büro gab es nicht einmal eine Tafel mit einem Morddiagramm – einer chronologischen Auflistung von dem, was passiert war, wer was getan hatte, mit den Bildern der Verdächtigen und Opfer nebeneinander, sodass Spuren zurückverfolgt und Hinweisen nachgegangen werden konnte. Er konnte das alles unmöglich im Kopf behalten. Vielleicht speicherte er ja alles auf seinem kostbaren Digitalrekorder.

So oder so, wenn Will irgendetwas passierte, dann gab es für den nächsten Ermittlungsleiter keinen Anknüpfungspunkt, von dem aus er weitermachen konnte. Das war eine offensichtliche Missachtung jeglicher allgemein akzeptierter Vorgehensweise, und Faith war schockiert, dass Amanda es ihm durchgehen ließ.

Die Beziehung zwischen Amanda und Will zu analysieren war reine Zeitverschwendung. Faith wandte sich wieder dem Computer zu und bewegte die Maus. Der Bildschirm zeigte ein Foto von Warren Griers Bücherregal. Faith hatte sich das noch gar nicht bewusst gemacht, aber jetzt fand sie es merkwürdig, dass ein Mann, der nicht lesen konnte, Bücher zu Hause hatte.

Sie kniff die Augen zusammen, um die Titel lesen zu können, überlegte es sich dann aber anders und klickte, um ihre Augen zu schonen, auf die Zoomtaste, um das Foto zu vergrößern. Es gab mehrere Comics, was einleuchtend war, und, wie es aussah, Handbücher für verschiedene Bürogeräte. Die Buchrücken waren eher nach Farbe als nach Titeln geordnet. Die Bücher auf dem untersten Regalbrett waren größer, die Wörter verschwammen, weil sie nicht mehr im Fokus der Kamera waren. Von der Größe her vermutete Faith, dass es Kunstbücher waren – die teure Art, die man auf den Couchtisch legte, um anzugeben.

Faith holte sich das unterste Brett näher heran, konnte die Titel aber noch immer nicht lesen. Die dicken, grauen Rücken von drei Büchern kamen ihr irgendwie bekannt vor. Sie stützte das Kinn in die Hand und zuckte wegen ihrer Verletzung vor Schmerz zusammen. Warum kamen ihr diese Buchrücken so vertraut vor?

Sie öffnete einen der Kartons aus Warrens Wohnung, um nachzusehen, ob auch Bücher eingepackt worden waren. Der Karton schien alle Papiere und Quittungen aus den letzten zehn Jahren zu enthalten. Faith ging die Stapel durch und fragte sich, warum Will diesen ganzen Unsinn mitgenommen hatte. Mussten sie wirklich wissen, dass Warren einhundertundzehn Dollar für eine Augenuntersuchung im Vision Quest bezahlt hatte?

Wichtiger noch, warum sollte Will Faiths Zeit vergeuden, indem er sie Zeug durchsuchen ließ, das mehr oder weniger Abfall war? Ihre Verärgerung wurde immer größer, während sie Seite um Seite nutzloser Dokumente überflog. Faith konnte verstehen, warum Warren das alles aufbewahrte – er konnte einfach nicht wissen, ob es nicht eines Tages wichtig werden würde, aber warum wollte Will es als Beweisstücke katalogisiert haben? Auf sie wirkte Will nicht gerade wie einer, der die Nadel im Heuhaufen suchte, und da Bernard und Warren hinter Gitter waren, könnte sie mit ihrer Zeit sicherlich Besseres anfangen.

Langsam richtete Faith sich in ihrem Sessel auf und hielt die alte Rechnung in der Hand, ohne sie wirklich anzuschauen. In ihrer Erinnerung blitzten verschiedene Szenen aus den letzten Tagen auf: Will, der die Hand zum Klingelbrett am Wohnheim ausstreckte, obwohl ein Schild deutlich »Außer Betrieb« sagte. Wie sie ihn gestern in der Schule gefunden hatte, den Kopf über die Zeitung gebeugt, während er mit dem Finger unter den Wörtern entlangfuhr. Auch heute in Bernards Haus hatte er die Jahrbücher Seite für Seite durchgeblättert, anstatt einfach im Register den Namen des Mannes nachzuschlagen, so wie Faith es getan hatte, als sie das Foto von Mary Clark entdeckt hatte.

Vor zwei Tagen hatte Faith nach Evan Bernards aufschlussreicher Diagnose, dass der Entführer ein funktionaler Analphabet sei, nur eine Frage gehabt: Wie kommt jemand durch die Schule, ohne lesen und schreiben zu können?

»Das kommt vor«, hatte Will ihr gesagt. Er hatte so sicher geklungen. Vielleicht weil es ihm selbst so ergangen war?

Faith schüttelte den Kopf, auch wenn sie nur mit sich selbst debattierte. Das ergab einfach keinen Sinn. Man brauchte einen höheren Abschluss, um zum GBI zu kommen. Dort nahm man nicht jeden. Abgesehen davon funktionierte jede Regierungsbehörde nur mit Bergen und Bergen von Papier. Man musste Berichte schreiben, Bestellformulare ausfüllen, Fallanalysen einreichen. Hatte Faith Will je irgendetwas ausfüllen sehen? Sie dachte an seine Computerausstattung, die Tatsache, dass er ein Mikrofon hatte. Warum brauchte er für seinen Computer ein Mikrofon? Diktierte er seine Berichte?

Faith rieb sich mit den Fingern die Augen und fragte sich, ob Schlafmangel sie Dinge sehen ließ, die gar nicht da waren. Das war einfach nicht möglich. Sie hatte mit diesem Mann so gut wie jede Stunde des Tages gearbeitet, seit das alles angefangen hatte. Faith war nicht so dumm, dass sie etwas so eklatant Offensichtliches übersah. Will dagegen war zu intelligent, um bei etwas so Grundlegendem schlecht zu sein.

Sie schaute wieder zum Monitor und konzentrierte sich auf die Bücher, die Warren auf dem untersten Brett aufgereiht hatte. Fragen über Will nagten noch immer an ihren Gedanken. Hatte er die Titel lesen können? Hatte er überhaupt die Drohbriefe lesen können, die man unter Adam Humphreys Tür durchgeschoben hatte? Was war ihm sonst noch entgangen?

Faith blinzelte, und endlich erkannte sie, warum die drei Bücher auf dem untersten Brett ihr so bekannt vorkamen.

Sie hatte Wills Fähigkeiten in Zweifel gezogen, während ihr hier ein wichtiges Beweisstück fast ins Auge sprang, ohne dass sie es sah.

Sie zog ihr Spiralnotizbuch heraus und suchte nach der Telefonnummer, die sie sich am Vormittag in der Schule aufgeschrieben hatte. Tim Clark meldete sich nach dem dritten Klingeln.

»Ist Mary zu Hause?«

Wieder schien er seine Frau nur sehr ungern mit der Polizei reden zu lassen. »Sie macht gerade ein Nickerchen.«

Wahrscheinlich war sie noch genau dort, wo Faith sie zurückgelassen hatte, am Küchenfenster, wo sie in den Hinterhof hinausstarrte und sich fragte, wie sie mit ihren Erinnerungen umgehen sollte. »Ich muss mit ihr sprechen. Es ist sehr wichtig.«

Er seufzte, um sie wissen zu lassen, dass er nicht glücklich darüber war. Minuten später meldete sich Mary. Faith hatte ein schlechtes Gewissen, weil sie ihren Ehemann einer Lüge verdächtigt hatte. Mary klang, als wäre sie eben aus einem sehr tiefen Schlaf aufgewacht.

»Tut mir leid, Sie zu stören.«

»Macht nichts«, sagte Mary mit schleppender Stimme. Faith hatte kein so schlechtes Gewissen mehr, als sie erkannte, dass Mary Clark offensichtlich getrunken hatte.

»Ich weiß, dass Sie sich an den Namen des Mädchens nicht mehr erinnern können, das Evan mutmaßlich an der Crim vergewaltigt hatte«, begann Faith. »Aber wissen Sie noch, dass Sie sagten, er hätte ein Alibi gehabt?«

»Was?«

»Damals an der Crim«, wiederholte Faith und hätte am liebsten durch die Leitung gegriffen und Mary geschüttelt. »Wissen Sie noch, Sie sagten, Evan hätte die Schule wegen eines Vergewaltigungsvorwurfs verlassen?«

»Man konnte ihm rein gar nichts beweisen.« Mary lachte heiser auf. »Er kommt immer damit durch.«

»Genau«, sagte Faith und starrte ihren Monitor an, die grauen Rücken der Jahrbücher der Alonzo A. Crim Highschool in Warren Griers Bücherregal. »Aber damals, so haben Sie mir gesagt, kam er damit durch, weil dort ein Schüler war, der ihm ein Alibi gab.«

»Ja«, bestätigte Mary. »Warren Grier.« Sie spuckte den Namen aus. »Er sagte, sie wären nach der Schule wegen Nachhilfe oder so was zusammen gewesen.«

Faith musste sichergehen. »Mary, wollen Sie mir damit sagen, dass Warren Grier Evan Bernard ein Alibi für ein Verbrechen gab, das vor dreizehn Jahren passierte?«

»Ja«, wiederholte sie. »Erbärmlich, nicht? Dieser kleine Blödmann war Evan noch mehr hörig, als ich es war.«

20. KAPITEL

Will griff nach einem Pappbecher, aber der Spender war leer. Er spähte in den langen Zylinder neben dem Wasserkühler, um nachzusehen, ob weiter oben nicht noch ein Becher klemmte.

»Hinten habe ich noch welche«, sagte Billy Peterson. Er war ein älterer Polizist, der schon seit Urzeiten die Aufsicht über die Zellen hatte.

»Danke.« Will stand, die Hände in den Taschen, da, weil er Angst hatte, dass sein Zittern zurückkehren und ihn verraten könnte. Er spürte, wie sich in ihm eine vertraute Kälte aufbaute, dieselbe Kälte, die er schon als Kind entwickelt hatte. Schau genau zu, was passiert, aber halte die Angst und den Schmerz von dir fern. Lass sie nicht wissen, dass sie dir was tun können, das verleitet sie nur noch zu mehr Kreativität.

Will redete nie über die Dinge, die ihm passiert waren – nicht einmal mit Angie. Einiges davon hatte sie mitbekommen, aber Will hatte es geschafft, das meiste strikt für sich zu behalten. Bis jetzt. Die Dinge, die er Warren Grier gesagt hatte, die grässlichen Geheimnisse, die er mit ihm geteilt hatte, waren Gedanken, die sich seit Langem in ihm aufbauten. Doch statt eine Katharsis zu empfinden, fühlte er sich nackt und verletzlich. Er kam sich vor wie ein Betrüger. Und ein Schuft. Niemand konnte sagen, was Warren, der nun in seiner winzigen Zelle saß, im

Augenblick durch den Kopf ging. Wahrscheinlich wünschte er sich, er hätte ein drittes Mal abgedrückt.

Will ertappte sich dabei, wie er einen Sekundenbruchteil lang dem Mann daraus keinen Vorwurf machte. Er konnte den Warren aus dem Verhörzimmer nicht verdrängen, die Traurigkeit in seiner Haltung, die Art, wie er Will anschaute, als erwarte er, jeden Augenblick ins Gesicht getreten zu werden. Will musste sich wieder bewusst machen, was Warren getan hatte, musste an die Menschen denken, deren Leben er ruiniert hatte und vielleicht sogar von der Haft aus noch ruinierte.

Die Zelle, in die Will Warren gesteckt hatte, war nicht viel größer als das Zimmer, das der Mörder sein Zuhause nannte – ein Loch im Vergleich zu Emma Campanos palastartigem Schlafzimmer mit den Designerkissen und dem riesigen Fernseher. Mit Verblüffung hatte Will ein starkes Gefühl der Einsamkeit gespürt, als er die Habseligkeiten des jüngeren Mannes durchschaute. Die ordentlich aufgereihten CDs und DVDs, die sorgfältig eingeräumte Sockenschublade und die nach Farben sortierten Kleidungsstücke im Schrank, all das erinnerte Will an ein Leben, das er ebenso gut selbst hätte führen können. Das berauschende Gefühl der Freiheit, das er mit achtzehn Jahren empfunden hatte, als er zum ersten Mal allein und auf eigene Verantwortung hinaus in die Welt durfte, war sehr schnell durch Panik ersetzt worden. Der Staat brachte einem nicht unbedingt bei, wie man sein Leben selbst in die Hand nahm. Schon von jungen Jahren an lernte man, zu akzeptieren, was immer man bekam, und nicht um mehr zu bitten. Es war reines Glück gewesen, dass Will letztendlich beim Staat eine Stelle gefunden hatte. Er wusste nicht, für welche andere Arbeit er mit seinen Problemen qualifiziert wäre.

Warren musste in einer ähnlichen Lage gewesen sein. Nach seiner Personalakte im Copy Right arbeitete Warren Grier dort, seit er die Highschool abgebrochen hatte.

Im Verlauf der letzten zwölf Jahre war er bis zum Filialleiter aufgestiegen. Dennoch verdiente er nur etwa sechzehntausend

Dollar pro Jahr. Eine hübschere Wohnung als das Apartment an der Ashby Street hätte er sich zwar durchaus leisten können, aber unter seinen Möglichkeiten zu leben hatte ihm offensichtlich ein Gefühl der Sicherheit gegeben. Wenn er seinen Job im Copy Right verlor, wie würde er es anstellen, einen neuen zu finden? Wie konnte er ein Bewerbungsformular ausfüllen? Wie konnte er die Demütigung ertragen, einem Fremden sagen zu müssen, dass er kaum lesen konnte?

Ohne seinen Job konnte Warren seine Miete nicht bezahlen, konnte sich kein Essen, keine Kleidung kaufen. Es gab keine Familie, an die er sich wenden konnte, und was den Staat betraf, so hatte dessen Verantwortlichkeit ein Ende gefunden, als Warren achtzehn Jahre alt geworden war. Er war völlig allein und auf sich gestellt.

Das Copy Right war das Einzige gewesen, was zwischen Warren Grier und der Obdachlosigkeit stand. Will spürte, wie sich ihm in einem Gefühl geteilter Angst der Magen zusammenzog. Wenn er nicht Angie Polaski in seinem Leben hätte, wie ähnlich wäre dann Wills Existenz der Warren Griers?

»Hier«, sagte Billy und gab Will einen Becher.

»Danke«, presste Will hervor und ging zum Wasserkühler. Vor vielen Jahren hatte Amanda freundlicherweise Will als Freiwilligen für eine Taser-Demonstration benannt. Die Erinnerung an den Schmerz verblasste schnell, aber Will wusste noch sehr gut, dass er danach stundenlang an einem anscheinend unstillbaren Durst gelitten hatte.

Will füllte den Becher, stellte sich dann ans Tor zu den Zellen und wartete, bis man ihn wieder einließ. Innerhalb des Sicherheitstrakts hielt er die Augen starr nach vorn gerichtet, denn er spürte die Blicke, die man ihm durch die schmalen Scheiben aus stahlverstärktem Glas in den Zellentüren zuwarf. Evan Bernard saß in diesem Flügel. Billy hatte ihn zu den Transfrauen gesteckt, zu denjenigen, die noch ihre männliche Ausstattung hatten. Es war bereits durchgesickert, dass Evan Bernard gern junge

Mädchen vergewaltigte. Die Zelle der Transfrauen war der einzige Ort, der ihnen eingefallen war, wo Bernard nicht eine große Dosis seiner eigenen Medizin bekommen würde.

Will öffnete den schmalen Schlitz in Warrens Tür. Er stellte den Becher auf die flache Metallablage. Der Becher wurde nicht genommen.

»Warren?« Will schaute durch das Glas und sah die Spitze von Warrens weißem Gefängnispantoffel. Der Mann saß offensichtlich mit dem Rücken zur Tür. Will kauerte sich hin und brachte den Mund dicht an den Metallschlitz. Die Öffnung war kaum mehr als dreißig Zentimeter breit und acht Zentimeter hoch, gerade groß genug, um ein Metalltablett durchzuschieben.

Will sagte: »Ich weiß, dass Sie sich im Augenblick einsam fühlen, aber denken Sie an Emma. Wahrscheinlich fühlt sie sich auch einsam.« Er hielt inne. »Wahrscheinlich fragt sie sich, wo Sie bleiben.«

Es kam keine Antwort.

»Überlegen Sie, wie einsam sie ohne Sie ist«, präzisierte Will. »Niemand ist da, der mit ihr redet oder ihr sagt, dass Sie okay sind.« Sein Oberschenkel fing an, sich zu verkrampfen, deshalb kniete er sich auf ein Knie. »Warren, Sie müssen mir nicht sagen, wo sie ist. Sagen Sie mir einfach, dass sie okay ist. Mehr will ich im Augenblick gar nicht wissen.«

Es kam noch immer keine Antwort. Will versuchte, nicht an Emma Campano zu denken, daran, wie ihre Angst immer größer würde, wenn die Zeit langsam verging und niemand kam, um nach ihr zu sehen. Wie gnädig wäre es gewesen, wenn er sie gleich an diesem ersten Tag getötet und ihr die Qual der Ungewissheit erspart hätte.

»Warren …« Will spürte etwas Feuchtes an seinem Knie. Er schaute nach unten, als ihm ein leichter Ammoniakgeruch in die Nase stieg.

»Warren?« Will schaute noch einmal durch den Schlitz; der weiße Slipper war zur Seite gekippt und rührte sich nicht. Er sah, dass das Bett abgezogen war. »Nein«, flüsterte Will. Er schob den Arm durch den offenen Schlitz und tastete nach Warren. Seine Hand fand die verschwitzten Haare des Mannes, spürte seine kalte, feuchte Haut. »Billy!«, schrie Will. »Tür aufmachen!«

Der Wachmann ließ sich Zeit, um zum Tor zu kommen. »Was ist los?«

Wills Finger strichen über Warrens Augen, seinen offenen Mund. »Rufen Sie einen Krankenwagen!«

»Scheiße«, fluchte Billy und riss das Tor auf. Er rammte die Faust auf einen roten Knopf an der Wand und rannte auf die Zelle zu. Der Generalschlüssel hing an seinem Gürtel. Er steckte ihn ins Schloss und riss die Tür zu Warrens Zelle auf. Die Angel quietschte unter dem Gewicht der Tür. Ein Ende des Lakens war um den Türknauf geschlungen, das andere fest um Warrens Hals verknotet.

Will kniete sich hin und fing sofort mit Wiederbelebungsversuchen an. Billy schnappte sich sein Funkgerät, rief Codes, bestellte einen Krankenwagen. Als endlich Hilfe eintraf, schwitzte Will, seine Hände schmerzten, weil er sie Warren immer wieder auf die Brust drückte. »Tu mir das nicht an«, flehte er. »Na komm, Warren. Tu mir das nicht an.«

»Will«, sagte Billy und legte ihm die Hand auf die Schulter. »Kommen Sie. Es ist vorbei.«

Will wollte sich losreißen, einfach weitermachen, aber sein Körper gehorchte ihm nicht mehr. Zum zweiten Mal an diesem Abend setzte er sich auf die Fersen und schaute auf Warren Grier hinunter. Die letzten Worte des jungen Mannes hallten ihm noch in den Ohren. »Farben«, hatte Warren gesagt. Er hatte Wills Ablagesystem durchschaut, wie er Farben benutzte, um zu markieren, was sich in den Mappen befand. »Sie verwenden die Farben so wie ich.« Warren Grier hatte endlich eine verwandte Seele gefunden. Einige Zeit später hatte er sich umgebracht.

Eine zweite Hand legte sich um Wills Arm. Faith half ihm beim Aufstehen. Er hatte gar nicht bemerkt, dass sie da war, auch den Kreis aus Polizisten nicht, der sich um ihn gebildet hatte.

»Kommen Sie«, sagte sie und ließ die Hand an seinem Arm, während sie ihn den Gang entlangführte. Es gab Johlen und Pfeifen, die Art von Anzüglichkeiten, die man von Männern hinter Gittern erwartete, wenn eine hübsche Frau vorbeiging. Will ignorierte sie, kämpfte mit sich, um nicht gegen Faith zu sacken und sich in ihren Armen zu verkriechen.

Faith setzte ihn an Billys Schreibtisch. Sie kniete sich vor ihn hin, hob die Hand zu seiner Wange. »Sie konnten doch nicht wissen, dass er so etwas tut.«

Will spürte die Kühle ihrer Handfläche an seinem Gesicht. Er legte seine Hand über ihre und zog sie dann sanft weg. »Ich kann mich nicht gut trösten lassen, Faith.«

Sie nickte verständnisvoll, aber er sah das Mitleid in ihren Augen.

»Ich hätte ihn nicht anlügen dürfen«, sagte er. »Die Sache mit den Zigarettennarben.«

Faith kauerte sich auf die Fersen und schaute zu ihm hoch. Er wusste nicht, ob sie ihm glaubte oder ihm nur einen Gefallen tat. »Sie haben getan, was Sie tun mussten.«

»Ich habe ihn zu sehr bedrängt.«

»Er hat sich das Laken selbst um den Hals gelegt.« Und sie erinnerte ihn: »Und er hat abgedrückt, Will. Sie wären jetzt tot, wenn in diesen Kammern Patronen gewesen wären. Er hat vielleicht mehr Mitleid erregt als Evan Bernard, aber er war genauso kalt und berechnend.«

»Warren hat getan, was seiner Programmierung entsprach. Alles, was er in seinem Leben getan hatte – alles –, war ein Kampf gewesen. Ihm wurde nie etwas geschenkt.« Will spürte, wie sein Unterkiefer sich verkrampfte. »Bernard ist gebildet und wird gemocht, er hat einen guten Job, Freunde, eine Familie. Er hatte die Wahl.«

»Jeder hat die Wahl. Sogar Warren.«

Sie würde das nie verstehen, weil sie noch nie völlig allein auf der Welt gewesen war. Er sagte zu ihr: »Ich weiß, dass Emma noch irgendwo lebt, Faith.«

»Es ist viel Zeit vergangen, Will. Zu viel.«

»Ist mir egal, was Sie sagen«, entgegnete er. »Sie lebt. Warren hätte sie nie umgebracht. Er wollte etwas von ihr, Dinge, die er sich nehmen wollte. Sie haben doch gehört, wie er im Verhör geredet hat. Sie wissen, dass er sie am Leben hielt.«

Faith antwortete nicht, doch er konnte die Antwort in ihren Augen sehen: Sie war ebenso sicher, dass Emma tot war, wie Will sicher war, dass das Mädchen lebte.

Anstatt mit ihm zu diskutieren, wechselte sie das Thema. »Ich habe eben mit Mary Clark gesprochen.« Sie berichtete ihm kurz von ihrer Entdeckung der Jahrbücher auf den Fotos, die Will gemacht hatte, von dem Anruf bei Mary Clark und ihrer Bestätigung, dass Warren damals Bernard ein Alibi gegeben hatte. Während Faith sprach, entstand für Will endlich ein klares Bild. Bernard war offensichtlich der einzige Anker in Warrens Leben. Es gab nichts, was der junge Mann nicht für seinen Mentor getan hätte.

Faith erzählte ihm, was Mary Clark sonst noch gesagt hatte. »Bernard ließ sie in sein Haus kommen, um zu trinken, zu rauchen und zu tun, was immer sie wollten. Und wenn er dann mit ihnen fertig war, warf er sie einfach weg.«

»Wahrscheinlich gab er Warren Nachhilfe«, vermutete Will. »Er dürfte der einzige Erwachsene in seinem Leben gewesen sein, der je versuchte, ihm zu helfen, anstatt ihn zu behandeln, als würde mit ihm etwas nicht stimmen.« Warren hätte sich vor einen Zug geworfen, wenn Bernard es ihm befohlen hätte. Die Weigerung des jungen Mannes, den Lehrer zu belasten, war plötzlich sehr verständlich.

»Das zeigt ein Muster mit den Mädchen«, sagte Faith. »Bernard bekommt mehr Zeit im Gefängnis, wenn Mary einer Jury erzählt, was mit ihr passiert ist.«

Will glaubte keine Sekunde, dass Mary Clark letztendlich die Kraft finden würde, ihrem Misshandler entgegenzutreten. »Ich will, dass er stirbt«, murmelte er. »Alle diese Mädchen, die er vergewaltigt hatte – er hätte sie ebenso gut töten können. Was hätte aus Mary Clark werden können, bevor Evan Bernard sie in die Finger bekam? Was für ein Leben hätte sie führen können? All das löste sich in Luft auf in dem Augenblick, als er sie ins Auge fasste. Das Mädchen, das Mary hätte sein können, ist tot, Faith. Wie viele andere Mädchen tötete er so wie sie? Und jetzt Kayla und Adam, und wer weiß, was Emma durchmacht.« Er hielt inne und schluckte die Gefühle hinunter, die in ihm aufwallten. »Ich will dabei sein, wenn sie ihm die Nadel in den Arm stechen. Ich will sie ihm selbst hineinrammen.«

Faith war so erschrocken über seinen Ausbruch, dass es ihr die Sprache verschlug. Nach einigen Augenblicken sagte sie: »Wir können nach anderen Zeugen suchen. Es muss andere Mädchen geben. Wenn wir deren Aussagen mit den Vorwürfen am Georgia Tech zusammenbringen, könnte er dreißig, vierzig Jahre bekommen.«

Will schüttelte den Kopf. »Bernard hat Adam und Kayla getötet, Faith. Ich weiß, dass er es nicht mit eigenen Händen tat, aber er wusste, wozu Warren fähig ist. Er wusste, dass er die komplette und totale Kontrolle über ihn hatte, dass er den Abzug betätigen und Warren schießen würde.« Will dachte an Warren, wie verzweifelt er versucht haben musste, irgendwo dazuzugehören. In Bernards Haus mit den anderen Kindern herumzusitzen, Bier zu trinken und über die Loser zu reden, die noch in der Schule waren, das musste für ihn das Äquivalent einer Familie gewesen sein.

Faith sagte: »Das Zimmer in seinem Haus vor dreizehn Jahren war genauso wie das, das wir in Bernards Wohnung gefunden haben. Er macht das seit Jahren, Will. Sobald sein Foto an die Medien geht, kriegen wir ...«

»Wo?«, unterbrach Will sie. »Hat Mary gesagt, wo dieses Haus war?«

»Ich dachte, Sie hätten seinen letzten Wohnort überprüft?«

»Habe ich auch.« Will spürte, wie das letzte Puzzleteil das Bild vervollständigte. »Die Überprüfung von Bernards Hintergrund ergab noch ein anderes Haus. Er kaufte es vor fünfzehn Jahren und verkaufte es drei Jahre später wieder. Ich habe mir nichts dabei gedacht, aber …«

Faith holte ihr Handy heraus und wählte die Nummer. »Mary weiß, wo dieses Haus ist.«

Faith fuhr hinter dem Streifenwagen der Atlanta Police die North Avenue entlang. Die Signallichter blinkten, aber die Sirene war stumm. Auch Will war stumm. Er dachte noch immer an Warren Grier, an die weiche Nachgiebigkeit seiner Brust, als Will versuchte, wieder Leben in ihn zu pressen. Was hatte den Mann dazu getrieben, sich das Laken um den Hals zu wickeln, sich das Leben zu nehmen? Hatte er Angst, er würde es nicht viel länger aushalten, Will würde ihn so heftig bedrängen, dass er Evan Bernard am Ende verraten würde? Oder war es nur ein Mittel zu einem ultimativen Zweck, Warrens verzweifelter, hochtrabender Plan, um sicherzustellen, dass er den Rest seines Lebens mit Emma Campano verbrachte?

Der Streifenwagen holperte über die Baustellen vor dem Coca-Cola-Gebäude, Laternen erhellten die Straße. Faith fuhr etwas langsamer, damit ihr der Unterboden ihres Mini nicht aufgerissen wurde.

Sie sagte: »Ich will die Leiche nicht finden.«

Will schaute ihr Profil an, die blauen Lichter, die ihr über die blasse Haut zuckten. Er verstand, was sie meinte: Sie wollte, dass Emma Campano gefunden wurde, aber sie wollte nicht diejenige sein, die sie entdeckte. »Sie wird am Leben sein«, sagte Will zum wiederholten Mal. Er konnte nichts anderes denken – vor allem nach Warrens Tod nicht. »Emma wird am Leben sein, und sie wird uns sagen, dass Evan Bernard das alles getan und dass er Warren zu allem angestiftet hat.«

Faith behielt ihre Meinung für sich und schaute stur auf die Straße. Wahrscheinlich hielt sie Will für einen Narren.

Am Straßenrand tauchten Wohnhäuser auf, heruntergekommene viktorianische Bauten und Hütten, deren Fenster man schon vor langer Zeit vernagelt hatte. Der Streifenwagen vor ihnen schaltete die Signallichter aus, als sie sich Evan Bernards alter Adresse näherten. Hier gab es keine Straßenbeleuchtung. Wolken verdeckten den Mond. Jetzt, kurz vor Mitternacht, waren die Autoscheinwerfer die einzige Lichtquelle.

»Schauen Sie«, sagte Faith und deutete auf das Auto, das Adam Humphrey von dem Studenten gekauft hatte. Der blaue Chevy Impala war nur ein Auto unter vielen Rostlauben, die an diesem trostlosen Stück der North Avenue parkten. Zwei Tage lang hatte man mit Hochdruck nach diesem Fahrzeug gesucht. Kein Mensch hatte gemeldet, es gesehen zu haben. Stand es schon die ganze Zeit hier, mit Emma Campano, die im Kofferraum verrottete? Oder hatte Warren sie am Leben gelassen, damit die Natur ihren Lauf nahm? Auch so spät in der Nacht war die Hitze noch unerträglich, und im Auto musste es noch zehn bis fünfzehn Grad wärmer sein. Ihr Hirn hätte in der Hitze buchstäblich gekocht.

Will und Faith stiegen aus dem Mini aus. Er richtete sein Maglite auf die Häuser und leeren Grundstücke am Straßenrand, während sie auf das Auto zugingen. Die meisten Häuser waren abgerissen worden, aber drei hatten überlebt. Es waren zweckorientierte Holzbauten, die man wahrscheinlich nach dem Zweiten Weltkrieg hastig zusammengezimmert hatte, um die explodierende Bevölkerung Atlantas unterzubringen.

Bernards Haus stand am Ende, die Hausnummer war noch immer an der Vordertür befestigt. Fenster und Türen waren mit Brettern vernagelt. Ein Maschendrahtzaun um das Anwesen herum sollte wohl Obdachlose abhalten, aber das hatte sie nicht daran gehindert, sich an mehreren Stellen untendurch zu graben. Diverse Drogenutensilien auf dem Bürgersteig und der Straße zeigten, dass einige sich nicht einmal diese Mühe gemacht hatten.

Einer der Beamten aus dem Streifenwagen kontrollierte den Innenraum des Impala. Sein Kollege stand mit einem Brecheisen in der Hand neben dem Auto. Ohne lange zu zögern, brach er das Kofferraumschloss auf, der metallene Deckel sprang auf. Bei dem Geruch nach Fäkalien und Blut hielten sich alle die Hand vor den Mund.

Der Kofferraum war leer.

»Das Haus«, sagte Faith und richtete den Strahl ihrer Taschenlampe auf das Gebäude. Es war zweistöckig, das Dach hing in der Mitte durch. »Da könnten Junkies drin sein. Hier liegen überall Spritzen herum.«

Will ging wortlos auf das Haus zu. Er legte sich auf den Boden, kroch unter dem Zaun durch und stand auf der anderen Seite wieder auf. Die Haustür war vernagelt. Eines der Bretter vor dem Fenster sah lose aus. Will riss es mit bloßen Händen ab. Seine Taschenlampe zeigte ihm, dass der Staub auf dem Fenstersims weggewischt war. Jemand war schon vor ihm hier gewesen.

Er zögerte. Faith hatte recht. Es könnte ein Crack-Haus sein. Dealer und Junkies könnten hier drinnen Geschäfte machen. Sie könnten bewaffnet, high oder beides sein. So oder so, sie würden die Polizei in ihrem Unterschlupf nicht gerade willkommen heißen.

Eines der Verandabretter knarzte. Faith stand hinter ihm, die Taschenlampe auf den Boden gerichtet.

Er sprach leise. »Sie müssen das nicht tun.«

Faith ignorierte ihn und zwängte sich zwischen den verrotteten Brettern hindurch.

Will postierte die beiden anderen Beamten an der Vorder- und der Rückseite des Hauses, bevor er ihr folgte. Drinnen hatte Faith ihre Waffe gezogen und hielt die Lampe an den Lauf, so wie es jedem Polizisten beigebracht wurde. Das Haus fühlte sich klaustrophobisch an, die Decken waren niedrig, in jeder Ecke türmte sich Abfall. Es lagen mehr Spritzen herum, als Will zählen konnte, Klumpen aus Aluminiumfolie und ein paar Löffel – alles Hinweise darauf, dass die Bruchbude noch aktiv zum Drücken genutzt wurde.

Faith wies nach unten, um Will anzudeuten, dass sie diese Etage durchsuchen würde. Will zog seine Waffe und ging auf die Treppe zu.

Er testete jede Stufe mit dem Fuß und hoffte, dass er nicht auf verfaultes Holz treten und im Keller landen würde. Tief unten im Kreuz spürte er ein Kribbeln. Er erreichte den Treppenabsatz und hielt die Taschenlampe zu Boden gerichtet. Durch eines der vernagelten Fenster fiel ein dünner Strahl Mondlicht, gerade genug, um etwas sehen zu können. Will schaltete die Lampe aus und legte sie behutsam auf den Boden. Dann stand er da und horchte auf Lebensgeräusche. Doch er hörte nur Faith unten herumgehen und das Haus unter der Hitze ächzen, die das Holz durchdrang.

Will roch Marihuana und Chemikalien. Hier könnte auch ein Meth-Labor sein. Hinter einer der Türen könnte sich ein Junkie verstecken und nur darauf warten, Will mit einer Nadel zu stechen. Er machte einen Schritt vorwärts, zerbrochenes Glas knirschte. Hier oben gab es vier Schlafzimmer und ein Badezimmer. Die Tür am Ende des Gangs war geschlossen. Alle anderen Türen waren ausgehängt worden, wahrscheinlich, um sie als Altholz zu verkaufen. Im Bad waren alle Armaturen verschwunden, die Kupferröhren aus den Wänden gerissen. In die Decke waren Löcher geschlagen. Der Verputz neben den Lichtschaltern war aufgerissen, wahrscheinlich hatte jemand nach Kupferdrähten in der Wand gesucht. Die Verdrahtung war Aluminium, wie Will sah, die Art, die er aus seinem eigenen Haus herausgerissen hatte, weil die Bauvorschriften sie seit Jahren nicht mehr erlaubten.

Faith flüsterte: »Will?« Sie kam die Treppe hoch. Er wartete, bis sie bei ihm war, und deutete dann auf die geschlossene Tür am Ende des Gangs.

Vor dieser einzigen Tür blieb Will stehen. Er drehte den Knauf, doch es war abgeschlossen. Er bedeutete Faith zurückzutreten, hob dann den Fuß und trat die Tür auf. Will kniete sich hin und richtete die Waffe blindlings ins Zimmer. Der Strahl von Faiths Taschenlampe schnitt wie ein Messer durch die Dunkelheit, tastete die Ecken, den offenen Wandschrank ab.

Das Zimmer war leer.

Sie steckten beide ihre Waffen ein.

»Das ist genauso wie die anderen.« Faith leuchtete die ausgebleichten rosa Wände an, die schmutzig weißen Zierleisten. Auf dem Boden lag eine Doppelmatratze, in der Mitte blühten dunkle Flecken. Davor stand ein Stativ mit einer Kamera.

Will nahm die Taschenlampe und suchte nach der Speicherkarte. »Leer«, sagte er.

»Wir sollten Charlie rufen«, sagte Faith, wahrscheinlich, weil sie an die Spuren dachte, die gesichert werden mussten, und die DNS auf der Matratze.

»Er wird kaum so dumm gewesen sein, Spuren von sich selbst zu hinterlassen«, sagte Will. Evan Bernards blasiertes Gesicht ging ihm nicht mehr aus dem Kopf. Der Mann war so sicher, dass man ihn nie kriegen würde. Er hatte recht. Im Augenblick konnten sie Bernard nichts anderes anlasten als den sexuellen Verkehr mit Kayla Alexander. Will wusste nicht, wie lang die Verjährungsfrist in Mary Clarks Fall war, und er war sich auch nicht sicher, ob sie gegen einen Mann aussagen würde, den sie in vielerlei Hinsicht noch immer als ihren ersten Liebhaber betrachtete.

Ein Scharren war zu hören. Will drehte den Kopf, um zu sehen, was Faith machte, aber sie stand bewegungslos mitten im Zimmer. Wieder hörte er das Scharren, und diesmal erkannte er, dass es von der Decke kam.

Mit den Lippen formte Faith: *Junkie?*

Will ließ den Strahl der Taschenlampe über die Decke wandern und kontrollierte jede Ecke des Zimmers. Wie im Rest des Hauses war auch hier der Verputz an den Lichtschaltern aufgerissen. Um das Loch herum sah Will einen dunklen Fleck, vielleicht einen Fußabdruck. Über seinem Kopf war ein dunkles Loch, Isoliermaterial und Gipskarton hing in Fetzen herab.

»Emma?« Er erstickte beinahe an dem Namen des Mädchens, hatte Angst, ihn auszusprechen, sich selbst Hoffnung zu machen. »Emma Campano?« Er stieß die Faust in die Decke. »Hier ist die Polizei, Emma.«

Wieder war Scharren zu hören, deutlich das Geräusch von Ratten.

»Emma?« Will streckte die Hand nach oben, riss Gipskartonbrocken von der niederen Decke. Seine Hände arbeiteten nicht schnell genug, deshalb benutzte er die Taschenlampe, um die Öffnung zu vergrößern. »Emma, hier ist die Polizei.« Er rammte seinen Fuß in ein Loch in der Wand und stemmte sich in den Dachboden hoch.

Mit dem Oberkörper auf dem Dachboden, den Fuß noch in dem Loch in der Wand verankert, hielt er inne. Heiße Luft hüllte ihn ein, so intensiv, dass seine Lunge beim Einatmen brannte. Das Mädchen lag wie ein Häufchen Elend am Dachfuß. Seine Haut war mit einem feinen weißen Pulver vom Gipskarton bedeckt. Emmas Augen waren offen, die Lippen zusammengepresst. Eine große Ratte lauerte nur Zentimeter von ihrer Hand entfernt, ihre Augen leuchteten wie Spiegel im Licht der Taschenlampe. Will stemmte sich in den Dachboden hinauf. Überall huschten Ratten herum. Eine sprang über den Arm des Mädchens. Er sah Kratzspuren, wo die Tiere ihre Krallen in die Haut gegraben hatten.

»Nein«, flüsterte Will und kroch auf Händen und Knien über die Bodenbretter. Auf Emmas Unterbauch und den Oberschenkeln sah er getrocknetes Blut, geschwollene Striemen an ihrem

Hals. Will schlug mit der Taschenlampe nach einer gierigen Ratte, das Herz tat ihm weh beim Anblick des Mädchens. Wie konnte er Paul sagen, dass er seine Tochter in diesem Zustand gefunden hatte? Es gab keinen Verwesungsgeruch, keine Fliegen gruben sich in ihr Fleisch. Wie konnte irgendeiner von ihnen weiterleben mit dem Wissen, dass bei ihr nur wenige Stunden zwischen Leben und Tod entschieden hatten.

»Will?«, fragte Faith, doch er merkte am Ton ihrer Stimme, dass sie wusste, was er gefunden hatte.

»Tut mir leid«, sagte Will zu dem Mädchen. Er konnte ihren starren, leblosen Blick nicht ertragen. Während der ganzen Ermittlung hatte er keinen Augenblick an ihren Tod geglaubt – auch wenn immer mehr Indizien auf das Gegenteil hindeuteten. Er hatte darauf beharrt, dass sie unmöglich tot sein konnte, und jetzt war sein einziger Gedanke, dass sein Hochmut die Wahrheit nur noch unerträglicher machte.

Will streckte die Hand aus, um ihr die Augen zu schließen, er legte ihr die Finger auf die Lider, um sie sanft nach unten zu drücken. »Tut mir leid«, wiederholte er, doch er wusste, dass das nie genug sein würde.

Emmas Augen sprangen wieder auf. Sie blinzelte und schaute dann Will an.

Sie lebte.

21. KAPITEL

Faith stand in Emma Campanos Krankenzimmer und schaute Abigail und ihrer Tochter zu. Das Zimmer war dunkel, das einzige Licht kam von den Apparaten, an denen das Mädchen hing. Nährlösungen, Antibiotika, verschiedene Chemikalienmischungen, die alle dazu da waren, ihren Körper wieder gesund zu machen. Ihren Geist konnte jedoch nichts heilen. Kein medizinisches Gerät konnte ihre Seele wiederbeleben.

Als Faith schwanger war, hatte sie insgeheim entschieden, dass das Baby in ihrem Bauch ein kleines Mädchen sei. Blonde Haare und blaue Augen, Grübchen in den Wangen. Faith wollte ihr passende rosa Sachen kaufen und Bänder in die Haare flechten, während ihre Tochter über Schulschwärmereien und Boy Groups und geheime Wünsche redete.

Jeremy hatte diesen Traum ziemlich schnell zerstört. Die Gefühle ihres Sohnes waren eher auf unkomplizierte Dinge wie Football und Actionhelden gerichtet. Sein Musikgeschmack war beklagenswert und kaum der Rede wert. Seine Wünsche waren nicht geheim: Spielzeuge, Videospiele und – zu Faiths Entsetzen – die kleine rothaarige Schlampe, die nur ein paar Häuser entfernt wohnte.

In den letzten Tagen hatte Faith ihre Gedanken zu diesem dunklen Ort wandern lassen, den alle Eltern irgendwann einmal besuchen: Was würde ich tun, wenn das Telefon klingelt, die

Polizei an die Tür klopft und irgendein Fremder mir sagt, mein Kind sei tot? Das war das Grauen, das im Herzen jeder Mutter lauerte, diese schauderhafte Angst. Es war wie auf Holz klopfen oder sich bekreuzigen – den Gedanken zuzulassen diente als Talisman dagegen, dass es tatsächlich passierte.

Als Faith Emma nun hier schlafen sah, erkannte sie, dass es Schlimmeres gab, als einen solchen Anruf zu bekommen. Man konnte sein Kind zurückbekommen, aber seine Identität – sein Wesen – konnte verschwunden sein. Die Qualen, die Emma durchlitten hatte, waren ihrem Körper eingeschrieben: die Quetschungen, die Kratzer, die Bissspuren. Warren hatte sich viel Zeit genommen mit dem Mädchen, hatte jede kranke Fantasie ausgelebt, die ihm in den Sinn gekommen war. Er hatte ihr weder Essen noch Wasser gegeben. Emma war gezwungen, in dem Zimmer, in dem sie schlief, auch Blase und Darm zu entleeren. Sie war an Händen und Füßen gefesselt worden. Immer wieder war sie bis zur Bewusstlosigkeit stranguliert und dann wiederbelebt worden. Sie hatte so viel geschrien, dass ihre Stimme jetzt nur noch ein heiseres Flüstern war.

Faith konnte nicht anders. Sie hatte nicht mit dem Mädchen, sondern mit der Mutter Mitleid. Sie dachte an das, was Will vor einigen Stunden gesagt hatte, nämlich dass Evan Bernard Mary Clark so gut wie getötet hatte. Jetzt gab es zwei Emma Campanos – die vor Warren und die danach. Das kleine Mädchen, das Abigail gehegt und gepflegt hatte, das sie in der Früh in die Schule und an Wochenenden ins Kino und in Einkaufszentren gebracht hatte, war verschwunden. Übrig war nur noch die Schale dieses Mädchens, ein leeres Gefäß, das irgendwann einmal mit Gedanken an einen Fremden angefüllt sein würde.

Offensichtlich dachte auch Abigail an all diese Dinge. Sie konnte das Mädchen kaum berühren, schien sich zwingen zu müssen, Emmas Hand zu halten. Faith konnte der Mutter nicht in die Augen schauen. Wie konnte man den Tod seines Kindes betrauern, wenn es noch am Leben war?

Nun sagte Abigail leise: »Sie ist aufgewacht.«

Langsam ging Faith zum Bett. Schon auf dem Weg zum Krankenhaus hatte Faith versucht, das Mädchen zu befragen, hatte sie regelrecht bestürmt. Emma hatte auf ihrer Bahre gelegen, die Augen hatten die Krankenwagendecke angestarrt, ihre Antworten waren nur einsilbige Häppchen gewesen. Mit der Zeit war sie immer erregter geworden, bis sie sich schließlich, als die Folgen ihres Martyriums Wirkung zeigten, nur noch am Sicherheitsgitter festkrallte. Sie war so hysterisch geworden, dass man sie sedieren musste, damit sie sich nicht selbst verletzte. Ihre Reaktion war der ihrer Mutter überraschend ähnlich.

»Hi, Honey«, sagte Faith. »Erinnerst du dich noch an mich?«

Das Mädchen nickte. Ihre Lider waren schwer, obwohl das Beruhigungsmittel schon längst nicht mehr wirkte. Die Uhr auf dem Herzmonitor zeigte 6:33 Uhr in der Früh. Licht lugte an den Kanten der Metalljalousien vor dem Fenster herein. Während sie schlief, war unbemerkt die Sonne aufgegangen.

Sie hatten sehr schnell herausgefunden, dass es die Männer waren, die sie in Hysterie versetzten. Die Sanitäter, die sie berührten und abtasteten, sogar Will, der versuchte, ihre Hand zu halten, hatten sie in Panik versetzt. Emma konnte den Anblick eines Mannes nicht ertragen, ließ die männlichen Ärzte nicht an sich heran. Sogar ihr eigener Vater regte Emma so auf, dass sie sich übergeben musste.

Faith fragte Emma: »Bist du sicher, dass du das jetzt tun willst?«

Sie nickte.

»Ich muss dir ein paar Fragen stellen«, sagte Faith zu ihr. »Glaubst du, du kannst mit mir reden?«

Sie nickte wieder und verzog bei der Bewegung vor Schmerz das Gesicht.

Abigail berührte mit den Fingerspitzen den Arm ihrer Tochter. »Wenn es zu viel für dich …«

»Ich will es«, sagte Emma gepresst.

»Erzähl mir, woran du dich erinnerst«, forderte Faith sie auf, obwohl sie wusste, dass das Mädchen wahrscheinlich alles getan hatte, um zu vergessen.

»Es war Kayla«, sagte sie mit Gewissheit in der Stimme. »Wir hörten sie schreien. Adam ging auf den Gang hinaus, und ich sah, wie der Mann auf ihn einstach.«

»Warren?«

Sie nickte.

Abigail griff nach dem Glas Wasser neben dem Bett. »Trink etwas, Liebling.«

»Nein«, entgegnete sie. »Ich muss reden.«

Faith war überrascht von ihrem Mut, aber dann fiel ihr wieder ein, dass Emma Campano inzwischen zweimal als tot abgeschrieben worden war und sich zweimal zurückgekämpft hatte. »Erzähl mir, was passiert ist.«

»Adam meinte, ich soll mich im Wandschrank verstecken.« Sie hielt inne, ihre Entschlossenheit schien zu wanken. »Das Nächste, woran ich mich erinnere, ist, dass ich in diesem Zimmer und der Mann auf mir war.«

Faith fragte: »Hat er irgendwas zu dir gesagt?«

»Er sagte, dass er mich liebt.« Sie schaute schnell zu ihrer Mutter. »Ich sagte, dass ich ihn auch liebe. Danach war er netter zu mir.«

»Das war schlau«, sagte Faith. »Du hast getan, was du tun musstest, damit er nicht wütend wird.«

»Sind Sie sicher …« Das Mädchen kniff die Augen zusammen. Der Herzmonitor piepste. Kalte Luft strömte aus dem Schlitz über dem Bett. »Sind Sie sicher, dass er tot ist?«

»Ja«, antwortete Faith mit aller Bestimmtheit, die sie aufbringen konnte. »Ich habe ihn selbst gesehen. Er starb letzte Nacht.«

Sie hielt die Augen fest geschlossen.

»Bist du sicher, dass sonst niemand da war?«, fragte Faith.

Das war die erste Frage gewesen, die sie ihr gestellt hatte, und ihre Antwort war damals so eindeutig wie jetzt.

»Ja. Da war sonst niemand.«

Faith konnte es nicht dabei belassen. Sie musste ganz sicher sein. »Warren hat niemanden erwähnt, mit dem er zusammenarbeitete? Es kam nie jemand anders zu dir ins Zimmer?«

Ihre Augen waren noch immer geschlossen. Faith glaubte, sie sei eingeschlafen, aber der Kopf des Mädchens bewegte sich langsam von einer Seite auf die andere. »Niemand«, sagte sie. »Ich war völlig allein.«

Abigail streckte die Hand aus und zog sie sofort wieder zurück, denn sie wusste nicht, wo sie ihre Tochter berühren sollte, welche Stellen Trost oder Schmerz bringen würden. Sie gab es auch zu. »Ich weiß nicht, was ich tun soll«, sagte sie.

Faith nahm die Hand der Frau und legte sie auf die ihrer Tochter. »Sie haben sie schon einmal verloren. Jetzt liegt es an Ihnen, sie nicht wieder zu verlieren.«

Faith sah Will und Amanda am Ende des Gangs vor Emmas Zimmer stehen. Beide blickten sie erwartungsvoll an. Sie schüttelte den Kopf, um sie wissen zu lassen, dass sie noch immer nichts Belastendes gegen Evan Bernard hatten.

Amanda holte ihr Handy heraus, und Will sagte etwas, um sie davon abzubringen. Faith konnte seine Stimme nicht hören, und es war ihr, ehrlich gesagt, auch egal. Sie ging wieder zu der Reihe Plastikstühle an der Wand und setzte sich stöhnend. Sie war so erschöpft, dass ihr fast schwindelig wurde. Schlaf war alles, was sie jetzt brauchte, nur ein paar Minuten, und dann würde sie mit Will ins Auto steigen, um Warren Griers Wohnung noch einmal gründlich zu durchsuchen. Sie würden das Büro des Mannes im Copy Right auf den Kopf stellen, jeden befragen, der ihn kannte oder in Kontakt mit ihm gekommen war. Mary Clark hatte Warren und Bernard zusammen gesehen. Es musste einfach irgendjemanden geben, der noch mehr wusste als sie.

Faith riss den Kopf hoch, als sie merkte, dass sie eindöste. Ihr Handy klingelte. Sie zog es aus der Tasche und schaute auf die Anruferkennung. Es war schon wieder Victor. Er war mehr als beharrlich.

»Gehen Sie dran?«, fragte Will.

Faith schaute zu ihm hoch. Er sah so müde aus, wie sie sich fühlte. »Der ruft schon wieder an.« Sie steckte das Handy in die Tasche. »Worum gings denn eben?«

Er ließ sich auf den Stuhl neben ihr fallen, und seine langen Beine blockierten den Gang. »Der Staatsanwalt sagt, er wird gegen eine Kaution keinen Einspruch erheben.« Er rieb sich die Augen. »Bernard wird noch vor Mittag wieder auf freiem Fuß sein.«

»Hat es etwas gebracht, Amanda anzuschreien?«

»Es ist einfacher, ihr die Schuld zu geben an all den schlimmen Dingen, die auf der Welt passieren.« Er stützte den Kopf in die Hände, die Erschöpfung verlangsamte seine Bewegungen. »Was habe ich übersehen, Faith. Wie können wir ihn hinter Schloss und Riegel halten?«

Faith dachte an das, was hinter der Tür auf der anderen Seite des Gangs war. Warren war tot, aber es gab da draußen noch jemanden, der für das Verbrechen bestraft werden musste. Sie mussten eine Anklage gegen Evan Bernard auf die Beine stellen. Will hatte recht – er musste bestraft werden.

Sie fragte: »Was hat Amanda gesagt?«

»Sie wendet sich etwas anderem zu. Emma ist wieder da, wir haben einen toten Gefangenen und eine Anzeige der Alexanders, mit der wir uns herumschlagen müssen. Der Fall wurde mehr oder weniger herabgestuft, weil wir ein lebendes Opfer haben.« Er schüttelte den Kopf. »Was ist das für ein Job, in dem eine tote Siebzehnjährige wichtiger ist als eine Lebende?«

»Mein Chef hat mich von dem Fall noch nicht abgezogen«, sagte Faith. »Ich arbeite mit Ihnen, solange die mich lassen.«

»Na ja, das ist die andere Sache.«

Faith hörte das Zittern in seiner Stimme, und sie überlief ein kalter Schauer. »Hat Amanda das mit dem grauen Pulver herausgefunden?«

Er schaute sie verwirrt an. »Ach so«, sagte er, als er begriff, was sie meinte. »Nein, schlimmer. Amanda wird Sie bitten, meine Partnerin zu werden.«

Faith war so müde, dass sie glaubte, sie hätte sich verhört. »Ihre Partnerin?«

»Ich verstehe, wenn Sie das nicht tun wollen.«

»Darum geht es nicht«, sagte sie und wusste noch immer nicht so recht, ob sie ihn wirklich richtig verstanden hatte. »Ihre Partnerin?«, wiederholte sie. »Amanda hat mich so ziemlich von jedem wichtigen Ereignis in diesem Fall ferngehalten«, sagte Faith und dachte, dass die verpasste Pressekonferenz nur die Spitze des Eisbergs war. »Warum will sie mich dann in Ihrem Team?«

Will hatte den Anstand, schuldbewusst dreinzuschauen. »Genau genommen war ich es, der Sie außen vor gehalten hat«, gab er zu. »Aber nicht absichtlich. Ehrlich.«

Sie war zu müde, um irgendetwas zu sagen außer einem entrüsteten »Will«.

»Tut mir leid«, sagte er und hob entschuldigend die Hände. »Aber, hören Sie, es ist besser, wenn Sie wissen, worauf Sie sich einlassen würden.«

»Das ist das Letzte, was ich erwartet hätte«, gab Faith zu. So richtig begreifen konnte sie das Angebot noch immer nicht.

»Ich habe Ihnen von der beschissenen Zahnversicherung erzählt.« Er hob die Hand und zeigte ihr die Narbe von der Nagelpistole. »Und Sie dürfen nicht vergessen, dass Amanda keine Gefangenen macht.«

Faith rieb sich das Gesicht. Sie musste diese Ungeheuerlichkeit erst auf sich wirken lassen. »Ich habe noch immer dieses Klicken im Ohr, als Warren mit leerer Kammer auf Sie feuerte.« Sie hielt inne, ihre Stimme machte nicht mehr so recht mit. »Er hätte Sie töten können.« Dann fügte sie hinzu: »Und ich hätte ihn getötet.«

Will bemühte sich um eine gewisse Unbeschwertheit. »Sie haben ziemlich cool auf mich gewirkt.« Mit Falsettstimme ahmte er sie nach: »Fallen lassen, du Scheißkerl!«

Sie spürte ihre Wangen rot werden. »Wollte eben auch mal die Heldin aus *Make-up und Pistolen* sein.«

»Pepper Anderson war Sergeant. Sie sind Detective.«

»Und *Sie* sind erbärmlich, weil Sie das wissen.«

Er rieb sich das Kinn und grinste. »Ja, da haben Sie wahrscheinlich recht.« Er zögerte ein paar Sekunden, bevor er sagte: »Ich meine es ernst, Faith. Ich nehme es nicht persönlich, wenn Sie Nein sagen.«

Nun kam sie zum Wesentlichen. »Ich weiß nicht, ob ich einen solchen Job jeden Tag machen kann. Beim Morddezernat wissen wir wenigstens, wo wir suchen müssen.«

»Freund, Ehemann, Geliebter«, sagte Will, ein altbekannter Refrain. »Ich will Sie nicht anlügen. Diese Arbeit saugt einem das Leben aus.«

Sie dachte an Victor Martinez und seine vielen Anrufe. Jeremy war endlich aus dem Haus. Sie hatte einen Mann getroffen, der möglicherweise Interesse an ihr hatte, obwohl sie auf eine Erwachsenenbeziehung so erbärmlich schlecht vorbereitet war. Sie hatte es endlich geschafft, sich im Morddezernat eine Art mürrischen Respekt zu erarbeiten, auch wenn das größte Kompliment bis jetzt lautete: »Bist gar nicht so blöd für eine Blondine.«

Wollte Faith noch weiteren Komplikationen in ihrem Leben die Tür öffnen? Sollte sie nicht einfach den Rest ihrer Dienstzeit auf ihrer Detective-Marke surfen und dann zu einer privaten Sicherheitsfirma gehen, wie jeder Polizist im Ruhestand es tat, den sie kannte?

Will schaute links und rechts den Gang entlang. »Ist Paul einfach verschwunden?«, fragte er – eine Frage, die ihr Gespräch wieder auf sicheren Boden führen sollte.

Faith war froh darüber. »Ich habe ihn nicht gesehen.«

»Typisch«, bemerkte er.

Faith drehte sich auf ihrem Stuhl, um Will direkt anzuschauen. Seine Nase war noch immer geschwollen, unter dem rechten Auge hatte er einen blauen Schatten. »Sind Sie wirklich in einem Kinderheim aufgewachsen?«

Er schien die Frage nicht verstanden zu haben. Sein Gesicht blieb ausdruckslos.

»Entschuldigung«, sagte sie in dem Augenblick, als er antwortete: »Ja.«

Will beugte sich vor und stützte die Ellbogen auf die Knie. Faith wartete, dass er etwas sagte, aber er schien dasselbe auch von ihr zu erwarten.

Der Satz platzte einfach aus ihr heraus. *»Moms I'd like to fuck.«*

»Was?«

»An diesem ersten Tag mit Jeremy. Sie haben mich gefragt, was eine MILF ist. Es steht für ›Moms I'd like to fuck.‹ Mütter, die ich gern ficken würde.«

Er kniff die Augen zusammen, versuchte offensichtlich, es in den richtigen Kontext zu bringen. Schließlich schien es ihm wieder einzufallen, denn er sagte: »Autsch.«

»Ja«, pflichtete Faith ihm bei.

Will faltete die Hände. Dann drehte er die Uhr am Handgelenk und las die Zeit ab. Anstatt irgendeine Bemerkung zu machen, irgendeine Belanglosigkeit zu sagen, starrte er einfach auf den Boden. Sie sah, dass seine Schuhe abgestoßen und die Säume seiner Hosenbeine schmutzverklebt waren, weil er vor dem Haus an der North Avenue unter dem Zaun durchgekrochen war.

»Was hat Warren zu Ihnen gesagt?«, fragte sie. »Ich weiß, dass er etwas sagte. Ich habe gesehen, wie Ihr Gesicht sich veränderte.«

Will starrte weiter auf den Boden. Sie glaubte schon, er würde nicht antworten, aber er tat es doch. »Farben.«

Faith glaubte ihm jetzt genauso wenig wie damals. »Er hat Ihnen die Farben der Aktenmappen genannt?«

»Das ist ein Trick«, antwortete er. »Wissen Sie noch, als Bernard sagte, dass Legastheniker ziemlich gut darin sind, ihr Problem vor anderen zu verbergen?« Er schaute sie wieder an. »Die Farben sagen einem, was in den Mappen drin ist.«

Bei allem, was in den letzten Stunden passiert war, hatte Faith ihre Vermutung, dass Will nicht lesen konnte, fast vergessen. Sie dachte an das psychologische Gutachten, das Will Warren ins Gesicht geschleudert hatte, daran, dass er bei jedem Punkt, den er nannte, den Finger auf den farbigen Kreis drückte. Will hatte den Text nie angeschaut. Er hatte sich von den Farben leiten lassen.

»Was war mit dem letzten Blatt?«, fragte sie. »Warren war ein funktionaler Analphabet. Aber eine gewisse Lesefähigkeit hatte er. Warum konnte er nicht erkennen, dass es nur ein Memo über Kleidervorschriften war?«

Will starrte die gegenüberliegende Wand an. »Wenn man aufgeregt ist, ist es noch schwerer, die Wörter zu erkennen. Sie bewegen sich hin und her. Sie verschwimmen.«

Faith war also doch nicht verrückt. Will hatte wirklich ein Leseproblem. Sie dachte daran, wie er sich immer die Taschen abklopfte und seine Brille suchte, wenn es etwas zu lesen gab. Auf Adam Humphreys Führerschein war ihm die ländliche Adresse nicht aufgefallen, und er hatte die Webseite auf Bernards Computer, die sich mit Lehrerpensionierung beschäftigte, nicht gelesen. Dennoch musste sie zugeben, wenn man Will mit Leo Donnelly oder jedem anderen Mann im Morddezernat verglich, war er der bessere Polizist.

Sie fragte: »Welche anderen Tricks würde Warren sonst noch benutzt haben?«

»Einen Digitalrekorder. Stimmerkennungs-Software. Rechtschreibprüfung.«

Faith fragte sich, ob sie noch blinder hätte sein können. Sie war zwar Detective, und doch hatte sie die offensichtlichen

Hinweise, die ihr direkt ins Auge sprangen, einfach übersehen. »Ist das der Grund, warum Warren so auf die Farben fixiert war?«, fragte sie. »Hat er die verschiedenen Farben Ihrer Mappen gesehen und so herausgefunden, dass Sie ...«

»Farben«, unterbrach Will sie. »Er sagte, die Farben.« Ein schiefes Grinsen breitete sich auf seinem Gesicht aus. »Das hat Warren versucht, mir zu sagen.«

»Was?«

Er stand auf, und Aufregung verdrängte jetzt die Erschöpfung. »Wir müssen noch einmal in den Copyshop.«

22. KAPITEL

Will ging den Zellengang entlang und schaute nicht zu dem polizeilichen Absperrband vor der offenen Tür der Zelle, in der Warren Grier sich erhängt hatte. Er spürte, wie die kalten Blicke der Gefangenen ihm bis zum Ende des Gangs folgten. Die üblichen Gefängnisgeräusche waren zu hören: Männer, die Unsinn redeten, Männer, die weinten.

Evan Bernard war in einer der größeren Arrestzellen. Männer, die junge Mädchen vergewaltigten, wurden von den anderen Gefangenen ins Visier genommen. Diejenigen, die mit sensationellen Fällen in Zusammenhang gebracht wurden, konnten sich von ihrem Leben so gut wie verabschieden. Die Zelle der Transfrauen war für einen Mann wie Evan Bernard der einzig sichere Ort. Die Frauen wurden für gewöhnlich wegen minderschwerer Vergehen verhaftet: Mundraub, Landstreicherei. Die meisten von ihnen waren zu feminin für eine Arbeit am Bau und zu maskulin für Mädchentricks. Wie Evan Bernard wären sie in einer Zelle mit normalen Gefangenen in Stücke gerissen worden.

Der Lehrer ließ die Hände durch das Gitter nach draußen hängen, seine Ellbogen lagen auf der Querstrebe. Die Zelle war groß, mindestens fünf Meter breit. Auf die ganze Fläche verteilt standen Stockbetten mit drei Ebenen. Als Will darauf zuging, sah er, dass die Frauen sich alle um eine Koje drängten, als könnten auch sie Evan Bernards Anblick nicht ertragen.

Will hatte ein Laken unter dem Arm. Das Material war rauer Gefängnisstoff, gebleicht und gestärkt bis an die Grenzen der Belastbarkeit. Als er es durch ein Gitterquadrat schob und an eine Längsstrebe lehnte, behielt es seine Form.

Bernard schaute das Laken übertrieben lange an. »Der arme Junge. Die Mädchen hier sind völlig aus dem Häuschen.«

Will blickte in die Zelle. Die Frauen sahen aus, als würden sie ihn am liebsten in der Luft zerreißen.

Bernard sagte: »Ohne meinen Anwalt rede ich nicht mit Ihnen.«

»Ich will gar nicht, dass Sie reden«, sagte Will. »Ich will, dass Sie zuhören.«

Bernard zuckte die Achseln. »Habe ja sonst nichts, um mir die Zeit zu vertreiben.«

»Wissen Sie, wie er es gemacht hat? Wie er sich selbst stranguliert hat?«

»Ich habe angenommen, er wurde Opfer von Polizeibrutalität.«

Will lächelte. »Wollen Sie es wissen oder nicht?«

Bernard hob eine Augenbraue, als wollte er sagen: *Reden Sie.*

Will nahm das Laken von der Querstange und faltete es auf. Er erklärte, während er damit hantierte. »Kann man sich kaum vorstellen, nicht? Ist irgendwie unwahrscheinlich, dass man sich selbst erdrosseln kann, indem man einfach nur auf dem Boden sitzt.« Er zog sich das Laken durch die Hand und wickelte es sich um den Arm.

»Es geht so: Man wickelt das eine Ende um den Türknauf und das andere ungefähr so um den Hals.« Will zog das Laken straff, sodass die Haut an den Seiten herausquoll. »Dann kniet man sich so hin, dass der Kopf nahe am Knauf ist, und dann fängt man an, sehr heftig zu atmen, bis man hyperventiliert.«

Bernard lächelte, als hätte er endlich verstanden.

»Und dann, kurz bevor man ohnmächtig wird, streckt man die Beine aus.« Will zog das Laken weg. »Und dann wartet man.«

»Das dürfte nicht lange dauern«, sagte Bernard.

»Nein, nur ein paar Minuten.«

»Ist das der Grund, warum Sie zu mir gekommen sind, Mr. Trent, um mir diese tragische Geschichte zu erzählen?«

»Ich bin hier, um Ihnen zu sagen, dass Sie in einer Sache recht hatten.«

»Das müssen Sie für mich ein bisschen eingrenzen. Ich hatte bei vielen Dingen recht.«

Will wickelte das Laken um eine Querstange und ließ die Enden zu beiden Seiten herunterhängen. »Sie haben mir gesagt, dass Legastheniker sehr geschickt darin sind, Tricks zu entwickeln, um unter den anderen nicht aufzufallen. Stimmt das?«

»Stimmt.«

»Mir fiel das wieder ein, als ich über Warren nachdachte, weil er sich an dem Tag, als er zu Emma Campanos Haus ging, an viele Sachen erinnern musste.« Will zählte sie auf. »Wann Kayla ihn in das Haus lassen würde. Wo Emmas Zimmer war. Wie viele Paar Handschuhe er mitbringen musste. Wo er sie von einem Auto ins andere umladen sollte.«

Bernard schüttelte den Kopf. »Das ist faszinierend, Mr. Trent, aber was, um alles in der Welt, hat das mit mir zu tun?«

»Nun ja«, setzte Will an und zog seinen Digitalrekorder aus seiner Sakkotasche. »Da Warren sich keine Listen schreiben konnte, machte er Tonaufnahmen.«

Bernard schüttelte wieder den Kopf. Den Rekorder konnte er nicht erkennen, weil er Will gehörte. »Warren benutzte sein Handy, um die Aufnahmen zu machen«, erklärte Will. »Er kopierte sie auf Compact Discs, die er zwischen den Kunden-Discs im Copyshop aufbewahrte.«

Bernard wirkte nun ein wenig verunsichert.

»Blau, rot, lila, grün«, sagte Will. »Das war die Reihenfolge, die er für seine Discs benutzte.« Er schaltete den Rekorder an. Evan Bernards Stimme war eindeutig zu erkennen. »*Nein, Warren, Seil und Isolierband werden im Kofferraum liegen. Kayla wird dir die Schlüssel geben.*«

Warren murmelte: »*Ich weiß, ich weiß.*«

In der Aufnahme klang Bernard nun offensichtlich erregt. »*Nein, du weißt nichts. Du musst auf das hören, was ich dir sage. Wenn du das richtig machst, werden wir nie erwischt.*«

Eine Mädchenstimme, die sie als Kayla Alexanders identifiziert hatten, sagte: »*Soll ich es dir aufschreiben, Warren? Soll ich eine Liste für dich machen?*«

Will schaltete den Rekorder aus. »Den Rest bekommen Sie dann vor Gericht zu hören.«

»Ich werde in einer Stunde frei sein«, sagte Bernard. »Mein Anwalt hat mir gesagt …«

»Ihr Anwalt weiß noch nichts von den DVDs.« Charlie Reed hatte sich geirrt, was die Kabel in Bernards Heimcomputer anging. Sie waren für ein aufnahmefähiges DVD-Laufwerk gedacht.

Will sagte zu Bernard: »Wir haben mindestens ein Dutzend Videos, die Sie in diesem speziellen Zimmer zeigen, Evan. Meine Partnerin ist im Augenblick in der Westfield Academy bei Olivia McFaden. Wir haben von den Videos Standfotos abgenommen – Bilder, die die Gesichter der Mädchen neben Ihrem zeigen. Bis jetzt haben sie sechs Studentinnen aus der Academy identifiziert.« Will fragte: »Was meinen Sie, wie viele mehr werden wir noch finden? Was meinen Sie, wie viele Frauen werden sich bei uns melden?«

»Ich will meinen Anwalt. Sofort.«

»Oh, der ist bereits unterwegs. Er schien wirklich erpicht zu sein, mit Ihnen zu reden, als er von den neuen Vorwürfen hörte.«

Will legte die Hand auf das Laken und schob es in die Zelle. »Hier, bitte, Evan. Ich will nicht, dass Sie glauben, ich hätte Ihnen nicht genug Seil gelassen, um sich zu erhängen.«

Betty lag auf der Couch, als Will nach Hause kam, was bedeutete, dass Angie nicht da war. Er zog sein Sakko aus und lockerte die Krawatte, während er das Thermostat auf kälter stellte. Er war kaum eine Minute im Haus und schon musste er sich ärgern. Angie wusste, dass er für Betty gerne die Klimaanlage laufen ließ. Sie neigte dazu, im Sommer üble Hitzeausschläge zu bekommen.

Der Anrufbeantworter blinkte. Es gab nur eine Nachricht. Will drückte auf den Knopf und hörte Paul Campanos Stimme aus dem Lautsprecher.

»Hey, Will«, sagte er, und das reichte schon. Will stoppte das Band, er wollte den Rest der Nachricht nicht hören. Er wollte Paul nicht gedemütigt oder dankbar hören. Der Mann hatte seinen Namen genannt, anstatt ihn Müll zu nennen. Das war alles, was Will hören wollte.

Er hob die Hündin von der Couch und trug sie in die Küche. Wo er überrascht feststellte, dass ihre Wasserschüssel voll war. Er musterte Bettys glubschäugiges Gesicht, als könnte er nur so feststellen, ob sie aufgehört hatte zu saufen oder nicht. Er war sich ziemlich sicher, dass Angie sich nicht die Mühe gemacht hatte, die Schüssel tagsüber zu füllen. Betty leckte Will übers Gesicht, und er streichelte sie kurz, bevor er sie auf den Boden stellte. Er schüttete ein wenig Hundefutter in ihren Fressnapf und legte ein Stück ihres Lieblingskäses dazu, bevor er ins Schlafzimmer ging.

Hier im hinteren Teil des Hauses war es wie in einem Backofen. Er zog Weste, Hemd und Hose aus, während er zum Bett ging, und warf alles auf einen Stuhl. Will wusste nicht genau, wie spät es war, aber er war so müde, dass es ihm egal war. Als er unter die Decke schlüpfte, fand er es eigentlich richtig gut, dass Angie nie das Bett machte.

Als er die Augen schloss, stieß er unwillkürlich einen langen, schweren Seufzer aus. Er kreuzte die Hände auf der Brust, legte sie dann seitlich aufs Bett. Er drehte sich um. Er strampelte die Decke weg. Schließlich lag er wieder auf dem Rücken und starrte in die Luft.

Das Telefon klingelte und zerriss die Einsamkeit. Will war unentschlossen, ob er drangehen sollte oder nicht. Es war zehn

Uhr. Im Augenblick wollte er mit niemandem auf der Welt sprechen. Amanda würde ihm nicht auf die Schulter klopfen, die Presse hatte seine Privatnummer nicht, und Angie war irgendwo und machte ihr eigenes Ding – was immer das war.

Er nahm ab, bevor der Anrufbeantworter sich einschaltete.

»Hi«, sagte Faith, »sind Sie gerade beschäftigt?«

»Liege nur in meiner Unterwäsche herum.« Es kam keine Erwiderung. »Hallo?«

»Ja.« Sie sagte das Wort wie eine Erklärung, und Will erkannte, dass er schon wieder einmal das Falsche gesagt hatte. Er wollte sich eben entschuldigen, als sie fortfuhr: »Ich habe Amanda gesagt, ich nehme das Angebot an.«

Will kamen mehrere Antworten in den Sinn, aber er verkniff sich alle, weil er nicht schon wieder etwas Dummes ablassen wollte. »Gut«, brachte er schließlich nur heraus, und es klang eher wie ein Krächzen.

»Und zwar deshalb, weil wir ihn geschnappt haben.« Bernard, meinte sie. »Wenn nicht, dann hätte es mir nichts ausgemacht, wieder an meinen kleinen Schreibtisch im Morddezernat zurückzukehren und meine Zeit bis zur Rente abzusitzen.«

»Ich hatte nie den Eindruck, Sie sind eine Polizistin, die nach der Stechuhr arbeitet.«

»Daran konnte man sich sehr leicht gewöhnen, wenn man einen Partner wie Leo hatte«, gab sie zu. »Vielleicht war es mit Ihnen anders.«

Er lachte. »Ich kann ehrlich sagen, ich hatte noch nie mit einer Frau zu tun, die es als positiv betrachtete, sich mit mir herumschlagen zu müssen.«

Auch sie lachte. »Immerhin kann ich Ihnen bei Ihren Berichten helfen.«

Will spürte, wie sein Lächeln verschwand. Sie hatten noch nicht über Faiths offensichtliche Erkenntnis gesprochen, dass es in der Nachbarschaft Zweitklässler gab, die besser lesen konnten als Will. Er sagte: »Ich brauche keine Hilfe, Faith. Wirklich.«

Um die Spannung etwas zu lockern, fügte er hinzu: »Aber danke.«

»Schon gut«, erwiderte sie, doch es klang noch immer angestrengt.

Er wollte etwas anderes sagen – einen Witz, einen schlechten Scherz über sein Analphabetentum. Doch ihm fiel nichts ein außer der schrillen Mahnung, dass es einen Grund gab, warum er den Leuten nichts von seinem Problem erzählte. Will brauchte keine Hilfe. Er kam allein zurecht, und das schon seit Jahren.

Er fragte: »Wann fangen Sie an?«

»Das ist kompliziert«, sagte sie. »Ich habe eine provisorische Bescheinigung, bis ich meinen Abschluss gemacht habe, aber im Wesentlichen werde ich gleich am Montagmorgen in Ihrem Büro sein.«

»In meinem Büro?«, fragte Will und bekam ein komisches Gefühl. Er wusste, wie Amanda tickte. Vor ungefähr einem Jahr war sie in sein Büro gekommen und hatte angemerkt, dass man, wenn Will sich nicht allzu breitmachte, gut noch einen Schreibtisch in das Zimmer stellen konnte. »Das ist ja großartig«, sagte er, um für gute Stimmung zu sorgen.

»Ich habe über Kayla nachgedacht.«

Das hörte er schon am Ton ihrer Stimme. »Sie meinen, über den Prozess?«

»Nein. Über ihre Motivation.« Faith schwieg wieder, aber nun schien sie ihre Gedanken zu sammeln. »Kein Mensch mochte Kayla – bis auf Emma. Ihre Eltern waren beschissen. Alle in der Schule hassten sie.«

»Nach den Aussagen ignorierte man sie aus einem ganz bestimmten Grund.«

»Aber Bernard ist ein so manipulativer Schweinehund, dass es schwer zu sagen ist, ob sie nur um des Kicks wegen mitgemacht hatte oder weil Bernard ihr gesagt hatte, sie solle es tun.«

Will wollte nicht akzeptieren, dass ein siebzehnjähriges Mädchen in der Lage war, so sadistisch zu sein. Sicher wusste er nur, dass sie, da Warren nun tot war und Bernard allen die Schuld gab außer sich selbst, die ganze Wahrheit nie herausfinden würden.

»Ich bezweifle, ob Kayla den Unterschied überhaupt kannte.«

»Mary Clark kennt ihn *noch immer nicht.*«

Er dachte an die arme Frau, den Schaden, den man in ihrer Psyche angerichtet hatte. Oberflächlich betrachtet lebte Mary ein gutes Leben: solide ausgebildet, verheiratet, zwei Kinder, Lehrerin an einer Eliteschule. Und doch bedeutete das alles gar nichts wegen etwas, das ihr vor mehr als zehn Jahren passiert war. Genauso hatte er über Emma am Anfang dieses Falls gedacht: Alles, was sie überlebte, würde sie dazu bringen, an jedem Tag ihres Lebens sterben zu wollen. Wenn es dem GBI und der Polizei von Atlanta und jeder anderen Polizeieinheit in Amerika wirklich ein Anliegen wäre, das Verbrechen zu stoppen, dann müsste man das ganze Geld, das in Gefängnisse und Gerichte und Heimatschutz gesteckt wurde, nehmen und jeden Penny davon für den Schutz von Kindern vor diesen Mistkerlen ausgeben, die es auf sie abgesehen hatten. Will konnte fast garantieren, dass sich diese Investition in geretteten Menschenleben auszahlen würde.

»Ich muss jetzt Schluss machen«, sagte Faith. »Ich treffe mich mit Victor Martinez zum Mittagessen, und ich trage noch immer dieselben Sachen, in denen Sie mich zum letzten Mal gesehen haben.«

»Der Typ vom Tech?«

»Mal sehen, wie lange ich brauche, um die Sache zu vermasseln.«

»Ich kann Ihnen ein paar Tipps geben.«

»Ich glaube, so was schaffe ich ganz gut allein.«

Er hörte, dass sie dabei war aufzulegen, und stoppte sie. »Faith?«

»Ja?«

Er versuchte, ein paar große Worte zu machen, sie in seinem Leben willkommen zu heißen, ihr zu versichern, dass er alles tue, was nötig sei, um die Sache glattlaufen zu lassen. »Bis in einer Woche dann.«

»Okay.«

Will legte auf, und plötzlich fielen ihm eine Million bessere Dinge ein, die er hätte sagen können, angefangen damit, dass er froh sei um ihre Entscheidung, und abgeschlossen mit seiner Bitte, sie möge ihm allen vergangenen und zukünftigen Unfug verzeihen. Er lag im Bett, die Augen zur Decke gerichtet, und ging ihr Telefongespräch noch einmal durch. Will erkannte, dass er genau wusste, warum sie das Angebot angenommen hatte. Sie waren im Copyshop und hörten, wie Evan Bernard, Kayla Alexander und Warren Grier Emma Campanos Entführung planten. Beide waren sie völlig kirre vor Erschöpfung, und ihr törichtes Grinsen musste Charlie Reed argwöhnisch gemacht haben, aber der Mann hatte den Mund gehalten.

In einer Hinsicht hatte sie recht: So schlimm, wie die letzten Tage auch gewesen waren, Evan Bernard zu überführen, war all diese Mühen wert gewesen. Sie hatten Emma Campano nach Hause zurückgebracht. Warren Grier hatte sich selbst gerichtet, aber seine Hinterlassenschaft war wertvoll gewesen. Kayla Alexander war Gerechtigkeit widerfahren, gleichgültig, wie tief sie in das Verbrechen verstrickt gewesen war. In diesen Lösungen lag eine gewisse Befriedigung, eine gewisse Bestätigung, dass das, was man da draußen machte, wirklich von Bedeutung war.

Und doch fragte sich Will, ob Faith wusste, dass ihr Vater in einem anderen Bundesstaat ein Bankkonto mit über zwanzigtausend Dollar hatte. Will hatte sich bereits zwei Wochen mit Evelyn Mitchells Fall beschäftigt, bevor er daran dachte, nach Konten unter dem Namen ihres toten Mannes zu suchen. Das Sparkonto war mindestens zwanzig Jahre alt, und der Stand hatte im Lauf der Jahre geschwankt, war aber nie unter fünftausend Dollar gefallen. Die letzte Abhebung hatte drei Jahre zuvor stattgefunden, deshalb war es schwer herauszufinden gewesen, wofür das Geld ausgegeben worden war. Evelyn Mitchell war Polizistin. Sie war nicht so dumm, Quittungen aufzuheben. Und tatsächlich hätte Will, wenn er das Konto nicht gefunden hätte, anhand ihres Lebensstils angenommen, dass sie sauber war. Sie hatte eine kleine Hypothek, bescheidene Ersparnisse und einen sechs Jahre alten Mercedes, den sie gebraucht gekauft hatte.

Es musste teuer gewesen sein, das Kind der Tochter aufzuziehen. Arztrechnungen, Ausflüge, Schulbücher. Jeremy war bestimmt nicht versichert gewesen. Will bezweifelte, ob die Versicherungspolice für die fünfzehnjährige Faith auch die Geburt eines Kindes abdeckte. Vielleicht war das Geld dafür ausgegeben worden. Vielleicht hatte Evelyn Mitchell sich gedacht, dass es nicht falsch sein konnte, das Geld von Drogendealern für die eigene Familie herzunehmen.

Es gab natürlich auch den Steueraspekt, aber Will arbeitete nicht fürs Finanzamt. Er arbeitete für das GBI, und es war seine Aufgabe, die Beweislage den Anwälten zu präsentieren und sie entscheiden zu lassen, wie sie in dem Fall verfahren würden. Will war leicht überrascht gewesen, als er hörte, dass man Evelyn zum vorzeitigen Ruhestand gezwungen hatte, anstatt sie anzuklagen. Er war lange genug dabei, um zu wissen, dass man, je weiter man oben war, immer weniger Gefahr lief, verurteilt zu werden, aber das Bankkonto war praktisch ein Elfmeter gewesen. Jetzt wusste er, warum die Frau davongekommen war und ihre Pension behalten durfte. Amanda musste einige ziemlich lange Fäden gezogen haben, um ihre Fast-Schwägerin vor dem Gefängnis zu bewahren.

Die Haustür knallte. »Willy?«

Einen Augenblick lang sagte Will gar nichts, spürte nur, wie der Schmerz seiner Einsamkeit einen Riss bekam. »Ich bin hier drin.«

Angie kniff die Augen zusammen, als sie ihn im Bett liegen sah. »Du schaust dir doch keine Pornos an, oder?«

Er dachte an Evan Bernards Sexfilme und wusste, dass er in den nächsten Stunden an Pornos nicht einmal denken konnte.

»Wo warst du?«

»Ich habe Leo Donnelly im Krankenhaus besucht.«

»Du hasst ihn doch.«

»Er ist Polizist. Und Polizisten besuchen Polizisten, wenn sie im Krankenhaus sind.«

Will würde diesen Code nie verstehen, diese Geheimsprache, die man mit der Uniform anlegte.

Angie sagte: »Ich habe gehört, ihr habt euren Kerl geschnappt.«

»Hast du auch gehört, dass ein Gefangener in meinem Gewahrsam sich umbrachte?«

»Das war nicht deine Schuld.« Die automatische Freisprechungsfloskel aller Polizisten.

»Er war einer von uns«, sagte Will zu ihr, weil er Warren Griers Namen nicht aussprechen, ihn nicht wieder zu einem lebenden Menschen machen wollte. »Er hat sein ganzes Leben in Kinderheimen verbracht. Mit achtzehn Jahren ging er dann endlich weg. Er war völlig allein.«

Angies Blick wurde weicher. »Warst du bei ihm, als er starb?«

Will nickte. Er musste glauben, dass er für Warren da gewesen war, auch bei dessen letztem Atemzug.

Sie sagte: »Dann war er doch nicht allein, oder?«

Will drehte sich auf die Seite, damit er sie anschauen konnte. Sie trug Shorts und eine weiße Bluse, die so dünn war, dass man den schwarzen BH darunter sehen konnte. Leo Donnelly hatte das sicher sehr gefallen. Wahrscheinlich erzählte er jetzt im Augenblick dem ganzen Bereitschaftssaal davon.

Will sagte: »Ich weiß, dass du weißt, dass du nicht schwanger bist.«

»Ich weiß, dass du es weißt.«

Viel mehr konnte er zu diesem Thema nicht sagen.

Sie fragte: »Willst du ein Sandwich?«

»Du hast die Mayonnaise schlecht werden lassen.«

Sie grinste hinterlistig. »Ich habe im Laden ein neues Glas gekauft.«

Will musste das Grinsen erwidern. Es war, dachte er, das Netteste, was sie seit einer ganzen Weile für ihn getan hatte.

Sie wandte sich zum Gehen, drehte sich aber noch einmal um. »Es freut mich, dass du deinen Fall gelöst hast, Will. Kein anderer hätte dieses Mädchen lebendig zurückgeholt.«

»Da bin ich mir nicht so sicher«, erwiderte er. »Du weißt, dass solche Sachen sehr oft Zufall sind.«

»Na, sag das auch deinem Arschloch von Lehrer.«

Evan Bernard. War die bevorstehende Strafverfolgung des Leselehrers ein Resultat des Zufalls, oder lag das alles an Wills Scharfblick? Letztendlich hätte jeder, der diese Ermittlung leitete, alle CDs in Warrens Büro kontrolliert. Evan Bernard mochte dann schon über alle Berge sein, aber wenigstens hätten sie die Beweise gefunden.

Sie sagte: »Wenn's dir gut geht, können wir ja vielleicht den Couchtisch noch einmal abschleifen.«

»Vielleicht den Sessel. Mir tun die Knie weh.«

»Ich habe nicht vor, einen alten Mann zu heiraten.«

Das Offensichtliche sagte er nicht, nämlich, dass sie gar niemanden heiraten würde. Angie hatte ihr Haus nicht zum Verkauf ausgeschrieben, ihren Verlobungsring trug sie nur, wenn es ihr passte, und seit Will sie kannte, war die einzige Verpflichtung, die sie je eingegangen war, die, keine Verpflichtungen einzugehen. Das einzige Versprechen, das sie je gehalten hatte, war, dass sie immer wieder in seinem Leben aufgetaucht war, egal, wie oft sie gesagt hatte, dass sie es nicht tun würde.

Immerhin hatte sie ihm Mayonnaise gekauft. Es lag eine Art Liebe in dieser Geste.

Angie beugte sich übers Bett und gab ihm einen uncharakteristischen Kuss auf die Stirn. Er versuchte, sich zu erinnern, wie es war, allein zu sein. So weit er zurückdenken konnte, hatte er nie dieses Gefühl kompletter Isolation gehabt, das man bekam, wenn es niemanden auf der Welt gab, der auch nur seinen Namen kannte. Angie war immer nur einen Telefonruf weit weg gewesen. Auch wenn sie sich mit anderen Männern traf, ließ sie alles stehen und liegen, um an Wills Seite zu eilen. Zwar hatte er sie nie darum gebeten, aber er wusste, dass sie es tun würde, sowie er wusste, dass er dasselbe für sie tun würde.

Angie in seinem Leben zu haben, bedeutete das, nie so allein zu sein wie Warren Grier? Er dachte an die Szene, die er dem jüngeren Mann während des Verhörs beschrieben hatte, das Bild häuslichen Glücks, das Will für Warren gezeichnet hatte: Warren, der nach Hause kam und sah, dass Emma das Abendessen für ihn kochte. Dass sie eine Flasche Wein miteinander teilten und über ihren Tag redeten. Dass Emma das Geschirr spülte und Warren abtrocknete. Die Szene zu beschreiben war so einfach für Will gewesen, weil er in seinem Herzen wusste, dass Warrens Träume den seinen sehr ähnlich waren.

Bis vor Kurzem hatte Wills Haus so ausgesehen wie Warrens winziges Zimmer an der Ashby Street – alles ordentlich, alles dort, wo es hingehörte. Jetzt lagen überall Angies Sachen verstreut, der Abdruck ihrer täglichen Existenz vermischte sich mit Wills. War das schlimm? Waren die Unannehmlichkeiten und die Störungen der Preis, den Menschen fürs Zusammensein bezahlten? Will hatte Warren gesagt, dass Typen wie sie nicht wussten, wie man sich in einer normalen Beziehung verhielt. Vielleicht war Will selbst mitten in einer Beziehung gelandet, ohne die Fähigkeit zu besitzen, die Zeichen zu erkennen.

Klicken kündete Bettys Ankunft im Schlafzimmer an, es waren ihre Krallen auf dem Holzboden. Es war, als hätte die Hündin nur darauf gewartet, dass Angie das Zimmer verließ. Sie sprang aufs Bett und schaute ihn erwartungsvoll an. Will deckte sich wieder zu, denn er fand es etwas unangemessen, vor der Hündin unbekleidet zu sein. Betty schien andere Probleme zu haben. Er bemerkte, dass sie etwas auf der Schnauze hatte, das aussah wie Pflanzerde.

Will schloss die Augen, lauschte dem Knarzen und Ächzen des alten Hauses, dem Summen des Kompressors, als sich die Klimaanlage einschaltete. Betty kam auf seine Brust gekrochen und drehte sich dreimal, bevor sie es sich auf ihm bequem machte. Sie keuchte ein wenig beim Atmen. Vielleicht war ihr Heuschnupfen wieder da. Will würde sie morgen für eine Antihistaminspritze zum Tierarzt bringen müssen.

Er hörte Angie in der Küche fluchen, dann das Geräusch eines Messers, das auf den Boden fiel, wahrscheinlich mit Mayonnaise auf der Klinge. Er stellte sich vor, wie sie sie mit dem Fuß aufwischte und dabei auf den Fliesen verschmierte. Betty würde die Flecken wahrscheinlich entdecken und auflecken. Will fragte sich, ob Hunde eine Lebensmittelvergiftung bekommen konnten, und beschloss, das Risiko lieber nicht einzugehen.

Behutsam hob er Betty von seiner Brust, zog seine Hose an und ging in die Küche, um Angie zu helfen.

EPILOG

Das Haus im Ansleypark war verlassen. Die Möbel waren versteigert, von Böden und Wänden waren Beläge und Tapeten entfernt worden. Reinigungstrupps hatten das Blut und alle Spuren des Verbrechens beseitigt. Doch in Abigails Kopf war immer noch alles wie damals. Manchmal stand sie in der Küche ihres neuen Hauses oder ging die Treppe hoch, und dann fiel ihr Adam Humphrey wieder ein, das Dunkelrot seiner Augen, als sie das Leben aus ihm herauspresste.

Trotz – oder wegen – der Einsprüche ihrer Anwälte hatte Abby seinen Eltern einen Brief geschrieben. Sie berichtete ihnen, was Emma über ihren Sohn gesagt hatte, dass er freundlich und gut und sanft war. Sie entschuldigte sich. Sie gab ihre Schuld freimütig zu, bot ihnen alles an, was sie hatte, und sie war mehr als bereit, es auch zu geben. Abigail war selbst Anwältin gewesen und wusste sehr genau, was sie tat. Zwei Wochen später lag zwischen all dem Unsinn, den Fremde Fremden nach einer Katastrophe schreiben, ein Umschlag mit einer Karte darin. Es stand kein Absender darauf, nur der Poststempel wies auf eine ländliche Kleinstadt in Oregon hin. Auf der Innenseite der Karte standen nur zwei Sätze: *Vielen Dank für Ihren Brief. Wir beten, dass wir alle die Kraft zum Weitermachen finden.*

Es wirkte wie eine völlig banale Aussage, etwas, das Jay Gatsby sagen würde, der Schlusssatz am Ende eines Kriegsfilms in Schwarz-Weiß: *Weiter so, Kamerad! Weiter bis zur Freiheit!*

Zwei Monate später ging das Leben um sie herum weiter, aber unter der Oberfläche lauerte noch immer diese Bedrohung, als würden sie alle erwarten, dass dieses Leben ihnen genommen würde. Und wie viel sie zu verlieren hatten! Das neue Haus in Druid Hills war spektakulär, noch größer als das in Ansley Park. Es gab acht Schlafzimmer und neun Bäder. Es gab ein Büro, eine Sauna, einen Weinkeller, einen Kinoraum, ein Kaminzimmer und einen Vorraum für verdreckte Schuhe, Kleider und dergleichen. Die umgebaute Remise bot zwei komplette Bäder und zwei zusätzliche Schlafzimmer. Als Abigail durch diese Wohnung über der Garage ging, bemerkte sie nur trocken, dass sie und Paul hier wenigstens mehr Platz hatten, um einander aus dem Weg zu gehen.

Er lachte nicht über ihre Bemerkung.

Sie kaufte Möbel, bestellte Bettwäsche und gab so viel Geld online aus, dass die Kreditkartengesellschaften anriefen, um sich zu versichern, dass man Abigails Identität nicht gestohlen hatte. Alle anderen schienen wieder in die Normalität zurückzukehren oder in das, was Abigail als »neue Normalität« bezeichnete. Beatrice war wieder in Italien. Hoyt war zu seiner Geliebten zurückgekehrt. Seine Frau lebte sicher und wohl versorgt in ihrem Haus in Puerto Rico. Abigail vermutete, dass es noch irgendwo eine andere Geliebte gab, denn ihr Vater hatte in letzter Zeit viel über London gesprochen.

Auch die Presse hatte sich endlich anderen Themen zugewandt. Das *People Magazine* und die TV-Produzenten waren sehr früh ausgestiegen, als klar wurde, dass die Familie Campano nicht den Wunsch hatte, ihre Geschichte mit der Welt zu teilen. Es gab die erforderlichen, selbst ernannten Freunde, die aus ihren Löchern gekrochen kamen, um über Emma zu reden, und die Ex-Freunde, die über Abigail und Paul redeten. Schlimmer waren die Sensationsblätter. Sie standen vor dem Tor am

Ende der Auffahrt und schrien jeden an, der das Haus verließ. »Hey, Mörderin«, riefen sie, wenn sie Abigail entdeckten. »Mörderin, wie ist es, wenn man weiß, dass man jemanden umgebracht hat?«

Abigail bemühte sich um ein neutrales Gesicht, wandte den Geiern den Rücken zu, sooft es nur ging, verschwand im Haus und brach in Tränen aus. An einem Tag schimpften sie sie kalt, am nächsten lobten sie sie als wilde Bärenmutter, die ihre Jungen beschützte. Man fragte sie, was sie von Evan Bernard hielt, dem Mann, der all dieses Elend über ihre Schwelle gebracht hatte.

Sooft Evan Bernard den Mund aufmachte, war ein Nachrichtenteam zur Stelle und berichtete live aus dem Gefängnis, in dem er festgehalten wurde. Wenn die Berichterstattung nachließ, meldete er sich mit Erklärungen, gab überraschende Gefängnisinterviews und präsentierte exklusive Dokumente aus seiner problematischen Vergangenheit. Dann hatten die Analysten ihren großen Tag, Experte um Experte sezierte jede Nuance von Bernards Leben: Wann er den falschen Weg eingeschlagen hatte, wie vielen Kindern er in seiner Karriere geholfen hatte. Frauen meldeten sich, so viele junge Frauen. Sie alle behaupteten beharrlich, dass er trotz der CDs, trotz der Videobeweise unschuldig sei. Der Evan Bernard, den sie kannten, wäre ein netter, ein sanfter Mann gewesen. Abigail juckte es in den Fingern, mit dem Mistkerl allein zu sein, ihm die Hände um seinen netten, sanften Hals zu legen und zuzusehen, wie sein armseliges Leben aus seinen schwarzen Knopfaugen schwand.

Sich all das anhören zu müssen war unerträglich, und Abigail und Paul hatten sich angewöhnt, alle Nachrichtensendungen auszuschalten und die Talkshows auszulassen, weil sie nicht noch mehr zu Bernards Berühmtheit beitragen wollten. Sie taten das sowieso, sobald Emma ins Zimmer kam. In Wahrheit vermittelte es Abigail das Gefühl, etwas Schmutziges zu tun, als würde sie hinter Emmas Rücken deren Tagebuch lesen. Paul hatte sogar das Abonnement für die Morgenzeitung gekündigt.

Offensichtlich war das Schreiben dort nicht angekommen, denn es türmten sich so viele feuchte Tüten mit Zeitungspapier am Ende ihrer Auffahrt, dass die Frau vom Nachbarschaftsverein ihnen einen Brief in den Briefkasten gesteckt hatte.

»Ich bedauere Ihr schweres Schicksal, aber Druid Hills ist ein historisches Viertel, und als solches hat es gewisse Regeln.«

»Ein historisches Viertel«, hatte Abigail die Frau nachgeäfft und sich dabei gedacht, dass die Frau einen historischen Besenstil im Arsch hatte. Sie hatte einen wütenden Antwortbrief geschrieben, voller Herablassung und Bösartigkeit. »Wissen Sie, wie es ist, zu wissen, dass ein Tier Ihr Kind vergewaltigt hat?«, hatte sie gefragt. »Glauben Sie, ich schere mich einen Dreck um Ihre beschissenen Regeln?«

Die Tirade hatte sich zu einer Art Generalabrechnung entwickelt, Seite um Seite angefüllt mit all den scheußlichen Dingen, die laut auszusprechen sich Abigail immer verkniffen hatte. Sie hatte sich nicht einmal die Mühe gemacht, das Ganze noch einmal durchzulesen, bevor sie es im Kamin verbrannte.

»Ein bisschen warm für ein Feuer«, hatte Paul gesagt.

»Mir ist kalt«, hatte sie erwidert, und damit war das Thema erledigt.

Erst seit Kurzem konnten sie überhaupt zum Briefkasten gehen, ohne dass ein Reporter jeden ihrer Schritte dokumentierte. Doch sogar die letzten verzweifelten Massenblätter waren abgezogen, als vor ein paar Wochen in Arizona eine schwangere Frau verschwand und der Ehemann anfing, sehr verdächtig auszusehen. Abigail hatte heimlich im Fitnessraum ferngesehen, hatte die Bilder der sechsundzwanzigjährigen Brünetten betrachtet und eifersüchtig gedacht, dass Emma so viel hübscher sei als diese werdende Mutter. Dann hatte man die Frau tot auf einem leeren Grundstück gefunden, und sie war sich unbedeutend und klein vorgekommen.

Da die Reporter verschwunden waren, waren die Campanos ganz allein. Es gab in ihrem Leben nichts mehr, worüber sie sich beschweren konnten, außer übereinander, und das war ausdrücklich verboten. Emma verließ das Haus nur einmal die Woche, seit sie hierhergezogen waren. Paul brachte ihr buchstäblich die Welt an die Türschwelle. Sie hatte Hauslehrer. Ihr Yogatrainer kam ins Haus. Die Friseurin besuchte sie einmal pro Monat. Hin und wieder kam ein Mädchen, um ihr die Nägel zu machen. Kayla Alexander und Adam Humphrey waren Emmas einzige enge Freunde gewesen, es gab also keine Teenager, die an die Tür klopften. Der einzige Mensch, den Paul nicht bestechen konnte, sie zu besuchen, war ihre Therapeutin. Die Praxis der Frau lag weniger als eine Meile entfernt, und Paul fuhr Emma jeden Donnerstag dorthin und wartete dann vor der Tür, bereit, sofort hineinzustürzen, falls sie nach ihm rief.

Vater und Tochter waren sich jetzt noch näher, und Abigail fielen einfach keine Gründe mehr ein, warum er Emma nicht alles geben sollte, was sie wollte. Die Ironie war, dass sie jetzt so wenig wollte. Sie verlangte weder Kleider, Geld noch irgendwelche technischen Spielzeuge. Sie wollte nur ihren Vater an ihrer Seite haben.

Paul hatte angefangen, nur noch fünf anstatt der gewohnten sechs Tage zu arbeiten. Er frühstückte jeden Morgen mit ihnen und war täglich zum gemeinsamen Abendessen zu Hause. Es gab keine Geschäftsreisen oder spätabendlichen Essenstermine mehr. Er war zum perfekten Ehemann und Vater geworden, aber zu welchem Preis? Er war nicht mehr derselbe. Manchmal fand Abigail ihn allein in seinem Büro oder vor dem stummen Fernseher. Sein Gesichtsausdruck war ein schmerzhafter Anblick. Es war, das wusste sie, genau der Ausdruck, den auch sie in unbedachten Momenten sehen ließ.

Und dann war da noch Emma. Oft stand Abigail in der offenen Tür zu ihrem Zimmer und sah ihr einfach nur beim Schlafen zu. Das war ihr Engel von früher. Das Gesicht war glatt, die Sorgenfalten auf der Stirn waren wie wegradiert. Der Mund war nicht angespannt, die Augen nicht voller Dunkelheit. Es gab

Zeiten, da kam Abigail in ihr Zimmer, und sie war bereits wach. Dann saß sie in dem Sessel am Fenster und starrte mit leerem Blick hinaus. Oder sie war irgendwo im Haus, saß weniger als drei Meter von Abigail entfernt, und doch war es so, als wäre die Zeit zersplittert und Emma wäre nicht mehr in diesem Zimmer, sondern Millionen Meilen weit weg.

Jahrelang hatte Abigail sich Sorgen gemacht, dass Emma so würde wie ihre Mutter. Jetzt machte sie sich Sorgen, dass aus ihr nichts Rechtes mehr würde.

Wie hatte ihnen das passieren können? Wie konnten sie jetzt überleben? Paul wollte nicht mehr darüber reden. Er stand einfach auf und ging zur Arbeit. Er fuhr Emma zu ihrem Termin. Er telefonierte, um ihr gemeinsames Leben in Gang zu halten. Sie schliefen häufiger miteinander, aber es war eher zweckgerichtet als sonst irgendetwas. Als ihr auffiel, dass es ein Muster gab, da Paul offensichtlich nur am Mittwoch und am Samstag an ihr interessiert war, fühlte sie sich eher erleichtert als beleidigt. Sie kreuzte die Tage in ihrem Kalender an. Es war etwas, worauf sie sich vorbereiten konnte, etwas, von dem sie wusste, dass es passieren würde.

Abigail merkte, dass sie nach mehr Mustern und Strukturen in ihrem Leben suchte, nach mehr Dingen, auf die sie sich verlassen konnte. Wegen der Therapie war Emma an den Donnerstagen ziemlich gereizt, deshalb fing Abigail an, ihr zum Frühstück Pfannkuchen zu braten. An Freitagen wirkte sie traurig, also wurde ein Filmeabend eingerichtet. Die Dienstage waren am schlimmsten. Alle schlechten Sachen passierten an einem Dienstag. Keiner von ihnen redete viel an diesen Tagen. Das Haus war still. Die Stereoanlage in Emmas Zimmer wurde nicht eingeschaltet. Der Fernseher lief leise. Der Hund bellte nicht. Das Telefon klingelte nur selten.

Das war also die neue Normalität – die kleinen Tricks, die sie alle lernten, um mit dem, was ihnen passiert war, zurechtzukommen. Abigail vermutete, dass es gar nicht so weit entfernt war davon, wie es zuvor gewesen war. Sie traf sich mit Innenausstattern, gab Geld aus für Sachen für ihr neues Zuhause. Paul hatte noch immer seine Geheimnisse, doch nun ging es nicht mehr um eine andere Frau. Emma belog sie noch immer, wohin sie tagsüber ging, auch wenn sie nie das Haus verließ. »Mir gehts gut«, sagte sie oft, auch wenn sie nur Sekunden zuvor noch Millionen Meilen entfernt gewesen war. Sie glaubten ihr einfach, weil die Wahrheit mehr wehtat als eine Lüge.

So machte sich Abigail also daran, allmählich mit ihrem Leben wieder zurechtzukommen. Die Tage wurden inzwischen kürzer, und sie wusste, dass sie nicht ewig so weitermachen konnten. Irgendwann einmal würde sich etwas ändern müssen, aber im Augenblick war der Status quo das Einzige, was sie alle weitermachen ließ. Sie vermutete, dass Adams Eltern letztendlich doch recht hatten.

Manchmal konnte man nichts anderes tun, als um die Kraft zum Weitermachen zu beten.

DANKSAGUNG

Kate Miciak, Kate Elton und Victoria Sanders waren so unerschütterlich wie immer, während ich an diesem Roman arbeitete, und ich möchte allen drei Damen für ihre unaufhörliche Unterstützung danken. Dieser Liste hinzufügen möchte ich Irwyn Applebaum, Nita Taublib, Betsy Hulsebosch, Barb Burg, Sharon Propson, Susan Corcoran, Cynthia Lasky, Carolyn Schwartz, Paolo Pepe, Kelly Chian und alle anderen Kämpen bei Bantam. Ich habe großes Glück, mit einer Gruppe von Menschen zu arbeiten, die sich so für Bücher engagieren.

Auch schätze ich mich sehr glücklich, meine Freunde um mich zu haben – ihr wisst, wer ihr seid. DT, deine Freundlichkeit beschämt mich. FM, deine kernigen Sprüche bringen mich immer zum Lachen. DM, wie weit sind wir dank deines gütigen Herzens zusammen gekommen. Und was dich angeht, Mo Hayder, tu nicht so, als würdest du nicht versuchen, mich ebenso aus der Fassung zu bringen. Ich war nicht diejenige, die einen Abfluss mit amputierten Händen verstopft hat.

Wie auch immer ...

Eines Abends, als ich in die Arbeit an diesem Buch vertieft war, brachte mein Vater mir Schokoladenkuchen und bestätigte mich so in meiner Überzeugung, dass er der beste Vater auf der ganzen Welt ist. Und was DA angeht ... alle Liebe von meinen Lippen ...

Möchten Sie wissen, wie es mit Will Trent, Faith Mitchell und Amanda Wagner weitergeht?

PROLOG

Am heutigen Tag waren sie genau vierzig Jahre verheiratet, und Judith hatte noch immer das Gefühl, sie wisse nicht alles über ihren Ehemann. Seit vierzig Jahren kochte sie Henry das Essen, seit vierzig Jahren bügelte sie seine Hemden, seit vierzig Jahren schlief sie in seinem Bett, und er war ihr noch immer ein Rätsel. Vielleicht war das der Grund, warum sie das alles für ihn tat, ohne sich kaum je einmal zu beklagen. Es sprach schon sehr für einen Mann, wenn er einen nach vierzig Jahren noch immer interessierte.

Judith kurbelte das Autofenster herunter, um die kühle Frühlingsluft hereinzulassen. Das Zentrum von Atlanta war nur dreißig Minuten entfernt, aber hier draußen in Conyers fand man noch immer weite Flächen unerschlossenen Landes und sogar ein paar kleine Farmen. Es war eine stille Gegend, und Atlanta war gerade so weit entfernt, dass sie den Frieden genießen konnte. Dennoch seufzte Judith, als am fernen Horizont die Wolkenkratzer Atlantas auftauchten, und dachte, *Zuhause*.

Sie überraschte der Gedanke, dass Atlanta jetzt der Ort war, den sie als Zuhause betrachtete. Bis vor Kurzem war ihr Leben noch ein vorstädtisches, fast sogar ein ländliches gewesen. Weite, offene Flächen waren ihr lieber gewesen als die betonierten Bürgersteige der Großstadt, auch wenn sie zugeben musste, dass es nett war, so zentral zu leben, dass man zum Laden an der Ecke oder in ein kleines Café einfach zu Fuß gehen konnte, wenn man Lust dazu hatte.

Tage vergingen, ohne dass sie überhaupt in ein Auto steigen musste – ein Leben, wie sie es sich vor zehn Jahren noch nicht einmal erträumt hätte. Sie merkte, dass Henry es ähnlich empfand. Mit entschlossen hochgezogenen Schultern steuerte er den Buick über die schmale Landstraße. Nach Jahrzehnten des Fahrens über so ziemlich jeden Highway und jede Interstate des Landes kannte er instinktiv jede Nebenstraße, jeden Schleichweg und jede Abkürzung.

Judith vertraute darauf, dass er sie sicher nach Hause brachte. Sie lehnte sich zurück, schaute zum Fenster hinaus und kniff dabei leicht die Augen zusammen, sodass die Bäume am Straßenrand unscharf wurden und wirkten wie dichter Wald. Mindestens ein Mal pro Woche fuhr sie nach Conyers, und jedes Mal hatte sie das Gefühl, etwas Neues zu sehen – ein kleines Haus, das ihr nie aufgefallen war, eine Brücke, über die sie schon geholpert war, die sie jedoch noch nie beachtet hatte. Das Leben war so. Man merkte gar nicht, was an einem vorbeizog, bis man ein wenig langsamer fuhr, um genauer hinzuschauen.

Sie kamen eben von einer kleinen Jubiläumsfeier zu ihren Ehren, die ihr Sohn organisiert hatte. Na ja, wahrscheinlich eher Toms Frau, die sein Leben organisierte wie Chefsekretärin, Haushälterin, Babysitterin, Köchin und – wahrscheinlich – Konkubine in einer Person. Tom war eine freudige Überraschung gewesen, seine Geburt ein Ereignis, das die Ärzte für unmöglich gehalten hatten. Kaum hatte Judith ihn zum ersten Mal gesehen, liebte sie jeden Teil von ihm, betrachtete ihn als Geschenk, das sie mit jeder Faser ihres Körpers umsorgen würde. Sie hatte alles für ihn getan, und jetzt, da Tom Mitte dreißig war, schien er immer noch sehr viel Fürsorge zu brauchen. Vielleicht war Judith eine zu konventionelle Ehefrau, eine zu unterwürfige Mutter gewesen, sodass ihr Sohn zu einem

Mann herangewachsen war, der eine Frau wollte – und brauchte –, die alles für ihn tat.

Für Henry hatte Judith sich mit Sicherheit nicht zur Sklavin gemacht. Sie hatten 1969 geheiratet, zu einer Zeit, da Frauen tatsächlich andere Interessen haben konnten, als den besten Braten zu machen und die beste Methode herauszufinden, Flecken aus einem Teppich zu entfernen. Von Anfang an war Judith entschlossen gewesen, ihr Leben so interessant wie möglich zu gestalten. In Toms Schule hatte sie bei Veranstaltungen und Ausflügen die Aufsicht geführt. Sie hatte als Freiwillige im Obdachlosenheim des Orts gearbeitet und mitgeholfen, in der Nachbarschaft eine Recyclinggruppe zu organisieren. Als Tom dann älter wurde, hatte sie die Buchhaltung für eine örtliche Firma erledigt und in einer Sportgruppe der Kirche für Marathonläufe trainiert. Dieser aktive Lebensstil stand in deutlichem Kontrast zu dem ihrer Mutter, einer Frau, die am Ende ihres Lebens so verwüstet war von Geburt und Erziehung von neun Kindern, so ausgelaugt von den körperlichen Anstrengungen, die einer Farmersfrau abverlangt wurden, dass sie oft zu depressiv war, um überhaupt sprechen zu können.

Allerdings, das musste Judith sich eingestehen, war sie in diesen frühen Jahren selbst eine in gewisser Weise typische Frau gewesen. Es war zwar peinlich, das zuzugeben, aber Judith war aufs College gegangen, nur um einen Ehemann zu finden. Sie war in der Nähe von Scranton, Pennsylvania, aufgewachsen, einem so winzigen Dorf, dass es nicht einmal auf der Landkarte verzeichnet war. Die einzig verfügbaren Männer dort waren Farmer, und die waren an Judith kaum interessiert. Judith konnte es ihnen nicht verdenken. Der Spiegel log nicht. Sie war ein bisschen zu mollig, die Zähne standen ein bisschen zu weit vor, sie war ein bisschen zu viel von allem anderen, um zu den Mädchen zu gehören, die man in Scranton zur Ehefrau nahm. Und da war dann noch ihr Vater, ein strenger Zuchtmeister, den sich kein vernünftiger Mann als Schwiegervater wünschen würde, und auf jeden Fall nicht im Gegenzug für ein birnenförmiges Mädchen mit vorstehenden Zähnen, das kein Talent für die Farmarbeit hatte.

Tatsächlich war Judith immer die Ausnahme in der Familie gewesen, diejenige, die nicht recht dazu passte. Sie las zu viel. Sie hasste die Farmarbeit. Auch als junges Mädchen hatte sie sich nicht zu Tieren hingezogen gefühlt und wollte nicht verantwortlich sein für ihre Pflege und Fütterung. Keines von ihren Geschwistern war auf eine weiterführende Schule geschickt worden. Es gab zwei Brüder, die in der neunten Klasse die Schule verlassen hatten, und eine ältere Schwester, die ziemlich schnell geheiratet und sieben Monate später ihr erstes Kind geboren hatte. Wobei keiner sich die Mühe gemacht hatte, genauer nachzurechnen. Ihre Mutter, eine Meisterin der Verdrängung, hatte bis zu ihrem Tod behauptet, ihr Enkel sei schon als Kleinkind grobknochig gewesen. Zum Glück hatte Judiths Vater die Vorzeichen gesehen, was seine mittlere Tochter anging. Für sie würde es keine Vernunftehe mit einem der Jungs vom Dorf geben, nicht zuletzt deswegen, weil keiner von ihnen sie als vernünftige Partnerin betrachtete. Das Bibelcollege, entschied er, war nicht nur Judiths letzte, sondern ihre einzige Chance.

Mit sechs Jahren war Judith von einem Kieselstein am Auge getroffen worden, als sie hinter dem Traktor herrannte. Von diesem Augenblick an hatte sie immer eine Brille getragen. Wegen der Brille nahmen die Leute an, sie sei ein Kopfmensch, wobei das genaue Gegenteil der Fall war. Ja, sie las sehr gerne, doch ihre Vorliebe war eher der Groschenroman als die hohe Literatur. So war es überraschend – nein, eher schockierend –, dass an Judiths erstem Tag im College der Dozent ihr zuzwinkerte.

Erst hatte sie gedacht, er hätte etwas im Auge, doch Henry Coldfields Absichten wurden unmissverständlich, als er sie nach der Stunde beiseitenahm und sie fragte, ob sie mit ihm in den Drugstore gehen und eine Limonade trinken wolle. Das

Zwinkern war offensichtlich Anfang und Ende seines Draufgängertums. Henry war ein sehr schüchterner Mensch; was merkwürdig war, wenn man bedachte, dass er später der Spitzenverkäufer eines Spirituosengroßhandels wurde – eine Arbeit, die er auch drei Jahre nach seiner Pensionierung noch verachtete.

Judith nahm an, Henry konnte sich deshalb so gut anpassen, weil er Sohn eines Colonels der Army gewesen war, sodass sie sehr oft umziehen mussten und nie mehr als ein paar Jahre an einem Ort blieben. Es gab keine leidenschaftliche Liebe auf den ersten Blick – die kam erst später. Anfangs hatte Judith Henry einfach nur attraktiv gefunden, weil er sie attraktiv fand. Das war etwas ganz Neues für die Birne aus Scranton, aber Judith hatte sich schon immer ans entgegengesetzte Extrem der Marx'schen Philosophie gehalten – die von Groucho, nicht von Karl: Sie war mehr als bereit, jedem Klub beizutreten, der sie als Mitglied aufnehmen wollte.

Henry war ein Klub für sich selbst. Er war weder attraktiv noch hässlich, weder vorlaut noch schweigsam. Die Haare trug er ordentlich gescheitelt, sein Akzent war flach, und so war *durchschnittlich* das Wort, das ihn am besten beschrieb und das Judith in einem späteren Brief an ihre Schwester auch verwendete. Rosas Antwort lautete in etwa so: »Na ja, ich schätze, das ist das Beste, was du dir erhoffen kannst.« Zu Rosas Verteidigung muss man sagen, dass sie zu der Zeit mit ihrem dritten Kind schwanger war, während ihr zweites noch in den Windeln steckte, dennoch hatte Judith ihrer Schwester diese Kränkung nie verziehen – eine Kränkung, die ihr nicht gegen sie, sondern gegen Henry gerichtet erschien. Wenn Rosa nicht erkannte, was für ein besonderer Mensch Henry war, dann nur, weil Judith sich nicht gut ausdrücken konnte; Henry war viel zu vielschichtig für schlichte Wörter auf einem Blatt Papier.

Vielleicht war es für alle am besten so. Rosas sarkastische Bemerkung hatte Judith einen Grund gegeben, mit ihrer Familie zu brechen und sich diesem zwinkernd introvertierten, sprunghaften Fremden in die Arme zu werfen.

Henrys draufgängerische Schüchternheit war nur die erste von vielen Widersprüchlichkeiten, die Judith im Lauf der Jahre an ihrem Mann aufgefallen waren. Er hatte entsetzliche Höhenangst, hatte aber bereits als Teenager seinen Flugschein gemacht. Er verkaufte Alkohol, trank aber selbst nie. Er war ein häuslicher Mensch, verbrachte aber den größten Teil seines Erwachsenenlebens mit Reisen zuerst durch den Nordwesten, dann den Mittleren Westen, denn diverse Beförderungen führten ihn ebenso durchs ganze Land, wie die Army es getan hatte, als Henry noch ein Kind war. Sein Leben, so schien es, war dadurch definiert, dass er sich zwang, Dinge zu tun, die er nicht tun wollte. Und doch sagte er Judith oft, dass das Zusammensein mit ihr das Einzige sei, was er wirklich genieße.

Vierzig Jahre und so viele Überraschungen.

Zu ihrem großen Bedauern hatte Judith starke Zweifel, dass ihr Sohn für seine Lebensgefährtin ähnliche Überraschungen bereithalten würde. Als Tom heranwuchs, war Henry drei von vier Wochen unterwegs, und sein Vatersein kam in plötzlichen Ausbrüchen, die nicht unbedingt seine mitfühlende Seite betonten. Tom wurde folglich alles, was sein Vater ihm in diesen prägenden Jahren gezeigt hatte: streng, unbeugsam, getrieben.

Dazu kam allerdings noch etwas anderes: Judith wusste nicht, ob es damit zu tun hatte, dass Henry seine Arbeit als Pflicht seiner Familie gegenüber und nicht als seine Leidenschaft betrachtete, oder weil er es hasste, so viel von zu Hause weg zu sein, aber es sah so aus, als liege jeder Kommunikation, die er mit seinem Sohn hatte, eine latente Spannung zugrunde: *Mach nicht dieselben Fehler, die ich gemacht habe. Verrate nicht deine Überzeugungen, nur um Essen auf den Tisch zu bringen.* Der einzige positive Rat, den er seinem Sohn je gab, war, er solle eine gute Frau heiraten. Wenn er nur konkreter geworden wäre. Wenn er nur nicht so hart gewesen wäre.

Woran lag es, dass Väter mit ihren Söhnen immer so streng waren? Judith vermutete, sie wollten, dass ihre Söhne in Bereichen Erfolg hatten, wo es ihnen nicht gelungen war. Damals, am Anfang ihrer Schwangerschaft, hatte sich bei dem Gedanken an eine Tochter eine schnelle Wärme in Judiths Körper ausgebreitet, gefolgt von einer sengenden Kälte. Ein junges Mädchen wie Judith, draußen in der Welt, voller Trotz gegen ihre Mutter, voller Trotz gegen die Welt. Dadurch verstand sie Henrys Wunsch, dass Tom besser werden sollte und alles bekam, was er wollte, und noch mehr.

Im Beruf hatte Tom mit Sicherheit Erfolg, seine graue Maus von einer Frau war allerdings eine Enttäuschung. Sooft Judith ihrer Schwiegertochter gegenüberstand, drängte es sie, der Frau zu sagen, sie solle aufstehen, den Mund aufmachen und, um Gottes willen, Rückgrat zeigen. Eine der freiwilligen Helferinnen in der Kirche hatte letzte Woche gesagt, dass Männer immer ihre Mütter heirateten. Judith hatte der Frau nicht widersprochen, aber sie würde jedem raten, nur ja keine Vergleiche zwischen sich und der Frau ihres Sohns anzustellen. Abgesehen von der Sehnsucht nach ihren Enkeln konnte Judith sich gut vorstellen, ihre Schwiegertochter nie mehr zu sehen und dennoch glücklich zu sein.

Die Enkel waren schließlich der einzige Grund, warum sie nach Atlanta gezogen waren. Sie und Henry hatten ihr Rentnerleben in Arizona völlig hinter sich gelassen und waren fast zweitausend Meilen hierher in diese heiße Stadt mit ihren Smogwarnungen und Bandenmorden gezogen, nur um in der Nähe der verzogensten und undankbarsten kleinen Wesen auf dieser Seite der Appalachen zu sein.

Judith warf einen flüchtigen Blick zu Henry hinüber, der beim Fahren aufs Lenkrad trommelte und unmelodisch summte. Über ihre Enkel sprachen sie nur voller Begeisterung, vielleicht weil sie, wenn sie ehrlich wären, zugeben müssten, dass sie sie nicht besonders mochten – und wo wären sie dann? Sie hatten ihr Leben völlig umgekrempelt für zwei kleine Kinder, die eine glutenfreie Diät, streng reglementierte Schlafperioden und straff durchorganisierte Spielzeiten einhielten, aber nur mit »gleichgesinnten Kindern, die dieselben Ziele hatten«.

Soweit Judith das beurteilen konnte, hatten ihre Enkel nur ein einziges Ziel: immer im Mittelpunkt der Aufmerksamkeit zu stehen. Sie stellte sich vor, dass man nicht niesen konnte, ohne ein gleichgesinntes, egozentrisches Kind zu finden. In den Augen ihrer Schwiegertochter war das jedoch eine fast unlösbare Aufgabe. War das nicht der ganze Zweck der Jugend, egozentrisch zu sein? Und war es nicht Aufgabe der Eltern, einem das auszutreiben? Auf jeden Fall war es allen Beteiligten klar, dass es nicht Aufgabe der Großeltern war.

Als der kleine Mark seinen nicht pasteurisierten Saft auf Henrys Hose geschüttet und Lilly so viele von den Hershey's Kisses gegessen hatte, die sie in Judiths Handtasche gefunden hatte, dass sie Judith an eine Obdachlose erinnerte, die im letzten Monat im Heim so mit Metamphetaminen vollgepumpt war, dass sie sich in die Hose gemacht hatte, da hatten Henry und Judith nur gelächelt – sogar gekichert –, als wären das wunderbare kleine Angewohnheiten, die die Kinder in Kürze ablegen würden.

Doch das passierte eben nicht, und jetzt, da sie sieben und neun Jahre alt waren, verlor Judith allmählich den Glauben daran, dass sich ihre Enkel eines Tages zu höflichen und liebevollen jungen Erwachsenen entwickeln würden, die nicht den ständigen Drang verspürten, Erwachsenengespräche zu unterbrechen und durchs Haus zu rennen und so laut zu schreien, dass noch zwei Countys entfernt die Tiere anfingen zu jaulen.

Judiths einziger Trost war, dass Tom jeden Sonntag mit ihnen in die Kirche ging. Sie wollte natürlich, dass ihre Enkel das Leben in Christus kennenlernten, aber wichtiger war ihr noch, dass sie die Lektionen lernten, die man ihnen in der Sonntagsschule beibrachte. *Du sollst Mutter und Vater ehren. Was du nicht willst, das man dir tu, das füg auch keinem anderen zu. Glaube nur ja nicht, du könntest dein Leben wegwerfen, die Schule abbrechen und zu Oma und Opa ziehen.*

»Hey!«, rief Henry, als ein entgegenkommendes Auto auf der Gegenfahrbahn so dicht an ihnen vorbeifuhr, dass der Buick richtiggehend schwankte. »Kinder«, murmelte er und packte das Lenkrad fester.

Je näher Henry seinem Siebzigsten kam, umso mehr schien er sich in der Rolle des mürrischen alten Mannes zu gefallen. Manchmal war das liebenswert. Zu anderen Zeiten fragte sich Judith, wie lange es noch dauern würde, bis er anfing, die Faust zu schütteln und alle Übel dieser Welt den »Kindern« in die Schuhe zu schieben. Das Alter dieser Kinder schien irgendwo im Bereich zwischen vier und vierzig zu liegen, und seine Ver-ärgerung steigerte sich exponentiell, wenn er sie bei etwas er-tappte, das er früher selbst getan hatte, jetzt aber nicht mehr genießen konnte. Judith graute vor dem Tag, da man ihm seinen Flugschein abnehmen würde, und dieser Tag würde eher früher als später kommen, da sein letzter Routinecheck beim Kardio-logen einige Unregelmäßigkeiten ergeben hatte. Das war einer der Gründe, warum sie beschlossen hatten, den Ruhestand in Arizona zu verbringen, denn dort gab es keinen Schnee zu schaufeln und keinen Rasen zu mähen.

Sie sagte: »Sieht nach Regen aus.«

Henry hob den Kopf, um nach den Wolken zu schauen.

»Wird ein guter Abend, um mit meinem Buch anzufangen.«

Seine Lippen verzogen sich zu einem Lächeln. Henry hatte ihr zum Hochzeitstag einen dicken historischen Liebesroman geschenkt. Judith hatte ihm eine neue Kühltasche geschenkt, die er auf den Golfplatz mitnehmen konnte.

Mit halb zusammengekniffenen Augen starrte sie auf die Straße vor ihnen und beschloss, sich demnächst wieder einmal ihre Augen untersuchen zu lassen. Sie selbst war auch nicht mehr weit von den siebzig entfernt, und ihre Sehkraft schien mit jedem Jahr schlechter zu werden. Die Dämmerung war für sie eine besonders schlechte Zeit, und Objekte in größerer Entfernung sah sie nur noch verschwommen. Deshalb blinzelte sie mehrmals, bevor sie wirklich sicher war, was sie da sah, und sie öffnete erst den Mund, um Henry zu warnen, als das Tier direkt vor ihnen war.

»Jude!«, schrie Henry, und sein rechter Arm legte sich quer über ihre Brust, während er das Lenkrad nach links riss, um dem armen Ding auszuweichen. Völlig unpassenderweise dachte Judith daran, wie recht die Filme doch hatten. Alles verlangsamte sich, die Zeit kroch dahin, sodass jede Sekunde wie eine Ewigkeit wirkte. Sie spürte Henrys starken Arm gegen ihre Brust schlagen, den Sicherheitsgurt in ihre Hüfte schneiden. Ihr Kopf schnellte zur Seite und krachte gegen die Tür, als das Auto ausscherte. Die Windschutzscheibe splitterte, als das Tier gegen das Glas prallte, dann auf das Autodach und schließlich auf den Kofferraumdeckel knallte. Erst als das Auto, nach einer Drehung um hundertachtzig Grad, schwankend zum Stehen kam, erreichten die Geräusche Judiths Ohr: das Krachen und doppelte Knallen, überlagert von einem schrillen Kreischen, das, wie sie jetzt erkannte, aus ihrem eigenen Mund kam. Anscheinend hatte sie einen Schock, denn Henry musste mehrmals »Judith! Judith!« schreien, bevor sie aufhörte zu kreischen.

Henrys Hand umklammerte fest ihren Arm, was ihr einen Schmerz bis in die Schulter hinaufschickte. Sie strich ihm über den Handrücken und sagte: »Ich bin in Ordnung. Bin in Ordnung.« Die Brille saß ihr schief auf der Nase, sie sah nicht mehr scharf. Sie hielt sich die Finger an die rechte Kopfseite und spürte eine klebrige Feuchtigkeit. Als sie die Hand wegzog, sah sie Blut.

»War vermutlich ein Reh oder …« Henry presste sich die Hand auf den Mund und ließ den Satz unvollendet. Er wirkte ruhig bis auf das verräterische Auf und Ab seines Brustkorbs, als er versuchte, wieder zu Atem zu kommen. Der Aufprall hatte den Airbag aktiviert, ein feines weißes Pulver bedeckte sein Gesicht.

Ihr stockte der Atem, als sie nach vorn schaute. Blut war auf die Windschutzscheibe gespritzt wie ein plötzlicher, heftiger Regen.

Henry stieß die Tür auf, stieg aber nicht aus. Judith nahm die Brille ab, um sich über die Augen zu wischen. Beide Gläser waren kaputt, der untere Teil der Bifokallinse rechts fehlte. Sie sah, dass die Brille zitterte, und merkte, dass das Zittern von ihren Händen kam. Henry stieg aus, und sie zwang sich, die Brille wieder aufzusetzen und ihm zu folgen.

Das Geschöpf lag auf der Straße, die Beine bewegten sich. Judith schmerzte der Kopf, dort, wo sie ihn sich an der Tür angeschlagen hatte. Blut war ihr in die Augen gelaufen. Das war die einzige Erklärung, die sie hatte für die Tatsache, dass das Tier – mit Sicherheit ein Reh – allem Anschein nach die wohlgeformten weißen Beine einer Frau hatte.

»O Gott«, flüsterte Henry. »Es ist – Judith – es ist ...«

Hinter sich hörte Judith ein Auto. Reifen quietschten auf dem Asphalt. Türen gingen auf und wurden zugeknallt. Zwei Männer kamen auf der Straße zu ihnen, einer lief sofort weiter zu dem Tier.

Er schrie: »Ruf die 9-1-1!« und kniete sich neben den Körper. Judith machte ein paar Schritte darauf zu, dann noch ein paar. Die Beine bewegten sich wieder – die perfekten Beine einer Frau. Sie war völlig nackt. Blutergüsse schwärzten die Innenseiten ihrer Schenkel – sehr dunkle Ergüsse. Alte Ergüsse. Ihre Beine waren mit getrocknetem Blut verkrustet. Ein burgunderfarbener Film schien ihren Torso zu bedecken, eine klaffende Wunde in der Seite zeigte weißen Knochen. Die Augen waren geschwollen, die Lippen schrundig und aufgeplatzt. Blut verklebte die dunklen Haare der Frau und breitete sich um ihren Kopf aus wie ein Heiligenschein.

Judith ging noch näher hin, sie konnte nicht anders – plötzlich war sie Voyeur, nachdem sie ihr Leben lang höflich weggeschaut hatte. Glas knirschte unter ihren Sohlen, und die Frau riss in Panik die Augen auf. Sie starrte an Judith vorbei, ihr Blick hatte eine dumpfe Leblosigkeit. Ebenso plötzlich schlossen sich ihre Lider wieder, aber Judith konnte den Schauer nicht unterdrücken, der durch ihren Körper fuhr.

»O Gott«, murmelte Henry fast so, als wäre es ein Gebet. Als Judith sich umdrehte, sah sie, dass ihr Mann sich die Hand auf die Brust drückte. Seine Knöchel waren weiß. Er starrte die Frau an und sah aus, als müsste er sich gleich übergeben. »Wie konnte das passieren?«, flüsterte er, und Entsetzen verzerrte sein Gesicht. »Wie, in Gottes Namen, konnte das passieren?«